應許之日(THE PROMISED DAY)
by 辛夷塢

Copyright ⓒ 2014 辛夷塢
Korean translation copyright ⓒ 2016 Munhakdongne Publishing Corp.

This translation is published by arrangement with Best Time
through SCS Entertainment, Seoul, Korea.
All rights reserverd.

이 책의 한국어판 저작권은 SCS보람엔터테인먼트를 통해
白馬時光(Best Time)과 독점계약한 (주)문학동네에 있습니다.
저작권법에 의하여 한국 내 보호를 받는 저작물이므로
무단 전재와 무단 복제를 금합니다.

이 도서의 국립중앙도서관 출판예정도서목록(CIP)은
서지정보유통지원시스템 홈페이지(http://seoji.nl.go.kr)와
국가자료공동목록시스템(http://www.nl.go.kr/kolisnet)에서 이용하실 수 있습니다.
(CIP제어번호: CIP2016015376)

應許之日

약속의 날

신이우辛夷塢 장편소설 | 박희선 옮김

문학동네

일러두기

1. 주석은 모두 옮긴이주이다.
2. 국립국어원 외래어표기원칙에 따라 신해혁명(1911년) 이전의 인명과 지명은 한자음
으로 표기하고, 이후의 인명과 지명은 중국어 표기법에 따라 원어 발음으로 표기하였다.

차 례

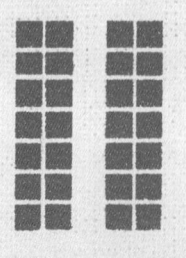

옛사랑에게 '뺨 맞기'

옷의 첫 단추를 잘못 끼웠다는 걸, 대개는 맨 마지막 단추를 채울 때에야 알게 된다.

평란은 휴대전화를 내려놓았다. 그리고 단추를 잘못 끼운 블라우스를 천천히 바로잡았다.

반쯤 열린 침실 창문으로 아름다운 아침 햇살이 비쳐 들어오고 있었다. 아래층에서 청소하는 아주머니가 빗자루로 바닥을 쓰는 규칙적이고도 편안한 소리가 들려오고, 사이사이에 새 울음소리도 섞여 들렸다. 신선하고 생기 넘치는 아침나절이었다. 하지만 방금 전까지 맑고 상쾌하던 기분은 흔적도 없이 사라졌다. 마치 공기가 가득찬 풍선 입구에 묶어놓은 끈을 누군가가 몰래 풀어버려 천천히, 천천히 공기가 다 빠져나가 느슨해진 것처럼, 평란은 축 처져버렸다.

이 모든 게 방금 전에 받은 한 통의 문자 메시지 때문이었다.

신랑 저우타오란과 신부 펑잉이 8월 28일에 결혼식을 올립니다. 장위안 인터내셔널 호텔에서 결혼 피로연이 열리오니 부디 참석해주시기 바랍니다.

저우타오란이 누구인가? 바로 펑란의 '전' 남자친구이다. 게다가 이 '전'이라는 호칭은 아직까지 상표등록도 제대로 되지 않은 상태였다. 펑란의 기억이 잘못되지 않았다면, 펑란과 저우타오란은 아직 정식으로 헤어진 것이 아니었다. 불과 얼마 전, 올해 밸런타인데이에, 두 사람은 저녁식사를 함께한 후 그동안의 냉전과 말다툼을 끝내기로 했다. 그리고 서로 잠시 거리를 두며 마음을 좀 식히고 가라앉힌 후에 앞으로 어떻게 할지 생각하기로 했다. 그런데 눈 깜짝할 새 육 개월이 지나고 나니, 마음이 '가라앉는' 문제는 둘째 치고 감정이 확실히 '식어'버렸다. 펑란이 앞으로 어떻게 해야 할지 아직도 고민중인 사이에, 저우타오란 혼자 밝고 아름다운 미래로 달려가버린 것이다.

이별이란 넓고도 심오한 학문이라, 굳이 모든 것을 말로 해야 할 필요는 없다. 병을 채 앓을 사이도 없이 죽어버리는 것 역시 사랑이 죽는 방식 중 하나이다. 펑란도 성인 남녀 사이의 이런 연애 규칙을 잘 아는 바였다. 심지어는 저우타오란 이 자식이 '붉은 폭탄'* 방식으로 두 사람의 관계에 끝을 고하고, 그것도 문자 메시지라는

---

* 중국에선 청첩장에 붉은색을 많이 사용하는데, 일종의 '축의금 고지서' 같은 의미에서 청첩장을 '붉은 폭탄'이라 부르기도 한다.

가장 비겁한 방법으로 소식을 전한 것까지도 용서할 수 있었다. 저우타오란과의 장장 사 년에 이르는 연애 기간 동안 거듭되는 '밀당'으로 펑란의 정열이 이미 전부 소진되어버렸기 때문이다. 어차피 끊임없이 갈팡질팡 망설여지는 사람에 대한 펑란의 기대치는 낮아질 대로 낮아져 있었다. 펑란이 용서할 수 없는 것은 단 한 가지였다. 이는 두 사람의 의견이 오랫동안 대립하던 지점이기도 했다. 펑란은 연애가 어느 정도 지속된 후에는 아예 깨끗하게 헤어져버리든가, 그게 아니라면 잘 익은 오이 꼭지가 저절로 떨어지고, 흐르는 물에 절로 도랑이 생기듯이, 결혼으로 한 단계 나아가야 한다고 생각했다. 반면에 저우타오란은 그저 펑란과 함께 '생활을 즐겁게 공유하기'만을 바랄 뿐, 결혼이란 건 가장 불합리한 일이라고 생각했다.

서로 마음을 좀 가라앉히자고 말했던 그날 밤에, 저우타오란은 펑란을 주차장까지 바래다주면서 마지막으로 이렇게 말했다. "사랑해, 펑란. 난 너랑 헤어지고 싶지 않아. 우린 결혼이라는 그런 속물적인 형식이 없어도 지금까지처럼 즐겁게 지낼 수 있어." 그렇게 말했던 남자가 겨우 반년이 지나기 무섭게 다른 여인과의 '가장 속물적인 형식'을 희희낙락 발표하다니. 그야말로 펑란의 뺨을 있는 힘껏 때린 것이나 마찬가지였다. 펑란은 아픔보다도 수치심을 더욱 견딜 수 없었다. '결혼이 두렵다'느니, '사랑은 형식보다 크다'느니, 저우타오란의 그런 말은 전부 헛소리였던 것이다. 알고 보니 그는 결혼 자체가 싫었던 게 아니라 그저 펑란과의 결혼이 싫었던 모양이다. 그보다도 더 답답하고 기가 막히는 노릇은 놀랍게도 신부라는 펑잉이 생전 듣도 보도 못한 여자라는 점이었다!

화장대 앞에 우두커니 앉아 오랫동안 생각에 잠겼지만, 이리저리 아무리 생각해봐도 실마리 하나 잡히지 않았다. 평란이 얼떨떨한 채로 가게에 도착했을 때는 이미 점심시간이었다. 평란은 태국 음식점을 경영하고 있었다. 가게 규모는 크지도 작지도 않았고 장사는 그런대로 괜찮은 편이었다. 사 년 전쯤, 스물다섯 살이던 평란은 많은 사람들이 부러워할 만한 안정적인 직장을 그만두고 창업을 해서 친지들과 친구들 사이에 작지 않은 파란을 일으켰다. 부모님은 평란이 어려서부터 고생을 해본 적이 없기 때문에 크게 한번 좌절하기 전에는 만족을 못 할 것이라 못마땅해하셨다.

부모님의 책망에도 일리가 있었다. 평란에게는 오빠가 하나 있는데, 평란보다 여덟 살 위였다. 딸을 꼭 낳고 싶었던 부모님이 오랫동안 고생한 끝에 간신히 평란을 낳았던 것이다. 덕분에 평란은 온 가족의 사랑을 독차지했다. 부모님은 각각 정부 기관과 규모 있는 공기업에서 평생 일해온 분들로, 두 분 모두 임원직까지 올랐다가 퇴직했다. 평란의 오빠는 공부를 잘해 학교 성적이 좋았다. 대학 졸업 후 학업을 계속하기 위해 유학을 가서는 그곳에서 노랑머리의 아내를 맞았는데, 부부가 둘 다 최첨단 과학을 연구하고 있었다. 평란 역시도 어릴 때부터 부모님의 자랑거리였다. 얼굴도 꽤 예쁘고, 공부도 잘했으며, 부모님 말씀도 잘 들었다. 순조롭게 공부를 계속해 좋은 대학을 졸업한 후에 곧 좋은 직장에 들어갔고, 부모님의 연줄에 기대어 좋은 부서에 배치를 받았다. 장차 능력과 용모를 겸비한 배우자만 만난다면 생활이 완벽해질 터였다. 부모님의 말을 빌리자면, 그들 가족의 생활은 더 나은 사람들에 비하면 부족하지만 더 못한 사람들에 비하면 한참 넉넉하고, 큰 부귀영화를 누리는 정도는 아니더라도 최소한 체면은 서는 정도였다.

평란은 이른바 '얻을 게 많은' 부서에서 삼 년 동안 일했다. 부모님은 날마다 아침 일찍 나가서 밤늦게 귀가하는 평란을 보며 딸에게 다른 속셈이 있을 거라고는 상상도 하지 못했다. 그러다가 평란이 식당을 개업할 때가 되어서야 딸이 직장을 그만두었다는 사실을 알았다. 그러나 화가 나서 발을 굴러봐야 이미 때는 늦었다. 부모님은 다른 할 일도 많은데 여자애가 굳이 자영업을, 그것도 음식장사를 하는 것이 못마땅했다. 나이 찬 처녀가 음식점 사장이라며 바쁘게 손님 접대를 해봤자 아침 사정 다르고 저녁 사정 다른 업종인 것을, 그전까지 들고 있던 철밥통에 비할 바가 아니지 않은가?

평란은 호되게 꾸중을 듣고 집밖으로 '쫓겨난' 김에 혼자만의 생활을 하기로 했다. 저멀리 지구 반대편에 있는 오빠도 평란의 사업 자금 절반을 대준 것 때문에 부모님에게 심하게 핀잔을 들었다.

창업 과정이 힘들기는 했지만 평란은 나름대로 운이 좋았다. 점포를 두 번, 요리사 팀을 세 번 바꾸고, 지금의 점포 주위에 비즈니스 단지가 조성되기 시작하면서 사업이 점점 번창해갔다. 단골 고객들도 생겼고, 지역의 미식 관련 인터넷 사이트에서도 소소하게 명성을 얻었다. 작년 말에는 오빠의 '협찬금'을 전부 갚았고, 부모님의 유럽 10개국 여행 경비와 쇼핑 비용까지 전부 대렸다. 부모님은 그제야 안도의 숨을 내쉬었다. 그리고 말로는 하지 않았지만 마음속으로는 마침내, 딸이 음식점을 연 것 역시 어엿한 '사업'이라고 인정하게 되었다. 회계사 출신인 어머니는 종종 딸의 가게 장부에 그 높은 안목을 더해주었고, 아버지 역시 동료들에게 딸의 식당을 추천했다.

딸을 사랑하기 때문에 부모님이 지긋한 나이가 되어서까지 딸 걱정을 한다는 것을 평란도 잘 알았다. 그렇지만 자기만의 작은 식당을 여는 것은 어렸을 때부터 평란의 꿈이었다. 학창 시절부터 부모님에게 그런 얘기를 수도 없이 해왔지만, 부모님은 언제나 그 말을 터무니없는 소리로 여겼다. 누군가를 사랑하는 것과 그 사람을 이해하는 것은 전혀 다른 일인 것이다. 평란을 죽도록 사랑한다고 입버릇처럼 말하던 저우타오란도 평란 같은 시원스러운 성격의 여자 역시 결국 안정적인 귀속을 원한다는 사실을 몰랐던 것처럼 말이다.

저우타오란을 떠올리자 평란의 기분은 더욱 엉망이 되었다. 눈치 빠른 류캉캉이 재빨리 가게 안에서 문을 열어주며 다정하게 물었다. "사장님, 왜 이제 오세요?"

가게 일은 이제 평란이 모든 것을 직접 관리할 필요가 없었다. 하지만 이 일 외에는 별달리 할 일도 없었기 때문에 평소에는 거의 항상 문 여는 시간에 맞춰 가게에 오곤 했다.

"죄송해요, 캉 사장님. 제가 늦었네요. 그럼 제 월급을 깎으시려나요?"

류캉캉은 평란의 미적지근한 한마디에 말문이 막혀버렸다. 그제야 슬쩍 평란의 안색을 살피고는 자기가 총구 앞에 서 있는 꼴임을 알았다. 총알을 막지는 못하더라도 피할 수는 있겠다 싶어, 류캉캉은 멋쩍게 문 옆에 서서 손님을 맞는 일로 돌아갔다.

"지금 거기 멍하니 서서 뭐하는 거야? 팡팡은 아직 저기서 청소 중인데 안 보여? 벌써 시간이 몇시야?" 평란은 캉캉을 한 번 째려보고는, 고개를 돌려 이번엔 주방 입구에 건들거리며 서 있는 보조

요리사 샤오리에게 물었다. "또 담배 피우러 가는 거예요? 주방에 재료 준비는 다 됐어요?"

가게 안의 사람들 모두 저기압이 몰려오는 것을 느끼고는 뿔뿔이 흩어졌다. 평란은 캉캉이 창가 보조 의자 옆에서 누군가에게 수군거리는 소리를 어렴풋이 들었다. "…… 사장님이 보통 땐 안 저러시는데, 분명히 그거예요, 그거…… 알죠? 여자들한테 꼭 오는 그거……"

캉캉이 얘기하는 상대방은 가게에서 가장 볕이 잘 들고 시야가 좋은 자리에 앉아 있었다. 평란을 등지고 앉아 있어서 모습이 잘 보이지 않았다. 평란은 속으로 류캉캉이 이제는 손님한테까지 자신의 험담을 하다니 간이 점점 더 커진다고 생각했다. 어차피 평란도 가게에 제대로 일을 하러 온 건 아닌 마당에, 캉캉에게 가서 '그거'가 도대체 뭔지 캐물어봐야겠다고 생각했다. 하지만 반쯤 다가갔을 때 다른 누군가의 목소리에 걸음을 멈췄다.

"어디 보자…… 너 그 소식 들었구나."

이 시간에는 가게에 손님이 많지 않았다. 평란에게 말을 건 여자는 서른이 조금 넘은 나이로, 늘씬한 몸매에 예쁘게 화장을 하고는 테이블에 앉아 차를 마시며 평란을 쳐다보고 있었다.

평소에는 평란이 별로 상대하지 않는 사람이었다. 그렇지만 이번에는 저쪽에서 불시에 말을 걸어온데다가, 마침 그 여자가 앉은 테이블 옆에서 발을 멈추게 되었기 때문에 그리로 시선을 주며 물었다. "무슨 소식?"

"모르는 척하는 게 제일 재미없더라. 모레 축의금은 얼마나 낼 거야?" 여자가 웃으며 물었다.

평란은 하도 황당하고 우스워서 아예 여자의 맞은편에 앉아버렸다. "설마 걔가 너까지 초대한 건 아니겠지?"

"다 같은 친구인데 뭘 그렇게 남 취급해?" 상대방은 조금 화난 기색으로 웃으며 말했다. "나한테 펑잉 얘기를 하고 싶어할 줄 알았는데."

몇 시간 전까지만 해도 평란은 펑잉이라는 이름을 전혀 알지도 못했는데, 이제 그 이름을 들으니 밥을 먹다가 돌을 씹은 기분이 되었다.

"그 여자한테는 관심 없어." 평란이 캉캉에게 물을 한 잔 가져다 달라고 손짓하자 캉캉이 재빨리 물을 가지고 왔다. 물컵을 집어들던 평란은 앞에 앉아 있는 여자의 다 안다는 듯한, 그러면서도 조금은 비웃는 듯한 표정과 마주했다. 리쭝성이 그런 노래를 불렀었다. "옛사랑의 맹세는 꼭 손바닥 같아서, 한마디 기억해낼 때마다 뺨 한 대씩 맞는 것 같네*." 맹세가 아니라 옛사랑의 새 애인이야말로 손바닥과 같았다. 누구라도 그 이름을 꺼내는 사람이라면 평란의 양 뺨을 후려갈길 자격이라도 생기는 것만 같았다.

"그래, 그럼 들어보자. 도대체 어디서 나타난 여신인데? 나 궁금해 죽을 것 같아." 말을 마치고 평란은 물을 한 모금 꿀꺽 마셨다. 아무리 도망가려 해도 피할 수 없는 궁지라면 어차피 뺨을 맞을 것, 당당하게 맞자는 생각이었다.

상대방은 평란의 태도에 아주 만족한 양, 눈썹을 찌푸려 질색이라는 듯한 표정을 지었다. "말해주면 너 오히려 실망할걸. 그 신부,

---

*타이완 출신의 중국 대중가수 리쭝성의 〈나에게 부르는 노래〉 중 일부.

특별할 것도 없어. 내가 좀 조사해봤는데, 그냥 보통 아가씨야. 평범한 집 출신에, 사무직이고…… 그냥 그렇지 뭐."

평란을 위로하는 듯한 어조였지만, 평란의 기분은 나아지지 않았다. 웃고 싶은데 웃을 수 없었다. 평범하기 짝이 없는 아가씨가 평란과 사 년이나 연애를 하고도 결혼이 무슨 홍수나 맹수라도 되는 양 두려워하던 전 남자친구를 반년도 안 걸려 완전히 손에 넣었다니. 이건 평란에게 있어 더욱 큰 모욕이 아닌가?

"평란, 네가 어디서 진 건지 알아?" 앞에 앉은 사람은 평란이 오랫동안 말이 없자 조용히 물었다.

평란은 자조적으로 대답했다. "나이?"

"아냐. 네 자존심이야. 너희 같은 사람들은 어릴 때부터 편하게 살아와서, 존엄성이니 체면이니 하는 것들을 하늘보다도 더 높게 생각하지. 까놓고 말해줄게. 남자들은 그런 거 하나도 안 좋아해. 남자를 붙잡으려면, 죽도록 매달려야 해. 뱀이 사냥하는 거 본 적 있어? 머리부터 꼬리까지 전부 써서, 머리털 한 올 들어갈 틈도 없이 칭칭 감지. 사냥감이 정신을 잃고 질식해서 사지가 축 늘어지면 그때 네 것이 되는 거야. 그러고 나면 천천히 다시 풀어줘도 돼. 그 후에는 어떻게 가지고 놀든 네 마음이니까."

"일리 있는 얘기네. 그런데 한 가지 이해 안 가는 게 있는데, 우리 사촌 우장 오빠는 왜 네 것이 안 된 거야? 아…… 깜박했네, 우장 오빠도 나 같은 사람이었지."

평란은 상대방 입가의 미소가 사라지고 잠시 동안 표정이 굳어지는 것을 보았다. 하지만 상대는 단 몇 초 만에 다시 처음과 같은 모습으로 돌아와서는, 아무 말도 못 들은 것처럼 웃으며 고개를 숙이고 차를 한 모금 마셨다.

평란의 맞은편에 앉아 있는 여자의 이름은 탄사오청으로, 몇 년 전에 남편이 죽었다. 돈이 좀 있어서 지금은 시댁 회사의 대주주 중 하나가 되었는데, 평란의 사촌오빠인 우장과는 오래전부터 아는 사이였다.

탄사오청은 한 번도 그런 말을 한 적이 없었지만, 평란은 탄사오청이 우장에게 마음이 있다는 걸 알고 있었다.

우장이 근무하는 병원은 평란의 식당에서 그리 멀지 않았다. 애초에 지금의 식당 자리도 우장이 알아봐준 것이었다. 우장은 몇 년 전에 아내를 잃은 후, 일에 매달려 살고 있었다. 간혹 한숨 돌릴 겸 밖에 나와 식사를 할 때면 열에 아홉 번은 평란의 가게로 왔다. 그 후로 탄사오청도 평란 식당의 단골이 되었다.

우장보다 몇 살 어린 평란은 가족들에게 이리저리 들은 얘기들을 통해 우장의 과거에 대해 알고 있었다. 어른들이 하나같이 말하기를, 우장은 모자란 데 하나 없는데 팔자가 너무 사납다고 했다. 꽤 오래전에 여자친구를 하나 사귀다가, 그 여자친구가 어째선지 자살을 해버렸다. 우장은 그후로 오랫동안 연애를 하지 않았다. 그러다가 나중에 가족들의 권유에 못 이겨 결국 선을 봐서 결혼을 했다. 상대는 꽤 괜찮은 아가씨였지만, 얼마 지나지 않아 뜻밖의 사고로 목숨을 잃었다. 그후로 우장은 지금까지 계속 혼자 지내왔다. 성격도 외모도 준수한데다가 큰 병원의 과장이기까지 하니, 배우자를 찾는 건 어려운 일도 아니었는데 말이다. 평란은 우장이 낙심해버린 게 아닌가 생각했다. 그런 일들을 겪고 나자 가족들도 차마 더이상은 강요하지 못했다. 평란네 대가족에서 평란 또래중 아직까지 결혼하지 않은 사람은, 어른들이 보기에 제일 뛰어나다고 생각했던 우장과 평란뿐이었다.

우장과 탄사오청 사이에 어떤 과거가 있었는지는 평란도 자세히 알지는 못했다. 그저 탄사오청이 우장을 대하는 게 평범하지 않은데 비해, 우장 쪽에서 아주 냉담하다는 것만 알고 있었다. 두 사람은 평란의 식당에서 몇 번 마주친 적이 있었다. 우장은 사람이 많을 때라면 탄사오청을 못 본 척했고, 시선을 피하기가 힘들 때는 겨우 인사 정도만 했다. 언젠가 한번 우장이 외국에서 돌아온 친구를 데리고 태국 음식을 먹으러 왔다가 탄사오청과 마주친 적이 있었다. 그날은 가게에 손님이 너무 많아 평란은 정신이 없었다. 겨우 짬을 내서 사촌오빠에게 인사를 하러 갔더니 우장은 밥을 다 먹지도 않고 이미 돌아가버린 후였다. 그뒤로 우장은 두 번 다시 평란의 식당에 오지 않았다. 평란에게 볼일이 있어도 다른 장소로 약속을 잡았다.

우장은 평란에게 탄사오청의 험담 같은 건 한마디도 한 적이 없다. 그렇지만 평란은 사촌오빠의 성격을 잘 알고 있었다. 우장이 다정한 사람은 아니었지만, 그렇다고 무정한 사람도 아니었다. 평소에는 온화한 우장이 탄사오청을 마주할 때만은 얼굴에서 혐오감을 감추려 애쓰는 것을 알 수 있었다.

평란은 탄사오청에 대해 호감은 없었지만 그렇다고 싫어하는 것도 아니었다. 탄사오청은 우장보다 훨씬 자주 평란의 식당에 왔다. 그녀는 매운 것을 못 먹고, 신 것도 싫어하고, 태국식 향료의 맛도 별로 좋아하지 않아서 매번 주문하는 음식이 거기서 거기였다. 그런 식성으로 줄곧 태국 식당에서 식사를 하는 게 도대체 무슨 재미인지 평란은 알 수가 없었다. 게다가 우장이 자신 때문에 평란의 식당에 발을 끊은 게 명백해진 후로도, 탄사오청은 전과 다름없이 자주 오다못해 이제는 평란의 식당을 자기집 주방이나 되는 듯이 여기는 것 같았다. 가게 직원들 모두 탄사오청을 알고 있었고, 그녀가 자주 주문하는 음식들도 훤히 꿰고 있었다. 평란은 무의식중에 그녀와 거리를 두고 있었지만, 가끔은 참지 못하고 묻곤 했다. "우리 가게 음식은 벌써 토할 정도로 먹지 않았어?"

이런 질문을 받으면 탄사오청은 보통은 그냥 웃어넘기고, 가끔씩은 이렇게 대답했다. "나한테는 배불리 먹을 수 있는 음식이라면 전부 좋은 음식이야. 그리고 나 같은 충실한 고객이 있다는 건 너희 식당에도 좋은 일이잖아?"

평란은 말문이 막혔다. 달리 뭐라 하겠나. 가게에 오는 사람은 그냥 손님일 뿐인데. 탄사오청이 자주 오는 건 딱히 좋은 일도 아니지만 그렇다고 나쁜 일도 아니었다. 최소한 탄사오청은 계산할 때도 시원스럽고, 종업원들에게도 인색하지 않았다. 평란은 탄사오청에게 친구가 거의 없을 거라고 확신했다. 평란이 살갑게 굴지도 않는데 말 붙일 기회를 포기하지 않고, 자질구레한 일들을 가지고 몇 마디 수다라도 떨려고 들기 때문이다. 처음에는 탄사오청이 이렇게 있는 말 없는 말 다 하려는 게 우장 때문인 줄 알았지만, 나중에는 그게 다가 아니라는 게 느껴졌다. 아마도 누구하고든 말을 하고 싶은 것이리라. 남편은 죽었고, 친구도 없고, 회사에서 만나는 사람들도 대부분이 부하 직원일 것이다. 평란의 가게에서도 얘기를 나눌 만한 사람은 사장인 자신뿐이겠지.

평란은 정 심심할 때에나 탄사오청의 말에 몇 마디 대답을 해주곤 했다. 탄사오청은 머리가 좋은데다가 눈치도 빨라서, 그녀와 대화를 하는 게 재미없지는 않았다. 다만, 모든 것을 꿰뚫어 보는 듯한 그 눈빛에는 사람을 불편하게 하는 뭔가가 있었다. 마치 한겨울의 뱀이 겉보기엔 알록달록 예쁘고 얌전해 보이지만, 언제 본색을 드러내며 덮쳐올지 영영 알 수 없는 것처럼.

뱀 아가리 앞에 선 사람

탄사오청의 안색이 조금 어두워진 걸 보고, 평란은 우장에 관한 얘기는 그만하기로 했다. 자신의 기분이 우울하고 탄사오청이 맘에 안 든다 해도, 평란은 다른 사람이 괴로워하는 걸 보며 즐기는 취미는 없었다.

"신부에 대해서 특별히 '조사해봤다'고 했지? 쯧, 네가 그렇게 열의에 불탈 줄은 몰랐는데." 평란은 조금 비꼬는 투로 말했다.

평란과 한창 좋았을 당시엔 저우타오란도 평란의 식당에 자주 왔었다. 그러니 탄사오청이 그를 알고 있는 것도 이상할 게 없었다. 저우타오란은 '성공을 향해 나아가고 있는 프리랜서 사진작가'라 쓰고, '아직 성공도 못 하고 고정 수입도 없는 사진작가'라 읽으면 딱 맞는 위치에 있었다. 그는 카메라로 하는 일이라면 닥치는 대로 했다. 평란이 그를 알게 된 것도 식당의 메뉴 사진을 찍는 일을 의뢰하면서였다. 요 몇 년 동안 저우타오란은 작은 잡지사 몇 군데와 함께 작업을 하고 있었다. 탄사오청이 연줄을 좀 대줬다는 얘기를 펑란도 전해 들었다. 펑란은 탄사오청의 이런 '호의'에 의심을 품었지만, 저우타오란의 마초적인 성격 때문에 매번 물어보지는 못했다. 펑란은 펑잉이라는 여자가 도대체 어떤 사람인지도 모르는데, 탄사오청은 저우타오란과 그렇게 친하지도 않으면서 당사자인 펑란보다도 그 속사정을 더 잘 알고 있었다. 탄사오청이 따로 알아본 게 아니라면, 펑란 자신이 너무 둔하다는 걸 인정할 수밖에 없었다.

"내가 신경을 좀 썼지." 탄사오청이 입을 가리며 웃었다. "궁금한데 뭐, 별수 있어? 모처럼 재밌는 일이 생겼으니 당연히 제대로 알아봐야지."

이것이 바로 펑란이 절대로 탄사오청과 친해질 수 없는 이유였다. 정이 조금이라도 붙을라치면, 그녀는 재빠르게 이런 특유의 방식으로 사람을 불쾌하게 만들면서 즐거워하곤 했다.

펑란은 이런 탄사오청이 밉살스러우면서도 가엾다는 생각이 들었다. "너, 애정결핍이지?"

"그럼 뭐 어때?" 탄사오청은 그 말에 화내지 않았다. "물론 넌 아니겠지. 주인공이 되고, 사랑받는 데 익숙하니까. 그 덕에 네 남자는 다른 여자를 선택하고 널 버렸고. 넌 그 남자를 다시 만나고 싶은 것도 아니면서, 그 남자와 새 여자 사이가 너무 좋아서 네가 끼어들 틈이 없는 게 싫은 거잖아. 알아둬, 어떤 사람들은 애초에 주인공이 될 운명을 타고나질 못했어. 잔치 자리에서 너무 멀리 떨어져 있어서 눈을 크게 뜨지 않으면 잔치가 잘 보이지도 않거든. 그러니까 이 과부가 염탐하고 다니는 것 정도는 봐달라고."

"그렇게 억울하고 불쌍한 척하지 마. 네가 과부인 게 나랑 무슨 상관인데? 너 이미 날 전부 파악한 거 아니야? 내가 원래 다른 사람한테 애인이 있으면 배 아파하고, 없으면 비웃는 성격이잖아."

찬물을 모두 마시고 나자, 평란은 자기 안의 부정적인 감정까지도 조금 얼어버린 것 같았다. 생각에 생각을 거듭하며 한숨을 내쉬었다. 내가 자존심이 세다고? 자존심은 무슨. 어쨌든 탄사오청은 결혼이라도 해보지 않았는가. 남편이 꽤 불행하게 죽었다고는 하지만, 그래도 유산을 적지 않게 물려받지 않았는가. 그런데 평란은 서른이 다 되어가는데 아직 시집도 가지 못했다. 정말로 사업에만 전념하기로 결심한다면, 결혼 같은 건 신경쓰지 않아도 그만이다. 하지만 평란은 내심 다정한 남편과 행복한 가정을 꾸리게 되기를 바라고 있었다. 매일 집에 돌아가면 사랑하는 사람과 함께 저녁식사를 하고 싶었다. 그 사람과 팔짱을 끼고 거리를 걷다가 아는 사람을 만나면 "이쪽은 제 남편이에요" 하고 깨가 쏟아지게 소개하고 싶었다.

결혼이라는 일은 욕심을 버려야 이룰 수 있다. 그러지 못하고 욕심을 부려 상대를 얻지 못했으니 창피해지는 것이다.

감정이 좀 누그러진 후에야, 평란은 탄사오청이 평소 앉던 자리에 앉지 않았다는 것을 눈치챘다. 탄사오청은 평란이 채 묻기도 전에 눈짓으로 대답했다.

평란은 탄사오청을 따라 시선을 옮겼지만, 창가에 앉은 사람의 뒷모습밖에는 볼 수 없었다. 탄사오청이 앉은 자리에서는 그 사람의 옆모습을 관찰하기 딱 좋았다. 평란은 농담 반 진담 반으로 경고했다. "손님한테 꼬리치지 마."

탄사오청이 큰 소리로 웃었다. "저런 괜찮은 남자를 왜 마다해?"

그 웃음소리가 류캉캉의 주의를 끌었다. 류캉캉은 대걸레를 든 채로 뛰어오다가, 창가에 앉은 남자에게로 가서 허리를 숙이고 귀엣말을 몇 마디 했다. 그러자 남자가 자리에서 일어나 펑란과 탄사오청 쪽을 보고 섰다.

시선이 마주치자 펑란은 저도 모르게 눈을 피했다. 그러더니 이를 악물고 목소리를 낮춰 탄사오청에게 말했다. "나한텐 직업윤리라는 게 있거든."

"잘됐네, 난 그런 거 모르거든." 탄사오청은 일부러 소리 높여 말하더니 만면에 웃음을 띠고 류캉캉에게 인사했다. "캉캉, 네 친구야? 저쪽에 한참 앉아 있던데, 소개 좀 해줘."

캉캉은 이때다 하고 잽싸게 펑란과 탄사오청 앞으로 와서 양손을 비비며 더듬더듬 말했다. "사장님, 그러니까요, 말씀드리고 싶은 게 있는데요, 아까는 바쁘신 것 같아서 얘기를 못 했어요." 그러더니 반쯤 몸을 돌려 몇 걸음 뒤에 서 있는 남자를 가리켰다. "제 친군데, 지금 일자리를 찾고 있거든요. 그래서 제가, 그러니까……"

"아……" 펑란은 이제 상황 파악이 됐다는 듯 자기도 모르게 감탄사만 길게 내뱉었다.

"어머, 식사하러 오신 손님이 아니었네! 펑란, 네 직업윤리는 신경 안 써도 되겠다." 탄사오청의 반응도 펑란보다 약하지는 않았다. 탄사오청이 실눈을 뜨며 웃었다. "일자릴 찾으러 온 거였구나. 참, 사장이랑 직원 사이에도 지켜야 될 직업윤리 같은 게 있던가?"

펑란은 정색한 얼굴로 탄사오청에게 말했다. "우리 가게에도 블랙리스트라는 게 있거든? 단골손님이라고 안 봐줘." 그러고는 굳은 얼굴 그대로 류캉캉을 보며 말했다. "캉캉, 네가 요샌 직원 채용까지 관리하나봐?"

"누나, 그게 아니고요. 이 친구가 진짜로 일자리가 필요해서요!" 류캉캉은 평란의 엄격한 표정에 놀란 기색도 없이 뻔뻔한 얼굴로 계속 부탁했다. "좀 도와주세요, 누나. 도와주실 거잖아요, 그죠? 네?"

"내 팔 한 번만 더 흔들면 네 짐 다 싸서 당장 너네 외삼촌한테 보내버릴 거야!" 류캉캉이 하도 흔들어대는 통에 평란은 어지러울 지경이었다. 류캉캉, 이 녀석은 평란의 가게에서 일을 시작한 후로 줄곧 말은 많고 먹기도 많이 먹으면서 일을 제대로 하는 걸 못 봤다. 류캉캉의 외삼촌인 쩡페이만 아니었다면, 평란은 절대로 캉캉에게 아르바이트 자리를 내어주지 않았을 것이다.

"류캉캉, 네가 피우는 소란의 반만큼만 네 할 일을 하면 내가 감격해서 눈물을 흘릴 거다. 둘이 어떻게 친군데?" 평란은 의심스러운 투로 물었다. 캉캉의 친구들을 많이 아는 건 아니었지만, 캉캉은 고등학교를 막 졸업한데다가 이 지방 출신도 아니었다. 뒤에 서 있는 청년은 한눈에도 캉캉보다 나이가 몇 살은 더 많아 보였다. 게다가 류캉캉에게 정말로 저런 친구가 있었다면 평란이 진작에 알아도 알았겠지 싶었다.

캉캉은 평란의 심문하는 듯한 눈초리에 솔직하게 보고하는 수밖에 없었다. "만난 지 얼마 안 됐어요."

"어디서 만났는데?"

"하…… 학교에서요. 아니…… 친구들 모임에 갔다가요……"

캉캉은 귀를 긁적이면서 우물쭈물 말했다. 그러다 평란의 얼굴에 노골적으로 떠오른 한마디를 확실히 읽었다. '누굴 속여?'

"사실은 PC방에서 만났습니다." 누군가가 궁지에 몰린 캉캉을 도와 말했다. 캉캉은 그 말에 고개를 돌려 보고야 자기가 데려온 '친구'가 어느새 옆으로 다가와 서 있는 걸 알았다. "어젯밤에 만났죠."

평란은 남자를 다시 한번 훑어보았다. 말투가 아주 차분했다. 평란을 더욱 놀라게 한 건 그가 평란을 보는 눈빛이었다. 날카롭지는 않았지만, 그렇다고 일자리를 구하는 사람다운 예의와 겸손 역시 전혀 느껴지지 않았다. 평란이 자신을 심사하는 중인 걸 알고 있다는 듯 그녀와 똑같은 눈빛으로 똑바로 마주볼 뿐, 평란의 눈길을 전혀 피하지 않았다.

"류캉캉, 이 사람 저 사람 다 여기 데려와서 뭘 어쩌자는 거야? 어제 또 PC방 가서 밤 새웠지? 그러니까 낮에 일할 때 기운이 없지! 네 외삼촌이 널 처음 여기 데려왔을 때, 나한테 뭐라고 다짐했어?"

"밤 안 새웠어요, 그냥 잠깐 놀았다고요. 누나, 편견을 갖고 보지 마세요. 제가 이 친구한테 우리 사장님은 이 일대에서 제일 의리 있고 마음씨 좋은 사장님이라고 그랬단 말이에요." 캉캉은 잠시 생각하더니 아첨조로 한마디 덧붙였다. "예쁘기도 하고요."

"가서 일봐." 평란은 캉캉의 말에 전혀 흔들림이 없었다. 그러고는 의자 등받이에 기대고 앉아 캉캉 옆에 서 있는 '당사자'에게 침착하게 말했다. "일자리를 구하고 있다고요? 그런데 우리 식당엔 일손이 모자란 것 같진 않은데."

평란은 이 방자한 눈빛을 가진 구직자에게 저도 모르게 호기심이 일었다. 옷차림도 변변찮은데다가, 캉캉을 따라 가게에 와서 오전 내내 기다린 걸 보면 확실히 일자리가 절실하게 필요하긴 한 것 같았다. 평란은 짓궂은 마음으로, 남자가 일자리를 부탁한다며 저자세로 나오기를 내심 바랐다.

"전 뭐든지 할 수 있습니다. 수도나 전기를 고칠 수도 있고, 다른 걸 고칠 수도 있어요. 종업원 일도 좋고요. 다시 한번 생각해주세요."

이게 사장한테 부탁하는 태도인가? 아직도 등을 꼿꼿하게 펴고는……

"이 친구는 머리가 좋아서 무슨 일이든 빨리 배워요." 캉캉이 조급하게 끼어들었다.

평란이 한마디 했다. "어젯밤에 만난 사이라면서? 어디 출신인데? 전엔 무슨 일 했고? 알고는 있어?"

캉캉이 말했다. "이 친구 게임 진짜 잘해요. 완전 짱이에요. 제가 게임하다 죽어서 시체나 지키고 있는데, 몇 번이나 저를 살려줬어요. 제가 하는 게임 알죠? …… 어, 누난 여자니까 모를 수도 있겠네요. '상남자'들이 좋아하는 게임이거든요."

평란은 캉캉이 하는 멍청한 소리를 더이상 받아주고 싶지 않았다. 쩡페이가 자기 누나를 설득해 캉캉에게 사회 경험을 하도록 시킨 건 과연 현명한 일이었다.

"평란, 네 식당에 일손이 충분하다면, 마침 우리 회사에 수도 전기공이 한 명 필요한데." 한동안 무심히 보고만 있던 탄사오청이 끼어들더니 고개를 숙여 가방을 뒤적거리면서 말했다. "훈남씨, 아직 이름을 못 들었네요."

"저요? 저 류캉캉이잖아요. 아시면서……"

"지금 네 이름 물어보는 거니? 너 아침에 일어나서 거울도 안

봐?" 펑란은 캉캉을 참아주기가 힘들었다. 이런 종업원이 있다니, 외부인 앞에서 가게 체면이 말이 아니다.

캉캉은 씩씩거리며 자기 얼굴을 손으로 쓸었다. "저도 좀 생겼거든요!"

펑란은 캉캉의 말에는 상대도 않고, 한 손가락을 뻗어 탄사오청이 남자에게 명함을 내밀려는 걸 막았다.

"뭐가 그리 급해? 아무리 그래도 순서가 있지. 우리 쪽 면접이 아직 안 끝났잖아." 펑란은 그날 처음으로 온화한 표정을 지으며 남자에게 말했다. "신분증 좀 봐도 될까요?"

남자가 웃으면서 바지주머니에서 신분증을 꺼냈다. 그 바람에 주머니 안에 있던 지폐 몇 장이 딸려 나왔다. 펑란이 대충 눈대중해 보니 백 위안이 채 안 되는 것 같았다. 그게 전 재산이라면, 하루빨리 일자리를 구해야 할 것이다.

"딩샤오예." 펑란은 천천히 이름을 읽었다. "스물일곱 살." 펑란은 사실 확인이라도 하려는 듯 남자의 얼굴을 다시 한번 쳐다봤다. 펑란이 예상했던 것보다 나이는 조금 많았지만, 그래도 펑란 자신보다는 어렸다.

펑란은 딩샤오예의 호적지를 본 순간 잠시 〈저 멀고 먼 그곳에〉* 라는 노래를 떠올렸다. 남자의 신분증에 적힌 지명에 펑란은 꽤 놀랐다.

"X성 사람이라니, 그렇게 안 생겼는데!" 펑란이 품평했다.

"신분증에 적혀 있다시피, 저는 한족입니다." '딩샤오예'라는 청

---

* 카자흐 족의 민요를 소재로 한 중국 가요.

년이 진술하는 듯한 투로 말했다.

평란은 부끄러워 귀끝이 살짝 빨개졌다. 멍청한 것도 옮나보다. 이번에야말로 누가 봤다면 이 가게가 덜 떨어진 사람들 집합소인 줄 알았을지도.

"한족이라고? 한족 같아 보이지도 않는데." 평란은 그 말에도 뻔뻔하게 반박했다. 딩샤오예는 이목구비가 뚜렷한 게, 이국적인 외모였다.

딩샤오예가 참을성 있게 대답했다. "제 외할머니가 카자흐 족이셨습니다."

"왜 이렇게 멀리까지 와서 일자리를 구하는 건데요?"

"고향에 일가친척이 없어서, 나와서 좀 일을 해볼까 하고요."

"그럼 손에 잡히는 대로 기차표를 한 장 사서 발길 닿는 대로 떠돌다가, 정신 차려보니 여기까지 왔다는 거예요?"

평란은 자신의 유치한 질문 때문에 다시금 부끄러워 진땀이 났다. 왠지 모르게, 이 딩샤오예라는 사람 앞에서는 이상하게 황당한 쪽으로만 추측이 흐르고 있었다.

아니나 다를까, 딩샤오예는 고개를 숙이고 발끝을 내려다보며 웃었다.

"어릴 때 이 부근에 살았던 적이 있거든요. 아버지가 G시 출신이셔서, 부모님이 헤어지신 뒤에 X성으로 가게 됐죠."

딩샤오예가 다시 한번 설명했다. 뭔가 좀 우습다고 생각하면서도 웃음을 참는 눈치였다.

"소수민족 혈통에, X성에서 왔다면, 음식은……" 평란은 마지막 질문을 했다.

딩샤오예는 단번에 펑란의 걱정을 덜어주었다. "사장님이 드시는 거라면 전 다 잘 먹을 수 있습니다." 말을 마친 딩샤오예가 다시 웃자 가지런한 치아가 드러났다. 펑란은 치아가 보기 좋은 남자를 좋아했기 때문에, 이 점은 사실 가산점을 받을 만한 부분이었다. 하지만 딩샤오예 입에서 나온 '먹는다'는 말에 희고 가지런한 치아가 겹쳐지자 펑란은 문득 어떤 짐승의 이미지를 떠올렸다. 위험하고도…… 유혹적인.

사실 펑란은 카자흐 족이 어떻게 생겼는지 잘 몰랐다. 그렇지만 딩샤오예의 소수민족 혈통이 불과 4분의 1밖에 안 된다 해도, 그의 얼굴을 보고 있자니 끝없는 상상을 하게 되는 것이었다. 펑란은 나쁘지 않다고 생각하기 시작했다. 아마 앞으로 가게에 오는 여자 손님들도 비슷한 생각을 할 것이다.

"일손이 부족하지 않다면서, 뭘 그렇게 꼬치꼬치 물어봐?" 탄사오청이 뺨을 괸 채 작은 목소리로 말했다.

펑란은 탄사오청의 어휘 선택을 못 들은 척하고 딩샤오예에게 신분증을 돌려주며 말했다.

"수도공, 전기공, 종업원이고 다 할 수 있다고 그랬죠? 그럼 그 세 가지 일을 다 해줘요. 삼 개월 동안 인턴으로 채용하겠어요. 월급은 캉캉이랑 똑같고, 식사는 제공하지만 숙소는 알아서 해요. 이 조건으로 일을 하겠다면 오후에 신분증 한 장 복사해서 점장한테 주고 건강검진서도 떼어 와요. 내일 아침부터 출근하면 돼요. 하기 싫으면 다른 데 가보고요."

딩샤오예는 그제야 좀 마음이 놓인 듯이 웃었다.

그러고는 말했다. "거래 성립이네요, 사장님."

캉캉은 좋아서 어쩔 줄 몰라 하며 딩샤오예를 끌고 동료들에게
소개해주러 갔다. 탄사오청은 딩샤오예에게 건네지 못한 명함을
만지작거리며, 농담 반 진담 반으로 평란을 원망하듯 말했다. "꼭
그렇게 나랑 경쟁을 해야겠어?"

"경쟁은 무슨." 평란은 상대할 마음이 들지 않아 치맛자락을 끌
어내리며 자리에서 일어섰다.

"그럼 왜 채용한 거야?"

평란은 눈썹을 치켜세우며 대답했다. "저 사람을 뱀 아가리 속으
로 밀어넣고 싶진 않아서."

"자비롭기도 하셔라!" 탄사오청은 짐짓 평란을 칭찬하는 척하
고는 말했다. "평란. 도대체 누가 뱀인데? 누가 누굴 잡아먹을지는
두고봐야 아는 일이야. 저 사람이 잘생기지 않았더라도 네가 채용
했을까? 잘생긴 남자 좋아하는 거야 인지상정인데, 아닌 척할 게
뭐 있어? 솔직히 두근거렸지? 어쨌든 너도 지금 솔로잖아."

"너 남자에 너무 굶주렸구나…… 그저 그렇던데, 난 피부가 좀
하얀 사람이 좋더라."

"누나, 저 형 데리고 신분증 복사하러 갔다 올게요." 류캉캉이
달려와서 보고했다.

탄사오청은 이 기회를 놓치지 않고 캉캉 뒤에 서 있는 딩샤오예
에게 예쁘게 웃어 보였다.

"조심해요. 그쪽, 사장님이 좋아하는 타입이거든요."

류캉캉은 이 말에 놀라 순간 움츠러들었다. 평란은 차가운 눈길
로 탄사오청을 흘겨보았다. 그러고는 캉캉의 어깨에 손을 올리고
한쪽 옆으로 데려가 부드럽게 말했다. "캉캉, 네 외삼촌이 내 친구

니까, 나도 손윗사람으로서 너한테 솔직히 충고해줄게. 첫째로, 사람은 자기 자신을 정확하게 파악해야 해. 둘째, 한 번만 더 PC방가서 밤새도록 '상남자' 게임을 했다간, 너희 외삼촌이 네 손가락을 다 꺾어버릴지도 몰라…… 마지막으로, 제일 중요한 건데, 진짜 '상남자'는 자기 입으로 '상남자'라고 하지 않는 법이야."

넌 남색이 정말 잘 어울려

"이런 '의외의 선물'을 줘서 고마워. 덕분에 내 심장이 꽤 건강하다는 걸 알게 됐어." 펑란은 저우타오란 쪽은 쳐다보지도 않고, 자기 앞에 놓인 크리스털 잔만 열중해서 빙빙 돌리며 말했다.

"오늘도 넌 눈부시네. 내 생각보다 잘 지낸 모양이야. 이제 안심했어." 저우타오란은 펑란이 자신의 결혼 이야기를 하고 있다는 걸 뻔히 알면서도 그 얘기는 잠시 피하기로 했다. 대신에 전 여자친구를 자세히 살펴보며 말했다. "남색이 정말 잘 어울려."

진심에서 우러나온 칭찬이었다. 눈처럼 하얀 피부에, 남색 실크 원피스를 입고 불빛 아래 앉아 있는 펑란의 모습은 아주 아름다웠다.

펑란은 무심한 투로 말했다. "꼭 나한테 꽤나 신경쓰는 것처럼 말하네. 내가 잘 지내든 못 지내든, 너랑은 상관없는 일이야." 펑란은 정교하고 섬세하게 하루하루를 보냈다. 매일 조금씩 신경써서 자기의 가장 아름다운 부분을 드러내는 게, 안 될 건 뭔가? 게다가 오늘 같은 이런 상황에서는 더욱더 그렇다. 이기고 지는 건 차치하고서라도, 최소한 예쁘게 보이기는 해야 한다.

"결혼식 전날엔 친구들하고 신나게 놀아야 하는 거 아냐? 아니면, 너한테 전 여자친구는 이미 동성 친구나 다름없는 거야?"

저우타오란은 아무렇게나 머리카락을 쓸어넘겼다. "말로는 널 못 당하겠다. 펑란, 계속 너한테 사과하고 싶었어."

"사과? 그럴 필요 없어. 너도 선택할 권리가 있는걸. 내가 너 때문에 마음 아프기라도 했을까봐? 난 그냥 궁금해서 왔을 뿐이야. 나한테 조금이라도 양심의 가책을 느낀다면, 내 질문에 솔직하게 대답이나 해줘."

"왜 결혼하게 됐냐고?"

"그래!" 펑란은 그의 말이 끝나기가 무섭게 대답하고는 저우타오란의 대답을 듣기 전에 술을 한 모금 마셨다. 그러더니 곧바로 인상을 썼다. "술에 사이다를 탔어? 저우타오란, 사람이 왜 그래?"

저우타오란은 직원에게 손짓을 해 새 술잔을 가져오게 하고, 펑란을 보며 말했다. "네 식당에서 우리가 처음 만났던 날 기억해? 난 네가 여신 같다고 생각했어……"

펑란은 잔을 있는 힘껏 내려놓고는 눈썹을 치켜세웠다. "흥! 무슨 얘길 하려나 했더니, 또 그 소리야?"

"일단 내 말 좀 끝까지 들어봐. 나에게 너는 정말로 계속 여신이었어. 바로 그게 문제였던 거야. 넌 너무 멋졌어. 난 여신을 사랑할 순 있지만, 여신과의 결혼을 상상할 순 없었어."

"저우타오란, 너 예전엔 이렇게 위선적이고 나약하지 않았잖아. 날 사랑하지 않으면 그렇다고 그냥 속시원히 말해. 좋게 만났다가 좋게 헤어지면 누가 누굴 원망할 필요도 없잖아. 왜 공연히 '비혼주의' 따위를 내세워서 발뺌하는 거야? 웃기고 있네!" 펑란은 테이블을 뒤집어엎고 싶은 마음을 억누르며 말했다.

"예전엔 나도 결혼할 생각이 없었어."

"나랑 결혼할 생각이 없었던 거겠지."

"그래, 알았어, 인정할게. 이제 만족해?" 저우타오란은 답답하다는 듯 셔츠 단추를 하나 풀었다. 슬프게도, 펑란은 그가 지금 입고 있는 셔츠가 올해 밸런타인데이에 자신이 선물한 카날리* 셔츠라는 걸 발견했다.

저우타오란은 펑란의 시선에 담긴 의미를 눈치챈 듯이, 자신의 셔츠를 내려다보고는 쓴웃음을 지으며 말했다. "네가 선물한 옷이라는 걸 알고 예비 신부가 가위로 조각조각 잘라버릴 뻔했는데, 다행히도 장모님이 인터넷에서 가격을 찾아보고 말리셨어. 가격을 알고는 여자친구도 차마 자르질 못하더라. 펑란, 너였다면 수고스럽게 가위로 자를 것도 없이 분명히 망설이지 않고 쓰레기통에 던져버렸겠지. 난 널 좋아했고, 네가 준 선물들도 좋아했어. 하지만 나한테 정말 삼천 위안짜리 셔츠가 필요할까? 이 망할 옷을 입는 날에는 하루종일 옷에 뭘 흘리면 어떡하나 걱정만 하고 있는데…… 내 진심을 알고 싶다니 솔직하게 말할게. 너랑 같이 있을 때, 난 매일 너한테 맞추려고 노력했어. 매일 내가 뭔가 부족한 게 없는지 나 자신한테 물었어. 예전처럼 늦잠을 잘 수도 없었고, 반쯤 놀면서 일할 수도 없었지. 네가 나를 살피는 것 같은 그 시선이,

---

* 이탈리아 남성복 브랜드.

바로 지금과 똑같은 그 눈빛이 무서웠어! 한동안은 네가 하이힐을 신고 또각거리면서 다가오는 소리를 들으면 소름이 끼쳤어. 그 소리를 들으면 아무리 피곤해도 정신을 차리려고 항상 노력했지. 내가 너랑 결혼할 용기를 못 냈던 건, 언젠가는 네가 나한테 실망할까봐 두려워서였어."

"결국은 내가 문제라는 거네. 내가 너한테 뭐라고 하기라도 했어? 무슨 스트레스라도 줬어?"

"딱히 말 때문이 아니라 나도 눈치라는 게 있어!"

"그 여자, 이름이 펑잉이라고? 그 여자는 널 자유롭게 놔두나보지? 그래서 맨날 주워섬기던 결혼이 무섭다느니 하는 소릴 그 여자한텐 안 한 거야?"

"사실대로 말할게. 난 펑잉이랑 결혼할 생각이 전혀 없었어."

"그런데?"

저우타오란은 술 한 잔을 단숨에 비웠다. "펑잉한테 하도 들볶이다못해 그런 거지! 울다 안 되면 소리를 지르고, 그래도 안 되면 목이라도 매달겠다잖아. 내가 가는 곳마다 따라다니고, 헤어지잔 말이라도 꺼냈다간 내 앞에서 죽어 보이겠다는데. 내가 진짜로 펑잉이랑 헤어졌다면, 걔네 어머니는 분명히 내가 딸을 가지고 놀았다면서 책임을 지라고 했을 거야. 걔가 하도 끈질기게 매달려서 나도 정말 어쩔 수가 없었어. 그리고 너랑 거리를 좀 두는 동안에 나도 생각을 많이 해봤어. 네 말마따나 사람한텐 안정감이라는 게 필요해. 나이가 어느 정도 들면 누군가 날 필요로 해주기를 바라게 되잖아. 펑잉한테 하도 시달리다못해서, 그냥 이를 악물고 결혼하겠다고 해버렸어. 누구랑 결혼하든 어차피 똑같은 한평생이잖아? 펑잉도 나름대로 괜찮은 애야. 항상 날 돌봐주고, 조금만 달래주면 기분좋아하고. 개는 내가 뭘 해주든 그게 제일 좋은 건줄 알아. 결혼 생활이 다 그런 거지. 서로 못 잡아먹어 안달인 부부는 많지 않잖아?"

"결국 나 때문에 그런 걸 깨달은 거네." 펑란은 고개를 끄덕였다. 그리고 좀 울렁거리는 기분으로, 눈앞에 있는 익숙하고도 생소한 남자를 바라보았다. 머리는 좀 짧아졌고, 수염은 다시 조금씩 나기 시작했다. 얼굴은 여전히 준수했다. 펑란과 처음 만났을 때 저우타오란은 렌즈 관련 장비를 사느라 밥 한 끼 제대로 먹을 여유도 없었다. 그렇지만 웃을 때는 아무 근심 걱정 없는 듯 환하게 웃곤 했다. 펑란이 애초에 그를 사랑했던 건, 자기 자신과는 다른 그런 부분들 때문이었다. 펑란의 마음속에서 그는 늘 그렇게 조금 과묵하지만 제멋대로에 거리낌없는 성격의 남자였다. 펑란은 지금까지 저우타오란의 진정한 모습을 몰랐던 걸까? 아니면, 자기 손으로 이 남자를 자기가 무시하는 그런 모습으로 만들어버렸던 걸까?

"만약에 나도 펑잉처럼 너한테 울고불고 매달렸다면, 나랑 결혼했을까?"

"넌 안 그랬을 거야, 펑란. 그저 나한테도 선택할 권리가 있다는 말이나 했겠지. 우리가 말다툼할 때마다 네가 제일 자주 했던 말이 '좀 진정한 다음에 다시 얘기하자'였잖아."

"결혼했을지 안 했을지, 그것만 대답해봐."

저우타오란은 또 술을 한 잔 비우고, 끝내 고개를 끄덕이며 말했다. "했을 수도. 누가 알아?"

펑란은 자기 잔에 술을 가득 따랐다. 그리고 한참 만에야 길게 한숨을 내쉬고는, 조용히 말했다. "알았어…… 타오란, 우리 정식으로 헤어지자고 한 적 없었지?"

저우타오란은 술기운이 어린 눈으로 펑란을 바라보았다. 그녀의 얼굴은 담담했고, 말투는 부드러웠다. 펑란의 이런 모습은 오랜만이었다. 저도 모르게 감정이 일어서, 저우타오란은 참지 못하고 손을 들어 펑란의 손등을 감쌌다.

"그랬지."

"그럼, 우리 헤어지자. 내가 먼저 말한 거다."

저우타오란은 술에 잔뜩 취했다.

주차장에서 차를 몰고 나오던 펑란은 때마침 젊은 여자가 저우타오란을 부축한 채 길가에서 택시를 잡고 있는 걸 보았다. 여자는 가냘픈 몸으로, 키가 백팔십 센티가 넘고 술에 취해 고주망태가 된 저우타오란을 힘겹게 부축하고 있었다. 몇 번이나 비틀거리는 걸 보니 정말 힘겨운 듯했다. 펑란은 차의 속도를 늦췄다. 길 건너편에서도 여자가 뭐라고 중얼거리는 게 보였다. 저우타오란을 원망하고 있는 것이겠지만, 그 눈빛은 걱정으로 가득차 있었다.

저 여자가 펑잉이겠지. 이름만 듣다가 처음으로 보는구나.

펑란은 항상 자신이 꽤 잘났다고 생각해왔다. 요 며칠간, 펑잉의 모습을 여러 가지로 상상해보았다. 탄사오청은 펑잉이 아주 평범하다고 말했지만, 실제로 보니 그렇지는 않았다. 저우타오란의 여자 보는 안목은 과연 탁월했다. 먼발치에서 얼핏 보았을 뿐이지만, 펑란은 내일이면 자신의 전 남친과 결혼할 이 아가씨가 얼마나 젊고 예쁜지 한눈에 알 수 있었다. 통통한 뺨, 밝고 순진한 눈빛, 수수하지만 맵시 있는 차림새…… 모든 것이 펑잉의 빛나는 청춘을 더욱 돋보이게 해주고 있었다.

펑란은 이젠 저우타오란이 그렇게까지 원망스럽지 않았다. 자신이 남자였더라도 같은 선택을 했을 것이다. 펑란은 자기 자신이 원망스러웠다. 저우타오란과 몇 년 동안이나 연애를 하면서, 계속 가슴에 손을 얹고 자문했었다. 입만 열면 사랑한다고 말하는 이 남자는 어째서 결혼은 하지 않으려는 걸까? 펑란은 이 문제로 초조해하다가, 스스로를 의심하다가, 결국은 포기하고 손을 놓아버렸다. 알고 보니 죽겠다고 울고불고 매달리면 되는 일이었는데. 우는 아이 떡 하나 더 주는 법이라는 이 단순한 진리를 펑란은 아직까지도 배우지 못했던 것이다. 저우타오란은 펑란이라면 절대로 울고불며 매달리지 않았을 거라고 확신했다. 펑란은 항상 자신이 신세대 여성이라는 걸 자랑으로 삼아왔고, 어릴 때부터 받아온 교육 또한 자립해서 능력을 발휘하라고 강조하는 내용이 대부분이었다. 그러니 펑란은 자신의 존엄성을 버릴 수 없었다. 하지만 존엄성이라는 게 이 캄캄한 밤중에 그녀를 집까지 데려다줄 리도 없고, 한겨울에 얼어붙은 발을 녹여줄 리도 없지 않은가?

펑란의 주량은 저우타오란보다 셌다. 술버릇도 더 나았다. 펑란은 저우타오란이 술에 취해 온갖 허튼소리를 늘어놓을 때까지도 버티고 있다가 술값을 계산하고는, 그와 결혼할 여자가 오기 전에 먼저 자리를 떴다. 그렇지만 십 분 정도 운전을 한 끝에, 안전을 위해 더이상 운전을 하지 않는 게 낫겠다고 확신했다.

계기판의 시계를 보니 벌써 열시 반이었다. 이 시각에 불러내면 좋아할 사람은 아무도 없을 것이다. 펑란은 그리 멀지 않은 자신

의 가게 주차장에 차를 세워두고, 택시를 타고 집으로 돌아가기로
했다.

평란의 식당은 빌딩 일층에 있었다. 주차를 한 평란은 여기까지
온 김에 가게 화장실에 잠깐 들러야겠다고 생각했다. 가게는 아홉
시 반이면 문을 닫았다. 밤에 가게를 지키는 사람은 없었다. 캉캉
은 아르바이트를 시작하고 얼마 안 있어 창고에다 일인용 침대를
하나 갖다놓았다. 평란은 열쇠로 가게 문을 열고 들어갔다. 가게
안에는 아직 불이 켜져 있었다. 목이 심하게 말랐다. 캉캉의 이름
을 몇 번 불러봤지만, 대답은 없었다. 평란은 혼란스러운 와중에,
이 녀석이 분명히 또 게임을 하러 PC방에 갔을 거라고 생각했다.

게임 중독 같은 건 아니었다. 이 꼬마는 자기 아버지를 닮아서 좀
예쁘장하게 생긴 탓에 어렸을 때부터 여자애라고 오해를 많이 받
았다. 성격도 좀 여린 데가 있었다. 사춘기에 접어들자 그런 말에
좀 민감해졌고, 여자 같다는 말을 듣는 걸 제일 싫어했다. 그 결과
캉캉은 남자다운 자기 외삼촌 쩡페이를 가장 동경했다. 그래서 방
학만 되면 외삼촌을 만나러 오곤 했다. 하지만 쩡페이가 캉캉 같은
꼬마랑 소꿉장난을 해줄 리가 없었다. 쩡페이는 캉캉을 상대해줄
생각은 추호도 않고 곧바로 평란의 가게에다 던져놓았다. 그런 캉
캉이 요즘엔 또 누구한테 무슨 쓸데없는 소리를 듣고 왔는지, '상
남자'라면 다들 게임을 좋아한다고 생각하는 것 같았다. 그러니 자
신이 제대로 된 '상남자'라는 걸 증명하기 위해서 틈만 나면 PC방
으로 달려가는 것일 테다. 그랬다가 '상남자'의 롤모델인 딩샤오예
까지 가게에 데려온 거고.

내일은 류캉캉을 좀 제대로 타일러야겠다. 쩡페이가 자신을 믿

고 친조카를 맡겼는데, 멀쩡한 애를 버려놓을 순 없었다. 평란은 그런 생각을 하면서 가방을 내려놓고 비틀거리며 화장실로 향했다. 술을 꽤나 많이 마셨다. 주차를 하고 난 뒤 한순간에 긴장이 풀려버렸는지 점점 술기운이 올랐다. 걸음을 내디딜 때마다 솜뭉치를 밟는 기분이었다. 평란은 닫혀 있던 화장실 문을 열었다. 술김에 있는 힘껏 밀어서 그랬는지, 반투명 유리문이 반대쪽 벽에 세게 부딪혔다. 쾅 하고 부딪히는 문 소리에 깜짝 놀란 나머지 평란은 순간 움찔했다. 그러고 나자 왜 웃는지도 모르고 웃기 시작했다. 술기운에 흥분한 모양이었다.

평란은 깔깔 웃으면서 화장실 안으로 한걸음 내디뎠다. 그런데 화장실 안에 누가 있었다. 남자였다! 류캉캉보다 머리 하나가 더 컸다. 남자는 수건을 들고 머리카락을 털던 자세 그대로, 조용히 평란을 쳐다보았다. 표정이 이상했다.

평란은 놀라지 않았다. 한 손으로 문틀을 잡고 기대선 채 그 사람이 가게에 새로 들어온 종업원이라는 걸 생각해냈다. 머리가 축축한 걸 보니 방금 샤워라도 한 것 같았다. 그래서 불이 켜져 있었구나. 조금 전에는 미처 생각해보지 못한 문제였다.

이 사람이 계속 여기 있었다면, 분명히 자신의 괴기스러운 웃음소리에 깜짝 놀랐겠지 싶었다. 그러면서도 평란은 자기가 왜 웃는지 알 수 없었다. 그래서 더 우습다는 생각이 들었다. 한밤중에 화장실에 뛰어들어온 여자가 이유도 없이 깔깔 웃고 있다니, 이보다 더 우스운 일이 어디 있단 말인가? 여기까지 생각이 닿자, 평란은 문틀에 기댄 채 배를 잡고 웃었다.

도대체 얼마나 웃은 걸까. 웃음이 멈추지 않아 눈물까지 나올 지경이었다. 세면대 앞에 서 있던 딩샤오예가 먼저 항복했다. 머리에 걸치고 있던 수건을 끌어내리며 딩샤오예가 물었다. "제가 먼저 나갈까요?"

"그래요." 펑란은 아직도 웃음이 가시지 않은 채로 허리를 폈다. 그대로 잠시 기다렸지만, 딩샤오예는 움직이지 않았다. 펑란은 그제야 자기가 가게에 돌아온 진짜 목적을 기억해내고는 정색을 하고 손가락을 흔들며 말했다. "내 차례잖아요. 난 남자랑 화장실 같이 쓰는 거 익숙하지 않단 말이야. 내 말은, 동시에 쓰는 게 그렇단 거예요. 특히 볼일 볼 때라면 더."

딩샤오예는 얌전히 듣고 있다가 말했다. "그럼 먼저 좀 비켜주셔야겠는데요."

비키라고? 뭘 비켜? 펑란은 잠시 멍해졌다. 그러다가 그제야 자신이 문틀을 잡은 채로 무슨 귀신같이 화장실 문을 막고 서 있다는 걸 깨달았다.

"아, 이쪽으로." 펑란은 똑바로 서서, 우아한 모습을 보이려 애쓰며 상대방이 화장실에서 나갈 수 있도록 비켜주었다. 딩샤오예가 스쳐지나갈 때, 펑란은 사장답게 농담이라도 해서 이 어색한 분위기를 풀어보려고 했다.

"밖에서 엿보지 마요!" 펑란이 웃으며 말했다.

딩샤오예의 발걸음이 잠시 멈칫하자 펑란은 이 남자에게 유머감각이 좀 부족한 것 같다는 생각을 했다.

잠시 후, 펑란이 화장실에서 나왔다. 화장실에서 헛구역질을 두어 번 했는데 제대로 토하지 못했더니 더 견디기 힘들어졌다. 펑란은 벽을 짚으며 홀까지 나와서는 아무렇게나 앉아 한 손으로 이마를 짚었다. 더는 움직이기 싫었다.

딩샤오예는 어느 구석에 숨었는지 보이지 않았다. 어째서 이 시간에 가게에 있는 걸까? 분명 이게 다 류캉캉의 생각일 것이다. 하지만 펑란은 그 일에 대해 캐물어볼 기운이 없었다. 대신 쉰 목소리로 말했다. "물 한 잔만 갖다줘요."

아무도 대답하는 사람이 없었다. 가게에 자기 혼자 남았다는 생각이 들 무렵, 유리컵 하나가 펑란의 눈앞에 놓였다. 펑란은 컵을 들어 바로 한 모금 마시다 비명을 질렀다. "앗! 뜨거!" 고개를 들어 보자, 딩샤오예가 몇 걸음 떨어진 곳에 서 있었다. 펑란은 화가 나서 씩씩거리며 말했다. "정신이 있어 없어? 따뜻한 물 가져오라고! 뜨겁지도 차갑지도 않은 거 말야! 알았어?"

"잠시만요." 딩샤오예는 재빨리 사라지더니 다시 물을 가지고 나타났다. 이번에는 마시기 딱 좋은 온도였다.

펑란은 물을 몇 모금 들이켠 뒤에야 컵을 내려놓고 딩샤오예를 쳐다보았다. 그는 불빛을 등지고 서 있었다. 술에 취해 몽롱한 펑란의 눈에는 그의 윤곽만 어렴풋이 보일 뿐이었다. 딩샤오예는 여전히 멀지도 가깝지도 않은 곳에 서 있었다. 펑란이 갑자기 성질을 부렸더니 멀찌감치 피한 것 같았다.

"그쪽도 내가 대하기 어려운 사람이라고 생각하는 거야?" 펑란은 자리에서 일어나려다가, 순간 어지러워 간신히 테이블 모서리를 잡고 섰다. 딩샤오예는 그걸 보고도 미동이 없었다. 펑란은 제대로 일어서서 그를 따끔하게 혼내려고 했지만, 이번에는 십 센티미터짜리 하이힐 때문에 발을 삐끗했다. 그 바람에 바닥에 털썩 주저앉고 말았다.

평란은 양손으로 바닥을 짚었다. 가게 바닥은 아주 차가웠다. 그 한기가 의외로 편안해서, 그대로 바닥에 누워 자고 싶은 충동을 느꼈다. 눈앞의 종업원은 결국 '서비스 정신'을 발휘해 평란을 부축해 일으켰다. 그러고는 무슨 마대 자루라도 올려놓듯 평란이 원래 앉아 있던 자리에 앉혔다.

딩샤오예가 가까이 다가왔을 때, 평란은 일부러 있는 힘껏 숨을 들이쉬고는 웃으며 말했다. "말젖 냄새도 안 나고, 양고기 냄새도 안 나네. 류캉캉 샴푸 쓴 거지? 지난번엔 내가 말실수를 했어. 사실 이 샴푸 냄새는 그렇게 여자 냄새 같진 않아."

평란은 자기가 취했어도 말은 꽤 신중하게 하고 있다고 생각했다. 최소한 '그런 게 젊은 남자애들 특유의 냄새다'라는 말까진 하지 않았잖은가.

"이런 얘기 마음에 안 드나봐?" 상대방이 아무 말이 없자 평란은 좀 지루해졌다. 그래서 대범하게 말했다. "너도 나한테서 무슨 냄새 나나 맡아봐."

"모기약 냄새랑, 술냄새요." 딩샤오예는 이번엔 평란의 말에 시원스럽게 대답했다.

평란은 다시금 모욕당한 것 같은 기분에 손을 들어 있는 힘껏 테이블을 내리치고는, 손이 아파서 인상을 썼다. 그러면서도 큰 소리로 반박하는 건 잊지 않았다. "모기약이라니! 코코 마드모아젤이라고!"

평란에게는 딩샤오예의 표정이 제대로 보이지 않았지만 평란을 우습다고 생각하고 있다는 걸 본능적으로 알 수 있었다. 왜냐하면 평란 역시 자신이 우습다고 생각했기 때문이다.

"이런 게 여자다운 냄새 아냐?" 펑란이 작은 목소리로 말했다. 방금 전에 테이블을 내리치면서 힘을 다 써버린 것 같았다. "그렇게 생각 안 해? 다들 그러던데…… 내 전 남친은 조금 전에도 내가 자기 '여신'이라고 했단 말야."

"그래요?" 의심으로 가득찬 목소리였다.

"당연하지." 상대방이 대꾸해주자 펑란은 지루함이 가시기 시작했다. 자신의 말을 증명하기 위해서, 그녀는 하이힐을 벗어들고 높은 굽으로 테이블을 두드리기 시작했다. 또각거리는 소리가 조용한 가게 안에 울려퍼졌다. "내 전 남친이 그러는데, 내가 하이힐을 신고 걸어오는 소리만 들으면 긴장이 됐대. 넌 어때? 너도 지금 긴장돼?"

펑란은 박자를 맞춰 테이블을 두드리면서, 지금 곁에 있는 사람을 물끄러미 쳐다보았다. 희미한 한숨 소리가 들린 것 같았다.

"긴장되네요."

"너도 긴장돼? 그럼 그 사람이 거짓말한 건 아니네. 그러니 다른 여자랑 결혼하려는 것도 당연하겠지." 펑란은 하이힐 한 짝을 손에 쥔 채 웃으며 말했다. "펑잉이 누군지 알아? 내 전 남친의 아내가 될 사람이야. 난 내가 모든 면에서 다 그 여자보다 나은 줄 알았는데, 알고 보니 그 여자가 나보다 젊고, 생긴 것도 괜찮고, 가슴도 나보다 작지 않더라? 이유 없이 소란 피우고 그러는 여자 좋아해? 지금 나처럼…… 보아하니 아닌 것 같네. 근데 내 전 남친은 그런 여자 좋아하더라? 난 남자들은 다 똑같은 줄 알았지."

펑란의 목소리가 점점 작아지는가싶더니 결국 테이블 위에 엎어져버렸다.

"저기요. 사장님! 여기서 주무시면 안 돼요."

먼 듯 가까운 듯 누군가 자꾸 깨우는 소리에 펑란은 짜증이 나 파리를 쫓듯 손을 휘저었다. 그렇게 내젓는 손을 누군가가 붙잡아 일으켰다. "일어나세요. 캉캉한테 전화라도 할까요?"

"캉캉? 캉캉이 너 엄청 좋아하던데…… 너무 환심 사려고 드는 것도 별로 좋은 게 아냐." 말을 하면 할수록 펑란의 말에는 조리가 없어졌다. "그 사람이 그러더라, 내가 축하해주는 게 자기한텐 아주 중요하다고…… 그래서 복 많이 받고 행복한 결혼 생활하라고 말해줬어. 진심이었어."

다시 가벼운 한숨 소리가 들렸다.

"나가서 택시 잡아드릴게요."

펑란은 부축을 받고 휘청거리며 가게 입구까지 나가서야 그를 뿌리칠 생각이 들었다. "당신 누구야?"

펑란은 눈앞의 남자를 제대로 보려고 노력했다.

"누군지 모르겠네. 상관없어. 당신, 내 타입이야." 펑란은 비틀거리며 한 바퀴 빙글 돌고는 웃으며 물었다. "나, 남색 잘 받지 않아?"

그러고는 딩샤오예의 얼굴을 가까이서 들여다봤다. 그는 아주 복잡한 표정을 하고 있었다.

"그렇게 오래 생각해야 돼?"

"얘기를 해줘야 될지 말아야 될지 생각중이었어요."

"뭘?"

"사장님 치마가……"

"예쁘지 않아?"

"엉덩이 좀 만져보세요."

"이 변태!"

"본인이 좀 만져보라고요!"

평란은 화난 눈으로 그를 쏘아봤다. 그러다 결국 그의 말대로 자기 엉덩이를 만져보았다. 처음에는 뭐가 이상하다는 건지 알 수 없었다. 하지만 잠시 후, 평란은 날카로운 비명을 내질렀다. 치맛자락의 일부가, 그것도 꽤 많은 부분이, 팬티 가장자리에 말려들어가 있었다. 그러니까, 이 말은······

평란은 치맛자락을 끌어내리면서, 타조처럼 머리를 감싸쥐고 바닥에 웅크려 앉았다. 차가운 밤바람을 맞은데다 이런 일까지 생기고 나니, 아무리 술에 취했어도 반쯤은 깨어버렸다. 딩샤오예는 언제부터 알고 있었던 걸까? 평란이 화장실에서 나온 직후부터? 아니면 방금 한 바퀴 돌아보았을 때? 스물아홉 해 하고도 팔 개월의 일생 동안, 중학교 때 춤을 추다가 브래지어 어깨끈이 떨어졌던 일 말고는, 이보다 창피한 일을 겪은 적이 없었다. 지금 이 일에 비하면 전 남친이 결혼하는 것 따위는 별로 체면 구길 일도 아니었다. 평란은 한순간 내일 있을 결혼식 때문에 괴롭던 마음도 잊어버렸다. 젠장, 정신 차리는 데 아주 즉효약이네.

"여기 이러고 있지 말고 일어나요."

딩샤오예가 눈치도 없이 타조의 어깨를 툭 쳤다. 평란은 다시 한번 꽥 소리를 지르고는, 자리에서 일어나자마자 뛰어 도망가기 시작했다. 방금 전까지 취해서 주정을 부리던 모습은 온데간데없이 전력으로 질주했다.

평란은 아주 멀리까지 뛰어가서야 걸음을 멈췄다. 하이힐 때문에 발이 아팠다. 치마가 얼마나 말려올라갔던 건지, 딩샤오예가 어디까지 봤을지 돌이켜보자니, 생각하면 할수록 콱 죽어버리고 싶었다.

평란은 생각에 잠긴 채 걸었다. 귓가에 가벼운 발소리가 들려왔지만 신경쓰지 않았다. 그런데 갑자기 누가 핸드백의 어깨끈을 끌어당기는가싶더니, 엄청난 힘에 밀려 평란의 몸이 앞으로 고꾸라졌다. 평란은 땅에 넘어져서야 딩샤오예가 장난을 치는 게 아니라는 걸 알았다. 평란을 덮친 남자는 몸집이 왜소했다. 평란이 넘어지면서 핸드백이 몸 아래 깔리자 남자는 재빨리 손을 뻗어 핸드백을 끄집어내 도망가려고 했다.

이제 술기운이 완전히 달아났다. 평란은 악한을 만났다는 걸 깨닫고는 본능적으로 온 힘을 다해 핸드백 체인을 손에 쥐었다. 강도는 쉽사리 핸드백을 빼앗지 못했다. 평란은 당황하는 한편 긴장했다. 두 사람은 자연히 엎치락뒤치락하기 시작했다.

갑자기 쾅 하는 커다란 소리가 들렸다. 몸싸움을 하던 두 사람 다 깜짝 놀랐다. 그 바람에 평란의 손에서 힘이 조금 빠졌고, 강도는 그 틈을 타 핸드백을 끌어당겨서는 쏜살같이 도망갔다.

모든 일이 너무 순식간에 일어나서, 평란은 도와달라는 말 한번 제때 하지 못했다. 넋이 나간 채 길가에 앉아 소리가 난 쪽을 쳐다보니 둥그런 쓰레기통 하나가 뒤집혀 있었다. 그리고 가로등 아래에 키 큰 사람 하나가 서 있는데 왠지 눈에 익었다. 그 사람이 천천히 다가왔다. 그게 딩샤오예가 아니면 누구겠는가?

딩샤오예가 부축해 일으킬 때까지도 평란은 정신이 제대로 돌아오지 않았다. 방금 전에 벌어진 일로 너무 놀라서 그렇기도 했지만, 상식적으로 뭔가 아귀가 맞지 않는다는 생각이 들었다. 펑란이 차마 얼굴을 들지 못하고 뛰어나간 뒤, 딩샤오예가 뒤에서 따라온 게 분명하다. 그렇다면 방금 강도와 몸싸움을 하고 있었을 때, 딩샤오예는 충분히 펑란을 도와줄 수 있었을 것이다. 그런데 그가 한 일이라고는 쓰레기통을 차서 뒤집어엎은 것뿐이라니!

"너, 너……"

놀란 가슴이 아직 가라앉지 않은 탓에, 펑란은 딩샤오예에게 삿대질을 하면서도 말이 제대로 나오지 않았다.

"제가 뭘요? 한밤중에 여자 혼자 휘청거리면서 걷고 있는데 강도를 안 만나면 이상하지."

"어쩜 그래? 어쩜 그럴 수가 있어?"

펑란은 제대로 따지려고 했다. 그렇지만 딩샤오예는 펑란을 앞으로 떠밀며 걸어갔다.

"아직 걸을 수 있는 걸 보니 어디 부러지고 다친 덴 없나 보네요."

펑란은 피라도 토하고 싶었다!

너무 놀란 나머지 한동안 아무 말도 할 수 없었다. 오늘밤에 일어난 많은 일들은 펑란의 경험치와 이해 범위를 크게 벗어난 일이었다. 머리가 어떻게 된 것 같았다. 펑란은 그저 멍하니 이렇게 말했다. "가방 안에 뭐가 들어 있는지 알아? 그 가방이 얼마짜린지 알아?"

"몰라요." 딩샤오예는 재차 펑란을 큰길 쪽으로 내몰며 말했다. "사장님이 생각이 없다는 건 알겠네요. 목숨보다 가방이 더 중요해요? 참, 그렇지. 그놈이 꼭 사장님을 죽이려 하진 않았을지도 모르겠네요. 어쨌든 여자는 여자니까." 그러고는 그 말끝에 펑란의 몸을 흘깃 쳐다보았다. 펑란은 불순한 시선에 저항하려는 듯, 저도 모르게 손을 들어 가슴께를 가렸다.

"경찰에 신고할 거야!" 펑란은 물에 빠진 사람이 지푸라기라도 잡는 심정으로 말했다.

"하려면 혼자 가서 하세요. 이런 사건이 하루에 몇 건이나 일어나는지 알긴 해요? 오늘은 그래도 운이 좋았던 거라고요. 아무것도 못 본 걸로 할 테니까, 앞으로 저는 끌어들이지 마세요."

"뭐라고!" 펑란의 말이 채 끝나기도 전에, 딩샤오예가 택시를 잡아 펑란이 뭐라 말할 틈도 없이 차 안으로 밀어넣었다. 그리고 십 위안짜리 지폐 몇 장도 같이 던져넣었다.

"이것밖에 없네요. 빌려드릴게요. 모자라면 중간에 내려서 걸어가세요. 어차피 이제 도둑맞을 가방도 없잖아요?"

펑란은 멍하니 입을 벌린 채 아무 말도 하지 못했다. 평소에는 꽤 말주변이 좋은 편이었지만, 오늘밤엔 웬일인지 바보같이 굴고만 있었다. 딩샤오예가 밖에서 차문을 쾅 닫는 걸 보면서도 어쩔 줄 모르고 앉아 있을 뿐이었다.

딩샤오예는 펑란의 멍한 모습을 보더니 마침내 태도가 좀 누그러졌다. 그래서인지 가볍게 헛기침을 하고, 허리를 숙이고 반쯤 열린 차 창문을 통해 한마디 덧붙였다.

"됐어요. 남색, 사장님한테 잘 어울려요."

질 때 지더라도 체면은 지켜야지

평란은 아침 일찍 일어나 쩡페이에게 전화를 걸었다. 쩡페이는 평란을 데리고 관할 파출소에 가서 신고를 한 뒤 그녀를 가게까지 데려다주었다.

쩡페이는 경찰 집안 출신으로 예전엔 아주 유능한 형사였다. 몇 년 전에 옷을 벗었지만, 경찰 쪽 인맥은 여전했다. 아직까지도 남아 있는 직업 본능 탓에, 평란이 한밤중에 혼자서 인적 드문 거리를 걷다가 급기야 노상강도를 만난 사건을 쩡페이는 도저히 이해할 수 없었다.

"다음부턴 밤에 운전을 못 하겠으면, 친구한테 전화하든가 아니면 콜택시를 불러. 사람이 안 다쳤으니 그래도 운이 좋았던 거야." 쩡페이가 평란을 뒤따라 가게 안으로 들어서며 말했다. "목격자가 없었던 건 확실해?"

쩡페이는 평란이 파출소에서 진술을 할 때도 같은 질문을 했었다. 식당 안으로 들어서면서 펑란은 정식으로 업무를 시작한 딩샤오예를 발견하고는 이를 악물고 대답했다. "없었어. 목격자가 있었다면 그 좀도둑이 목적 달성을 못 했겠지. 아니면 누가 있었더라도 사람이 죽어도 눈 하나 깜짝 안 할 인간 쓰레기였거나."

캉캉은 외삼촌을 보더니 좋아서 어쩔 줄 몰라했다.

"외삼촌, 저 벌써 한 달 동안이나 가게 바닥 닦았어요. 근육 좀 단단해진 것 같지 않아요? 머리도 새로 했는데 어때요? 남자다워 보이죠?"

쩡페이는 아무 자리에나 앉아 캉캉을 쓱 한번 훑어보더니 펑란에게 물었다. "뭐가 달라지긴 한 거야?"

펑란은 웃음을 꾹 참았다. 그러고는 얼굴에 실망감이 가득한 캉캉을 잠시 따돌리려는 듯 말했다. "외삼촌한테 마실 것 좀 갖다드려."

"모처럼 왔으니까 점심 먹고 가. 주방장한테 얘기해서 맛있는 거 해달라고 할게." 펑란도 쩡페이 앞에 앉으며 말했다.

쩡페이가 고개를 저었다. "됐어, 빨리 회사 가봐야 돼."

"요즘 어때? 잘돼가?"

"너네 가게 보안 시스템 새로 해줄까?"

펑란이 그 말에 채 대답하기도 전에 쩡페이의 휴대전화가 울렸다. 그리고 바로 그때 딩샤오예가 맥주 캔 하나를 가지고 나왔다. 펑란은 캉캉이 어디로 사라졌나 속으로 궁금해했다. 설마, 남자다워지려는 노력을 외삼촌이 전혀 인정해주지 않은 데 상심해서 어느 구석에 숨어버리기라도 한 건가?

"사장님, 캉캉이 이쪽에 갖다드리라던데요." 딩샤오예가 테이블 옆에 서서 말했다.

평란은 복잡한 심경으로 고개를 들어 딩샤오예를 쳐다보았다. 가게 유니폼이 꽤나 잘 어울렸다. 평란은 자기의 안목에 만족했다. 사람이 아니라, 유니폼 말이다. 문제는, 딩샤오예가 오늘 평란을 마주 대하고도 아주 차분하다는 거였다. 마치 아무 일도 없었다는 듯한 태도였다.

쩡페이는 전화를 받으면서 손짓으로 맥주 대신 물을 갖다달라고 했다.

"어제 생수가 다 떨어져서요. 지금은 막 끓인 뜨거운 물밖에 없는데 괜찮을까요?" 보아하니 딩샤오예는 벌써 가게 일에 제법 적응한 것 같았다.

평란이 쩡페이 대신 대답했다. "그럼 그냥 뜨거운 물 가져와. 생수 배달해달라고 연락은 했어?" 그러다가 갑자기 지난밤 일에 생각이 미쳤다. 어제 생수가 떨어졌다면, 어젯밤 딩샤오예는 어떻게 그렇게 빨리 따뜻한 물을 '만들어' 왔던 걸까?

그렇다고 쩡페이 앞에서 당장 딩샤오예에게 그런 걸 물어볼 수는 없었다. 그것 말고도 딩샤오예에게 따질 말은 한참 더 있었다.

쩡페이는 아직도 통화중이었다. 눈썹을 살짝 찌푸린 걸 보니 그리 좋은 일로 걸려온 전화는 아닌 듯했다. 쩡페이가 전화에 대고 말했다. "그런 일 갖고 나 찾지 말라니까. 시끄러워. 난 그딴 게 뭔지도 모른다고…… 안 돼…… 쓸데없는 소리 그만해. 끊어!"

그의 말투로 미루어보아, 전화를 건 사람은 분명히 추이옌일 터였다. 평란은 알 만하다는 투로 물었다. "추이옌이 또 뭐래?"

쩡페이는 딩샤오예가 다시 가져온, 끓인 물이 담긴 컵을 집어들었지만 너무 뜨거워서 도저히 마실 수가 없어 다시 내려놓았다. 평란이 방금 말한 추이옌이라는 이름 역시, 그에게는 손을 델 만큼 뜨거운 물건이나 다름없는 듯했다.

"점점 더 상대를 못 해주겠어." 쩡페이는 입을 떼기가 좀 난처했지만, 생각 끝에 결국 평란에게 도움을 구하기로 했다. "그…… 여자들이 쓰는 제모 크림인가 하는 건 어디서 사야 돼?"

평란이 웃음을 터뜨렸다. 캉캉은 자기가 관심 있는 화제가 나오자 또 신이 나서 달려왔다. "우리 누나예요? 누나가 제모 크림 필요하대요? 제가 어디서 파는지 알아요."

"잘됐다. 그럼 네가 사서 좀 갖다줘라. 난 걔처럼 어린 여자애가 그딴 게 왜 필요하다는 건지 모르겠다."

"예뻐지려고 그러죠. 다리가 매끈해야 예쁘잖아요? 특히 노출이 많은 옷을 입을 땐 말이에요." 캉캉은 거침없이 대답했다. "제가 몇 가지 추천해드릴 수는 있어요. 외삼촌 대신 사다주는 건 어려워요. 누나가 저한테 사다달란 게 아니잖아요. 전 일도 해야 하고요."

평란은 쩡페이가 캉캉을 한 대 때리기로 결심하기 전에 캉캉에게 물러가라고 했다. 쩡페이가 제모 크림을 사러 가는 모습을 상상하자, 이상하게 그 모습이 궁금하기도 했다.

"추이옌이 급하게 필요하대? 왜 오빠한테 그런 걸 시켜? 부탁할 다른 친구 없대? 그냥 오빠 비서한테 시키지 그래?"

"자기가 그런 거 쓰는 걸 딴사람이 아는 게 싫단다." 쩡페이는 고개를 절레절레 저었다. "도대체 여자들은 무슨 생각을 하는 거야? 다리에 솜털 몇 개 있든 말든 누가 신경이나 쓴대? 그걸 또 그렇게 급하다고 재촉까지 하고…… 그건 그렇고 도대체 여자들은 그런 걸 어떨 때 쓰는 거야?"

평란은 간단명료하게 대답했다. "남자들 꼬실 때."

쩡페이는 그 말에 잠시 멍하니 있더니, 미심쩍은 듯이 물었다. "걔가 몇 살이나 됐다고?"

"오빠가 늙어서 시대에 발맞추질 못하는 거야. 스무 살이면 벌써 나이 다 찬 아가씨지." 평란은 쩡페이가 미처 꺼내지도 않은 부탁을 딱 잘라 거절했다. "난 못 가. 일이 있어."

쩡페이는 귀찮은 듯이 손마디로 테이블을 두드렸다. "귀찮아 죽겠네!" 그러고는 자리에서 일어나 말했다. "그럼 먼저 가볼게."

평란은 그를 동정하는 한편 부러운 마음이 들어 말했다. "엄마 아빠 노릇을 혼자 다하네. 나한텐 왜 오빠 같은 '어른'이 없을까?"

"다 아는 사이에, 그런 난처한 얘기는 하지 말자. 내가 걔한테 왜 이렇게까지 하는지 알잖아." 쩡페이의 표정은 그리 좋지 않았다.

평란은 그의 어깨를 토닥이며 위로했다. "그렇다고 모든 걸 다 혼자 짊어지려고 하지는 마."

가게를 나서는 쩡페이의 뒷모습을 보며 캉캉이 중얼거렸다. "외삼촌은 우리 누나만 편애해요. 누나한테 해주는 반만이라도 저한테 잘해주면 좋겠어요."

"그러게 누가 너보고 너희 부모님 아들 하라던?" 평란은 대수롭지 않다는 투로 말했다.

"저도 알고 보면 불쌍한 애라고요……"

평란은 다 큰 남자애 푸념을 듣기가 싫었다. 마침 생수 배달원이 도착해서, 캉캉을 그 앞으로 밀었다. "물 나르는 거나 도와. 네 근육 자랑할 시간이다."

평란은 말을 마치고 조리대 쪽으로 가서, 빈 물컵을 하나 집어다 딩샤오예의 눈앞에 놓았다. 딩샤오예는 손님이 주문한 생과일주스를 만드는 중이었다.

"일을 꽤 빨리 배우네. 나도 한 잔 줘요." 평란은 최대한 차분하게 말하려고 애썼다. 첫마디부터 기세를 잃을 수는 없었다.

"잠깐만 기다리세요." 딩샤오예는 고개도 들지 않고 말했다.

"어제 나한테 갖다준 그 물은 뭐야?"

"그야, 사장님이 가져오라고 하셨던, 뜨겁지도 차갑지도 않은 따뜻한 물이죠." 딩샤오예는 뜻밖에도 자신에겐 아무 죄가 없다는 듯한 얼굴로 웃었다.

평란은 그 웃음에 넘어가지 않겠다고 생각하며, 어제 자기가 마신 건 아마도 수돗물이었을 거라고 추측했다.

"내 말 한마디면 잘릴 수도 있다는 거 알고 있는 거지? 내가 만만해 보이니?"

딩샤오예는 가만히 평란을 쳐다볼 뿐 말이 없었다. 팡팡이 조리대로 와서 딩샤오예가 만든 오렌지주스를 가지고 갔다.

평란은 팡팡이 멀찍이 사라진 후에야 말을 이었다. "네가 오늘도 출근해서 일할 수 있는 건, 캉캉한테 널 쫓아낼 이유를 설명하기 싫어서라고."

"그 이유가 뭔데요?" 딩샤오예는 조용히 평란의 말을 경청하다가 물었다. "제가 사장님 엉덩이를 봐서요?"

"그 입을 막아버리는 수가 있어." 평란은 경계하며 주위를 한번 둘러보고는, 이를 앙다물고 이런 말을 뱉어냈다. 딩샤오예는 도대체 어떤 인간이기에 이렇게 간단하게 평란을 손안에 쥔 듯 좌지우지하는 걸까? 평란은 또 어째서 이 인간을 가게에서 쫓아내지 않고 있는 걸까? "본인 입장을 좀 제대로 판단하라고. 나한테 돈 받고 일하는 처지잖아. 네가 뭔 줄 알고 이러는 거야?"

"죄송합니다, 사장님. 제가 전에는 이런 일을 해본 적이 없어서요. 아직 배워야 할 게 많습니다."

딩샤오예가 굽히고 나오자 펑란은 그제야 조금 만족했다.

"여기 오기 전엔 무슨 일을 했던 거야? 부잣집 도련님이었나?" 펑란이 미심쩍은 듯이 물었다. 하지만 정말로 그렇게 생각하는 건 아니었다. 외모는 그런대로 괜찮았지만, 손이 거칠고 굳은살이 박여 있었다. 오랫동안 일을 한 손이 분명했다.

딩샤오예가 대답했다. "말 먹이고, 패모*를 심었어요."

펑란은 패모가 뭔지 금방 생각이 나지 않았다. 그렇지만 그게 중요한 게 아니었다. 펑란이 딩샤오예에게 강조했다. "전에 무슨 일을 했든, 지금은 우리 가게에서 일하고 있잖아. 그럼 여기 규칙을 지켜야지!"

"어젯밤 일은 아무한테도 말 안 할게요." 딩샤오예가 말했다.

펑란은 이유도 없이 귓불이 달아올랐다. 마치 지난밤에 두 사람 사이에 무슨 부적절한 일이라도 있었다는 듯한 말투가 거슬렸다. "애초에 별일도 아니잖아!"

"얘깃거리도 안 되죠." 딩샤오예가 다시 의미심장하게 웃었다.

펑란은 그 말이, 자신의 엉덩이가 볼만하지 않았다는 뜻인가 하고 의심했다. 하지만 방금 웃은 걸 가지고 뭐라고 추궁할 수는 없었다. 볼 게 없었을 리가. 내 엉덩이에 얼마나 자신이 있는데.

---

* 백합과의 여러해살이풀.

"딩샤오예, 지금 이 일자리가 진짜 꼭 필요한 거야?" 펑란이 정색을 하고 물었다.

딩샤오예는 당장에 고개를 끄덕였다. "어젯밤에 제 마지막 전 재산까지 사장님한테 빌려드렸는걸요."

딩샤오예는 '빌려'라는 말을 강조했다. 펑란은 더는 못 들어주겠다는 듯이 지갑에서 백 위안짜리 지폐를 꺼내 그의 몸을 툭툭 치며 말했다. "쩨쩨하긴, 내가 배로 갚아준다."

딩샤오예는 두말없이 돈을 받아 주머니에 집어넣었다. 펑란은 불쾌하다는 듯 처다보았다.

"일자리도 필요하고, 돈도 필요하다니, 그럼 열심히 일을 해야지. 내가 하라는 건 다 하도록 해."

딩샤오예가 별달리 반박하지 않자, 펑란은 내처 말을 이었다. "이따 나랑 같이 어디 좀 가줘야겠어."

"어딜요?"

"결혼식에."

"안 갑니다."

딩샤오예가 딱 잘라 대답했다. 펑란도 어느 정도는 예상한 대답이었지만, 그래도 조금은 화가 났다. 지갑을 집어들고는 그걸로 그의 얼굴을 가리키며 물었다. "방금 내가 한 말을 뭐로 아는 거야?"

또다른 손님이 생과일주스를 주문했다. 딩샤오예는 과일을 자르면서 대답했다. "전 가게에서 일하는 거니까, 제가 맡은 일은 열심히 할 겁니다. 다른 일은 안 할 거예요."

"오늘 일당 세 배로 챙겨줄게."

"왜 제가 가야 하는데요?"

"넌 잘생겼고, 난 허영심이 강하니까. 꼭 네가 같이 가줘야겠어. 인턴 기간을 한 달로 줄이고, 정직원으로 전환된 다음부턴 월급을 지금보다 삼백 위안 올려줄게." 펑란은 거리낌없이 조건을 제시했다.

그렇지만 딩샤오예는 펑란이 생각한 것보다 훨씬 더 지조가 있는 모양이었다. "제가 매달 삼백 위안 더 받으려고 저를 팔아넘길 사람으로 보이세요?"

펑란은 무표정한 얼굴로 말했다. "알았어. 간다고 하면, 인턴 기간은 아예 없던 걸로 하고, 오늘부터 정직원으로 채용할게. 류캉캉이 쓰던 창고 방도 쓰게 해줄게."

딩샤오예는 들고 있던 과도를 내려놓더니 결심한 듯 말했다. "거래가 성립되었습니다."

펑란은 만족스럽게 웃었다. 열 번 찍어 안 넘어가는 나무 없다고 했다. 뭐 얼마나 대단한 인간인가 했더니, 결국은 일개 직원일 뿐이었지 않은가?

펑란은 딩샤오예 쪽으로 한걸음 다가섰다. 그러고는 고개를 들고 딩샤오예를 향해 생긋 웃어 보이며 작은 소리로 말했다. "내 전 남친 결혼식에 가는 거야. 나한테 망신 줬다간 죽는 수가 있어."

펑란은 키가 작은 편도 아닌데다 하이힐을 신고 있어서, 정수리가 딱 딩샤오예 코 밑에 와 닿았다. 오늘 아침에 특별히 더 신경써서 머리를 만졌더니 스스로도 스타일이 꽤나 마음에 들었다. 두 사람의 거리는 아주 가까웠다. 딩샤오예는 펑란의 말에 무심코 고개를 숙였다가, 펑란의 머리카락이 뺨을 스치자 뒤로 한걸음 물러났다.

"내가 무서워?" 펑란은 일부러 그렇게 물었다.

딩샤오예가 말했다. "코코 마드모아젤이 무서워서요. 제가 코가 별로 안 좋거든요."

"독살하기 딱 좋겠네!" 펑란은 때리려는 시늉을 하며 딩샤오예에게 한걸음 더 다가섰다. "거기 서서 움직이지 마. 숨도 참지 마. 삼 분 동안 맡고 있어."

딩샤오예는 실소를 금치 못하며 손에 든 과일 반쪽을 흔들면서 어쩔 수 없다는 듯 말했다. "그렇게 머리를 푼 채로 주방에 들어오시면, 머리카락이 주스에 빠져서 손님한테서 클레임 들어올걸요?"

펑란은 노닥거리기를 그만두고 말했다. "앞치마 벗고 옷 갈아입어. 바로 출발할 거야. 내 차에 갈아입을 옷 있어."

"남의 옷 입기 싫은데요."

"새 옷이야. 그냥 줘도 안 입을 거야?"

"됐습니다. 그러시려면 딴사람 찾아보세요."

펑란은 무슨 생각이 들었는지 그쯤에서 타협하기로 했다.

"거지처럼 입고 왔단 봐." 그러고는 '죽여버리겠다'는 시늉을 해 보였다.

펑란은 딩샤오예와 함께 저우타오란의 결혼식장에 앉아 있었다. 딩샤오예는 낡은 라운드넥 티셔츠에 청바지로 아주 편하게 입고 왔다. 물이 다 빠진 청바지는 류캉캉만큼 나이를 먹은 게 아닐까 의심스러웠지만 펑란은 그런 쓸데없는 소리를 입 밖에 내지는 않았다. 어쨌든 딩샤오예는 어떻게 입어도 그런대로 괜찮아 보였다. 펑란과 막 알게 되었을 당시 저우타오란이 머리끝부터 발끝까지 입고 있던 옷과 신발의 값은 다 합해봤자 삼백 위안이 채 되지 않았다. 그런데 지금 저우타오란은 펑란이 선물한 삼천 위안짜리 셔츠를 입고 다른 여자와 결혼하려 하고 있었다. 펑란은 결코 그보다 싸 보이고 싶지 않았다.

펑란은 오늘 식장에 오지 않아도 되는 입장이었다. 그렇지만 이런 말이 있지 않은가. '질 때 지더라도 체면은 지켜야지'. 넘어졌으면 넘어진 자리에서 다시 일어나야 하는 법이다. 남들이 오늘 그녀가 이불을 뒤집어쓰고 울고 있을 거라고 생각하게 둘 수는 없었다. 지난밤에 저우타오란이 한 얘기를 듣고 펑란도 반성을 했다. 저우타오란을 사랑했다 해서 자신에게 잘못이 전혀 없었다고는 할 수 없었다. 어쨌거나 그 사랑은 이미 죽었으니, 펑란은 이 결혼식을 자신과 저우타오란 사이의 감정의 장례식으로 삼기로 했다. 사 년이나 사귀었는데, 유종의 미를 거둬야 하지 않겠는가.

탄사오청도 결혼식에 왔다. 그녀는 펑란과 딩샤오예와 같은 테이블에 앉았다. 탄사오청은 앉자마자 펑란 쪽으로 몸을 기울이면서 웃으며 말했다. "넌 안 올 줄 알았는데. 입구에서 두 사람한테 '축하해'라고 말하는 기분이 어땠어?"

펑란이 코웃음을 쳤다. "기분은 무슨, 그냥 인사치레로 하는 거지. 타오란이 미운 건 아니지만, 그렇다고 축하해줄 생각도 없어. 잘 지내든 말든 내 알 바 아냐. 아, 아니지. 만약에 잘 못 지내면 좀 고소하긴 하겠다."

"나설 때와 물러설 때를 잘 아네. 네 그런 성격이 맘에 든다니까." 펑란은 탄사오청의 칭찬이 진심인지 아닌지 알 수 없었다. 탄사오청이 딩샤오예를 보더니 웃으며 말했다. "진도가 꽤 빠르네? 나 같아도 전 남친 같은 건 애저녁에 버렸겠다."

딩샤오예는 다른 데는 신경도 안 쓴 채 테이블의 땅콩만 열심히 집어먹고 있었다.

하객들이 속속 도착했다. 평란과 저우타오란을 모두 아는 친구도 적지 않았다. 그중 몇 명만이 고심 끝에 평란에게 인사를 하러 왔다. 나머지 사람들은 옆에서 살펴보고 있다는 걸 평란도 알고 있었다.

"평란, 역시 네가 마음이 넓다."

"저우타오란 그 녀석 아무래도 눈이 삐었나봐."

"너 정도 조건이면 더 나은 남자 찾는 건 일도 아닐걸? 언니가 금방 알아봐줄게."

"쉿…… 설마 저우타오란 속도위반인 건 아니겠지?"

평란은 웃는 얼굴로 하나하나 빈틈없이 대응했다. 일어서서 사람들과 인사를 나누고 있는데, 누군가가 등을 쿡 찔러왔다. 뒤를 돌아보니, 딩샤오예가 자리에 앉은 채 사과 한 알을 내밀고 있었다. 아마 과일 쟁반에서 가져온 것 같았다.

"내가 먼저 하나씩 다 맛을 봤는데, 이게 그나마 제일 달아요. 이것도 마음에 안 들면 직접 골라봐요." 딩샤오예는 주위를 아랑곳 않는 투로 말했다.

평란이 사과를 살펴보았다. 한입 베어 문 이빨 자국이 선명했다. 평란은 사과를 받아들고, 한입 베어 물더니 눈썹을 찌푸리며 말했다. "이게 제일 단 거라고? 난 됐어, 네가 다 먹어."

"여자들 시중들기 참 힘들다니까." 딩샤오예는 아무렇지도 않게 단숨에 사과를 다 먹어버리더니, 그다음부터는 평란에게 신경도 쓰지 않았다.

평란과 이야기를 나누던 사람들은 서둘러 자리를 떴다. 아마도 평란의 눈이 닿지 않는 곳에서 숙덕거리며 의논할 게 많을 테지. 평란은 자기 자리로 돌아와 앉아서 딩샤오예의 귀에다 대고 말했다. "연기 꽤 잘하던데. 다시 봤어."

딩샤오예는 히죽거리며 땅콩을 먹었다. "제가 돈값 제대로 했어요?"

"가격 대비 성능이 괜찮은데? 다음에 또 이런 일 있으면 같이 가줘. 결혼식이나, 장례식, 동창회나……"

"사장님 진짜 돈 많으시네요. 그런데 그 사과 진짜 달았는데."

"네 침 묻은 사과를 먹으라니, 나도 손해보는 장사는 못 하지."

"사장님, 혹시 뭐 전염병 앓는 건 아니죠?"

"그래, 먹고 죽어라. 네가 오늘밤에 게거품을 물면, 병원비랑 장례비용은 내가 대주마."

"저 오늘밤엔 근무 안 하는데요."

이런 이야기를 계속 귓속말로 나누다보니, 남들 눈에는 두 사람이 마치 즐거운 수다에 여념이 없는 것처럼 보였다. 곧 신랑 신부가 음악에 맞춰 입장하고 결혼식이 시작되었다.

"저 사람이 사장님 전 남친이에요?" 딩샤오예가 어찌된 일인지 관심을 보였다.

"어때?" 평란은 왠지 그의 평가를 들어보고 싶어졌다.

딩샤오예가 말했다. "옆에 여자는 괜찮네요."

평란의 표정이 어두워지더니 더는 딩샤오예에게 말을 걸지 않았다. 딩샤오예도 평란을 달랠 생각 없이 신랑 신부만 열심히 보았다.

"요즘 결혼식은 다 이런 식이에요? 결혼식 진짜 오랜만에 와보네요."

평란은 '원시 부락에서 야인같이 살다 오기라도 했어?'라고 쏘아붙일까 하다가, 흥미가 없어져서 대꾸하지 않기로 했다.

사회자가 쓸데없는 말만 잔뜩 늘어놓자 딩샤오예가 웃으며 평란에게 물었다. "저 사람, 언제까지 떠드는 거예요?"

평란은 그 말도 못 들은 척했다.

"화났어요?" 딩샤오예가 고개를 갸웃거리며 평란의 안색을 살폈다. "사장님이 신부보다 예쁘게 생겼어요."

"칫!" 평란의 표정은 큰 변화가 없었지만 눈빛은 많이 누그러졌다. 그녀는 자신도 마음이 얄팍하다는 걸 인정할 수밖에 없었다. 그 말이 진심이든 아니든 간에, 여자라면 누구나 예쁘다는 칭찬을 좋아하는 법이다. 그런데 이어진 딩샤오예의 말에 평란은 피를 토할 뻔했다.

"단, 저 신부가 사장님보다 젊네요."

"너 오늘 일당 세 배나 받으면서, 듣기 좋은 소리 좀 하면 죽기라도 한다니?"

"뭐 뻔히 보이는 사실 아니에요? 장님이 아닌 이상 다 알 수 있는 건데. 전 남친이 모든 면에서 사장님보다 못한 여자랑 결혼하면 좋겠어요? 저 사람이 못난이랑 결혼하면서도 사장님이랑은 안 한다고 하면 그게 체면이 서겠냐고요."

평란은 말문이 막혔다. 순간 딩샤오예를 데려온 걸 진심으로 후회했다. 딩샤오예의 말 한마디 한마디가 전부 평란의 아픈 곳을 찔러, 뭐라고 반박할 수가 없었다.

사회자는 여전히 진부한 이야기를 늘어놓고 있었다. "…… 영준

한 신랑과 아름다운 신부는 일 년 전 사랑을 싹 틔웠고, 일 년이 지
난 오늘 서로 손을 맞잡고 인생의 새로운 여정을 시작합니다……"

하객들이 분위기에 맞춰 박수를 치는 사이, 펑란은 자리에서 벌
떡 일어났다. 그 바람에 앞에 놓인 술잔을 엎지를 뻔했다.

'일 년 전 사랑을 싹 틔웠'다니! 서로 거리를 두고 있던 시간까지
합해봐도, 펑란과 저우타오란이 헤어져 있던 기간은 불과 육 개월
이었다. 그렇다면 이 두 사람은 저우타오란이 펑란과 헤어지기 전
부터 만나고 있었다는 게 아닌가? 게다가 그걸 모든 사람들 앞에서
당당하게 밝히다니, 펑란을 조롱하는 것이나 다름없었다!

딩샤오예는 펑란의 손을 잡아끌어 억지로 자리에 앉혔다.

"요즘 여자들은 다 사장님처럼 성질이 급해요? 듣기 싫은 말 한
마디 들었다고 바로 폭발하는 거예요?"

"이거 놔! 네가 무슨 상관이야!" 펑란은 화가 난 나머지 온몸이
부들부들 떨렸다. "방금 그 말 못 들었어? 저 둘이 벌써 일 년이나
사귀었다잖아!"

딩샤오예는 그 말을 바로 알아듣고는 즉시 펑란에게 술을 한 잔
따라주었다.

"오늘 이러려고 왔어요? 술 드세요. 한잔하면 나아질 거예요."

펑란은 잔을 단숨에 비웠다. 하지만 그다음 잔은 천천히 내려놓
았다. 그러고는 멍한 눈으로 딩샤오예를 바라보며, 슬픈 목소리로
말했다. "못 마시겠어…… 내가 왜 이러지?"

좀 진정한 다음에 다시 얘기하자

펑란과 딩샤오예는 결혼식 도중에 자리를 떴다. 그러고는 펑란의 차 안에 틀어박혀서 딩샤오예가 결혼식장에서 챙겨온 술을 마셨다. 술잔은 없었지만, 어차피 침 묻은 사과도 나눠 먹은 마당에 거리낄 건 없었다. 두 사람은 너 한 모금 나 한 모금 하며 술을 병째 나눠 마셨다.

"우리 엄마가 맨날 그런 얘길 하셨어. 자기 남자 챙기는 건 나무를 키우는 거랑 비슷하다고. 신경써서 물도 자주 주고 비료도 주고, 그래도 잘 못 자라면 가지치기도 하고 벌레도 잡아줘야 한다고…… 엄마는 내가 시집 못 갈까봐 불안하셨던 걸까? 그리고 또 내가 남자한테 이용당할까봐 매번 충고를……"

"그 남자한테 시집 못 간 게 그렇게 아쉬워요?" 딩샤오예는 손등으로 입가에 묻은 술을 훔치며 펑란에게 술병을 건넸다. "어차피 헤어진 마당에 그 남자가 전부터 몰래 양다리를 걸쳤든 말든 그게 그렇게 중요해요?"

"당연히 중요하지. 네가 뭘 알아? 어제저녁에 가게에서 너 만나기 전에 그 사람 만났어. 이런저런 얘기를 많이 하더라고. 난 그게 진심인 줄 알았어. 그 사람이 그러더라. 내가 너무 잘나서 나랑 못 사귀겠더라고. 나 때문에 스트레스를 받아서 못 견디겠더라나. 난 그 말을 듣고 정말 반성하고 있었단 말야. 결혼식장에 갈 때까지도. 내가 그 사람을 너무 못살게 굴었던 게 아닐까 자문했다고. 이렇게까지 된 데는 내 잘못도 있을 거라고, 어쩌면 내 잘못이 더 클지도 모른다고 생각했어. 내가 나서서 일거리를 찾아주지도 말고, 먹을 거나 옷 같은 걸 선물하지도 말고, 항상 내 제일 예쁜 모습만 보여주지도 말았어야 했다고…… 그리고, 그 사람 아버지가 편찮으셨을 때 두말없이 돈을 내놓았던 것도 내가 잘못한 거라고 생각했어. 단지 잘해주려고 했던 것뿐인데, 남자 입장에서 이런 걸 부담스럽다고 느낄 거라곤 생각도 못했다고."

평란은 술을 급하게 마시다가 사레가 들릴 뻔했다. "나무를 사 년이나 키웠는데, 결국 이게 무슨 꼴이야? 나무 심은 사람 다르고 열매 따는 사람 다른 것까진 참을 수 있어. 그런 거야 자주 있는 일이니까. 펑잉한테 진 것도, 내가 그 여자보다 못하다는 것도 인정해. 그런데 내가 매일매일 나무에 물을 주고 있는 동안에, 그 여자가 벌써 나무에 열린 열매를 전부 베어 물어 못쓰게 만들었다는 건 못 참겠어. 게다가 난 아무것도 수확하지 못한 게 전부 내 잘못이라고만 생각하고 있었다고!"

딩샤오예는 이해가 안 간다는 듯 말했다. "그 사람들도 진짜 이상하네요. 양다리를 걸친 것까진 그렇다 쳐도, 그걸 꼭 결혼식 당

일에 사람들 다 듣는 앞에서 대놓고 말할 건 또 뭐래요? 밥 먹고 할 일이 그렇게도 없나."

"그 사람이 왜 그렇게까지 뻔뻔할 수 있는지 말해줘? 그 사람은, 내가 아무리 화가 나도 상식 밖의 행동은 못 할 거라고 확신하고 있거든. 내가 어떤 여잔데? 말싸움만 했다 하면 '좀 진정한 다음에 다시 얘기하자' 소리밖에 못하는 재수없는 여자잖아. 곧 죽어도 체면밖에 모르는 여자라고!"

"그럼 지금 당장 가서 난리 피워봐요. 안 말릴게요."

평란은 차갑게 웃었다. "그 사람한테 망신 주는 거야 간단한 일이지. 근데 그렇게 해서 내가 얻는 게 뭔데? 체면 따위 차릴 것 없이 내가 다들 보는 앞에서 그 사람한테 오물을 끼얹으면, 남들 보기에 난 뭐 얼마나 깨끗해 보이겠어?" 평란은 침울하게 고개를 숙였다. "그 사람 말이 맞아. 난 그런 짓 못 해."

"그럼 마는 거죠." 딩샤오예가 말했다. "남들 보는 눈이 그렇게 중요해요?"

"나무가 껍질 없이 못 사는 것처럼, 사람은 체면 없인 못 사는 거야. 누구든 평생 남의 눈 속에서 사는 거 아냐? 나도 예전엔 나 자신이 제일 중요하다고 생각했어. 하지만 사람이 얼마나 착하든 나쁘든, 예쁘든 못났든, 그걸 자기 혼자만 보고 혼자만 알고 있어봐야 무슨 의미가 있겠어? 남들한테 주목받고 잊히고, 부러움도 사고 비웃음도 사고, 사랑받고, 미움받고, 보호받고, 누군가 필요로 하는 대상이 되고…… 이런 게 평범한 인생이잖아. 그러는 너는 너 자신만을 위해서 사는 거야?"

"그런 생각 해본 적 없어요. 살아 있는 것만 해도 복이지."

"사 년 동안, 그 사람은 매일 나한테 사랑한다고 말했고, 나도 그 말을 믿었어. 난, 그 사람이 아직 덜 성숙한 거라고, 아직 준비가 덜 된 거라고 생각했어. 기다리고 기다리다 내 나이 벌써 서른이야. 근데 결국 돌아온 건 썩어빠진 핑계 한 바가지랑, 염치도 없는 '일 년 전', '일 년 후' 같은 말뿐이잖아. 그 신부, 나보다 젊다고 네가 그랬지. 나도 한때는 젊었어. 나한테도 다른 선택지가 있었단 말이야. 진작 말했으면 내가 그 사람한테 그렇게 매달렸겠어? 결혼은 사랑의 무덤이라고들 하지만, 그럼 결혼 없는 사랑은 또 뭔데? 그건 죽어서 무덤도 없이 넋으로만 남아 세상을 떠도는 거나 다름없잖아! 지금 내 모습이 귀신 아니면 원한 품은 여자 같아 보이지?"

딩샤오예는 차 의자를 조금 뒤로 젖혀 편하게 자세를 잡고, 양손을 머리 뒤에 괴며 말했다. "내 고향에 그런 말이 있는데요. 여자가 연애를 하는 건 옷 단추를 푸는 거랑 같다고요. 연애에 한 번 실패할 때마다 단추를 하나씩 풀어서, 처음에는 꼭꼭 싸여 있던 순결한 소녀가 천천히 옷을 다 벗고 아무것도 가리지 않은 탕부가 된다죠. 원한 품은 여자는 탕부만도 못……"

딩샤오예는 뒷말을 삼켰다. 농담 삼아 꺼낸 말이었는데, 뜻밖에 펑란의 감은 눈가가 젖어 있었다.

딩샤오예는 펑란이 들고 있던 술병을 빼앗았다. "됐어요, 그만 마셔요."

펑란은 눈물이 한 방울 흘러내리는 것도 아랑곳 않고 웃었다. "네 말대로라면, 옷이고 뭐고 다 벗어버릴 걸 그랬네."

남의 일에는 신경도 안 쓰는 딩샤오예가 이 눈물 한 방울 때문에, 뜻밖에도 펑란에게 간섭할 마음이 생긴 것 같았다. 딩샤오예가 근심 어린 목소리로 말했다. "말해봐요. 뭘 어쩌면 마음이 좀 편해지겠어요?"

"저우타오란, 그 망할 놈을 갈기갈기 찢어버리고 싶어. 나더러 상식 밖의 일은 못할 거라고 했지? 어디 하는지 못하는지 두고 보라지!"

"그런 게 가능할 리가 없잖아요. 좀 현실성 있는 얘길 해봐요." 딩샤오예는 앞 유리창을 쳐다보며 차분하게 말했다.

"그게 안 된다면 한 대 때려주기라도 하고 싶어!"

"그건 어려울 거 없죠."

펑란이 눈을 번쩍 떴다. "도와줄 거야?"

"내가 끌고 올 순 있죠. 어떻게 처치하든 그건 사장님 마음이고요. 근데 두 가지만 보장해줘요."

"뭔데?" 펑란은 눈을 빛내며 물었다.

"첫째로, 무슨 일이 생기든 나랑은 상관없는 일이에요."

"네가 그런 인간인 건 애초부터 알고 있었어. 두번째는 뭔데?"

"돈을 좀 준비해야 돼요."

펑란은 딩샤오예가 이렇게 대놓고 돈 얘기를 꺼낼 거라곤 생각도 못했다. 지금껏 위선자는 많이 봐왔지만, 소인배 또한 그보다 나을 건 없다는 생각이 들었다.

"얼마나 필요한데?" 펑란은 무시하는 투로 물었다.

"적어도 몇 천 위안은 있어야겠죠." 딩샤오예는 얼굴색 하나 안 변하고 대답했다.

펑란은 싫은 기색으로 가방 안에서 지갑을 찾아, 그 안에 있는 현금을 몽땅 꺼내 딩샤오예에게 던져주었다. "오천팔백 위안이야.

자, 다 가져. 모자라면 좀 이따 인출해서 더 줄게. 돈 없어 죽은 귀신이 붙었나. 전생에 돈 구경도 못 해봤어?"

딩샤오예는 그 돈을 한 장 한 장 주워 세어보더니 웃으며 말했다. "오천팔백 위안, 맞네요. 사장님, 제가 돈이 있으면 지금 사장님 차를 타고 있겠어요?"

평란은 반나절 만에 파출소에 두 번을 다녀왔다. 첫번째는 사건 신고를 하러였고, 두번째는 용의자로 끌려간 것이었다.

파출소로 평란을 마중 온 건 류캉캉이었다. 복잡한 수속을 전부 마치고 나오니, 거리에는 이미 가로등이 켜져 있었다. 평란이 물었다. "너희 외삼촌은 안 왔어?"

캉캉이 대답했다. "그 남자 앞에서 망신당할 순 없다던데요. 그리고 외삼촌이, 이번 일은 상대방이 고소하지 않겠다고 해서 잘 처리됐지만, 다음에 또 이런 일이 생기면……"

"생기면?"

"우장 형한테 일러서 누나네 어머니한테 알릴 거래요."

"유치하긴!" 평란은 눈을 흘겼다. "무슨 초등학생도 아니고!"

류캉캉이 히죽거리며 말했다. "사장님 행동도 그리 어른스럽진 못했잖아요…… 아야, 때리지 마세요. 전 완전 멋있다고 생각한다고요. 전 누나 편이에요!"

평란은 캉캉의 하이파이브를 거절했다. 내색은 하지 않았지만, 술이 깬 평란은 자신이 저우타오란을 때렸다는 걸 믿을 수가 없었다. 지금까지 살면서, 싸움은커녕 말다툼할 때도 욕지거리 한 번 해본 적이 없었는데 말이다. 정말로 머리가 어떻게 되기라도 한 것 같았다.

"외삼촌이 진짜로 다 처리했다고 했어? 저우타오란은 날 고소 안 한다고 해도, 아내랑 장모가 가만히 있을까?" 이런 일을 처음 겪어보는 펑란은 아직도 좀 어리둥절했다. 쩡페이에게 이런저런 방법이 있을 거라고는 생각했지만, 그렇다고 이 정도로 수완이 좋을 줄은 몰랐다. 파출소에서 저우타오란의 가족과 대면했을 때, 펑잉과 그 어머니는 펑란을 뼈에 사무치게 미워하는 것 같았다. 펑란을 죽여버리지 않으면 분이 풀리지 않을 듯한 기세였다. 경찰관이 말리지 않았다면, 두 사람은 정말로 그 자리에서 펑란을 물어 죽였을지도 모른다.

"그건 저도 몰라요. 그렇지만, 우리 외할아버지가 돌아가셨다곤 해도, 지금 경찰들 중에 예전에 우리 외할아버지 부하 아니었던 사람이 있겠어요? 외삼촌도 함께 일했었고 하니까, 한마디 하면 아무래도 효과가 있겠죠. 게다가 누나가 사과도 하고 합의금까지 냈으니까, 그쪽에서도 이쪽 체면을 좀 세워줘야죠."

사과는 펑란이 자청해서 한 거였다. 얻어맞은 저우타오란의 모습을 보니 자신이 좀 심했다는 생각이 들었다. 게다가 오늘은 그의 결혼식 날이 아닌가. 그 두 남녀가 아무리 몹쓸 인간들이라고 해도, 펑란이 사과를 해서 손해볼 건 없었다. 하지만 합의금은 처음 듣는 소리였다.

"외삼촌이 대신 내준 거야? 너 지금 외삼촌 집에서 지내니까, 나중에 나 대신 외삼촌한테 전해드려." 류캉캉은 학생이니 돈이 있을 리가 없었다. 게다가 상대방도 쉽게 물러설 사람이 아니니, 쩡페이가 합의금을 마련한 게 분명했다. 아무 대가 없이 일이 해결될 리 없다는 걸 좀더 일찍 생각해냈어야 했다.

그런데 류캉캉이 대번에 고개를 저었다. "아뇨. 합의금은 샤오예 형이 냈어요. 누나가 파출소에 끌려간 뒤에 외삼촌이 병원으로 가서 저우타오란을 만났고, 가게에 있는 현금은 회계가 다 가지고 갔는데, 다행히 샤오예 형한테 돈이 있더라고요. 형이 가지고 있던 오천팔백 위안을 전부 저한테 줬어요. 그 형도 참 이상하죠? 저보다도 더 돈이 없는 줄 알았는데, 현금을 그렇게나 많이 가지고 있을 줄은 몰랐어요. 분명히 그 형 전 재산이었을 거예요. 제 생각엔 좋은 사람 같아요."

평란은 그제야 모든 걸 깨달았다. 딩샤오예는 이런 일이 생길 줄 처음부터 알고 있었던 것이다. 그래서 애초에 전부 계획을 세워놓고, 평란이 그 속으로 뛰어드는 걸 유유자적 지켜보고 있던 거겠지. 평란은 속마음과는 딴판인 말을 했다. "정말 좋은 사람이네!"

"참, 외삼촌이 누나한테 물어보라던데요. 분명히 누나 혼자 이런 짓을 하진 못했을 테고, 혹시 누가 함께한 사람이 있냐고요. 누나, 공범도 있는 거예요?"

평란은 겉웃음을 치며 캉캉에게 말했다. "네 외삼촌한테, 내가 프로 살인청부업자를 고용했다고 하면 믿을까 안 믿을까?"

캉캉은 잠시 멍하니 있다가 웃음을 터뜨렸다. "아, 누나 진짜, 이 상황에 농담이 나와요? 그렇게 전하면 외삼촌이 저를 한 대 팰걸요."

평란은 캉캉에게 고맙다는 인사를 하고 집으로 돌아왔다. 샤워를 하면서 평란은 손목에 뚜렷하게 남아 있는 빨간 자국을 발견했다. 딩샤오예가 주차장에서 억지로 끌고 나갈 때 생긴 흔적이었다.

술에 취하면 생각이 더 뚜렷해진다더니, 정말로 그런 모양이었다. 저우타오란을 반드시 손봐줘야겠다는 충동이 이제 더는 남아 있지 않았다. 하지만 오후에 있었던 일들이 마치 황당무계한 옛날 영화처럼 머릿속에서 재생되었다.

평란에게서 현금을 받은 딩샤오예는 평란의 자동차 열쇠를 가지고 잠시 자리를 떴다. 그러면서 평란에게는 주차장 구석에서 꼼짝 말고 기다리고 있으라고 당부했다. 평란은 그의 말대로 했다. 딩샤오예에게 속은 게 아닌가 의심이 들기 시작할 무렵, 머리에 결혼식 답례품 봉지를 뒤집어쓴 저우타오란이 나타났다. 그리고 딩샤오예가 그를 평란 옆에 세워져 있던 차 위로 내리눌러 제압했다.

평란은 처음에는 멍하니 서서 저우타오란을 쳐다보기만 했다. 얼굴이 가려지고 양손은 등뒤로 묶인 저우타오란은 선 자리에서 뱅글뱅글 돌다가, 몸부림치다가, 욕을 하다가, 끝내는 넘어졌다. 평란은 그런 그를 보며 여전히 인형처럼 꼼짝 않고 서 있었다. 십 몇 초쯤 지나자 저우타오란이 저항하는 걸 포기하고 바닥에 털썩 무릎을 꿇었다. 평란은 깜짝 놀라 뒤로 한걸음 물러섰다. 저우타오란은 두서없이 하소연하기 시작했다. 오늘은 자신의 결혼식이고, 신부와 아주 사랑하는 사이고, 신부의 뱃속에는 벌써 아기가 자라고 있고, 지금 자기가 돌아오길 기다리고 있다고. 돈이든 뭐든 달라는 대로 줄 테니 해치지만 말아달라고 빌었다.

저우타오란은 울고 있었다. 얼굴이 가려져 있어서 볼 수는 없었지만, 평란은 그가 눈물 콧물 흘리며 울고 있다는 걸 알 수 있었다. 믿을 수가 없었다. 한때 평란에게 있어 그렇게나 강하고, 야성적이고, 매력적인 사람이었는데. 일주일에 세 번씩 헬스클럽에 다녔으며, 난동을 부리던 취객들을 보며 불의를 참지 못하고 삼 대 일로 싸워 물리쳤다고 무용담을 자랑하기도 했는데. 그랬던 남자가 지금 머리에 답례품 봉지를 뒤집어쓰고, 양손은 자기 넥타이로 등뒤로 묶인 채 쩔쩔매고 있다. 펑란이 손가락 하나 까딱하지 않았는데도 겁쟁이처럼 울면서, 같잖은 하소연으로 동정이나 사려 하고 있었다.

펑란은 화가 머리끝까지 나서, 이를 악물고는 들고 있던 소가죽 백으로 저우타오란을 힘껏 쳤다. 저우타오란은 훌쩍훌쩍 울기만 할 뿐, 감히 큰 소리 한 번 내지 못했다. 펑란은 가방을 들어 내리치며, 저우타오란이 자신을 끈질기게 쫓아다니며 맹세했던 말들과, 입만 열면 사랑한다고 말하면서 뒤로는 배신한 걸 떠올렸다. 그리고 결혼 제도를 욕하던 그 얼굴과, 펑란에게 안겨준 그 모든 실망과 치욕도…… 펑란은 언제나 우아하고 이성적으로 보이려고 노력했다. 그런데 저우타오란은 그런 펑란에게 말싸움할 때조차 냉정하다고 말했다. '좀 진정한 다음에 다시 얘기하자'라는 말, 저우타오란은 분명 질리게 들었을 것이다. 펑란은 그동안 속으로만 참아왔던 분노를 가장 격정적인 방법으로 한 방에 되갚아주자고 마음먹었다.

저우타오란은 펑란의 하이힐 소리만 들으면 온몸이 긴장된다고 하지 않았던가? 팔이 아파진 펑란은 하이힐을 벗어 들고 저우타오란의 머리를 내리쩍었다. 그런데 딱 한 번 내리치자마자 딩샤오예가 나타나 펑란의 손을 잡아끌더니, 바닥에 꿇어앉은 저우타오란을 홀로 남겨두고 주차장을 떠났다.

펑란은 자신을 저지한 딩샤오예를 원망하며 발로 걷어찼다. 그러나 딩샤오예는 신음 한 번 내지 않고 펑란을 이리저리 끌며 호텔 후문으로 나가 택시를 잡아 펑란을 태웠다. 그러고는 택시가 출발하기 전에 한마디 했다. "전 도울 만큼 도왔습니다. 아까 한 약속은 기억하시죠?"

그후에 딩샤오예가 어디로 갔는지는 알 수 없었다. 펑란은 택시를 타고 자기 가게 근처의 노래방으로 가서는 혼자서 두 시간 동안 노래를 불렀다. 알고 있는 이별 노래란 이별 노래는 죄다 부르고 나서 소파에 쓰러져 잠이 들었다. 잠에서 깬 뒤에는 멍한 머리로 집에 가서 옷을 갈아입어야겠다고 생각했다. 그때 저우타오란의 가족들이 이미 경찰관을 대동하고 노래방 입구에서 펑란을 기다리고 있었다.

저우타오란이 입은 상처 중 가장 심한 것은 바로 하이힐에 맞은 상처였다. 펑란은 파출소에서 합의를 할 때에야 그 사실을 알았다. 저우타오란의 뒤통수에 커다란 혹이 생겼다. 그녀는 그제야 가슴이 철렁했다. 사람이 이성을 잃으면 못할 짓이 없는 것이다. 만약 딩샤오예가 그때 펑란을 말리지 않고 기분이 풀릴 때까지 '복수'하도록 놔뒀다면, 정말로 저우타오란의 두개골에 구멍을 뚫어놓았을지도 모르는 일이다.

그건 그렇고, 애초에 딩샤오예가 없었다면 이런 일까지 벌였을 리가 없었다. 펑란은 그에게 고마워해야 할지 아니면 원망해야 할지 갈피를 잡을 수가 없었다. 딩샤오예와 약속한 대로 '공범'의 존재는 절대 발설하지 않았다. 호텔의 보안 카메라에는 그리 쓸 만한 영상이 찍혀 있지 않았다. 대부분의 영상에서 저우타오란은 아주 흐릿하게 보일 뿐이었다. 사실, 펑란의 정체가 들통났던 건 코코 마드모아젤 때문이었다. 저우타오란에겐 더할 나위 없이 익숙한 향기일 게 아닌가. 저우타오란은 펑란이 이런 미친 짓을 할 거라곤 도저히 상상할 수 없었지만, 아무리 생각해봐도 펑란 말고는 달리 의심 가는 사람이 없었던 것이다.

모든 일이 끝난 뒤, 펑란은 기억을 되짚으며 지난 아픔을 곰곰히 되새겨보려 했다. 그렇지만 쏟아지는 졸음을 참을 수 없었다. 마지막으로 머릿속을 스친 생각은, 다시는 코코 마드모아젤을 쓰지 말아야겠다는 거였다. 그러고는 바로 달콤한 잠에 빠져들었다.

펑란은 요 며칠 사이 가장 달게 잠을 잤다. 알람 소리도 그녀의 잠을 깨우지 못했다. 가게에 도착한 펑란은 주차장의 자기 자리에 자신의 섹시한 빨간색 미니 쿠퍼가 세워져 있는 걸 발견했다. 차는 돌아왔다. 그럼, 사람은? 펑란은 다급하게 가게 안으로 들어가 사방을 둘러보았다. 딩샤오예의 모습을 발견하기도 전에, 놀랍게도 존경하는 모친을 보았다. 어머니는 오랫동안 자신을 '삼가 기다리고' 있었던 듯했다.

설마 쩡페이가 일러바친 건 아니겠지? 놀라움과 의심이 동시에 들었다. 그저께 노상강도를 만나 가방을 빼앗긴 후, 펑란은 주위 사람들에게 절대로 자기 부모님에게 그 얘기를 흘리지 않도록 신신당부했다. 나이드신 부모님이 그녀를 걱정하고 나무랄까봐였다. 그런데 거기다 어제 저우타오란을 구타했던 사건까지 귀에 들어갔다간, 어머니는 혈압이 올라 쓰러질지도 모른다. 정말 그런 일이 벌어진다면 이제 평안한 나날은 더이상 없는 거나 마찬가지다.

펑란이 바삐 머리를 굴리며 대응책을 찾는 사이, 어머니는 벌써 펑란을 향해 걸어오고 있었다. 어머니는 딸 가까이 오자마자 나무라며 말했다. "지금 시간이 벌써 몇시냐? 네가 꼭 식당을 열어야겠다기에 엄마도 말리지 않았잖니. 사업을 하려면 제대로 된 마음가짐이 있어야지. 사장이 모범을 보이지 않으면 직원들이 태만하게 굴지 않겠어?"

어머니에게 꾸중을 듣자 펑란은 오히려 안심이 되었다. 어머니의 태도로 보아, 어제 사고를 친 것 때문에 온 건 아닌 듯했다. 펑란은 어머니의 환심을 사기 위해 생글생글 웃으며 말했다. "엄마, 웬일로 여기까지 오셨어요? 말씀하셨으면 제가 모시러 갔을 텐데."

"네가 일어나길 기다리다 하루가 다 가겠다. 불시에 와서 가게 상황이 어떤지 보려고 했지."

펑란은 어머니와 함께 자리에 앉아 차를 마셨다. 가게 안의 모든 종업원들이 잔뜩 기합이 들어 있는 모습을 보고, 펑란은 자신이 오기 전에 어머니가 이미 직원 교육을 단단히 시켰으리라는 걸 어렵지 않게 추측해냈다.

이런 장면은 어느 정도 기간을 두고 한 번씩 연출되곤 했다. 다음번 방문이 정확히 언제가 될지는 어머니의 기분에 따라 정해졌다. 펑란의 어머니는 사업가 타입의 여성으로, 오랫동안 공기업에서 임원직을 맡고 있다가 퇴직했다. 최근 몇 년 동안 일을 쉬긴 했지만, 왕년의 기세와 일처리 방식은 변함없이 남아 있었다. 일단 딸의 가게에 왕림했다 하면 관례대로 재무 장부를 심사했다. 그뿐 아니라, 위로는 요리사에서 아래로는 종업원과 잡역부에 이르기까지 전부 불러모아 훈화를 했다. 업무 태도와 규율에서부터 서비스 정신까지, 어느 것 하나 해이해지는 걸 허락하지 않았다.

"내가 왔을 때 문 앞에서 손님 맞는 사람이 하나도 없더라. 손님이 계산을 하고 나갔는데도 테이블 치우는 직원은 느려터졌고 말이다. 점장한테 뭘 좀 물어봐도 뭐 아는 게 있어야지. 재료 준비하는 사람한테선 담배 냄새가 나고, 부요리사는 위생모도 안 썼더구나…… 이러니 엄마가 어떻게 안심을 하겠니?"

펑란은 겸손하게 어머니의 지적을 받아들였다. 그러고는 아첨조로 말했다. "그러니까 엄마가 자주 오셔서 저 대신 좀 지켜봐주셔야죠."

"저 종업원 두 사람은 못 보던 얼굴인데, 새로 왔니?" 펑란은 어머니가 가리키는 방향으로 고개를 돌렸다. 구석에서 테이블을 닦고 있는 사람은 류캉캉이었다. 그리고 이쪽을 등지고 손님의 주문을 받고 있는 건 바로 딩샤오예가 아닌가?

펑란은 기분이 조금 나아져서 어머니에게 소녀처럼 작은 목소리로 말했다. "네, 새로 왔어요. 잘생겼죠?"

주문을 다 받은 딩샤오예가 조리대 쪽으로 갔다. 펑란 어머니는 돋보기안경을 쓰고 한번 보더니 말했다. "종업원이 잘생겨서 뭐에 쓰게? 얼굴은 쓸데없어. 직원을 구하려면 성실하고 고생도 좀 할 줄 아는 사람을 골라야지."

"가게에 잘생긴 직원 하나 있으면 눈이 즐겁잖아요." 펑란이 중얼거렸다.

"그딴 생각 말고 중요한 걸 먼저 신경써야지! 나이 서른이 다 된 노처녀가…… 종업원한테 시집이라도 갈 셈이니?"

또 시작이다. 펑란은 화장실에 간다며 자리를 피하려 했지만, 어머니는 쉽게 놔주지 않았다. "화장실 가는 척하지 마라. 저우타오란이 결혼했단 얘기, 엄마도 들었어."

저우타오란이라는 이름을 듣자마자 평란은 깜짝 놀라서 심장이 쿵쾅거리기 시작했다. 그와 사이가 가장 좋았던 때조차 이렇게 두근거려본 적이 없었다. 평란의 안색이 변하는 걸 본 어머니가 한숨을 쉬며 말했다. "차라리 잘된 일이다. 엄마는 처음부터 마음에 안 들었어. 남자를 찾는 것도 직원 고르는 거랑 똑같아. 얼굴만 보지 말고, 실용적인 면을 봐야지."

그래도 딸을 아끼는 건 어머니밖에 없었다. 어머니는 테이블 위에 놓인 평란의 핸드백을 가리키며 말했다. "가방이 왜 이렇게 더러워졌니? 여자는 남자랑 다르잖니. 아직 결혼도 안 했는데, 벌써부터 이렇게 대충하고 다니면 안 돼. 자꾸 생각하지 말고, 지난 일은 다 잊어버리렴."

평란은 그제야 알아차렸다. 아침에 급히 나오면서, 얼결에 어제의 '흉기'를 들고 나왔다는 걸. 아마도 저우타오란을 때릴 때, 옆에 주차되어 있던 차의 먼지가 가방 아래쪽에 묻은 것 같았다. 옅은 색 가죽에 묻은 얼룩이 유난히 눈에 띄었다.

'아, 가방 아까워.' 평란은 속으로 생각했다.

그때, 테이블 정리를 마친 류캉캉이 소리 없이 두 사람 옆으로 지나갔다.

"이 친구는 무슨 머리를 이렇게 화려하게 염색을 했다니!" 평란 어머니가 눈썹을 찌푸리며 말했다.

평란은 재빨리 화제를 바꾸었다. "아, 쩡페이 오빠 조카예요."

"어머, 내가 왜 모르고 있었지?" 어머니는 순간 관심이 생겼는지, 어딘가로 숨어버리려는 류캉캉을 불렀다. 어머니의 눈빛은 벌써 많이 부드러워져 있었다.

"어디 좀 보자. 눈썹이 쩡페이랑 닮았구나. 몇 살이니? 학교는 안 다니고?"

류캉캉은 고분고분하게 대답했다. "안녕하세요, 아주머니. 여름 방학 지나면 대학생이 돼요. 외삼촌이 저한테 란 누나 가게에서 사회 경험을 좀 해보라고 하셨어요."

평란 어머니는 바로 류캉캉의 말을 바로잡았다. "쩡페이가 네 외삼촌인데, 평란을 누나라고 부르면 어떡하니? 그러면 촌수가 엉망이 되잖아? 이모라고 불러야지."

"제가 그렇게 늙었어요?" 평란의 표정은 그리 유쾌하지 않았다.

"너랑 쩡페이랑 다섯 살 차이도 안 나는데, 얘가 너를 이모라고 부르는 게 뭐가 이상하니?" 어머니는 류캉캉을 보내주고, 평란에게 진지하게 말했다. "이제 저우타오란이랑은 아예 헤어졌으니, 나랑 네 아빠가 네 연애 사업에 간섭해도 말리지 마. 엄마한테 다 계획이 있어. 엄마 말 들어……"

평란은 골치가 아프다는 듯 손으로 머리를 감싸며 말했다. "아, 어머니. 맞선을 보라 하시면 두말 않고 보겠습니다. 근데 왜 항상, 매번 같은 사람하고만 보라고 하시냐고요! 제발요. 쩡페이 오빠랑 맞선이라면 토할 만큼 봤단 말예요."

"쩡페이가 어디가 어때서?"

"전에 하신 말씀이랑 다르잖아요."

쩡페이의 아버지는 생전에 평란의 아버지와 오랜 친구 사이로, 평란과 쩡페이도 어릴 때부터 알고 지냈지만, 같이 놀며 자란 사이는 아니었다. 우장 또래인 쩡페이는 평란보다 몇 살 위였다. 그러고 보면 평란이 중학교 때 소녀로서 처음 느꼈던 두근거리는 감정은 쩡페이를 향한 것이었다. 그 당시의 쩡페이는 평란이 좋아하는 타입이었다. 하지만 딸이 일찍부터 연애에 빠지는 걸 경계한 평란의 어머니 탓에, 희미한 감정은 채 싹이 트기도 전에 땅속에 묻혀버렸다.

학창시절에 평란은 모범생이었다. 부모님의 말이라면 무조건 따랐고, 공부를 제일 중요하게 생각했다. 게다가 쩡페이가 평란에게 별다른 호감을 보이지 않기도 했다. '여자애는 신중하고 조신해야 한다'는 교육을 받아온 평란은 당연히 쩡페이를 향한 마음을 접었다. 목표로 하던 대학에 합격한 후, 소녀티를 벗어버린 평란은 온 학교 남학생들이 흠모하는 대상이 되었다. 평란의 어머니는 나이 어리고 세상 경험도 없는 평란이 외지 출신 남자친구를 만나 멀리로 시집이라도 가버릴까봐 걱정이 이만저만이 아니었다. 그럴 바에야 서로 집안 사정까지 다 알고 있는 쩡페이 쪽이 나은 상대라는 생각이 그제야 들었다. 그렇지만 한창 나이인데다 각자 잘나가고 있던 평란과 쩡페이는 서로에게 관심이 없었다. 평란이 대학을 졸업했을 때, 쩡페이는 벌써 형사 생활 사 년째였다. '살아 있는 한 내 딸을 지키리라'라는 신념이 있는 평란 어머니가 이번에는 딸이 쩡페이를 선택하지 않은 걸 다행으로 여겼다. 경찰관은 고되고 위험한 직업인데다가 사회의 어두운 일면을 자주 접하기 때문에, 장모 될 사람이 선호할 만한 신랑감은 절대 아니었다. 그러다가 평란은 저우타오란과 사귀기 시작했고, 쩡페이는 갑자기 경찰 일을 그만두고 창업을 했다. 쩡페이는 본인의 능력과 경찰 쪽 인맥을 활용해, 보안 시스템 설치를 주력으로 하는 회사를 시작해서 훌륭히 경영했다. 그렇게 되니 평란 어머니는 또 이 흐름에 발맞추어, 쩡페이의 장점을 다시 발견해낸 것이었다.

펑란과 저우타오란이 사귈 때, 펑란의 어머니는 항상 쩡페이를 언급하며 저우타오란과 비교했다. 집안에서 장래성에 이르기까지, 저우타오란이 쩡페이보다 나은 건 하나도 없었다. 하지만 부모로서 펑란이 저우타오란을 좋아하는 걸 무시하고 부모의 뜻을 강요할 순 없었다. 그러다가 펑란과 저우타오란이 냉전을 시작한 걸 알게 되자마자 끊임없이 쩡페이라는 최상의 대안을 추천했다.

성인이 된 후로, 펑란과 쩡페이는 좋은 친구로 지내고 있었다. 펑란은 쩡페이가 지금까지 결혼하지 않은 이유가, 펑란의 어머니가 상상하는 것처럼 그녀를 기다리고 있기 때문이 아니라는 걸 확실히 알고 있었다. 최근에 와서 두 사람이 자주 '맞선'을 보는 것도, 부모님들의 기분을 맞춰주기 위한 연극에 지나지 않았다. 펑란과 쩡페이는 둘 다 각자의 집안에서 밀착 수비를 당하고 있었다. 양쪽 부모님은 모두 지극히 전통적인 중국식 부모였다. 자식이 어릴 때는 연애라는 걸 천적으로 여겨 엄격히 방비를 했다. 그러다가 자식이 사회인이 되자마자 좋은 상대를 찾지 못할까봐 전전긍긍하며 머리가 하얗게 세는 것이다. 마치 어제만 해도 새가 쪼아 먹을까 걱정되던 볏모가, 하룻밤 사이에 당장 수확하지 않으면 안 되는 늦가을 벼로 자라버리기라도 했다는 듯 말이다.

"저랑 쩡페이 오빠랑 결혼할 생각이 있었으면, 벌써 애를 낳아서 뛰어다니며 놀 나이일걸요." 펑란은 재차 어머니에게 말했다.

"걔도 장가 안 갔고 너도 시집 안 갔는데, 왜 안 된다는 거니? 애는 지금부터 가져도 늦지 않아. 지금까지는 둘 다 우리 때문에 대충 선보는 흉내만 냈다는 거 안다. 이번엔 달라. 다 얘기가 됐어.

너랑 한번 제대로 선을 보고 생각해볼 마음이 있다더라."

평란이 맥없는 소리로 물었다. "누구랑 얘기하셨는데요? 오빠네 어머니요? 아니면 누나요? 그분들이 그런 걸 결정할 수 있대요?"

어머니는 이미 만반의 준비가 되어 있는 모양이었다. "쩡페이가 직접 나한테 한 말이야."

평란은 귀를 의심했다. 쩡페이는 이런 사소한 일에 항상 평란보다 훨씬 더 인내심을 가지고 대처해왔는데, 설마 정말로 평란의 어머니에게 자기 입으로 '생각해보겠다'고 했을까? 어머니 귀에는 일단 수락한 거나 다름없이 들릴 터였다.

평란의 어머니는 나이가 들면서 조금쯤 강경해지고 잔소리도 꽤 했지만, 거짓말을 하는 일은 거의 없었다. 평란은 좀 이상하다 싶어, 어머니 몰래 쩡페이에게 전화를 걸어 뭔가 어머니가 오해할 만한 말을 한 게 아니냐고 물었다. 쩡페이는 아주 모호한 대답을 했다. "어머니 좀 기쁘게 해드린 게 뭐 어때서?" 평란은 더욱더 알 수 없어졌다. '기쁘게 해드렸다'는 건 되는 대로 거짓말을 했다는 뜻일까, 아니면 양가 부모님의 뜻에 따른다는 의미일까? 서로 부모님의 뜻을 잘 알고 있는 마당에, 그분들을 정말로 기쁘게 해드리자면 후자의 의미일 수밖에 없었다. 평란이 좀더 자세히 물어보려는데 갑자기 쩡페이가 저우타오란 사건을 끄집어내더니, 술 좀 마셨다고 그런 상식 밖의 행동을 할 리가 없는데 어젠 미치기라도 한 거냐고 물었다. 그러더니 누가 도와줬는지 실토하라며 추궁했다. 평란은 쩡페이에게 감히 아무렇게나 꾸며댈 생각을 하지 못했다. 쩡페이는 누군가 거짓말을 하면 단번에 알아채는 사람이었기 때문이다. 평란은 겁이 난 나머지 전화를 끊어버렸다.

평란은 지금까지 어머니가 쩡페이 얘기를 꺼낼 때마다 약삭빠르게 대처해왔다. 언제나 쩡페이에게 모든 책임을 돌렸던 것이다. "쩡페이 오빠가 저한테 관심이 없는데, 제가 뭘 어쩌라고요?" 그래서 평란의 부모님도 정말 어쩔 수 없을 때를 제외하고는 평란을 귀찮게 하지 않았다. 이번엔 쩡페이 쪽에서 승낙의 뜻을 흘린 탓에 평란은 이러지도 저러지도 못하는 입장이 되어버렸다. 거절을 하려 해도 그럴듯한 핑계 하나 댈 게 없었다.

평란의 어머니는 딸의 식당에 한나절을 앉아 있다가 직원들의 서비스 태도가 업그레이드된 걸 확인한 뒤에야 만족스럽게 딸과 함께 집으로 돌아갔다. 평란은 부모님 집에서 저녁식사를 하고, 어머니의 강권에 못 이겨 그대로 하룻밤 묵으며 결혼과 연애 지식에 대한 재교육을 받았다.

그후로 며칠 동안, 평란의 어머니는 직접 딸을 데리고 다니며 머리를 새로 해주고, 옷이며 물건도 사주었다. 어머니의 말에 의하면, 이것들은 평범한 옷과 신발이 아니라 '전투복'과 '전투화'였다. 며칠 후 정식으로 쩡페이와 식사를 할 텐데, 비록 원래 알던 사이라 해도, 평란 쪽에서 새로운 모습을 보여 쩡페이가 평란을 다시 보게 만들어야 한다는 거였다. 결혼이야말로 여자에게 있어 일생일대의 사업이고, '좋은 자리'를 얻기 위한 노력은 아무리 해도 모자라지 않는 법이라며.

'낭狼'과 '패狽'*의 속된 취향

평란은 발소리가 나지 않는 플랫슈즈로 갈아신고, 도둑처럼 살금살금 자기 가게로 들어갔다. 평란의 모친께서는 오늘에야 드디어 평란이 자기집으로 돌아가도록 허락해주었다. 평란은 풀려나자마자 곧바로 가게로 향했다. 직원들은 전부 퇴근했지만, 창고 쪽에서는 아직 불빛이 새어나오고 있었다. 닫혀 있던 나무문을 열어보니 딩샤오예가 가만히 침대에 누워 눈을 감고 있었다. 잠이 든 것 같았다.

평란은 가만히 다가가서 딩샤오예의 목 쪽으로 손을 뻗었다. 손이 닿으려는 찰나, 예상대로 딩샤오예에게 손목을 붙잡혔다.

---

* 낭(狼)과 패(狽)는 모두 '이리'를 나타내는 글자로, 낭은 앞다리가 길고 뒷다리가 짧으며 패는 그 반대여서, 길을 가려면 반드시 패가 낭의 등에 앞다리를 걸쳐야만 한다. 둘이 서로 떨어지면 균형을 잃어 넘어져 당황한다는 데서 '낭패'라는 말이 나왔다.

"안 자는 거 다 알고 있었어." 펑란이 심드렁하게 말했다. "자는 척을 하려면 불이라도 꺼놓지그래."

딩샤오예도 펑란의 손을 밀어내고 경계심을 풀었다. "사장님이 또 술 취해서 넘어지기라도 하면 제 탓을 할까봐요."

"무고하다 이거야? 내가 너하고 담판을 지으려고 얼마나 벼르고 있었는데."

"그걸 꼭 이런 시간에 이런 데서 해야 돼요?"

세 평이 조금 넘는 가게 창고는 각종 조미료며 쌀기름 따위가 잔뜩 쌓여 있어서, 류캉캉이 사다놓은 일인용 침대를 빼면 공간이 거의 없었다. 천장에는 별로 밝지 않은 전구 하나만 달려 있었다. 방이 좁은데다 조명도 어둡다보니, 어쩐지 분위기가 이상해졌다.

펑란은 치맛자락을 정돈하고, 침대 가장자리에 걸터앉아 턱을 살짝 치켜들며 물었다. "내가 무서워?"

딩샤오예는 무슨 재미없는 농담이라도 들은 기분이었다. 누운 자세 그대로 딩샤오예가 말했다. "사장님 어머님은 엄청 엄격한 공산당원처럼 행동하시던데, 어떻게 사장님 같은 딸이 있대요? 지금 이러는 걸 어머님이 아시면 딸이고 뭐고 꽁꽁 묶어다 돼지 가두는 틀에 담아서 강물에 던져버리는 거 아니에요?"

펑란은 기분이 좀 언짢아졌다. 딩샤오예는 마치 펑란이 밤을 틈타 남자를 홀리는 탕부라도 된다는 듯한 투였다. 펑란은 원래 행동거지가 발랐고, 스물다섯 살까지만 해도 밤 역시 반이면 꼬박꼬박 귀가했다. 연애할 때도 저우타오란이 펑란에 대해 너무 바른 생활을 한다고 생각할 정도였다. 펑란은 정색하고 딩샤오예에게 이런 얘기를 해주려 했다. 하지만 생각해보니 이런 상황에 그런 말을 해봐야 별로 설득력이 없을 것 같았다. 오히려 딩샤오예는, 펑란이 자신 때문에 이런 상식 밖의 행동을 한다고 생각할지도 몰랐다.

"우리 엄마가 아셨다간, '네놈이 참한 처자 하나 버려놨구나' 하실걸."

딩샤오예는 펑란이 뭐라 하든 아무 대꾸 없이 벌떡 일어나 앉으며 물었다. "오늘은 코코 아가씨랑 같이 안 오셨나봐요?"

향수를 안 뿌린 걸 알아채다니, 딩샤오예도 펑란에게 관심이 아예 없지는 않았던 모양이다. 펑란은 조금 의외라고 생각하며 샐쭉하게 말했다. "그 망할 향수? 버렸어. 코 별로 안 좋다더니?"

딩샤오예가 바짓단을 걷어올려 맨종아리를 내보였다. "밤에 모기가 많은데, 모기약이 없어서……"

펑란은 손을 들어 딩샤오예의 다리를 찰싹 때리며 화난 척 말했다. "저리 치워."

종아리가 단단한 것이 감촉이 나쁘지 않아서, 펑란은 소신도 없이 그의 농담을 용서했다. 그래도 며칠 전의 일은 제대로 짚고 넘어가야 했다.

"넌 내가 바보로 보이지? 하긴, 희한하게도 네 앞에선 계속 엉뚱한 짓만 저질렀으니까."

"두 번 중에 언제 말이에요?"

"자꾸 그딴 식으로 말할래?" 펑란은 답답한 듯 말했다. "나도 바보지, 네가 옆에서 부추긴다고 진짜로 저우타오란을 때리다니."

"내가 부추겼다고요?" 딩샤오예는 책상다리를 하고 앉더니 또 웃기 시작했다. "그날 울면서 그놈 한 대 패주고 싶다고 했던 게 누군데요? 말려도 안 들어놓고. 사장님이 부탁한 거잖아요. 이 사건에서 내 역할은 '공범'일 뿐이었다고요. 만약에 이 사건이 낭狼과 패狽가 결탁해서 나쁜 짓을 한 거라면, 사장님이 '패'고, 내 역할은 아무리 커봤자 사장님한테 어깨를 빌린 '낭'일 뿐이라고요."

평란은 화가 나서 말했다. "낭이 패보다 더 나빠! 바른 대로 말해! 그날 저우타오란을 어떻게 데리고 온 거야? 어떻게 네 얼굴은 전혀 안 들켰어? 보안 카메라엔 왜 우리가 안 찍힌 거야? 너, 혹시 상습범 아냐?"

딩샤오예가 말했다. "이런 한밤중에 상습범이랑 한침대에 앉아 있다니, 조심하는 게 좋을걸요!" 평란이 전혀 겁내지 않자 딩샤오예도 더는 놀리지 않았다. "별로 복잡할 것도 없어요. 사장님 휴대전화에 그 사람 번호 있었잖아요? 공중전화로 그 사람한테 전화해서, 좀 전에 보낸 선물용 담배 수량에 문제가 있어서 새로 가져왔으니까, 남아 있는 걸 직접 가져와서 확인 좀 해달라고 그랬죠. 그러고 나서 에스컬레이터 밑에서 기다렸어요. 일단 내려오기만 하면 그다음은 어려울 게 없죠. 아무 주머니나 하나 찾아서 머리에 씌우기만 하면 온몸에 힘이 빠질 테니까요. 보안 카메라야 뭐, 조금만 조심하면 되는 문제고요."

"그렇게 간단하게?" 평란이 반신반의하며 물었다.

"그럼, 어땠을 것 같은데요? 사람들은 대부분 위험 불감증이에요. 평온한 생활에 익숙해져서, 위험한 일들은 자기랑 멀리 떨어져 있다고 생각하죠. 당장 사장님도 가방 도둑맞았을 때 바보같이 굴었잖아요? 자기가 연약한 여자라는 사실을 잊으면 안 돼요. 그런 상황에 돈이 뭐 그렇게 중요해요? 그때 그 강도가 조금만 더 대담했더라면, 목숨은 건졌더라도 험한 꼴을 당했을걸요. 사람은 자기 자신을 정확히 알아야 한다고요."

"너처럼 말야? 이런 일을 자주 겪어봤나봐? 그러니까 무슨 일이든 다 너랑은 상관없다는 것처럼 냉혈한같이 굴겠지?" 펑란이 물었다.

"그냥 귀찮은 게 싫을 뿐이에요." 딩샤오예가 무표정하게 대답했다. "모든 사람들이 사장님처럼, 사고는 자기가 치고 수습은 다른 사람이 해줄 거라고 믿는 건 아니라고요. 혼자서 오래 생활하다 보면, 자기 몸 지키는 게 무엇보다 중요하다는 걸 알게 되죠."

"가족이나 친척 없어? 친척이 한 사람도 없진 않을 거 아냐?"

"부모님은 두 분 다 돌아가셨어요. 다른 친척들이랑은 거의 연락을 안 하고요."

"어떻게 돌아가셨는데? 그러니까, 부모님 말이야."

"어머니는 신장이 안 좋으셔서 오랫동안 앓다가 돌아가셨어요."

"아버지는?" 펑란은 자기가 너무 많은 걸 묻는다고 생각했지만, 눈앞에 있는 이 사람에 대한 호기심을 참을 수 없었다. 젊은 나이에 부모를 모두 잃은 딩샤오예는, 펑란이 보기에 평범하지 않고, 참을 수 없이…… 가엾어 보였다.

"교통사고로요." 이 말을 하면서 고개를 숙인 채 양손을 두 무릎에 올려놓고 있는 딩샤오예의 모습이 마치 입정入定하는 스님처럼 보였다. 펑란 쪽에서는 눈 아래까지 드리운 그늘과 쭉 뻗은 콧날, 그리고 꼭 다문 한쪽 입가만 보일 뿐이었다.

"더 궁금한 게 있으신가요, 사장님?"

펑란은 꼬치꼬치 캐묻은 게 좀 창피해졌다. 하지만 머리카락을 귀 뒤로 살짝 넘기며 또 물었다. "너 같은 사람은, 후회할 만한 일은 거의 안 하겠네?"

"꼭 그렇지는 않죠."

"예를 들면?"

"예를 들면, 사장님의 '낭' 역할을 한 일 같은 거요. 아직도 끝이 안 났잖아요." 딩샤오예는 펑란의 '난동 사건'을 암시했다.

"그 일이라면 내가 너보다 훨씬 더 귀찮아." 펑란이 우울한 목소리로 말했다. "그땐 정말 폭력으로 문제를 해결할 수 있을 줄 알았어."

딩샤오예가 웃으며 말했다. "폭력이 꼭 문제를 해결할 수 있는 건 아니에요. 근데 사장님은 문제를 해결하려고 했던 게 아니잖아요. 분풀이를 하려고 했던 거지. 그 사람 때릴 때 통쾌하지 않았다고는 못 하겠죠? 눈에서 아주 빛이 다 나던데. 제가 안 말렸으면 송장치레했을지도 몰라요."

"좀 그렇긴 했어. 나, 그때 엄청 험악해 보이지 않았어?" 펑란은 그때 일을 떠올리니 절로 웃음이 터졌다. 딩샤오예의 말을 부정할 수 없었다. 술기운을 빌려 저우타오란을 내리치던 그 기분은 지금 생각해도 너무나 통쾌했다. 비록 그 일 이후, 죄책감을 느끼며 재차 반성하긴 했지만, 만약 시간을 되돌린다 해도 여전히 저우타오란을 패주고 싶을 것이었다. 딩샤오예라는 '낭'은 '패'의 마음속에 억눌려 있던 악의를 해방시켜준 것뿐이다.

"지금도 험악하게 웃고 있는데요." 딩샤오예는 펑란의 체면 같은 건 조금도 봐주지 않았다.

펑란은 이미 그런 말에 익숙해진 나머지 별로 거슬려 하지도 않았다. 대신 조금 가까이 옮겨 앉은 뒤 흥미롭다는 듯 물었다. "이런 일, 많이 봤어?"

"네. 이번에 합의금으로 오천팔백 위안 내셨죠? 고향에선 그럴 때 소나 양으로 갚았어요. 저우타오란을 때린 정도의 일이라면, 아마 양 열 몇 마리면 될걸요."

"만약에 사람을 때려죽였다면?"

"그럼 소나 양에다, 자기집 처녀까지 한 명 보내요."

"진짜로 그러기도 해?"

평란은 그렇게 묻자마자 후회했다. 딩샤오예가 짓궂게 웃는 양을 보아하니 평란을 놀리려고 꾸며낸 얘기인 게 분명했다. 평란은 오늘 튼튼한 새 가죽가방으로 바꿔 들고 왔다. 사람을 때리기에 그보다 더 알맞을 수 없었다. 딩샤오예가 웃으면서 평란을 막았다. "사람 패는 데 재미 붙였어요? 그만해요……좀! 그만하라니까요!"

그러고는 가볍게 평란을 제압했다. 평란은 한쪽 팔을 등뒤로 붙잡혔지만, 심하게 아프지는 않았다. 귀 뒤쪽에서 딩샤오예의 목소리가 들려왔다. "우리 고향에 '남자 쫓아다니기'란 풍습이 있는데요, 젊은 여자가 어떤 남자가 맘에 들면, 말을 타고 그 남자를 쫓아가면서 채찍으로 살짝 치는 거예요. 남자 입장에서 보기에, 가죽채찍이나 가죽가방이나 거기서 거기 같은데……"

"헛소리 그만해. 당장 이거 안 놔?" 평란은 귓불이 불에 덴 듯 뜨거워졌다. 딩샤오예는 피식 웃고는 평란을 놓아주었다.

평란이 팔을 주무르며 물었다. "여자들한테 채찍으로 많이 맞아봤나봐?"

딩샤오예는 웃기만 하고 대답이 없었다.

"네가 전엔 얼마나 잘나갔는지 몰라도, 여기서는 여자한테 난폭

하게 구는 남자는 인기 없어."

"잘됐네요, 저도 너무 연약한 여잔 싫거든요." 딩샤오예는 무심코 소매 밖으로 드러난 평란의 팔을 보았다. 별로 힘을 주지 않았는데도 그녀의 피부에는 '증거'가 남았다. 딩샤오예가 이상하다는 듯 물었다. "사장님 팔은 무슨 두부로 만들었어요? 충격을 하나도 못 견디겠네!"

"뭐 어떻게 더 충격을 주려고?" 평란이 눈을 부라리며 물었다.

딩샤오예가 평란을 쫓는 시늉을 하며 말했다. "그만 가보세요. 이제 자야겠어요."

"가게에 걸려 있는 영업 허가증 봤지? 법인명에 내 이름 적혀 있잖아. 근데 네가 날 내쫓으려고?"

"사장님 진짜 심심한가보네요. 돈 있겠다, 가족 있겠다, 친구도 있겠다, 부족한 거 하나 없는데, 왜 밤중에 여기까지 와서 절 괴롭히세요?" 딩샤오예는 하는 수 없다는 듯이 물었다.

평란은 부끄러운 기색도 없이 말했다. "남자가 없는데."

"그건 제가 못 도와드려요." 딩샤오예가 뒤로 조금 물러났다.

"웃기네. 내가 아무리 결혼할 남자가 없다고 널 고를까봐?" 평란이 웃으며 손을 휘휘 내저었다. 그러다가 창고 구석에 쌓아둔 맥주에 눈길이 닿았다. "나랑 한잔 하자. 답답해죽겠어."

"안 마셔요." 딩샤오예는 생각도 안 해보고 거절했다. "사장님 주량 세요? 술 취해서 실수할까봐 걱정도 안 되나봐요?"

"그러니까 너한테 마시자는 거지. 어차피 네 앞에선 벌써 실수도 했겠다."

"밤중에 남자랑 한침대에 앉아서 술 마신 걸 미래의 남편이 알까봐 걱정 안 돼요?"

"네가 말 안 하면 누가 알겠어?"

"말 안 한다고 보장할 순 없는데."

"됐어, 미래의 남편은 무슨. 그게 누군지도 모르는데. 만약에 그 사람이 지금 다른 여자랑 한침대에 앉아서 술 마시고 있으면, 나는 봐줄 거야."

딩샤오예는 펑란의 고집을 꺾지 못하자 그대로 침대에 드러누워 눈을 감았다. "그렇게 부부끼리 서로 봐주든가. 난 잘 거예요."

펑란은 못 들은 척하고 맥주를 한 캔 땄다. 캔을 따면서 튀어나온 거품이 딩샤오예의 이마에 튀었다. 거품을 닦아낸 딩샤오예는 불쾌한 듯 한숨을 쉬더니 펑란을 등지고 돌아누웠다.

펑란은 맥주를 몇 모금 마시고는 딩샤오예를 툭 쳤다.

"뭐 하나만 물어보자. 너희 고향에선 여자가 나이들어서도 결혼을 못하면 어떻게 돼? 응? 야! 말 좀 해봐."

"우리 고향엔 사장님만큼 나이 많은 처녀 없어요."

"내 나이가 뭐 그리 많다고?"

"그 나이에서 열 살만 더하면 손자도 보겠는데요." 딩샤오예가 돌아누운 채로 말했다.

펑란은 손에 든 맥주 캔을 찌그러뜨릴 뻔했다. 펑란에게 가히 치명적인 말이었다.

"농담해, 지금? 내가 스물아홉 살 반인데, 네가 내 손자뻘이라도 된다는 거야?"

딩샤오예는 말이 없었다. 펑란은 자학을 하는 기분으로 딩샤오예의 귓가에 대고 소리를 질렀다. "일어나서 똑바로 말해보라고!

너까지 날 무시하는 거야? 내가 싱글이고 싶어서 싱글인 줄 알아? 내가 조건을 따지기를 했어? 난 그냥 나랑 잘 맞는 사람을 찾으려고 했던 것뿐이야. 근데 그 사람이 나랑 결혼하고 싶은지 아닌지는 그 사람 마음이잖아? 남의 마음을 내 마음대로 할 수 있어? 내가 시간을 느리게 가게 만들어서 내 청춘을 좀 길게 늘일 수도 없는 거잖아? 내가 오늘 아쉬운 대로 아무나 찾아서 결혼을 했는데, 바로 다음날 나한테 딱 맞는 그 사람이 나타나면 어떻게 해? 그래, 내가 현실적이지 못해서, 쓸데없이 사랑이나 찾고 앉아 있는 거겠지. 사랑이 있어야 살아갈 수 있을 것 같단 말야. 정말 조금이면 되는데, 그게 그렇게 너무한 거야?"

딩샤오예는 귀를 막고 일어나 앉았다. 그러더니 펑란의 손에서 반쯤 남은 맥주 캔을 덥석 빼앗아 단숨에 비워버리고는 큰 소리로 말했다. "젠장, 그게 나랑 무슨 상관이에요? 수다떨고 싶으면 딴 사람 찾으라고요. 내가 여자들이랑 잘 놀아줄 사람으로 보여요?"

펑란은 속이 상해 발을 구르며 계속 소리를 쳤다. "내가 어디가 모자란데? 남들 연애하는 대로 나도 연애했어. 남들이 진지한 만큼 나도 진지하게 대했단 말야. 도대체 내가 뭘 잘못한 거야? 내가 집을 사달랬어, 돈을 달랬어? 난 공부도 열심히 했고, 돈도 열심히 벌었고, 성격도 괜찮고, 노인 공경하고 아이들 아낄 줄 알고, 사람도 잘 도와주고, 음식도 그럭저럭 잘한단 말이야. 근데 왜 나만 남은 거냐고!"

"왜냐하면, 남자가 여자를 판단하는 기준에서 보면, 사장님이 지금까지 말한 것들은 전부 쓸데없는 소리거든요. 그런 건 하나도 매력 없어요."

"그럼 어떤 게 매력 있는데?"

딩샤오예는 자기의 티셔츠를 움켜쥐고 있는 펑란의 손을 쳐내며 가차없이 말했다. "가슴 크고, 말 잘 듣고, 애 잘 낳아서 잘 키우면 되죠."

펑란은 어이가 없어 잠시 멍하니 있다가, 이내 삿대질을 하며 쏘아붙였다. "저속하고, 천박하고, 저질이야!" 그러고는 맥주를 한 캔 더 땄다. 하지만 이번에는 왠지 마실수록 쓰게 느껴졌다. 펑란은 한동안 말이 없다가 간신히 물었다. "진짜 그래? 남자들은 다 그렇게 생각하는 거야? 너도 그래?"

"무슨 헛소리예요? 그럼 내가 여자로 보여요?"

"좀더 자세히 말해봐. 넌 어떤 여자가 좋은데?"

펑란이 따져 묻자, 딩샤오예는 양손으로 호리병 모양을 그려 보였다. "무슨 소린지 알겠어요? 몸매는 좋고, 머리는 단순하고."

펑란은 답답한 듯 말없이 술만 마셨다.

"난 내 기준을 말한 것뿐인데 화는 왜 내요? 그쪽은 자기가 여신이라고 생각하는 거 아니었어요?" 딩샤오예는 짜증도 나고 우습기도 하다는 투로 말했다.

딩샤오예가 몸을 일으켜 침대에 무릎을 꿇은 자세로 앉았다. 그런데 갑자기 펑란도 몸을 돌리는 바람에 펑란의 코끝이 그의 가슴팍에 닿을 뻔했다.

"네가 보기에 내 몸매는 별로야?" 펑란이 딩샤오예를 올려다보며 물었다.

"사실대로 말해요?"

"응!"

"엉덩이는 괜찮은데, 가슴은 좀 별로."

"B+는 될 거 아냐!"

"딱 맞네요. 다른 건 다 A라도, 가슴이 C니까 별수 없죠."

"너 진짜 못됐다!" 펑란은 다시 바람 빠진 풍선처럼 축 처졌다.

"자꾸 떠들어서 잠이 다 깼네. 아, 귀찮아. 술 좀 주세요." 딩샤오예는 펑란이 멍하니 있는 틈을 타서 또 맥주를 빼앗아 마셨다.

펑란은 한참 후에야 무언가를 알아차리고 물었다. "너, 방금…… 엉덩이는 괜찮다고 그랬어?"

"네, 내가 직접 봤잖아요. 왜요, 언제 봤는지도 말해줄까요? 그날 사장님이 내 앞에서 한 바퀴 돌면서 여신 맞느냐고……"

펑란은 달려들어 딩샤오예의 입을 틀어막았다. 창피해 죽을 지경이었다! 딩샤오예는 늘 이런 식이기 때문에, 펑란은 그 앞에서 얌전하고 신중하게 행동할 수가 없는 것이다. 어떤 사람과의 관계에 있어서, 기본적인 분위기를 결정하는 건 그 사람과의 첫 만남이다. 펑란이 단정치 못한 옷차림으로 딩샤오예 앞에서 술주정을 했던 그때부터, 두 사람은 이런 속된 취향을 벗어날 수 없게 되어버린 것이다.

펑란의 손을 뿌리치려던 딩샤오예는, 펑란이 덤벼드는 기세가 어찌나 사납던지, 순간 뒤로 넘어져버렸다. 그 바람에 펑란까지 그의 가슴팍 위에 엎어지고 말았다. 등이 침대에 닿던 그 순간까지 딩샤오예는 큰 소리로 웃고 있었다. 펑란은 손으로 딩샤오예의 얼굴 옆을 짚고 엎어진 채로 그의 가슴이 울리는 소리를 들었다. 고개를 들자 바로 눈앞에 그의 얼굴이 보였다.

펑란의 어머니는 곧잘 이런 말을 했다. 처녀는 달빛 아래서 보지 말고, 총각은 등불 아래서 보지 말라고.

보면 어떻게 되는 걸까? 아차 하는 사이에 혼을 뺏기고 목숨까지 잃게 되는 걸까?

어머니는 평란보다 밥을 몇 십 년은 더 먹었고, 길도 몇 십 년은 더 걸었다. 어른들이 하는 말은 듣기는 싫어도 대부분 옳은 말이었다. 그건 평란이 쓰라린 경험을 통해 얻은 결론이었다.

평란은 왠지 리비화*의 『유승誘僧』이 떠올랐다. 내용은 거의 잊어버렸지만, 이 한 구절만은 아주 또렷하게 기억하고 있었다. "들개가 백골을 물어뜯듯이, 들새가 썩은 고기를 뜯어먹듯이, 역풍 속에서 불꽃을 들고 있듯이, 자기 자신을 불살라라……" 그 책을 읽었을 때 평란은 아직 순진한 소녀였기 때문에, 그런 원시적이고 맹렬한 감정을 이해할 수 없었다. 성인이 된 후에는 남녀 사이의 연애 놀이를 순서대로 즐겼다. 누군가 자신을 쫓아다니고, 자신을 즐겁게 해주고, 가끔은 에둘러 가고, 가끔은 주위를 맴돌고, 그 모든 과정이 즐거웠다. 하지만 평란은 지금, 눈앞의 이 젊은 남자와 자기 자신이 마치 황야를 나란히 걷고 있는 두 마리 맹수 같다는 생각이 들었다. 사방은 고요하고, 하늘에는 갈고리 같은 초승달이 떠 있다. 들이마신 숨에서 자신과 닮은 냄새가 느껴지고, 몸속에서는 피가 흐르며 포효하는 소리만이 들린다. 모든 복잡한 것들은 남김없이 사라지고, 존재하는 것은 다만 두 개의 뜨거운 몸뚱이뿐. 평란은 딩샤오예에게 뜯어먹혀 갈기갈기 찢기고 싶었다. 그를 자기 뱃

---

* 소설가이자 시나리오 작가. 소설 『유승』은 홍콩에서 동명의 영화로 만들어졌으며, 국내에는 〈라스트 템테이션〉이라는 제목으로 소개되었다.

속에 삼켜버리고 싶었다. 평란은 그냥 그렇게 멍하니 딩샤오예를 쳐다보았다. 눈앞이 조금 흐렸다. 두 사람의 몸이 맞닿은 곳에서 심장이 세차게 뛰었다.

"평란." 딩샤오예가 처음으로 그녀의 이름을 불렀다. 그러고는 마른 입술을 한번 핥은 뒤 물었다. "나한테 반한 건 아니죠?"

"내가 미쳤어? 넌 우리 가게 종업원일 뿐이라고. 내가 그렇게 망신스러운 짓을 할까봐?" 평란은 그제야 환상에서 깨어나, 마음에도 없는 소리를 웅얼거렸다.

"알면 됐어요." 딩샤오예는 침착하게 평란을 떼어 놓았다. "그쪽은 제 타입 아니거든요. 가게 종업원한테까지 차이면, 더 큰 망신일 거 아네요."

어긋남도 인연이다

맞선이란 건 참 신기하다. 오랫동안 허물없이 잘 지내던 사이도, 양가 부모님과 함께 앉아 있으면 갑자기 어색해져버린다.

양가 어른들의 말씀에 따르면, 쩡페이와 평란 사이에 새삼스럽게 중매인을 세울 필요는 없었다. 하지만 맞선 자리에 어른들이 나오는 건 이 맞선과 미래의 사돈을 서로 얼마나 중요하게 생각하는지 보여주는 거라 했다. 쩡페이의 아버지는 이미 세상을 떠났다. 누나인 쩡원은 다른 도시로 시집을 갔고, 쩡페이의 어머니도 쩡원과 같이 살고 있었다. 모녀는 오로지 이 맞선을 위해 먼 걸음을 했다. 사돈 쪽이 전부 여자이다보니, 평란의 아버지는 아내에게 전권을 일임하고 맞선 자리에 나오지 않았다. 다들 서로 잘 아는 사이인데다 공통된 목표를 가지고 있어서, 어른들의 '회담'은 친근하고 화목한 분위기에서 시작되었다.

평란의 어머니는 완곡한 화법으로 티 나지 않게 딸에 대한 칭찬을 늘어놓았다. 평란을 쫓아다닌 남자는 적지 않았지만, 집안에서 중시하는 건 인연이라는 말도 잊지 않았다. 쩡페이를 두고 하는 말임이 분명했다.

쩡페이의 어머니는 성격이 아주 시원시원했다. 남편을 따라 남쪽 지방으로 내려와 생활한 지 오래되었지만, 전형적인 북쪽 지방 여성의 성격이 아직도 온전히 남아 있었다. 그래서 평란에 대한 만족감을 숨김없이 표현하며, 마찬가지로 마음씨 따뜻하고 성격 급한 자신의 딸과 함께 당장 돌아가 쩡페이의 결혼 준비를 시작하고 싶어했다.

어른들의 대화는 그 열기가 후끈 달아올랐다. 남편들의 친분에서 시작해 쩡페이와 평란의 사주팔자로 화제가 옮겨갔다가, 서쪽 시장의 파 한 단 값이 동쪽 시장보다 일 위안 싸다는 데까지 흘러갔다. 당사자인 두 젊은이는 오히려 좀 '수줍어'하는 듯했다.

쩡페이는 평란보다 훨씬 인내심 있게 어른들의 대화를 듣고 있었다. 대화에는 거의 끼어들지 않고, 간혹 씩 웃는 걸로 반응을 대신했다. 평란은 커피잔을 들고서 가만히 쩡페이를 살펴보았다. 쩡페이의 정신이 딴 데 가 있다는 걸 알 수 있었다.

이 자리에 나오기 전에, 평란은 '최후의 발악'을 했다. 왜 쩡페이가 아니면 안 되느냐며 부모님을 원망했다. '장페이'가 됐든 '리페이'가 됐든, 새로운 사람을 만나면 어디가 어떠냐는 거였다. 일이 잘 안 되더라도 최소한 신선하긴 할 것 아닌가? 그러자 평란의 어머니도, 집에서 딸의 연애에 간섭 안 하고 하는 대로 내버려뒀더니 결국 어떻게 됐느냐며 평란을 거듭 타일렀다. 연애로는 잘되지 않았으니 이번엔 현실적인 방법으로 접근해보자고 말이다. 그런 면에서 보면 쩡페이는 집안, 나이, 학력, 장래성에다 성격과 외모까지 모든 면에서 평란과 어울리는 상대라는 게 어머니의 주장이었다. 어머니는 마지막에 이런 말까지 했다. "너도 예전에 쩡페이 좋아했잖니? 아닌 척하지 마라. 너 중학교 때 네 일기장에 쩡페이 사진이 끼워져 있는 거 다 봤거든."

평란이 쩡페이에게 호감을 가졌던 것은 사실이지만, 벌써 십 년도 더 지난 일이었다. 당시 평란은 사랑이 뭔지도 모르는 중학교 삼 학년 학생이었을 뿐이다. 그 마음은 고등학교 입시의 스트레스 때문에 단 삼 개월 만에 전부 사라져버렸다. 하지만 평란은 아무리 설명해봤자 부모님이 이해하지 못할 것임을 알고 있었다. 게다가 평란의 마음을 두근거리게 했던 건, 활달한 성격에 무엇도 두렵지 않다는 듯이 웃던 당시의 쩡페이었다. 지금 평란의 눈앞에 무기력한 눈빛을 하고 고개를 숙인 채 앉아 있는 이 남자가 아닌 것이다.

쩡페이의 어머니는 다음 설에는 돼지 한 마리를 통째로 사서 냉장고에 넣어두고 천천히 먹어야겠다는 이야기를 신이 나서 하던 중이었다. 그러다가 평란 어머니의 눈짓을 보고서 어머니들의 열띤 대화에 주인공 두 사람이 뒤로 밀렸다는 걸 알아차렸다.

쩡페이의 누나 쩡원이 먼저 나서서, 쩡페이와 평란 둘이서만 얘기를 하게 해주자고, 자기는 아들에게 먹을 걸 좀 사다줘야겠다고 말했다. 그러자 양가 어머니도 평란 어머니가 추천한 곳에 마사지를 받으러 가자며 눈치껏 일어섰다. 자리를 뜨며 어른들은 의미심장하고도 기대에 찬 눈빛으로 두 사람을 쳐다보았다.

어른들의 모습이 사라지자마자, 평란은 무거운 짐이라도 내려놓은 듯 한숨을 쉬었다.

쩡페이는 종업원에게 계산하겠다는 손짓을 해 보이고는 웃으며 평란에게 말했다. "그렇게 싫은 티 내지 마. 내 생각도 좀 해줘야지. 이제부터 어떻게 할까?"

평란이 목을 주무르며 말했다. "'이제부터' 할 일도 있는 거야?"

"일단 이 자리에 나왔으니까, 끝까지 제대로 해야지."

쩡페이는 종업원이 가져온 영수증을 받은 뒤 자리에서 일어나 웃으며 말했다. "난 진지하다고 했잖아. 가자. 다른 좋은 데 없으면, 그냥 너희 가게로 가자. 어차피 저녁 제대로 못 먹었잖아. 너희 식당 똠양꿍이랑 파인애플 새우 맛있던데."

평란은 쩡페이의 눈을 마주보며, '진지하다'는 게 무슨 뜻인지 속으로 고민했다.

"오빠, 나랑 결혼할 생각이야?" 평란은 의아해하며 물었다.

쩡페이가 반문했다. "왜, 안 돼? 너 항상 자신 있는 거 아니었어?"

평란은 그제야 쩡페이가 정말로 진지하다는 걸 알았다. 만약 이게 농담이라면 너무 심했다. 평란은 잔에 남은 커피를 단번에 마셔버리고 자리에서 일어나며 말했다. "갑자기 왜 이래? 아, 베이스 치고 로큰롤 들을 때는 안중에도 없다가, 나이들어서 불교 믿고 요가를 하다보니 이제 내 차례가 왔나봐? 안 되지, 그렇게 손해보는 장사를 할 순 없지."

각자 자기 차를 가지러 가는 길에, 쩡페이가 진지하게 평란에게 대답했다. "내가 성숙한 여자를 좋아할 때 넌 아직 어린애였잖아? 이제 내가 마음을 고쳐먹으니까, 네가 또……"

"내가 '또' 뭐?" 평란은 심드렁하게 물었다. "남자들은 나이가 들수록 어린 여자를 좋아한다며? 이제 와서 보니 내가 또 너무 성숙하다는 거야?"

"이렇게 계속 어긋나기만 하는 것도 어찌 보면 인연이야." 쩡페이가 평란의 차 문을 닫아주며 말했다. "넌 그때보다 훨씬 예뻐졌는데, 난 그때만 못하잖아. 그럼 비긴 거 아니야? 운전 조심하고, 이따 봐."

평란과 쩡페이는 화제를 바꾸지 못한 채, 앞서거니 뒤서거니 가게로 들어갔다.

"네가 내 사진을 몰래 숨겨놨다고 너희 어머니가 그러시던데?"

"그게 벌써 언제 적 일인데! 엄마가 그런 얘기까지 다 하셨다고?"

"그 사진은 어디서 난 건데?"

"우장 오빠한테 사탕 한 봉지 주고 바꿨지."

"우장이 그런 얘긴 안 하던데."

"우장 오빠가 그럼 내 편이지 오빠 편이겠어?"

"사와디카!" 오늘은 팡팡이 가게 입구에서 손님을 맞았다. 평란이 팡팡에게 말했다. "주방에 가서 똠양꿍 하나랑, 파인애플 새우 하나, 공심채 볶음 하나 해달라고 해. 내가 시키는 거라고, 빨리 해달라고 해…… 아, 잠깐만!"

평란은 막 돌아서려는 팡팡을 붙잡았다. 구석에서 혼자 밥을 먹고 있는 추이옌을 발견했던 것이다. 추이옌도 평란을 보고는 자리에서 일어나 웃으며 인사를 했다.

"언니, 저 또 밥 먹으러 왔어요. 이따 계산할 때 조금만 깎아주세요."

"이렇게 멀리까지 밥 먹으러 왔어? 과외 하러 안 갔어? 연애는 어쩌고?"

"언니 보고 싶어서 왔죠. 언니네 음식도 먹고 싶고." 추이옌은 눈웃음을 쳤다. 펑란은 이 말이 진심이 아닌 걸 알고 있었지만 추이옌의 태도를 보니 모질게 대할 수가 없었다.

추이옌은 그제야 펑란의 몇 걸음 뒤에 말없이 서 있던 쩡페이를 발견한 양 말했다. "어? 외삼촌도 오셨어요? 우연이네."

"우연은 무슨!" 쩡페이는 불쾌한 듯 말했다. "여기까지 와서 펑란 귀찮게 하지 말라고 했잖아. 네 볼일이나 보러 가."

"언니도 가만히 있는데 외삼촌이 왜 그래요?" 추이옌은 쩡페이의 차가운 눈길에도 아랑곳 않고 다가가서 쩡페이의 손을 붙잡으며 말했다. "마침 잘됐네요. 외삼촌이 나 밥 먹은 거 계산해주세요. 언니가 깎아줄 것도 없겠네."

쩡페이는 즉시 손을 빼버렸다. 그러면서도 자연스럽게 추이옌의 맞은편에 앉으며 물었다. "넌 점심 먹은 거냐, 저녁을 먹은 거냐?"

"둘 다요! 외삼촌, 좀 드실래요? 어차피 제가 다 먹지도 못할 텐데." 추이옌이 펑란을 끌고 와서 같이 자리에 앉으며 말했다. "언니도 지금 안 바쁘면 우리랑 얘기나 좀 해요. 캉캉은 좀 나갔다 온다고 언니한테 전해달랬어요. 우리 이모랑 외할머니 왔다 가셨는데, 언니랑 외삼촌도 아까 만나셨죠?"

추이옌이 말한 '이모'와 '외할머니'는 물론 쩡페이의 누나와 어머니였다. 추이옌은 쩡페이네 집안 사람들과 지낸 지 오래되어서 이제는 친척이나 다름없었다.

펑란은 추이옌 앞에 놓인 음식들을 훑어보았다. 아니나 다를까, 똠양꿍과 파인애플 새우였다. 펑란의 입가에 살짝 미소가 떠올랐다.

이 음식들이 인기가 많다고 주방장을 칭찬해줘야 할까, 아니면……

"같은 음식 더 내올 필요 없겠네. 어차피 난 배 안 고프니까. 두 사람이 이거 갖고 되겠어? 채소 볶음이라도 좀 내오라고 할까?" 평란은 추이엔 옆에 앉았다. 추이엔은 쩡페이에게 젓가락 한 쌍을 내밀면서, 평란을 놀리듯 말했다. "사장님들은 다 그렇게 인색한 거예요? 장사가 이렇게 잘되는데, 우리한테 뭐 더 시켜주는 게 그렇게 아까워요?"

"너무 많이 먹으면 너 살찔까봐 그러지." 평란은 추이엔에게 눈을 살짝 흘기고 물었다. "지난번에 같이 왔던 그 잘생긴 남자애는 같이 안 왔어?"

"아, 걔요…… 헤어졌어요." 추이엔은 밥을 먹으면서 별일 아니라는 듯 말했다.

쩡페이는 오히려 이 말에 좀 놀란 것처럼 보였다. "언제 헤어졌는데?"

"며칠 안 됐어요. 감정이 식어서, 그냥 헤어졌어요." 추이엔은 솔직하게 말했다.

쩡페이가 평란에게 물었다. "요즘 여자애들은 다 이래? 누구랑 연애하고 헤어지는 게 무슨 밥 먹는 것처럼 간단해?"

평란이 말했다. "난 벌써 늙었잖아. 젊은 애들 마음을 어떻게 알겠어? 그때 그애, 내가 보기엔 괜찮던데. 깔끔하고, 날씬하고 키도 크고. 귀엽지 않았어?"

"처음엔 저도 그렇게 생각했는데요……"

"도대체 여자들은 무슨 생각을 하는 건지 모르겠다. 그렇게 겉모습이 번지르르한 사람이나 좋아하고."

"그런 걸 꽃미남이라고 하는 거예요. 외삼촌, 몰라요?" 추이옌은 평란에게 하소연하는 투로 말했다. "언니, 외삼촌은 제 남자친구들 볼 때마다 전부 별로라고 한다니까요. 어쩌다 마주치기라도 하면, 외삼촌 포커페이스 때문에 다들 놀란단 말예요."

"내가 언제 네 연애사에 간섭했다고 그래? 이제 너도 다 컸으니까 눈 똑바로 뜨고 제대로 봐야 된다는 거지. 놀라서 멀뚱멀뚱 말도 못 하고 서 있는 게, 그게 남자야?" 쩡페이는 고개를 설레설레 저으며 말했다.

평란이 두 사람 사이를 중재했다. "추이옌, 외삼촌은 다 너 생각해서 그러시는 거야."

"저도 알아요. 해본 소리예요." 추이옌은 턱을 조금 치켜들며 말했다. "이제 걔랑 헤어졌으니까, 한숨 돌리겠네요……"

쩡페이가 어이없다는 듯 웃으며 말했다. "내가 왜 한숨 돌려?"

그 말에 추이옌도 놀란 듯이 웃었다. "제가 한숨 돌린다는 거예요. 왜 외삼촌 얘기라고 생각하세요? 언니, 이거 보세요. 외삼촌 진짜 웃긴다니까요. 제가 왜 남자친구를 사귈 때마다 오래 못 가는지 아세요? 외삼촌이 걔들을 마음에 안 들어할 때마다, 저도 꼭 걔들을 외삼촌이랑 비교하게 돼서 그런 거예요."

쩡페이는 매운 똠양꿍 국물에 사레가 들릴 뻔했다. 평란이 눈썹을 치켜세우며 말했다. "그럼 넌 외삼촌 같은 남자를 만나고 싶다는 거구나. 삼촌 조카 사이가 참 좋네."

추이옌은 숨기는 기색도 없이 고개를 끄덕이며 말했다. "그럼요. 남자친구가 용감하고, 어른스럽고, 매력적이고, 책임감 있고, 잘해주길 바라는 건 당연한 거 아니에요?"

"그럼, 네 남자친구도 외삼촌처럼 '고령'이어야겠네."

평란의 말에 추이옌은 생긋 웃어 보였다. "그럼 안 돼요? 아빠 같기도 하고, 오빠 같기도 하고, 남자친구 같기도 하고. 마침 저한텐 셋 다 없잖아요."

"난 다 먹었다. 다음에 또 둘이 이런 얘기 하려면 나 없는 데서 해." 쩡페이는 못 들어주겠다는 듯 젓가락을 내려놓았다.

평란은 쩡페이한테는 신경도 쓰지 않고 추이옌에게 계속 물었다. "넌 이상형이 그렇게 확실한데, 뭐하러 자꾸 어린 남자애들 만나느라 시간 낭비를 하니?"

추이옌은 밥공기에 조금 남은 밥알을 젓가락으로 그러모으고 나서 평란의 물음에 대답했다. "전 누군가 절 사랑해줬으면 좋겠어요. 그리고 저도 대담하게 누군가를 사랑해보고 싶고요."

추이옌이 이렇게 말할 때, 딩샤오예가 막 완성된 공심채 볶음을 날라 왔다. 고개를 들어 딩샤오예를 본 순간, 추이옌의 젓가락질이 잠시 멎는 듯했다.

쩡페이는 이 잠시 동안의 정적을 예민하게 감지해냈다. 그리고 자신도 고개를 들어 딩샤오예를 쳐다보았다. 처음에는 무슨 상황인가 어리둥절했지만, 곧바로 알아차렸다.

딩샤오예는 음식을 내려놓자마자 몸을 돌려 주방으로 돌아갔다.

"두 사람 다 저런 남자가 좋아?" 쩡페이가 딩샤오예의 뒷모습을 가리키며 물었다.

추이옌은 재빨리 미소를 지으며 대답했다. "잘생긴 남자를 어느 여자가 싫어하겠어요? 그렇죠, 언니?"

"응…… 아, 나까지 끌어들이지 마!" 평란이 딱 잘라 말했다.

쩡페이는 더는 상대를 못 하겠다는 듯이, 돈을 꺼내 테이블 위에 올려놓으며 말했다. "난 간다. 얘기들 해."

추이옌은 쩡페이의 소매를 붙잡으며 일부러 어리광을 부렸다. "외삼촌, 가지 마세요! 전 저렇게 어린 사람보다는 외삼촌처럼 산전수전 다 겪은 것 같은 얼굴이 좋다고요……"

"시끄러워!" 쩡페이가 웃으면서 나무랐다. 그러더니 갑자기 뭔가 생각난 양, 차에서 종이봉투를 가져와 추이옌에게 주었다. "네 이모가 전해주라더라. 난 먼저 회사 가봐야겠다. 너도 여기서 너무 오래 장사 방해하지 말고."

"알았으니까 얼른 가보세요." 추이옌은 쩡페이에게 인사를 했다. 그가 가고 나자, 추이옌이 갑자기 가방 안에서 조그만 물건을 꺼내더니 무슨 보물이라도 진상하는 것처럼 평란에게 내밀었다.

"언니, 이거 제가 만든 거예요. 언니 드릴게요. 버리시면 안 돼요!"

평란이 받아들고 보니, 구슬을 꿰어 만든 토끼 모양 열쇠고리였다. 그리 정교하진 않았지만 그래도 꽤 귀여웠다.

"고마워! 난 너한테 뭐 준 것도 없는데, 미안하네." 평란은 예의를 차리며 말했다.

"제가 이렇게 자주 오는데, 절 귀찮아하지 않는 것만 해도 저한테 잘해주시는 거예요." 추이옌이 생긋 웃고는 그제야 종이봉투를 천천히 열어보았다. 봉투 안에는 달게 조린 호두가 몇 봉지나 들어 있었다. 추이옌은 힐끗 보기만 하고 봉투째로 평란에게 내밀며 말했다. "이것도 언니 드릴게요. 드세요."

평란이 의아해하며 물었다. "뭘 그렇게까지그래. 너희 이모가 일부러 전해주신 건데, 날주면 어떡해?"

추이옌은 또 웃더니 말했다. "언니, 진짜로 이모가 저한테 준 거라고 생각하세요? 이모랑 외할머니는 캉캉 데리고 쇼핑하러 가셨는걸요. 정말로 저한테 주실 거였다면 캉캉한테 전해주라고 하셨겠죠. 이모가 쩡…… 외삼촌이 여기서 저를 마주칠지 어떻게 아셨겠어요?"

"넌 나이도 어리면서 무슨 의심이 그렇게 많니. 너무 깊게 생각하는 거 아니야?"

추이옌은 고개를 저었다. "이모는 제가 조린 호두 좋아하는지 안 좋아하는지도 모르세요. 사실 저 이거 별로 안 좋아해요. 옛날에 누가 집에 이걸 한 통 보내줬는데, 그땐 아직 어렸을 때라서, 캉캉이랑 이걸 서로 먹겠다고 싸웠던 적이 있거든요."

"그래서, 이모한테 혼났어?"

"아뇨." 추이옌은 다시 고개를 저었다. "안 혼났어요. 그다음부터는 캉캉이 좋아하는 건 아예 제 눈에 안 띄게 하셨어요. 캉캉 그 자식이 일부러 자랑할 때라면 모를까."

"그분들이 너한테 잘해주지 않으셔?" 평란이 물었다.

추이옌은 황급히 부정했다. "아뇨, 아니에요. 오해하지 마세요. 다들 좋은 분들이세요. 이모가 말을 좀 날카롭게 하긴 해도 마음은 따뜻한 분이에요. 이모부, 그러니까 캉캉의 아버지는 더 마음이 약하시고, 외할머니도 저한테 잘해주세요. 한 번도 저를 함부로 대하신 적이 없어요. 제가 복이 많아서 이런 집에서 자랄 수 있었던 거라고 생각해요. 고의로 편애하지는 않아도, 자기 혈육한테 잘해주는 건 사람의 본능이잖아요. 그냥 무의식중에 그런 게 조금씩 드러났던 것뿐이에요. 매일 같이 지내다 보면 항상 제 기분에만 신경을 써주실 순 없잖아요. 언니, 정말이에요. 저 한 번도 섭섭했던 적 없어요. 제가 그 댁에 갔을 때 벌써 열네 살이었잖아요? 저를 내쫓지 않고 돌봐주신 것만 해도 감사한 일이죠. 저도 그분들한테 캉캉이 하듯이 친근하게 굴지 못했고요. 제가 이런 얘길 하는 건, 그러니까, 우리 외삼촌……" 추이옌은 말을 잠시 멈추더니, 펑란을 쳐다보며 말했다. "죄송해요, 외삼촌이라고 부르는 거, 정말 적응 안 되네요. 그냥 이름 부를게요. 언니도 사정 다 아시니까, 언니 앞에서까지 무리할 필요는 없겠죠. 저랑 캉캉이랑 조린 호두 때문에 싸운 걸 알고 나서부터, 쩡페이가 저한테 그걸 자주 사줬어요. 사실 저는 이거 별로 안 좋아해요. 그때 캉캉이랑 싸웠던 건, 아무것도 모를 때라서 뭐든지 캉캉이랑 경쟁하려고 그랬던 거예요. 쩡페이는 그것도 모르고, 제가 불쌍해 보일 때마다 이걸 사주는 거예요. 전 벌써 질리도록 먹었는데도요. 그래도 쩡페이한테 사실을 말하고 싶진 않아요. 쩡페이는 저한테 정말 잘해주려고 그러는 거니까요. 저한테, 쩡페이는 유일한 가족이자…… 의지할 만한 사람이에요."

"그래, 알겠다." 펑란은 담담하게 말했다. "넌 나를 침입자라고 생각하고 있겠구나."

추이옌은 한참 동안이나 말이 없더니 겨우 말을 이었다. "저 언니 참 좋아해요. 언니랑 얘기하면 마음이 편해져요."

펑란은 말이 나온 김에 다 털어놓기로 했다. "너도 나랑 네 외삼촌이랑 '또' 맞선 본 얘기 들었지? 이번엔 쩡원 언니랑 너희 외할머니도 오셨고. 이번엔 우리 둘 사이에 제대로 중매를 하실 생각이더라."

"언니가 안 받아들일 거 알아요." 추이옌이 재빨리 말했다. "그분들은 언니랑 쩡페이가 친구 사이인 걸 전혀 모르고 억지로 붙여놓으시는 거잖아요."

평란은 조금씩 이상하다는 생각이 들기 시작했다. 평란 자신이 어떤 결정을 할지와 추이옌, 이 꼬마 여우가 자신을 조종하려고 하는 것은 별개의 문제가 아닌가?

평란은 잠시 생각을 하고 나서 말했다. "억지로 붙여놓은 것만은 아니지. 내 생각에……"

추이옌은 깔깔 웃기 시작했다. "저는 언니한테 마음속 얘기를 다 털어놨는데, 그렇게 얼렁뚱땅 절 속이려고 하시면 안 되죠. 언니랑 쩡페이가 결혼할 리 없잖아요. 언니는 쩡페이를 안 좋아하고, 쩡페이도 언니를 안 좋아하는데요!"

"쩡페이 오빠가 날 안 좋아한다고?" 평란은 자신의 양팔을 감싸 안았다. "네 외삼촌이 그렇게 말해? 그럴 리가 있나. 너, 이번 결혼 얘기 누가 꺼냈는지 알아? 우리 부모님도 아니고, 오빠네 가족들도 아니야. 오빠 본인이 먼저 꺼낸 얘기라고."

추이옌의 얼굴이 하얗게 질렸다. 하지만 용케 진정하고 침착하게 말했다. "쩡페이가 왜 그랬는지는 알겠네요. 언니, 정말 언니가 사랑하지도 않는 사람이랑 결혼할 생각이에요?"

평란은 추이옌 쪽으로 몸을 기울이며, 작은 목소리로 말했다. "비밀 얘기 하나 해줄게. 내 첫 키스 상대는 바로 네 외삼촌이었어…… 벌써 오래전 일이지만, 지금 생각해도 나쁘지 않았어."

"그럴 리가요." 추이옌이 아무리 영악해봐야 아직 어린 나이였다. 한순간에 표정이 흐트러지더니 저도 모르게 소리를 질렀다.

"전 쩡페이한테 그런 얘기 들은 적 없어요!"

"그것 봐, 외삼촌이 너한테 모든 걸 다 말해주지는 않잖니. 그 사람한테 너는 아직 어린애니까."

추이옌은 마음을 가라앉히려고 노력하며, 입을 오므리고 웃었다. "어린애라고요? 쩡페이가 가끔 제 눈도 제대로 못 마주친단 말예요!"

"그 사람이 그럴 때마다 속으로 누굴 생각하는지 알았어야지!"

추이옌의 눈 속에, 펑란을 향한 미움이 스치고 지나갔다. 하지만 그 눈빛엔 애처로움이 담겨 있었다. 펑란은 차마 더 모질게 굴 수가 없었다. 대신에, 처음으로 추이옌을 자세히 뜯어보았다. 아주 예쁘게 생기지는 않았지만 이목구비가 뚜렷하고 인상이 아담해서 보면 볼수록 싫증나지 않는 얼굴이었다. 지금 이마를 찌푸리고 이를 악문 모습은, 보통 때 항상 웃고 있는 얼굴보다 훨씬 더 가엾어 보였다. 추이옌의 눈썹과 눈매는 생모를 많이 닮았다던 말이 떠올랐다. 쩡페이가 어째서 추이옌의 어머니가 죽은 일을 계속 잊지 못하고 있는 건지 이해가 가는 기분이었다.

"내가 없으면, 너랑 쩡페이랑 잘될 것 같아?" 펑란은 추이옌에게 진지하게 물었다. 예전의 쩡페이였다면, 대답이 다를지도 모른다. 그렇지만 지금의 쩡페이는 추이옌이 이 자리에 앉아서 그에게 의지하고 있다는 말을 당당하게 할 수 있을 만한 사람이 되어 있는 것이다.

추이옌은 눈물을 억지로 참으며 말했다. "제가 증명해 보일 거예요." 그러고는 고개를 숙이고 가방을 정리했다. 다시 고개를 들었을 때는 옅은 웃음을 띤 얼굴이었다. "불가능한 일이란 건 없어요.

한혜제漢惠帝 유영이 자신의 조카 장이옌을 아내로 맞았다는 거, 아세요? 우리 둘은 이름도 비슷해요. 추이옌崔嫣과 장이옌張嫣."

평란은 조금 우스워졌다. 이 꼬마 여우가 궁지에 몰리니 이젠 별걸 다 끌어다가 사람을 도발하는구나. 평란은 손을 뻗어 추이옌의 얼음장처럼 차가운 손등을 살짝 토닥이며 부드럽게 말했다. "바로 그래서 장이옌이 죽을 때까지 처녀였던 거야."

굶주린 눈빛

딩샤오예는 가게 입구에서 납품 업체 사람을 도와 맥주와 음료수를 차에서 내린 뒤, 창고로 나르고 있었다. 가게를 나가던 추이옌이 딩샤오예를 스쳐지나며 별생각 없는 척 고개를 돌려 그를 한번 훑어보는 걸 펑란은 똑똑히 보았다.

'저 골칫덩이!' 펑란은 속으로 딩샤오예를 탓했다. 며칠 전 그날 밤 가게 창고에서 약간의 두근거림과 묘한 분위기가 환상처럼 한순간에 날아가버린 후로, 펑란은 며칠 동안이나 딩샤오예를 제대로 상대하지 않았다. 딩샤오예 또한 자기 할 일만 알아서 할 뿐, 펑란의 태도에는 신경쓰지 않았다.

오후 서너시는 식당이 가장 한가한 시간이었다. 할 일이 남은 직원 몇 명을 빼고 나머지 사람들은 점장의 지시에 따라 일을 배분한 후 '단합가'를 불렀다.

오늘의 단합가는 〈한 발 한 발 나아가자〉였다. 각기 다른 높낮이의 목소리들이 합창을 했다. "……세상은 공평해서, 노력엔 보상이 따르네. 말보다는 행동으로, 행동할 땐 최선을 다해, 한 발 한 발 나아가자……"

'단합가' 합창은 가게의 막후 실권자, 즉 평란의 어머니가 지시한 것이었다. 어머니의 말에 의하면 직원들의 사기를 북돋우는 데 큰 효과가 있다고 한다. 평란은 이런 합창을 들을 때마다 머리털이 곤두서는 느낌이었다. 하지만 달리 생각해보면, 이 무시무시한 노랫소리는 여름날 오후에 찾아오는 졸음을 단번에 날려주는 효과도 있었다.

평란은 가게 입구에서 제일 가까운 의자에 기대앉았다. 직원들의 노래를 들으면서, 딩샤오예가 물건을 나르느라 눈앞에서 들락거리는 모습을 지켜보았다. 젊음이란 참 좋은 것이다. 땀방울마저 햇살 아래 더욱 투명하게 반짝이지 않는가. 평란은 자신이 저우타오란에게 선물한 그 셔츠를 딩샤오예가 입고 있는 모습을 상상해보았다. 그러자 예전의 자신이 아주 우습다는 생각이 들었다. 누군가를 좋아한다면, 스스로의 마음속에서 그 사람은 이미 가장 아름다운 모습일 텐데 그 사람이 무슨 옷을 입고 있든 그게 무슨 상관인가. 그건 정말로 아름다운 미인을 볼 때와 비슷하다. 사람들은 미인을 보고 아, 눈빛이 정말 반짝이는구나, 콧날이 아주 오똑하구나…… 하는 구체적인 생각을 하는 게 아니다. 처음 봤을 때는 그저 아름답다, 정말 아름답다, 모든 것이 조화로워서 더할 것도 뺄 것도 없구나, 하고 생각하는 것이다. 사랑도 마찬가지다. 누군가를 맹목적으로 사랑하게 된다면, 그 사람의 장점이나 단점 같은 건 생각할 겨를도 없다. 그저 그 사람을 사랑하고, 정말 사랑해서, 호흡마저 특별하다고 느끼게 될 뿐이다.

물론 평란은 마침 눈앞에 있는 딩샤오예를 예로 들어 생각한 것 뿐이었다. 그날 밤의 두근거림은 특수한 상황과 심리 상태가 만들어낸 착각이었다. 사랑이라는 건 그런 착각보다는 더 고차원적일 게 분명하다. 영혼이 육체보다 높은 차원에 있는 것처럼 말이다. 평란은 자신이 가게 종업원을, 그것도 자신에게 아무 관심도 없는 종업원을 사랑할 리가 없다고 생각했다.

평란이 멍하니 앉아 있는 사이, 물건을 싣고 왔던 작은 화물차는 코를 찌르는 시커먼 매연 한줄기를 남기며 사라졌다. 그제야 딩샤오예는 그날 처음으로 평란 앞에서 걸음을 멈췄다.

"뭘 그렇게 보세요?" 손에는 맥주 한 상자를 든 채, 평란의 시선을 못 견디겠다는 듯, 한편으로는 궁금하다는 듯한 얼굴이었다.

평란은 자기도 모르게 대답했다. "네가 무슨 상관이야? 유리문에 더러운 게 묻어 있어서 그거 봤어. 왜, 그럼 안 돼?" 평란은 딩샤오예에게 굳이 설명할 필요가 없는 걸 설명하고 있다는 생각이 들어 화가 났다. 그래서 화를 꾹꾹 누르며, 손을 휘휘 저어 딩샤오예에게 비키라는 시늉을 했다. "내 앞에서 자꾸 왔다갔다하지 마. 잘 안 보이잖아."

딩샤오예는 천천히 몸을 돌려 반짝반짝 닦인 유리문을 보더니 곰곰이 생각하며 말했다. "아까처럼 굶주린 눈빛으로 보면 좀 잘 보일지도 모르겠네."

멀지 않은 곳에서 노랫소리는 계속 들려왔다. "세상은 공평해서……" 평란은 잠시 자기 귀를 의심했다.

"방금 뭐라고 했어? 무슨 눈빛?" 심문이라도 하듯 따져 묻는 말투었다.

딩샤오예가 또박또박 다시 말해주었다. "굶.주.린. 눈빛요."

평란은 화가 나 잠시 말을 잇지 못했다. 하지만 분노보다 수치심이 먼저 평란의 얼굴을 붉게 물들였다. 평란은 얼굴을 가리고 도망쳐버리고 싶은 충동을 느꼈다. 한편으로는 이런 생각도 들었다. 이 상황에 기가 꺾여서는 안 된다. 이번에 또 위신을 잃는다면, 다시는 딩샤오예 앞에서 떳떳하고 당당할 수 없을 것이다.

평란은 부끄럽고 분한 나머지 격렬히 반박했다. "누가 굶주렸다는 거야? 웃기네! 너 너무 자기 잘난 맛에 사는 거 아니야? 모든 사람이 다 널 좋아하는 줄 알아? 완전 나르시시스트잖아! 웃겨 죽겠네!"

딩샤오예의 왼쪽 볼에 점점 보조개가 파였다. 웃음을 꾹 참고 있는 것 같았다.

그의 이런 표정을 전에도 본 것 같았다. 바로 자신이 그의 앞에서 술주정을 했던 때였다. 평란은 자기도 모르게 옷매무새를 정리했다. 흐트러진 곳은 한 군데도 없었다. 평란은 오늘 바지를 입고 있었다. 윗옷도 아주 단정했다.

"뭘 웃어? 웃지 마!"

노랫소리가 마침내 그쳤다. 팡팡이 뛰어와서 딩샤오예가 들고 있던 맥주를 받아들고는 웃으며 말했다. "혼자서 그 물건 다 옮겼어? 내가 올 때까지 기다리지 그랬어."

점장이 멀리서 딩샤오예를 불렀다. "샤오예, 얼른 와서 밥 먹어."

그 말끝에 부요리사도 한마디 보탰다. "이번엔 좀 덜 짜게 했으니까, 와서 맛 좀 봐."

딩샤오예의 보조개가 더 깊어졌다. 평란의 눈에는 그의 얼굴에 떠오른 모든 미세한 표정이 전부 자신을 도발하고 있는 것처럼 보였다. '봐요, 사람들은 날 좋아해요. 안 그래요?'

평란은 이해가 되지 않았다. 딩샤오예가 가게에 온 지 얼마나 됐다고? 아무래도 제대로 된 직원 교육이 필요할 것 같았다. 내일은 직원들에게 단합가로 불경이라도 외라고 해야겠다!

한편 평란은 머릿속으로 미심쩍은 인물들을 하나씩 떠올려보았다. 점장은 아이가 벌써 초등학교를 다닐 나이니, 그렇게 경솔하지는 않을 테고, 부요리사는…… 확률상으로 보아, 가게에 성적 취향이 모호한 사람은 캉캉 하나일 것이다. 설마…… 그럼 팡팡이란 말인가!

평란의 머릿속에 순간 커다란 경보음이 울렸다. 왜 지금까지 팡팡 생각을 못 했을까? 평란은 의심에 찬 눈으로 팡팡을 쳐다보았다. 팡팡은 테이블을 닦으며 직원들의 식사를 준비하고 있었다. 그러면서도 가게 입구 쪽을 흘끗 보는 눈길이 아주 다정했다. 팡팡은 올해 스물두 살로, 가게에서 아르바이트를 한 지는 이 년이 되었다. 평소에 어찌나 얌전한지 말도 거의 없었다. 그래도 어쨌든 꽃다운 처녀였다. 이성에 관심 없는 아가씨가 어디 있겠는가?

"너……" 갑자기 이런 '놀라운 비밀'을 발견한 평란은 딩샤오예의 코앞에 삿대질을 했다. 하지만 무슨 죄목을 갖다붙여야 할지 바로 떠오르지 않았다. "너, 우리 가게 종업원 꼬셨지!" 평란은 화가 나서 고발이라도 하듯 목소리를 낮게 깔고 말했다.

딩샤오예는 웃음기를 감추지 못하고 있었다. 그는 손에 묻은 먼지를 털어내며 말했다. "취직할 때 점장님이 얘기했던 금지 사항

중에 그건 없었는데요."

"그 말은, 내 추측이 맞았다는 소리네?" 핑란은 더 놀랐다. 도대체 언제부터 시작된 건지 자신이 전혀 모르고 있었다니! 핑란은 참지 못하고 팡팡을 쳐다보았다.

팡팡은 그리 예쁘지는 않고 말수도 적었다. 하지만 몸매가 풍만하고, 눈빛이 온순했다. 이야말로 딩샤오예의 저속하기 짝이 없는 배우자 선택 기준에 딱 들어맞지 않는가?

정말이지 뒤 세대가 앞 세대를 밀어내고, 세대가 지날수록 더 강해진다는 말 그대로였다. 핑란은 오늘 보이프렌드 룩으로 꾸미고 출근했다. 스스로는 제법 괜찮다고 생각했지만, 딩샤오예 눈에는 몸집이 작은 남자와 다를 바 없어 보일 것이다.

핑란은 자신의 여성성을 꽤 늦게 의식하기 시작했다. 중학교 때 2차 성징이 시작되면서는 부끄러움을 많이 탔다. 길을 걸을 때면 남들에게 가슴 모양이라도 보일까봐 항상 등을 웅크리고 다녔다. 고등학교에 입학하기 전까지는 치마도 거의 입지 않았다. 체육 시간에 달리기를 할 때, 자신의 '부담'이 다른 여학생들만큼 크지 않다는 걸 발견하고 내심 기뻐하기도 했다. 여성스럽게 꾸미고 다닐 줄 알게 된 건 대학교에 입학한 후의 일이었다. 그렇지만 서른이 거의 다 된 지금에 와서야 핑란은 철저히 깨달았다. '가슴이 너무 큰 것보단 작은 게 낫다'는 말은 여자들 사이에서, 그리고 캉캉 같은 일부 남자들 사이에서만 통하는 말이었던 것이다.

"팡팡이 그런 마음을 갖고 있을 줄은 몰랐네!" 핑란은 억지웃음을 지었다.

"윗물이 맑아야 아랫물이 맑다는 말 모르시나?" 딩샤오예가 입꼬리를 끌어올려 웃으며 말했다. "팡팡이 사장님보다 훨씬 알차죠."

평란은 아까부터 뭐라 형용할 수 없는 기분이었다가, 이 한마디에 벌컥 화가 났다. "어디다 대고 비교를 해!"

딩샤오예의 얼굴은 여전히 웃고 있었지만, 눈빛은 되레 차가워졌다. 딩샤오예는 말없이 평란을 쳐다보고 있다가 잠시 후에 다시 입을 열었다. "사장님이 팡팡보다 나을 건 뭔데요?"

평란은 숨이 거칠어지고, 손도 조금씩 떨려왔다. 거울을 보지 않아도 지금 자기 표정이 아주 안 좋다는 걸 알 수 있었다. 화도 화지만, 그보다도 모욕감이 더 컸다. 딩샤오예가 한 말과 그가 자신을 보는 시선 때문에 얼굴이 화끈거려 아플 지경이었다. 평란은 꽤 오랫동안 이렇게 격하게 감정이 흔들려본 적이 없었다. 저우타오란이 자신을 차버리고 다른 여자와 결혼한다는 소식을 들었을 때도 이 정도는 아니었다. 평란은 입을 열었지만, 아무 말도 하지 못했다. 젖 먹던 힘을 다해 앞에 서 있는 딩샤오예를 밀쳐버리고 가게 밖으로 뛰쳐나갔다.

바깥에는 햇볕이 쨍쨍했다. 평란은 그리 멀리까지 가지 않았다. 십 분 후, 평란은 가게 맞은편 빌딩에 있는 KFC에 앉아 컵에 담긴 아이스크림을 천천히 먹고 있었다. 하지만 한 입 한 입 삼키기가 무척 힘들었다.

평란은 반성할 줄 모르는 사람이 아니었다. 자기 자신이 가끔 가식을 떨고, 성격이 별로 좋지 않고, 과하게 체면을 차리고, 자기애도 좀 강하다는 걸 알고 있었다. 하지만 절대로 추악한 사람은 아니었다. 그런데 오늘, 평란은 딩샤오예의 새까만 눈동자 속에서 추악한 자신을 보았다. 천박하고, 속물적이고, 위선적이고, 횡포했다. 무엇이 자신을 이렇게 추악하게 만든 걸까? 펑란은 이 질문에 대한 대답이 두려웠다.

질투일까?

가게의 남자 종업원을 두고, 다른 여종업원을 질투한 것이다.

소름 끼치는 일이었다!

펑란은 팡팡에 대해 아무런 편견도 없었다. 고향에서 올라오자마자 펑란의 가게에서 아르바이트를 시작한 아이였다. 일을 배우는 건 느린 편이었지만, 성실함으로 그런 결점을 보완할 수 있을 거라고 펑란은 생각했다. 팡팡 동생의 대학 등록금이 부족하다는 얘기를 들었을 때는, 회계에게 말해 월급을 가불해주기도 했다. 펑란은 이런 면에 있어서는 자신이 보통 어른들보다 훨씬 더 깨어 있다고 생각해왔다. 직업에는 귀천이 없고, 모든 사람은 평등하다고 생각하고 있다고 믿었다. 그런데 사실은 그렇지 않았던 것이다. 지금껏 가게에서 일하는 팡팡이나 샤오자오, 아칭 같은 사람들을 보살펴줬던 건, 그들을 내려다보는 마음에서였음을 깨달았다. 호의로 그들을 대했지만, 마음속으로는 그들과 자신은 다르다고, 자신은 사장이라고 생각하고 있었다. 펑란이 직원들과 잘 지낼 수 있었던 것은 단순히 그러고 싶었기 때문이다. 그런데 막상 딩샤오예가 자신을 팡팡과 전혀 다를 것 없는 '경쟁자'의 자리에 세워두자 견딜 수 없었다!

펑란은 아이스크림을 먹으면서, 인격을 포함해 자신의 모든 것을 가차없이 분석해보았다. 마지막 한 입을 먹으면서 자신이 스스로 생각하는 만큼 완벽하지 않다는 사실을 받아들였다. 그렇지만 그런 점들을 애써 고치겠다는 생각은 하지 않았다. 사람은 모두 사회 속에서 단체 생활을 하며 살고, 단체 안에는 자연히 그 나름의 행위 규범과 가치 기준이 존재한다. 그런 규칙들을 무시하는 척할 수는 있다. 하지만 그런 규범과 기준은 시시때때로 사람들의 선택을 좌우하고 있다. 그렇다, 펑란의 마음도 움직였다. 바로 딩샤오예 때문에. 펑란의 마음속에 맑은 연못이 있다면, 딩샤오예는 그 연못에 작은 물결이 이는 걸 알아챘던 것이다. 사실은 딩사오예가 맨 처음 가게에 와서, 캉캉의 소개를 받으며 돌아서서 펑란을 마주 보았던 그 순간부터, 연못의 수면 아래서 파문이 일기 시작했다.

펑란은 사실 처음부터 알고 있었다. 탄사오청도 이를 눈치챘다. 그렇지만 펑란은 그 마음을 숨기고, 저항하려 했다. 있을 수 없는 일이라고 생각했기 때문이다. 펑란은 부모님과 가족들의 보살핌 아래 순조롭게 성장했고, 십 년 넘게 힘들게 공부했다. 그후에는 고생고생하며 자기 사업을 일구었다. 연애에 있어서도 수많은 선택지가 있었다. 이 모든 것은 결코 아무것도 가진 것 없고 과거 내력도 알 수 없는 종업원을 사랑하기 위해 쌓아온 게 아니었다. 더구나 상대방은 펑란에게 전혀 관심도 없지 않은가.

오늘 이 사건이 어쩌면 펑란에게는 잘된 일인지도 몰랐다. 마치 열이 나는 머리에 얼음물 한 바가지를 뒤집어쓴 것처럼, 온몸에 한기가 돌며 불현듯 깨달음이 찾아왔다. 반드시 감정을 억제해서, 호수에 큰 파도가 일고 감당할 수 없는 사태로 발전하기 전에 이 상황을 벗어나야 한다. 반드시 그래야만 한다!

펑란은 다시 가게로 갔다. 캉캉은 이미 돌아와서 자기 어머니가 갖다준 갈치조림을 데워 먹고 있었다. 펑란이 들어오는 걸 보자마자 캉캉이 접시를 들고 뛰어와 다정하게 물었다. "누나, 우리 엄마가 해준 갈치조림 진짜 맛있어요. 누나도 먹어볼래요?"

캉캉은 고개를 젓는 펑란의 귀에다 대고 작은 소리로 말했다. "얘기 들었어요. 누나가 우리 외숙모가 될지도 모른다면서요…… 아, 그리고 샤오예 형 때문에 누나가 엄청 화났다는 얘기도 들었어요. 도대체 무슨 일이에요? 말해봐요, 다른 사람한텐 절대로 말 안할게요."

펑란은 언짢은 기색으로 캉캉을 밀어냈다. "입에다 기름 묻히고 나한테 귓속말하지 마."

"샤오예 형이 좀 무뚝뚝하긴 하지만 사실은 좋은 사람이에요. 누나, 그 형 자르지 마세요." 캉캉은 그제야 진짜 걱정거리를 털어놓았다.

"자를 것까지 뭐 있어. 별일도 아닌데." 펑란은 캉캉에게 웃어 보였다.

"역시 누난 마음이 넓어요!" 캉캉은 엄지손가락을 세워 보였다.

펑란이 딩샤오예를 해고하는 일은 절대 없을 것이다. 펑란이 마음이 넓어서가 아니라, 자존심이 허락하지 않기 때문이다. 딩샤오예를 가게에 그대로 두고, 매일같이 지켜볼 것이다. 그리고 결국에는 마음속에서 그를 흔적 하나 남기지 않고 지워버릴 것이다. 그게 바로 진정한 승리일 테니까.

"그래도 오늘 일은 한마디해야겠어. 캉캉, 딩샤오예한테 창고로 좀 오라고 전해줘."

창고에는 낮에도 불을 켜놓는다. 오늘 물건이 잔뜩 들어와서 창고 안은 훨씬 더 비좁아져 있었다. 펑란은 안으로 들어가지 않고 입구에 서서, 딩샤오예가 앞치마를 벗으며 걸어오는 모습을 지켜보았다.

"사장님, 절 찾으셨다고요?" 딩샤오예의 두 눈은, 어떤 일도 그 위에 흔적을 남길 수 없을 것처럼 보였다.

"그래. 여기 가만히 서서 움직이지 마." 평란이 당부했다.

"가게에 손님이 많아서, 점장님이……"

"사장은 나야. 지금 내가 너한테 일을 시켰잖아. 여기 그대로 서서, 말도 하지 말고, 움직이지도 말라고."

딩샤오예는 어쩔 수 없다는 표정으로 손을 늘어뜨렸다.

평란은 입꼬리를 끌어올려 웃으며 말했다. "근무하는 여덟 시간 동안, 널 보는 건 나한테 보너스 같은 거거든."

그러고는 한걸음 물러서서 딱 좋은 거리를 유지한 뒤, 집중해서 딩샤오예를 똑바로 쳐다보았다.

평란은 오 년 전에 태국에 출장을 갔다가 카레 게 볶음을 먹어 보았다. 그녀는 그 맛을 잊을 수가 없었다. 그후 직접 태국 식당을 차려서 매일 끼니마다 카레 게 볶음을 먹었다. 결국은 물릴 정도로 먹어서, 이제는 냄새만 맡아도 한 접시 배불리 먹은 것 같은 기분이 들 정도였다. 이 경험은 평란의 인생에서 아주 귀중한 교훈이 되었다. 어떤 것에 '굶주려' 있다면, 한번 질리도록 먹고 마시면 되는 것이다. 싫증이 나서 다시는 쳐다보고 싶지도 않을 정도로.

딩샤오예는 긴장하지도 않고, 피할 생각은 더더욱 없이, 안색 하나 변하지 않고 평란의 눈길이 자신을 마음대로 유린하도록 가만히 서 있었다.

두 사람은 거의 오 분 동안을 그렇게 서 있었다. 평란은 다리가 좀 아파져서 자세를 살짝 고쳤다. 그러고 나서 입을 열었다. 어느

새 훨씬 차분해져 있었다.

"그래, 맞아. 딩샤오예, 넌 확실히 내 타입이야. 체격도, 얼굴도, 말투랑 걸음걸이까지 전부 다." 펑란은 한걸음 앞으로 다가섰다. 두 사람 사이의 거리가 아주 가까워졌다. 서로 숨결이 닿을 만한 거리였다. 펑란이 고개를 들었다. "네가 날 좋아하지 않는 건 나도 알아. 상관없어, 우리가 앞으로 뭐 어떻게 될 것도 아니니까. 난 그냥 네 외모가 마음에 들 뿐이야. 방금 전에 충분히 봤어. …… 그냥, 그뿐이야."

딩샤오예는 주머니에서 작은 물건을 꺼내 펑란에게 건넸다. "아까 사장님이 화낼 때 떨어진 거예요."

펑란이 받아 보니, 추이옌이 준 토끼 모양 열쇠고리였다. 그걸 보자 추이옌이 딩샤오예를 보던 눈길이 떠올랐다. 펑란은 웃으며 딩샤오예에게 충고했다. "추이옌은 팡팡이랑 전혀 달라. 가까이하지 않는 게 좋을 거야. 안 그랬다간 쩡페이가 네 다리를 부러뜨려 놓을걸. 그럼 너무 아깝잖아?"

딩샤오예가 나직한 목소리로 물었다. "쩡페이? 사장님이랑 같이 왔던 그 남자요?"

"그러고 보니 너랑 추이옌도 꽤 잘 어울릴 것 같긴 해. 혹시라도 진짜로 사귀게 된다면, 제법 보기 좋을 거야." 펑란은 딩샤오예의 옆을 스쳐지나가다가, 다시 한번 고개를 돌려 그를 향해 웃으며 말했다. "충고까지 해줬으니까, 내가 다음에 또 이런 식으로 너를 보고 싶다고 하면 거절하진 않을 거지?"

딩샤오예는 따분했는지 타일 바닥의 틈새를 발끝으로 두드리고 있다가, 펑란의 말에 고개를 들고 눈부시게 웃었다.

그녀를 신경쓰는 남자

보름도 안 되는 시간 동안, 쩡페이와 평란은 영화를 두 번 보고, 음악회도 한 번 다녀왔다. 영화는 전부 평란이 좋아하는 지루한 예술 영화였다. 쩡페이는 이런 만남에 전혀 관심이 없는 게 분명했다. 평란은 몇 번이나 쩡페이가 고개를 숙여 시계를 보는 걸 발견했다. 하지만 쩡페이는 그러면서도 두말없이 끝까지 앉아 있었다. 그리고 이젠 이런 상황에 질렸을 거라고 평란이 생각할 때마다, 쩡페이는 침착하게 다음 약속을 잡았다.

마침내 두번째 영화를 보고 난 후, 평란은 답답함을 참다못해 쩡페이에게 물었다. "도대체 나랑 언제까지 시간 낭비할 거야?"

쩡페이는 평란과 같이 앉아서 커피를 마시다가 그 말에 웃으며 말했다. "시간 낭비라니? 여자들은 다 이런 걸 좋아하는 줄 알았는데. 네가 날 만나러 나왔다는 건, 적어도 이런 만남에 반감이 있는 건 아니란 얘기 아냐?"

"난 지금 연애 공백기니까 시간 낭비해도 괜찮아. 근데, 오빠는 그렇게 바쁘면서 뭐하러 나랑 같이 시간을 죽여?" 평란은 마음이 갑갑해졌다. "원래는 오빠가 먼저 질릴 때까지 참고 있으려고 했어. 그러다가 가족들이 어떻게 돼가느냐고 물으면 책임을 전부 오빠한테 돌릴 생각이었거든."

쩡페이는 하는 수 없다는 듯 말했다. "그래서, 못 참겠다고? 영화가 문제라면 다음부턴 다른 걸 보면 되지만, 내가 문제라면…… 난처한데."

평란은 테이블 위에 놓인 사이드 메뉴판을 집어들더니 그걸로 자기 가슴께를 가리키며 말했다. "여자들이 낭만적인 걸 좋아하고 형식을 중시하는 건 맞아. 그렇지만 그런 걸 누구랑 같이 하느냐가 중요한 거라고. 죽도록 사랑하는 사람과 함께라면 만화영화를 봐도 불꽃이 튀겠지…… 그런 얼굴 하지 마. 오빠한테 문제가 있다는 게 아니라, 우리 둘이 어울리긴 하냔 말야. 친구로 지내다가 연애를 하려고 하면 문제가 뭔지 알아? 상대방의 본모습을 다 아니까, 서로 탐색하는 단계가 생략돼서 재미가 하나도 없다는 거야. 그냥 친구 사이일 때가 훨씬 좋았어. 오빠는 방금 본 그런 영화는 영화도 아니라고 했을 거고, 나도 졸면서 끝까지 앉아 있진 않았을 테니까."

쩡페이는 커피잔을 평란 앞으로 밀어놓으며 멋쩍은 듯 말했다. "내가 잘못 생각했나보네. 친한 사이는 뭘 하든 편할 줄 알았는데."

"미치겠네! 내가 방패막이라는 거, 이제 그만 인정하지? 또 모르는 척 그게 무슨 소리냐고 하면, 이젠 오빠랑 말도 안 할 거야."

"넌 예전 남자친구 앞에서도 이렇게 솔직하게 얘기했어? 그런데도 그 남자는 네가 귀엽대?"

"당연히 안 그랬지. 우리가 연애하는 사이도 아닌데, 내가 오빠한테 귀엽게 굴 필요가 뭐 있어?"

"방금 전엔 나한테 비수를 꽂더니, 이번엔 냉수를 끼얹는구나."

"빙빙 돌려서 말하지 말고, 서로 터놓고 확실히 얘기해보자고. 왜, 추이옌이 또 못살게 굴어?" 펑란이 결론을 내린 양 물었다.

쩡페이는 더이상 농담을 하지 않았다. 그는 피곤한 듯 눈을 비비며 말했다. "걔가 요즘 어떤지는 너도 봤지? 예전엔 어려서 아무것도 모르는 줄 알았는데…… 이대로 놔두면 안 되겠어."

"내가 전부터 그랬잖아. 여자애들은 오빠 생각보다 훨씬 조숙하다고. 오빠는 반성 좀 해야 돼. 오빠가 뭐든지 다 받아주니까, 추이옌이 그렇게 오랫동안 꿈속에서 살고 있잖아. 내가 보기에는, 오빠가 걔한테 뭘 허락하진 않았지만 그렇다고 멀리 밀어놓지도 않았거든. 그래서 추이옌이 오빠를 더 의지하게 된 거야."

"불행한 어린 시절을 보냈는데, 성격이 비뚤어지지 않은 것만 해도 다행인 거잖아. 전에도 말했지만, 걔를 누나 집에 맡겼던 건 정말 달리 방법이 없어서였어. 우리 누나는 남자보다도 더 세심하지 않고, 매형도 집안일에 관여하는 사람이 아니잖아. 추이옌이 굶거나 얼어죽지 않을 정도로는 돌봐줬겠지만, 아마 그 이상은 해주지 못했을 거야. 난 그냥 걔한테도 가족이 있다는 느낌을 주고 싶었어."

"오빠는 가족의 정을 주려고 했겠지만, 추이옌이 원하는 건 사랑이야. 걔가 비뚤어지지 않은 건 '외삼촌'인 오빠가 모든 책임을 다 짊어졌기 때문이고. 내가 걔처럼 자라왔다면, 나도 오빠한테서 떨어질 수 없게 됐을 거야." 펑란은 쩡페이와 추이옌을 오랫동안 알아왔다. 쩡페이 입장에서 듣기 좋은 말은 아니겠지만, 펑란은 전부 진심에서 우러나온 말들이었다.

"걔가 가정을 잃은 데는 내 책임도 있으니까, 보상해주고 싶었어……"

펑란은 쩡페이가 자책하려는 걸 막았다. "오빠는 항상 모든 걸 자기 책임으로 돌리잖아. 그러니까 사는 게 점점 더 피곤해지는 거야. 추이옌 집은 애초부터 온전하지 않았어. 오빠는 맡은 일을 했던 것뿐인데, 오빠가 잘못한 게 뭐가 있어? 걔네 엄마 일에 대한 후회를 추이옌한테 갖다붙이지 마. 그건 모두에게 불공평한 일이야."

그 말에 쩡페이는 침묵해버렸다.

펑란은 떠보듯 물었다. "추이옌이 행복했으면 좋겠어?"

"당연하지. 걔가 잘 지내면, 나도 내 책임을 다한 거잖아."

"추이옌을 진정으로 행복하게 해주려면, 방법은 하나밖에 없어. 걔 마음을 받아줘. 그럼 그 아이가 아주 기뻐할거야. 어차피 진짜 삼촌 조카 사이도 아니잖아."

쩡페이는 한참 동안 얼이 빠진 얼굴이더니 믿을 수 없다는 눈빛으로 말했다. "무슨 농담을 하는 거야? 추이옌이야 어려서 뭘 몰라 그런다고 치자. 내가 진짜로 그런 마음을 먹으면, 그게 인간이야? 남들이 날 어떻게 보겠어?"

펑란은 '남들이 뭐라 하든 그게 그렇게 중요해?'라고 말하려 했다. 그런데 그 말이 목구멍까지 올라온 순간, 딩샤오예가 자신에게 같은 말을 했던 걸 기억해냈다. 펑란은 사실 쩡페이의 심정을 이해했다. 쩡페이나 그녀나 본질적으로 같은 종류의 인간이기 때문이었다. 그들은 보이지 않는 어항 속에 사는 물고기나 다름없었다.

얼핏 한가로이 지내는 듯하지만, 어항의 속박에서 벗어날 수가 없는 것이다. 익숙하게 의지하고 살아가는 공간이기 때문에, 사실 어항을 벗어날 용기도 없다. 평란이 방금 대담하게 했던 제안은, '남들'까지 갈 것도 없이 쩡페이의 어머니와 누나부터 반대하고 나설 게 분명했다.

"그냥 못 들은 걸로 해." 평란은 한숨을 쉬었다. "이것도 안 되고 저것도 안 되고. 사는 게 뭐 그렇게 복잡해? 오빠, 예전엔 훨씬 시원스러운 성격이었잖아."

"전에는 내가 남의 감정을 신경이나 썼나? 하고 싶은 일이 있으면 바로 실천하는 게 남자다운 거라고 생각했지. 그런데 나중에야 세상 사는 이치며 도리라는 게 내가 생각해온 것과 전혀 다르다는 걸 알겠더라고. 성숙한 남자라면 일단 자기 주위에 있는 사람들이 편안하게 지내도록 잘 챙겨야 하지 않겠어?"

평란은 갑자기 엉뚱한 생각이 들었다. 제멋대로 살던 남자들이 왜 나랑 사귀거나 나를 거쳐간 뒤에는 전부 가족을 생각하는 착한 남자로 변하는 걸까? 평란은 그래서 좋다는 마음은 전혀 들지 않았다.

"추이옌을 그렇게 쉽게 떼어낼 수 있을 것 같아? 성격이 비뚤어진 건 아니지만, 얼마나 영악한 아인데."

"추이옌도 언젠가는 이해하겠지." 쩡페이는 어쩔 수 없다는 듯 말했다.

"근데 난 지금 이해를 못 하겠거든." 평란은 쩡페이에게 단도직입적으로 물었다. "내가 그렇게 바보 같아 보여?"

쩡페이가 깜짝 놀라 반문했다. "뭐라고?"

"이미 얘기할 만큼 했잖아. 내가 오빠를 다른 여자한테서 해방시켜주기 위해 오빠랑 결혼이라도 해줄 것 같으냐고."

"당연히 아니지. 추이옌은 그저 내가 진지하게 연애를 시작해야 겠다고 결심하게 만들었을 뿐이야. 아무 여자나 찾아서 결혼할 거였다면 어렵지 않지. 선택의 여지가 없었다면 내가 널 찾았겠어? 너도 시중들기 꽤 어려운 여자라고."

"그럼 왜 하필 나야?" 펑란이 멍하니 물었다.

"그야, 나도 정상적인 남자니까."

펑란은 조금 쑥스러워졌다. 애정이 담긴 말을 거의 하지 않는 남자가 어쩌다 한두 마디 모호한 말을 던지면 꽤나 마음이 흔들리기 마련이다. 펑란이 물었다. "십 년 전엔 왜 이런 말 안 했어? 그때였으면 분명히 믿었을 텐데."

쩡페이가 웃으며 대답했다. "네가 그랬잖아, 남자들은 늦게 철이 든다고. 예전엔 연애에 관심도 없었고, 너는 한참 어렸지."

거기까지 말하고 쩡페이는 갑자기 웃기 시작했다.

"뭐가 그렇게 웃겨?" 펑란이 물었다.

"우리 '첫 키스' 생각나서."

"오빠랑 추이옌 사이엔 정말 비밀이란 게 없구나." 펑란은 이마에 손을 괸 채 웃었다. "나도 아주 거짓말한 건 아니다 뭐. 그해 여름방학 때 우장 오빠네 집에 갔더니 오빠가 있었잖아. 내가 학교에서 윗몸일으키기 시험 본다고 거짓말했지. 연습해야 하니까 다리 좀 잡아달라고…… 어쨌든 입술이 닿긴 했으니까, 반쯤은 키스가 맞았다고."

"나도 아니라곤 안 했어."

"설마…… 오빠도 기억하고 있었다고?"

"그게 그렇게 이상해? 나도 그땐 순진했단 말이야."

두 사람은 마주보고 크게 웃었다. 펑란은 쩡페이가 이렇게 기분 좋게 웃는 모습을 아주 오랜만에 보았다. 문득 옛날로 돌아간 기분이 들었다.

"조금만 더 가면 됐었는데. 우리도 가능성이 아예 없는 건 아니었어." 쩡페이가 말했다.

펑란은 그게 도대체 몇 년 전의 일인지 헤아려보고 싶지도 않았다. 그랬다간 세월이 흐르는 속도에 절망해버릴 것만 같았다.

"그 어릴 때 우리가 뭘 알았겠어?" 펑란이 변명하듯 말했다.

쩡페이가 대답했다. "지금은 알 거 다 아니까, 다시 시작해볼 수도 있잖아?"

그후로 며칠 동안, 쩡페이의 '다시 시작하자'는 말이 펑란의 마음속에서 계속 울려퍼졌다. 쩡페이와 정말로 '다시 시작'할 수 있을까? 쩡페이와 이야기를 나눈 뒤로 오래전의 기억들을 적지 않게 떠올린 것은 사실이다. 하지만 그 어릴 때 잠깐 나타났다 사라진 감정과, 평생을 좌우할 선택을 과연 동등하게 생각해도 되는 것일까? 펑란은 쩡페이에게 진지하게 고려해보겠다고는 했지만, 마음을 정할 수가 없었다.

칠석날이었다. 쩡페이는 외국 출장중이었다. 출장을 가기 전에 쩡페이는 펑란에게 미리 인사를 했다. 돌아오면 같이 식사를 하자면서, 그때는 대답을 해줬으면 좋겠다고 했다. 펑란은 쩡페이가 일이 바빠져 예정보다 늦게 돌아왔으면 하고 바랐다. 조금이라도 시간을 더 벌고 싶었다. 머릿속이 너무 복잡했다.

음식점들은 명절 기간에 제일 바쁘다. 연인과 관련된 명절이라면 특히 더 바빴다. 평란의 식당은 명절 하루 전까지만 예약을 받았다. 그랬더니, 당일이 되자 자리를 기다리는 손님들이 줄을 이었다. 딩샤오예는 마침 쉴 차례가 되어 가게에 없었다. 평란은 이렇게 바쁜 날 휴가를 준 점장을 나무랐다. 평소에는 일손이 딱 알맞은 정도라서, 이렇게 손님이 몰리는 날 한 사람이 빠지면 사장인 평란도 별수없이 앞치마를 두르고 서빙을 해야 했다.

점장은 억울하다는 듯 해명했다. 딩샤오예가 출근 이후로 지금까지 하루도 쉰 날이 없었다고 한다. 그런데 이번엔 본인이 먼저 쉬고 싶다고 했기 때문에 도저히 허락하지 않을 수 없었다고. 평란도 점장에게 더는 나무라지 않았다. 생각해보니 딩샤오예가 없는 것도 나쁘지 않았다. 눈앞에서 어슬렁거리던 딩샤오예가 안 보이니 평란도 마음이 편하고, 일에 집중할 수 있었다.

밤 열한시에 마지막 손님을 보내고 나서야 하루 일이 끝났다. 매장 청소와 재고 점검을 마치고 나니, 평란은 허리가 아파서 제대로 펴지지도 않을 지경이었다. 딩샤오예는 아직 돌아오지 않았다. 그도 이런 날 누군가와 약속이 있는 걸까? 그런데 평란은 이런 날까지 혼자 외롭게 일하고 있다니, 걷잡을 수 없이 서글퍼졌다.

평란은 저도 모르게 쩡페이를 떠올렸다. 쩡페이가 있었다면 평란을 데리고 식사를 하러 나갔을 것이다. 두 사람에게 그럴 시간이 있었을지는 둘째치고, 최소한 그녀에게 신경을 쓰는 사람은 있었을 것 아닌가. 언제부터 칠석 같은 날이 되어도 전화 한 통 못 받게 되었나 싶어 평란은 깜짝 놀랐다. 어제까지만 해도 선물받은 꽃들을 어떻게 처리해야 하나 골머리를 앓던 것 같은데, 별안간 이렇게 아무도 찾는 이가 없다니…… 어떻게 세월이 사람 마음보다도 더 현실적이란 말인가?

손을 씻으면서, 펑란은 거울 속의 자신을 자세히 뜯어보았다. 화장을 고치고 나니 얼굴은 여전히 봐줄 만했지만, 두 눈 속에 천진난만한 빛은 사라진 지 오래였다. 펑란은 쩡페이를 보면서 무기력하고 냉담해 보인다고 생각하곤 했다. 딩샤오예는 펑란을 어떻게 보고 있을까? 나이들어 실성한 여자로 보고 있는 건 아닐까?

아니, 그럴 리 없다. 펑란은 아직 서른도 되지 않았다. 진짜로 얼굴이 늙어버리기 전부터 이런 공포심 때문에 기가 죽을 수는 없었다.

펑란은 쩡페이를 처음 만난 사람이라 생각하고 그를 판단해보려 했다. 펑란 어머니의 말처럼, 집안이며 직장이며 성격에 외모까지 흠잡을 데 하나 없었다. 친구 사이로서도 더 바랄 게 없을 만큼 좋은 사람이었다. 하지만 사랑이란 게 이렇게 천박한 걸까? 어쩌면 펑란은 이러한 속된 취향에서 하루빨리 벗어나야 하는지도 모른다. 사랑이란 평생을 함께하는 것이지, 한순간의 쾌락을 좇는 게 아니다. 펑란은 계속 자신을 타일렀다. 딩샤오예에 관해서는…… 아니, 펑란은 딩샤오예를 생각하지 않았다. 단 일 초도 떠올리지 않았다.

가게 정리를 끝낸 후, 펑란은 퇴근하는 직원들에게 인사를 하고 나왔다. 어제부터 펑란의 주차 공간에 낡은 소형차가 서 있었다. 빌딩 관리인에게도 얘기하고, 차에 쪽지도 붙여두었다. 그런데도 그 차는 여전히 그 자리에 있었다. 이 빌딩은 주차 공간이 협소해서 거의 늘 만원이었다. 빌딩 관리인은 차 주인과 연락이 닿지 않았다며 펑란에게 임시로 자리를 하나 내어주었다. 오늘은 다행히 후문 근처에 빈자리가 있었다.

내일 아침까지도 안 비키면, 견인 회사에 연락해서 폐차장으로 보내버릴 테다. 평란은 그렇게 생각하며 차에 올라탔다. 막 차문을 닫고 시동을 걸려던 평란은 발치에 떨어져 있던 영수증을 한 장 발견했다. 어제저녁에 주유소에서 받은 영수증이었다. 분명히 오늘 아침에 다른 영수증들과 같이 운전석 오른쪽 선반에 올려두었는데 어째서 이 한 장만 바닥에 떨어져 있는 걸까?

불안함을 느낀 평란의 머릿속에 경종이 울렸다. 평란은 천천히 뒤를 돌아보았다. 미처 이상한 점을 눈치채기도 전에, 뒷자리에서 사람 그림자가 튀어나와 평란을 향해 와락 달려들었다. 다행히 한 손으로 차문 손잡이를 잡고 있던 평란은 놀라 소리를 지르며 문을 열고 도망치려 했다. 하지만 차 밖으로 반쯤 빠져나왔을 때, 한 손을 붙잡히고 말았다. 평란은 간신히 몸을 돌려 차 안을 보았다. 어딘가 눈에 익은 듯한 더벅머리에 키가 작고 험상궂은 남자가, 비쩍 마른 손으로 평란의 손목을 잡아당겨 운전석에 도로 앉히려 하고 있었다.

평란은 몸부림을 치며 도와달라고 소리를 질렀다. 몸싸움 와중에 남자도 운전석과 조수석 사이까지 끌려나와 있었다. 역겨운 두 손이 여전히 평란의 손목을 있는 힘껏 잡아당겼다. 평란은 남자가 바로 지난번에 가방을 훔쳐간 사람이라는 걸 알아봤다. 그 강도가 한 달도 안 되어 또다시 평란의 차와 주인에게까지 눈독을 들인 것이었다.

남자는 평란을 무슨 물주로 여기는 모양이었다. 그때 훔쳐간 가방 안에는 현금과 휴대전화 말고도 막 풀어서 넣어뒀던 손목시계도 있었다. 전부 꽤나 값나가는 물건들이었다. 그랬으니 이 강도가 돈맛을 보고 또 달라붙은 것이다. 평란은 화가 나서 견딜 수가 없었다. 내가 그렇게 만만해 보이나? 한 달 사이에 두 번이나? 세상에 불법 영업을 하는 악덕 상인이 얼마나 많은데, 그런 사람들 걸 훔치지 않고? 평란은 매일 아침부터 밤까지 열심히 일하고, 세금도 꼬박꼬박 내고 있었다. 돈을 벌기 위해 자신의 시간과 청춘을 전부 바쳤다. 그렇게 열심히 살았는데 낭만적인 칠석날 밤에, 자신을 신경쓰는 남자라고는 강도밖에 없다니!

지난번 몸싸움과 그후에 각종 등록증이며 카드를 재발급받던 번거로움, 그리고 딩샤오예의 비웃음까지 전부 평란의 눈앞을 스치고 지나갔다. 화가 머리끝까지 난 평란은 순간 대담해졌다. 강도에게서 쉽사리 벗어나지 못하자, 하이힐을 벗어 들고 다짜고짜 강도의 머리를 향해 내리찍었다. 하이힐의 뾰족한 굽이 정확히 어디에 맞았는지는 보이지도 않았다. 강도는 처음에 피하는가싶더니 갑자기 무거운 신음 소리를 냈다. 동시에 평란의 손목을 잡고 있던 손에서도 힘이 풀렸다. 그 덕에 평란은 차 밖으로 튕겨나와 시멘트 바닥에 호되게 넘어졌다. 평란이 미처 정신을 차리기도 전에, 자동차 문이 안에서 닫히고 전조등이 켜지더니 그대로 출발했다.

차의 왼쪽 앞에 쓰러져 있던 평란은 손을 들어 눈부신 전조등 불빛을 막으려 했다. 어찌나 놀랐는지 비명도 나오지 않고, 아무 생각도 나지 않았다. 그 순간 평란은 또다시 거센 힘에 떠밀려 저만치 굴러가서 엎어졌다. 그렇게 엎드린 채로, 차가 비틀거리며 사라지는 광경을 속수무책으로 쳐다보았다.

잠시 후 정신을 차린 평란은 곧바로 빌딩 경비원에게 전화해 차를 세우라고 하려 했다. 그렇지만 가방도 차의 조수석에 실려 있었다. 펑란은 화가 나서 주먹으로 바닥을 치며 큰 소리로 욕을 했다.

"망할 자식……"

말이 채 끝나기도 전에, 펑란은 자기 옆에 누군가 있다는 걸 깨달았다. 바닥을 내리치려던 주먹이 그 사람의 허벅지를 내리쳤던 것이다.

"딩샤오예?"

딩샤오예도 펑란과 마찬가지로 호되게 넘어져 있다가 그제야 바닥을 짚으며 간신히 일어나 앉았다. "지금 누구보고 망할 자식이라는 거예요?"

펑란은 머릿속이 텅 비어, 이게 무슨 상황인지 파악이 되지 않았다. 딩샤오예가 잔뜩 긴장한 목소리로 말했다. "아까 한발만 늦었으면, 나까지 희생양이 돼서 사장님이랑 같이 죽었을 거라고요."

"갑자기 어디서 나타난 거야?" 펑란이 여전히 놀라서 멍한 채로 더듬거리며 물었다.

"지금 뻔뻔하게 그런 거나 묻고 있어요? 내가 조금만 늦게 왔더라도 그쪽은 죽었을 거라니까." 딩샤오예는 여전히 멍하니 앉아 있는 펑란을 보고야 방금 무슨 일이 일어난 건지 그녀가 제대로 이해하지 못하고 있다는 걸 알아챘다.

"차에 치여 죽는 게 겁도 안 나요? 도대체 어떻게 지금까지 살아 있어요? 뼈 안 부러졌으면 빨리 일어나라고요!"

펑란은 그제야 두려움이 몰려왔다. 그 망할 자식이 정말로 깔아뭉개고 지나가려 했을까? 대답은 분명하고도 간단했다. 그저 눈 깜짝할 사이에 지나간 일이라, 펑란이 겁을 낼 틈조차 없었던 것이다.

딩샤오예는 초조한 마음을 억누르며 평란을 재촉했다. "일어나라니까!" 평란이 하얗게 질린 채 멍하니 앉아만 있자 딩샤오예는 자기 다리를 흔들었다.

평란의 몸이 덩달아 흔들렸다. 평란은 그제야 깨달았다. 딩샤오예의 말이 맞았다. 그는 정말로 평란의 희생양이 될 뻔했다! 딩샤오예도 꽤나 크게 넘어진 것 같았다. 평란이 아픈 곳이 별로 없는 건 그를 깔고 넘어졌기 때문이었다.

평란은 한쪽으로 물러나 어디 다친 곳은 없는지 자기 몸을 살펴보았다.

딩샤오예는 힘겹게 일어나 다리를 좀 움직여보더니, 한 손으로 가슴께를 문지르며 허리를 숙였다.

"심장이라도 부서졌어?" 평란이 바닥에 앉은 채 딩샤오예를 올려다보며 물었다.

딩샤오예는 언짢은 듯 평란을 한 번 노려보더니, 멍청한 질문은 무시한 채 손을 뻗어 평란을 끌어당겼다. "차에는 안 치였어도, 사장님 팔꿈치에 눌려서 갈비뼈 부러질 뻔했어요."

평란은 다행히 무릎과 손바닥에 찰과상을 좀 입었을 뿐이었다. 평란이 피가 배어나온 손을 뻗으며 물었다. "진짜? 좀 봐봐."

"됐어요!" 딩샤오예는 자기 가슴팍을 짚어보려는 평란의 손을 단호히 밀어냈다. "내 옷에 피 묻히지 마요. 오늘 이미 충분히 재수 없었으니까. 그냥 끌어당겨주려고 했는데 결국 나까지 넘어지고…… 생각보다 엄청 무겁던데요."

"무슨 말도 안 되는 소리야! 난 오십오 킬로밖에 안 나가는데. 그게 그렇게 무거워?" 평란이 화가 나서 말했다. "내 인격을 모독하는 건 참겠는데, 내 몸무게까지 모독하진 말라고!"

"그게 뭐 어때서요? 빨리 가요." 딩샤오예가 꼼짝 않고 있는 펑
란을 밀었다. "가라니까요! 걸을 줄 몰라요?"

펑란은 딩샤오예에게 떠밀려 비틀거리며 걸어가면서도 화를 참
지 못하고 소리를 질렀다. "어디로 가라는 건데? 난 여기서 경찰
불러서 그 자식 잡을 거야!"

"경찰을 부르려면 다른 데서 불러요!" 딩샤오예는 매너라고는
없이 똑같이 큰 소리를 쳤다. "죽지 못해 안달이에요? 그놈이 한패
가 있을지 어떻게 알아요? 다시 올지도 모르잖아요?"

"그래, 어디 한 번만 더 밀어봐!" 펑란이 말을 마치자마자 딩샤
오예가 또 펑란을 밀었다. 펑란이 진저리를 치며 물었다. "말 좀 곱
게 하면 어디가 덧나?"

"말을 곱게 하면 사장님이 듣기나 해요? 진짜 간도 크지, 도망갈
생각도 안 하고 때릴 생각부터 해요? 잘 들어요. 아까 그놈은 지난
번에 가방 훔쳐갔던 그 약쟁이 놈이라 손에 힘이 그나마 없었던 거
예요. 만약 다른 놈이었으면 사장님은 지금쯤 어느 황량한 교외에
서 강간당하고 죽어서 산산조각 버려졌을걸요!"

펑란도 딩샤오예의 말에 일리가 있다는 걸 모르지 않았다. 딩샤
오예가 말한 일들이 일어났을 가능성을 생각해보자 온몸에 소름이
끼쳤다. 오늘 일어난 일은 정말 두려웠다. 하지만 아무리 그래도,
딩샤오예의 말은 지나치게 거칠었다.

딩샤오예는 여전히 훈계를 이어갔다. "진짜 대단한 여장부 나셨
어요. 강도를 더 만나봐야 정신을 차리겠어요? 차에 타기 전에 위
험 요소가 있는지 없는지 확인도 안 해요? 가슴이 그 배짱 반만큼

이라도 컸으면, 지금까지 시집도 못 가고 혼자서 밤길 다닐 일도 없었을 텐데!"

"딩샤오예, 말 좀 가려서 해!" 평란은 절뚝거리며 앞으로 나서서 딩샤오예의 입을 틀어막았다. 그러고는 화가 나서 말했다. "잔소리 좀 그만해! 말 좀 곱게 하라고! 내가 도둑맞고 싶어서 도둑맞은 줄 알아? 차에 타기 전에 뭘 어떻게 보라는 거야? 어디 시범이라도 보여봐! 그 망할 자식이 날 붙잡고 있는데, 내가 안 때리면 그놈이 놔줬겠냐고……"

평란은 갑자기 말을 멈추더니 머뭇거리며 물었다. "아니, 잠깐. 그놈이 지난번 그 약쟁이라는 건 어떻게 알았어?"

딩샤오예가 나타났을 때는 평란과 강도의 사투가 거의 끝나갈 무렵이었을 테고, 차문은 곧바로 닫혔을 텐데, 그 짧은 순간에 어떻게 강도의 모습을 봤던 걸까? 게다가 어떻게 바로 그 사람이 예전의 그 강도라는 걸 알아본 걸까? 말이 안 되는 얘기였다.

평란은 자기가 강도를 만날 때마다 딩샤오예가 현장에 있었다는 사실을 생각해냈다. 한 번이라면 모를까, 두번째까지 그렇게 '인연'이 있다니, 믿을 수가 없었다! 게다가 딩샤오예는 평소에 빌딩 후문 쪽으로 다니지 않았다. 평란이 오늘 제자리에 차를 세울 수 있었으면, 이렇게 늦은 시간에 이런 후미진 구석까지 왔을 일도 없었다.

평란은 이런 가능성들을 생각하고 싶지도 않았지만, 온갖 의심스러운 점들을 떠올리며 딩샤오예의 표정 변화를 보자 온몸에 한기가 들었다.

"너…… 너 설마 그놈이랑……"

"내가 뭐요? 한패냐고요?" 딩샤오예가 깜짝 놀란 듯 웃더니 펑란 쪽으로 한걸음 다가섰다. "오늘은 좀 똑똑하네요."

펑란은 딩샤오예를 경계하며 뒤쪽으로 물러나다가 하마터면 넘어질 뻔했다. 강도를 한 달에 두 번이나 만난 것보다 더 견디기 힘든 상황이었다.

펑란의 얼굴에 나타난 공포와 상처 입은 표정을 보고, 딩샤오예는 장난을 계속할 마음이 사라졌다. 그래서 안심하라는 손짓을 해 보이며 천천히 말했다. "쓸데없는 생각 마세요. 제가 사장님을 어쩔 마음이 있었으면, 훨씬 더 간단한 방법도 많았을걸요."

듣고 보니 맞는 말이었지만, 그래도 펑란은 쉽사리 경계심을 풀지 못했다.

딩샤오예는 잠시 생각한 끝에 말했다. "원래는 말 안 하려고 했는데…… 며칠 전부터 가게 근처에서 그놈을 봤어요. 아마 사전 답사를 왔었나봐요."

"누구? 내 가방 훔쳐간 그놈?" 펑란은 새삼 이 세상이 달리 보였다. 도둑맞는 것보다 도둑이 눈독을 들이는 게 더 무섭다는 말이 있다. 누군가 오랫동안 자신을 몰래 지켜보고 있었다고 생각하니, 펑란은 모골이 송연해졌다.

"처음엔 무슨 짓을 하려는 건지 몰랐는데, 그쪽이 오늘 아침에도 주차장에 다른 차가 서 있다고 해서……"

"그러니까, 그 똥차를 일부러 내 자리에 세워놨단 말이야?"

"뻔한 거 아니에요? 그쪽 주차 자리는 엘리베이터랑 경비 초소 가까이에 있잖아요. 사람이 계속 지나다니는데, 바보가 아닌 이상 거기서 덮치려고 했겠어요?"

"다 계산하고 있었다는 거네." 평란은 떨리는 손으로 딩샤오예를 가리켰다. "너도 나쁜 놈이야. 지난번에 날 안 구해준 건 그렇다쳐도, 이번엔 뭔가 이상하다는 걸 미리 알고 있었으면서 한마디도 안 했다는 거잖아. 우리가 그…… 그런 사이는 아니라도, 그래도 난 네 사장인데! 아니지, 그냥 길 가던 사람한테라도 그렇게 매정하게 굴면 안 되지! 이런 배은망덕한 놈!"

"아직 일어나지도 않은 일을 얘기하면 날 믿었겠어요? 경찰 출신 남자를 낚아놓고, 왜 내가 쓸데없는 고생을 하게 만들어요?" 딩샤오예가 차가운 태도로 평란의 손을 쳐내며 물었다. "안 가요? 안 갈 거면 혼자 여기서 기다리시든가."

딩샤오예는 말을 마치자마자 몸을 돌려 가버렸다. 평란은 절뚝거리며 쫓아가 딩샤오예의 어깨를 붙잡아 돌려세웠다. "말을 끝까지 해봐. 내가 너한테 뭘 잘못했는데? 일자리가 필요하다기에 취직시켜줬잖아. 나한테 관심 없다기에 물러나줬잖아. 근데 나한테 이래도 돼? 내가 차에 치여 죽을 뻔했는데 신경도 안 쓰는 거야?"

"내가 진짜 신경을 안 썼으면 그쪽이 지금 이렇게 멀쩡히 서 있겠어요?"

평란은 잠시 말을 멈춘 사이에 필사적으로 머리를 굴렸다. 그러고는 여전히 확신 없는 투로 말했다. "그럼, 나 때문에 일부러 여기까지 와 있었다는 거네…… 그러니까, 내 걱정을 전혀 안 한 건 아니라는 뜻이지?"

"그렇게 아름답게 생각할 것까진 없고요. 혹시 사장님 신변에 무슨 일 생기면 다른 일자리 알아봐야 될 테니까, 귀찮을 거 같아서요."

"말하는 거 하곤…… 혹시 어제도 주차장까지 따라왔었어?" 펑란은 기분이 조금씩 나아지기 시작했다.

"어젠 캉캉이랑 같이 있었잖아요. 내가 뭐하러 따라가요?" 딩샤오예가 부인했다.

펑란이 딩샤오예 앞을 막아서며 말했다. "응? 나 어제 가게에서 나온 뒤에야 캉캉 만났는데? 택시 못 잡겠다면서 집까지 좀 데려다 달라고 하더라고. 안 따라왔다면서 내가 캉캉이랑 같이 간 건 어떻게 알고 있어?"

"맘대로 생각해요." 딩샤오예는 무표정한 얼굴로, 절대 인정하려 하지 않았다.

"나 걱정한 거 맞잖아……"

"머리 완전 헝클어졌어요."

"그럴 리가!" 펑란은 급히 머리카락을 만져보았다. 느슨하게 묶어두었던 머리가 방금 전의 몸싸움으로 헝클어져 있었다. 펑란은 머리끈을 풀어 머리카락을 정리하면서 앞서가는 딩샤오예를 쫓아갔다. "어디 가? 경비실 가서 상황 설명해야지. 그다음엔 파출소에 가서 신고할 거야…… 기다려봐! 그냥 가면 남자도 아니야!"

"신고는 지난번에도 했었잖아요? 그래서 뭐가 해결됐어요?" 딩샤오예는 귀찮다는 듯 잘라 말했다.

"해결될지 안 될지는 별개의 문제야. 그 도둑놈을 못 잡더라도, 어쨌든 신고하면 다른 사람들한테 주의를 줄 순 있잖아."

"너나 잘하세요."

"딩샤오예, 너 파출소 가는 게 무서워? 무슨 죄라도 지었어?"

"아, 진짜, 경찰보다 더 귀찮네!" 딩샤오예가 말했다. "경비실까진 데려다줄 테니까, 뒷일은 알아서 해요. 빨리 좀 걸어요."

　"우리집까지 데려다줘야지. 놀라서 죽을 뻔했단 말이야." 평란은 하이힐 한 짝을 마저 벗어 들고 맨발로 딩샤오예와 속도를 맞춰 걸었다. 평란은 그제야 지금껏 하이힐을 한 짝만 신고 있었다는 걸 알아차렸다. 다른 한 짝은 호신용 무기로 쓴 뒤 차 안에 떨어뜨려버렸다. 걸으면서 쓰라린 마음으로 말했다. "아, 이 크리스천 루부탱 구두 딱 두 번밖에 안 신었는데…… 우리 사촌오빠 친구한테 부탁해서 해외에서 한정판 색상으로 사 온 건데…… 열받아."

　딩샤오예는 평란이 들고 있는 구두를 흘끗 보더니 말했다. "방금 전에 조금만 더 용감했으면, 다음번엔 다른 사람한테 부탁해서 해외에서 유골함을 사 왔어야 할지도 모르겠네요. 한정판 색상에, 수제품으로요."

　"딩샤오예, 내가 언젠가 너 그 입 꿰매버릴 거야." 평란은 쓰레기통 옆을 지나면서, 눈 딱 감고 남은 구두 한 짝을 던져넣었다. "나머지 한 짝엔 그 망할 놈 피가 묻었겠지? 생각만 해도 역겨워. 되찾아도 다신 안 신을 거야. 잡기만 해봐라……"

일 초 동안의 흔들림

평란은 빌딩 경비실에서 경찰에 신고를 하고 보안 카메라 영상도 돌려보았다. 사건 현장은 찍혀 있지 않았고, 주차장을 빠져나간 차가 어느 방향으로 갔는지만 파악할 수 있었다. 경비실 책임자는 경비원들에게도 책임이 있다는 걸 인정했다. 그는 평란에게 사과를 하고, 최선을 다해 경찰을 도와 자동차와 분실물을 찾겠다고 약속했다.

그리고 곧 경찰이 찾아와 절차에 따라 평란의 진술을 녹취했다.

평란은 경찰에 신고하기 전에 쩡페이에게 먼저 전화를 했다. 쩡페이는 평란을 무척 걱정하긴 했지만, 너무 멀리 있어서 별다른 도움을 줄 수 없었다. 쩡페이와 경찰은 똑같은 말을 했다. 병원에 가서 진찰을 받아보고, 어서 집에 가서 푹 쉬라고, 뒷일은 경찰에 맡기라고 했다.

평란은 경찰이 병원에 데려다주겠다는 것을 거절했다. 손바닥과 무릎이 까져 아프기는 했지만 뼈가 부러지지도 않았고, 피도 벌써 멎었다. 펑란은 딩샤오예에게 병원에 같이 가달라고 할 생각이었다.

경비실을 나오면서 펑란이 딩샤오예에게 말했다. "나한테 고맙지? 네가 경찰이랑 마주치기 싫어하는 것 같아서 너 안 끌어들였잖아. 그냥 가게 직원인데 같이 신고하러 왔다고만 했어."

"아, 예."

펑란은 딩샤오예의 이런 태도에 이미 익숙해져 있었다. 몇 걸음 뒤에서 걸어가던 펑란이 물었다. "경찰을 왜 싫어하는데?"

딩샤오예는 대답이 없었다. 사실 대답하지 않을 거라고 예상은 하고 있었다. 펑란에게 딩샤오예는 수수께끼로 가득한 사람이었다. 그런데도 펑란은 그가 무섭다고 생각한 적이 한 번도 없었다. 그에게 '홀려서' 이성적으로 생각하지 못하고 있는 걸까?

뜻밖에도 딩샤오예가 걸음을 멈추더니, 맨발의 펑란이 자신을 따라잡기를 기다렸다가 말했다. "아버지가 죄를 짓고 도주해서, 경찰한테 쫓기느라 가족이 다 망가졌어요. 이런 이유라면 만족해요?"

펑란은 반신반의했다. 아니, 그보다는 의외였다. 그래서 호기심을 숨길 생각도 없이 물었다. "아버지가 뭘 하셨길래? 누명이라도 쓰셨던 거야?"

"아뇨." 딩샤오예의 얼굴은 차분했다. "별받을 짓을 저질렀어요. 좋은 사람은 아니었지만, 그래도 괜찮은 아버지였죠."

"그래서 경찰을 싫어하게 됐어?" 펑란이 조심스레 물었다. 경비실에 있을 때 딩샤오예가 침착해 보이긴 했지만, 눈빛에는 거부감이 담겨 있었다.

딩샤오예는 고개를 저었다. "그래서 싫어하는 건 아니에요. 그냥, 이런저런 일이 좀 생각나서. 내 문제예요."

평란은 어쩐지 알 것 같은 기분이었다. 만약 자신의 부모님이 법을 어겼다 하더라도 평란 역시 결국 그분들을 용서하고, 마음 아파할 테니까 말이다. 어쨌든 부모님은 항상 딸을 아끼고 보호해주지 않았는가? 무슨 일이 생기든, 그 사실만은 변함없었다.

"아버지가 도주범이라면, 너한테도 무슨 문제 있는 건 아니겠지?" 평란은 딩샤오예의 등뒤에서 아무렇게나 중얼거렸다.

그 말에 딩샤오예가 그 자리에 멈춰 섰다. 그리고 의미심장한 표정으로 평란을 돌아보았다.

"그럴지도 모르죠. 콩 심은 데 콩 나고, 팥 심은 데 팥 난다고들 하니. 악당의 아들이 착해봐야 얼마나 착하겠어요? 다시 경비실에 가서 신고하지그래요?"

"그래, 맘대로 지어내봐! 내가 믿을 거 같아?" 평란도 애초에 진심으로 그렇게 물었던 건 아니었다. '도주범'이니 가족이 망가졌다느니, 그런 말은 평란과는 너무나 동떨어진 단어들이었다. 그래서 궁금함을 참지 못하고 한두 마디 더 물어본 것뿐이었다. 정말로 딩샤오예를 의심했다면 이렇게 대놓고 물어보지도 않았겠지. 마찬가지로, 딩샤오예도 정말 곤란한 지경이라면 경솔하게 사정을 누설할 리 없다. 평란은 그저 딩샤오예가 자신을 대하는 태도를 참지 못했을 뿐이었다. 딩샤오예는 입만 열면 자신에게 상처 주는 말만 하고 있지 않은가. 그래서 자꾸 쓸데없는 질문을 해서 그를 자극해, 작은 복수라도 하고 싶었다.

"잠깐만, 아직 대답 안 했잖아. 도대체 아버지가 뭘 하셨는데?"

평란은 스스럼없이 물으며, 아주 자연스럽게 딩샤오예의 팔에다 손을 올려놓았다. 딩샤오예의 시선이 절로 그 손으로 향했다. 그리고 팔을 흔들었지만 펑란은 풀이라도 바른 듯 손을 떼지 않았다.

"그렇게 궁금하면 얘기해줄게요. 강도에 강간에, 온갖 나쁜 짓은 다 했어요. 죽어서 다행이지, 안 그랬으면 사장님 같은 여자가 아버지 손에 걸리면 뼈도 안 남을걸요."

펑란은 한순간 팔에 난 솜털이 죄다 곤두서는 기분이었다. 겁을 먹어서가 아니라, 딩샤오예가 자신의 귓가에 대고 얘기할 때 느껴진 숨결 때문이었다. 그 숨결은 사납고도 제멋대로였다.

펑란이 웃으며 말했다. "자기 아버지를 그렇게 말하는 사람이 어디 있어?"

딩샤오예는 펑란의 사고방식을 도무지 이해할 수 없다는 듯, 호기심을 감추지 못하고 물었다. "바보인 거예요, 아니면 간이 큰 거예요? 겁낼 줄도 몰라요?"

"그냥 간단하게 '간 큰 바보'라고 하면 될 거 아냐?" 펑란은 여전히 웃으며 말했다. 물론 펑란도 겁낼 줄 알았다. 펑란은 예상 밖의 일과 위험과 질병이 두려웠다. 식당을 잘 경영하지 못할까봐 두려웠고, 연로하신 부모님이 병에 걸릴까봐 두려웠다. 혼자 외롭게 늙을까봐 두려웠고, 미혼 여성들만 먹이로 삼는 나쁜 놈들도 두려웠다. 하지만 딩샤오예는 두렵지 않았다. 그가 나쁜 놈인 척하며 펑란을 겁주려고 할수록, 그가 자신에게 악의가 없음을 확신했다. 남을 위협하는 딱딱한 겉껍데기가 있는 생물일수록, 몸 안쪽은 약한 법이다.

"넌 아버지보다 더한가보네. 나한테 손도 안 댔는데, 벌써 이렇게 다쳤잖아." 펑란은 까진 손바닥을 딩샤오예의 눈앞에 들이대면서 중의적인 농담을 했다.

"그게 나랑 무슨 상관이에요. 다 자업자득이지!" 딩샤오예가 냉랭하게 대꾸했다.

평란은 화도 내지 않고 그냥 웃었다. "그래, 자업자득이지." 평란이 이렇게 나오자 딩샤오예는 오히려 발이 떨어지지 않는 듯, 묵묵히 몇 걸음 걸어가다가 말했다. "내가 집까지 데려다주면, 오늘 일은 비긴 셈인 거죠?"

평란은 눈썹을 치켜세우며 말했다. "비기긴 뭘 비겨? 사태를 알고도 말해주지 않은 건 네 잘못이야. 차에 치일 뻔한 걸 구해줬으니, 그건 너한테 고마워할 일이고. 널 강도랑 한패라고 생각한 건 내 잘못이고, 내가 경찰에 신고하면서 널 안 끌어들인 건 네가 나한테 고마워해야지……"

딩샤오예는 웃기 시작했다. "애초에 비긴 거였네요. 그럼 제가 집에 데려다줄 필요도 없잖아요?"

"아니지!" 평란은 억지를 부렸다. "난 여자고 넌 남자잖아. 남자는 여자를 보호해줘야지. 이건 대자연의 섭리라고."

딩샤오예가 가차없이 대꾸했다. "짐승들도 자기가 교미하고 싶은 암컷만 보호할걸요."

"나쁜 놈!" 평란은 불만스럽게 몇 걸음 가다가, 질리지도 않고 또 물었다. "너 정말 조금도……"

딩샤오예는 평란이 말을 다 끝내기도 전에 모든 가능성을 원천 봉쇄했다.

"전혀요!"

딩샤오예는 평란을 집에 데려다주기 전에 잠시 가게에 들러서,

두 사람이 입은 찰과상을 간단히 처리했다. 그러고는 펑란에게 물었다. "남는 신발 없어요?"

펑란이 대답했다. "플랫슈즈가 한 켤레 있긴 한데…… 차 안에 있지." 그녀가 비꼬듯 말했다. "내 맨발을 일찍도 보셨군. 매너 있는 남자라면 벌써 한참 전에 나한테 신발을 벗어줬어야 하는 거 아니야? 발 아파 죽겠다고."

"아, 좀……"

"수컷이니 암컷이니 하는 말로 얼버무리려고 하지 마. 네가 동물이야? 미개인이야? 그렇게까지 현실적으로 굴어야 돼?"

암수 이론은 펑란이 먼저 들먹인 것이었지만, 딩샤오예는 굳이 그 점을 꼬집으려 하지 않았다. "그 옷에 내 신발이 어울리겠어요?"

"최소한 물어보긴 했어야지."

"안 신을 걸 아는데 뭐하러?"

어디서 찾아 왔는지 딩샤오예가 여자 신발 한 켤레를 내밀었다.

펑란은 신발 위에 화려하게 붙어 있는 모조 비즈를 보더니 눈썹을 찌푸리며 물었다. "누구 거야?"

"팡팡 거요."

"안 신어." 펑란은 신발을 발로 차버렸다. "둘이 벌써 서로 물건을 맡아줄 정도로 가까워졌어?"

"그렇게 말하면 그런 거겠죠."

펑란은 딩샤오예의 태도에 언짢아졌다. 그래서 그만 팡팡과 비교당했던 치욕을 잊어버리고 또 불만스러운 투로 물었다. "팡팡이 뭐가 그렇게 잘났는데? 순수하게 남자가 여자를 보는 관점에서 봤을 때, 걔가 나보다 뭐가 얼마나 더 낫다는 거야?"

"팡팡은 그쪽처럼 가식 안 떨어요." 딩샤오예는 남자용 슬리퍼를 평란 눈앞에 던져놓았다. "신든 말든 맘대로 해요."

"누구 거야?" 평란은 또 똑같은 질문을 했다.

"내 거예요!" 딩샤오예가 못 참겠다는 듯 말했다. "직원들은 다 예비용 신발이 한 켤레씩 있어요. 사장님만 빼고요."

"왜?"

"일을 해야 되니까요."

평란은 그제야 신발을 신었다. 속으로는 기뻤지만 말은 비뚤게 나왔다. "무좀 없지?" 그렇게 말하며 딩샤오예를 보니, 면박을 주려는 걸 간신히 참고 있는 듯했다.

딩샤오예는 성가시다 못해 우습다는 듯 말했다. "사장님 전 남친들이 왜 다들 다른 여자랑 결혼했는지 이제야 알겠네요."

이상하게도, 평란은 시비를 거는 것이 분명한 이런 말에도 화가 나지 않았다. 평란은 생글거리며 딩샤오예의 신발을 신고 일어섰다. "내 전 남친들은 다른 여자랑 결혼하긴 했지만, 그래도 다들 내 발이 예쁘다고 해줬어."

딩샤오예는 고개를 숙이고 평란의 발을 쳐다보았다. 평란의 몸처럼 하얗고 마른 발, 발톱엔 새빨간 매니큐어가 발라져 있었다. 그렇지만 맨발로 잠깐 걸어서 그런지 좀 더러워 보였다.

"이게 예쁜 거예요?" 딩샤오예가 물었다.

"넌 내 전 남친이 아니니까, 네 평가는 안 들을 거야." 평란은 몇 걸음 걸어보았다. "좀 크긴 하지만 걸을 수는 있겠네. 가자, 나 집까지 데려다줘."

딩샤오예가 말했다. "그 신발은 한정판 아니에요."

평란이 웃으며 말했다. "그럼 맞춤 수제화라고 생각하지 뭐."

둘은 이런저런 얘기를 하며 큰길까지 나왔다. 평란이 손을 뻗어 택시를 잡으려 하자 딩샤오예가 물었다. "돈 있어요?"

평란은 당연하다는 듯 대답했다. "네가 데려다주는 거니까, 네가 내야지."

"그래서 내가 애초에 택시 탈 생각이 없었어. 집이 동쪽이죠?"

"맞아."

"가요."

저멀리 보이는 정류장에 버스 한 대가 천천히 와서 섰다. 딩샤오예가 평란을 끌고 뛰기 시작했다. 평란은 발에 맞지 않는 슬리퍼를 신은 채로, 딩샤오예에게 이끌려 힘겹게 뛰었다.

"이런 식으로 바래다주는 거야?" 평란이 숨을 몰아쉬며 버스 앞에 섰다. "안 돼, 꽉 찼잖아…… 잠깐, 난 만원버스 타기 싫어! 다음 차 타면 되잖아……" 말을 마쳤을 때, 평란은 이미 인파에 휘말려 버스에 올라탄 후였다. 앞쪽 문으로도 사람들이 내리고, 뒤쪽 문에서는 승객들이 연이어 밀고 들어왔다. 사람들에게 계속 떠밀리던 평란은 결국 어느 구석에 선 채 꼼짝달싹할 수 없게 되었다.

딩샤오예의 목소리가 머리 위에서 들려왔다. "잔소리 그만해요. 이게 막차예요."

평란의 집은 대학가의 동쪽에 있었고, 가게는 번화한 상업 지구에 있었다. 막차라는 버스 안은 쇼핑을 마치고 집으로 돌아가는 학생들과 연인들로 가득차 있었다. 평란은 사람에 치여 발을 땅에 붙이고 서 있기도 힘들었다. 앞뒤 할 것 없이 사람들이 딱 붙어 있었다.

평란의 앞에 선 딩샤오예는 가능한 한 뒤로 물러서서, 평란이 손을 뻗어 손잡이를 잡을 만한 공간을 만들어주려고 했다. 펑란은 키가 작은 편은 아니었다. 하지만 하이힐을 신지 않고 딩샤오예 앞에 서자 키 차이가 꽤 느껴졌다. 그래도 버스 천장에 달린 손잡이 정도는 잡을 수 있었다. 문제는 펑란이 잡을 만한 손잡이는 오른쪽 앞에 달려 있었고, 펑란은 사람들 틈에 끼여 도저히 한 발짝도 움직일 수 없다는 거였다. 그나마도 자세를 유지하려면 온몸을 앞으로 기울이는 수밖에 없었다. 딩샤오예의 품안으로 뛰어들려고 하는 것이나 다름없는 자세였다.

펑란은 민망하긴 했지만 그렇다고 피하려 하지는 않았다. 오히려 딩샤오예가 펑란보다 더 불편해했다. 버스가 커브를 몇 번 돈후에는 딩샤오예가 펑란에게 차라리 손을 내려서 자신을 붙잡으라고 했다.

"그냥 내 팔 잡아요." 딩샤오예는 펑란의 손이 자기 몸 위에서 어디를 잡을까 왔다갔다 망설이는 걸 참으며 말했다. 조금 전 딩샤오예가 뒤로 물러나며 만들어준 그 작은 틈은 어느새 사람들에게 밀려 사라져 있었다.

"뒤에서 미는 걸 어떡해." 펑란은 자기는 잘못이 없다는 투로 말했다. 그러고는 딩샤오예의 어깨와 팔뚝, 가슴팍 중에서 가슴팍에 기대어 균형을 잡기로 했다. 그러고 보면 버스도 그렇게 나쁜 것만은 아니었다.

벌써 자정이 지났다. 몇 시간 전까지만 해도, 펑란은 칠석날 밤에도 혼자인 처지를 슬퍼하고 있었다. 그런데 순식간에 사람으로 가득찬 버스 안에 서 있었다. 귓가에는 사람들의 목소리가 끊임없이 들려오고, 창밖에는 불빛이 반짝거렸다. 그리고 바로 앞에는 펑란의 마음을 두근거리게 하는 사람이 서 있었다. 방금 전에 그런 엄청난 위험을 겪고, 손바닥과 무릎에는 반창고를 붙이고도, 평란은 마음이 들뜨는 걸 느꼈다.

이것도 다 호르몬의 위대한 힘일까? 그의 가슴도 마찬가지로 쿵쾅거리고 있을까? 평란은 딩샤오예의 심장 소리를 느껴보려 했지만, 손가락을 움직이자마자 손을 붙잡혀버렸다.

"아무데나 만지지 마요." 딩샤오예가 경고했다.

평란은 손을 멈추고 고개를 들어 딩샤오예를 바라보았다. 딩샤오예는 무슨 생각을 하는지, 눈꺼풀을 살짝 내리깔고 있었다. 평란은 쌍꺼풀이 진한 남자를 별로 좋아하지 않았다. 그런 눈은 옛날에나 인기 있었고, 쌍꺼풀 눈이 오히려 매력적이라고 생각했다. 평란은 딩샤오예의 두 눈을 가까이서 들여다보았다. 쌍꺼풀이 뚜렷하고, 눈동자가 우물처럼 깊었다. 평란은 자신의 영혼이 끝을 알 수 없는 우물 속으로 떨어지는 듯한 기분이었다. 바닥에 닿는 소리는 들리지 않고, 비명을 지르고 싶은 욕망만 꿈틀댔다.

"평란." 딩샤오예가 평란의 이마를 뒤로 밀어내며 말했다. "그렇게 굶주린 눈으로 보지 말라고 했잖아……"

딩샤오예의 손에 고개가 뒤로 젖혀진 평란은 딩샤오예가 손을 치우자마자 발꿈치를 들고 그의 입술에 입을 맞췄다. 온통 사람으로 둘러싸여 있어서, 딩샤오예는 피하려야 피할 수가 없었다. 입술이 닿은 그 순간, 평란은 딩샤오예의 입술이 그가 하는 말보다 훨씬 부드럽다고 생각했다.

평란은 그저 가볍게 입을 맞췄다가, 몇 초 후에 물러섰다. 평란의 두 손은 그대로 딩샤오예의 가슴팍을 짚고 있었다. 얼굴이 새빨개졌지만 평란은 애서 아무 일도 없었던 척했다. 딩샤오예는 굳은 표정을 짓고 있다가, 갑자기 무슨 생각이 났는지 손등으로 입술을 닦았다. 아니나 다를까, 평란이 바른 립스틱과 비슷한 색깔이 묻어 났다. 딩샤오예는 손이 자기 몸에서 새로 돋아나기라도 한 것처럼 멍하니 손만 쳐다보며, 손을 어디다 두어야 할지, 이 애매한 립스틱 자국을 어떻게 해야 할지 난감해했다. 그냥 두자니 눈에 거슬리고, 그렇다고 어디 닦을 만한 데도 없었다. 근처에 있던 누군가가 휘파람을 불었다. 딩샤오예의 귓불이 수상쩍게도 천천히 붉게 물들었다. 그는 한동안 아무 말도 하지 못했다.

평란이 웅얼거렸다. "내가 조만간 그 입을 막아버릴 거라고 했지!"

버스는 생각보다 빨리 달렸다. 평란이 내려야 하는 정류장은 타고 내리는 사람들이 많은 곳이었다. 버스는 방금 전까지만 해도 아직 뜯지 않은 새 성냥갑처럼 사람들로 가득차 있었는데, 갑자기 반도 넘게 우르르 내렸다. 평란과 딩샤오예도 사람들에 섞여 버스에서 내렸다. 사람들은 한순간에 어두운 밤거리로 뿔뿔이 흩어졌다. 평란의 마음도 마찬가지였다. 방금 전까지는 다뿍하게 충만한 느낌이었는데 갑자기 텅 비어버린 듯했다.

술이라고는 한 방울도 마시지 않았는데 이상하게 머리가 멍했다. 필름이 끊기기 직전까지 술을 마신 것처럼, 머릿속이 아주 맑은 것 같으면서도 어쩐지 전부 현실이 아닌 듯한 느낌이었다. 평평한 길 위에 누군가 용수철을 잔뜩 깔아놓기라도 한 듯, 한 걸음 한 걸음 걸을 때마다 발밑이 흔들리는 것 같았다.

행인의 수는 점점 적어졌다. 하지만 평란의 발소리는 외롭지 않왔다. 딩샤오예는 아무 말도 없긴 했지만 분명 평란의 옆에서 걷고 있었다. 두 사람 모두 버스에서의 작은 사건에 대해 먼저 말을 꺼내려 하지 않았다. 일을 저지른 사람은 속으로 재미있어하고 있었고, 당한 사람은 저항을 포기한 듯했다.

평란은 아파트 단지 입구에서 잠시 머뭇거렸으나 걸음을 멈추지 않고 계속 걸었다. 딩샤오예도 별말 없이 따라왔다. 꼬불꼬불한 단지 내 정원을 지나 마침내 평란이 사는 동 입구에 도착했다.

평란이 목을 가다듬고 말했다. "저기…… 우리집은 바로 이 위야."

"아, 그럼 이만 가볼게요." 딩샤오예가 바로 돌아서서 걸음을 옮겼다.

"어떻게 가려고? 아까 그게 막차였잖아." 평란은 그를 붙잡을 이유를 하나 찾아냈다.

"심야버스 있어요. 정류장이 좀 멀긴 하지만."

"잠깐만, 저기…… 그러니까…… 집에 다른 사람 없는데, 잠깐 올라왔다 갈래? 여기까지 데려다줬으니까 차 한 잔 대접할게. 커피도 있고. 뭐 마실래?" 평란은 딩샤오예를 불러 세웠다.

딩샤오예는 하는 수 없이 멈춰 서더니 궁금하다는 듯 물었다. "뭘 하고 싶은데?"

평란은 또 얼굴이 빨갛게 달아올랐다. 다행히 밤의 어둠이 가려줄 터였다. 사실 평란도 깊게 생각하진 않았다. 꼭 집으로 초대하고 싶어서 붙잡은 것은 아니었다. 다만 딩샤오예가 이대로 가는 걸 보고 싶지 않았다.

"내가 무서워?" 평란이 입술을 깨물며 물었다.

딩샤오예는 손을 주머니에 찔러넣으며 웃으면서 말했다. "자꾸 잊어버리는 모양이네. 그쪽이 그래봐야 여자일 뿐이라고요!"

"내가 여자인 걸 알아줘서 고맙네." 평란은 자조하는 투로 말했다.

딩샤오예가 물었다. "보통 이렇게 아무 남자나 집에 초대하나?"

평란은 말문이 막혀서 귀까지 빨갛게 달아올랐다. 평란은 어째서 딩샤오예가 이렇게 계속해서 자신을 얕보고 모욕하게 놔두는 걸까? 딩샤오예에게 평란은 바로 그런 여자로 보이는 거겠지? 평란이 저도 모르게 하는 행동들이 모두 딩샤오예에게는 천방지축인 성격으로만 보이는 걸까?

여기까지 생각이 닿자, 조금 전까지 평란의 마음속에 맴돌던 들뜬 기분이 완전히 사라졌다. 어머니의 말이 옳았다. 절대로 남자에게 먼저 좋아한다는 티를 내서는 안 된다고, 그 사람을 너무 사랑해서 미칠 지경이어도 절대로 먼저 티를 내서는 안 된다고, 남자들은 쉽게 손에 넣은 것은 아낄 줄 모른다고. 지금까지 스물아홉 해 동안, 평란은 항상 어머니의 가르침에 따라왔다. 평란을 사랑했던, 또는 평란이 사랑했던 남자들 중에서도, 누군가는 평란을 가식적이라고 했고, 누군가는 비위를 맞춰주기 힘들다고 했다. 하지만 그들은 모두 평란의 집 앞에서 기다려주었고, 꽃을 선물하며 듣기 좋은 말을 해주었다. 함께 시간을 보내고, 천천히 연애를 시작했다.

오직 딩샤오예만 평란에게 관심이 없었다.

오직 딩샤오예만!

평란은 난생처음으로 먼저 자기 마음을 보여줬는데, 딩샤오예는 그걸 발치에 던져버리고 거들떠보지도 않았다.

평란은 어머니가 확실히 가르쳐주지 않은 것이 아직 남았다고 생각했다. '싸다'는 말은 남녀를 불문하고 통용되는 말이겠지. 손에 넣을 수 없는 것이야말로 제일 좋아 보이는 법이다. 남자에게 든, 여자에게든.

"가봐." 평란이 말했다.

딩샤오예가 다시 걸음을 옮기는데, 등뒤에서 평란의 우울한 목소리가 들려왔다.

"딩샤오예. 난 지금까지 사귄 남자들한테 한 번도 이렇게 행동해본 적이 없어. 내 관심을 끌어서 너한테 매달리게 할 생각이었다면, 성공했어. 난 잠시 흔들린 게 아닌 것 같아. 널 좋아해."

딩샤오예의 목소리에는 감정이 드러나지 않았다. "그래서?"

"정말 나한테 아무 감정도 느낀 적 없어? 못 믿겠어!" 평란은 절박하게 물었다.

딩샤오예는 고개를 저었다. "내가 뭐라고 대답해야 만족하겠어요?"

"사실대로 말해줘. 날 똑바로 보고 말해봐." 평란은 양손을 가슴 앞에 모아 쥐었다. "정말, 단 일 초도 마음이 흔들린 적 없어? 내가 키스했을 때도?"

딩샤오예는 평란의 모아쥔 손과, 그 손이 누르고 있는 가슴께를 바라보았다. 아파트 단지 안에는 백합 모양 가로등이 환하게 켜져 있었다. 사람의 몸속까지 전부 꿰뚫어 비출 듯 환하게. 딩샤오예는 입을 꾹 다문 채 고개를 저은 뒤 말했다.

"마지막으로 한 번만 더 말할게요. 전혀 없었어요."

백설공주와 독사과

딩샤오예의 모습이 사라진 뒤, 펑란은 울기 시작했다. 저우타오란의 결혼 소식을 들었을 때는 슬픔보다 모욕감이 컸다. 딩샤오예가 재고의 여지 없이 그녀를 거절한 지금은, 창피하기도 했지만 슬픔이 모든 것을 덮을 만큼 컸다.

누군가를 아주 오랫동안, 남몰래 사랑하는 사람들도 있다고 한다. 펑란은 도대체 어떻게 그런 일이 가능한지 알 수 없었다. 그런 의지를 가진 사람들이 부러웠다. 펑란의 사전에는 '짝사랑'이라는 말이 아예 없었다. 누군가를 정말 좋아한다면, 그 사람이 아주 멀리 있거나 그 사람과 함께할 생각을 아예 해보지 않은 이상, 그 사람의 모습을 보거나 목소리만 들어도 그를 향하는 마음을 도저히 숨길 수 없었다. 그 사람을 바라보는 눈빛과 그에게 하는 모든 말, 그리고 아주 작은 표정에까지 전부 속마음이 드러나 보이니까.

펑란은 자신을 탓했다. 방금 전까지만 해도 거절당한 게 괴로웠지만, 지금은 자신이 너무 밀어붙인 게 아닐까 걱정이 되었다. 딩샤오예가 그녀의 마음을 받아줄 수 없다고 가게 일을 그만둬버리면 어떡하나? 펑란은 아직 그를 떠나보낼 마음의 준비가 되지 않았다.

하지만 이 모든 게 펑란의 쓸데없는 걱정이었다. 펑란이 딩샤오예를 너무 과대평가했다. 다음날, 펑란이 퉁퉁 부은 눈으로 가게에 나가보니, 딩샤오예는 넉살 좋게 두 중년 여성 손님들에게 영업용 미소를 짓고 있었다. 손님들은 딩샤오예가 추천한 음식을 전부 주문했다. 펑란이 애초에 딩샤오예를 채용한 목적은 달성한 셈이었다. 펑란은 다른 사람을 낚으려고 파놓은 함정에 자신이 빠져 다시는 벗어날 수 없게 된 듯한 기분이 들었다.

캉캉은 펑란이 전날 큰일을 당했다는 얘기를 듣고, 가게의 거의 모든 직원들을 끌고 나타났다. 직원들은 저마다 자세한 내막을 묻고 위로의 말을 전했다. 펑란은 어제 겪은 일을 몇 번이나 얘기하려니 귀찮았다. 직원들은 동정 어린 눈으로 펑란을 바라보며, 어제 일로 너무 놀란데다 금전적인 손해 또한 막심해서 펑란이 저기압인 모양이라고 생각했다. 펑란이 아끼던 자동차와 구두를 잃은 건 사실이지만, 그보다 몇 배나 더 중요한 것을 잃었다는 걸 직원들이 알 리 없었다.

펑란은 오후가 되도록 조리대 뒤쪽에서 지난 일주일 동안 납품 받은 물품 목록을 검사하고 있었다. 목록에 이상한 부분이 있어서 점장을 불렀더니, 그 물건들은 딩샤오예가 받아두고 목록을 작성한 것이라는 해명이 돌아왔다. 펑란은 딩샤오예를 불러서 목록을 확인했다.

목록에는 문제가 없었다. 납품업체 직원이 신입이라 아직 일이

서툴렀는지, 실제 배송 수량과 영수증에 적힌 수량이 맞지 않았을 뿐이다. 딩샤오예는 재빨리 문제가 되는 곳을 발견해 펑란에게 설명했다. 딩샤오예는 맡은 일을 아주 잘 해내고 있었다. 펑란은 딱히 흠잡을 만한 곳을 찾을 수가 없었다. 때마침 가게 전화가 울렸다. 점장은 납품 문제가 대충 해결되었다 싶었는지 전화를 받으러 갔다. 펑란은 딩샤오예를 슬쩍 쳐다보았다. 딩사오예는 아무 일도 없었다는 듯한 태도였다.

펑란은 그의 이런 태도가 정말 싫었다. 자신은 밤새 한숨도 못 잤는데, 그는 전혀 아무렇지도 않다니. 펑란은 오늘 아침에 가게에 와서 그를 보자마자 안심까지 하지 않았던가. 한편 화도 나고, 딩샤오예가 우습게 보이기도 하고, 호기심도 일었다. 도대체 뭐 이런 사람이 다 있담!

펑란은 이를 악물고 물었다. "계속 내 밑에서 일하는 게 불편하지도 않아?"

"요새 일자리 구하기 힘들잖아요. 여긴 대우도 괜찮고, 삼 개월 후부터는 월급도 올려준다면서?"

"돈에 미쳤나!" 펑란이 배송품 목록을 치워버리고 토라진 듯 말했다. "계산엔 그렇게 밝으면서, 호박이 넝쿨째 굴러들어와도 주울 줄은 모르네!"

"그 '호박'이 그러니까……" 딩샤오예가 겸손하게 물었다.

펑란은 그렇게 모르는 척 묻는 태도에 또 화가 나서 물었다. "내가 그렇게 못생겼어?"

"어쨌든 호박 같진 않은데."

"헛소리 그만해! 네가 나한테 끌리진 않았다고 해도, 어쨌든 난 네 사장이잖아! 내 돈 받고 일하는 처지에 좀 완곡하게 거절하면 어디가 덧나?" 펑란은 순간 자기 목소리가 너무 커서 남의 일에 관심 많은 류캉캉이 듣고 뛰어올지도 모른다는 생각에 황급히 고개를 숙이고 바쁜 척을 했다. 그러면서 낮은 소리로 원망하듯 말했다. "좀 흔들리는 척이라도 할 수 없어? 그럼 내 체면도 서고, 마음도 덜 아플 거 아니야!"

딩샤오예가 한 손을 쫙 펴더니 펑란의 눈앞에 대고 흔들었다.

"뭐하는 거야?" 펑란이 언짢은 듯 그 손을 치웠다.

딩샤오예가 말했다. "방금 제가 '흔들렸다'고 생각하세요. 이제 마음이 좀 편한가요?"

펑란은 차가운 눈으로 한참 동안 딩샤오예를 노려보다가 또박또박 말했다. "하나도 재미없어!"

뜻밖에도, 딩샤오예는 웃음을 못 참겠다는 듯이 입꼬리가 말려 올라갔다.

펑란은 딩샤오예와 가까워질수록 점점 더 그를 이해할 수 없었다. 웃지 않을 때는 칼날처럼 날카롭고, 웃을 때는…… 마치 사냥에 성공한 늑대 같았다.

어쩌면 딩샤오예 눈에 펑란은 빼빼 마른 사냥감에 불과할지도 모른다. 잡아먹을 가치도 없이, 가지고 놀기에만 딱 좋은.

"일자리 구하기 힘들다고? 그건 그래. 멍청한 여자를 찾는 것보다 훨씬 힘들지." 펑란은 씁쓸하게 말했다.

딩샤오예가 대꾸했다. "너무 멍청한 여자도 찾기 쉽진 않은데."

펑란은 조리대 구석에 놓여 있던 메뉴판을 집어들어 딩샤오예의 머리를 때리려 했다. 캉캉이 달려와 두 사람을 떼어놓더니 자기 가슴을 치며 말했다. "아, 정말! 모르는 사람이 보면 둘이 부부싸움하는 줄 알겠어요!"

캉캉은 펑란이 들고 있던 메뉴판에 머리를 제대로 얻어맞고는 머리를 싸안고 도망갔다.

펑란은 오후 내내 조리대에 기대어 멍하니 앉아 있었다. 딩샤오예가 웃는 듯 마는 듯한 표정으로 자신을 쳐다보던 모습이 머릿속에 맴돌았다. '도대체 내가 얼마나 멍청하게 굴었던 걸까?' 펑란은 지난밤의 일을 하나하나 되새겨보았다. 버스 안에서의 입맞춤부터 딩샤오예와 헤어질 때까지. 생각하면 할수록 부끄러워 몸 둘 바를 모를 지경이었다.

딩샤오예는 가게 종업원에게 반하는 건 망신스러운 일이라고 말했었는데, 그보다 더 망신스러운 일은 바로 그 종업원에게 차이는 일일 것이다.

도대체 어쩌다가 남자에게 먼저 키스를 하고, 당당하게 좋아한다는 말까지 했던 걸까? 펑란은 지금까지 그래본 적이 없었다. 남자를 쫓아다니는 것도 난생처음이었다. 그런 경험이라도 있었다면 애초에 감정을 숨기고 드러내지 않았을 텐데. 마음속에서 삭이고 말았다면, 나중에 가서 그때의 자신을 비웃어버리면 그만이다. 하지만 이미 해버린 키스와 내뱉어버린 말은 엎질러진 물과 같다. 주위 사람들이 알게 된다면 그녀의 이미지는 땅에 떨어질 것이다. 차라리 지금 당장 콱 죽어버리는 게 나았다.

딩샤오예는 입이 무거울까? 펑란이 이대로 계속 살아갈 수 있을지 없을지는 전부 딩샤오예의 입에 달려 있었다.

직장인들이 퇴근할 시간이 되기도 전에 식당에는 손님이 뜸해졌다. 캉캉이 딩샤오예를 붙잡고 주방 입구에서 수다를 떨고 있었다. 딩샤오예가 핑란에게 관심이 없긴 해도, 그렇다고 캉캉을 좋아하는 그런 취향도 아닐 거라고 핑란은 확신했다. 도대체 무슨 얘기를 저렇게 하는 걸까? 얘기하는 모습을 보니 꽤나 즐거워 보였다. 딩샤오예가 캉캉이 하는 독특한 유행 얘기를 들어줄 정도로 인내심이 있나? 불안한 건, 얘기하는 도중에 딩샤오예가 고의인지 아닌지 모르게 웃음을 띤 얼굴로 핑란이 앉은 쪽을 한 번씩 쳐다보고, 류캉캉도 류캉캉대로 입을 가리고 킥킥거리며 웃는다는 거였다.

만약 캉캉 같은 녀석이 알게 된다면, 핑란은 벽에 머리를 들이받아야 할지도 모른다.

그날 오후, 직원 회의에서 핑란은 전에 없이 몇 마디 발언을 했다. 특별한 일이 없는 이상, 핑란은 발언권을 전부 점장에게 맡기는 편이었다. 그렇다보니 핑란이 직원 십여 명 앞에서 목을 가다듬자, 직원들은 누군가 해고를 당하거나 식당 경영에 큰일이라도 생긴 건가 하고 생각했다.

그런데 핑란이 직원들 앞에서 한 이야기는 뜻밖에도 익히 알고 있는 동화 내용의 다른 버전이었다.

대강의 줄거리는 이랬다. 집안도 좋고 외모도 출중한 왕자가 고아인 백설공주를 불쌍히 여긴 끝에 공주를 사랑하게 되었다. 어느 날 밤, 왕자가 공주에게 입을 맞추고 사랑을 고백했다. 그런데 공주는 보는 눈도 없이 왕자를 거절했을 뿐만 아니라 사방에 왕자에 대한 험담을 퍼뜨렸다. 정의로운 마녀는 공주를 벌하기 위해 공주에게 독이 든 사과를 먹였다. 그리고 못생긴 벙어리로 만들어버린 후, 일곱 난쟁이들에게 능욕당하고 학대받게 했다. 백설공주는 그제야 지난날의 행동을 후회했다. 하지만 왕자는 이미 또다른 아름답고 고귀한 공주를 만나 행복하게 잘 살았다. 이야기는 이걸로 끝.

평란은 얘기를 마치고 바로 자리를 떴다. 직원들은 모두 어리둥절한 얼굴로 서로를 쳐다보았다. 캉캉은 단합가 〈한 발 한 발 나아가자〉를 부를 때까지도 투덜거렸다. 자신이 벌써 열여덟 살이기에 망정이지, 안 그랬으면 사장님 때문에 동심이 파괴되어버렸을 거라고.

그날 밤, 딩샤오예는 침대 머리맡에 사과 한 알이 놓여 있는 걸 발견했다. 사과에는 쪽지 한 장이 작은 과도로 꽂혀 있었다.

평란의 글씨는 평란에 대한 딩샤오예의 인상과는 달리 아주 수려했다.

쪽지에는 이렇게 적혀 있었다. "어젯밤 일은 다 잊어버려. 위기를 같이 넘긴 후에 호르몬이 이상하게 작용해서 그랬던 것뿐이야. 독사과를 하나 줄 테니까, 백설공주의 말로를 잘 기억해두도록 해."

딩샤오예는 과도로 사과를 쪼개어 순식간에 먹어치웠다. 사과는 예상 외로 꽤 달았다. 다 먹은 사과를 내려다보며 평란이 백설공주 얘기를 하던 모습을 떠올렸다. 그러자 저도 모르게 미소부터 지어졌다.

아쉽게도 이런 유쾌한 기분은 그리 오래 머무르지 못했다. 딩샤오예는 반쯤 마른 머리를 쓸어넘기고 침대에 누웠다. 칠석날 추이옌을 만난 일이 눈앞에 떠올랐다.

추이옌은 못 본 사이 많이 자라 있었다. 여남은 살 때의 모습과는 아주 달랐다. 얼마 전에 우연히 마주쳤을 때, 쩡페이에게 허물

없이 구는 추이옌을 눈여겨보지 않았더라면 알아보지 못했을지도 모른다. 펑란이 가지고 있는 토끼 모양 열쇠고리를 보고, 딩샤오예는 잘못 본 것이 아니라고 확신했다.

딩샤오예는 추이옌도 자기를 알아봤다는 걸 눈치챘다. 추이옌의 얼굴에 저도 모르게 떠오른 놀란 표정을 하마터면 쩡페이와 펑란까지 알아차릴 뻔했다. 딩샤오예는 만나서 얘기 좀 하자는 추이옌의 눈빛에 바로 응하지 않고 신중히 행동했다. 쩡페이가 의심을 품지 않았다는 걸 확인하고도, 그가 해외로 출장 가기를 기다려 칠석날에야 추이옌을 만났다.

딩샤오예를 본 추이옌은 딩샤오예가 거의 잊고 지내던 이름으로 그를 불렀다. 그는 추이옌에게 지금 자기 이름은 '딩샤오예'라고 알려주었다. 추이옌은 그의 이름엔 신경도 쓰지 않고 말을 꺼냈다. "안 만나주는 줄 알았어."

딩샤오예가 말했다. "가게 일이 바빠서 휴가 내기가 쉽지 않았어."

추이옌이 놀란 듯 말했다. "식당 일 진짜 열심히 하나봐."

"그래? 네 생각엔 내가 뭘 해야 할 것 같은데?" 딩샤오예의 말에는 숨은 뜻이 담긴 듯했다.

추이옌도 바로 이 점을 걱정했다. 추이옌이 물었다. "왜 돌아온 거야?"

"오면 안 돼? 오랜만에 옛친구 한번 보러 오는 게 잘못이야?"

추이옌은 안색이 변하더니 단번에 말했다. "그 사람 해치지 마."

딩샤오예가 차갑게 웃으며 말했다. "그놈이 벌써 네가 보호해줘야 할 정도로 별 볼 일 없어졌어?"

추이옌이 말했다. "그 사람이 오빠를 해치는 것도 싫어!"

딩샤오예는 가만히 추이옌을 살펴보았다. 추이옌의 어머니만큼 예쁘지는 않았지만, 눈매만큼은 꼭 닮았다. 어쩌면 마음씨도 닮았을지 모른다. 딩샤오예가 말했다. "네가 추이 집안 성을 쓰다니, 우습네."

추이옌은 긴장을 풀고 빙그레 웃으며 말했다. "무슨 성을 쓰든 그게 뭐 어때? 오빠도 원래는 추이 씨였다가, 지금은 '딩샤오예'잖아. 이름은 부호일 뿐이야. 그럼, 내 성이 뭐여야 하는데? 내 생부 성이라도 써야 해? 그 사람이 우리 엄마랑 자고 정자 하나 남겨준 거 말고 나한테 무슨 의미가 있는데? 나한테 그 사람은 오빠네 아빠만도 못해. 오빠네 아빠는 최소한 우리 모녀가 몇 년 동안 편안히 살 수 있게라도 해줬잖아. 아무도 나한테 성 바꾸란 소리도 안 하겠다. 계속 이 추이 씨 성을 쓰는 것이 오빠네 아빠한테 보답하는 셈이지."

"쩡페이가 너한테 꽤 잘해주는 것 같던데."

쩡페이의 이름이 나오자 추이옌은 다시 심각해졌다. 그러더니 조심스럽게 딩샤오예에게 말했다. "그 사람은 내 친척이야!"

"친척?" 딩샤오예는 그 말에 의미심장하게 웃었다.

추이옌은 얼굴이 붉어져서는, 저도 모르게 허리를 곧게 폈다. 그렇게 하면 조금이라도 더 단호해 보일 거라고 생각하는 모양이었다. 추이옌이 말했다. "그래, 나 그 사람 사랑해. 그럼 안 돼?"

"그런 것까지 유전이 되나?" 딩샤오예는 일부러 놀란 척하며 인정사정없이 말했다.

추이옌은 예상대로 얼굴이 새빨개지더니 날선 목소리로 말했다. "그 사람이랑 우리 엄마는 오빠가 생각하는 그런 사이 아니야. 설령 그렇다고 해도, 내가 그 사람 사랑하는 게 뭐가 잘못됐어?"

"문제는 이거지. 그놈도 널 사랑해?"

"당연하지!"

자기 자신까지 속이려는 추이옌의 거짓말에, 딩샤오예는 다시금 비웃는 듯한 미소를 지었다. 그는 일부러 말을 길게 끌며 말했다. "그으래? 그놈은 펑란을 쫓아다니는 것 같던데."

정곡을 찌른 모양이었다. 추이옌은 입술이 바르르 떨렸지만 애써 침착한 척했다. "그 사람은 생각해야 할 게 너무 많아서 일부러 날 피하고 있는 거야. 사실은 날 사랑하는데 인정하지 못할 뿐이라는 걸, 내가 그 사람한테 깨닫게 해줄 거야."

"정말 대단들 하시네!"

추이옌은 딩샤오예가 조롱하고 있다는 것을 눈치채고는 숨을 깊게 들이마신 뒤 말했다. "비웃으려면 비웃어! 비웃음이 두려웠으면 애초에 입 밖에 내지도 않았을 거야. 쩡페이는 이 세상에서 날 제일 챙겨주는 사람이야. 내가 기억하고 있는 좋은 것들은 전부 쩡페이가 준 거라고. 난, 아무것도 가진 게 없어. 사랑이, 내가 그 사람한테 줄 수 있는 것 중에서 제일 좋은 거야. 그러니까 난 평생 그 사람을 사랑할 거야. 아무도 우릴 방해할 수 없어."

"그걸 방해하는 게 쩡페이 본인이라면?" 딩샤오예가 호기심 어린 투로 물었다.

추이옌은 얼음장처럼 찬 손으로 딩샤오예의 손을 잡으며 애원하듯 말했다. "그래서 오빠를 꼭 만나려고 했던 거야. 나 좀 도와줘. 평란 언니가 오빠 좋아하는 거 알아. 나도 눈치챘어……"

딩샤오예가 손을 빼내더니 웃으며 말했다. "왜 내가 널 도와줄 거라고 생각하는데?"

"내가 이 세상에서 오빠를 가장 잘 알고 있는 사람이니까……
살아 있는 사람 중에선." 추이옌은 마음을 굳게 먹고 말했다.

딩샤오예의 얼굴 위로 짙은 그림자가 드리웠다. 딩샤오예는 최
대한 몸을 뒤로 빼어 기대며 낮은 소리로 물었다. "지금 날 협박이
라도 하는 거야?"

추이옌은 연신 고개를 저으며 목멘 소리로 말했다. "아니, 사정
하는 거야."

딩샤오예가 자리에서 벌떡 일어나 가려 하자 추이옌이 손을 뻗
어 딩샤오예의 옷소매를 붙잡았다.

"이거 놔." 딩샤오예는 차분하게 말했다. "내가 어떤 사람인지
잘 알잖아."

추이옌은 손을 놓지 않았다. 두 눈에 눈물이 고여 있었다. "난 오
빠를 무서워한 적 없어. 그리고 쩡페이를 해치려고 돌아온 게 아니
란 것도 알아. 난 항상 오빠가 참 좋은 사람이라고 생각했어. 사람
의 본성은 변하는 게 아니잖아. 추이팅…… 아니, 샤오예. 우리, 전
엔 남매 같은 사이였잖아."

딩샤오예는 심각한 얼굴로 말이 없더니, 조금 후에야 한숨을 쉬
며 말했다. "그 사람을 한순간 붙잡을 수 있을지 몰라도, 그게 평생
갈 거라고 생각해?"

추이옌은 일말의 희망이 보이는 듯하자 딩샤오예의 손을 더 꽉
붙잡았다. "방법이 있을 거야. 어떻게든 할 거라고! 펑란 언니가
그 사람이랑 결혼하겠다고만 안 하면, 나한테도 기회는 있을 거야.
잠깐만 언니를 붙잡아줘. 잠깐이면 돼. 언니는 오빠를 거절하지 못

할 거야……"

"펑란은 끌어들이지 마."

"펑란 언니를 해코지하려는 게 아니야. 언니는 쩡페이를 사랑하지 않는다고! 둘이 그런 식으로 결혼하는 게 무슨 의미가 있어? 펑란 언니는 돈도 있고, 집도 있고, 얼굴도 예쁘고, 모든 걸 다 가졌잖아…… 그렇지만 나한테는 쩡페이뿐이란 말이야……" 추이옌은 얼굴이 온통 눈물범벅이었다.

딩샤오예는 우습다는 생각이 들었다. 사람들은 전부 다른 이를 부러워하며 사는 모양이다. 추이옌은 펑란을 부러워한다. 그럼 펑란은 누굴 부러워하고 있을까? 다른 사람들 눈에 펑란은 모든 걸 다 가진 사람처럼 보일 것이다. 딩샤오예는 저도 모르게 펑란이 술에 취해 주정을 부리던 모습이 떠올랐다.

"이 손 놔." 딩샤오예가 다시 한번 말했다. 하지만 말투는 어느새 누그러져 있었다. 딩샤오예는 추이옌의 이런 모습이 마음에 들지 않았다. 그러나 한편으로는 수단과 방법을 가리지 않고 무언가를 이루려는 사람은, 그 목적이 너무나 중요하기 때문에 그렇게 되는 게 아닌가 생각했다.

"도와줄 거지?" 추이옌이 한 손으로 눈물을 닦으며 물었다. 얼굴 가득 애원하는 빛이 떠올라 있었다.

딩샤오예의 눈앞에, 칠 년 전 추이옌의 모습이 떠올랐다. 추이옌은 또래중에서도 유난히 허약했고, 누구 앞에서든 환심을 사려는 듯한 미소를 짓곤 했다. 그와 추이옌의 사이는 무척 어색했지만, 그래도 추이옌은 딩샤오예의 꽁무니를 졸졸 쫓아다니며 오빠라고 불렀다. 그 꼬마의 모습이 지금 눈앞에서 눈물을 흘리고 있는 추이엔의 모습과 점점 겹쳐졌다. 이렇게나 많은 사람들에게 사랑이란 어째서 바라볼 수는 있지만 닿을 수 없는 존재인 걸까?

"그만 가봐." 딩샤오예는 마침내 추이옌에게 잡힌 손을 빼냈다. "앞으로 다시는 가게로 전화하지 마. 누구한테도 좋을 게 없으니까."

추이옌이 고개를 끄덕였다. 눈물이 그친 두 눈에는 슬픈 빛만 남았다. 추이옌과 딩샤오예는 둘 다 어머니를 잃었지만, 추이옌은 그나마 운이 좋은 쪽이었다.

"추이…… 딩샤오예, 요 몇 년 동안 어떻게 지냈어?"

딩샤오예는 대답할 마음이 없었다.

추이옌은 고개를 숙이고 한참 동안 생각에 잠겨 있다가, 진심 어린 목소리로 물었다. "내가 뭔가 해줄 수 있는 일이 없을까?"

딩샤오예가 말했다. "네 남자 잘 지키고, 잘 지내. 처음부터 네 인생에서 나라는 사람은 없었던 것처럼."

한정판 '사랑'

평란은 매일같이 도둑맞은 차 생각을 했다. 한 달에 두 번이나 자신의 물건을 훔쳐간 그 강도가 잡히기를 간절히 바랐다. 파출소에 몇 번이나 전화를 걸어 진행 상황을 알아보았지만, 경찰은 번번이 현재 적극 수사중이며 아직은 단서가 발견되지 않았다고만 했다. 윗선에까지 이미 보고가 되었으니 차를 찾는 건 시간문제라는 말도 함께였다. 출장중인 쩡페이도 평란에게 전화를 걸어와 조급해하지 말고 기다리라며, 일을 최대한 빨리 끝내고 서둘러 돌아오겠다고 말해주었다. 그리고 강도가 체포되기 전까지는 안전에 몇 배로 주의하고, 절대로 밤늦게 혼자 귀가하는 일이 없어야 한다고 신신당부했다.

이제 평란은 딩샤오예에게 매일 밤 집까지 바래다달라고 요구할 이유가 충분해졌다. 딩샤오예도 처음에는 책임을 회피하려고 했다. 부요리사나 주방 보조 둘 다 덩치가 좋으니 자기가 바래다주는 것보다 훨씬 더 안전할 거라고. 그 두 사람은 기꺼이 그녀를 바래다줄 거라고 주장했다.

펑란은 아주 정당한 이유로 그 말에 반박했다. 펑란 본인을 제외하고 강도의 인상착의를 아는 사람은 딩샤오예밖에 없지 않은가? 게다가, 계속해서 하는 얘기지만, 강도가 사전 답사를 다녀갔다는 사실을 딩샤오예가 펑란에게 알려줬더라면 손해가 이렇게까지 크지 않았을지도 모른다. 이런 이유들 때문에, 펑란을 집에 바래다주는 건 딩샤오예의 의무가 되었다.

펑란은 딩샤오예가 다른 핑곗거리를 찾아 도망치지 못하도록 아예 대놓고 말했다. 이 일은 그에게 맡기기로 정했으며, 요즘 일자리 구하기 힘든 건 다 알고 있을 테니 더이상 쓸데없이 반항하지 말고 상황 파악해서 처신하라고 말이다.

가게의 남자 직원들은 기혼 미혼을 막론하고 다들 딩샤오예가 여복이 많다며 부러워했다. 부모에게 준수한 외모를 하사받아, 좋은 일은 전부 딩샤오예 차지라는 거였다. 캉캉만 이 일에 불만을 품었다. 부단한 노력 끝에 자기도 충분히 '상남자'다워진데다가 딩샤오예보다 젊고, 심지어 딩샤오예는 이 임무를 달가워하지 않으니, 펑란은 마땅히 캉캉 자신에게 이 신성한 임무를 맡겨야 한다고 생각한 것이다.

퇴근 시간이 되어 펑란은 딩샤오예와 함께 가게를 나섰다. 남아서 청소중이던 캉캉이 문 앞까지 쫓아왔다. 캉캉은 티셔츠 소매를 걷어올려 펑란에게 팔뚝 근육을 보여주며 말했다. "누나, 우리 외삼촌이 누나를 보호해주라고 했단 말예요. 제 근육 좀 보세요. 저도 엄청 건장하다니까요."

평란은 캉캉의 팔뚝을 만져보더니 칭찬하며 말했다. "운동 열심히 했나보네. 그 근육 좀 써서 바닥 세 번씩 닦아놔. 네 얼굴보다 더 반짝반짝하게 만들어놔야 돼. 하는 김에 재고 점검도 좀 하고, 쓰레기통도 비워둬."

평란은 부모님이 연세가 많은데다 항상 딸 걱정을 하기 때문에, 두번째 강도 사건도 가족들에게 알리지 않았다. 사실은 어머니가 딸 걱정을 한다며 다시 집으로 들어와서 살라고 할까봐 두려웠다. 그렇게 되면 시집가기 전까지 어머니의 빈틈없는 감독 아래 생활해야 한다. 생각만 해도 끔찍했다.

가족에게 알리지 않았기 때문에 평란은 자금 지원을 받을 수도 없었다. 그래서 차를 되찾기 전까지 다른 교통수단으로 다녀야 했다. 며칠 전 그날 밤 버스를 탔을 때의 기억이 괜찮았기 때문에, 평란은 딩샤오예가 당연한 듯이 버스 정류장으로 가는 걸 반대하지 않았다.

키가 크고 다리가 긴 딩샤오예는 걸음이 빨랐다. 평란은 그와 나란히 걷기 위해 수시로 몇 걸음씩 뛰어가야 했다. 그렇게 한참을 걷던 평란이 딩샤오예를 원망하며 말했다. "좀 기다려주면 안 돼? 나 하이힐 신은 거 안 보여?"

딩샤오예는 평란의 발을 흘끗 보더니, 여전히 비꼬는 듯한 말투로 말했다. "맨날 그러면 안 피곤한가?"

평란이 턱을 치켜들고 대답했다. "아름다움에는 대가가 따르는 법이야."

"그런 게 예쁘다고 누가 그래요?" 딩샤오예는 별로 관심이 없는 듯했다.

펑란이 손을 내저으며 말했다. "네가 뭘 알아? 여자에게 하이힐이란 아름다운 사랑이랑 같은 거야. 가끔은 아플 때도 있지만, 고개를 들고 가슴 펴고 당당하게 해줄 때가 더 많다고. 나한테 지금 아름다운 사랑은 없어도 하이힐은 많아. 하이힐 신을 권리까지 빼앗진 말라고."

"진짜 궤변투성이네." 딩샤오예가 웃음을 터뜨렸다.

펑란은 딩샤오예를 따라잡은 뒤 핸드백을 그의 품안에 들이밀었다.

딩샤오예가 멈춰 서며 물었다. "또 뭐하는 거예요?"

"가방 좀 들어줘." 펑란이 당당하게 말했다.

"내가 왜?" 딩샤오예는 바지주머니에 꽂힌 두 손을 빼지 않았다. "발로는 사랑을 밟고 있다더니, 손에도 무슨 문제 있어요?"

"문제는 너한테 있지." 펑란은 핸드백을 들이민 채로 말했다. "너 좀 신사답게 굴면 안 돼? 남자는 타고나길 여자보다 체력이 강하니까, 항상 여자를 도와줘야지."

딩샤오예가 말했다. "그건 아니죠. 그쪽 전 남친이랑 강도랑 둘 다 그쪽한테 얻어맞았잖아요. 이제 보니 완전 남자네. 캉캉이 그쪽 보고 배워야겠는데요?"

펑란도 지지 않고 가방을 있는 힘껏 딩샤오예 쪽으로 떠밀었다. "남자는 네가 남자잖아."

"앗!" 무방비 상태였던 딩샤오예가 펑란에게 밀려 몸이 휘청거렸다.

펑란은 지난번에 딩샤오예가 뒤에서 인정사정없이 떠밀던 게 생각나서 울컥했다. 그래서 몇 번 더 밀면서 연신 따져 물었다. "누구

더러 남자라는 거야?"

딩샤오예는 성가시다는 듯 펑란의 손을 붙잡아 저지했다. "나야 당연히 남자 맞지. 몇 번을 말해요? 남자한테 대항하려고 들지 말라니까. 난 그쪽이 지금까지 만났던 비실비실한 놈들하곤 달라요."

"그럼 넌 어떤데?" 펑란이 눈을 흘기며 물었다.

딩샤오예가 펑란을 잡은 손에서 힘을 빼며 말했다. "난 누구하고도 다르죠. 지난번에도 말했지만, 우리 고향에선 남자를 때릴 만큼 간 큰 여자는 없어요. 좋아하는 남자가 생겼으면 일 년에 딱 한 번 '남자 쫓아다니기'를 하면서 채찍으로 때릴 순 있어도."

펑란이 눈을 깜박이며 물었다. "근데, 여자가 남자를 채찍으로 때리면서 쫓아갔는데, 남자가 그 여자를 안 좋아하면 어떻게 돼?"

"그럼 그 여자를 대나무 통에 가둬서 물에 빠뜨려요." 딩샤오예는 펑란을 겁주듯 말했다.

펑란은 웃어버렸다. "거짓말."

딩샤오예는 정색을 했지만 눈에는 웃음기가 어려 있었다. "그쪽 같은 여자는 몇 번이나 물에 빠졌을걸?"

"그럼 익숙해져서 무섭지도 않겠네 뭐." 펑란은 그 김에 핸드백 끈을 딩샤오예의 목에 걸어버렸다.

딩샤오예는 자기 가슴께에 매달려 있는 빨간색 핸드백을 내려다보더니, 하는 수 없이 목에서 벗겨 손에 들었다. "날 목 졸라 죽일 셈이에요?"

딩샤오예에게 가방 맡기기는 성공했지만, 걸음은 여전히 딩샤오예가 훨씬 빨랐다. 펑란은 아예 딩샤오예의 팔짱을 껴 억지로 걸음을 늦추게 했다.

"아무데나 손대지 좀 마요!" 딩샤오예는 불편해하며 팔을 빼내려 했다.

그러자 펑란이 멀지 않은 곳에서 순찰을 돌고 있는 순경을 가리키며 말했다. "제대로 안 걸어가면, 순경들은 네가 날 괴롭히는 줄 알걸."

"무슨 얼굴이 이렇게 두꺼워? 아니, 얼굴이 있긴 한가?" 딩샤오예는 몸으로 저항하기를 포기하고 말로 공격하기 시작했다.

펑란이 대답했다. "전엔 있었지. 꽤 체면도 차렸는데, 널 만나고 나서 없어졌네. 어차피 내가 뭘 어떻게 하든 넌 내가 조신하지 않다고 생각할 거 아냐?"

그렇게 한동안 걷다가, 딩샤오예가 답답해하며 말했다. "불편하지도 않아요? 무슨 게 두 마리가 걷는 것도 아니고, 왜 나한테 매달려 있는 거예요?"

펑란이 생글생글 웃으며 말했다. "가방을 안 드니까 손을 어디다 둬야 할지 모르겠어서."

딩샤오예는 말문이 막혀버렸다. 그리하여 입을 꾹 다문 채 왼팔에는 펑란의 가방을 걸고, 오른팔에는 펑란을 매달고, 그리 멀지 않은 길을 힘겹게 걸었다.

펑란은 기분이 좋아 입꼬리가 연신 위로 말려올라갔다. 딩샤오예의 얼굴이 아니라, 걷고 있는 두 사람의 발을 내려다보며 걸었다. 둘의 걸음이 이렇게 잘 맞는 건 처음이란 생각이 들었다.

펑란은 문득 고개를 들고 딩샤오예에게 물었다. "참, 그러고 보니, 외도를 한 여자나 그런 형벌을 받는 거 아니야? 난 결백한데 내가 왜?"

"결백?" 딩샤오예는 하늘을 올려다보며 한참을 웃었다.

"그럼 아냐?" 펑란이 삿대질을 하며 물었다. "무슨 생각을 하는 거야? 그날 있었던 일은 잊어버리라고 했잖아? 독사과 한 개로는 모자라서 한 상자는 먹어야겠어? 참, 물어볼 거 있었어. 도대체 나 몰래 류캉캉이랑 무슨 얘길 한 거야?"

"네? 언제요? 독사과를 먹고 나니까 아무것도 생각이 안 나는데."

딩샤오예는 날아오는 펑란의 주먹을 잽싸게 피하며 버스에 올라탔다. 펑란도 뒤따라 버스에 올랐다. 실망스럽게도, 오늘은 빈자리가 충분했다.

펑란은 마음에 드는 자리를 찾아 앉았다. 딩샤오예는 펑란에게서 멀찍이 떨어져 섰다. 두 정거장 뒤, 딩샤오예가 서 있는 부근에 자리가 비었다. 펑란은 그리로 옮겨 앉았다.

"사실대로 말해봐. 캉캉이랑 무슨 얘기 했냐고."

딩샤오예는 웃기만 할 뿐 대답을 피했다.

펑란은 질문을 바꿨다. "최소한 어떤 화제였는지만이라도 말해줘."

잠시 생각에 잠기는가싶던 딩샤오예의 얼굴에 웃음기가 더 짙어졌다. 딩샤오예는 일부러 길게 끌며 말했다. "아마 사아랑 얘기였을걸요."

"진짜 얘기했다고?" 펑란은 걱정을 해야 할지, 그냥 확 저질러버려야 할지 알 수가 없었다.

"네. 그것도 한정판 사랑이요."

펑란은 그제야 피식 웃었다. "내 구두 얘기를 했다는 거야?"

"어떨 것 같아요?" 딩샤오예가 반문했다.

캉캉은 펑란이 차와 가방뿐만 아니라 구두도 잃어버렸다는 사실을 알고 있었다. 전에 캉캉이 예쁘다고 칭찬했던 구두여서, 확실히 캉캉이 관심을 가질 만한 화제였다.

딩샤오예가 웃으며 말했다. "내가 무슨 말을 할까봐 그렇게 무서운데요?"

"너도 알 거 아니야."

"진짜 이상하네. 저지를 땐 겁도 안 내더니, 사람들이 아는 건 무서운가봐?"

"내가 애정 문제에서 또 실패했다는 사실이 알려지는 게 무섭지." 펑란은 불만스러운 투로 '또'를 힘주어 말했다.

딩샤오예는 펑란을 내려다보았다. 버스가 흔들려 딩샤오예의 몸도 흔들리는 것처럼 보였다.

"걱정 마요. 말 안 할 테니. 그런 일은 나한텐 아무것도 아니니까."

딩샤오예는 지난번에 걸었던 길을 그대로 따라 펑란을 아파트 단지까지 바래다주었다. 버스에서 내린 후로 펑란은 줄곧 말이 없었다. 딩샤오예도 물론 먼저 입을 열지 않았다.

딩샤오예 뒤에서 한 걸음쯤 떨어져 걷던 펑란이 더이상은 못 참겠다는 듯 물었다. "딩샤오예. 난 정말 너한테 아무것도 아니야? 고민거리조차 못돼?"

"네."

"못 믿겠어."

"더 심한 '고민거리'도 만나봤거든요."

"예를 들면? 예가 없으면 안 믿어."

"예를 들면…… 캉캉요."

평란은 깜짝 놀랐다. "뭐? 캉캉이 진짜 너한테 '고백'했어?"

딩샤오예가 웃으며 말했다. "그렇게 아무거나 다 믿으면 어떡해요? 캉캉이 사장님보다 말이 많긴 하지만 이렇게 사람한테 들러붙진 않아요. 그냥 아직 어리다보니, 가끔은 생각이 너무 많아서 스스로도 좀 헷갈리는 것뿐이겠죠. 언젠가는 다 이해하게 될 거예요."

"그럼, 나도 언젠가 다 이해할 날이 오길 기다리는 거고?" 평란은 걸으면서 길가의 나뭇잎을 뜯어서 갈가리 찢었다.

딩샤오예가 멈춰 서며 말했다. "그쪽은 캉캉이랑 다르죠. 사실 속으론 누구보다 잘 알고 있잖아요? 평란, 우리가 같은 부류의 사람이라고 생각해요?"

"그럼, 넌 어떤 부류의 사람인데? 내가 너한테 맞추면 되잖아!" 평란은 손안의 나뭇잎 조각을 털어버렸다.

"그렇게 바보 같은 건 캉캉이랑 닮았네. 두 사람 다 어려서부터 좋은 환경에서 자라며 보호받는 데 익숙해서 세상이 괴로운 줄도, 사람들이 악한 줄도 모르지. 스스로는 똑똑하다고 생각하지만 사실은 어리석기 짝이 없고. 남들이 뭐라 하든 다 믿고, 경계심이 하나도 없어."

"그럼 안 돼?"

"계속 그런 환경에서 살 수 있다면야 당연히 괜찮죠. 그러니까 날 가까이하지 말고 원래의 생활로 돌아가라고요."

"못 돌아가겠다면? 너랑 나랑 뭐가 그렇게 다른데?"

딩샤오예가 물었다. "내가 어디서 왔는지 아나? 전에 뭘 했는지는? 무슨 목적으로 그쪽한테 접근했을 것 같아요? 내가 온갖 나쁜 짓은 다 하는 인간이라면 어쩔 건데요?"

"넌 그런 사람이 아니잖아." 평란이 단정적으로 말했다.

딩샤오예가 화를 내며 물었다. "뭘 근거로 그렇게 생각해요?"

"여자의 본능!" 평란이 말했다. "난 제멋대로인 남자도 만나봤고, 양다리 걸치는 남자, 결혼하기 싫어하는 남자도 만나봤어. 다들 조금씩 약점은 있었지만 본성이 나쁜 사람들은 아니었어. 내가 악한 사람을 사랑하게 될 리가 없어. 이건 나처럼 어리석은 인간들한테 있는 자기 보호 본능이라고!"

"진짜 구제불능이네!"

이때, 멀리서 누군가 부르는 소리가 들려왔다. "평란."

"큰일났다, 우리 엄마야!" 평란은 소스라치게 놀랐다.

딩샤오예가 의리도 없이 말했다. "그럼 이만 가볼게요."

"이미 늦었어. 벌써 널 보셨는데, 그냥 가버리면 더 의심하실 거야."

평란의 어머니는 손에 커다란 쓰레기 봉지를 든 채로, 아파트 정원을 빠르게 가로질러 다가왔다.

평란이 웃으며 말했다. "엄마, 왜 이렇게 매번 연락도 없이 갑자기 오세요?"

어머니는 겉웃음을 지으며 말했다. "내가 미리 연락하고 오면 우리 딸이 평소에 어떻게 하고 지내는지 어찌 알겠니? 가게도 집도 말이야."

"일도 생활도 별 탈 없어요. 참, 이쪽은 저희 가게 직원이에요. 제 차에 문제가 좀 생겼는데, 차 없이 오자니 위험해서 데려다줬어요."

평란의 어머니는 칠순이 다 된 나이에도 허리가 곧고 정정했다. 예의바른 웃음을 띠고 있었지만, 눈으로는 가만히 딩샤오예를 뜯어보았다.

"기억나네. 새로 온 종업원이죠?"

"안녕하세요." 이렇게 된 이상 딩샤오예도 공손히 인사를 하는 수밖에 없었다.

어머니의 시선이 마지막으로 딩샤오예의 손에서 멈췄다. 딩샤오예는 아직도 펑란의 가방을 든 채였다. 펑란이 재빨리 가방을 받아들고 웃으며 말했다. "가방이 너무 무거워서…… 고마워."

어머니는 딩샤오예를 향해 고개를 숙여 보이며 말했다. "바래다줘서 고마워요."

딩샤오예는 그 말에 씩 웃었다. 어머니는 펑란을 나무랐다. "이렇게 늦은 시간에 남한테 폐를 끼치면 어떡하니."

펑란이 말했다. "알았어요, 다음부턴 안 그럴게요." 그러고는 이 기회를 틈타 딩샤오예에게 눈짓을 하며 말했다. "얼른 가봐, 이 시간엔 차 잡기 힘들어."

펑란은 다시 아양 떠는 목소리로 어머니에게 말했다. "엄마, 또 집 청소해주신 거예요? 얼른 들어가요, 제가 안마해드릴게요."

"뭐가 그렇게 급하니? 이 청년이 노인네랑 얘기하기 싫다는 것도 아닌데, 왜 내가 젊은 사람이랑 말도 못 하게 하니?"

펑란은 머리가 아파왔다. 이젠 정말 큰일났다. 오늘밤에 어머니가 집으로 올 거라고는 생각도 하지 못했다. 펑란은 어머니의 성격을 잘 알고 있었다. '얘기' 좀 했다간 문제가 생길 게 뻔했다.

"얘기할 게 뭐 있어요? 저 버스 타고 와서 피곤해 죽겠단 말예요." 펑란은 어리광으로 이 위기를 넘기려 했다.

어머니는 딸이 팔짱을 끼게 놔두고는 웃으며 말했다. "얘, 너는 나이가 어린 것도 아니면서 어쩌면 그렇게 철도 없고 말도 가려서 할 줄 모르니? 얘기할 게 뭐 있냐니. 모르는 사람이 보면 저 청년이 종업원이라고 네가 무시하는 줄 알겠구나."

"제가 언제 그런 뜻으로 말했어요? 엄마도 참!" 펑란은 낮은 목소리로 어머니에게 핀잔을 주었다.

딩샤오예는 여전히 미소를 띠고 있었다. 한쪽 볼의 보조개가 나타났다 사라졌다 하면서.

"나도 네가 그런 뜻으로 말했다고 한 적 없다. 나도 그런 뜻이 아니고. 내 기억이 맞다면, 총각은 X성 사람이었지? 별로 그렇게 안 생겼네." 어머니는 계속 딩샤오예에게 말을 붙였다.

"저는 한족입니다." 딩샤오예는 펑란을 처음 만났을 때 펑란도 이렇게 물었던 걸 떠올렸다.

"그래? 그럼 됐네. 나도 딱히 민족이나 지역에 편견이 있는 사람은 아니에요. 어느 지방에든 좋은 사람도 있고 나쁜 사람도 있는 거지."

"엄마, 그런 얘긴 뭐하러 하세요?" 펑란이 더는 듣고 있기 힘들어 눈썹을 찌푸리며 말하자 어머니도 지지 않고 계속해서 말을 이었다.

"어머, 너도 참. 너희 '직원'을 꽤나 보호하는구나. 내가 무슨 말을 했다고 그러니? 이 총각도 뭐라 하지 않는데. 총각, 내가 좀 직설적이에요. 기분 나쁜 건 아니지?"

딩샤오예는 의미심장하게 말했다. "괜찮습니다. 따님도 어머님과 똑같은걸요."

펑란 어머니는 딩샤오예의 이런 대범한 태도에 그를 다시 본 것 같았다. 어머니가 좀더 상냥하게 웃으며 딩샤오예에게 물었다. "올해 몇이나 됐나? 가족은 어떻게 되고? 다들 무슨 일을 하시나?"

"무슨 호구 조사 하세요?" 펑란이 반발했다.

"채용할 때 이런 거 안 물어봤니? 네 직원인데 좀더 잘 알아두면 좋지 않니." 어머니는 펑란의 말을 간단히 막았다.

딩샤오예가 공손하게 대답했다. "올해 스물일곱입니다. 부모님은 두 분 다 돌아가셨고요."

"아, 어쩐지……" 펑란 어머니는 말끝을 늘였다.

펑란은 도저히 더 듣고 있을 수가 없었다. "엄마, '어쩐지'는 또 뭐예요? 도대체 무슨 뜻이에요? 우리 들어가서 얘기 좀 해요."

"너는 어쩌면 나이를 먹을수록 더 예의가 없어지니? 말을 자르는 건 어디서 배운 버릇이야? 누가 보면 너도 부모가 없어서 교육 못 받은 줄 알겠구나." 어머니가 엄한 목소리로 말했다.

펑란은 아무런 대꾸도 하지 못했다. 남들은 다들 펑란과 어머니의 성격이 비슷하다고 하지만, 사실 어머니가 펑란보다 강하면 강했지 약하지는 않았다. 어머니는 한번 정한 일에 대해서는 마음을 바꾸지 않았다. 누가 반대하면 할수록 더 고집을 꺾지 않았다. 펑란은 그저 속만 바짝바짝 타들어갔다. 걱정스럽기도 하고 미안하기도 한 눈빛으로 몰래 딩샤오예를 흘끔거리는 수밖에 없었다. 딩샤오예의 얼굴에는 미소가 남아 있었지만, 눈에서는 웃음기가 싹 걷혀 있었다.

"오해하지 마요. 총각이 부모님을 일찍 여의어서 딱하다는 뜻으로 한 말이니까. 자식 가진 부모 마음을 아는지 모르겠네. 내 딸은 총각보다 세 살이나 많지만, 내가 보기에는 아직 어린애거든. 애가 바보 같아서 어쩌나 사람한테 잘 속는지, 내가 늘 주의를 줘야 해요. 집안 도둑은 막기 어렵다는 말도 있잖아요? 난 애가 번지르르한 외모와 듣기 좋은 말에 한순간 눈이 멀까봐 늘 걱정이야. 열 길 물속은 알아도 한 길 사람 속은 모른다는데, 세상엔 별별 사람이 다 있잖아. 안 그래요? 남이 무슨 생각과 의도를 가지고 접근하는 건지 알 수가 있나. 다행히 좋은 사람 만나서 곧 결혼할 거예요. 집안끼리도 다 아는 사이고. 앞으로는 신랑 될 사람이 애를 살펴주고 돌봐줄 테니까 나랑 애 아버지는 안심이지……"

"제가 곧 결혼한다고 누가 그래요? 도대체 이런 얘긴 왜 하시는 거예요? 세상에 엄마 혼자 똑똑하고 남들은 다 바보냐고요……" 평란은 어머니가 이렇게 노골적으로 말할 줄은 몰랐던지라, 듣고 있자니 몸 둘 바를 모를 지경이었다.

"얘는, 왜 나한테 화를 내니……"

"저는 먼저 가보겠습니다. 천천히 얘기 나누세요."

딩샤오예는 평란 어머니에게 고개를 숙여 보이고는 두말 않고 돌아가버렸다.

평란이 진저리를 치며 어머니에게 말했다. "엄만 제가 아직도 중학생인 줄 아세요? 남학생이랑 같이 있는 걸 보고 집안 사정까지 꼬치꼬치 물으시던 그때처럼 꼭 그러셔야겠어요? 사실 그때 그 남학생이랑도 아무 사이 아니었다고요. 엄마가 이러실수록 전 엄마 말씀 듣기가 더 싫어져요!"

평란 어머니는 딩샤오예의 모습이 시야에서 사라지는 걸 확인하고 나서야 평란과 함께 엘리베이터를 탔다. 그러고는 인상을 쓰며 말했다. "옛날 일까지 들먹이지 마라. 너랑 그 종업원이랑 다정하게 팔짱 끼고 걸어오는 거 엄마도 다 봤어. 나까지 창피해지더라!"

"그러세요? 엄마가 아까 하신 말씀들은 전부 정정당당해서 하나도 안 창피하시고요!" 평란은 눈을 질끈 감고 말했다. "전 열세 살이 아니라 서른 살이라고요! 제 일에 참견 좀 하지 마세요!"

"네 나이가 적지 않으니까, 또 실수할까봐 걱정하는 거지. 지난번에 네 식당에 갔다가 저 종업원을 처음 봤을 때부터 미심쩍더구나. 얼굴 잘생긴 게 다 무슨 소용이냐? 네 전 남자친구들 중에 못생긴 사람이 있기나 했어? 네 친구들은 애들이 벌써 유치원에 다닌다는데, 너만 아직까지 혼자잖니. 저 총각은 분수도 모르고 자기 사장의 관심을 끌려고 하질 않나……"

"솔직히 말할게요, 엄마. 그게 아니라 제가 저 사람 관심을 끌려고 애쓰고 있어요. 그런데 저 사람은 저한테 관심이 없다고요!" 평란은 내친 김에 다 말해버렸다.

"엄마 죽는 꼴 보고 싶어서 이러니? 너 어릴 때부터 엄마가 뭐라고 가르쳤어? 시집도 안 간 처녀가…… 네가 이러면 남들이 널 어떻게 보겠니?"

문이 열리고 엘리베이터에서 내렸지만, 평란의 어머니는 머릿속이 방금 들은 말로 가득차서 딸에게 조급하게 물었다. "도대체 너희 둘, 어디까지 간 거야?"

평란은 엘리베이터에서 내리지 않은 채로 다시 일층 버튼을 눌렀다. "어쨌든 엄마가 상상하신 것보단 한 단계 더 나갔을걸요…… 먼저 주무세요. 엄마가 말리면 말릴수록 전 그 사람을 더 좋아하게 될 거예요." 엘리베이터가 일층에 도착하자마자 평란은 밖으로 뛰어나갔다. 딩샤오예의 걸음이라면 벌써 아파트 단지 밖으로 나갔을 것이다. 어쩌면 버스 정류장에서 붙잡을 수 있을지도 모른다. 평란은 자신이 그에게 사과를 하고 싶은 건지, 다른 생각을 하고 있는 건지 알 수 없었다. 일단 따라잡은 다음에 생각할 일이었다. 지금은 그저 딩샤오예의 얼굴이 보고 싶었다.

숨이 턱에 닿은 채로 평란이 버스 정류장에 도착했을 때, 시내로 돌아가는 막차가 정류장을 막 떠나고 있었다. 평란은 하릴없이 버스를 몇 걸음 쫓아갔다. 울고 싶었지만 눈물이 나오지 않았다. 자신이 딩샤오예의 전화번호도 모른다는 사실을 깨달았다. 하긴, 딩샤오예 같은 괴팍한 인간이라면 휴대전화가 아예 없을지도 모른다.

바보같이 뭘 쫓아온 걸까? 어차피 안 될 일이었는데. 어머니가 훼방 좀 놓았다고 그리 달라질 것도 없는데.

평란은 텅 빈 정류장으로 돌아와 한동안 멍하니 서 있었다. 그러다가 아프게 옥죄는 하이힐을 신은 발로 천천히 걷기 시작했다. 버스 표지판 옆을 지날 때, 누군가 뒤에서 평란을 끌어당겼다.

평란은 이번에도 강도인가싶어 욕지거리를 내뱉을 뻔했다. 또 찾아오다니, 아무리 부잣집이라도 남아나질 않겠다!

평란은 홧김에 가방을 들어 뒤에 있는 사람을 내리치려 했지만, 허공에서 손을 붙잡혀버렸다. 딩샤오예가 흰 이를 드러내며 웃었다. "그 가방 너무 무거워서, 맞으면 진짜 아플 텐데."

"안 갔어?" 평란은 버스가 멀어져 간 쪽을 멍하니 쳐다보았다.

"뛰어오는 걸 봤거든요. 도대체 뭐하러 오는 건가 궁금해져서."

평란은 귀밑머리를 뒤로 넘겼다. "우리 엄마가 한 얘긴 그냥 못 들은 걸로 해줘."

"그리고?"

"내가 엄마 대신 사과할게."

딩샤오예가 웃었다. 평란은 그 웃는 얼굴이 평소와 다르다고 생각했다. 그 순간, 평란은 딩샤오예에게 밀려 버스 정류장의 광고판에 등을 부딪혔다. 그리고 그의 입술이 평란의 입술을 덮어왔다……평란은 등을 광고판에 세게 부딪힌 채 눈앞이 깜깜해졌다. 딩샤오예에게 꼭 붙잡힌 뺨과, 있는 힘껏 맞닿은 입술, 그리고 혈관 속을 세차게 흐르는 피 때문에 평란은 아프다고 느꼈다. 지금 밟고 서 있는 '사랑'만큼이나 견딜 수 없이 아프고, 동시에 그대로 빠져들 것만 같았다.

"그럼, 어머니한테 내 말도 전해줘. 괜찮다고." 딩샤오예는 여전히 두 손으로 평란의 뺨을 감싸고 있었다. 말을 할 때마다 그의 입술이 평란의 입술을 스쳤다.

평란은 양팔로 딩샤오예의 목을 꼭 감싸안았다. 탄사오청에게 뱀처럼 남자를 칭칭 감고 매달리는 법을 배워두지 않은 걸 진심으로 후회했다. 정신을 잃고 저항을 포기할 때까지 매달려야만 이 사람을 자기 것으로 만들 수 있다면, 그 방법이 아무리 음험하고, 예전의 자신이라면 경멸했을 만한 짓이라도, 한 치의 망설임 없이 따라하고 싶었다.

평란은 자기 입술을 한번 핥아보았다. 이렇게나 아픈데 상처가 없다는 게 이상했다. 촉감과 아픔이 너무나 생생해서, 결코 꿈은 아닌 것 같았다. 평란이 딩샤오예에게 말했다. "딩샤오예, 너 절대 손해보는 짓은 안 하지?"

"손해보는 건 걱정 안 해. 난 보통 두 배로 돌려받으니까."

평란은 딩샤오예의 까끌까끌한 뒤통수를 쓰다듬었다. 그러고는 딩샤오예의 이마에 이마를 맞대고, 작은 소리로 물었다. "키스할 때 짐승 같다고, 다른 여자들이 안 그래?"

"난 내가 백설공주인 줄 알았는데." 딩샤오예가 소리 죽여 웃었다. 펑란은 그의 가슴께가 울리는 걸 느꼈다.

"아직도 그 소리야?"

"모자랄 것 하나 없는 왕자가 백설공주 입속의 독사과를 나눠 먹었는데, 그래 놓고 왕자가 행복하게 잘 살 수 있을 것 같아요?"

펑란은 눈을 비볐다. 눈앞이 흐렸다. 만약 이게 꿈이라면, 이 행복한 꿈속에서 깨지 않고 계속 살 수 있어도 즐거울 것 같았다. 펑란이 말했다. "딩샤오예, 날 속여줘. 그냥 날 사랑한다고 말해줘."

딩샤오예는 손가락으로 펑란의 입술을 쓸었다. "그런 거짓말을 듣는 게 좋아?"

펑란은 고개를 살짝 들었다. 펑란이 등을 대고 있는 광고판은 어떤 침구 회사의 것으로, 화목한 가정의 사진이 화면을 가득 채우고 있었다. 따뜻한 색깔의 조명이 펑란의 몸을 감싸서, 펑란은 난데없이 편안함을 느꼈다.

펑란이 말했다. "어차피 나도 전부 진심인 건 아니야. 네가 나랑 결혼할 생각이 없는 것도 알고 나도 너한테 시집갈 마음 없어. 어차피 나도 네 외모 때문에 좋아하는 걸 테니까, 날 속여도 상관없어. 최선을 다해서 진짜인 것처럼 속여줘. 최소한 네가 그러는 동안 내 기분은 좋을 테니까."

딩샤오예의 입꼬리가 올라갔다. 입술을 맞댄 채 대답하는 바람에, 뚜렷하게 들리지는 않았다. "내가 그쪽을 속일 만한 가치가 뭐가 있는데? 말해봐요."

"나 자신이랑, 내 돈."

"생각해볼 만하네." 딩샤오예는 약하지도 세지도 않게 평란의 입술을 다시 한번 깨물었다.

평란은 숨이 가빠왔다. 지금, 딩샤오예의 눈과 호흡, 그리고 그토록 닿고 싶어했던 입술과, 호기심을 불러일으키던 보조개까지 전부 눈앞에 가까이 있었다. 세상에 어떻게 이런 사람이 있을 수 있을까? 마치 평란 자신의 심장이 이 사람을 밀랍으로 빚어낸 뒤 마음속에 빈틈없이 채워넣은 것만 같았다. 설령 사악한 손길일지라도 어떻게 거절할 수 있단 말인가?

평란은 실없이 중얼거렸다. "인내심을 가지고, 잘 생각해봐······ 내 단물을 빨아먹으려면 아주 긴 시간이 필요할걸."

누군가를 사랑하게 된다면

평란은 출장에서 돌아온 쩡페이를 다시 만난 자리에서 거절 의사를 밝혔다.

쩡페이는 그다지 놀라는 기색도 없이, 그저 이렇게 물었다. "이유나 좀 알자. 가능하면 내가 들었을 때 마음이 편할 만한 걸로. 그래야 어머니나 누나한테 얘기할 때도 덜 창피하지."

평란이 말했다. "오빠가 없는 동안 생각 많이 해봤어. 결혼 상대자로서 오빠는 모자란 게 하나도 없는 사람이야. 그렇지만 우리가 한이불을 덮고 누운 걸 도저히 상상할 수가 없더라고. 친구 앞에서 발가벗는다면 너무 민망하고 어색할 것 같아. 난 이걸 납득할 수가 없어. 미안해. 오빠랑 결혼 못하겠어."

"그냥 내가 하나 지어내는 게 낫겠다. 네가 말한 이유는 듣기만 해도 부끄럽다. 추이옌 같은 어린애까지 나보고 여자를 모른다고 비웃는 이유를 알겠어. 내가 진짜 모르는 게 맞긴 맞나보다."

"그냥 내가 마음에 안 든다고 그러면 안 돼?" 펑란이 쩡페이에게 제안했다. "도저히 안 되면 내가 다른 사람을 좋아하게 됐다고 하든가."

"진짜로 그런 사람이 있는 거야?" 쩡페이가 흥미롭다는 듯 물었다.

펑란은 나방이 불을 보고 뛰어드는 것처럼 딩샤오예를 눈으로 쫓는 자신을 억누르며 쩡페이에게 말했다. "모르겠어……"

"진짜인 모양이구나." 쩡페이는 그제야 깨달았다는 듯 잠깐 생각에 잠겼다가 물었다. "내가 생각해봐달라고 하기 전이야, 그후야?"

그러더니 펑란의 대답을 기다리지도 않고 웃으며 손을 내저었다. "됐어, 전이든 후든 내 체면이 안 서는 건 똑같은데 뭘."

쩡페이는 펑란의 얼굴에 떠오른 부끄러운 기색을 보더니 매너 있게 말했다. 어쩌면 사업을 시작하고 나서부터는 사람을 끝까지 추궁하지 않는 데 익숙해진 건지도 몰랐다. 쩡페이는 어깨를 한번 으쓱해 보이고는 말했다. "너무 미안해하지 마. 결혼 아니라 물건을 사고파는 것도 쌍방이 원해야 성사되는 거잖아. 네 심정 알아. 어차피 우리가 정식으로 연애를 시작했던 것도 아니니까 어색해질 것도 없고. 앞으로도 좋은 친구로 지내자. 그래도 언젠가 네가…… 그게 그렇게 민망한 일이 아니라고 생각하게 되면, 나도 어차피 아직 혼자니까, 서로한테 여전히 괜찮은 선택지일 수도 있겠지?"

펑란은 쩡페이의 이런 '객관적인 태도'에 감탄했다. 따지고 보면 말하기 껄끄러운 이야기인데, 뜻밖에 쩡페이는 그래도 우정을 잃지 않겠다는 태도로 전부 아무렇지 않게 넘겨버렸다. 펑란은 참지 못하고 이런 질문을 던졌다. "오빠 지금까지 살면서 사랑했던 사람이 있긴 있어? 그냥 궁금해서 물어보는 거니까 대답 안 해도 돼."

핑란은 정말로 궁금했다. 생기 넘치던 예전의 쩡페이를 마음에 품었던 여자들이 분명히 아주 많았을 것이다. 오래전의 핑란도 그 랬으니 말이다. 지금의 쩡페이는 어엿하게 성공한 사업가의 모습이다. 예전과 비교하면 마치 다른 사람이 된 것 같기는 하지만, 그래도 여전히 충분히 매력 있었다. 만약 딩샤오예가 나타나 핑란의 마음에 불을 활활 지피지 않았다면, 언젠가 어느 순간에 쩡페이를 다시 사랑하게 될지도 모를 일이었다.

쩡페이는 누군가를 사랑했던 적이 있을까? 두안징린, 추이옌, 그리고 잠시 나타났다 사라진 여자들…… 그중에서 쩡페이가 제일 마음에 두었던 사람은 누구일까? 정말로 본인 말처럼 어렸을 때는 그런 것에 신경도 안 쓰다가 어른이 되어서는 귀찮은 과정은 생략하고 결과만 찾으려고 하는 걸까? 하늘이 내려준 외모와 재능을 낭비하다니, 정말 애석하다는 생각이 들었다.

쩡페이는 잠시 망설이다가 확신 없는 투로 말했다. "사랑? 사랑이란 게 도대체 뭔데?"

핑란은 말을 바꾸었다. "마음이 쓰였던 사람은 있었을 거 아냐?"

"잘 챙겨주고 싶었던 사람은 있었어." 쩡페이가 인정했다.

핑란은 왠지 그 사람이 누구인지 알 것 같았다. 그래서 이번에는 이렇게 물었다. "마음이 끌리는 거랑 책임감을 확실히 구분할 수 있어?"

쩡페이가 반문했다. "그게 그렇게 중요해?"

"여자한텐 아주 중요해."

평란도 예전에는 나름대로 문학소녀였다. 그때는 사랑이란 졸졸 흐르는 시냇물처럼 평온하고 따뜻한 것이라고 믿었다. 시간이 흐르면서 평란도 그럭저럭 연애 전문가가 되었고, 그제야 그 말들은 아무것도 모르는 소녀들이나 믿을 거짓말임을 알게 되었다. 사랑, 적어도 좁은 의미의 사랑은 천둥 번개가 치고 불꽃이 튀는 감정까진 없을지라도, 시작과 동시에 얼굴이 달아오르고 두근거려 밤잠을 설치게 만드는 것이다. 사랑은 욕망에서 시작해 책임으로 귀속된다. 그러나 이 명제의 역은 성립하지 않는다. 책임은 의무감만 만들어낼 뿐, 가슴이 뛰게 만들지는 못 한다.

바로 이런 이유로 평란은 쩡페이가 좋은 결혼 상대라는 걸 알면서도 납득할 수 없었다. 평란에게 결혼이란 닫힌 문과 같았다. 문을 열고 들어가기를 갈망하지만, 그러기 위해서는 먼저 열쇠를 찾아야만 했다. 이 열쇠란 바로 누군가를 사랑하는 감정 그 자체였다. 약간의 떨림이라도 좋았다. 문을 연 후에는 쓸모없어지고 언젠가 잃어버릴지라도, 그 열쇠를 꼭 쥐고 있어야만 했다. 그래야만 결혼 후의 평범하고 세속적인 여정을 계속할 수 있을 테니까.

안타깝게도, 쩡페이 같은 사람은 남자와 여자의 마음이 애초부터 전혀 다르다는 사실을 끊임없이 일깨워준다.

쩡페이가 돌아간 후 평란은 점장에게 물었다. "딩샤오예 어디 갔어요?" 평란은 가게 일 때문에 묻는 것인 양, 최대한 차분하게 말하려고 노력했다.

점장은 잠시 생각하더니 대답했다. "아, 룸에 있는 커튼대가 고장나서 좀 살펴보라고 보냈어요."

평란은 눈썹을 찡그리며 말했다. "그 커튼대 올 초에 바꾼 거 아니에요? 벌써 고장났어요?"

"업자한테 전화해서 와서 봐달라고 할까요?" 점장이 말했다.

"잠깐 기다려봐요. 내가 가서 어디가 고장났는지 보고 올 테니까. 일단 일보세요."

평란은 룸으로 들어가 미닫이문을 닫았다. 바닥까지 늘어진 커튼은 빈틈없이 닫혀 있었다. 커튼 끄트머리를 살짝 걷어본 순간, 평란은 그대로 커튼 안쪽으로 끌려들어갔다.

"뭐해?" 딩샤오예가 한 손으로 평란 곁의 벽을 짚고서 흥미롭다는 듯한 얼굴로 물었다.

평란이 말했다. "커튼에 무슨 문제 있나 보려고."

"아…… 난 또." 딩샤오예가 짐짓 놀란 듯 말했다. "날 한순간이라도 못 보면 못 견디는 줄 알았지!"

"내가 왜?" 평란은 마음에도 없는 말을 물었다.

딩샤오예는 미소를 지으며 말했다. "나도 모르지."

평란은 손끝으로 옅은 자주색 커튼을 만지작거렸다. 커튼에는 동남아의 전통 문양이 수놓아져 있었다. 평란은 긴 커튼과 통유리창 사이에 서 있었다. 한쪽에서는 한낮의 햇빛이 숨을 구석도 없이 쏟아져들어오고, 다른 한쪽에는 평란의 마음을 뒤흔드는 사람이 서 있었다. 오후의 바람에 날린 커튼이 바다에 이는 파도처럼 평란의 몸을 가볍게 휘감았다. 그리고 평란은 폭풍우 속에서 딩샤오예에게 의지하듯 그 품에 안겨 있었다. 고요하기는 했지만, 안정되지는 않았다.

평란은 눈을 내리깔았다. 그러다가 다시 시선을 들어 햇빛 아래서 있는 딩샤오예의 얼굴을 올려다보며 물었다. "내 눈빛이 아직도 그렇게 굶주려 보여?"

딩샤오예의 미소가 소리 없이 더 깊게 퍼졌다. 그가 몸을 숙이며 평란에게 말했다. "말 안 해도 잘 아네."

평란은 양팔로 딩샤오예의 목을 두르고는, 웃을 때 보기 좋게 휘어지는 그의 입술을 혀끝으로 가볍게 핥았다. 젖은 채 반들거리며 빛나는 그 입술이 평란의 마음을 더욱 흔들어놓았다. 딩샤오예는 평란의 이런 악취미에 반항하지 않고 오히려 제대로 응해주었다. 한참 후에야 평란이 웅얼거리며 말했다. "궁금한 게 있는데, 초원에선 구렁이가 늑대를 이길 수 있어?"

딩샤오예가 대답했다. "그건 해봐야 알지."

"넌 구렁이 싫어해?" 평란이 입술을 깨물며 물었다.

딩샤오예는 손으로 평란의 허리를 감싸안았다. "상황에 따라 다르지. 난 독수리가 더 싫어."

"왜? 독수리 헤어스타일이 별로라서?"

딩샤오예의 낮은 웃음소리가 평란의 목 언저리에서 들리는가싶더니, 따뜻한 입술이 평란의 맥박이 뛰는 곳에 닿았다. 평란은 저도 모르게 몸을 떨었다. 딩샤오예가 웃음기 어린 목소리로 말했다. "독수리는 썩은 고기를 먹잖아. 난 싱싱하게 살아 있는 게 좋아. 특히 내가 직접 잡은 거."

"제 발로 걸려든 것도 좋아?" 평란이 작은 소리로 물었다.

딩샤오예는 말없이 천천히 고개를 들어 평란을 보았다. 평란은 여전히 눈을 살짝 감고 있었다. 마치 방금 그 말은 자기와 아무 상관 없다는 듯, 속눈썹이 이따금씩 가늘게 떨렸다.

평란은 딩샤오예의 얼굴을 보지 못했다. 딩샤오예 얼굴에 한순간 드러났던 망설임, 그리고 연민이 그대로 흩어져 사라졌다.

딩샤오예가 펑란을 놓아주며 물었다. "네 남자는 갔어?"

펑란은 눈을 떴다. "쩡페이? 내 남자 아니야."

"그럼, 미래의 남편? 깜빡했네. 우리 사장님은 점잖은 표현을 좋아하신다는 걸."

"나, 방금 그 사람 거절했어." 펑란은 간단명료하게 말했다.

펑란은 딩샤오예의 성격으로 보아 이 일에 대해 더 묻지도, 신경 쓰지도 않을 거라고 생각했다. 그에게 있어 이건 펑란의 일일 뿐이고, 자기와는 아무 상관 없을 테니까.

그런데 딩샤오예가 잠시 침묵한 끝에 말했다. "이렇게 빨리…… 나 때문에 그런 거야?"

펑란은 고개를 갸웃한 채 딩샤오예를 보며 웃었다. "왜? 내가 그래서 더 매달릴까봐? 내가 뭐라고 대답했으면 좋겠어?"

"그거야 그쪽 마음이지." 딩샤오예는 차분하다못해 무심하게 들리는 목소리로 말했다.

펑란은 고개를 돌리고 실망한 티를 내지 않으려 애썼다. 실망할 게 뭐가 있단 말인가? 딩샤오예는 원래 이런 사람인걸. 이건 게임일 뿐이다. 먼저 진지해지는 사람이 지는 게임. 펑란은 어릴 때부터 무슨 놀이를 하든, 무슨 일을 하든 너무 몰입하는 경향이 있었다. 펑란의 어머니는 집중력이 바로 성공의 초석이라고 말했었다. 하지만 연애에는 해당하지 않는다고, 특히 짝사랑일 때는 더욱 그렇다고 보충 설명을 해주시지 않았다. 펑란은 진작 태도를 바꿨어야 했다.

펑란은 딩샤오예의 손을 잡고 웃으며 눈을 깜박였다. "너랑은 상관없어. 난 원래 이런 사람이니까."

"'이런 사람'이라니?"

"죽어도 정신 못 차리는 사람. 네가 제일 싫어하는 멍청한 사람."

나이가 들어서까지 순진한 면을 간직하고 있어서 나쁠 건 없다. 순진함을 간직하고 있다는 건 절망을 해본 적이 없다는 뜻이니까. 평란은 사람에게 아무리 속는다 해도 세상엔 좋은 사람이 있다는 걸 믿을 것이다. 또한 연애에 아무리 실패한다 해도 여전히 실낱같은 사랑의 가능성을 동경할 것이다. 그 사랑이 아무리 희귀한 것이라 해도. 사랑을 만나지 못한다면 그건 자신의 운이 없는 탓이지, 사랑이 존재하지 않는다는 뜻은 아닐 거라고 믿을 것이다. 그러니 그런 의미에서 보면, 평란이 쩡페이를 거절한 건 확실히 딩샤오예 때문이 아니었다. 적어도 전부 딩샤오예 탓인 건 아니었다.

"진짜 후회 안 해?" 딩샤오예가 엄지손가락으로 평란의 손등을 천천히 쓰다듬었다. "두 사람, 꽤 잘 어울리던데."

"적어도 지금은 후회 안 해." 평란은 딩샤오예의 손을 들어 자기 뺨 위에 가져다 댔다. '날 후회하게 하지 마'라고 말하고 싶었지만, 그 말이 가져올 결과를 잘 알기에 일부러 밝게 웃었다. "나 같은 사람은 항상 빠져나갈 구멍이 있는 법이야. 쩡페이가 자기 천생연분을 찾기 전까지는, 나랑 쩡페이는 여전히 '꽤 잘 어울리는' 거니까. 내가 너랑 깨지고 나면, 쩡페이의 장점을 다시 발견하게 될지도 모르지."

평란은 이렇게 고요한 공간에 단둘이 있는 시간이 영원히 끝나지 않기를 바랐다. 그래서 화제를 바꾸기로 했다.

"딩샤오예, 다른 사람 사랑했던 적 있어?"

딩샤오예는 대답이 없었다. 펑란은 혼잣말처럼 말을 이었다. "방금 전에 쩡페이한테도 똑같은 걸 물어봤거든. 근데 쩡페이는 사랑이란 게 뭔지 모르겠다고 하더라. 그리고 자기는 누군가를 사랑하게 된다면 그 사람이랑 같이 살아가는 게 제일 큰 소망이래. 나보다 더 높은 경지에 있는 것 같은 느낌이랄까. 혹시 남자들은 다들……"

"아니." 딩샤오예는 펑란의 말을 끊고는, 단도직입적으로 말했다. "나라면 그 사람이랑 자고 싶을 거야."

펑란은 잠시 할말을 잃었다가 갑자기 웃기 시작했다. 어째서 이렇게 대책 없이 그에게 끌리는 건지 도무지 알 수가 없었다. 서로 악취미가 맞는다는 게 하나의 이유일까? 둘 다 그 속된 취향을 언제까지 유지할 수 있을까? '패'는 '낭'의 어깨를 밟고 서야만 나쁜 짓도 할 수 있다. 낭이 없다면 패는 불구일 뿐이다. 그렇지만 낭은 혼자서도 천 리를 달릴 수 있겠지.

"무슨 생각해?" 딩샤오예가 물었다.

펑란이 말했다. "나, 방금 엄청난 깨달음을 얻었어!"

딩샤오예는 조금 실망한 듯 말했다. "나랑 같은 생각을 하고 있는 줄 알았는데."

딩샤오예가 조금씩 다가올 때마다, 펑란은 절로 얼굴이 달아오르고 가슴이 뛰었다. 마치 다리를 다친 새가 날개를 퍼덕이듯이, 펑란의 속눈썹이 더 자주 떨렸다.

"무슨 깨달음인지 말해봐. 지금은 나랑 같은 생각인지도 모르잖아?" 딩샤오예는 펑란의 머리카락에 코를 대고 향기를 맡았다. "좋은 냄새 나네."

딩샤오예가 평란의 향수 냄새가 싫다고 확실히 밝힌 후로 평란
은 향수를 거의 뿌리지 않았다. 평란은 잠시 생각해보더니 말했다.
"오늘 아침에 샤워할 때 썼던 바디 클렌저 냄샌가? 아니면……"

딩샤오예는 평란이 더 말을 잇기 전에 입을 막으며 타이르듯 말
했다. "쉿…… 남자한테는 좋은 냄새면 그걸로 끝인 거야."

평란은 딩샤오예가 룸을 나간 뒤 좀더 있다가 밖으로 나갔다. 홀
에는 벌써 손님 몇 팀이 식사를 하고 있었다. 모든 것이 평소와 같
았다.

손님중에는 탄사오청도 있었다. 평란을 발견한 탄사오청이 손짓
으로 다정스럽게 인사를 건넸다. 평란은 별로 아는 척을 하고 싶지
않았지만 그렇다고 예의 없이 굴고 싶지도 않았다. 그래서 그녀 앞
으로 다가가 이번달의 새 메뉴판을 넘겨보며 물었다. "오늘은 다른
것 좀 시켜보지그래? 이번에 새로 추가한 코코넛 치킨, 네 입맛에
맞을 것 같은데."

맵고 신 음식을 싫어하는 탄사오청인지라, 태국 음식점에서는
그녀의 입맛에 맞는 새 메뉴가 나오기 어려웠다. 그래서 평란이 일
부러 마음써서 추천을 한 것이었다. 탄사오청은 웃으며 고개를 끄
덕이더니 느닷없이 이렇게 말했다. "그러게, 몸보신 좀 해야겠다.
넌 필요 없을 것 같은데? 얼굴이 활짝 핀 게 아주 좋아 보여."

평란은 저도 모르게 입가에 손을 올렸다. 도둑이 제 발 저린 격
이었다. 룸에서 나오기 전에 분명히 화장을 고쳤는데, 탄사오청이
어떻게 알아볼 수 있단 말인가?

탄사오청은 웃으며 단골손님과 얘기중인 딩샤오예를 일부러 한

번 쳐다보았다. 그러더니 몸을 돌려 평란에게 말했다. "나도 여잔데, 설마 눈치 못 챌 줄 알았어? 목적 달성한 거지? 제법인데. 이렇게 빨리. 내가 널 과소평가했네."

평란은 말없이 웃기만 했다. 딩샤오예의 앞에 있을 때만 빼고, 평란은 자기를 보호하는 법을 꽤 잘 알고 있었다. 남의 질문에 대답하기 싫을 때, 미소는 언제나 가장 좋은 무기가 되어준다.

탄사오청은 그런 평란을 보며 핀잔을 주듯 말했다. "뭘 그렇게 치사하게 굴어? 내가 빼앗을까봐 겁이라도 나서 그래?"

평란은 무덤덤하게 메뉴판을 탄사오청 앞에 내려놓으며 말했다. "남의 사생활에 뭐 그리 관심이 많아?"

"당연히 많지." 탄사오청은 앉은 채로 평란을 똑바로 쳐다보았다. "특히 달콤한 사생활에 관심이 많아. 질투심이 많거든."

평란은 실소했다. "그건 내가 도와줄 수 없겠는데."

탄사오청은 메뉴판을 한쪽으로 밀어놓더니 양손을 테이블 위에 올렸다. 언제 어느 때라도 탄사오청의 자세는 늘 흠잡을 데가 없었다. 탄사오청이 가볍게 웃었다. "너희 둘이 대낮에 어느 구석에 숨어서 희희덕대는 걸 내가 질투하는 것 같아? 저 남자가 잘생기긴 했지. 하지만 돈 많고 남편 없는 내가 잘생긴 남자 하나 찾는 게 뭐 그리 어렵겠어? 그날 두 사람이 같이 있는 거 봤어…… 너, 그날도 그 구두 신고 있었어?"

평란은 탄사오청의 눈길을 따라 자기 구두를 내려다보았다. 이상한 건 아무것도 없었다. 평란이 눈썹을 찌푸리며 물었다. "도대체 무슨 말을 하고 싶은 기야? 나 바쁘거든."

"넌 페라가모 구두, 저 사람은 슬리퍼였지? 서로 그런 신발을 신고 같이 걸으면서도 남 눈치 안 보고 즐겁게 웃는 게 질투가 나는 거야." 탄사오청은 여전히 미소를 띠고 있었지만, 목소리에는 전에 없이 쓸쓸함이 묻어났다. "나도 예쁜 구두 좋아해. 구두만으로 방 하나를 가득 채우고 싶을 정도야. 그렇지만 그 사람 앞에 서면, 여전히 그때 그 빛바래고 보풀이 잔뜩 일어난 신발을 신고 있는 기분이야."

평란은 물론 탄사오청이 말하는 '그 사람'이 딩샤오예가 아니라, 평란의 사촌오빠인 우장이라는 걸 알고 있었다.

"그때는 신발이 그거 한 켤레밖에 없었어. 숨길 수도 없었지. 근데 그 사람은 내 신발을 한 번도 쳐다보지 않더라. 내가 무안할까봐 신경써줬다는 건 나도 알아." 탄사오청이 평란을 쳐다보며 물었다. "좋은 환경에서 자란 착한 사람들은 다들 그래? 너희 같은 사람들은 그게 예의바른 행동이라고 생각하는 거야?"

평란은 귀찮은 마음을 억누르며 물었다. "그럼, 오빠가 어떻게 했어야 하는데? 네 그 낡은 신발을 뚫어져라 보고 있었어야 해?"

"우장 탓을 하는 건 아니야. 그냥 화풀이지 뭐. 우장이 좋은 사람이라서…… 나보다 너무 나은 사람이라서."

"오빠야 당연히 너보다 나은 사람이지. 내가 너를 잘 아는데, 오빠 앞에서 좋은 일이라곤 한 적이 없겠지. 오빠가 널 아무렇지도 않게 대하는 것 자체가 이미 널 많이 봐준 거 아니야?"

"난 그냥 그 사람한테 진실을 알려주고 싶었을 뿐이야. 그 사람이 사랑했던 사람이랑, 제일 친한 친구의 진정한 모습을 보여주고 싶었던 것뿐이라고. 우장 눈에는 모든 면에서 그 사람들이 나보다 나아 보였겠지. 그런데 그 여자는 사실 자기 성공을 위해서 지도교

수랑 놀아났잖아? 그 구린 짓거리를 얘기하면 내 입이 더러워질까
봐 걱정될 정도라고!"

"진실? 오빠 전 여자친구는 너 때문에······" 평란은 우장의 과거
를 떠올렸다. 가족들에게 듣기로, 우장의 대학 시절 여자친구는 말
못할 망신스러운 일 때문에 자살을 했다고 했다. 어른들은 당시 아
직 고등학생이던 평란에게 자세한 얘기를 해주지 않았다. 그런데
지금 얘기를 듣고 보니 이 사건에는 탄사오청의 '공로'가 꽤 컸던
모양이다. 그러니 탄사오청이 아무리 오랫동안 우장만 바라봐도,
우장은 탄사오청을 냉랭하게 대하는 것이다. 여기까지 생각이 닿
자, 평란은 자기 가게에 앉아 있는 탄사오청에게 오만 정이 다 떨
어졌다.

"너 진짜 못하는 짓이 없구나!"

"일을 저지른 건 그 사람들이고, 난 그냥 사실을 말한 건데 그게
그렇게 죽을죄야?" 탄사오청이 차갑게 웃었다. "너희는 꼭 이중 잣
대로 사람을 판단하더라. 이렇게 오랜 시간이 지나도록, 우장은 날
완전히 미워하지도 못해. 경멸하면서도 한편으로는 동정하지. 내
가 아무리 비싼 구두를 신어도, 심지어 그 사람보다 돈을 더 많이
벌어도, 그 사람 앞에 서면 여전히 내 발을 감추고 싶어질 거야."

"똑같은 소리 계속하는 거 지겹지도 않아?" 우장까지 갈 것도
없이, 평란도 이 순간 탄사오청을 경멸하는 동시에 동정하고 있었
다. "네가 이러면 이럴수록 더 딱해 보여."

"나도 전에는 이게 내 운명이겠거니 하고 단념하고 있었어. 우장
이랑 나는 같은 부류의 사람이 아니니까, 분수에 맞지 않는 생각을
하면 안 된다고. 그런데 이젠 그게 아니라는 걸 알았어. 그 사람은

그냥 날 사랑하지 않는 것뿐이야. 내가 어떤 사람인지는 전혀 상관이 없었어! 그래서 내가 널 더 질투하게 되는 거야……" 탄사오청은 시선을 들어 평란을 쳐다보았다.

평란이 입꼬리를 끌어올려 웃으며 말했다. "그럼, 질투에 못 이겨 죽지 않도록 심장을 조심하는 게 좋을걸. 아직 살날이 많이 남았잖아?"

탄사오청은 자기 손을 만지작거리다가 갑자기 물었다. "너, 우장한테 일 생긴 거 아직 모르지?"

"무슨 소리야?" 평란은 갑작스러운 이야기에 깜짝 놀랐다. 하지만 앞에 앉은 탄사오청을 섣불리 믿을 수도 없었다.

"우장이 아직 얘기 안 했어? 그 사람이 집도했던 수술이 잘못됐대. 수술실에서 나왔을 때만 해도 가족들한테 수술이 순조롭게 잘됐다고 말했는데, 환자가 중환자실로 옮겨진 지 네 시간도 안 돼서 죽었다나봐. 우장이 급히 병원으로 다시 갔는데도 결국 못 살렸대."

평란은 불안을 애써 억누르며 말했다. "그런 건 병원에서도 어쩔 수 없는 돌발 상황이잖아?"

"물론, 그 정도라면 그렇게 큰일까지는 아니지. 문제는 환자 가족이 병원에 의료 사고 감정을 요청했다는 거야. 그런데 정말로 우장이 쓴 약에 문제가 있어서, 환자의 상태를 직접적으로 악화시켰을 가능성이 있다는 결과가 나왔나봐."

"그럴 리가!" 평란은 사촌오빠가 좋은 의사일 거라고 절대적으로 믿고 있었다. 우장은 요 몇 년간 거의 수술대 곁에서 살다시피 했었다. 직업윤리나 실력 면에서 모두 신뢰할 만한 사람이었다.

"나도 처음엔 못 믿었어. 그 사람이 약을 잘못 쓰다니, 있을 수가 없는 일이니까." 탄사오청은 목소리를 낮췄다. "수술에 쓸 약품을 준비한 건 그 사람 제자라고 들었어…… 그렇지만 주치의는 우장이잖아. 서류에 우장 서명이 있으니까, 책임을 면하긴 어려울 거야."

"너 정말 오빠한테 '관심'이 많구나." 평란이 비꼬듯 말했다.

"의료계랑 제약계는 한가족이잖아. 이 바닥이 뻔하지 않겠어?" 탄사오청은 손으로 뺨을 괴고 웃으며 말했다. "내가 그 약 얘기를 한다는 게 깜빡했네. 어느 회사 약이 문제를 일으켰게?"

평란은 탄사오청에게 맞춰주기로 하고는 깊은 한숨을 내쉰 뒤 물었다. "어느 회사 약인데?"

탄사오청이 묘한 웃음을 짓더니, 천천히 그 이름을 말했다. "주안탕."

평란은 이번에야말로 놀란 나머지 말을 제대로 잇지 못했다. "거긴 쓰투…… 그건 더더욱 말이 안 돼."

"그래, 너도 쓰투줴 알지? 그 사람, 우장의 제일 친한 친구잖아. 너도 알고 나도 아는 사실인데, 조사관들도 곧 알게 되겠지. 그럼 옳다구나 하지 않겠어? 내가 그 환자 가족이라도 이 사실을 걸고넘어질 거야. 그 사람들, 아주 병원 입구에다 빈소라도 차릴 기세던데."

평란은 우장이 걱정되기 시작했다. 탄사오청이 한 얘기가 사실이라면 확실히 큰 문제가 생길 터였다. 평란은 어지러운 머릿속을 간신히 가라앉힌 뒤, 탄사오청에게 떠보듯 물었다. "왜 굳이 나한테 말해주는 거야?"

"우장은 이 문제를 처리하기 어렵겠지만, 난 할 수 있을지도 모르니까." 탄사오청이 순간 눈을 빛내더니 자조적인 투로 말했다.

"우장은 쭉 성인군자로 살아왔잖아. 막돼먹은 사람들을 대할 땐, 가끔은 막돼먹은 방법이 필요한 법이야."

평란은 사촌오빠와 꽤 사이가 좋았다. 고심 끝에 평란은 우장을 위해 급한 불을 꺼줘야겠다고 결심했다. 탄사오칭이 가게를 나가자마자 우장에게 전화를 걸어, 다음날 아침에 우장의 집에서 만나기로 했다.

평란은 우장과 통화를 하면서야, 그가 이미 병원 측의 요구에 따라 집에서 '휴식' 중이라는 걸 알게 되었다. 다음날 평란이 우장의 집에 도착한 건 점심때쯤이었다. 벨을 누르자 우장이 문을 열어주었다. 우장은 체크무늬 앞치마를 입고 있었고, 집안에서는 음식 냄새가 새어나왔다. 평란은 어리둥절해졌다.

"내가 집을 잘못 찾아온 건 아니지?" 평란은 깜짝 놀라 말했다. 평란이 알기로, 우장은 어릴 때부터 이모의 시중만 받아왔다. 일을 시작하고 나서는 바빠서 다른 일을 할 시간도 없었고, 결혼 후에는 전업주부인 아내가 가사를 전담했었다. 우장이 요리를 할 줄 안다는 얘기는 들어본 적도 없었다.

우장이 웃으며 평란을 집안으로 이끌었다. 그의 얼굴은 평란이 상상한 것처럼 어둡지 않았다. 오히려 기분이 꽤 좋아 보였다.

"너 오늘 먹을 복 있네. 아직 밥 안 먹었지? 내가 솜씨 발휘할 거니까 기대해." 우장이 말했다. 평소엔 메스를 들던 손에 오늘은 주걱을 들고 있었다.

평란은 우장을 아래위로 훑어보며 말했다. "설마 이대로 가정주부로 전직하려는 건 아니겠지?"

"장난삼아 해보는 거지 뭐. 오전 내내 주방에 있었으면서 제대로 만든 게 하나도 없어." 누군가가 웃음기 가득한 목소리로 이렇게 말하며 천천히 소파에서 일어나 펑란에게로 다가왔다.

"쓰투 언니?" 펑란은 그제야 알겠다는 듯 말했다. "난 또, 오빠가 날 대접하려고 요리하는 줄 알았네."

쓰투줴는 우장의 소꿉친구로, 지금까지도 가장 친한 친구였다. 펑란은 어릴 때 이모 집에 자주 갔고, 당시 쓰투줴도 우장 집에 곧잘 놀러 왔기 때문에 둘은 잘 아는 사이였다. 탄사오칭이 얘기했던 주안탕은 바로 쓰투줴 집안에서 경영하는 회사였다. 쓰투줴가 오늘 우장의 집에 와 있는 건, 우장에게 생긴 일과 관련이 있는 걸까?

물론 펑란은 곧바로 이런 얘기를 꺼내지는 않았다. 쓰투줴와 함께 거실로 향하며 펑란이 물었다. "언니, 언제 귀국했어요?"

쓰투줴는 오랫동안 외국에서 생활하고 있었는데, 최근 일이 년 사이에는 국내에 다녀갔다는 소식이 간혹 들려왔다.

"그쪽 일은 벌써 그만뒀어. 이젠 안 나가려고." 쓰투줴가 말했다.

"정말요?" 펑란은 좀 의외라고 느꼈다. 아주 어릴 때부터 우장과 쓰투줴가 늘 붙어다니는 걸 보아온 펑란은 쓰투줴에게 꽤 호감을 가지고 있었다. 그리고 예쁘고 성격 좋은 쓰투줴야말로 우장과 가장 잘 어울리는 상대라고 생각했다. 펑란은 두 사람이 당연히 결혼할 거라고 생각했지만, 둘은 뜻밖에도 삼십 년 넘게 그냥 좋은 친구로만 지냈다. 우장의 여자친구가 죽은 지 얼마 안 되어, 쓰투줴는 외국으로 떠났다. 우장과 쓰투줴는 여전히 좋은 친구로 지내면서 각자 다른 사람과 연애를 하고 결혼을 했다. 펑란은 처음에는 둘이 결혼하지 않은 걸 아쉬워했지만, 점점 그렇게 좋은 친구 사이로 지낼 수 있는 걸 부러워하게 되었다. 우장이 낸 의료 사고에는 입찰 공고 규정을 어긴 주안탕의 약품이 연관되어 있다는데, 혹시 쓰투줴와의 우정 때문에 우장의 판단력이 한순간 흐려졌던 건 아닐까?

쓰투줴와 펑란은 소파에 나란히 앉았다. 우장이 두 사람에게 커피를 내주었다. 쓰투줴가 말했다. "우장이 그러던데, 너 요즘 큰일이 있었다며? 두 번이나 강도를 당하다니. 그래도 사람이 무사해서 정말 다행이야."

쩡페이가 우장에게 얘기한 게 틀림없었다. 펑란은 괴로운 듯 쓰투줴에게 말했다. "말도 마요. 언니가 사다준 그 구두, 진짜 아까워 죽겠어요. 그 색깔 이젠 못 구할 텐데."

쓰투줴는 웃으며 펑란을 위로했다. "너 그 구두 정말 마음에 들었나보구나. 알았어, 내가 똑같은 걸로 다시 사다줄게. 나한테 맡겨."

여자 둘이서 가방이니 신발 얘기를 시작하자 얘기가 끝이 나질 않았다. 잠시 후, 엄연한 가정주부 차림을 한 우장이 주방에서 나와 두 사람을 식탁으로 이끌었다. 솔직히 말해, 우장의 요리는 아무래도 서툴렀다. 간신히 만들어낸 몇 가지 음식도 억지로 먹을 만한 정도였다. 덕분에 우장은 쓰투줴의 놀림을 실컷 샀다. 펑란은 마음이 복잡해 음식을 먹는 둥 마는 둥 했다. 하지만 우장이 우울해하지 않고, 오히려 진심으로 편안한 시간을 보내는 듯 보여 펑란도 그제야 안심했다.

식사를 마치자 쓰투줴가 설거지를 하겠다고 나섰다. 그 덕에 펑란은 서재에서 우장과 얘기를 나눌 기회를 얻었다. 펑란은 은행 카드 한 장을 꺼내 우장의 손에 쥐어주며 말했다. "도움이 될지 안 될

진 모르겠지만, 내 수중에 지금 쓸 수 있는 돈은 이 정도뿐이야."
그러고는 왠지 무안해서 웃으며 말을 이었다. "내가 많이 버는 만큼 많이 쓰는 거, 오빠도 알잖아."

우장은 평란을 놀리듯 말했다. "너 쩡페이랑 짜기라도 했냐? 너희 둘이 결혼하면, 난 나중에 돈 빌릴 데 없어서 고민할 일은 없겠다."

우장도 줄곧 평란과 쩡페이가 잘되기를 바라고 있었다. 한쪽은 친한 친구고 한쪽은 사촌 여동생인데다 서로 사이도 좋으니, 좋은 사람들끼리 인연을 맺었으면 했던 것이다.

평란은 우장에게 눈을 흘겼다. "날 놀릴 정신도 있나보네?"

우장은 웃으며 카드를 돌려주고는 말했다. "마음만으로도 충분해. 아직 너한테 신세질 정도는 아냐. 걱정 마, 나 괜찮아."

"일이 그 지경인데 괜찮긴 뭐가 괜찮아?" 평란은 우장이 여전히 차분하게 말하는 걸 보고 핀잔을 주었다. "난 오빠가 그런 실수를 했다는 걸 못 믿겠어. 도대체 어떻게 된 일이야?"

우장은 한숨을 쉬더니 말했다. "결국 병원 내부의 이권 다툼이랑 관련된 얘기야. 우리 병원 내부 사정이 복잡한 건 너도 알지? 서로 전혀 믿음이 없는 상황에서, 다른 속셈을 품은 사람이 이간질까지 하니까 일이 꼬이기 시작하는 거야."

평란은 우장이 부원장으로 발탁될 가능성이 꽤 크다던 이모의 말을 떠올렸다. 하지만 지금은 쓰투줴와 주안탕까지 연루된 사건이 벌어졌다. 우장과 쓰투줴를 오랫동안 알고 지내온 평란은 곧바로 또 한 사람을 떠올렸다.

"설마 탄사오청도 무슨 관련이 있어?" 평란은 놀란 얼굴로 물었다.

우장은 고개를 저었다. "그 사람이랑은 아무 상관 없어."

"그치만 주안탕은……"

우장이 말했다. "주안탕도 지금 어수선해. 쓰투는 애초에 사업을 할 만한 재목이 아니었어. 사업에 마음도 없었고. 윗사람이 맡은 책임을 제대로 못하니까 아랫사람들도 자연히 어지러워지는 거야. 이번에 출시한 약품이 입찰 공고 규정을 통과 못하니까, 그쪽 마케팅부에서 비정상적인 수단을 썼다나봐. 나도 경솔했지. 내 약점만 노리던 사람들이 딱 좋은 기회를 잡아선…… 결국 이 지경이 된 거고."

"그럼 어떻게 해야 돼?" 평란은 마음속에 다시 걱정이 피어올랐다. 우장의 연애사는 다사다난했다. 여자친구는 자살을 했고, 후에 결혼한 아내도 얼마 되지 않아 교통사고로 세상을 떠났다. 남들은 평생에 한 번이라도 겪을까봐 두려워하는 일을 연달아 겪은 우장에게 병원은 유일하게 마음을 의지하고 위안을 받는 곳이었다.

그런데 우장은 오히려 웃으며 말했다. "나도 일을 너무 오래 했잖아. 좀 지쳤어. 일이 어떻게 되든 그 결과에 따라야지 뭐. 정말 방법이 없으면, 장기휴가 받은 셈치고. 휴가 끝나고 돌아오면 작은 진료소 하나 열어서 소소한 내과 질환이나 보면 돼."

"꼭 진심인 것처럼 말하네." 평란은 원망스러운 투로 말했다.

"넌 일단 네 일에나 신경써." 우장이 놀리듯 말했다. "쩡페이랑 파투났다며? 도대체 언제까지 혼수만 모을 거야? 너무 많이 모으면 감히 널 데려가려는 남자도 없을걸."

평란은 농담 반 진담 반으로 말했다. "걱정할 거 뭐 있어? 돈 많이 벌어서 예쁜 남자애 하나 데리고 살면 되지. 나만 결혼 안 한 것도 아니니까, 엄마가 뭐라고 하면 오빠를 들먹여서 피하면 되지 뭐. 그러게 누가 나쁜 본보기가 되래?"

우장이 미소를 짓다가 갑자기 말했다. "미안하지만 나는 네 방패막이가 못 돼주겠는데. 너 혼자 살길 찾아봐."

"무슨 소리야? 오빠 결혼해?" 펑란은 믿을 수가 없었다.

"너한테 제일 먼저 알려주는 거야. 나 결혼한다."

펑란은 잠시 할말을 잃었다가, 너무 놀란 나머지 더듬으며 물었다. "누…… 누구랑?"

우장은 말없이 웃기만 했다.

펑란은 문득 알 것 같아, 손가락으로 방문 밖을 가리켰다.

우장이 고개를 끄덕였다.

"둘이, 정말로……" 펑란은 만감이 교차했다. 분명히 의외이긴 했지만, 한편으론 강물이 바다로 흘러들듯이 자연스러운 일이기도 했다. 우장과 쓰투줴는 지금까지 각자 다른 길을 걸어왔으나, 두 사람이 원하기만 한다면, 그들이 결혼하는 것만큼 당연한 일이 또 어디 있단 말인가?

"드디어 둘이 마음이 통했구나!" 두 사람이 각자 허비한 세월을 떠올리자, 펑란은 기쁜 한편 코끝이 찡해졌다. 우장의 미소는 편안하고도 즐거워 보였다. 펑란은 그제야 우장이 의료 사고로 걱정하고 있지 않다는 걸 정말로 믿을 수 있었다.

두 사람을 축하해주고 나자 펑란은 저도 모르게 좀 슬퍼졌다. 우장까지 결혼하고 나면, 싱글 노선을 걷는 동지가 또 한 명 줄어든다. 우장과 쓰투줴는 마음이 아주 잘 맞는 한 쌍이었다. 펑란은 두 사람이 행복하게 살 거라고 믿어 의심치 않았다. 하지만 사람은 각자 다른 것이다. 동일한 화학 원소가 서로 다른 환경에서는 각자 다른 결과를 보여주는 것과 마찬가지다. 평란과 쩡페이 사이에는 그저 촉매제가 아주 조금 부족했던 것뿐인지도 모른다. 그런데 하필 도저히 손에 넣을 수가 없는 딩샤오예가 평란을 타오르게 하고 있었다. 보아하니 평란의 싱글 라이프는 점점 더 길어질 게 뻔했다.

쩡페이를 떠올리자 평란은 머리가 아파졌다. 쩡페이와 깨졌다는 걸 어머니에게 도대체 어떻게 설명해야 할 것인가? 우장이 결혼한다는 소식이 친척들 사이에 퍼지기 시작하면, 어머니는 더욱더 평란을 닦달할 것이다.

평란은 힘없이 우장에게 물었다. "나랑 깨졌다는 거 말고, 쩡페이 오빠가 또 무슨 얘기 했어?"

"쩡페이?" 우장은 깜짝 놀랐다. "쩡페이는 자기가 도와줄 일 없느냐고 묻기만 했는데. 네 얘기는 한마디도 안 했어."

"그럼 오빠 우리가 깨진 걸 어떻게 알았어?" 평란은 등뒤에 오소소 소름이 돋았다. 그리고 어쩐지 아주 불길한 예감이 들었다.

아니나 다를까, 우장은 안 됐다는 듯 평란을 쳐다보며 말했다. "너희 어머니한테 들었어."

내가 후회하기 전에

우장의 집을 나선 평란이 미처 대비책을 생각하기도 전에 아버지에게서 전화가 걸려왔다. 아버지는 저녁에 집으로 식사하러 오라면서, 어머니가 좋아할 만한 선물을 하나 사 오는 게 좋을 거라고 귀띔해주었다.

평란은 실크 스카프를 하나 샀다. 어머니가 오랫동안 마음에 들어하면서도 아직 못 사고 있던 물건이었다. 평란은 선물을 들고 두려운 마음으로 집으로 향했다. 예상대로, 어머니는 스카프를 받자마자 바닥에 내팽개치더니 평란을 호되게 꾸짖었다. 이제 우장까지 결혼하고 나면 집안에 골칫거리는 평란 하나만 남는데, 도대체 무슨 생각으로 더 바랄 나위도 없는 상대인 쩡페이를 거절했느냐는 거였다. 그래놓고 스카프를 사 오다니, 그럼 앞으로 친척들 앞에서 얼굴 가리고 살라는 거냐며 성을 냈다.

제 지은 죄를 잘 알고 있는 평란은 어머니에게 아무런 변명도 하지 않았다. 저녁식사 후에도 소파에 앉아 얌전히 어머니의 설교를 들었다. 지금까지의 경험으로 미루어보아, 꾸짖다 지치면 어머니도 화가 어느 정도는 풀릴 터였다. 그러고 나면 어머니에게 야식이나 먹으러 가자고 할 생각이었다.

그런데, 이번에는 달랐다. 뜻밖에도 어머니는 두 시간 가까이 훈계를 멈추지 않았다. 옛날 일까지 전부 끄집어내더니, 얘기가 길어지면 길어질수록 더 화를 냈다. 펑란이 원래 다니던 직장을 그만뒀던 때보다 훨씬 더했다. 심지어 저우타오란이 결혼한다는 얘기를 들었을 때의 분노보다 더하면 더했지 못하지 않았다. 펑란은 어머니의 고혈압이 재발할까봐 걱정이 되었다. 그래서 저멀리 바다 건너에 있는 오빠에게 몰래 전화를 걸어, 어머니에게 전화를 해서 손녀 목소리 좀 들려주라고 사정했다.

펑란이 오빠의 지원을 기다리고 있는 사이에, 어머니는 마침내 딩샤오예 얘기를 꺼냈다. 어머니가 펑란에게 물었다. "너 설마 정말로 그 종업원한테 홀려서 쩡페이를 거절한 건 아니겠지?"

여기까지 온 이상 펑란도 더는 얼버무릴 수가 없었다. 만약 펑란이 고개를 끄덕인다면 어머니는 분을 이기지 못해 기절할지도 몰랐다. 그렇다고 마음을 부정하며 고개를 젓고 싶지도 않았다. 펑란은 그저 어머니의 손을 잡으며 이렇게 말할 수밖에 없었다. "제가 몇 번이나 말씀드려야 돼요? 쩡페이 오빠랑 저 사이엔 연애 감정이 전혀 없다니까요. 그 일은 누구랑도 상관없는 일이에요."

어머니가 말했다. "상관없으면 됐다. 내가 직접 물어봤는데, 그 청년은 너한테 관심 없다더구나. 제법 분수를 아는 청년이더라. 내 딸이 마흔까지 시집을 못 간대도 자기 식당 종업원이랑 결혼할 정도로 격이 떨어질 수는 없지."

펑란은 더는 가만히 앉아 있을 수가 없었다. 뛰어오르듯 소파에서 일어나 물었다. "직접 물어보셨다고요? 누구한테 물어보셨다는 거예요?"

"누군 누구겠니? 널 홀려서 아주 혼을 쏙 빼놓은 그 종업원이지. 내가 그 청년한테 원래 살던 데로 다시 돌아가라고 얘기해놨다……"

펑란은 잠깐 동안 아무 말도 없이 어머니를 쳐다보았다. 그러고는 가방을 집어들고 현관문 쪽으로 향했다.

어머니는 급한 마음에 발까지 동동 구르며 물었다. "너, 그러면서도 정말 그 청년 때문이 아니라는 거냐?"

펑란이 말했다. "엄마, 양산백과 축영대, 로미오와 줄리엣이 어떻게 해서 만나고 결국 어떻게 죽었는지 아세요? 전부 어머니가 반대해서 그렇게 끝났다고요!"

펑란은 신발을 갈아신고 밖으로 나가며 문을 쾅 닫았다. 집에 남은 어머니와 서재에서 달려나온 아버지는 어리둥절한 채 서로 얼굴만 멀뚱히 쳐다보았다. 어머니는 초조하게 남편 옆으로 뛰어오더니 물었다. "양산백이랑 축영대가 어떻게 됐는지는 나도 알아요. 둘 다 나비로 변했잖아요! 근데 그 외국 애들, 로미오랑 줄리엣인가 하는 애들은 어떻게 죽은 거예요? …… 아유, 참, 설명 좀 해봐요! 도대체 어떻게 죽었냐고요!"

펑란은 오후에 가게에 나가지 않았다. 도대체 어머니가 딩샤오예에게 뭐라고 했을지 알 수가 없었다. 어머니가 정말로 딩샤오예에게 떠나버리라고 했다면, 펑란은 어디서 그를 찾아야 할지 짐작도 되지 않았다. 그저 마음을 졸이며 자신과 딩샤오예 사이의 유일한 연결고리가 되어주는 곳으로 가보는 수밖에 없었다.

폐점 후의 가게는 무척 조용했다. 어두컴컴한 가운데 남아 있는 한줄기 빛이 펑란의 마음에 희망의 불씨를 지폈다. 가게 발코니 쪽으로 걸음을 옮겨 나무로 된 병풍 옆에 멈춰 섰다.

딩샤오예는 의자 여러 개를 붙여 침대로 삼고는 양손으로 머리를 괸 채 그 위에 누워 있었다. 방금 머리를 감았는지 머리가 축축해 보였다. 가게의 오디오에서 나는 소리인지, 음악 소리도 낮게 흐르고 있었다.

의외로 꽤나 생활을 즐길 줄 아는 모양이었다. 펑란은 그런 딩샤오예를 보면서 울어야 할지 웃어야 할지 알 수 없었다. 아직까지도 자기가 어쩌다가 딩샤오예에게 이토록 푹 빠졌는지 몰랐다. 하지만 아무리 눈멀고 엉성한 사랑일지라도, 결국 사랑은 사랑이다.

펑란은 정말로 딩샤오예를 사랑한다.

그것도 아주 많이.

딩샤오예는 한참 후에야 고개를 돌려 펑란을 쳐다보더니 웃으며 물었다. "왔어?"

"이거 전부 날 위해 준비한 거야?" 펑란은 음악과 그의 옆에 놓인 빈 의자 몇 개를 두고 물었다.

딩샤오예가 말했다. "그렇게 생각하면 그런 거겠지."

"나쁘지 않네." 펑란은 만족스러운 듯이 발코니의 공기를 깊이 들이마셨다. 도시의 번화한 심장부에 뿌리를 내리고 있긴 했지만, 시원한 밤바람이 낮 동안의 혼잡함보다 훨씬 좋았다. 펑란은 딩샤오예를 따라 의자 몇 개를 가져다 붙여놓고 그 위에 누웠다.

이 발코니는 가게에서 유일한 실외 공간이었다. 좀더 정확하게 말하자면 안마당 같은 것이었다. 가게 인테리어를 할 때 발코니에 작은 화단을 만들어서 녹색 식물을 심고, 구석에는 연잎 모양으로 깎은 돌을 놓아 물이 흐르게 해두었다. 4인용 테이블 두 개가 놓인 발코니 자리는 연인들에게 인기가 많았다. 여름엔 모기도 많고 야외라 에어컨도 없었지만, 날마다 예약이 줄을 이었다.

나란히 늘어선 의자들은 주위 풍경에는 잘 어울렸지만, 막상 그 위에 누워보니 영 딱딱했다. 평란은 자세를 고쳐보다가, 쿠션을 하나 찾아 와 베고 누워서야 좀 편안해졌다. 그렇게 다리를 쭉 뻗고 누워서, 옆에 있는 알로카시아의 커다란 잎사귀가 가볍게 흔들리는 걸 쳐다보았다. 발코니 구석에서는 물 흐르는 소리가 졸졸 들려왔다. 평란은 눈을 감았다. 그리고 지금 가게 안이 아니라 그림같이 아름다운 깊은 계곡이나, 푸른 하늘과 바다가 보이는 곳에 누워 있다고 상상해보았다. 사실 세상과 동떨어진 곳 어디든 상관없었다. 사랑하는 사람과 함께 있으니까. 그런 상상을 하다보니 잠시나마 마음이 즐겁고 편안해졌다.

"가버린 줄 알았어." 평란은 잠깐 가만히 누워 있다가 작은 소리로 말을 꺼냈다.

딩샤오예가 말했다. "그럴 뻔했어."

"우리 엄마가 뭐라셨어?"

"그냥 룸에서 잠깐 얘기 좀 했어." 딩샤오예가 살짝 돌아눕더니 평란을 보며 웃었다. "너 확실히 너희 어머니 딸이 맞더라. 어떤 부분에선 둘이 진짜 너무 닮았던데."

"우리 엄마는 나처럼 너……" 평란은 하마터면 입 밖으로 튀어나올 뻔한 '너를 사랑하진 않았을 거야'라는 말을 가까스로 삼키며 얼버무렸다. "…… 너한테 휘둘리진 않으셨을걸. 도대체 뭐라고 하셨어? 꺼져버리라고 그러셨어?"

"어머니는 너보다 훨씬 정중하시던데. 인생 얘기도 하고, 꿈에 대한 얘기도 했어."

"결국은 너한테 네 인생과 꿈을 가지고 꺼져버리라고 하신 거 아냐?" 평란은 코웃음을 쳤다. 어머니가 했음직한 말을 딸인 자신이 모를 리가 없었다. 평란이 궁금한 건 딩샤오예가 어째서 아직도 여기 남아 있는가 하는 점이었다.

딩샤오예가 평란의 의문을 해소시켜주었다.

"나 이번 달 월급 아직 못 받았는데."

"농담하지 말고!" 어머니가 말만 했으면 점장이 당장 월급을 내어주고 쫓아버렸을 것이다. "빨리 말해봐. 우리 엄마 어떻게 설득했어? 나도 좀 배우자."

딩샤오예가 말했다. "어머니는 훨씬 정중하신데다 머리도 좋으시던데. 나야 물어보시는 말씀에 성실히 대답만 했지."

"뭐, 나한테 전혀 관심 없다는 말? 그래, 참 성실하게도 대답했겠다." 평란은 언짢은 듯 말했다.

"그럼, 따님을 미치도록 사랑하니까 저한테 주십시오, 하고 무릎 꿇고 사정이라도 했어야 해?" 딩샤오예가 웃었다. "어머니한테 사실대로 대답하고 이런 말씀도 드렸지. 내가 가게에 있으면 어머님께서는 감시하기 좋으실 거고, 나도 무슨 나쁜 짓을 하진 못할 거라고 말야. 그런데 내가 식당 일을 그만두게 되면 그 이후의 일은 장담할 수 없다고."

"지금까진 나쁜 짓 한 적이 없다?" 펑란은 입술을 깨물며 말했다. 딩샤오예가 어머니에게 그렇게 말했다는 건 사실일 테다. 확실히 어머니를 말릴 수 있는 유일한 방법이었다. 하지만 펑란은 여전히 어리둥절했다. "왜 안 떠난 거야? 여기보다 더 좋은 일자리를 못 찾아서 그런 거라고는 하지 마."

딩샤오예의 입가에 또 보조개가 팼다. "너만큼 바보 같은 사장님을 찾을 수가 있어야지! 여기는 보너스도 많이 주잖아." 딩샤오예는 얼굴을 붉힌 펑란을 뻔뻔스럽게 쳐다보더니 또 웃으며 말했다. "나보고 널 속여달라며. 난 아직 너도 못 얻고 돈도 못 얻었는데, 아까워서 어떻게 그만둬?"

"그건 그렇네." 펑란은 고개를 끄덕였다.

"어머니가 이렇게 빨리 보내주셨어?" 딩샤오예는 궁금하다는 듯 물었다.

펑란이 말했다. "양산백과 축영대 얘기랑 로미오와 줄리엣 얘기로 엄마 협박하고 나왔어."

"어머니가 그걸 믿으셔?"

"왜 안 믿으시겠어? 엄마가 계속 날 못살게 굴면, 내가 그렇게 못 할 것 같아?" 펑란은 손으로 머리를 받치고 딩샤오예 쪽으로 돌아누우며 말했다. "내가 누군가를 정말 사랑하게 되면, 그 때문에 부모님 뜻을 거스르게 된다 해도 난 상관없어. 부모님은 날 아끼시니까, 결국엔 어쨌든 날 용서해주실 거야. 내가 두려워하는 건, 난 모든 걸 버렸는데 상대방이 날 배신하는 거야."

딩샤오예가 말했다. "그럼 잘 알아봐야 할걸. 내가 맡은 업무에 나비로 변하거나 독약을 마시는 건 포함돼 있지 않거든."

"네가 그럴 줄 알았어." 펑란은 딩샤오예의 이런 반응을 이미 예상하고 있었다. "우리 엄마가 혹시 듣기 불편한 말을 하셨으면, 바보 같은 딸을 너무 걱정해서 그러신 거겠거니 생각하고 엄마를 미워하진 마."

"당연하지."

"진짜?"

딩샤오예가 펑란을 바라보며 말했다. "너희 어머니 말씀에 상처받지 않았어. 어머니가 자식을 걱정하는 거야 당연한 일이잖아? 아무리 악한 사람이라도 자기 자식은 챙기는 법이니까. 너희 어머니를 보니까 우리 어머니 생각이 나더라. 우리 어머니도 아직 살아 계셨다면, 다른 사람에게 상처를 주는 한이 있어도 날 보호하려고 하셨을 거야."

펑란이 묻기도 전에 딩샤오예가 어머니 얘기를 꺼내기는 처음이었다. 펑란은 딩샤오예의 모든 것이 너무나 궁금했다.

"어머니 돌아가신 지 얼마나 됐어? 어떤 분이셨어?"

딩샤오예가 대답했다. "미인이셨지."

펑란은 이 대답을 전혀 의심하지 않았다. 어머니가 미인이었는지 아닌지는 아들이 어떻게 생겼는지만 봐도 알 수 있으니까. 딩샤오예의 이목구비에 섬세한 면은 없었기 때문에 펑란은 그가 여자로 변하면 어떨지 상상할 수는 없었다. 하지만 그 눈매와 콧대, 입술과 턱의 생김새가 어머니를 닮은 거라면, 어머니도 분명 미인일 것 같았다.

펑란은 짐짓 모른 척 말했다. "알겠다. 아들 눈엔 자기 어머니가 다 대단한 미인으로 보이게 마련이잖아."

그런데 딩샤오예는 이렇게 말했다. "내가 미인이라고 말한다고 미인이 되는 건 아니지. 전에 우리 외할머니가 카자흐 족이라고 말한 적 있지? 젊으셨을 때 차얼더니에서 제일가는 미인이셨대. 그 당시에 카자흐 족은 다른 민족이랑 혼인하는 일이 거의 없어서, 우리 외할머니는 열여덟 살 때, 그 지방에 약재를 사러 왔던 한족 남자랑 몰래 달아났대. 그후로 다시는 고향으로 돌아가지 못하셨지…… 그 남자가 바로 우리 외할아버지야."

평란은 딩샤오예의 이야기에 뭔가 이상한 점이 있다는 생각이 들었다. 딩샤오예의 말처럼 외할머니가 다시는 고향으로 돌아가지 못하셨다면, 그의 어머니 대부터는 계속 외지에서 살아왔다는 뜻이 된다. 그럼 딩샤오예는 왜 다시 고향으로 돌아가서 말을 먹이고 패모를 심었을까? 이런 건 보통 사람들의 생활 방식과는 너무 달랐다. 그렇지만 평란은 딩샤오예의 말을 끊고 싶지 않았다. 그가 평란에게 가족 얘기를 한다는 것 자체가 두 사람 사이에 진전이 있음을 뜻하는 듯해 기뻤다.

"순수 혈통 카자흐 족은 한족이랑 많이 다르게 생겼어. 우리 어머니는 아마 양쪽 혈통에서 좋은 부분만 물려받았던 것 같아. 우리 어머니는 별로 배운 것도 없었고 꾸밀 줄도 몰랐지만, 그래도 미인이었어. 아마 우리 어머니를 본 사람들은 전부 그런 인상을 받았을 거야…… 적어도 어머니가 병들기 전까진. 우리 아버지가 처음에 어머니에게 반했던 것도 아마 어머니의 미모 때문이었을 거야. 아버지는 나중에 집밖에 다른 여자들을 두고 살았어. 아버지가 제일 예뻐했던 마지막 그 여자는 아버지가 데리고 있던 여자들 중에 화대가 제일 비싼 여자였어. 한때 아주 예뻐서 인기가 많았거든. 그렇지만 그 여자도 우리 어머니 젊었을 때 모습을 아주 조금 가지고 있었을 뿐이라는 걸, 아는 사람은 다 알았지."

평란은 손을 뻗어, 손끝으로 딩샤오예의 손바닥에 박인 굳은살을 만져보며 말했다. "예전엔 괜찮게 살았었나봐?"

평란이 오래전부터 궁금해하던 것이었는데, 오늘 딩샤오예의 말에 확신이 들었다. 사람의 인생이란 변하게 마련이다. 얼굴 생김새와 이름까지도 바뀔 수 있다. 하지만 유일하게 숨길 수 없는 것이 바로 말과 태도이다. 오랜 생활 습관을 통해 그 사람 몸에 찍혀버린 낙인과도 같기 때문이다. 딩샤오예에 대한 사랑, 혹은 미련 때문에 콩깍지가 씌긴 했지만, 평란은 바보가 아니었다. 식당을 경영한 요 몇 년 동안에는 특히나 많은 사람을 보아왔다. 평란에게 있어 딩샤오예는 수수께끼로 가득한 사람이었지만, 딩샤오예가 평범하게 종업원 일을 할 사람은 아니라는 걸 본능적으로 알 수 있었다. 적어도 이제까지 말이나 양만 치며 살아온 남자는 확실히 아니었다.

딩샤오예는 손바닥을 오므려 평란의 손가락을 가볍게 감싸쥐었다. 그러고는 평란의 추측을 회피하는 기색 없이, 그저 손을 내려다보며 천천히 말했다. "네가 말한 '괜찮게 살았다'는 게 돈 얘기라면, 솔직히 말해서 스무 살쯤까진 꽤 괜찮았어. 아버지 사업이 떵떵한 건 아니었지만 어려웠던 적은 없었으니까. 세력가들이랑 관계도 좋았고. 아버지는 어머니랑 나한테 아주 잘해주셨어. 자식은 나 하나밖에 없었지만…… 적어도 내가 알기로는 그래."

"그럼, 나중엔?" 평란은 참지 못하고 물었다. 나중에 무슨 일이 생겼다는 건 거의 확실했다. 안 그러면 그가 어쩌다가 핑란의 손안에 떨어졌겠는가?

가세가 기운 데까지 이야기가 이르자 딩샤오예의 태도도 방금 전처럼 담담하지는 못했다. 계속 핑란의 손가락을 만지작거리면서 이따금 핑란의 손톱에 바른 매니큐어를 긁작거렸다. 그 손길에 핑란은 손도 마음도, 간지러운 한편 아파왔다.

"영화에서 그런 말 자주 하잖아? 나쁜 짓을 하면 결국 대가를 치르게 된다고. 우리 아버지같이 그런 불법적인 일을 하면, 한때 얼마나 잘나갔든 간에 손을 씻지 않는 한 일이 나는 거야 시간문제지. 아버지 사업이 한창 잘될 때 여러 사람이랑 사이가 안 좋아졌어. 알면 곤란한 것들도 너무 많이 알게 됐고. 그러다 운이 다하고 나니까 돌이킬 방법이 없어진 거야. 아버지는 경찰에 쫓겨 이리저리 숨어다니고, 그러는 와중에 어머니 병세는 하루하루 깊어가고, 재산은 압류당할 건 압류당하고 사람들이 나눠 가질 건 다 나눠 가지고…… 마지막 남은 돈은 어머니 치료비로 다 썼어."

핑란이 물었다. "아버지가 원망스럽지 않아?"

"원망?" 딩샤오예의 얼굴에 핑란이 지금까지 본 적 없는 멍한 표정이 떠올랐다. 딩샤오예는 고개를 저었다. 그리고 좀더 생각하는 듯하더니, 역시나 고개를 저었다. "원망할 게 뭐 있어? 아버지가 좋은 사람이 아니라서? 그래도 어머니랑 나한테는 잘해주셨는걸. 내가 초등학교에 들어간 후로 아버지가 집에 오는 횟수가 점점 줄어들었고, 어머니는 살아 있는 동안 매 순간 아버지를 기다리시는 것 같았어. 나까지 아버지를 기다리는 게 습관이 돼버렸어. 어머니랑 나한텐 아버지가 집에 오시는 게 제일 좋은 일이었어. 아버지가 오시면 어머니는 아주 기뻐했고, 난 어머니가 기뻐하는 걸 보는 게 좋았어. 아버지는 먹을 거나 장난감 같은 걸 잔뜩 사 오셔서는 항상 웃어주셨어. 내가 알고 있는 부성애란 그런 게 전부야. 산타 할아버지처럼, 일 년에 한 번 와서 선물만 주고 가버리지만 그래도 내년에도, 내후년에도 기다리게 되는 거."

평란은 온전하고 원만한 가정에서 자랐다. 부모님은 간혹 말다툼을 하거나, 가끔은 심하게 싸울 때도 있었다. 그렇지만 밖에서 누군가 남편에 대해 안 좋은 소리를 할라치면 어머니의 눈빛이 아주 무서워지곤 했다. 아버지는 직장에서는 임원직에 있었고 집에서는 언제나 아내와 아이들을 우선시했다. 두 분 모두 퇴직한 후에는 항상 붙어다니며 오히려 젊었을 때보다 더 금슬이 좋아진 것 같았다. 평란은 딩샤오예의 말을 알아들을 수는 있었지만, 그런 생활을 전혀 이해할 수가 없었다.

"그럼…… 계모가 원망스럽진 않아?" 평란이 머뭇거리며 물었다.

딩샤오예는 무슨 황당한 농담이라도 들은 양, 웃음을 터뜨렸다. "계모라니?"

평란은 잠시 당황했다. "아버지가 밖에 여자를 뒀었다며? 마지막 여자는 예쁜데다 너희 어머니를 좀 닮았다고 했잖아?"

"아…… 그 사람." 딩샤오예는 자세를 살짝 고쳐 눕고는 아무렇지도 않다는 투로 말했다. "그래봐야 그 사람도 우리 아버지가 밖에서 만난 여자들 중 하나였을 뿐이야. 그래도 아버지가 그 여자한텐 꽤 마음을 쓰는 바람에 아버지가 더 빨리 무너지긴 했지."

"그러니까 더 원망해야지. 그 여자는 너희 아버지를 빼앗아 간데다가 해치기까지 한 거잖아." 평란은 헛갈리기 시작했다.

딩샤오예가 말했다. "우리 아버지가 애초에 그리 좋은 일을 하고 산 것도 아닌데 뭐. 그 여자도 본의 아니게 상황을 조금 악화시켰던 것뿐이고…… 그 여자도 불쌍한 사람이야. 아버지를 빼앗아 갔다고 해도, 어차피 아버지한테는 그전에도 다른 여자들이 있었는걸. 어머니도 그 여자를 원망하지 않는데 내가 원망해서 뭐해?"

"너희 가족은 도대체 어떻게 된 가족이야?" 평란은 도무지 이해가 가지 않았다. 딩샤오예가 말한 그런 일들은 평란의 생활과 너무나 동떨어져 있었다. 듣고 있자니 마치 막장 드라마의 줄거리 같았다. 아니, 막장 드라마라도 최소한 본처와 첩이 대판 싸우기는 하지 않는가? 본부인과 첩이 서로 이해하며 화목하게 지낸다는 얘기는 들어본 적도 없었다.

딩샤오예는 자기 귓가에 올려진 평란의 손을 잡아 끌어내리면서 웃으며 말했다. "더한 얘기 해줄까? 우리 어머니는 그 여자의 존재를 알기만 했던 게 아니라, 아버지가 그 여자랑 전남편 사이에서 태어난 딸까지 우리집에 데려오는 것도 허락해줬어. 그 꼬마애는 날 오빠라고 불렀지. 아버지가 그애한테 꽤 잘해주셨다면, 믿을 수 있겠어?"

평란은 이 얘기에는 오히려 놀라지 않았다. 이미 '비정상적인' 기준으로 딩샤오예와 그의 과거사를 판단하는 법을 배운 것이다. 평란은 지금까지 딩샤오예가 좀 이상한 사람이라고 생각했다. 나쁜 사람은 아니지만, 뭐라 말하기 힘든 '좋지 않은 느낌', 혹은 '야성'을 가지고 있다는 느낌이 있었다. 오늘 딩샤오예의 얘기를 듣고 보니, 그렇게 '화목한' 환경에서 자랐는데 변태 같은 인간이 되지 않은 것만 해도 아주 건전하게 자란 것이었다.

평란은 감탄하는 투로 말했다. "거짓말이 아니라면 너희 아버지는 엄청난 순정남이셨겠지. 혹시 너희 아버지 너보다 두 배는 잘생기셨던 거 아니야?"

"왜 그렇게 생각하는데?" 딩샤오예의 입꼬리가 위로 올라갔다.

"왜냐면, 남편이 너 정도로만 생겼어도 절대로 딴살림을 차리도록 놔두지 못할 테니까. 다른 여자의 존재를 받아들이고 화목하게 지내는 건 더더욱 못하고!" 평란은 눈을 부릅떴다.

딩샤오예가 말했다. "우리 아버지는 평범하게 생기셨어. 난 어머니를 닮은 편이고."

평란이 큰 소리로 말했다. "말도 안 돼!"

여자란 정말 재미있다고 딩샤오예는 생각했다. 좀 전까지 얘기했던 온갖 이상한 일들은 전부 받아들여놓고, 그의 아버지가 잘생기지 않았다는 사소한 문제는 기어코 믿지 않으려 하다니, 여자들의 사고방식이란 확실히 남자들과는 다른 것 같았다.

"넌 우리 어머니나 두안…… 그 여자랑은 전혀 다른 사람이라서 못 믿는 거야."

"여자는 여자지. 사랑이란 절대적인 배타성을 가진 거라고." 평란은 고집을 부렸다. "너희 어머니가 정말 네 말처럼 남편을 그리워했다면, 분명히 아버지의 외도 때문에 상처받았을 거야."

"아마 우리 어머니가 마음이 넓어서 그랬을 거야. 어머니는 몸도 안 좋았으니까, 그 여자가 없었어도 아버지는 다른 여자를 만들었겠지. 게다가 아버지는 어머니를 정말 사랑했어." 딩샤오예가 말했다.

평란은 이해하기가 힘들었다. "무슨 사장님이 회사 시찰하는 것처럼 '다들 수고가 많군요' 한마디하고 바로 다른 여자한테 가버리는 게 '진짜 사랑'이야?"

"최소한 두 분은 죽어서 함께 묻혔어. 서로 간절히 바라던 일이었지." 딩샤오예가 담담하게 말했다.

'살아서는 함께하지 못하지만 죽어서는 한곳에 눕는다'는 말은 평란도 많이 들어보았다. 하지만 평란 자신은 절대로 그러고 싶지 않았다. 두 가지 중에서 고를 수 있다면 평란은 살아 있는 동안 함께 지내는 걸 택하고 싶었다. 죽어 백골이 된 뒤에는 멀리 헤어지든 말든 알 게 뭔가?

"남자가 생각하는 사랑이랑 여자가 생각하는 사랑은 정말 완전히 다른가봐." 평란은 이를 인정할 수밖에 없었다. "그렇지만 너희 아버지 외모가 평범했다면 분명히 여자들을 사로잡을 만한 다른 능력을 가지고 있었겠지? 안 그러면 어떻게 조강지처도 순순히 따르고, 새로운 여자도 아무 말썽 안 피웠겠어?"

"다른 여자들은 어땠는지 모르지만, 아버지는 마지막 그 여자한테선 분명히 우리 어머니의 옛 모습을 찾으려고 했던 거였어. 그 여자도 뭐 우리 아버지를 그렇게 사랑했던 건 아니었고, 처음엔 아마 먹고살려니 어쩔 수 없어서 우리 아버질 만나게 됐을 거야. 아버지를 만나기 전엔 아주 힘들게 살았던 여자거든. 우리 아버진 돈도 있었고, 그 여자한테도 잘해줬어. 과거도 캐묻지 않고 생활을 잘 돌봐줬지. 그 여자랑 전 남편 사이에서 태어난 애까지 자기 자식처럼 챙겨줬고. 네가 아는 세계에 사는 정상적인 남자들 중에 이렇게까지 할 수 있는 사람이 몇이나 되겠어?"

"그건 그렇지." 평란은 중얼거렸다. 한결같다는 건 평생 한 사람만을 사랑한다는 게 아니다. 그보다는 누군가를 사랑할 때는 그 사람에게만 충실하다는 뜻이다. 펑란은 문득 떠오른 생각을 바로 입 밖으로 내어버렸다. "너도 나중에 너희 아버지처럼 사랑을 뿌리고 다닐 건 아니겠지? 만약에 그러면 난 미쳐버릴 거야."

펑란은 말을 마치자 그제야 얼굴이 확 달아올랐다. 둘이 정말로 함께할 것처럼 말해버리지 않았는가! 후회는 되었지만 이미 뱉은 말이었다. 펑란은 내심 그의 대답이 어떨지 기대했다.

"나? 나야 당연히 아버지처럼 그럴 리가 없지." 딩샤오예는 여전히 웃고 있었지만 눈빛에는 비웃음이 어렸다. "내가 아버지보다 나은 사람이라서 안 그런다는 게 아니라, 지금까지 어리석은 여자들을 너무 많이 봐서 말이야."

펑란은 순간 뺨이라도 얻어맞은 듯 수치심이 밀려왔다. 희미한 불빛에도 그 표정이 고스란히 드러났다. 무슨 대화가 이런 식이란 말인가? 앞의 한마디는 웃으면서 평온하게 해놓고, 뒤따르는 한마디는 뺨을 정통으로 때리다니. 펑란은 확실히 그를 맹목적으로 사랑하고 있었다. 자기가 어리석다는 것도 인정했다. 하지만 그걸 이렇게까지 대놓고 말할 건 뭔가?

딩샤오예는 펑란의 안색이 갑자기 바뀐 걸 보고 놀란 눈치였다. 잠시 멍하니 펑란을 쳐다보더니 웃음을 참으며 말했다. "널 두고 한 말인 줄 알았어? …… 아, 그래. 너도 그렇다는 걸 잊을 뻔했네. 자기 자신을 잘 파악하는 걸 보니 꽤 발전했는데?"

펑란은 화가 나서 손을 뻗어 딩샤오예를 마구 꼬집으며 말했다. "이 나쁜 놈! 내 단물 빨아먹으면서 잘난 체하지 말라고! 세상 사람들이 전부 나보고 어리석다고 해도, 넌 나한테서 이득을 보는 처지인데 그렇게 말하면 안 되지!"

딩샤오예는 펑란에게 몇 번 꼬집힌 후에야 펑란의 손을 붙잡아 저지했다. 그러더니 낮은 소리로 물었다. "이러는 게 어리석은 짓이란 걸 알면서도 왜 계속 그러는 거야?"

"차라리 빵이 없으면 고기를 먹으라고 하지그래?" 펑란은 차갑게 웃으며 말했다. "아니면 거지한테 가서, 구걸하는 게 천한 일인 걸 알면서도 왜 사람들한테 손을 내미느냐고 물어보든가."

딩샤오예는 당혹스러운 얼굴로 말이 없었다.

두 사람이 누워 있는 발코니에 조명이라고는 화단 옆에 켜놓은 장식등 하나뿐이었다. 하지만 이상하게도 그렇게 흐린 조명 아래서도, 펑란은 딩샤오예의 얼굴이 그 어느 때보다도 또렷하게 보였다. 펑란의 손은 딩샤오예의 손안에 단단히 붙잡힌 채였다. 펑란은 딩샤오예가 비웃는 의미로 말한 게 아니라는 걸 차츰 깨달았다. 그저 여자의 사랑이란 걸 정말로 이해할 수 없기 때문에 그렇게 물은 것뿐이겠지. 펑란이 딩샤오예의 기이한 과거사를 이해할 수 없는 것과 같은 이치였다.

딩샤오예가 말했다. "어머니한테도 똑같은 질문을 한 적이 있어. 왜 한 남자를 기다리는 데 어머니의 모든 인생을 소모하는 거냐고."

"어머니가 뭐라고 대답하셨어?"

"대답해주지 않으셨어." 딩샤오예의 얼굴엔 표정이 없었다. 그저 속눈썹만 이따금씩 떨렸다. 그의 어머니는 아들에게 남편의 험담을 한 번도 한 적이 없었다. 어머니의 신장에 이상이 있다는 걸 알게 되었을 때, 아버지의 사업이 한창 잘 풀리고 있었음에도 불구하고 집안 분위기는 갑자기 적막해졌다. 아버지는 환자가 안정을 취해야 하기 때문이라고 말했다. 아버지는 집에 돌아올 때마다 어머니와 딩샤오예를 지극정성으로 보살폈다. 어머니도 즐거운 기색으로 아버지를 다정하게 대했다. 다만, 가끔 딩샤오예가 열쇠를 깜빡하고 학교에 다녀와 초인종을 누를 때가 있었다. 그러면 한참 후에야 문을 열어준 어머니는 어느새 고운 옷으로 갈아입고 있었고, 병색이 완연한 얼굴에도 한줄기 화색이 돌았다. 하지만 그런 기색은 금세 사그라지곤 했다. 문밖에 서 있는 사람이 아무리 사랑하는 아들이라 해도.

당시 딩샤오예는 어른들의 감정에 대해 전혀 알지 못했다. 어머니는 가끔씩 농담조로 말했다. "아팅, 나중에 네가 누군가를 사랑하게 되면, 그 사람이 널 기다리게 하지 말아라. 기다림이란 건 병든 사람까지도 자기 명이 너무 길다고 느끼게 만들거든."

그러다가도 어머니는 생각을 바꿔 이렇게 말하기도 했다. "기다릴 수 있어. 그래도 결국 기다릴 수 있다는 것보다 더 나은 건 없잖니."

딩샤오예는 어머니가 이렇게 말하는 게 듣기 싫었다. 그럴 때의 어머니는 꼭 넋이 나간 사람 같았다. 나중에는 어머니도 점점 그런 말을 하지 않게 되었다. 어머니의 병은 악화와 호전을 반복했고, 남편의 외도에 대해서도 어머니는 관대해지기 시작했다. 심지어 그 여자들의 존재를 받아들이고, 남편의 모든 장점과 결점을 함께 포용하기에 이르렀다. 딩샤오예의 아버지는 애인을 끊임없이 갈아치웠다. 그렇지만 아버지가 힘들고 지치고 상처 입고 곤경에 처했을 때, 돌아오는 곳은 결국 어머니와 딩샤오예의 곁이었다.

평란의 말이 맞을지도 모른다. 어머니가 아버지를 원망한 적이 있었을지도 모른다. 너무나 깊이 원망해서 오히려 떠날 수 없고 붙잡을 수도 없었지만, 그렇다고 놓아줄 수도 없었는지도. 그 모든 게 어쩔 수 없는 일이었을 테지만, 다른 사람들 눈에는 관용의 미덕으로 보이는 것이다.

"어머니의 인생은 꼭 양면 카드 같았어. 한쪽 면은 아버지가 오는 거였고, 한쪽 면은 아버지가 가는 거였어. 간호사가 그러더라. 더이상 치료할 수 없이 병세가 악화되어서도, 어머니는 정신만 들면 낮이고 밤이고 머리를 빗을 생각부터 했다고. 아버지가 언제 찾아올지 몰라서 걱정됐던 거야."

"아버지는 오셨어?" 핑란이 참지 못하고 물었다. 딩샤오예가 말한 장면은 설령 지어낸 얘기라 해도 너무나 잔인하게 들렸다.

딩샤오예는 한동안 말이 없었다. 핑란은 자기 손을 잡고 있는 딩샤오예의 손이 조금 떨리는 걸 느꼈다.

"안 오셨어. 오기 싫어서 안 오신 건 아니지만…… 어머니는 아마 아버지를 용서했을 거야. 마지막 순간에, 어머니는 이미 눈도 뜨기 힘들 정도였어. 그래서 내가 거짓말을 했어. 아버지가 보러 오셨다고…… 어머니는 웃으면서 가셨어."

"그럼 됐어. 넌 네가 할 수 있는 일을 다 한 거야." 핑란은 가족이 세상을 떠나는 모습을 지켜보는 슬픔을 상상조차 할 수 없었다. "혼자 어머니의 마지막을 지켰다니 많이 슬펐겠다."

딩샤오예의 목소리는 담담했지만, 핑란은 그의 마음이 그렇지 않다는 걸 알 수 있었다.

"그렇게 오래 지켜봐드리지도 못했어. 마지막 순간에만 옆에 있었을 뿐이야. 아버지가 안 오셨다 해도 상관없어. 마지막 보름 동안은 간호사가 거울을 치워버렸지. 안 그러면 어머니는 아버지에게 절대로 당신 모습을 보여주지 않으려고 했을 테니까. 예전엔 그렇게 아름다웠던 분인데…… 어머니가 열었던 식당 음식이 아무리 맛있어도, 가게에 왔던 사람들은 음식 맛이 아니라 여주인이 예뻤던 것만 기억했었지. 그랬던 분이 돌아가시기 직전엔 사람 몰골이 아니었어."

평란은 딩샤오예의 어머니가 음식점을 경영했다는 얘기를 처음 들었다. 왠지 모르게 가슴이 뛰었다. 어쩌면 딩샤오예가 평란의 가게에 계속 머무르려는 이유중 하나일지도 몰랐다. 하지만 평란은 물어볼 용기가 나지 않았다.

"생로병사란 게 사람 힘으로 어떻게 되는 게 아니잖아." 평란은 최대한 딩샤오예를 위로하려 했다.

하지만 딩샤오예는 위로받을 생각으로 이런 얘기를 꺼낸 건 아니었는지 평란을 한번 쳐다보더니 말을 이었다. "우리 어머니는 병으로 돌아가셨지만, 그 여자는 어떻게 죽었는지 알아?"

"그 사람도 죽었어?"

"응. 약물 과다 복용으로 죽었어."

"너희 아버지 때문에?"

딩샤오예가 말했다. "아버지한테 일이 생긴 것도 그 이유중 하나긴 했지. 근데 더 중요한 이유는 그 여자가 마음쓰던 어떤 사람한테 배신당했기 때문이야."

"남자?"

"어떨 것 같아?"

평란은 대답이 없었다.

딩샤오예가 말을 이었다. "그러니까 그 여자도 불쌍한 사람이라는 거지. 난 도저히 모르겠어. 사랑이란 게 얼마나 중요하기에 사람을 살게도 만들고 죽게도 만들고 미치게도 만드는 거야? 사랑이 그런 거라면 난 차라리 아무도 사랑하지 않겠어."

"네가 아무도 사랑하지 않아서 그런 걸 이해 못하니까 그렇게 쉽게 말할 수 있는 거야."

딩샤오예는 미간을 찌푸렸다. "세상은 넓고, 여자도 다리가 달렸잖아. 왜 우물 안 개구리처럼 한 남자한테만 매달리는 거야?"

평란은 똑바로 누워서 가만히 발코니 천장의 차양 유리를 쳐다보았다. 그 위에서 내려다보는 사람이 있다면, 지금 평란의 모습도 좁은 우물 안 개구리처럼 보이지 않을까? 딩샤오예가 왜 이런 말을 해주는지도 조금은 알 것 같았다. 평란을 사랑하진 않지만, 그래도 꽤 신경써주고 있는 것이다.

"여자들한테는 보통 그리 넓은 세상이 필요하지 않아. 아무리 큰 세계라도 자기 게 아니면 무슨 의미가 있겠어? 개구리가 왜 우물 바닥에 앉아만 있는지 알아? 우물 바닥에서 올려다보면 하늘이 전부 자기 것 같아 보이거든. 사실은 아주 작은 부분일지라도 개구리에게 있어서는 그걸로 충분한 거야." 평란은 옆에 누운 딩샤오예를 돌아보고 웃으며 말했다. "내가 어리석다못해 이젠 불쌍해 보이지 않아?"

딩샤오예는 무표정한 얼굴로 말했다. "불쌍한 사람한테는 미운 구석도 있게 마련인데, 도대체 뭘 보고 날 좋아하는 거야? 가정 환경을 보나 물질적 조건을 보나, 우리가 어울린다고 생각해? 내 외모가 이렇지 않았더라도 지금처럼 나한테 매달렸을까?"

평란은 딩샤오예의 말을 곱씹으며, 저도 모르게 다시 손끝으로 딩샤오예의 얼굴 윤곽을 따라 만져보았다. 그 말이 맞았다. 딩샤오예가 요리사나, 재료 준비 담당인 라오리처럼 생겼더라도, 혹은 또 다른 남자 종업원인 아청처럼 생겼더라도 자신이 지금처럼 정신없이 빠져버렸을까? 그렇지 않았을 것이다. 하지만 평란이 잘생긴 남자를 만나보지 않은 것도 아니었다. 평란 어머니의 말마따나, 평란이 사랑했던 남자들 중에 못생긴 남자는 하나도 없었다. 오래전에 만났던 사람들은 차치하더라도, 저우타오란과 쩡페이만 봐도 잘생긴 편에 속하는 외모였다. 그들 때문에 마음이 흔들리거나 망설이기는 했을 것이다. 그렇지만 그들 때문에 자신의 최소한의 원칙을 포기하지는 않았을 것이다. 하지만 지금 딩샤오예의 눈에는 원칙이란 것도 없는 사람으로 비칠 것이다.

평란이 말했다. "영혼을 사랑하는 게 외모를 사랑하는 것보다 숭고한 거야? 마음이 움직이는 건 어차피 한순간이잖아. 무엇 때문에 움직였든 결국 똑같은 거 아니야? 확실히, 네가 잘생기지 않았다면 난 절대로 너한테 반하지 않았을 거야. 그렇지만 네가 그냥 잘생기기만 했다면 나도 너한테 이렇게 오랫동안 빠져 있진 않았을 거야. 나도 도대체 너한테 왜 이렇게 끌리는지 모르겠어. 어쩌면 이유 같은 건 애초에 없을지도 모르지. 언젠가 그게 뭔지 깨닫게 되면 난 너한테 질려서, 유행 지난 옷처럼 멀리 던져버릴 거야. 네가 지금까지 만났던 여자들처럼 나도 너한테 죽자사자 매달릴 것 같아?"

딩샤오예의 얼굴에 의미심장한 웃음이 떠올랐다. 그가 물었다. "나한테 질리기 전에 내가 먼저 속이고 도망가버리면?"

"어차피 계속 날 속이고 있었던 거 아니야?" 평란이 쓴웃음을 지으며 말했다. "만약에 진짜로 내가 질리기 전에 네가 먼저 도망가버리면, 널 죽도록 원망한 다음에 다른 사람을 사랑하게 될 거야. 처음부터 다시 시작하는 거지."

"그래?" 딩샤오예는 자기 입술에 닿아 있던 펑란의 손가락을 가지고 장난을 치다가, 아프지 않게 살짝 깨물었다.

펑란은 작게 비명을 지르며 손을 뺐다. 그래도 손을 치우지 않고 계속 딩샤오예의 입가를 만지작거리며 말했다. "감정적으로 하는 말 같아? 잘 알아둬. 난 한 번의 실패 때문에 미래를 저당잡히진 않을 거야. 그리고 나쁜 남자 하나 때문에 사랑에 대한 상상을 망쳐버리지도 않을 거라고."

딩샤오예는 고개를 갸웃하더니, 다시 한번 펑란의 손가락을 살짝 깨물었다. 그러고는 놀리듯 말했다. "그래서야 죽어도 정신 못 차리겠네! 지금까지 혼자인 데는 다 이유가 있었구나."

펑란이 이번에는 천천히 손을 빼내어 몸 옆에 늘어뜨렸다. 딩샤오예는 언제나 아주 쉽게 펑란의 약점을 파고들어 기운이 빠지게 만들었다.

딩샤오예가 떠난다 해도 펑란에게 다시 시작할 기회가 없는 건 아니었다. 하지만 그 상처를 회복하는 데 시간이 얼마나 걸릴지는 아무도 모르는 일이다. 어쩌면 나이가 들어 은퇴하고 나서 공원에 나가 옛날 노래나 부르며 새벽 운동을 하다가, 그제야 어떤 할아버지와 눈이 맞을 때까지 기다려야 할지도? 혼자 외롭게 늙어 죽고 싶지 않다면, 펑란이 간직하고 있는 '감정의 열쇠'를 포기해버리고 결혼이라는 문을 깨부수고 들어가야 할 것이다. 이런 가능성들을 생각하자 소매 밖으로 드러나 밤바람을 맞고 있던 팔뚝에 소름이 돌았다.

"딩샤오예!" 평란이 갑자기 큰 소리로 딩샤오예를 불렀다.

"응?"

딩샤오예가 나른한 목소리로 대답했다. 그의 목소리는 아주 가까이서 들려왔다. 평란은 불안하던 마음이 왠지 모르게 안정되는 걸 느끼며 말했다. "내 서른 살 생일을 같이 보내줘. 네가 날 속여서 원하는 걸 얻어내든 못 얻어내든, 그 정도는 좀 참아줘야겠어."

"왜?" 딩샤오예는 호기심 어린 얼굴로 물었다.

"무서워서." 평란이 말했다. "나도 십대 후반에서 이십대 초반까진, 내 친구들이 다들 그렇게 생각하듯 서른 살이 되면 왜 사나 싶었어. 청춘도 다 지나갔는데 도대체 존재하는 게 무슨 의미가 있을까 하고. 그런데 이제 한 달만 지나면 나도 서른 살이 돼. 난 아직 모르는 것도 많고, 붙잡고 싶은 것도 많은데 말이야. 스무 살 때에 비해 늘어난 거라곤 눈가 주름밖에 없는 채로 서른 살 생일을 맞고 싶진 않아. 내가 외로운 처지라는 걸 알게 되고 싶지 않다고."

평란은 눈 한 번 깜박이지 않고 딩샤오예를 뚫어지게 쳐다보았다. 두 사람이 잘될 가능성이 거의 없다 해도, 딩샤오예가 가진 것 하나 없고, 평란을 사랑하지 않는다 해도, 그리고 언제 갑자기 흔적도 없이 사라져버릴지 모른다 해도, 평란은 딩샤오예의 눈을 이렇게 마주보고 있고 싶었다. 자신의 서른 살 생일을 함께 보내준다면, 모든 어려움을 무릅쓰고 어떤 수단을 써서라도 그를 곁에 남겨두고 싶었다. 온 세상 사람들이 전부 평란 보고 미쳤다고 할지라도 그를 붙잡아두고 싶었고, 앞으로 돌아올 생일들도 함께 보내고 싶었다. 마흔 살, 쉰 살…… 두 사람이 늙어서 나이조차 기억할 수 없을 때까지 계속.

그렇지만 딩샤오예는 평란을 마주보지 않았다. 대신 몸을 일으
키려 하며 말했다. "이 노래 진짜 못 들어주겠네. 가서 딴 걸로 바
꾸고 올게."

평란은 딩샤오예의 옷깃을 꽉 붙잡았다. 그리고 이를 악물고는
슬픈 목소리로 말했다. "그 정도도 못 해줘?"

두 사람이 늘어놓은 의자는 가까이 붙어 있었다. 평란에게 붙잡
힌 딩샤오예가 벗어나려는 시도 없이 그대로 있자, 두 사람은 꼭
한침대에 누워 있는 부부 같아 보였다.

딩샤오예가 웃음을 터뜨리더니 평란의 얼굴로 손을 뻗어, 눈앞
에 흐트러져 있는 머리카락을 서툰 손길로 귀 뒤로 넘겨 정리해주
었다. "평란, 난 네가 생각하는 그런 사람이 아냐. 방금 전에 한 얘
기도 전부 널 속이려고 꾸며낸 얘기야. 사기꾼들은 이야기 지어내
는 데 선수거든. 그 얘기가 기묘하고 비참할수록 여자들은 더 잘
걸려들게 마련이고. 벌써 서른이 다 된 노처녀가 왜 그런 것도 몰
라?"

딩샤오예는 그렇게 말하면서 평란의 손에서 옷자락을 빼내려 했
다. 하지만 더 단단히 붙잡혀버렸다.

"이왕 그렇게 솔직해진 거, 이번 한 번만 솔직하게 대답해줘. 또
뭘 속였어? 말해봐."

"전부 다." 딩샤오예가 눈을 내리깔고, 가늘게 떨리는 평란의 입
술을 쳐다보며 말했다. "난 연애에 있어서 꽤 개방적인 편이니까,
아무것도 안 믿는 게 좋을 거야."

"그럼 끝까지 속이지 왜? 나도 겁 안 내는데 네가 뭘 걱정해?"

평란은 입술을 깨물었다.

딩샤오예는 애써 농담조로 말했다. "네가 너무 다 믿을까봐 걱정이지. 그래서 나중에 날 못 떠나겠다고 하면 후회될까봐."

평란은 마침내 딩샤오예의 옷깃을 놓아주었다. 그러더니 두 팔로 조심스럽게 그의 목을 껴안았다.

"어차피 난 벌써 널 떠날 수 없게 돼버렸는걸. 내가 후회하기 전에, 조금만 더 시간을 줘."

세 번 상처 입을 기회

벌써 초가을 날씨였다. 밤이 되자 발코니는 바람도 차고 이슬까지 내렸다. 펑란은 옷을 얇게 입은 탓에 연거푸 재채기를 했다. 딩샤오예가 다짜고짜 펑란을 일으켜세우며 말했다. "손이 얼음장 같잖아. 가자, 데려다줄게."

펑란은 단 일 초라도 더 함께 있고 싶었지만, 딩샤오예의 말을 거절하기가 힘들었다. 게다가 매번 핑계를 대며 회피하던 그가 먼저 나서서 집에 데려다주겠다고 하니 이 역시 둘의 관계가 조금이나마 발전한 듯한 느낌이어서 내심 기뻤다. 펑란은 딩샤오예가 보여주는 작은 배려와 타협 하나하나를 소중히 마음에 품었다.

딩샤오예가 발코니에 늘어놓았던 의자를 치우는 동안, 펑란은 그의 침대 머리맡에 사과 한 개를 몰래 갖다놓았다. 어느새 습관이 된 일이었다. 아니, 펑란은 이걸 두 사람 사이의 계약이라고 생각하고 싶었다.

딩샤오예의 침대는 간소한데다 제법 깨끗하게 정리되어 있었다. 캉캉이 잔뜩 어질러놓고 쓰던 때와는 전혀 달랐다. 핑란이 허리를 숙이자 머리카락 한 올이 베개 위로 떨어져내렸다. 옅은 색 베갯잇에 떨어진 갈색 머리카락이 무척 또렷하게 보였다. 손을 뻗어 머리카락을 치우려는데, 손이 베개에 닿는 순간 생각이 바뀌었다. 그냥 두기로 했다. 어쩐지 비밀스러운 즐거움이 생겨났다.

뻗었던 손을 떼려던 순간, 핑란은 딩샤오예의 베개 밑에 뭔가가 있는 걸 눈치챘다. 베개 한쪽을 들어올려보니 열쇠가 나왔다. 열쇠를 집어든 핑란의 손끝이 가볍게 떨렸다. 열쇠 때문이 아니라, 열쇠고리에 걸려 있는 토끼 모양 장식 때문이었다.

구슬로 만든 토끼 모양 장식은 핑란에게도 눈에 익은 것이었다. 핑란 자신도 같은 것을 가지고 있기 때문이었다. 추이옌이 선물한 열쇠고리. 그걸 알아본 순간 핑란은 마음 한구석이 날카로운 바늘에 찔린 기분이었다. 구슬로 만든 이런 장식품은 몇 년 전에 유행했던 물건으로, 요즘엔 거의 찾아볼 수 없었다. 게다가 크기와 모양까지 핑란이 가진 것과 꼭 같았다. 핑란은 결코 우연으로 느껴지지 않았다.

역시 추이옌이 선물한 걸까? 두 사람은 어떤 사이일까? 언제부터 아는 사이인 걸까? 어째서 핑란은 아무것도 모르고 있는 걸까? 당황스런 와중에도 핑란은 그 토끼 모양 장식을 좀더 자세히 들여다보았다. 딩샤오예의 베개 밑에 감춰져 있던 이 장식은 꽤 오래되어 보였다. 고리에 같이 걸려 있는 녹슨 열쇠만큼이나 낡고 얼룩덜룩 때가 탔다. 추이옌이 핑란에게 선물한 것은 완전 새것이었다.

추이옌은 올해 갓 스무 살이었다. 쩡페이가 누나네 집으로 데려왔을 때는 열세 살이었다. 평란은 꼬마였던 추이옌이 어엿한 아가씨로 자라는 모습을 거의 전부 지켜보았다. 추이옌과 쩡페이는 이상하다 싶을 정도로 사이가 좋았다. 딩샤오예가 아무리 능력이 대단하다 해도 그 두 사람 사이를 비집고 들어갈 수는 없었을 것이다. 게다가 아주 오래전부터 그래왔던 일들이다. 딩샤오예가 가지고 있는 이 토끼 모양 장식은 구슬 색이 다 바랜 걸로 보아 적어도 십 년 가까이 된 물건 같았다. 십 년 전이라면 추이옌이 몇 살 때란 말인가? 이건 전혀 말이 안 되는 얘기다.

평란이 어리둥절해하고 있는 사이, 밖에서 딩샤오예가 부르는 소리가 들렸다. "가자."

어릴 때부터 남의 물건을 뒤지는 건 예의 없는 행동이라고 배웠기에, 평란은 딩샤오예의 목소리가 들리자마자 열쇠를 제자리에 돌려놓았다. 그때 딩샤오예가 안으로 들어서며 창고 입구에서 물었다. "또 뭘 한 거야?"

평란은 몸을 일으키며 멋쩍은 듯 베개 위에 놓인 사과를 가리켰다. 딩샤오예는 사과를 보더니 웃음을 참지 못했다. 하지만 다른 말은 않고 그저 평란을 재촉했다. "늑장 부리지 말고 빨리 가자니까."

두 사람은 함께 가게를 나섰다. 평란은 생각에 잠긴 채 물었다. "딩샤오예, 어떤 나이대의 여자가 좋아?"

딩샤오예가 평란의 뒤통수를 밀며 귀찮다는 듯 되물었다. "여자들은 나이랑 상관없이 다 너처럼 시시해?"

평란은 머리를 떠밀리자 화가 나서 가방을 들어 딩샤오예를 때렸다. "내가 여자인 걸 알면 좀 매너 있게 굴 수 없어? 난 그냥, 남자들은 자기 나이가 몇 살이든 전부 스무 살 남짓인 어린 아가씨를 좋아하는 건가 궁금해서 물어본 거라고."

딩샤오예가 음흉하게 웃었다. 평란은 대답을 듣기도 전에 벌써 알아차린 듯 풀죽은 얼굴로 손을 내저었다. "됐어. 그냥 가슴 크고 말 잘 듣고 애 잘 낳아 잘 키우는 여자면 된다고 말하려고 했지?"

"많이 발전했는데?" 딩샤오예의 웃음이 더 짙어졌다. "진짜로 좀더 똑똑해진 것 같은데."

"쳇, 너희같이 하반신으로만 생각하는 하등동물들의 사고방식은 눈 감고도 다 알아……"

평란은 걸음을 멈췄다. 딩샤오예도 멈춰 섰다. 빌딩의 경비 초소 근처까지 온 두 사람은 초소에서 걸어나오는 쩡페이를 발견했다.

쩡페이는 옆에 있는 사람과 대화하는 중이었다. 평란도 그 사람을 본 적이 있었다. 평란의 사건을 맡은 경찰관이었다. 이때 쩡페이도 평란을 알아보고 놀라서 물었다. "평란? 이렇게 늦은 시간에……"

쩡페이는 뒷말을 잇지 못했다. 평란 옆에 서 있는 딩샤오예를 발견했던 것이다. 쩡페이는 몇 초가 지나서야 이 남자가 누구인지 기억해낸 것 같았다. 그러자 표정이 약간 묘해졌다.

평란은 쩡페이의 심정이 이해가 갔다. 만약 쩡페이가 이런 시간에 여자 비서와 같이 걷고 있는 걸 봤다면 자기도 똑같은 반응을 했을 터였다. 게다가 자신과 쩡페이는 얼마 전까지만 해도 결혼 애기가 오간 사이가 아니던가.

평란은 애써 설명할 생각은 없었지만 그렇다고 회피할 생각도 없었다. 숨을 들이쉬고, 딩샤오예를 한 번 쳐다보았다. 그러고는 슬그머니 허리를 곧게 펴고 쩡페이에게 말했다. "나는 그렇다 치고, 오히려 내가 오빠한테 묻고 싶은 말인데? 나야 가게에 일이 좀 있어서 늦었지만, 오빠는 여기 웬일이야?"

쩡페이가 설명했다. "아, 그게, 네 차를 아직도 못 찾았잖아? 그럴 수가 없는데 말이야. 이 친구네 파출소 소장이 마침 내 친구라서, 보안 카메라 영상을 다시 좀 보여달라고 부탁했어. 나도 전엔 경찰이었고 지금은 보안 시스템 관련 일을 하고 있으니까, 뭐라도 알아볼 수 있을까 싶어서. 단서라도 좀 찾을 수 있으려나 해서 와봤지."

펑란은 속으로 좀 미안한 마음이 들었다. "너무 신경쓰지 마. 나도 사실 그렇게 급한 건 아니야."

쩡페이가 웃으며 말했다. "어쨌든 사건이 해결돼야 다들 안심하지. 나도 요새 별다른 바쁜 일도 없고. 추이엔 말마따나, 옷 벗은 지 벌써 몇 년이나 됐는데 아직도 사건 해결 안 하곤 못 견디는 버릇이 남았나봐. 직업병이지 뭐."

물론 쩡페이는 펑란의 마음을 편하게 해주기 위해 이렇게 말하는 것이었다. 펑란은 차마 뭐라고 더 할말이 없어 진심에서 우러난 감사 인사를 했다. "고마워, 오빠."

쩡페이의 미소가 더 깊어졌다. "너무 그렇게 예의를 차리면 내가 어색한데. 우리 여전히 친구잖아. 친구를 위해서도 이 정도는 해. 그보다도 범인이 잡히기 전에 너 혼자 출퇴근하는 게 걱정돼서 내가 바래다줘야 하는 게 아닌가싶었거든. 양가 어른들께서 어떻게 생각하실지 몰라서 망설였는데, 이제 보니 그럴 필요는 없겠네. 난 이 친구랑 보안 카메라 영상 좀더 봐야 되니까 넌 얼른 집에 가."

쩡페이에게 작별 인사를 하고 나자 펑란은 마음속이 복잡해졌다. 쩡페이는 친구를 위해서 하는 일이니 고마워할 것 없다고 말했지만, 쩡페이가 얼마나 바쁜 사람인지 평란이 모를 리가 없었다. 바쁜 와중에 시간이 잠깐 났다 해도, 쩡페이 같은 싱글남에게는 특히 소중할 밤 시간에, 달리 할 일도 많을 텐데 하필 지루하기 짝이 없는 보안 카메라 영상이나 보러 오다니. 쩡페이는 의심할 나위 없이 좋은 사람이고, 좋은 친구였다. 그렇지만……

"후회하는 거지?" 등뒤에서 딩샤오예의 목소리가 들려왔다. 딩샤오예가 고개를 숙인 채 걸으며 살짝 웃더니 평란에게 말했다. "너한테 차인 남자도…… 그래, 뭐, 그냥 친구라고 하고 싶다면 그러든가. 여하튼 그런 사람도 널 이용해 먹으려는 나 같은 사람보다 백배는 더 잘 해주잖아. 너같이 잘난 여자가 왜 나한테 이렇게 비굴하게 매달리는 거야? 내 경고 못 들었다고는 하지 마. 게임을 하려면 그만한 배짱은 있어야지. 지금 후회해도 아직 늦진 않았어. 다시 저 남자랑 잘해봐도 되잖아. 그럼 다들 만족할 거 아니야?"

평란은 믿기 힘들다는 표정으로 딩샤오예를 바라보았다. 딩샤오예의 눈빛은 평란의 마음속을 꿰뚫어보는 듯했지만, 동시에 아무런 감정도 담겨 있지 않았다. 딩샤오예의 표정과 조금 전의 그 말도 아무 감정이 없었다.

평란은 확실히 조금 풀이 죽었다. 자신에게 딩샤오예는 당연히 특별한 사람이었다. 강도를 만났을 때 딩샤오예는 두 번 다 현장에 있었고, 두번째 사건 때는 평란을 구해줬다고는 하지만 그냥 수수방관할 생각을 안 했던 것도 아니었다. 딩샤오예는 항상 사람은 자기 자신을 지킬 줄 알아야 한다고 말했다. 평란은 머리로는 이 말을 이해했지만, 마음속으로는 딩샤오예의 이런 냉정한 태도가 아무래도 서운했다.

더 깊이 사랑하게 될수록 더 절박해지게 마련이다. 사랑하지 않는다면 왜 기대를 하겠는가? 그렇지만 평란이 이런 작은 서운함을 마음속에 남겨둔다 해서 그게 그렇게 큰 잘못일까? 딩샤오예가 거침없이 내뱉는 말들은 정말로 평란을 실망시켰다.

평란은 눈시울이 뜨거워져 아무 말도 할 수 없었다. 이제 와서 누굴 원망하겠는가? 그녀더러 맷돌 끄는 나귀처럼 눈이 가려진 채, 아무리 해도 먹을 수 없는 당근을 좇아 뱅뱅 돌며 맷돌을 갈라고 한 사람은 아무도 없었다. 눈을 가린 천과 달콤한 당근을 탓해봐야 무슨 소용일까? 탓할 건 자신의 욕심과 미련밖엔 없었다.

평란은 잠깐 동안 딩샤오예를 빤히 쳐다보았다. 그러고는 아무 말 없이 그를 뒤에 남겨둔 채 빠른 걸음으로 앞을 향해 걸었다. 무슨 말을 더 하고 싶지도 않았고, 흐르는 눈물을 보이고 싶지도 않았다. 눈물은 마음이 아플 때 흘려야 진짜 눈물이지, 아니면 그냥 짠맛 나는 액체일 뿐이다. 어리광도 마찬가지로 받아줄 사람이 있을 때 부려야 어리광이지, 그렇지 않으면 괜한 짓이다. 지금 평란의 이런 모습은 평란 자신을 더 약하고 우습게 보이게 할 뿐, 아무 도움도 되지 못했다.

딩샤오예라면 당연히 평란이 가도록 놔둘 게 뻔했다. 심지어 그의 성격으로 봐서는, 쩡페이가 평란을 바래다주려고 했던 걸 진작 알았다면 자기가 훨씬 덜 귀찮았을 거라는 말도 할 것 같았다. 평란은 뛰다시피 걸었다. 날씨가 이상했다. 아직 10월도 안 됐는데 몸이 덜덜 떨릴 정도로 추웠다. 등뒤의 딩샤오예는 평란의 예상대로 조용히 서 있었다. 그런데 평란이 막 골목을 빠져나가려는 순간, 익숙하고도 다급한 발소리가 들려왔다.

가볍게 펑란을 따라잡은 딩샤오예가 뒤에서 가방끈을 붙잡았다. 하지만 펑란은 힘껏 뿌리쳤다. 너무 세게 뿌리쳤는지, 하이힐을 신고 있던 펑란이 중심을 제대로 잡지 못해 비틀거렸고, 딩샤오예가 때맞춰 펑란을 부축했다.

펑란은 중심을 잡고 선 후, 자기 팔을 잡고 있던 딩샤오예의 손을 다시 한번 뿌리쳤다. 거세지는 않았지만 단호한 몸짓이었다. 펑란이 말했다. "딩샤오예, 널 좋아하는 어리석은 여자로 날 대하지 않을 거라면, 행인이라고 생각하고 그냥 지나가줘. 내 자존심을 조금이라도 지켜달란 말이야…… 안 가? 내가 난리 치는 거 보고 싶어서 이래? 그럼, 빌기라도 하면 가줄래? 나 지금 이런 모습 너한테 보이고 싶지 않다고…… 나도 자존심이란 게 있는 사람이란 걸 아예 잊어버린 거야?"

펑란은 천천히 그 자리에 쪼그리고 앉았다. 그리고 무릎 위에 놓인 가방에 얼굴을 묻고 소리 없이 흐느꼈다. 펑란은 눈물이 헤픈 여자가 아니었다. 자신감 있고 당당한 여성이라면 눈물을 무기로 쓰는 게 아니라고, 어머니가 누누이 말씀하셨다. 하지만 딩샤오예 앞에서 펑란에게 자존심이란 게 남아 있기나 한가? 하지만 펑란은 딩샤오예 때문에 우는 게 아니었다. 점점 더 영문을 알 수 없어져서 울었다. 도대체 왜 이놈의 털끝만한 사랑 때문에 이렇게까지 망가지는 건지 알 수가 없었다.

딩샤오예는 여전히 펑란 옆에 발을 딛고 있다가, 마치 펑란의 말을 듣지 못한 양 펑란 쪽으로 몸을 돌렸다. 나쁜 놈! 사랑하지 않는다고 꼭 이렇게까지 해야 하는 걸까?

펑란은 고개를 들었다. 그리고 뺨 위로 흘러내린 눈물을 한 손으로 닦아내고는 이를 악물고 말했다. "내가 거지라고 해도, 적선은 안 해줘도 비웃지는 말아야지! 인간으로서 최소한 그 정도 온정은 있어야 하는 거라고!"

딩샤오예는 그래도 여전히 평란 앞에 서 있었다. 그러더니 잠시 후에 자기도 쪼그리고 앉았다. 두 사람의 눈높이가 맞춰졌다. 속눈썹에 맺힌 눈물 때문에 평란이 잘못 본 걸까? 어째서 눈앞의 딩샤오예가 지금 어쩔 줄 몰라 하는 것처럼 보이는 걸까?

평란의 어깨가 흐느낌 때문에 들썩거리는 걸 보고 평란에게 손을 뻗으려던 딩샤오예가 잠시 머뭇거렸다. "그 사람한테 돌아가기 싫으면 안 돌아가면 되지, 울긴 왜 울어?"

"이 나쁜 놈아!" 평란은 있는 힘껏 딩샤오예의 어깨를 떠밀었다. 무방비 상태에서 뒤로 밀린 딩샤오예가 바닥에 주저앉아버렸다. 그러더니 참지 못하고 웃음을 터뜨리며 말했다. "욕을 하려면 단어라도 바꿔보지? 하도 들어서 귀에 딱지 앉겠어."

평란은 딩샤오예의 소원대로 자기가 아는 모든 욕을 긁어모아 퍼부었다.

"개자식, 죽을 놈, 천 번을 죽여도 시원찮을 놈……"

딩샤오예는 오히려 더 유쾌하게 웃어젖혔다. "꼭 마누라가 자기 남편 욕하는 것 같다?" 그러고는 자신을 향해 날아드는 평란의 가방을 막았다. 딩샤오예는 일어서서 허리를 굽혀 평란에게 손을 내밀었다.

"일어나!" 평란이 꼼짝도 않자 한마디를 덧붙였다. "그냥 해본 말이야…… 아까 그 말."

평란은 여전히 딩샤오예를 올려다보며 목멘 소리로 말했다. "딩샤오예, 이러는 거 하나도 재미없어."

딩샤오예는 펑란의 저항을 무시하고는 펑란의 팔을 붙잡아 억지로 일으켜세웠다.

"그럼 나도 같은 거지라고 생각하면 되잖아."

딩샤오예는 펑란이 여전히 얼굴을 찡그린 채 멍하니 서 있는 걸 보더니, 펑란의 팔을 잡고 있던 손을 아래로 미끄러뜨려 손깍지를 꼈다. 그리고 그대로 펑란을 끌고 걷기 시작했다.

"뭐야, 병 주고 약 줘?" 펑란은 마음에도 없는 말을 하며 손을 빼려는 둥 마는 둥 했다.

딩샤오예는 펑란의 가방을 빼앗아 자기 목에다 걸더니 웃으며 말했다. "약 두 병 주는 거야. 그럼 이득 아냐?"

"꺼져!" 펑란은 괜히 핀잔을 주었다. 그러면서도 그를 따라 한 걸음 한 걸음 걸었다. 방금까지만 해도 화나고 언짢던 마음이 마치 가로등 그늘 아래서 흘린 눈물처럼, 한순간에 밤바람에 날아가버린 것 같았다.

"진짜로, 이렇게 게처럼 걷는 게 불편하지도 않아?"

"딩샤오예, 너 그 입 좀 다물어."

쩡페이는 경찰관 샤오천과 파출소 소장에게 이끌려 가서 술을 몇 잔 마시고 자정이 다 되어서야 집에 돌아왔다. 마침 자다 깨어 화장실에 가던 조카 류캉캉과 마주쳤다. 캉캉은 학교가 개강한 뒤로는 주말마다 외삼촌 집에서 보냈다. 방학 때만큼 펑란의 가게에서 규칙적으로 아르바이트를 하진 않았지만 여전히 가게에 나가고는 있었다.

"외삼촌 오셨어요?" 캉캉이 잠이 덜 깬 눈으로 인사했다.

쩡페이는 불이 꺼져 있는 추이옌의 방을 흘끗 보고는 별생각 없이 물었다. "누나는 자냐?"

캉캉은 그 말에는 대답하지 않고 혼자 중얼거리며 화장실로 향했다. "하나는 집에 오자마자 '외삼촌 집에 계셔?' 하더니, 하나는 '누나 자냐'야? 난 무슨 투명인간인가?"

쩡페이는 전부터 이 조카의 사고방식을 이해하지 못했기 때문에, 캉캉이 하는 말에 신경쓰지 않았다. 그리고 셔츠 단추를 풀며 침실로 들어갔다. 침실에는 불이 켜져 있었고, 꼭 닫힌 욕실 문 안쪽에서 물소리가 들려왔다. 쩡페이는 조금 놀랐지만 아무 말도 하지 않았다. 그는 그저 창가에 놓인 의자에 천천히 앉았다.

이런 시간에 쩡페이의 개인 공간을 멋대로 침범할 사람은 하나밖에 없었다. 휴대전화로 메일을 확인하던 쩡페이는 불현듯 피로를 느꼈다. 형사 시절에는 사건 해결을 위해 사흘 밤낮을 한잠도 자지 않고 버틴 적도 있었다. 이제 서른다섯 살이 된 쩡페이는 남들 눈에 젊고 기력 왕성하며 사업에서도 성공한 사람으로 보일 터였다. 하지만 아직 열두시도 되지 않았고 술도 몇 잔 안 마셨는데 아무것도 신경쓰지 않고 그냥 잠들어버리고 싶은 무기력을 느꼈다. 세월은 쩡페이에게서 예전의 예리한 기세뿐만 아니라 더 많은 것을 앗아가버렸다.

욕실 문이 열리고 추이옌이 젖은 머리칼을 쓸어올리며 나와 창가에 앉아 있는 쩡페이를 흘끗 쳐다보았다. 그러더니 힘껏 숨을 들이마시며 냄새를 맡아보고는 미심쩍은 듯 물었다. "방에서 담배 피운 건 아니죠?"

쩡페이는 휴대전화를 내려놓고 추이옌에게 말했다. "여긴 분명히 내 방일 텐데. 다음부턴 맘대로 들어오지 마라. 밖에도 화장실 있잖니……"

"캉캉이 속이 안 좋대서 제가 비켜준 거예요. 못 믿겠으면 캉캉한테 물어보세요." 추이옌은 억울한 듯 말했다.

물론 쩡페이가 캉캉에게 그런 걸 물어볼 리 없었다. 캉캉이 말은 곱지 않게 해도 속으로는 누나를 많이 생각한다는 걸 쩡페이는 잘 알고 있었다. 추이옌이 무슨 일을 벌이든, 캉캉은 늘 옆에서 연막작전을 펴주곤 했다.

"볼일 다 봤으면 네 방으로 가. 괜히 여기서 얼쩡거리지 말고."

추이옌이 입고 있는 잠옷은 치맛자락이 무릎까지 내려오는 점잖은 스타일이었다. 그래도 어쨌든 이십대 초반의 젊은 아가씨다. 쩡페이는 추이옌에게 남녀가 유별하다는 걸 좀 가르쳐줘야겠다고 생각했다. 그게 자신과 추이옌 사이라 해도 달라질 건 없었다.

추이옌은 쩡페이의 말을 못 들은 양 걸어와서는 그의 무릎에 걸터앉았다. 그러더니 고개를 옆으로 기울이고 머리카락을 수건으로 닦으면서 생글거리며 물었다. "뭘 그렇게 치사하게 그래요? 제가 또 뭘 잘못했는데요?"

쩡페이의 몸이 한순간 굳었다. 쩡페이는 묘한 기분을 억누르며 차가운 목소리로 말했다. "일어나!"

"싫어요!" 추이옌은 머리를 쓸어넘기며 입술을 살짝 삐죽거렸다. 쩡페이의 말에는 신경도 안 쓰는 투였다.

그냥 밀어내버리면 될 일이었지만, 쩡페이는 가만히 앉은 채로 한 마디 한 마디 힘주어 말했다. "일어나라면 일어나. 화나게 만들지 말고."

추이엔이 이번에는 천천히 쩡페이에게서 떨어졌다. 쩡페이가 추이엔을 잘 알듯, 추이엔 역시 쩡페이를 잘 알았다. 그래서 쩡페이가 어떤 때 추이엔을 받아주고, 어떤 때 정말로 화를 내는지 구분할 수 있었다. 물론 전자의 상황이 대부분이기는 했다. 하지만 추이엔도 영리한 아이라, 멋대로 이 남자의 인내심을 시험하려 들지는 않았다.

"무슨 안 좋은 일 있었어요? 말해봐요." 추이엔은 옆에 쪼그리고 앉아 한 손을 쩡페이의 무릎 위에 올려놓고 부드럽게 물었다.

쩡페이는 '안 좋은 일' 같은 건 없었다고, 자신의 제일 큰 고민과 골칫거리는 바로 추이엔이라고 말하고 싶었다. 하지만 추이엔에게 통하지 않을 말이었다. 무슨 말인지 다 안다 해도 못 알아들은 척할 게 뻔했다.

쩡페이는 탁자 위에 놓인 휴대전화를 만지작거렸다. 그래도 할 말은 해야 했다.

"내일 짐 싸서 기숙사로 들어가. 기숙사가 불편해서 싫으면 학교 근처에 방을 얻든가."

"왜요?" 추이엔이 차분하게 물었다.

"너도 이제 다 컸으니까 자립해야지. 내 옆에 계속 붙어 있을 필요 없잖아."

"왜 캉캉은 되고 전 안 돼요? 캉캉은 외삼촌이랑 피가 섞인 친조카라서요?"

"그래." 쩡페이는 돌려 말하기 싫어서 단도직입적으로 말했다. "캉캉은 밤중에 내 방 욕실에서 나와서 내 무릎에 앉지는 않으니까."

추이옌이 일어나 고개를 돌린 채 웃으며 말했다. "그것 때문에 그러세요? 전부터 그래왔잖아요?"

쩡페이는 초조한 듯 말했다. "전부터 그래오긴 뭘 그래? 너 그땐 몇 살이었고, 지금은 몇 살인데? 추이옌, 너도 여자애니까 자중할 줄 알아야지!"

"그래요? 그런데 그런 거, 전엔 안 가르쳐주셨잖아요."

사실 전에는 이런 식이었다. 추이옌이 웃으며 쩡페이의 무릎에 앉는다. 쩡페이가 눈살을 찌푸리며 말한다. "추이옌, 너 또 살 쪘구나!" 바로 어제까지만 해도 말이다.

"그런 것까지 내가 가르쳐줘야 되니?" 쩡페이는 어쩔 수 없다는 듯 고개를 내저었다.

"당연하죠. 내가 아는 건 전부 외삼촌이 가르쳐준 거고, 내가 가진 것도 전부 외삼촌이 준 거잖아요. 차라리 목록이라도 적어서, 예전엔 괜찮았지만 지금은 하면 안 되는 것들을 가르쳐주지그래요? 언제부터 안 되는 건지, 정확히 몇 시 몇 분 몇 초부터 안 되는지 확실히 가르쳐주세요. 그럼 다음부턴 저도 제 분수를 지킬 테니까요."

"전부 내 잘못이라 이거구나." 쩡페이가 혼잣말하듯 말했다.

추이옌은 쩡페이를 쳐다보며 한 치의 양보도 없이 말했다. "그래요, 전부 외삼촌 잘못이에요. 애초에 내가 혼자 죽든 살든 내버려뒀다면 아무 일도 없었겠죠. 누가 나한테 그렇게 잘해주래요? 내가 떠날 수 없게 만든 장본인은 바로 외삼촌이잖아요. 자기 손으로 날 이렇게 만들어놓고, 이제 와서 내가 기형이 됐다고 버리면 안 되죠!"

추이옌은 억지를 부리는 거나 마찬가지였지만 쩡페이는 그 말에 반박할 수 없었다. 펑란의 말이 옳았다. 쩡페이가 받아주지 않았더라면, 추이옌이 잘못된 길을 이렇게까지 멀리 오지 않았을 것이다. 추이옌을 아낀 나머지 어떻게든 조금이라도 더 잘해주고 싶었고, 온 세상을 안겨주고 싶었다. 두 사람이 떼려야 뗄 수 없는 친밀한 관계가 되도록 만들어버린 건 바로 쩡페이 자신이었다. 쩡페이 역시 예전엔 이런 친밀함을 즐기기도 했지만, 사태는 점점 상상과 전혀 다르게 흘러갔다. 추이옌의 감정이 쩡페이를 압박해와 이러지도 저러지도 못할 지경에 이르러서야 사태의 심각성을 깨닫고 추이옌과 사이에 거리를 두려 했다. 하지만 이렇게 단칼로 자르듯 거리를 둔다는 게 쩡페이로서는 서투른 일이었고, 추이옌에게는 잔인한 일이었다. 어렵다는 걸 알면서도, 쩡페이는 그렇게 할 수밖에 없었다.

쩡페이가 말했다. "나는, 너도 내 친척이니까 잘해준 것뿐이다. 그렇지만 부녀지간에도 나이가 어느 정도 되면 내외를 해야 하는 법이야."

"친척이라고요?" 그 단어를 듣는 순간 추이옌은 딩샤오예의 멸시와 비웃음이 담긴 표정이 떠올랐다. 딩샤오예는 모든 걸 꿰뚫어 보고 있었다. 평란도 알고 있었다. 캉캉도…… 어쩌면 모든 사람이 아는 사실을, 쩡페이 혼자서만 스스로를 속이고 있는 건지도 모른다.

추이옌이 슬픈 목소리로 쩡페이에게 말했다. "마음에 거리낄 게 없다면 굳이 그럴 필요 있어요? 쩡페이, 날 정말 친척으로 생각한다면 좀더 편하게 대해줘야죠."

어두운 불빛 아래, 추이옌은 새하얀 얼굴에 처량한 기색으로 쩡페이를 바라보고 있었다. 이럴 때의 추이옌은 입심 좋게 재잘거릴 때보다도 더 당해내기 힘들었다. 옛날 일들이 생각나 마음이 약해진 쩡페이는 한숨을 한번 쉬더니 말했다. "몇 번이나 말해야겠니? 사람이 세상을 살면서 자기 성격을 유지하고 살 수는 없는 법이야."

"외삼촌이 자기 성격을 유지하고 있었다면, 날 사랑했을까요?" 추이옌은 쩡페이의 말 속에서 제일 신경쓰이는 부분을 예민하게 포착해냈다.

쩡페이는 피곤한 듯 의자에 등을 기대고 눈을 감았다. "너랑 이런 얘기 하고 싶지 않다."

"무서워요? 대답 못 하겠어요? 내가 거짓말을 간파할까봐 무서운 거죠!" 추이옌은 쉴 틈 없이 쩡페이를 압박했다. 쩡페이가 자신을 사랑하지 않는 건지, 아니면 사랑할 수 없는 건지, 이 문제는 추이옌에게 있어 아주 중요했다.

"펑란 찾아갔었지?" 쩡페이가 재빨리 화제를 바꿨다.

"그건 왜 물어요?" 추이옌은 경계하듯 말했다. "다른 여자한테 차인 걸 내 탓으로 돌리지 마요!"

"찾아갔지? 네가 어떤 사람인지 내가 모를까봐?" 쩡페이는 추이옌의 반응을 보자마자 자신의 추측이 틀리지 않았다는 걸 알았다.

아주 어릴 때부터 남의 눈치를 보고 비위 맞추는 법을 터득한 추이옌은 사람의 환심을 사는 데 능했다. 그래서 누구하고든 사이좋게 지냈고, 서로 미워하거나 사이가 나빠지는 일은 거의 없었다. 쩡페이는 열네 살이던 추이옌을 누나네 집으로 데려왔다. 처음에는 누나와 자형, 그리고 어머니 모두 별로 달가워하지 않았다. 이미 나이가 적지 않은데다 너무 많은 일을 겪은 아이여서 자식처럼 키우기가 힘들 것이기 때문이었다. 집안에 이런 사람이 들어오면 누구라도 불편할 게 뻔했다. 그렇지만 추이옌은 일 년도 지나지 않아 누나네 가족들이 자신을 완전히 받아들이게 만들었다. 혈육인 캉캉을 대하듯 친밀하게 대하지는 않았지만, 가족들 모두 추이옌이 사리를 분별할 줄 아는 착한 아이라는 걸 인정했다. 일도 잘 돕고, 듣기 좋은 말만 골라 하고, 가족들을 걱정시키지 않는 아이였다. 특히나 캉캉은 정말로 추이옌을 친누나처럼 대했다. 추이옌과 사귀다가 헤어진 남자친구들은 그녀의 장점만을 기억했다. 추이옌은 물처럼, 그릇의 모양이 바뀌면 자신의 모습도 바꿀 줄 알았다. 오직 쩡페이만이 추이옌의 본성을 잘 알고 있었다. 추이옌은 안정감이 없고 사랑받기를 갈망하기 때문에, 무의식적으로 사람들의 환심을 사려 하고 남들에게 잘 보이려 하는 것이다. 사실 추이옌은 고집이 아주 셌다. 가지고 싶은 게 있으면 무슨 수를 써서든 얻어내곤 했다. 한 가지만 빼고…… 평란과 관련된 이 일에서 추이옌이 가만히 앉아 기다리기만 할 거라고는 믿을 수 없었다.

추이옌은 이러다가 딩샤오예 얘기가 나올 것만 같아, 섣불리 아무 말이나 할 수 없었다. 게다가 쩡페이는 쉽게 속일 수 있는 사람이 아니었다. 그래서 표정을 바꾸고 억지로 대답했다. "그래요. 찾아갔었어요."

"도대체 평란한테 무슨 짓을 한 거야?"

추이옌은 턱을 치켜들고 말했다. "언니한테, 내가 당신을 사랑한다고 했어요. 왜요? 거짓말 아니잖아요!"

"그게 다야?" 쩡페이는 여전히 추이옌을 노려보고 있었다.

추이옌은 잠깐 후에야 작은 소리로 덧붙였다. "당신도 날 사랑한다고 그랬어요…… 어차피 시간문제라고요!"

찡페이는 머리가 아파왔다. "말끝마다 사랑 타령이야? 사랑이 뭔지 네가 알기나 해?"

"당연히 알죠." 추이옌은 날카로운 소리로 대답했다. "난 평란 언니가 당신을 사랑하지 않는다는 것도 알아요. 언니가 진짜로 당신을 사랑했다면, 주위에서 압력이 많이 들어와도 그렇게 쉽게 포기하지 않았을걸요. 만약에 나였다면, 누가 무슨 말로 날 어떻게 말려도 당신을 사랑하는 마음은 변하지 않았을 거예요."

찡페이는 더이상 듣고 싶지 않았다. "그래, 그래, 알았어. 네 그 '사랑' 잘 챙겨서 네 방에 가서 자라. 피곤해서 쉬어야겠으니까."

추이옌은 꼼짝도 하지 않았다. 사람들이 어째서 슬픈 감정을 '마음이 쓰라리다'라고 표현하는지 알 것 같았다. 마치 강한 부식성 액체가 솟아올라 온몸을 썩어 문드러지게 만드는 것만 같았다. 찡페이가 자신을 밀어내거나 모진 말로 거절하는 건 참을 수 있었다. 찡페이도 나름대로의 고민과 고충이 있을 테니까. 하지만 그가 추이옌의 '사랑'에 대해 말할 때, 무슨 우스갯소리라도 하듯이 무시하는 건 견딜 수가 없었다.

추이옌 자신의 잘못이었다. '사랑'이란 말을 너무 자주 한 게 잘못이었다. 찡페이는 듣다못해 질리고 피곤해진 것이다. 이제는 진심으로 말해도 농담처럼 들릴 것이다.

추이옌은 항상 자신이 찡페이에게 줄 수 있는 가장 좋은 것은 바로 사랑이라고 생각해왔다. 사랑은 또한 추이옌이 제일 많이 가지고 있는 것이었다. 아무리 써도 없어지지 않을 정도였다. 그렇지만 한 가지 사실을 간과했다. 어떤 물건이든 양이 너무 많으면 그 값이 떨어지게 마련이다. 찡페이에게 있어 추이옌의 사랑이 바로 그런 것이었다.

추이옌이 자초한 재난이었다. 이제는 더이상 살아갈 수도 없다는 생각이 들었다.

"안 가고 뭐해? 아직 '사랑' 덜 했어?" 쩡페이는 자리에서 일어나 추이옌을 피해 빙 돌아 욕실로 걸어갔다.

눈시울이 붉어진 추이옌이 주먹을 꼭 움켜쥐더니 갑자기 물었다. "예전에 우리 엄마가 당신을 사랑한다고 했을 때도 엄마한테 이렇게 대했어요?"

쩡페이는 걸음을 멈췄다.

이 얘기는 둘 사이의 금기였다. 쩡페이가 아무리 추이옌의 어리광을 받아준다 해도, 추이옌은 일부러 그 아픈 곳을 건드릴 엄두는 내지 못했다. 지나간 일과 가버린 사람들은 이미 오랜 상처가 되어 있었다. 그 흉터를 열어젖히는 건 모두를 아프게 만들 뿐이었다. 그러나 이제는 그런 걸 신경쓰지 않았다. 추이옌 자신의 슬픔이 마음속에 꽉 막힌 채로 올라오지도, 내려가지도 않았다. 그 마음을 말로 옮기면 우는 소리를 하는 게 될 뿐이었다. 추이옌은 쩡페이도 이런 기분을 느끼게 하고 싶었다. 이제 어머니의 심정을 조금은 알 수 있을 것 같았다. 이 모든 마음들에 대해 그 사람이 아무것도 모른다는 건, 그 사람에게 전혀 중요하지 않다는 의미였기 때문이다.

쩡페이는 추이옌을 등진 채 말했다. "나랑 네 엄마 사이에 그런 일 없었다."

감정을 억누르는 듯 차분한 말투였다. 추이옌은 더욱 그의 위장을 깨부숴버리고 싶었다.

"엄마가 말한 적이 없는 거예요, 아니면 당신이 모르는 척한 거예요? 엄마가 말 안 했을지도 모르겠네요. 우리 엄만 나랑 달라서, 그런 말을 입 밖에 낸 적이 없었으니까."

"도대체 이 얘긴 왜 하는 거야?" 찡페이가 돌아서서 차가운 눈빛으로 추이옌을 바라보았다.

추이옌은 옛일을 곱씹듯 말했다. "엄마가 그랬어요. 여자는 일생에 세 번 마음을 다치고 나면 마음이 식어서 죽어버리게 된다고…… 우리 엄마가 죽은 것도 마음을 너무 다쳐서였잖아요? 그 세 번이 언제 언제인지, 안 궁금해요?"

찡페이의 눈빛이 점점 더 매서워졌지만, 추이옌에게 나가라고는 하지 않았다. 찡페이가 이 말에 신경을 쓴다는 게 느껴졌다.

"첫번째는 엄마가 열여덟 살 때, 망할 놈의 내 생부가 엄마 배만 부르게 해놓고 도망갔을 때였어요. 두번째는 추이 삼촌 때문이었어요. 엄마는 항상 추이 삼촌한테 일이 생긴 데는 자기도 책임이 있다고 생각했으니까. 세번째는 누구 때문인지…… 말하지 않아도 알죠?"

"네가 뭘 알아!"

"당연히 알죠…… 당신이 엄마를 '친척'으로 대했기 때문이에요. 바로 지금 나한테 하듯이 말예요." 추이옌은 쓰게 웃었다. "찡페이, 내가 세 번 다 당신 때문에 마음을 다치게 하지 마요."

말을 마친 추이옌이 방을 나갔다.

찡페이는 욕실 안에 서서 거센 물줄기를 온몸에 맞고 있었다.

'세번째는 누구 때문인지…… 말하지 않아도 알죠?'

도대체 누가 추이옌에게 이런 얘기를 해준 걸까? 자신의 화를 돋우려고 추이옌이 지어낸 말일까? 아니면 징린이 정말로 그런 얘기를 했던 걸까?

징린은 자기 딸과는 너무도 달랐다. 훨씬 내성적이고 말수가 적었고, 무슨 일이든 마음속에 묻어두곤 했다. 징린은 쩡페이에게 아무것도 말하지 않았다. 적어도 직접 얘기한 적은 없었다. 그래서 당시 쩡페이는 속 편하게 아무것도 모르는 척할 수 있었다.

쩡페이가 태어난 지 얼마 되지 않아 아버지가 외지에 파견 근무를 나가게 되었다. 누나는 시댁에 살고 있었고, 어머니는 매일 출근을 해야 했다. 그래서 쩡페이는 보모의 보살핌을 받으며 자랐다. 어머니는 일이 바쁠 때면 보모가 자기집에 쩡페이를 데리고 가는 것까지 허락했을 정도였다. 쩡페이는 자기가 보모의 아들이라고 착각한 적도 있었다. 징린과 같이 놀 때면 항상 징린을 '누나'라고 불렀다.

쩡페이 기억의 맨 처음 장면도, 자신은 두터운 겨울 솜옷을 입고서 '린 누나'의 땋은머리 끝에 묶인 리본을 붙잡으려고 쫓아다니는 광경이었다. 그러다가 왼발로 오른발을 밟고 넘어져 엉엉 울었다. 보모는 쩡페이와 놀아주겠다고 했으면서 자기 말에 책임도 못 진다며 징린을 호되게 혼냈다. 징린은 고개를 숙인 채 아무 말도 하지 않았다.

그후, 쩡페이는 중학교에 입학했다. 징린은 쩡페이가 좋아하는 음식을 싸 와서 교문 앞에 서서 기다리고 있었다. 그걸 본 학교 친구들이 "쩡페이, 넌 도대체 누나가 몇 명이야?" 하고 물었다. 쩡페이는 얼굴을 붉히며 대답했다. "우리 누나 아냐. 보모 딸이야." 징린은 음식을 쩡페이 손에 넘겨주고 아무 말 없이 가버렸다.

나중에는 집에 새 가정부를 들이게 되어 쩡페이와 징린 사이가 더욱 멀어졌다. 쩡페이는 가끔 어머니가 징린 얘기를 하는 걸 들었는데, 전부 성적이 좋지 않다거나, 불량한 아이들과 어울려 참한 애가 망가졌다거나 하는 얘기뿐이었다. 그후에 징린을 만난 건 쩡페이가 막 명문 고등학교 합격 통지서를 받아들고 집으로 돌아가던 길에서였다. 잔뜩 부른 배를 안고 저 앞쪽에서 걸어오는 징린을 발견한 쩡페이는 경악한 나머지 아무것도 기억하지 못했다. 단 한 가지 기억나는 건 붉게 물들었다가 점점 하얗게 질려버렸던 징린의 낯빛뿐이다. 수치심 때문이었는지 아니면 괴로움 때문이었는지, 징린의 입가가 바르르 떨렸다.

스물다섯 살 때, 쩡페이는 그해 최대 규모의 성매매 소탕 작전에 참여했다. 어느 나이트클럽을 단속할 때였다. 거의 반라의 차림으로 고개를 푹 숙인 채 줄지어 지나가던 젊은 여자들의 행렬 속에서 한 사람이 고개를 들고 멍하니 쩡페이를 처다보았다. 쩡페이는 성가시다는 듯 온 얼굴에 인상을 쓰면서 고개를 숙이라고 호통을 쳤다. 하지만 곧 짙은 화장 아래 가려진 그 얼굴을 알아보았다. 쩡페이는 징린을 끌고 나와서 말했다. "이런 일 하지 마. 내가 돈 줄게." 징린은 말없이 고개를 저었다.

스물여덟 살 때, 쩡페이는 앞날이 창창한 젊은 형사로, 동기들 중 가장 높은 평가를 받고 있었다. 상부에서는 쩡페이가 한 번만 더 공적을 세우면 파격적인 승진을 보장하겠다고 했다. 그 나이에 그런 승진이라면 앞으로 아버지를 능가하는 성과를 이루게 될지도 몰랐다. 이번에는 쩡페이가 먼저 징린의 생활 속으로 들어갔다. 그 당시의 징린은 이미 쩡페이가 기억하는 '린 누나'가 아니었다. 그녀는 성매매와 범죄 행위 단속 작전의 주요 소탕 대상인 추이커젠과 가장 가까운 여자였다. 쩡페이가 찾아갈 때마다 징린은 어린아이처럼 기뻐했다. 여전히 말수가 적어서, 쩡페이가 질문을 하면 그제야 입을 여는 정도였지만, 자기가 아는 것은 전부 말해주었다. 쩡페이가 관심 없어하는 일들에 대해서는 그저 몇 마디만 하고 말았다. 추이커젠이 징린 모녀에게 아주 잘해주고, 그래서 딸에게 그의 성을 따르게 했다는 등의 이야기였다.

이후 추이커젠의 죄상이 낱낱이 드러났고, 그는 얼마 못 가 비명횡사했다. 쩡페이는 추이커젠이 운영하던 모든 업소를 일망타진했고, 이 작전은 최소한의 대가로 큰 승리를 거두었다. 쩡페이는 기대했던 대로 승진을 눈앞에 두면서 독보적인 존재가 되었다. 그는 연일 화색이 만면했지만, 퇴근 후에는 불안한 마음으로 징린을 만났다. 매일같이 징린에게 규칙이며 법률이며 자기의 고충 같은 것들에 대해 얘기했다. 징린은 조용히 듣기만 할 뿐 결코 반박하지 않았다. 그리고 조용히 자기의 남은 생명을 소모해갔다……

쩡페이는 추이옌과 함께 영안실을 찾아가, 징린의 시신에 덮인 흰 천을 걷었다. 온몸의 주삿바늘 자국을 보면서, 쩡페이는 돌처럼 차갑게 굳은 징린의 뺨을 호되게 한 대 때렸다. 그다음엔 자기 뺨도 한 대 때렸다. 너무나도 아파서 추이옌 앞에서 눈물을 줄줄 흘려야 했을 정도로 세게.

쩡페이는 바싹 여윈 징린의 마지막 모습을 떠올리지 않으려 애썼다. 그 당시 상부에서는 그에게 각종 표창을 끊임없이 수여했다. 사람들의 칭찬과 선망의 말들도 폭포수처럼 쏟아졌다. 아버지는 만나는 사람마다 아들이 자신의 뒤를 이은데다 자신보다 더 뛰어나다고 말하며 기쁨을 감추지 못했다. 그렇지만 꽃다발과 박수 소리 뒤에서, 언제나 징린의 얼굴이 쩡페이의 머릿속을 맴돌았다. 깨어 있을 때도, 꿈을 꾸고 있을 때도, 아무리 떨쳐내려 애써도 그 얼굴이 머릿속을 떠나지 않았다. 쩡페이는 결국 공직에서 물러났다. 그리고 추이옌을 데려와 자기 곁에 두었다. 징린이 그에게 남긴 유일하고도 가장 소중한 존재를 보호하기로 결심했던 것이다. 쩡페이의 가장 큰 기쁨은 하루가 다르게 생기발랄해지는 추이옌의 얼굴을 보는 것이었다. 그 얼굴이 생기를 띠고 아름다워질수록 쩡페이는 죽음의 추악함을 잊을 수 있을 것 같았다.

추이옌은 쩡페이의 생활을 가득 채웠다. 방금 전 추이옌이 사용한 바디클렌저의 향기가 지금 쩡페이의 호흡과 가슴속을 가득 채우고 있는 것처럼. 이 바디클렌저는 추이옌이 사다가 놓아둔 것이다. 쩡페이가 쓰는 수많은 생활용품도 전부 추이옌의 손을 거친 것들이었다. 쩡페이는 아내도, 연인도 없었다. 오래전부터 추이옌이 이 집의 안주인 역할을 하고 있었다.

쩡페이는 속으로 욕지거리를 중얼거렸다. 평소에도 사용하는 바디클렌저였지만, 쩡페이가 기억하는 향은 결코 지금처럼 짙고, 경박하고…… 느끼하도록 들척지근하지 않았다. 향기 때문에 현기증이 나려고 했다. 샤워기의 물 온도를 낮추려 수도꼭지를 힘껏 돌리던 쩡페이는 그제야 자기가 찬물을 맞고 있었다는 걸 깨달았다.

물소리에 섞여, 귓가에 속삭이는 어떤 목소리가 들리는 것만 같았다. "쩡페이, 나 추워……"

징린이 마지막으로 남긴 말이었다. 쩡페이가 어렸을 때, 저수지에 들어가서 수영을 하겠다고 고집을 피우다가 물에 빠져 죽을 뻔한 적이 있었다. 징린이 목숨을 걸고 구해주었다. 그는 별 탈 없었지만, 징린은 아주 오랫동안 감기를 호되게 앓았다. 감기가 많이 심했을 때도 징린은 이렇게 말했었다.

쩡페이는 다시 한번 물에 빠져 죽을 위기에 처한 것 같았다. 이번엔 누가 그를 물 밖으로 끌어내줄까?

머리칼을 세게 쓸어올리고 있는 힘껏 심호흡을 하자, 조금 전까지만 해도 싫기만 했던 그 향기가 자신의 목숨을 구해주는 약처럼 느껴졌다.

또다른 얼굴, 또다른 목소리가 방금 전의 음산한 기운을 몰아냈다. 그렇지만 쩡페이의 마음을 감싸안는 이 목소리도 역시 슬픈 음색을 띠고 있었다.

'쩡페이, 내가 세 번 다 당신 때문에 마음을 다치게 하지 마요.'

이기적인 자비

평란은 꿈속에서도 딩샤오예의 손에서 느낀 온기를 잊지 못했다. 딩샤오예가 먼저 나서서 손을 잡고, 가로등 불빛에 비쳐 노을빛으로 물든 밤거리를 걸었다. 딩샤오예에게 닿아 있는 몸의 반쪽은 아주 뜨겁고, 다른 반쪽은 얼음처럼 차가웠다. 그렇게 큰 소리로 떠들며 걸었다. 할 수만 있다면 온몸을 기대고 싶었다.

덥기도 하고 춥기도 한 채로 비몽사몽 밤을 지새웠더니, 다음날 아침, 알람시계가 아무리 울려도 도저히 일어날 수가 없었다. 정신을 차려보니 목은 타는 듯 말랐고 머리는 깨질 듯 아팠다. 침대 머리맡에 놓인 체온계로 체온을 재어보니 38.2도였다. 평란은 그제야 '사랑 때문에 감기에 걸린다'는 말이 괜히 나온 소리가 아니라는 걸 알았다.

어머니가 딸을 보살펴주러 왔다. 평란의 가족은 함부로 항생제를 복용하지 않는다는 원칙을 지켰다. 그래서 평란도 병원에 가지 않고 집에서 생강차를 마시고 닭곰탕을 먹었다. 열이 심할 때는 이마에 찬 수건을 얹고, 열도 식히고 환기도 할 겸 창문을 열었다.

"이 좋은 날씨에, 팔팔한 젊은 애가 어째 이렇게 병이 났다니?" 어머니는 평란이 침대에 누워 쉬고 있는 틈을 타 방을 정리해주면서 중얼거렸다. 평란은 아무런 대꾸도 하지 않았다. 올해 처음으로 걸린 감기였다. 그녀는 원래 꽤 건강한 체질이었다. 그런데 딩샤오예를 만난 후로 갑자기 저항력을 잃어, 감기 바이러스까지 평란을 우습게 보게 된 모양이었다.

어머니는 이틀 밤낮 꼬박 딸을 보살폈다. 사흘째 되는 날 오후가 되자 평란은 열이 완전히 내리고 제법 기운도 차렸다. 어머니는 아버지와 함께 동창회에 참석하기 위해 서둘러 집으로 돌아갔다. 어머니가 현관문을 나서자마자 평란은 가게에 전화를 걸었다. 가게 상황이 어떤지 몇 마디 물어보고, 주방장에게 해물죽을 한 그릇 끓여 딩샤오예에게 들려보내라고 시켰다.

두 시간 후, 초인종이 울렸다. 평란은 깡충깡충 뛰어가서 현관문 렌즈를 통해 밖을 내다보았다. 딩샤오예가 배달 용기를 들고 서 있었다. 안절부절못하던 마음이 그제야 기쁨으로 가득찼다. 평란은 얼른 머리매무새를 정리하고 문을 열었다.

안으로 들어오기 전에, 딩샤오예의 시선이 평란의 얼굴에 몇 초간 머물렀다. 평란은 조금 불안해졌다. 이틀이나 앓았으니 얼굴이 많이 상했을까? 평란은 씩씩거리며 슬리퍼를 가져다주고는 물었다. "화장 안 하니까 얼굴이 많이 달라 보여?"

집안을 잠시 둘러보던 딩샤오예가 고개를 돌려 평란을 보고 웃으며 말했다. "전에 화장했던 거야? 몰랐는데."

"농담도 잘하네." 진심이든 농담이든 무슨 상관인가. 평란은 그저 기쁘기만 했다.

딩샤오예는 해물죽이 담긴 그릇을 식탁 위에 올려놓았다. "배달은 했고, 나는……"

평란은 딩샤오예가 더 말할 틈을 주지 않았다. "그냥 가면 안 되지. 내가 아팠다는데 관심 없는 것까진 그렇다 쳐. 그런데 이렇게 와서 얘기도 한마디 안 하고 가려고? 내가 진짜로 죽 배달시키려고 부른 것 같아?"

"그것도 그렇네." 딩샤오예는 식탁 반대쪽에 놓여 있는, 흰죽이 담긴 냄비를 흘끗 쳐다보며 의미심장하게 말했다.

평란은 방금 막 열이 내린 이마가 다시 달아오르는 것 같았다. 어머니가 가기 전에 끓여놓은 죽이었다.

"엄마가 끓여주신 죽이 너무 싱거워서." 평란이 변명하듯 말했다.

"환자가 먹기엔 간이 너무 세지 않은 게 낫지." 딩샤오예가 말했다.

아무래도 뼈가 있는 말 같았다. 평란은 조용히 고개를 숙여 자기가 입고 있는 옷을 살펴보았다. 딩샤오예가 오기 전에 갈아입은 밝은 하늘색 실크 가운은 깔끔하고 단정한 스타일이면서도 가는 허리를 충분히 드러내주었다. 길이도 딱 좋았다. 이 정도 신경쓴 게 너무 과한 건 아니겠지?

평란은 그날 밤처럼 딩샤오예의 팔짱을 꼈다. "어쨌든 바로 가면 안 돼. 가게에서 연락 오면 내가 알아서 얘기할게."

딩샤오예는 우습다는 듯 팔을 빼며 말했다. "내가 언제 간다고 했어? 손 좀 씻고 오면 안 돼? 포장할 때 뚜껑이 덜 닫혔는지 내 손에 좀 묻었어."

"아." 평란은 그제야 안심하고 화장실 위치를 알려주었다.

딩샤오예가 화장실에서 나왔을 때 평란은 다시 침대에 기대앉아 있었다. 평란의 집은 위치가 좋은 데 비해 그리 호화로운 수준은 아니었다. 넓은 거실에 침실과 서재가 있고 전망 좋은 발코니가 딸려 있었다. 장식품과 소품들은 정리가 잘 된 편이었고, 딱 알맞은 위치에 인테리어 장식도 있었다. 누가 보더라도 이 집의 주인이 경제적으로 풍족하고 열정적으로 생활을 돌보는 젊은 싱글 여성이라는 걸 알 수 있을 듯했다.

평란은 베개를 껴안고 앉아서 딩샤오예에게 물었다. "내가 그냥 보고 싶어서 불렀다는 거, 사실 알고 있지?"

가게에 나가지 않은 이틀 동안 점장과 계산대 직원, 그리고 캉캉까지 다들 평란에게 전화를 걸어와 안부를 물었지만, 정작 딩샤오예는 아무 연락도 없었다. 딩샤오예가 먼저 잘해주면 그야말로 해가 서쪽에서 뜰 일이란 걸 평란도 잘 알긴 했지만, 그래도 딩샤오예가 와줬으면 했다.

"응." 딩샤오예는 침실 문가에 서서 언제나처럼 간단명료하게 대답했다.

"그런데도 온 거야?" 평란 자신이 딩샤오예를 지명해 죽을 가져오라고 한 건 사실이었지만, 딩샤오예가 언제 평란을 사장으로 대접하기나 했던가? 오기 싫었다면 거절할 핑계는 얼마든지 있었을 것이다. 딩샤오예도 자신을 조금이라도 보고 싶어한 건 아니었을까 하고 평란은 생각했다. 설령 평란이 그를 보고 싶어하는 마음에 비하면 십분의 일밖에 안 될지라도 충분히 기쁠 일이었다.

딩샤오예는 가게를 나서는 자신을 지켜보던 동료들의 이상한 표정을 떠올렸다. 펑란의 속셈을 눈치챈 사람이 어디 딩샤오예뿐이었겠는가? 펑란의 의도가 그렇게나 분명한데, 눈 달린 사람이라면 그걸 모를 리가 있을까?

조리장은 부러운 기색으로 딩샤오예의 어깨를 툭툭 치며 말했다. "복 많은 녀석!"

라오리와 재료 담당은 귓속말로 수군거렸다. "우리는 여종업원들 관심을 끌려는 것만 해도 분수에 안 맞는 짓인데, 저 녀석은 어느새 사장 침대에까지 올라간 거야? 다 똑같이 사람 자식인데 왜 이렇게 다른 거지?"

팡팡과 샤오자오는 원망스런 눈빛으로 고개를 숙인 채 일만 했다.

유독 캉캉만 '대장부 한 번 가면 다시 돌아오지 못하리' 하는 식으로 비장하게 가게 문 앞까지 배웅해주었다. 그러면서 마지막엔 진심에서 우러난 한마디를 보탰다. "죽을지언정 따르지 않는다!"

딩샤오예는 일이 이렇게 커지리라곤 생각도 못했다. 사실 펑란의 말을 거절할까도 생각했었다. 이틀 전에 펑란과 쩡페이가 마주 보며 눈빛을 교환하는 걸 봤을 때, 딩샤오예의 마음속에는 초조한 기분과 아무 말이나 내뱉고 싶은 충동이 일었다. 어찌해야 할지 알 수 없는 낯선 감정이었다. 딩샤오예는 이 감정이 쩡페이에 대한 자신의 본능적인 혐오감에서 비롯된 감정은 아니라는 걸 알 수 있었다. 딩샤오예는 원래 우유부단한 사람이 아니었다. 무슨 일이 됐든 아예 안 하면 모를까, 하게 된다면 결코 질질 끌지 않았다. 이랬다저랬다 하는 건 질색이었다. 하지만 지금 상황은 점점 딩샤오예 자신이 싫어하는 방향으로 변하고 있었다.

평란을 집 앞까지 바래다주었던 날, 평란은 아파트 입구까지 가더니 돌아서서 딩샤오예를 바라보았었다. 평란은 아무 말도 하지 않았지만, 뺨은 술에 취한 듯 발그스름했고 두 눈은 호수처럼 맑았다. 사랑이라는 이름의 강물에 온몸을 적시고 있는 여자만이 보여주는 특별한 모습이었다. 아버지가 집에 돌아올 때마다, 딩샤오예는 어머니의 얼굴에서 이와 비슷한 행복한 표정을 보곤 했다. 이런 행복감은 여자에게 있어 더없이 소중한 것이었다. 때문에 딩샤오예도 평란을 다시 보러 가고 싶다는 마음을 억누를 수 없었다.

딩샤오예는 거실에서 들고 온 사과를 휙 던져올렸다가 받은 뒤 한 입 베어 물고는 말했다. "갑자기 아무도 이걸 안 갖다주니까 좀 적응이 안 돼서."

평란은 딩샤오예를 흘겨보았다. 자신보다 사과가 더 그리웠다니!

"백설공주도 식탐이 심해서 그런 처지가 됐다는 거 잊지 마! 그래, 다 먹어라. 내 사과엔 저주가 걸려 있다고!"

"먹으면 일곱 난쟁이들한테 능욕당하는 거야?" 딩샤오예가 큰 소리로 웃었다.

평란은 속으로 생각했다. '먹으면 네가 평생 날 떠나지 못하게 만들 거야.'

그러고는 잠깐 망설이다가, 침대 가장자리를 툭툭 치며 말했다. "앉아."

딩샤오예는 움직이지 않았다. 평란은 부끄러움을 애써 감추며 눈썹을 치켜세우고 말했다. "걱정 마. 모자랄 것 하나 없는 왕자님은 오늘 몸이 안 좋아서 널 능욕하지 못할 테니까. 내 사과도 맘대로 먹으면서 뭘 그렇게 예의를 차려?"

딩샤오예가 웃으며 말했다. "카자흐 족 속담 중에 이런 게 있어. 조상의 유산중에 일부분은 손님한테 남겨주는 거라고. 네가 만약 차얼더니를 여행한다면 일 년을 유랑해도 쌀 한 톨 챙겨 다닐 필요도 없을걸. 그런데 여기선 네 사과 하나 먹었다고 네 침대에까지 올라가야 되는 거야?"

평란은 자기 얼굴이 꽤 두껍다고 생각했었는데, 이런 노골적인 말을 들으니 그만 얼굴이 새빨갛게 달아오르고 말았다. 평란은 베개를 집어들어 딩샤오예에게 던졌다. "웃기고 있네! 난 '앉으라고' 한 것뿐이라고! 알아들어?"

딩샤오예는 평란이 던진 베개를 가볍게 받아들고 다가와 침대 가장자리에 걸터앉았다. 그러고는 베개를 원래 있던 자리에 돌려놓으며 웃는 듯 마는 듯한 얼굴로 말했다. "응? 뭘 '하라는' 거야?* 잘 모르겠는데, 설명 좀 해줘."

"이런 변태!" 딩샤오예가 작정하고 놀리면 평란은 결코 당해낼 수 없었다. 평란은 얼굴이 새빨개져서는 시선을 피했다.

딩샤오예는 다 먹고 남은 사과 심지를 쓰레기통에 던져버렸다. 그리고 한 손으로 침대 가장자리를 짚은 채 평란을 내려다보고 웃으며 말했다. "그래, 여자가 좀 여자다운 맛이 있어야지. 맨날 그렇게 남자 앞을 막아서서 '기사' 노릇을 하려고 하면 안 되는 거야. 계속 지금처럼만 하면 금방 시집갈 수 있겠네."

평란은 눈을 흘겼다. "너 아직도 여자를 무시……"

딩샤오예가 갑자기 얼굴로 손을 뻗어오는 바람에 평란은 깜짝

---

* 중국어로 '앉다(坐)'와 '하다(做)'는 발음이 동일함.

놀라 뒷말을 삼켜버리고 다가오는 그를 멍하니 보고만 있었다. 코가 간지럽다고 생각했는데, 딩샤오예의 손에 어느새 가느다랗게 꼬인 휴지 조각이 들려 있었다. 딩샤오예가 묘한 표정으로 덧붙였다. "한 가지 더. 시집 잘 가고 싶으면, 이런 걸로 코를 막고 있는 걸 남자한테 보이지 말아야지."

평란은 딩샤오예가 휴지를 버리러 가는 모습을 쳐다보다가 말없이 베개를 들어 얼굴을 가렸다. 잠옷 갈아입고 침대 위에 놓여 있던 속옷 치울 정신은 있었으면서, 코를 막아뒀던 휴지를 뺄 생각은 못했다니!

잠시 후, 얼굴을 가리고 있던 베개를 내려놓은 평란은 다시 평소와 다름없는 얼굴로 돌아와 있었다. 이제 와서 딩샤오예 앞에서 망신당할까봐 걱정할 필요가 있을까? 사람은 긍정적으로 살아야 하는 법이다. 이런 추태를 보였으니, 이제 좋은 모습만 보여주면 된다.

딩샤오예가 한쪽에 앉으니 침대가 좁게 느껴졌다. 평란은 갑자기 기발한 생각이 떠올라, 침대 머리맡에 놓인 상자 안에서 매니큐어를 꺼내 딩샤오예에게 들이밀었다. 그러고는 딩샤오예의 코앞에서 맨발을 흔들며 말했다. "발라줘."

딩샤오예는 잠깐 동안 멍하니 쳐다보다가 일말의 망설임도 없이 거절했다. "꿈 깨!"

"나 지금 환자잖아?" 평란은 억지를 부렸다. 딩샤오예의 대답은 어차피 예상한 바였다.

딩샤오예가 코웃음을 치며 말했다. "무슨 환자가 발톱까지 신경을 써?"

평란은 발을 들어 딩샤오예의 가슴팍을 찼다. 딩샤오예는 그 발을 붙잡아 던지듯 침대에 내려놓았다. 펑란은 토라져 일어나 앉았다. "네가 안 해주면 내가 하지 뭐."

"할 일도 없다." 딩샤오예는 펑란이 발톱 하나하나에 새빨간 매니큐어를 바른 뒤 침대 옆에 놓여 있던 잡지로 부채질을 해 말리는 양을 곁눈질로 흘끗거렸다.

그리고 매니큐어 냄새에 눈살을 찌푸리며 불만스럽게 말했다. "냄새 때문에 숨막혀 죽겠네!"

펑란은 도발하듯 발가락을 딩샤오예 눈앞으로 뻗었다. "어디 숨막혀 죽어봐! 네가 싫어한다고 남들도 다 싫어할까봐?"

"이런 거 좋아하는 사람들은 다 변태 아냐? 발가락이 뭐가 예쁘다고?" 딩샤오예는 몸을 뒤로 기대며 펑란이 뻗은 발로부터 거리를 두려 했다. 펑란은 각선미 못지않게 발에도 자신이 있었다. 새빨간 매니큐어를 바르자 흰 피부와 날씬한 발이 더욱 돋보였다. 딩샤오예는 보기 싫다고 인상을 쓰면서도 몇 번이나 흘끗거렸다.

펑란은 예쁜 발을 한참 뽐낸 후에야 딩샤오예가 시선을 피하는 게 발톱에 바른 매니큐어 때문만은 아니라는 걸 알아차렸다. 자신이 무릎 길이의 잠옷을 입은 채 발을 지나치게 이리저리 뻗고 있었던 것이다. 펑란은 신경쓰지 않는 척하며 슬쩍 발을 거두려다가, 뜻밖에도 딩샤오예에게 발목을 붙잡혀버렸다.

"뭐하는 거야?" 이런 장면을 상상해보긴 했지만, 정작 딩샤오예가 갑자기 이런 행동을 하자 펑란은 깜짝 놀랐다.

"발톱이 살을 파고들었잖아. 염증 생길까 걱정도 안 돼?" 딩샤오예는 펑란의 왼발 발가락을 가까이서 자세히 들여다보더니 말했다. "손톱깎이 좀 줘봐."

"진짜? 내가 왜 모르고 있었지?" 평란은 그렇게 말하면서도 순순히 서랍 속에서 손톱깎이를 꺼내 건네주었다. 그러더니 미심쩍은 듯 물었다. "…… 깎아주려고?"

딩샤오예는 아무 대답 없이, 그리 섬세하지 못한 손길로 평란의 발톱을 마음대로 깎기 시작했다.

평란은 큰 소리로 비명을 지르며 발을 움츠렸다. 하지만 딩샤오예는 단단히 붙잡고 놓아주지 않았다.

"지금 일부러 나 괴롭히는 거지? 좀 살살해, 살까지 깎을라!"

딩샤오예는 손을 멈추지 않았다. "발톱이 살을 파고들고 있다니까. 좀 참아. 염증이 곪아서 고름 나오면 참 예쁘기도 하겠다."

발톱 하나를 해결하고 다른 발톱을 살펴보던 딩샤오예가 이해가 안 간다는 듯 말했다. "도대체 여자들 머리엔 뭐가 든 거야? 누가 너보고 키 작다고 보기 싫대? …… 아, 또 깜빡했네. 네 신발은 하이힐이 아니라 사랑이랬지? 그러니 네 사랑이 그렇게 비정상이지."

평란은 반박하지 않았다. 발톱을 내맡긴 채 고개를 숙이고 구시렁거릴 뿐이었다. 농담 삼아 한 말이 이런 결과를 불러올 거라곤 상상도 못했다. 자신이 생각했던 매니큐어 발라주는 것보다 몇 배는 더 친밀한 행동 아닌가.

어머니의 명언들중에는 이런 말도 있었다. "누군가가 너를 사랑하는지 아닌지는 그 사람이 너를 안아주고 입맞춰줄 때가 아니라, 그 사람이 네 발톱을 깎아주는지 않는지를 보고 알 수 있는 거란다."

어머니는 본인이 정말로 그렇게 해왔다. 부모님 댁에 함께 살 때, 어머니가 TV를 보면서 소파에 앉아 있는 아버지의 발톱을 깎아주는 모습을 펑란은 자주 보았다. 어머니는 그러면서 늘 이렇게 말하곤 했다. "잠깐 사이에 어쩨 이렇게 많이 길었대요? 내가 먼저 가고 나면 누가 당신을 챙겨줄지……"

워낙 자주 보아서 아무렇지 않게 여기는 장면이었지만, 만약 펑란이 스무 가지 버킷 리스트를 꼽는다면, '사랑하는 사람에게 발톱 깎아달라고 하기'가 분명히 그 안에 들어갈 것이었다.

하지만 딩샤오예와는 그보다는 앞에 놓여야 할 많은 일들도 아직 함께 하지 못했다. 펑란은 딩샤오예의 마음이 진심인지조차 아직 확신하지 못했다. 이런 마음과는 대조적인 상황 때문에 펑란은 정말이지 꿈을 꾸고 있는 기분이었다. 마치 책을 이제 막 읽기 시작했는데 갑자기 내용을 전부 뛰어넘어 결말에 다다른 것 같았다.

딩샤오예는 재빨리 펑란의 발톱 열 개를 다 깎아버렸다. 펑란은 그때까지도 멍한 상태였다. 딩샤오예가 발을 놓아주고 일어서는 걸 보고야 긴장한 얼굴로 물었다. "어디 가?"

딩샤오예는 손톱깎이를 한쪽에 내려놓더니 귀찮다는 듯 말했다. "손 씻으러! 무슨 고약 바른 것처럼 손이 온통 끈적거리잖아."

펑란은 딩샤오예를 끌어다 다시 앉히며 말했다. "안 씻어도 돼. 네가 날 안 싫어하고 내가 널 안 싫어하면, 그 고약으로 딱 붙어 있지 뭐."

딩샤오예는 어깨를 단단히 눌러 도로 침대 머리맡에 앉았다. 그러더니 화가 나기도 하고 우습기도 한 듯 말했다. "너 이렇게 못나게 구는 거 남들이 알면 어떡하나 걱정도 안 돼?"

"알 테면 알라지 뭐." 펑란은 딩샤오예의 어깨에 머리를 기대고 눈을 감으며 말했다. "난 원래 이런 여잔데, 다른 좋은 남자 만나면 괜히 낭비일 거 아냐. 넌 나랑 같은 부류니까. 아쉬운 대로 같이 있으면 되잖아."

"내가 왜? 넌 다른 사람 생각 없어도 난 있거든." 그러면서도 딩샤오예는 목에 와 닿은 펑란의 머리카락이 간지럽기도 하고, 따뜻하기도 하다고 느꼈다. 그는 움직이지 않고 가만히 있었다.

"네가 좋아하는 '가슴 크고 말 잘 듣고 애 잘 낳아 잘 키우는 여자'랑 내가 많이 달라?" 펑란이 작은 소리로 물었다.

"응!" 딩샤오예도 잠깐 동안 눈을 감았다. "많이 달라…… 달라도 너무 다르지."

펑란은 딩샤오예의 손을 끌어 굳은살을 쓰다듬으며 물었다. "딩샤오예, 연애해봤어? 지금까지 몇 명이랑 사귀었어? 어떤 여자들이었어?"

그러고는 딩샤오예가 대답하지 않을까봐 자기가 먼저 말을 꺼냈다. "나부터 말할게. 요즘 TV에서 유행하는 맞선 프로그램에 나온 남자들 보면, 보통 연애 경험이 세 번 있다고들 그러더라. 아마 세 번이 평균인가봐. 엄밀히 말하면 나도 세 번이야…… 맞선 프로그램 본 적 있어?"

펑란의 예상대로 딩샤오예는 고개를 저었다.

"그럴 줄 알았어!" 펑란이 말을 이었다. "내 첫번째 정식 남자친구는 대학에서 만난 사람이었어. 일 년 반 동안 만났고. 그 당시의 연애란 게 그 감정이 영원할지 아닐지는 생각 안 하고 그냥 같이 있어서 즐거우면 됐다는 식이었지. 졸업한 후에 그 사람은 고향으로 돌아갔지만 내가 안 따라가서 헤어지게 됐어."

"왜 안 따라갔어? 후회 안 해?"

"우리 오빠가 외국에 있으니까, 부모님이 나는 여기 남아 있길 바라셨거든. 난 그 사람 고향에 가본 적도 없고, 거긴 친구도 없고 친척도 없으니까. 아마도 무서웠나봐…… 별로 후회되진 않아. 결국은 그렇게까지 사랑했던 건 아니라는 거겠지. 그땐 어렸으니까, 앞으로 남은 시간도 많고 날 기다리고 있는 사람도 많을 거라고 생각했지."

"그런 사람이 있었어?"

"있긴 있었지만 전부 안 좋게 끝났어. 대학 졸업하고 나서 꽤 괜찮은 직장에 들어갔는데, 그때 상사가 아주 젊고 유능한 사람이었어. 그 사람이 먼저 사귀자고 해서 반년쯤 만났는데, 나중에 외국에 부인이 있다는 걸 알게 됐어. 그 사람은 이혼할 테니까 기다려 달라고 했는데, 난 그냥 직장을 그만뒀어. 다행히 직장에선 우리 둘이 사귀는 걸 아무도 몰랐으니까. 그러는 게 서로에게 최선이었어."

"그래서 식당을 연 거야?"

"그런 건 아니고, 오래전부터 식당을 경영하는 게 꿈이었거든. 그냥 그 일로 직장을 그만둘 결심을 굳히게 되었어."

"너, 그 당시엔 꽤 원리원칙이 있는 사람이었구나. 의외인데?"

평란은 화가 나서 말했다. "날 무시하는 사람은 너밖에 없거든! 나 남자들한테 꽤 인기 있어. 설마 안 그래 보인다고 하진 않겠지? 그 남자, 나중에 진짜로 이혼하고 날 몇 번이나 찾아왔었다고. 그렇지만 다 지나간 일이고 내 마음도 이미 달라졌는데, 다시 만날 필요가 뭐 있어?"

평란은 여기까지 말하고 똑바로 일어나 앉더니 딩샤오예의 팔을 흔들며 말했다. "딩샤오예, 여자 나이랑 도도한 성격은 반비례하는 게 아닐까? 진짜, 다시 생각해도 나 참 대단했어. 예전엔 어떻게 그렇게 원리원칙이 있었던 거지?"

"내가 어떻게 알아?" 딩샤오예가 눈을 감은 채 빈정거리듯 말했다. "몇 살만 어렸어도 나한테 이렇게 안 매달렸겠네."

평란은 한참 동안 진지하게 생각해본 후에야 말했다. "아니. 만약에 내가 몇 살쯤 어렸을 때 널 만났다면 넌 절대로 못 빠져나갔을걸. 내가 죽어도 안 놔줬을 테니까."

딩샤오예는 답답하다는 듯 웃었다.

"그다음에 저우타오란을 만난 거야. 그때의 감정도 진짜였어. 저우타오란이 한창 날 쫓아다니던 때는 한밤중에 가게 바깥벽에다 몰래 찍은 내 사진을 가득 붙여놓기도 했었지. 엄마가 그걸 보시고 경찰에 신고할 뻔했다니까."

"누드 사진?" 딩샤오예가 매가 고픈 양 물었다.

"나가 죽어, 이 변태!" 평란이 손을 뻗어 딩샤오예의 목을 조르려 했다.

딩샤오예는 웃으면서 평란을 피했다. "누드 사진도 아닌데 뭐하러 붙여놓은 거야? 사람들더러 그거 보고 참배하라고?"

"그런 게 바로 낭만이라는 거야. 너 같은 야만인이 뭘 알겠어." 평란은 무릎을 끌어안고 앉아 멍한 얼굴로 말했다. "저우타오란은 어쩌다가 그렇게 변해버렸을까?"

결혼을 앞둔 저우타오란이 고백했던 말들이 떠올랐다. '울고 소리지르고 목을 매단다는 협박'에 못 이겨 넘어가버린 남자, 그리고 평란 앞에 무릎을 꿇고 벌벌 떨던 남자가 떠올랐다. 도대체 뭐가 문제였을까? 평란이 잘못한 걸까?

평란은 이런 불편한 기억을 떨쳐버리고는 딩샤오예를 똑바로 쳐다보며 말했다. "내 연애사는 이걸로 끝이야. 이제 네 차례야."

"나? 난 별로 할말 없는데." 딩샤오예는 이 화제에 별로 관심이 없는 것 같았다.

그런다고 포기할 평란이 아니었다. 평란은 딩샤오예를 놀리듯 말했다. "딩샤오예, 너 스물일곱이잖아. 열일곱이 아니라! 이 나이까지 여자친구 사귄 적도 없었고 여자에 관심도 없었다면, 그건 순진한 게 아니라 그냥 심신이 건강하지 못한 거라고. 아니면 거짓말쟁이든가."

딩샤오예는 상관없다는 투로 말했다. "그럼 거짓말쟁이인가보지 뭐."

평란은 손을 뻗어 한쪽으로 기울이고 있는 딩샤오예의 얼굴을 바로잡고 자기 얼굴을 들이대며 말했다. "말 안 하면 내가 순진한 남자 하나 낚은 거라고 생각해버리지 뭐. 손잡는 거며 첫 키스며 전부 내가 차지한 거라고……"

딩샤오예는 달라붙는 평란을 견디다 못해 베개로 둘 사이에 틈을 만든 뒤, 평란을 원래 앉아 있던 자리까지 밀어놓았다. "넌 진짜로 네가 무슨 여신인 줄 알아? 여자가 자기 입으로 잘도 그런 소릴 하네. 내가 맨 처음으로 여자한테 마음이 갔던 건 대학교 일 학년 때였어……"

"대학을 다녔다고?" 평란은 처음 듣는 얘기였다. 눈앞을 가리고 있던 베개를 치우며 평란이 궁금한 듯 물었다. "어느 학교 나왔는데? 우리, 동창일지도 모르잖아."

"그럴 리는 없어." 딩샤오예는 이 화제가 이어지기를 원치 않는 듯 대충 수습하며 말했다. "이 년도 채 안 다니고 자퇴했으니까."

"왜?" 평란은 이해할 수 없었다.

딩샤오예는 미간을 찡그리며 말했다. "난 공부할 재목이 못 돼서, 계속 다녀봤자 재미가 없겠더라고."

평란은 이 말을 믿기 힘들었다. 작은 부분을 통해서도 그 사람의 성격과 사고 능력을 판단할 수 있는 법이다. 딩샤오예가 교육을 받을 기회가 있었다면, 그가 학업을 중단한 데는 분명히 다른 이유가 있었을 거라고 평란은 생각했다. 다만 지금은 이 문제에 대해 더 파고들 때가 아니었다. 그래서 조금 전의 화제로 돌아가 웃으며 말했다. "난 그 '처음으로 마음이 갔던 여자'가 궁금한데. 그래서 어떻게 됐어?"

"그래서고 뭐고 없어. 내가 자퇴한 후로 연락이 끊겼으니까."

"그게 다야?" 평란이 실망스러운 목소리로 말했다.

"너무 간단해서 탐구욕이 충족 안 돼? 그럼 그냥 맘대로 상상해봐. 네 특기잖아? 손잡는 거며 첫 키스며 다 넣어서 질릴 때까지 상상해보면 되잖아."

"애들 소꿉놀이 같은 감정을 상상까지 할 게 뭐 있어?" 평란의 속마음은 사실 그렇지 않았다. 돌처럼 단단하고 고집 센 딩샤오예의 마음을 움직이게 한 사람이 어떤 여자였을지 신경쓰였다. 설마 엄청나게 뛰어난 사람이었던 건 아니겠지? "그 여자애는 어떤 타입이었어?"

딩샤오예는 그 여자의 모습을 묘사하려 하지 않고 그냥 얼버무렸다. "내가 좋아하는 타입."

"가슴 크고 생각 없고 애 잘 낳아 잘 키울 것 같아 보이는 여대

생?" 평란은 이렇게 상상하자 왠지 즐거워졌다.

"어쨌든 그쪽이랑은 다른 타입이었다고."

이렇게 말하는 딩샤오예는 귀찮아하는 것 같기도 하고 어색해하는 것 같기도 했다. 마치 말대꾸를 하는 어린아이 같았다. 이제까지 평란에게 한 짓이 아니었더라면, 순진하고 경험 없는 남자라고 생각했을지도 모르겠다. 첫사랑의 감정은 정말로 사람의 마음을 흔드는 건가 보다. 얼음같이 차갑고 돌같이 단단한 사람마저 저런 반응이라니. 평란은 그제야 딩샤오예의 첫사랑 여자가 실제로 존재했다는 걸 믿었다.

"그 여자애 예뻤어? 나보다 더 예뻤어?"

"훨씬 귀여웠지." 딩샤오예는 일부러 약 올리듯 말했다.

"그럼 나보단 안 예뻤다는 거네!"

딩샤오예는 이렇게 멋대로 끼워맞추는 평란의 재주가 존경스러웠다. 딩샤오예는 웃기 시작했다. 평란이 다시 물었다. "두번째는 어떤 사람이었는데?"

딩샤오예가 짜증을 내며 말했다. "언제까지 할 건데? 두번째는 없어!"

평란은 이상하다는 듯 말했다. "'첫번째'가 있으면 당연히 그다음이 있어야지. 아니면 '딱 한 번'이라고 해야 맞잖아. 이건 기본적인 문법이라고. '우선' 다음엔 '그다음'이 와야지."

"없다면 없는 거야." 딩샤오예는 평란과 이런 화제로 얘기를 나눈 걸 후회했다. 지금이 혁명 시기였다면, 평란은 분명히 심문의 고수가 됐을 것이다.

"나중에 X성으로 돌아갔다며. 맘에 드는 소수민족 여자 하나 못 만난 거야? 거기 여자들은 다 예쁘잖아." 펑란은 진부한 질문을 계속했다.

딩샤오예가 웃으며 말했다. "그건 뭘 몰라서 하는 소리고. 소수민족 사회에서 예쁜 아가씨를 얻으려면 준마를 팔십 마리는 줘야 해. 거기선 딸 몇 명 낳으면 대부호가 될 수도 있을걸. 난 거기 여자랑 결혼할 능력 없어."

펑란은 다시 딩샤오예의 어깨에 머리를 기대고 작은 소리로 물었다. "이렇게 잘생긴데다가 거짓말까지 잘하는데 거기선 너 좋다는 여자가 없었어? 아니면 결혼할 능력은 안 되니까 마음만 훔쳐서 멀리 달아나버린 거야?"

딩샤오예는 펑란의 머리를 살짝 쓰다듬으며 이 순간에 흐르는 따스함을 즐겼다. 이틀을 앓았다더니 뺨이 좀 야윈 것 같았다. 하는 말엔 여전히 양보가 없었지만, 말투와 말하는 속도는 지금 몸 상태처럼 연약해져 있었다. 딩샤오예는 펑란의 이런 모습이 더 좋았다. 몸을 웅크리고 자신에게 기대어 귓가에 재잘대는 모습이 마치 오후 햇살에 한껏 나른해진 고양이 같았다.

"그건 뭐라 말하기가 힘든데." 딩샤오예는 내키는 대로 대답했다.

펑란은 딩샤오예의 목덜미에 머리를 기댄 채 조금 뒤척였다. "나 졸려. 딩샤오예, 카자흐 족 노래 하나 불러줘."

"나 노래 못 불러." 딩샤오예는 의외의 부탁에 당황했다.

"말도 안 돼. 카자흐 족 사람들은 다들 가무에 능하다고 들었는데. 너도 카자흐 족 피가 흐르는데다 거기서 살기까지 했는데 왜 노래를 못해? 내가 준마 팔십 마리 값어치가 되는지 안 되는진 모르겠지만, 네가 날 속여서 내 마음을 얻어갔으니까 노래 한 곡은 불러줘야지. 이 정도면 사막에서든 초원에서든 그리 손해보는 장사는 아닐 거 같은데?"

"결국 이득은 너만 보는 거네." 딩샤오예는 잠깐 망설이더니 물었다. "한 곡 부르면 더 귀찮게 안 할 거지?"

평란은 매니큐어를 꺼낼 때와 마찬가지로, 딩샤오예가 정말로 노래를 불러줄 거라고는 생각지 못했다. 그저 여자가 좋아하는 남자 앞에서 무의식적으로 떼를 쓰는 정도의 요구들이었는데, 오늘따라 딩샤오예는 보통 때보다 훨씬 더 말을 잘 들어주었다. 평란은 갑자기 정신이 번쩍 들며 신이 나서 딩샤오예의 목을 껴안았다. "일단 불러봐!"

"그렇게 숨도 못 쉬게 붙잡으면 노래는 어떻게 부르라고?" 딩샤오예는 불편한 듯 가슴팍에 놓인 평란의 손을 치웠다. 그의 얼굴이 조금 붉어졌다. "소원대로 불러줄 테니까 불평하지 마."

그러더니 정말로 노래를 부르기 시작했다. 단 몇 마디 불렀을 뿐이지만 평란은 한마디도 알아듣지 못했다.

노래를 마치고 한참이 지나도록 평란은 말없이 가만히 앉아 있었다. 그러자 딩샤오예가 평란의 머리를 가볍게 밀면서 화난 듯 말했다. "불러달래서 불러줬더니 뭘 그렇게 벼락 맞은 것처럼 멍하니 있어?"

평란은 피식 웃더니 딩샤오예를 껴안고는 좋아서 어쩔 줄 몰라 했다. "불러달랜다고 진짜 불러주네! 노래 진짜 못 한다. 무슨 늑대가 우는 소리 같아. 아무리 널 좋아하는 여자라도 네 노래 들으면 놀라서 도망가겠다!"

"초원의 여자들은 담력이 커서 이런 걸 좋아하거든?" 딩샤오예는 변명조로 말했다.

펑란이 물었다. "네가 부른 게 〈사랑스러운 한 송이 장미〉야?"

딩샤오예는 고개를 저었다. "카자흐 족 민요라곤 그거 하나밖에 모르지? 아니야."

"그럼 뭐야? 적어도 가사가 무슨 뜻인지는 가르쳐줘야지. 빨리 말해봐!"

"제목은 잊어버렸어. 가사는 풀이하면 대충 이런 뜻이야. '어여쁜 처녀가 나무 아래 서 있네. 머리부터 발끝까지 꽃으로 가득하네. 나는 계속 그녀 곁에 서 있지만 고개 들어 바라볼 용기가 나지 않네. 한마디 말이 입속에서 천 번 만 번 맴도네. 그녀는 언제쯤 내 청혼을 받아줄까? 세상 모든 말은 다 했어도 이 말 한마디 묻지 못하네……' 정확하게는 모르지만 얼추 비슷한 내용일 거야."

펑란은 넋이 나간 듯 듣더니 한참 후에야 빙그레 웃으며 말했다. "노래하는 것보다 말하는 목소리보다 더 듣기 좋아. 어머니가 가르쳐주신 노래야?"

"아니. 이웃에 살던 바쯔컨 아저씨가 즐겨 부르던 노래야. 자주 듣다보니 외워졌어."

"이웃도 있었어?"

"내가 무슨 로빈슨 크루소도 아니고, 이웃이 왜 없겠어?" 딩샤오예가 말을 이었다. "바쯔컨 아저씨는 참 좋은 사람이었어. 내가 삼 년 동안 그 집 말을 먹였지. 나중에 아저씨가 나한테 사냥하는 법도 가르쳐주고, 양털 깎는 법, 패모 심는 법…… 차얼더니에서 살아가는 데 필요한 모든 기술을 가르쳐주셨어. 나중엔 장가도 보내주려고 하셨지."

"그 아저씨는 왜 자기 딸을 너한테 시집 안 보냈대?" 펑란이 웃으며 물었다.

딩샤오예는 그제야 깨달았다. 여자들이 관심을 가지는 문제란 영원히 단 한 가지뿐인 것이다.

딩샤오예는 몸을 돌려 옆으로 누워 펑란 쪽을 보면서 진지하게 말했다. "네 말마따나 바쯔컨 아저씨한테 진짜로 딸이 하나 있었어. 이름은 아무썼였고, 나보다 두 살 어렸는데…… 잠깐! 네가 뭐 물어볼지 알아. 아주 예뻤어. 그 지방 여자들의 아름다움은 너랑은 다른 거야. 아무 장식도 꾸밈도 없는 아름다움이야. 큰 눈에 오뚝한 코에, 길게 땋은 머리에……"

펑란은 더이상 가만히 듣지 못하고 끼어들었다. "잠깐만. 나도 얼굴에 칼 댄 적 없거든? 우리 엄마가 낳아준 얼굴 그대로라고. 나랑 다른 아름다움이라니 도대체 그게 어떤 건데?"

"뭘 그렇게 앞서가? 내가 너 못생겼다고 한 것도 아닌데." 딩샤오예는 좀 우습다는 생각이 들었다. "내 말뜻은, 변방에 사는 카자흐 족 여자들은 너 같은 도시 여자들하곤 다르다는 거야. 그 여자들은 하이힐을 신지도 않고 손톱 발톱에 희한한 걸 바르지도 않아. 젊어서는 몸매도 아주 좋고 건강하고 튼튼해서, 양도 먹이고 말 젖도 짜고, 남자들 못지않게 일을 하면서 남편 시중도 잘 들지. 애를 업은 채 말을 달리기까지 한다니까."

딩샤오예는 일부러 펑란을 아래위로 훑어보았다. 그 눈빛이 무슨 뜻인지는 불 보듯 뻔했다.

아니나 다를까, 펑란은 그가 하는 양을 못 보아 넘기고 코웃음을 치며 말했다. "확실히 나 같은 여자보단 훨씬 수지가 맞겠네. 네가 좋아하는 타입에도 잘 맞고. 네 말 들어보니 그 여자도 널 꽤 좋아 했을 것 같은데. 천생연분인 그 여자한테 왜 장가 안 갔어?"

"내가 장가 안 갔다고 누가 그래? 아무썰랑 나 사이에 애가 둘이 나 있는데. 아들 하나 딸 하나고, 큰애가 다섯 살이 됐지. 아직 차 얼더니에 살고 있는데⋯⋯"

"뭐?" 평란은 대경실색해서 한순간 얼굴이 새하얗게 질렸다. 잠 시 후에야 또 속았다는 걸 깨닫고 누운 채로 그를 발로 찼다. "아주 날 가지고 노네! 내가 바보같이 구는 걸 보면 그렇게 재미있어?"

"응." 딩샤오예는 평란의 다리를 붙잡아 눌렀다. "아무써가 애를 둘 낳은 건 맞지만 내 애는 아니야."

"그거 참 아쉽게 됐네!"

"누가 아니래!" 딩샤오예는 진심으로 아쉬운 듯 대답하고는, 평 란이 재차 들어 올린 다리를 다시 붙잡아 누르면서 말했다. "오 년 전에 바쯔컨 아저씨 부부가 정말로 딸을 나한테 시집보내려고 했 었는데, 난 그러겠다고 할 수가 없었어. 아저씨 아줌마는 하나뿐인 딸이 빨리 시집가서 애 낳고 잘사는 걸 보고 싶어하셨어. 그런데 난 그애가 안정적인 생활을 하게 해줄 수 없을 것 같았거든. 나한 테 은혜를 베풀어주신 분들을 실망시킬 순 없잖아. 그애는 다른 사 람한테 시집가서 잘살고 있어."

평란은 왠지 조금 슬퍼져 속으로 생각했다. 자신은 무남독녀는 아니지만 그래도 집안의 귀한 딸이다. 딩샤오예를 가게에서 일하 게 해주었으니 적게나마 그에게 은혜를 베푼 셈이다. 그런데 딩샤 오예는 어째서 자신에게만은 그런 연민을 보여주지 않는 것일까? 하지만 그의 연민이 바로 아무써에게 그랬듯 평란을 밀어내는 것이라면, 오히려 그가 이기적으로 행동하는 것이 평란에게는 자비가 될 것이다.

평란의 기분이 가라앉은 걸 보고 딩샤오예도 말이 없었다. 딩샤오예는 눈을 감았다. 평란을 매혹시킨 그 얼굴에 마치 길 잃은 어린 양과도 같은 당혹스러움이 내비쳤다.

"아직도 옛날 로맨스 생각하는 거야?" 평란이 먼저 침묵을 깨며 농담조로 말했다.

딩샤오예는 그 말에 미소를 지었다.

"아무쎄 말고 또다른 사람도 있었겠지. 전에 그랬잖아. 넌 연애에 있어서 꽤 개방적인 편이라며? 네가 살던 데는 여기보단 그런 일에 관용적이라서, 둘이 좋아하기만 하면 괜찮았던 거 아니야? '남자 쫓아다니기'인지 뭔지 하는 풍습도 연애하려고 생긴 풍습일 테고."

딩샤오예가 말했다. "내가 살던 집 문 앞에 작은 정원이 있었는데, 여자 하나 사귀고 나면 거기다 과일나무를 한 그루 심었거든. 내가 그 집에 칠 년을 살았는데, 거길 떠날 때는 문 앞에 작은 숲이 생겼지. 매년 과일도 큰 바구니 하나 가득 땄다고."

"너한테 집도 있었던 줄은 몰랐는데." 평란이 실실 웃으며 말했다.

딩샤오예가 대답했다. "네 상상보다 클걸?"

"나중에 기회가 생기면 내 몫으로도 나무 한 그루 심어서 '평란'이라고 이름 붙여줄래?"

딩샤오예는 한참 동안 생각하더니 고개를 끄덕이며 승낙했다. "정원 구석에 멋대로 나서 자라는 야생 사과나무가 있어. 열매가 시고 떫어서 먹지도 못하는 건데, 딱 너한테 어울리네."

과일나무로만 이루어진 숲 바깥에 홀로 서 있는 야생 사과나무를 상상하자 펑란도 참지 못하고 웃어버렸다. "시고 떫어야 네가 날 기억하지. 맨날 차얼더니 얘길 하는데, 도대체 어떤 곳이야?"

"차얼더니는 카자흐 족 말로 '가로 골짜기'라는 뜻인데, 아주 큰 산 사이의 골짜기야."

"많이 멀어?"

"하늘 끝만큼 멀지. 한 해에 거길 찾아오는 외지인은 손에 꼽을 정도니까. 거기 사는 사람들은 아마 평생 밖으로 나가지 않을 거고."

"아주 아름다운 곳이겠다!"

"어떤 말로도 차얼더니의 아름다움을 형용하기 어려워. 끝없는 하늘 아래 초원과 숲이 한없이 펼쳐져 있고, 산비탈에선 하늘 위의 구름만큼 흰 양떼들이 발아래 핀 온갖 종류의 들꽃을 뜯어먹고 있지. 산 정상에 서서 해돋이를 보면 여명이 천국처럼 아름답고, 눈을 감으면 구름 냄새까지 맡을 수 있어. 숲속에선 늑대와 곰이 어슬렁거리고, 하늘가엔 매들이 오가지. 가을이 오면 높은 산봉우리에는 이미 눈이 하얗게 쌓이고, 양 치는 사람들은 양떼를 몰고 산을 내려와. 그 모습은 마치 구름이 초원을 타고 흐르는 것 같아…… 차얼더니는 내 부족한 표현보다 백만 배는 더 멋진 곳이야."

"네 표현도 충분히 좋았는걸. 나도 상상이 가." 펑란이 물었다. "그런데 넌 어쩌다가 거기까지 가게 된 거야?"

한참을 기다려도 딩샤오예가 대답이 없자 펑란은 그의 가슴에 기대어 있던 고개를 들고 의아한 듯 그를 쳐다보았다.

딩샤오예가 말했다. "그 질문엔 대답하고 싶지 않아."

"왜? 아무 이유나 말해줘봐. 의심 안 할게." 펑란이 말했다.

딩샤오예의 목소리는 아주 차분했다. "오늘은 얘기를 너무 많이 지어내서 좀 쉬어야겠어."

"그럼 왜 거길 떠나게 됐는지는 말해줄 수 있어? 네가 말한 것처럼 거기가 정말 그렇게 아름다운 곳이었다면 말야." 평란은 눈을 깜박거렸다.

딩샤오예가 말했다. "너무 아름답고, 너무 끝이 없어서, 라고 할까. 어떤 때는 하루종일 말을 타고 달려도 사람 그림자 하나 못 본 적도 있어. 그저 아름다운 풍경만 끝없이 펼쳐져 있을 뿐이야. 칠 년을 거기서 지내면서 난 말하는 법도, 사람 냄새도 잊어버릴 지경이었어. 내가 어디서 왔는지, 시간이 어떻게 흐르는지, 그리고……"

"그리고?"

"삶. 살아 있다는 느낌까지도 잊어버릴 뻔했어."

"그건 너한테 한 가지가 모자랐기 때문이야."

"여자?" 딩샤오예는 평란의 생각을 환히 꿰뚫어볼 수 있었다.

평란이 말했다. "여자가 아니라, 반려자 말이야. 같이 나눌 사람이 없다면 아무리 좋은 게 있어도 외로울 뿐이잖아."

딩샤오예는 머리 뒤에 손을 받치고 웃으며 말했다. "누가 거기 남아서 내 반려자가 돼주겠어? 네가?"

"왜? 난 안 돼?" 평란이 인정할 수 없다는 투로 물었다.

딩샤오예는 큰 소리로 웃어젖혔다. "평란, 넌 그런 데선 하루도 못 버텨."

"네가 나에 대해서 뭘 얼마나 안다고 그래? 사람 얕보지 마. 내가 보란 듯이 하이힐 신고 말 젖을 짜주지. 네가 싫어하는 매니큐어도 바르고, 매일 아침마다 예쁘게 치장해서 차얼더니 최고의 신상녀가 될 거라고! 그리고 넌 집에서 애 보고 밥 하게 만들 거야. 네가 심은 과일나무가 해마다 풍년이라며? 내가 그 과일 다 따다가 너랑 사귀었던 여자들한테 순서대로 대접하면서, 나무는 당신들 때문에 심은 거지만 열매는 다 내 거라고 말해줄 거야. 그리고 너한텐 구석에 있는 나무에서 딴 시고 떫은 사과만 줄 거야. 매년 한 번 있다는 '남자 쫓아다니기' 때는 네가 내 채찍에 맞다못해 내 이름 하나만 기억하게 만들 거라고……"

이런 잠꼬대 같은 소리를 듣고 있자니 딩샤오예는 되려 그런 장면들을 상상하게 되었다. 참을 새 없이 입꼬리가 올라갔다. 이러다가 펑란에게 옮아서 바보가 되어버릴 것 같았다.

"진짜로 그런 곳에 가게 되면 넌 더이상 네가 아니게 될걸."

"어디든 다 똑같아. 난 널 바꾸려고 생각해본 적도 없고, 널 위해서 내가 변하지도 않을 거야. 우리 둘이 안 어울리는 게 뭐 어때서? 사랑이란 건 원래 나와 전혀 다른 사람이랑 마음을 모아 같은 불꽃을 피우는 거잖아?"

"말은 쉽지. 넌 아무것도 몰라." 짧은 꿈에서 깨어나니, 딩샤오예는 한층 더 풀이 죽었다.

"꼭 그렇지만은 않지. 딩샤오예, 네가 바로 나한테 차얼더니 같은 사람이잖아."

아름답지만 오래 머무를 수는 없는, 그런 곳.

그후 둘은 오랫동안 아무 말도 없었다. 한참 후에야 펑란이 떨리는 목소리로 물었다. "카자흐 족 남자들은 다 너처럼 여자한테 키스해?"

"아니. 내 스타일일 뿐이야."

그때 딩샤오예의 손길이 그의 목소리만큼이나 다급해졌다. 딩샤오예는 몸으로 평란을 누른 채 한 손은 평란의 귓가에 대고 한 손은 잠옷 치맛자락을 위로 쓸어올렸다. 물색 실크 가운은 마치 눈이 녹아 흐르는 개울물 같았다. 그 아래 있는 평란의 몸은 개울을 건너는 어린 양처럼 부드럽고, 촉촉하면서도 따뜻했다. 딩샤오예는 평란을 간절히 잡고는 깨물었다. 평란이 명주실처럼 가느다란 신음 소리를 냈다. 하지만 딩샤오예는 그럴수록 더욱 굶주리고 목마른 기분이었다.

딩샤오예는 왠지 모르게 차얼더니에서 살 때 보았던 사나운 산불을 떠올렸다. 불꽃이 핥고 지나가는 자리마다 방화벽이 갈라지고 터졌다. 양과 말, 늑대들이 사방으로 흩어져 도망쳤다. 숨을 쉴 때마다 불탄 내음이 맡아졌다. 불씨가 언제 어디서 붙었는지는 잊어버렸다. 그건 중요하지 않았다. 그 불은 지금 딩샤오예의 마음속에서 타오르고 있었다. 그는 평란의 몸에 얼굴을 묻은 채 본능이 모든 것을 이끌도록 맡겨두었다. 손바닥과 그 화염이 하나가 되도록……

평란은 딩샤오예를 꼭 껴안고 있었다. 평란의 목소리가 딩샤오예의 귓가에서 부서졌다.

"딩샤오예, 날 평생 속여줘……"

맹렬한 폭우가 퍼부은 듯, 딩샤오예는 불현듯 정신을 차렸다. 타오르던 불꽃이 재만 남기고 순식간에 꺼져버렸다.

딩샤오예는 힘주어 평란을 밀어낸 뒤, 몸을 빼내어 일어나 앉았다.

평란은 잠깐 동안 멍하니 있었다. 그러다가 잠옷 자락을 여며 몸을 감싸고는 온몸을 떨며 일어나 침대의 반대쪽에 앉았다. 한참 후에야 악물고 있던 입술을 떼며 물었다. "내가 말실수라도 했어? 아니면 뭔가 잘못한 거야?"

딩샤오예는 황급히 옷매무새를 가다듬으며 마음을 독하게 먹었다. 그렇지만 여전히 평란 쪽을 보지는 못하고, 고개를 숙인 채 그저 손을 뻗어 평란의 어깨를 다독거리며 말했다. "아냐. 모자랄 것 하나 없는 왕자님이 아프잖아. 이런 때 괴롭히면 안 되지."

평란이 쓰게 웃었다. "내가 싫어?"

딩샤오예는 다급하게 대답했다. "난 내가 싫어하는 여자 침대엔 눕지도 않아. 어떤 상황에서라도!"

딩샤오예는 말했었다. 누군가를 사랑하게 되면, 그 사람과 자고 싶어질 거라고.

평란은 침대에서 내려와 딩샤오예에게서 등을 돌린 채 묵묵히 자신을 추슬렀다. 그는 그녀를 싫어하진 않았지만, 그렇다고 사랑하는 것도 아니었다.

그럼, 평란은? 그가 자기를 사랑하는 것도, 사랑하지 않는 것도 두렵지 않았다. 그저 스스로가 충분히 사랑하지 못할까 두려웠다.

평란을 가장 슬프게 하는 건 그뿐이었다.

마음 아픈 순간이 되어서야 흔들림을 아는 법

추이엔이 쩡페이의 방을 나간 그 밤 이후로 며칠 동안 쩡페이와 추이엔은 집안에서 마주친 적이 없었다. 쩡페이가 집에 돌아오면 추이엔은 아직 집에 오지 않았거나 벌써 잠들어 있는 상태였다.

쩡페이는 결코 추이엔을 남처럼 대할 생각이 없었다. 그저 추이엔이 그 눈먼 '사랑'에서 깨어나도록 하고 싶었을 뿐이다. 예전처럼 손윗사람과 손아랫사람 사이로 돌아가 추이엔을 돌봐주며, 추이엔이 행복하고 정상적인 생활을 하는 모습을 가깝지도 멀지도 않은 거리에서 지켜보길 원했다.

쩡페이는 전처럼 적당한 긴장감이 흐르는 관계를 회복하려는 시도를 해보았다. 퇴근 후, 학교에 있는 캉캉을 불러내 추이엔이 제일 좋아하는 매운탕을 먹으러 갔다. 캉캉은 예상대로 추이엔에게 전화를 했다. 그렇지만 전화를 받은 추이엔은 벌써 친구들과 저녁을 먹어서 또 뭘 먹으러 가기 귀찮다며 거절했다. 추이엔의 학교에서 단 두 정거장 거리에 있는 식당이었는데도 말이다.

그날 밤, 쩡페이는 추이옌의 방문을 두드렸다. 제대로 얘기를 해보려는 생각이었다. 하지만 추이옌은 발성 연습을 해야 한다는 핑계로 문을 열지 않았다. 쩡페이가 목소리를 높였지만, 방에서 흘러나오는 음악 소리는 쩡페이의 목소리를 덮을 만큼 컸다.

다음날 아침, 드디어 쩡페이는 현관에서 신발을 갈아신고 있는 추이옌과 마주쳤다. 쩡페이는 불쾌한 듯 굳은 얼굴로 물었다. "무슨 성질을 그렇게 부려?"

추이옌이 대답했다. "그런 거 아니에요. 요 며칠 집을 구하러 다니느라 바빴어요. 어제 아는 사람이 알아봐줘서 지금 바로 이사하려구요."

추이옌은 커다란 가방을 메고, 손에도 짐가방을 들고 있었다.

쩡페이는 잠깐 동안 말없이 서 있다가 물었다. "집을 어디에 구해? 누구랑 같이 사는데?"

추이옌은 쪼그리고 앉아 신발끈을 묶으면서 대답했다. "그냥 아는 손윗사람치곤 너무 간섭하시는 거 아니에요?"

"보아하니 좀 교육이 필요한 것 같아서 그런다. 대화할 때는 상대방 얼굴을 보면서 말하는 게 기본 예의라는 걸 배운 적도 없어? 어른하고 대화할 때는 더더욱 그렇지."

신발끈을 다 묶은 추이옌이 몸을 일으켜 가냘픈 등허리를 꼿꼿하게 펴고는 쩡페이를 물끄러미 쳐다보았다.

쩡페이는 추이옌 발치에 놓여 있던 짐가방을 들어올렸다. "바래다주마."

추이옌의 눈시울이 붉어지며 두 눈에 눈물이 고였다. "쩡페이,

이러는 게 잘 하는 것 같아요? 날 떼어내야만 할 때가 오면 더 슬퍼질 거 아니에요?"

쩡페이는 고개를 돌려 집안을 한번 쳐다보았다. 캉캉은 어제 학교 기숙사에서 자고 돌아오지 않았다. 쩡페이는 그제야 간곡한 어조로 추이옌에게 말했다. "너랑 싸우려는 게 아니야. 내가 몇 번이나 말해야겠니? 이제 막 스무 살이 됐잖아. 더 새롭고 멋진 인생을 경험해봐야지. 남자친구도 사귀어봐. 네가 좋다고만 하면 난 아무것도 간섭하지 않으마. 사랑이란 걸 경험해보려면 너랑 나이가 비슷한 사람이랑 해야지……" 쩡페이는 이마를 문지르며 지난번에 펑란이 뭐라고 말했었는지 기억해내려 애썼다. "뭐가 됐든 여자애들이 바라는 그런 사랑 말이야. 만나서 설레고, 기대하고, 싸우고 또 화해하고, 마음 아파하고 그런 것도 다 경험해봐. 나같이 나이 든 남자 때문에 네 마음을 다 소진하지 말란 말이야. 네가 지금 누려야 하는 신선한 기쁨 같은 건 나 같은 나이의 사람한테는 이미 의미 없는 일들이라고."

추이옌은 쩡페이의 손에서 짐가방을 빼앗아들고 비꼬듯 말했다. "그거 알아요? 당신이 그렇게 '자상한' 표정을 지을 때마다 난 웃겨 죽겠어요!"

쩡페이가 그 말에 뭐라고 반응하기도 전에 추이옌은 문을 박차고 뛰쳐나갔다.

사실 쩡페이가 경험해보라고 한 그 모든 것들을 추이옌은 쩡페이를 처음 만났던 열세 살 때 이미 전부 경험했다.

당시, 징린에게서 원하는 정보를 얻기 위해 쩡페이는 우선 어린 추이옌의 환심을 사려 했다. 추이커젠이 죽은 후 깊이 절망한 징린은 하루종일 마약이 만들어낸 환상 속에 빠져 살았다. 그런 그녀가 딸을 돌볼 정신이 있을 리 없었다. 그때 추이옌을 돌봐준 사람이 쩡페이였다. 쩡페이는 추이옌이 밥을 굶지 않게 해주고, 공부하는 것을 도와주고, 불안한 마음도 위로해주었다.

아무도 모르는 사이, 추이옌은 첫사랑의 감정을 품고, 한때 어머니가 사랑했던 남자가 찾아오기를 매일같이 기다리고 있었던 것이다.

추이옌은 성악을 전공하고 있었다. 하지만 대다수의 친구들과 달리, 화려한 무대에 올라 인기를 얻고 싶다는 생각은 애초에 해본 적이 없었다. 추이옌의 소망은 음악 교사가 되어 아이들에게 노래와 피아노를 가르치고, 매일 저녁 일찍 퇴근해 사랑하는 사람이 집으로 돌아오기를 기다리는 것이었다. 하지만 점점 두려워졌다. 겉보기에는 평범하기 짝이 없는 이런 소망보다 성악가로서 성공하는 게 차라리 더 현실성이 있을 것 같았다.

아침에 일어나면 추이옌은 자취방을 청소하고, 오후에는 수업을 들으러 갔다. 수업이 끝나면 어린 학생에게 개인 교습을 해주러 가기 위해 친구들과 함께 교문을 나섰다.

예술학과 건물 앞에는 언제나 고급 승용차들이 줄지어 서 있고 미남 미녀들이 북적거렸다. 추이옌은 키가 큰 그림자가 바쁘게 지나가는 걸 얼핏 본 것 같았다. 그녀는 평소와 다름없는 태도로 친구들과 얘기를 나누며 학교를 빠져나와 버스 정류장까지 온 뒤에야, 평소대로라면 같은 길을 갈 친구들에게 적당히 핑계를 대고 친구들과 헤어졌다. 그리고 멀리 앞장서서 걷는 뒷모습을 따라 걷기 시작했다.

골목을 이리저리 꺾다가 인적이 드문 좁은 골목길에 다다라서야 앞에서 걷고 있던 사람이 걸음을 늦췄다. 두 사람은 어느 낡은 집 앞에 멈춰 섰다. 굳게 닫힌 철문 옆에 그다지 무성하지 않은 비파나무가 한 그루 서 있었다.

"무슨 일로 찾아왔어?" 추이옌이 걸음을 멈추자마자 물었다.

대답은 곧바로 돌아오지 않았다.

추이옌은 등에 멘 가방의 어깨끈을 붙잡으며 진심을 담아 말했다. "도와준다고 해줘서 고마워."

"못 하겠어." 딩샤오예가 돌아서며 모질게 말했다. "네 쪽에서 어떻게 돼가는지, 목적 달성을 했는지 어쨌는지 모르겠지만 난 못 도와주겠어."

"왜?" 추이옌의 얼굴에 놀란 표정이 스쳤다.

딩샤오예는 고개를 돌리며 말했다. "여자 마음을 속이는 일은 아무리 나 같은 사람이라도 체면이 안 서니까."

추이옌은 천천히 다가가서 딩샤오예가 애써 피한 시선을 쫓아 그를 똑바로 마주보았다.

"처음엔 왜 그렇게 말 안 했어?" 묻는 순간 추이옌의 눈빛에 놀라움이 스쳤다. 추이옌은 머뭇거리며 말했다. "알겠다…… 오빠, 평란 언니 사랑하는구나. 진짜 그런 거구나!"

질문이 아니라, 혼잣말이었다.

딩샤오예의 반응은 추이옌이 예상한 것보다 훨씬 격렬했다. 딩샤오예는 이를 악물고 말했다. "젠장, 내가 어떻게 평란을 사랑해! 내가 누군지 떳떳하게 말하지도 못하는데, 사랑을 말할 자격이나 있어?"

추이옌은 사방을 살펴보았다. 간혹 자전거가 몇 대 지나다녔지만, 남들 눈에 두 사람은 근처 대학에 다니는 젊은 연인으로 보일 터였다. 몇 마디 다툰다 해도 신경쓸 사람은 없을 것이다.

추이옌은 아연실색하여 웃었다. 그러더니 목소리를 낮춰 말했다. "쩡페이 앞에 나타날 만큼 간이 큰 사람이 이제 와서 그런 걸 신경써? 오빠가 나쁜 일을 겁내는 사람이었으면 차얼더니에서 잘만 지냈겠지, 이리로 돌아올 필요도 없었을 거 아냐!"

"나 한 사람 일이라면 인생이 어떻게 망가지든 겁날 게 뭐 있어? 그렇지만 평란은 아냐. 별 탈 없이 잘 지내는 사람을 시궁창에 빠뜨리고 싶진 않아." 딩샤오예는 한 손으로 머리카락을 마구 흐트러뜨렸다. 목소리는 아주 침울했다.

"그러고 싶지 않다고 해봤자 벌써 그렇게 만들었잖아!" 추이옌은 한마디로 딱 잘랐다. 그러더니 갑자기 깨달은 듯 말했다. "이제 알겠네. 그때 왜 내 부탁을 들어주겠다고 했던 건지…… 옛정을 생각해서도 그랬겠지만, 애초에 평란 언니한테 마음이 있었던 거야. 그저 더 그럴듯한 이유가 필요했겠지."

"그건 내 일이니까 너랑은 상관없어. 내가 해주기로 했던 일은 이쯤에서 끝내겠다고 말해주러 온 거야. 네 일은 이제 네가 알아서 해." 말을 다 마친 딩샤오예는 오히려 침착해진 것 같았다. 무심하면서도 자제력이 강한, 추이옌에게 낯익은 모습으로 다시 돌아왔다.

추이옌은 자기가 한 일을 마음 깊이 후회했다. 이기적인 자신이 미워졌다. 그때는 절박함을 견디다못해 궁지에 몰린 쥐가 고양이를 무는 심정으로 무슨 일이라도 해야만 했다. 딩샤오예의 처지를 모르는 것도 아니면서 어떻게 자기를 도와 그런 일까지 해달라고 부탁했던 걸까? 이제 보니 딩샤오예는 정말 평란에게로 마음이 움직여서 이러지도 저러지도 못하게 되어버린 것 같았다. 그때 딩샤오예에게 눈물로 애원하지만 않았더라도, 딩샤오예의 성격상 사태가 이 지경까지 되도록 내버려두지 않았을 것이다.

그렇지만 바로 이런 모습 때문에 추이옌은 딩샤오예가 좋은 사람이라는 걸 새삼 깊이 느낄 수 있었다. 딩샤오예는 예전에도 그랬다. 날카로운 이빨과 발톱 뒤에 숨어 있는 영혼은 누구보다도 다정했다. 어머니에게는 착한 아들이었고, 아버지에게는…… 딩샤오예 자신이 할 수 있는 모든 걸 다 했다. 남들에게 무시당하던 추이옌 모녀 또한 언제나 가엾게 여겨주었다. 하지만 그런 딩샤오예를 불쌍히 여겨 살펴줄 사람은 누구일까? 어느 누구를 해치려 한 적도 없는 딩샤오예인데 이런저런 이유 때문에 결국 지금 같은 처지가 되고 말았다. 추이옌은 얼마 전까지만 해도 딩샤오예와 평란이 잘될 가능성은 전혀 없다고 생각했다. 하지만 그렇게 안 될 건 또 뭐란 말인가? 추이옌이 생각하기에, 딩샤오예는 평란과 어울릴 만한 사람이었다.

"내가 오빠한테 부탁했던 일은 그렇다 쳐도, 오빠도 평란 언니를 좋아하고 평란 언니도 오빠를 좋아하면 잘된 거 아냐? 내가 아는 오빠는 그런 일은 신경 안 쓰는 사람이었는데!"

"그건 옛날 일이야!"

"내가 보기에 오빠가 잘못한 건 하나도 없어. 지금 이런 처지가 된 건 오빠한테 너무 불공평해!" 추이옌은 애가 탄 나머지 딩샤오예의 손을 붙잡고 간청하듯 말했다. "나랑 같이 쩡페이한테 가자. 사정을 잘 설명하면 쩡페이가 무슨 방법을 생각해줄지도 모르잖아."

딩샤오예는 냉랭한 태도로 손을 빼냈다. 추이옌에게 쩡페이는 하늘이고, 모든 것을 막아줄 수 있는 방패겠지만, 딩샤오예에게 쩡페이는 망할 개자식일 뿐이었다.

"그놈이 날 돕긴 어떻게 도와? 날 이렇게 만든 게 누군데?"

"그 사람은 자기 책임을 다했던 것뿐이야!" 추이옌도 딩샤오예의 증오를 이해하지 못하는 건 아니었다. 그렇지만 쩡페이에게도 쩡페이의 입장이 있었다. 추이옌은 그 중간에 끼여 있는 셈이었다. 해결하기 어려운 문제였다.

"그래, 그놈은 정의로운 인간이고, 우리 아버지는 자업자득이었지!" 딩샤오예의 말은 고드름처럼 차갑고도 날카로웠다. "그래서 내가 그놈을 귀찮게 하지 않았잖아. 하지만 그놈이 더러운 수단을 썼다는 내 생각엔 변함이 없어. 난 그놈한테 부탁 같은 건 안 할 거고, 그놈도 날 도울 순 없어."

추이옌도 어느 정도 예상한 결과였지만 그럼에도 무척 슬펐다. 이제 딩샤오예는 어떻게 하면 좋단 말인가?

딩샤오예는 할말을 마친 듯 자리를 떠나려다가 잠깐 머뭇거리며 한마디 덧붙였다. "만약에 평란이 결국 쩡페이를 선택한다 해도, 네가…… 평란을 원망하지는 말았으면 좋겠어. 그 두 사람은 정말 잘 어울려. 우리 둘 다 그걸 알고 있잖아."

추이옌은 뭐라고 말해야 할지 알 수 없었다. 딩샤오예는 정말로 평란을 사랑하는 모양이었다. 그러니 이 순간에도 평란을 걱정하고 있는 것이다.

추이옌은 입을 열었다가, 다시 조용히 다물었다. 딩샤오예도 추이옌의 표정이 미묘하게 변하는 것을 예민하게 알아챘다. 뒤를 돌아보니 몇 십 미터쯤 떨어진 골목 입구에 언제부터였는지 짙은 회색 승용차가 서 있었다. 문이 열리고 쩡페이가 나왔다.

쩡페이는 빠르지도 느리지도 않은 걸음으로 두 사람을 향해 다가왔다. 추이옌은 심장이 마구 뛰다못해 튀어나올 것만 같았다. 도대체 쩡페이가 왜 여기 나타난 걸까?

그 질문을 먼저 한 건 쩡페이 쪽이었다. 쩡페이는 몇 걸음 떨어진 곳에 멈춰 서 추이옌에게 물었다. "어떻게 여기까지 왔어?"

'자상한 어른'을 연기하려는 듯 쩡페이가 온화한 목소리로 물었다. 의도적으로 딩샤오예 쪽은 자세히 보지도 않았다. 짧은 시간 동안 추이옌의 머릿속이 빠르게 회전했다.

"전 여기 오면 안 돼요? 제 나이에 어울리는 남자친구를 사귀어보라면서요? 얘기한 지 하루도 안 됐는데 잊어버리셨어요?"

'낯선 남자'와 이런 한적한 골목에서 은밀히 얘기하고 있던 상황을 설명하려면 추이옌에겐 이런 핑계밖에 없었다.

"그래서 찾은 게 이 사람이야?" 쩡페이는 마치 그제야 뒤에 서 있던 딩샤오예를 발견했다는 듯이 차분한 어조로 말했다.

"안 돼요? 제가 좋아서 먼저 만나자고 했어요." 추이옌은 저도 모르게 한걸음 앞으로 나서서 쩡페이와 딩샤오예 사이를 가로막았다. 그러고는 살짝 옆으로 돌아보며 딩샤오예에게 말했다. "무슨 말인지 알겠으니까, 일단 먼저 갈래? 나중에 전화할게."

딩샤오예는 차가운 눈빛으로 쩡페이를 쳐다보았다. 두 사람은 평란의 가게에서 몇 번 마주친 적이 있었다. 하지만 쩡페이는 가게의 종업원쯤 그다지 눈여겨보지 않았다. 그가 딩샤오예를 기억하지 못하는 건 이상할 게 없었다. 둘은 과거에 제대로 마주친 적도 없었다. 쩡페이가 부끄러운 줄도 모르고 여자를 이용해 자신의 목적을 이루었던 그때, 딩샤오예의 아버지 추이커젠은 딩샤오예 어머니의 병세가 위독했던 탓에 차마 병원을 떠나지 못하고 있었다.

딩샤오예가 처음으로 쩡페이의 얼굴을 기억하게 된 건 범죄 소탕에 관한 지역 뉴스를 통해서였다. 쩡페이는 기자가 들이민 마이크에 대고 그 당시 범죄자들을 일망타진하며 거둔 승리에 대해 당당하고 침착하게 얘기하고 있었다. 차분한 표정 뒤로 숨기기 힘든 만족감이 내비쳤다.

그때 추이커젠은 도망자 신세였다. TV 화면을 노려보던 아버지가 손등에 핏줄이 퍼렇게 튀어나오도록 주먹을 불끈 쥐고 있던 모습을 딩샤오예는 잊을 수 없었다. 아버지가 말했다. "내 저 자식을 일찌감치 처리해버렸어야 했는데. 징런만 아니었어도……"

그 모든 후회는 이미 긴 한숨이 되어 사라졌다. 그 당시 추이커젠은 자신의 천운이 이미 다했다는 걸 알고 있었다. 죽을 고비를 한번 더 넘겨봐야 재기하기도 힘들 터였다. 그는 하나뿐인 아들에게 마지막으로 빠져나갈 구멍을, 즉 완전히 새로운 신분을 남겨주었다. 아들을 자기의 '사업'에 끌어들인 적은 한 번도 없었지만, 자신이 어떤 사람들에게 원한을 샀는지, 누가 또 그의 어려움을 틈타 아들에게 해를 가하려 할지 알 수 없었다. 그렇기에 자신의 그늘을 벗어나면 아들이 곤경에 처하기는 하겠지만 적어도 궁지에 몰리지는 않을 것이라 생각했다.

딩샤오예는 똑똑히 기억하고 있었다. 일분 삼십 초가량 이어진 그 인터뷰를, 추이옌이 입에 올렸던 그 이름을, 젊지만 자신감에 차 있던 그 경찰관의 얼굴을, 한순간도 잊은 적이 없었다.

방금 추이옌에게 한 말은 거짓말이 아니었다. 정말로 쩡페이에게 복수할 생각을 한 적은 없었다. 그의 아버지는 벌을 받아 마땅했으니 그런 결말을 맞은 것도 어쩔 수 없는 일이었다. 딩샤오예는 죄를 죄로써 갚을 생각이 없었다. 하지만 그렇다고 마음속 깊은 곳에서 이 '쩡페이'라는 남자를 증오한 적이 없었던 건 아니다. 어쩌면 쩡페이도 딩샤오예를 증오하고 있을지 모른다. 추이커젠 체포 작전에 참가했던 쩡페이의 부하 중 한 사람이 다시는 돌아올 수 없는 길로 떠났으니까. 쩡페이는 분명히 이 죗값을 딩샤오예 몫으로 달아놓았을 것이다. 쩡페이가 딩샤오예의 얼굴을 본 적이 있다면 그건 칠 년 전 지명수배서에 실려 있던 앳된 얼굴이었을 것이다. 그 얼굴 주인의 이름은 '추이팅'이었다.

예상대로 쩡페이는 딩샤오예의 행방을 파악하지 못했다. 딩샤오예가 차얼더니에 숨어서 보낸 칠 년은 한때의 꿈 같았지만, 세간에서의 칠 년은 아주 긴 세월이었다. 딩샤오예가 낯익은 도시로 돌아와보니 쩡페이는 이미 경찰복을 벗었고 여전히 윤택한 생활을 하고 있었다. 게다가 뻔뻔하게도 추이옌을 거둠으로써 제 마음의 빚을 갚으려 하고 있었다. 그보다 더 예상치 못했던 건, 그들 사이에 펑란이란 사람이 끼어들게 되었다는 것이다.

펑란을 생각하자 딩샤오예는 날카로운 손톱이 심장을 할퀴고 지나간 기분이었다. 추이옌은 차얼더니를 떠나온 딩샤오예에게 제정신이냐고 물었다. 그곳에 남아 아무씨와 결혼해 평생 말과 양을 먹이며 살았다면, 아무도 다시는 그의 예전 이름과 그가 겪은 일들을 기억해내지 못했을 테니 말이다. 그랬다면 딩샤오예는 아버지가 바랐듯이 새로운 삶을 살 수 있었을 것이다. 그렇지만 딩샤오예는 그런 날들을 도저히 더는 견딜 수 없었다. 차얼더니가 아무리 사람을 매혹시킬 만큼 아름답다 해도, 그곳에 남아 있는 한 딩샤오예는 그저 무주고혼이나 다름없었다. 아무도 그를 기억하지 못하고, 그역시도 자신이 한때 가졌던 모든 것들을, 사랑을, 그리고 증오를 점점 잊어갈 것이었다. 칠 년 동안 이름과 신분을 숨기고 살아온 딩샤오예에게 도주 생활은 더이상 아무것도 아니었다. 진작 시간이 그 의미를 잃어버린 것과 마찬가지로. 하루하루 지날수록 어머니의 무덤에 찾아가고 싶었고, 아버지가 죽은 곳에 가서 저 먼 곳에 있을 아버지와 함께 술잔을 기울이고 싶었다. 수많은 사람들 사이를 헤치며 걷고 싶었다. 평범하다못해 보잘것없는 일을 하고 싶었다. 매일 아침 일어나 낯선 얼굴들을, 서로 다른 수많은 얼굴들을 보고 싶었다.

그랬던 딩샤오예는 펑란을 만나자마자 그녀가 짜놓은 빈틈없는 그물에 걸려들고 말았다. 그 그물엔 펑란의 우스꽝스러운 모습과 바보처럼 매달리는 모습이 있었고, 달콤한 순간과 기대가 있었고, 뺨 위로 흘러내려 바람에 말라버린 눈물이 있었고, 그를 괴롭히는 '코코 마드모아젤'의 향기가 있었고, 펑란의 부드러운 몸과 입술이 있었다. 응고된 듯했던 딩샤오예의 시간은 펑란의 곁에서 다시 흘렀다. 그뿐만 아니라 일분일초가 더욱 충만하고 소중해졌다.

추이옌이 딩샤오예에게 먼저 가라고 신호를 보낸 건 딩샤오예가 걱정돼서라기보다 쩡페이가 걱정돼서였다.

딩샤오예는 쩡페이를 두려워하지 않았다. 두려워해본 적이 없었다. 절대 자기가 먼저 쩡페이를 건드리려 하지 않았다. 만약 쩡페이가 딩샤오예를 위협한다면 양쪽 모두 크게 다칠 것이다. 딩샤오예는 자신의 인생이 어떻게 끝장나든 신경쓰지 않았다. 지난 칠 년동안 나쁜 상황들을 수없이 마음속으로 예상해보았으니까. 하지만 방금 전 쩡페이가 다가오며 아무렇지도 않은 듯한 눈으로 말없이 딩샤오예를 살펴보았을 때, 딩샤오예는 처음으로 두려움을 느꼈다. 그 두려움은 역시 평란 때문이었다. 평란의 세계는 그렇게나 밝고 아름다운데, 만약 한때 실수로 사랑했던 남자가 이토록 형편없는 인간이라는 걸 알게 된다면, 얼마나 괴로워하게 될까? 딩샤오예를 원망하고, 증오하고, 두려워하게 될까?

마음 아픈 순간이 되어서야 마음이 흔들리고 있었다는 걸 알게 되는 법이다.

딩샤오예는 추이옌을 향해 고개를 끄덕여 보이고는 돌아서서 그 자리를 떠났다.

"제가 여기 있는 건 어떻게 아셨어요?" 추이옌이 쩡페이에게 물었다.

쩡페이는 휴대전화를 흔들어 보였다. 추이옌은 자신과 쩡페이의 휴대전화에 서로 위치 추적 기능을 설정해두었던 게 기억났다. 쩡페이가 어디 있는지, 추이옌이 어디 있는지 원하기만 하면 서로의 위치를 알 수 있었다.

쩡페이는 멀어져가는 딩샤오예의 뒷모습을 쳐다보다가 추이옌에게 물었다. "저 사람, 평란 가게에서 일하는 종업원 아닌가?"

"뭘 하는 사람이든 그게 중요해요?" 추이옌이 말했다. "젊고 잘생겼으면 된 거 아니에요? 젊은 남자니까 나이든 남자보다 돈도 없고 지위도 없는 게 당연하죠."

찡페이가 어두운 표정으로 말했다. "얼마 전까지만 해도 펑란이랑 같이 있는 걸 내가 봤는데!"

추이옌은 속으로 깜짝 놀랐지만 말투는 더 세게 나왔다. "펑란 언니는 내가 사랑하는 사람을 뺏어도 되고, 나는 언니를 무너뜨리면 안 된다는 거예요?"

"정말이지 제멋대로구나! 진심도 아니면서 얼굴 팔아서 먹고사는 저런 남자는 믿을 수 없어!" 찡페이가 꾸짖었다.

추이옌이 말했다. "결혼 안 한 남자를 두고 결혼 안 한 여자가 모두 공정하게 경쟁하는 게, 그렇게 놀랄 일이에요?"

"네가 저 남자를 좋아한다는 말을 내가 믿을 것 같아?" 찡페이가 천천히 말했다.

"펑란 언니도 저 사람 좋아하잖아요? 내 눈도 뭐 언니보다 그렇게 높지 않다고요." 추이옌은 고개를 숙이고 신발 끝을 쳐다보며 말했다. "그래요. 내 마음속에서 저 사람이 차지하는 자리는 아직 당신만큼 크지 않아요. 그래도 나 자신에게 다른 기회를 주고 싶어요. 그건 내 권리잖아요."

찡페이는 딩샤오예가 자신을 쳐다보던 눈빛을 떠올렸다. 딩샤오예는 추이옌이 지금까지 사귀었던 남자들처럼 찡페이 앞에서 전전긍긍하지 않았다. 아니, 오히려 찡페이를 똑바로 쳐다보았다. 그 눈빛은 찡페이를 바늘방석에 앉은 양 불안하게 만들어, 저도 모르게 경계심을 갖게 했다. 오랜 경찰 생활을 통해 터득한 경계심이었다. 단순히 그 사람이 추이옌의 곁에 나타났기 때문만은 아니었다.

찡페이가 말했다. "난 저 사람 별로 맘에 안 든다. 남자친구를 찾으려면 좀더 괜찮은 사람을 찾아."

추이옌은 차갑게 웃으며 대답했다. "내가 사랑하는 사람 중에 당신보다 더 말도 안 되는 사람이 또 있을까봐요? 내가 좋아서 쫓아다니는 거지, 저 사람은 나 안 좋아해요. 그러니까 저 사람 귀찮게 굴지 마요."

추이옌은 진심으로 그 청년을 감싸고 있었다. 쩡페이는 그 진심을 진작에 알아채고 마음이 불편했다.

꼬마 여우가 늑대 앞을 막고 선 꼴이었다.

"밥이나 먹으러 가자. 네가 먹고 싶은 걸로 골라." 쩡페이는 추이옌을 진정시키기 위해 웃어 보였다.

추이옌은 고개를 저었다. "됐어요. 레슨 하러 가야 돼요."

"내가 데려다주마." 쩡페이가 말했다. "너 주려고 차에다 맛있는 거 사놨어. 가자."

"또 호두 조림이에요?" 추이옌이 쓴웃음을 지으며 물었다.

"안 좋아해?" 쩡페이는 당황했다.

"예전에나 좋아했죠. 벌써 한참 전에 물렸어요." 추이옌은 쩡페이의 차를 지나쳐 멈추지 않고 계속 걸어갔다. "이젠 호두 조림이란 말만 들어도 토할 것 같다고요!"

쩡페이는 차에 올라타 조수석 위에 놓인 호두 조림 봉지를 내려다보았다. 자주 가는 마트엔 다 떨어지고 없어서, 일부러 몇 군데를 돌아다녀서야 추이옌이 제일 좋아하는 상표로 찾을 수 있었다. 지금까지 추이옌과 무슨 이유에서든 의견이 맞지 않았을 때, 쩡페이가 이걸 사주면 추이옌은 늘 기뻐했었다.

뜻밖에도, 쩡페이는 자신의 생각보다 추이옌을 잘 이해하지 못

하고 있었다. 모든 것이 변해가는데, 쩡페이 혼자만 원래의 자리를 고수하고 있는 걸까?

쩡페이는 휴대전화를 집어들고 단축번호로 설정해둔 추이옌의 번호를 찾았다. 추이옌이 직접 찍어서 저장해놓은, 웃고 있는 추이옌의 사진이 나타났다. 통화 버튼을 누르려던 쩡페이의 손이 허공에 멎었다. 그는 한참이 지나도록 버튼을 누르지 못했다.

잠시 후, 쩡페이는 다른 번호로 전화를 걸었다.

"여보세요…… 첸, 나야, 쩡페이…… 나중에 천천히 얘기할 테니까, 미안하지만 누굴 좀 조사해줘…… 그래, 전부 알아봐줘…… 이름은 '딩샤오예'야."

꿈은 함께 꾸어야만 아름다운 것

딩샤오예는 평란의 집에서 돌아온 후 감기에 걸렸다. 이 일은 기묘하고 비밀스러운 성격의 일대 사건이 되었다. 가게의 모든 직원들이 다 안다는 듯한 눈빛으로 입가엔 묘한 미소를 띤 채, 하루종일 머리를 맞대고 수군거리며 이 '비밀' 이야기에 살을 붙였다.

대놓고 물어볼 만큼 간이 큰 사람은 남들 일에 관심 많은 류캉캉뿐이었다. 류캉캉은 우선 딩샤오예의 주위를 한참 맴돌다가 주변에 사람이 없는 틈을 타서 물었다. "형 감기 증상이 왜 사장님이랑 똑같은 거야?"

감기 기운 탓에 딩샤오예는 기분이 별로 좋지 않았다. 캉캉이 같은 질문을 두 번이나 했지만 딩샤오예는 두 번 다 못 들은 척했다. 캉캉은 자기 목소리가 너무 작았나 싶어 한번 더 물어보려고 했다. 하지만 딩샤오예의 표정을 보고는 말을 삼켜버렸다.

캉캉은 마찬가지로 별로 기운이 없어 보이는 평란에게로 방향을 바꿨다.

"사장님, 샤오예 형도 감기 걸렸대요." 캉캉은 비밀스럽게 말했다.

펑란이 딩샤오예 쪽을 흘끗 쳐다보며 물었다. "그래서?"

캉캉은 헤헤거리며 웃었다. "사장님 댁에 죽 배달 갔다 온 다음에 감기 걸린 거잖아요."

"그게 나랑 무슨 상관이야. 우리 엄마는 나 간호하느라 이틀 동안이나 우리집에 계셨는데도 아무렇지 않으시거든? 딩샤오예의 면역력이 설마 나이드신 우리 엄마보다 못하다는 거야?" 펑란이 입을 삐죽거리며 말했다.

"그러니까…… 우리 생각엔, '무슨 일'이 있었던 게 아니냐는 거죠." 캉캉이 펑란을 향해 눈을 깜박여 보였다.

펑란은 웃어버렸다. "'우리'가 누군데?"

사나이란 의리를 지켜야 하는 법. 캉캉은 누구의 이름도 발설하지 않았다. 결국 모든 직원들은 영업이 끝난 후에 남아서 구석구석 깨끗이 대청소를 하라는 통보를 받았다. 사장님 눈에 다들 너무 한가해 보였기 때문이다.

점심때 탄사오청이 또 가게에 왔다. 때마침 잘된 일이었다. 펑란은 전날 밤에 우장이 탄사오청에게 전해주라며 맡긴 물건을 꺼냈다. 그러고는 직접 물을 한 잔 따라 탄사오청이 앉은 테이블에 물잔과 그 물건을 같이 내려놓았다.

탄사오청은 편지봉투를 열었다. 봉투 안에서 은행 카드 한 장이 나왔다. 탄사오청은 그 의미를 이해한 듯했지만, 그럼에도 봉투를 거꾸로 들고 흔들어보았다. 뜻밖에도 쪽지 한 장이 떨어졌다. 황급히 쪽지를 집어들어 보니 숫자 몇 개가 적혀 있었다.

"우장 오빠가 전해주래. 비밀번호는 종이에 적혀 있어." 평란이 설명했다.

탄사오청이 물었다. "다른 말은 없었어?"

평란은 고개를 저었다.

탄사오청은 비밀번호가 적힌 종이를 천천히 손안에 움켜쥐고는 자조하듯 웃으며 말했다. "당연히 아무 말도 안 했겠지. 내가 좋은 일을 했든 나쁜 일을 했든, 그 사람은 나한테 한마디도 남길 가치가 없다는 거구나."

카드에는 사고를 당한 환자 가족이 제기한 문제를 수습하기 위해 탄사오청이 썼던 돈이 들어 있었다. 우장은 한 푼도 모자라지 않는 금액으로 그녀에게 돌려준 것이다.

환자 가족들이 더이상 문제 제기하지 않고, 병원 측에서도 우장 같은 인재를 잃고 싶어하지 않았기 때문에 그 일은 그쯤에서 마무리되었다. 우장이 부원장으로 발탁될 것이라던 얘기도 마찬가지로 수그러들었다. 탄사오청이 이 일에 소비한 게 돈만은 아니었다는 사실을 평란조차 알 수 있었다. 탄사오청이 말했듯이, 막돼먹은 사람들을 대할 때는 막돼먹은 방법이 필요한 법이다. 우장은 자신이 싫어하는 여자가 제 마음대로 하는 걸 막을 수 없었다. 우장이 탄사오청에게 배상할 수 있는 유일한 길, 또한 탄사오청과 교섭하기 위해 내놓을 수 있는 단 한 가지가 바로 돈이었다. 우장은 탄사오청에게 빚을 지지 않을 것이며, 감사하는 일은 더더욱 없을 것이다.

작은 기대를 물거품처럼 잃어버린 탄사오청의 눈빛에 평란은 좀 슬퍼졌다. 과거에 무슨 짓을 했든, 지금의 탄사오청은 그저 사랑을 얻지 못해 비참하고 가엾은 여자일 뿐이었다. 물론 그렇게 맹목적으로 뛰어들었다고 해서, 이 일로 우장과의 사이가 호전되기를 바랐던 것은 아니다. 그저 우장의 한마디 말, 혹은 단 몇 자의 편지라면 탄사오청은 충분했다. 두 사람이 아무 관계 없는 사이는 아니라는 느낌 정도면 되었다.

하지만 애석하게도 우장은 가장 단호한 방법으로 탄사오청의 이런 희망을 단칼에 잘라버렸다.

"나 또 돈 생겼네." 탄사오청이 카드 위에 한 손을 올려놓고 웃으며 말했다.

평란은 한숨을 쉬었다. "이제 그만해. 오빠, 곧 결혼해."

우장의 결혼은 갑작스럽긴 해도 양가 가족들에게 가장 기쁜 소식이었다. 결혼식 날짜는 이미 다음달로 잡혔다. 평란이 말해주지 않더라도 탄사오청의 정보 수집 능력이라면 조만간 알게 되었을 일이다.

탄사오청의 손이 떨렸다. 그러더니 갑자기 고개를 들고 물었다. "결혼한다고? 누구랑?"

평란은 말이 없었다.

예상대로, 탄사오청은 잠깐 동안 굳어 있다가 안색이 창백해졌다. "쓰투줴?"

평란의 무언의 대답에, 탄사오청은 마치 한순간에 늙어버린 것 같았다.

잠시 후, 탄사오청이 주문한 세트 메뉴를 캉캉이 날라 왔다. 탄사오청은 넋이 나간 얼굴로 혼자 조용히 앉아 있었다. 가게를 나갈 때까지 젓가락 한 번 들지 않았다.

탄사오청이 가게를 떠나고 얼마 지나지 않아 점장이 난처한 얼굴로 펑란을 찾았다. 종업원의 태도가 불친절하다며 고객이 불만을 표시했다는 것이다. 펑란은 점장을 따라 그 고객이 앉아 있는 테이블로 갔다. 몇 마디 물어본 펑란은 딩샤오예가 고객의 휴대전화를 바닥에 던지고 사과도 하지 않았으며 태도가 불손했다는 것을 알게 되었다.

펑란은 그 테이블에 앉은 고객들을 살펴보았다. 이십대 초반의 젊은 아가씨들이었다. 대학생이거나 대학을 갓 졸업한 사회 초년생일 것이다.

펑란은 쉽사리 사건의 자초지종을 추측할 수 있었다.

얼마 전부터 가게에 여자 손님이 확연히 늘었다. 대부분 두세 명씩 같이 오곤 했는데 젊은 여성들이 특히 많았다. 그런 손님들은 자리에 앉아서도 메뉴판은 보는 둥 마는 둥 하며, 온 가게 안을 두리번거리기 일쑤였다. 적극적인 손님들은 직접 딩샤오예를 지목해 주문을 받아달라고 했고, 소극적인 손님들은 몰래 웃으며 딩샤오예를 훔쳐보았다. 펑란은 한 미식 사이트에서 가게에 대한 고객 평가를 읽어본 적이 있었다. '음식은 그럭저럭 괜찮고, 남자 종업원이 꽤 잘생겼다'는 평가가 몇 개나 있었다. 사실상 펑란이 딩샤오예를 채용한 이유 중 하나이기도 했다. 그런데 최근 들어 생각지도 못했던 성가신 일들이 생기고 있었다.

종업원으로서 딩샤오예의 태도는 그런대로 괜찮았다. 딩샤오예를 동물원 원숭이라도 보듯 둘러싸고 쳐다보는 손님들에게도 간혹 인상이나 쓸 뿐이었다. 그렇지만 손님들이 사진을 찍는 것에는 민감하게 반응했다. 누군가 카메라를 들이대면 피했고, 심지어 찍은 사진을 지워달라고 요구하기도 했다. 가게 동료들은 대부분 딩샤오예의 이런 성격을 알고 있었기에 몰래 사진 찍는 손님을 발견하면 좋은 말로 말리곤 했다. 다행히 사진을 찍는 사람은 많지 않았고, 젊은 여성들은 수줍음을 타는 편이었기 때문에 지금까지 별일이 생기지는 않았다.

그런데 이번에 딩샤오예의 사진을 찍은 두 여성은 대담한데다 고집까지 셌다. 딩샤오예가 사진을 지워달라고 하자, 그중 한 사람이 휴대전화 번호를 알려주면 지우겠다고 말했다. 점장이 옆에서 중재할 준비를 하고 있는 사이, 뜻밖에도 딩샤오예가 두 손님의 휴대전화를 빼앗아서 자기 사진을 지워버리고는, 그대로 휴대전화를 바닥에다 던져버렸던 것이다.

손님들은 얼굴이 새빨개져서는 불같이 화를 냈다. 하지만 딩샤오예는 그들을 무시하고 주방에 전구를 갈러 가버렸다. 두 손님은 평란이 사장이란 걸 알고는 평란에게 딩샤오예를 불러 자기들에게 사과하고 휴대전화도 배상하게 하라며 소리를 질렀다.

평란은 안 그래도 기분이 별로였는데 이런 일까지 생기자 성가시고 짜증이 났다. 캉캉이 헐레벌떡 뛰어와서, 원래 그런 사람이 아닌데 오늘은 몸이 좀 안 좋아서 화가 났을 거라며 딩샤오예를 변호했다. 게다가 휴대전화는 모서리의 코팅이 조금 벗겨졌을 뿐, 절대로 전액 배상해야 할 정도의 손상이 아니었다.

평란은 캉캉을 조용히 시킨 후 해결책을 제시했다. "저희 종업원 태도가 부적절했으니 제가 사장으로서 대신 사과드리겠습니다. 정말 죄송합니다. 더이상 식사하실 기분이 아니실 테니, 주문하신 음식들은 계산하지 않으셔도 되고요, 휴대전화는 수리하신 영수증을 가지고 오시면 저희가 비용을 부담해드리겠습니다. 그래도 기분이 풀리지 않으신다면 소비자협회에 고발하세요. 저희는 협회의 처리 결과를 받아들이겠습니다."

두 여자 손님은 인터넷에 이 일을 폭로하겠다고 큰 소리를 치며 돌아갔다. 점장은 펑란 뒤에 서서 손님들을 배웅하고는 말했다. "정말 별별 사람이 다 있네요. 딩샤오예도 그래요. 도대체 오늘은 어떻게 된 건지……"

아청과 라오리는 구석에서 귓속말로 수군거리고 있다가 펑란이 쳐다보자 아무 말도 안 했다는 표정이었다. 분명히 듣기 좋은 얘기는 아니었을 것이다.

펑란은 점장에게 물었다. "방금 그 손님들이 시킨 음식, 전부 얼마예요?"

점장은 계산을 해보더니 대답했다. "276위안이요."

펑란이 말했다. "딩샤오예 이번달 월급에서 제하세요. 아, 그리고 휴대전화 수리 비용을 청구하거든 그것도 딩샤오예 월급에서 빼세요."

점심시간 손님들이 거의 빠져나간 뒤, 직원들은 다 같이 모여 점심을 먹었다. 펑란은 아무도 없는 안뜰에 혼자 앉아서 잠자리 한 마리가 물가를 맴도는 걸 쳐다보고 있었다.

누군가 문을 열고 들어와 펑란의 뒤에 섰다. 딩샤오예였다.

펑란이 물었다. "밥 안 먹어?"

딩샤오예가 말했다. "아까 먹었어. 다른 사람들한테 감기 옮기기 싫어서. 펑란, 미안해."

딩샤오예가 무슨 일에 대해 사과하는 건지 펑란은 알 수가 없었다. 어제는 그렇게 가놓고…… 딩샤오예의 감정은 그가 평란의 몸에 남긴 흔적보다도 흐릿했다. 평란의 신경줄이 아무리 단단하고 튼튼하다 해도, 딩샤오예를 다시 보자 불편한 기분만 느낄 수밖에 없었다.

"전에 네가 한 말이 맞았어. 이거 정말 망신스러운 일이네." 평란이 말했다.

자기의 고용인에게 반한데다가, 그게 잘못된 일인 줄도 모르고 그와 연애까지 하기로 했다. 틀린 길로 들어선 건 평란이지만 그래도 잘되든 못되든 그 길을 따라 계속 가보려고 했다. 그렇지만 딩샤오예는 어제 그런 순간에까지 그녀를 밀어냈다…… 평란은 너무나 혼란스러웠다. 딩샤오예에게 자신은 도대체 뭐란 말인가?

"점장님한테 얘기 들었어. 비용은 두 배로 제해도 돼." 딩샤오예가 차분하게 말했다.

평란은 그 말에 더 화가 났다. 자신은 그깟 돈 몇 푼에 신경쓰는 게 아니었다. 딩샤오예는 정말 이 얘기를 하려고 찾아왔단 말인가?

"됐어." 평란이 자리에서 일어나며 말했다. "오후엔 그냥 쉬어. 나가서 바람을 쐬든가 어디서 좀 쉬든가, 아니면 감기약을 사 먹든가. 또 사고를 쳤다간 월급이 남아나지 않겠어."

딩샤오예는 말없이 고개를 끄덕이고 안뜰을 나가려다가 참지 못하고 말을 꺼냈다. "그제 배송 받은 식용유가 아직도 통로에 그대로 쌓여 있던데. 그리고 오후에 소방시설 점검 있잖아. 가게에 있는 소화기, 사용기간 지난 거 아니야? 장사 하루이틀 해?"

평란은 그 말투에 또다시 화가 나 짜증이 폭발했다. "그런 걸 네가 가르쳐줘야 알 것 같아? 빨리 내 눈앞에서 사라져!"

그렇게 큰소리는 쳤지만, 소방 점검 결과는 좋지 않게 나왔고 평란은 결국 점검하러 나온 사람들에게 억지웃음을 지으며 저녁식사를 대접해야 했다.

오래전에 은퇴한 아버지의 인맥이 아직 좀 남아 있는데다 적발된 부분이 그리 중대한 문제는 아니어서 무거운 처벌은 받지 않을 터였다. 하지만 하루가 멀다 하고 점검을 나오는 것도, 작은 문제라도 발생하면 여기저기 신세를 지는 것도 싫었다. 그래서 다들 만족할 만한 방법으로 이 문제를 해결하기로 했다.

안전 점검 요원들은 이런 식사 자리를 마다하는 법이 없었다. 게다가 젊고 예쁜 사장을 보더니, 안전설비 개선 요구 통지서를 써주고는 평란이 있는 앞에서 저녁식사를 어디서 할지 의논하기 시작했다. 눈치 빠른 평란이 다른 데로 갈 게 뭐 있느냐며 만류해 결국 평란의 가게에서 저녁식사를 하게 되었다. 그러자 다들 고맙다며 평란에게 술을 권했다.

평란의 주량이 몇 년간 가게를 운영하면서 좀 늘긴 했다지만 점심때 거의 아무것도 먹지 못해 공복인 상태로 아저씨 예닐곱 명이 돌아가며 권하는 술을 마셔야 하는 상황은 쉽지 않았다. 평란은 그들에게 실례되지 않으면서도 술을 조금이라도 적게 마실 수 있는 모든 기술을 동원했다. 그래도 빈속에 몇 잔 급히 마시고 나자 아무래도 좀 견디기 힘들어졌다.

금방 술 한 병이 동났다. 식사를 하던 점검 요원 한 사람이 큰 소리로 종업원을 불러 술을 가져오라고 했다. 술을 가지고 들어온 사람은 평소에 그 룸을 맡고 있는 팡팡이 아니라 딩샤오예였다. 오후 내내 밖에 나가 있던 딩샤오예가 언제 가게에 돌아왔는지도 평란은 모르고 있었다.

종업원들이 주문받은 술을 준비하는 작업실은 한쪽 옆에 따로 있었다. 딩샤오예는 주석으로 만든 특제 술병에 술을 담아 와, 손님들 앞에 놓인 술잔 하나하나에 따랐다. 평란 차례까지 왔을 때 마침 술병이 비어버렸다. 딩샤오예는 작업실로 가서 병에 술을 다시 채워왔다.

평란은 딩샤오예가 투명한 액체를 자기 잔에 따르는 걸 말없이 지켜보았다. 그가 손을 거둘 때 저도 모르게 그와 시선을 교환했다. 자신이 힘들어하는 걸 알고 도와주러 오다니 꽤 눈치가 빠르다고 평란은 생각했다.

평란 옆에 앉아 있던 시설 점검팀 팀장이 딩샤오예 손에 들린 술병을 보더니 말했다. "술병이 꽤 특이하게 생겼는데."

평란이 웃으며 대답했다. "왕 팀장님 안목이 있으시네요. 작년에 태국에 있는 친구한테 특별히 부탁해서 주문 제작한 술병이랍니다. 태국산 주석으로 만든 거예요. 비싼 건 아니지만 신경써서 만들었어요. 술병이랑 술단지, 술잔에 코끼리와 연꽃 무늬를 넣었는데, 둘 다 태국에선 상서로운 의미가 있죠. 주석은 수질을 정화하는 성질이 있고요. 가게 로고를 각인하지 않은 몇 세트는 선물용으로 쓰고 있는데, 마음에 드시면 좀 이따가 팀장님 차에 한 세트 갖다드릴게요."

왕 팀장이 칭찬했다. "이러니 식당이 잘되지. 음식 맛은 둘째치고, 사장이 예쁜데다 가게 인테리어며 술잔 술병까지 이렇게 보기 좋잖아."

평란이 딩샤오예에게 눈짓을 했다. 딩샤오예는 바로 왕 팀장에게 선물할 술잔과 술병 세트를 가지러 갔다.

평란이 왕 팀장을 향해 술잔을 들고는 웃으며 말했다. "그 말씀은 저희 가게 음식 맛이 아직 부족하다는 거죠? 이제 다들 서로 인사도 하고 친해졌으니 앞으로 자주 오셔서 의견도 많이 주셔요. 부족한 부분이 있으면 지적해주시고 조언도 해주시고요."

왕 팀장이 말했다. "부족한 부분은 무슨, 별일도 아닌데 뭘!"

자리에 앉은 사람들이 잇달아 맞장구쳤다. 평란은 손에 든 잔을 비우기로 결심했다. 딩샤오예가 자기에게 따라준 게 물이라고 믿어 의심치 않고, 망설임 없이 단숨에 비웠다. 그런데 예상을 깨고 타는 듯 독한 술이 목을 타고 내려갔고 평란은 얼굴이 새빨개져서는 연거푸 기침을 해댔다.

누군가 말하는 소리가 들렸다. "사장님 성격이 화통하시네. 남자 못지않아."

평란은 고개를 숙이고 차를 한 모금 마시고 나서야 조금 나아졌다. 그러고는 애써 웃어 보이며 말했다. "제 주량은 보통 수준인데 오늘은 다들 와주신 덕분에 기분이 좋아서 많이 마시게 되네요."

사람들이 웃으며 칭찬을 했다. 평란은 주문한 요리 한 가지가 늦어져서 재촉하고 오겠다는 핑계를 대고 룸을 나왔다. 밖으로 나오자 룸 앞에 대기하고 있는 종업원이 팡팡으로 바뀌어 있었다.

평란은 치밀어오르는 화를 참으며 팡팡에게 물었다. "딩샤오예는?"

팡팡은 평란의 표정이 안 좋은 걸 보고 재빨리 대답했다. "사장님이 지시하신 거 가지러 창고에 가서 아직 안 왔어요."

"너는 아까 어디 갔었어?" 평란이 다시 물었다.

팡팡은 억울하다는 듯 대답했다. "딩샤오예가 밥 먹고 오래서 갔다 왔어요. 여기 일은 자기가 하겠다고 그래서요."

펑란은 그 말을 듣자 화가 머리끝까지 올랐다. 딩샤오예가 이 룸에 들어온 건 팡팡을 특별히 챙겨준 것이거나 고의로 펑란을 괴롭히려 했거나 둘 중 하나였다. 두 가지 가능성 다 부아가 치밀기는 마찬가지였다.

펑란은 화장실에 가서 술기운이 완전히 오르기 전에 억지로 토해냈다. 머리에 진땀이 나고 위장은 뒤틀리는 듯했다.

펑란이 화장실에서 나오자 팡팡이 물 한 잔을 들고 룸 앞에 서서 기다리고 있다가 걱정스레 물었다. "사장님, 괜찮으세요? 안색이 안 좋으세요."

펑란은 고개를 저으며 말했다. "괜찮아."

"잠깐만 기다리세요." 팡팡이 비어 있는 옆방으로 재빨리 들어가더니 작은 사발에 담긴 국수를 가지고 나왔다. "술 드시기 전에 뭐라도 좀 드세요."

펑란은 좀 이상하다는 생각이 들었다. 팡팡은 충직하고 성실하긴 했지만 상황을 파악하는 눈치는 별로 없는 편이었다. 그런데 오늘은 웬일로 이렇게 세심하게 챙겨주는 걸까? 그렇지만 지금은 그런 걸 따질 정신이 아니었다. 그녀는 팡팡에게 고맙다고 말하고는 아직 모락모락 김이 나는 국수를 순식간에 먹어치웠다. 그러고 나니 좀 견딜 수 있을 것 같았다.

펑란은 룸으로 돌아갔다. 그새 다들 열심히 먹고 마셨는지 두 병째 술도 거의 바닥나 있었다.

마지막 요리를 날라 온 사람은 다시 딩샤오예로 바뀌어 있었다.

평란은 딩샤오예를 거들떠보지도 않고, 그가 무슨 꿍꿍이속인지도 신경쓰지 않았다.

누군가가 쓸데없이 입을 놀렸다. "사장님, 진짜 가게에 하나하나 신경을 다 쓰셨나봐. 사장님만 예쁜 게 아니라 종업원도 다들 잘생겼네. 우리 같은 사람들은 여기 취직하고 싶어도 면접까지도 못 가는 거 아냐?"

평란이 웃으며 말했다. "농담도 잘하시네요. 종업원을 어디 여기 계신 분들께 비하겠어요?"

왕 팀장이 옆에서 끼어들었다. "펑 사장, 겸손할 것 없어. 내가 보니 종업원들이 다들 저 친구보단 한참 낫구먼 뭘. 미남 미녀 보기 좋아하는 건 인지상정인데 그렇게 말 돌릴 것 없어."

평란은 그 말에 딩샤오예를 한번 흘끗 쳐다보고는 말했다. "종업원은 종업원일 뿐이죠. 나쁜 여자는 남자의 돈과 지위를 사랑하고, 좋은 여자는 남자의 돈과 지위에서 풍기는 매력을 사랑하는 거 아니겠어요? 결국 여자들은 다 비슷해요."

"그 말도 일리가 있네. 펑 사장은 아직 혼자야?"

"전 아직 제가 좋은 여잔지 나쁜 여잔지도 모르겠는걸요." 평란이 웃는 얼굴로 말했다. 그러면서 속으로는 어쩌면 자신이 애초에 정상적인 여자가 아닐지도 모른다고 생각했다.

"에이, 무슨 소리야. 펑 사장 정도면 어떤 남자든 못 잡겠어? 여자가 눈이 너무 높으면 못 써."

"칭찬 고맙습니다. 제 얘기는 여기까지, 다들 많이 드세요……"

왕 팀장 일행은 술 세 병을 동낸 다음에야 만족스럽게 돌아갔다. 개선 요구 통지서와 벌금 통지서는 어느새 구두 경고로 바뀌어 있었다.

그들의 차가 멀어져가자마자 핑란은 얼굴이 저리도록 입가에 걸고 있던 억지웃음을 싹 거뒀다. 어머니가 이런 모습을 봤다면 분명히 또 한마디했을 것이다. "그러게 이런 건 여자애가 할 일이 아니라고 했잖니. 왜 사서 고생이야!"

그날의 점검 결과는 핑란이 부주의했던 탓이지만, 가게를 경영해온 몇 년 동안 이런 사람들을 대접하는 건 이미 일상다반사였다. 핑란은 이런 일 때문에 우울해하지는 않았다. 핑란의 마음을 쥐락펴락한 건 절대로 핑란이 억지웃음을 짓고 상대했던 그 사람들이 아니다.

가게 영업 종료 시간은 이미 지나 있었다. 룸에 있었던 점검 요원들이 마지막 손님이었다. 조리사들은 주문이 더 들어오지 않을 것을 확인한 후 전부 퇴근했고 종업원들도 거의 다 돌아갔다. 뒷정리를 하기 위해 남은 사람은 점장과 팡팡, 그리고 가게에서 숙식을 하는 딩샤오예뿐이었다.

핑란이 룸으로 돌아가보니 세 사람은 벌써 테이블 정리를 마쳐가고 있었다.

핑란은 점장과 팡팡이 듣는 앞에서 말했다. "딩샤오예, 나 취했어. 집까지 데려다줘."

딩샤오예가 허리를 펴고 섰다. "취하셨어요? 안 그래 보이는데."

핑란은 아무 말 없이 룸 입구에 미동도 않고 서서 차가운 눈으로 그를 노려보았다.

점장은 고개를 숙인 채 테이블보를 정리했다.

팡팡은 핑란과 딩샤오예를 보면서 웅얼웅얼 뭔가 말하려 했지만,

팡팡이 입을 열기도 전에 점장이 팡팡의 옷소매를 세게 잡아당겼다. 숨죽인 채 테이블을 정리하는 두 사람의 손놀림이 더 빨라졌다.

딩샤오예는 상황에 타협하기로 했다. "잠깐만요. 손 좀 씻고 올게요."

펑란은 가게 입구에 서서 밖으로 나오는 딩샤오예를 지켜보았다. 딩샤오예는 그새 평상복으로 갈아입었다.

"가자." 딩샤오예가 다가오며 말했다.

펑란은 아랫입술을 깨물며 말했다. "날 바래다주기도 싫지만 내가 저 두 사람을 난처하게 만드는 건 더 싫었나보지? 딩샤오예, 네가 오기 전에도 가게엔 아무 문제 없었어. 내가 무슨 악덕 사장인 줄 알아? 네가 저 사람들 지켜줄 필요 없어."

"억지 부리는 걸 보니 안 취했네. 그럴 줄 알았어." 딩샤오예가 말했다.

딩샤오예의 표정을 보니 온 힘을 다해 펑란을 참아주고 있는 듯했다. 펑란은 기분이 더 나빠져서 화를 내며 말했다. "내가 안 취해서 유감이야? 그럼 내가 저 아저씨들 앞에서 만취해서 웃음거리가 되면 속이 시원하겠어?"

딩샤오예는 바지주머니에 손을 찔러 넣고 비뚜름하게 서서 펑란을 쳐다보며 말했다. "자초한 일이잖아?"

"그래, 내가 자초한 일이지. 네 앞에선 뭐든 다 내가 자초한 일이지!" 펑란은 화가 머리끝까지 오른 나머지 오히려 웃음이 나왔다. "날 걱정해서 들어온 줄 알았던 내가 미쳤지. 괜히 혼자 좋아했네!"

딩샤오예는 펑란이 이러는 이유를 애초부터 짐작했다는 듯 차분하게 말했다. "내가 널 걱정해줘야 돼? 그런 남자들 몇 명 상대하는 게 너한테 어려운 일은 아니잖아."

"네가 그러고도 남자야?" 평란은, 자연계에서도 수컷은 자기가 교미하고 싶은 암컷만 보호하는 법이라고 딩샤오예가 말했던 걸 기억해냈다. 젠장맞게 현실적인 수컷들 같으니. 교미중에 암컷한테 잡아먹혀도 싼 놈들! 암컷들은 일이 끝난 후에 수컷들이 매정하게 떠나는 걸 방지하기 위해서 그러는 게 분명하다.

"난 네 여자가 아니니까 걱정하지 않는다는 거지?" 평란은 목소리뿐만 아니라 온몸이 다 덜덜 떨렸다.

딩샤오예가 한숨을 쉬며 말했다. "그게 그렇게 화를 낼 일이야? 평란. 선택을 했으면 결과를 감당할 줄 알아야지. 오늘 왔던 그 사람들이 바보인 줄 알아? 네가 그렇게 해서 그 술꾼들을 속일 수 있을 것 같아? 잔에 담긴 게 술인지 물인지, 술꾼들은 냄새 맡아볼 필요도 없이 보기만 해도 안다고. 꾀부리려다 제 꾀에 넘어가지 마."

평란도 그 생각을 안 해본 건 아니었다. 어쩌면 그저 딩샤오예의 이런 태도를 참을 수 없는 것뿐인지도 몰랐다. 평란은 고집스럽게 말했다. "왜 맨날 가르치려고 들어? 왜 네 훈계를 들어야 해?"

딩샤오예도 화가 나서 평란과 똑같이 소리를 질렀다. "네가 멍청하니까 그렇지! 혼자 사서 고생하다가 헛수고만 할까봐!"

걸음을 옮기던 평란이 길옆에 있는 화단 가장자리에 털썩 주저앉았다. 딩샤오예의 겉 다르고 속 다른 말을 곱씹다가 고개를 들고 그에게 물었다. "나랑 같이 고생하기 싫어?"

"노력하기 전에 대가를 생각해봐야지, 안 그러면 그냥 헛고생일 뿐이잖아!" 딩샤오예는 차갑게 말했다. "사람은 결국 다들 결과를 중시하는 거 아냐?"

평란은 딩샤오예의 손을 잡고 간절한 목소리로 물었다. "네가 팡팡한테 물이랑 국수 준비하라고 했던 거지? 팡팡 대신 네가 그 룸을 맡았던 것도 날 걱정해서 그런 거지? 그냥 그렇다고 말해줘. 그럼 정말 기쁠 거야."

"무슨 소린지 모르겠네." 딩샤오예는 잡힌 손을 빼내려 했지만 실패했다.

사실 딩샤오예도 말은 거칠지만 마음은 여렸다. 꼭 평란처럼. 그래서 시도 때도 없이 말다툼을 하면서도 평란을 떠나지 못하는 것이다. 딩샤오예의 손을 꼭 쥐자 평란은 조금 마음이 놓이며 입꼬리가 올라갔다. "네가 아무리 그래도 난 다 알아."

"맘대로 생각하든가." 딩샤오예는 마지못해 평란 옆에 앉았다. 화단 안쪽의 나뭇가지가 등을 스쳤다. 평란의 손가락이 그의 손바닥을 간질이는 것처럼. 마음을 아무리 감추려고 해봐야 몸이 직접 느끼는 걸 막을 수는 없다.

지난밤의 애무가 그렇게 도중에 흐지부지 끝난 후, 평란은 딩샤오예의 태도가 냉담해졌다고 느꼈다. 물론 지금까지도 다정했던 건 아니었다. 하지만 평란이 다가가면 두 팔 벌려 맞이해주지는 않더라도 그 자리에 서서 지켜보고 있다는 걸, 평란은 여자의 육감으로 느낄 수 있었다. 자신이 노력할수록 딩샤오예에게 조금씩 더 다가가고 있는 것 같았다. 그렇지만 지금 그는 분명히 뒤로 물러나고 있었다.

평란은 자기가 뭘 잘못했는지 알 수 없었기 때문에 자꾸 불안을 느끼고 작은 일로도 화를 냈다. 하지만 딩샤오예의 행동은 가끔씩 그가 사실은 평란을 신경쓰고 있다는 착각을 하게 만들었다. 이런 종잡을 수 없는 태도 때문에 평란은 더 혼란스러웠다.

평란은 손마디로 딩샤오예의 심장이 있는 곳을 톡톡 두드렸다. "도대체 얘가 무슨 생각을 하고 있는지 진짜로 꺼내서 보고 싶어."

"사람은 심장이 아니라 뇌로 생각하거든!" 딩샤오예는 평란의 손을 떨어내버렸다.

"그럼 네 뇌를 꺼내 봐야겠다. 그 안에 내가 없으면, 푹푹 삶아버려야지."

"내 뇌가 너처럼 두부로 돼 있을까봐?" 딩샤오예는 무시하는 투로 말했다. "너 같은 사람이 식당을 열어서 돈을 버는 게 기적이다."

평란은 딩샤오예의 어깨에 머리를 기댔다. 평란이 제일 좋아하는 자세였다. "사장이 너무 예쁜 걸 어떡해? 손님들이 칭찬하러 오는 걸 내가 막을 순 없잖아."

문득 딩샤오예의 어머니도 식당을 경영했고, 손님들이 사장님의 미모를 칭찬했다던 말이 기억나 평란은 예의 장난기가 발동해 딩샤오예에게 매달리며 물었다. "나랑 너희 어머니 중에 누가 더 괜찮은 사장님이야?"

"모든 면에서 네가 한참 떨어지지." 딩샤오예는 평란의 체면을 완전히 구겨버렸다. "우리 어머니가 너처럼 소방 설비 점검이랑 점포 검사도 제대로 대비 못 했을까봐?"

"자꾸 오늘 일만 가지고 그러지 마. 너 때문에 화만 안 났어도 내가 그런 걸 소홀히 했을 것 같아? 평소엔 나도 꽤 잘하고 있다고. 안 그러면 가게가 이렇게 잘되겠어?" 평란은 변명조로 말했다.

"그렇게 잘하고 있다면 주방장한테 그런 큰 권력을 주지 말았어야지. 지금 넌 주방장한테 월급을 많이 줘서 붙잡아두고 그 사람한테 뭐든 다 해주잖아. 다른 주방 직원들 월급도 네 손을 거쳐서 나가는 게 아니고. 주방장 출신이 아닌 사장이 이러는 건 위험해. 만약에 갑자기 주방장이 주방 직원들까지 다 데리고 다른 가게로 가버리겠다고 하면……"

펑란이 붙잡고 싶은 그 '착각'이 또 나타났다. 딩샤오예는 분명히 펑란을 걱정하고 있다. 그래서 무슨 일에든 신경을 써주는 것이다.

"내가 모르는 일이 있으면 네가 가르쳐주면 되잖아?" 펑란은 딩샤오예의 어깨를 껴안았다. "너희 집도 식당을 했으니까 네 경험도 나보다 많으면 많았지 적지는 않겠네. 이럴 게 아니라 우리 나중에 그냥 부부 식당을 낼까?"

"별생각을 다 하네!" 딩샤오예는 펑란에게 또 찬물을 끼얹었다.

그는 펑란을 보면서 점점 더 여자를 이해하기 어렵다고 느꼈다. 방금 전까지만 해도 그렇게 침울해 있더니, 단 한 가닥의 희망을 찾아내자마자 괴로움은 싹 잊고 또다시 기쁘게 미래를 꿈꾸는 것이었다.

펑란은 당당하게 말했다. "생각 못할 건 또 뭐 있어? 사랑하는 사람이랑 작은 식당을 경영하는 게 내 꿈인 걸? 그저 남편보다 식당이 좀더 먼저 온 것뿐이지. '바깥사장'이 없는 '안사장'은 진정한 안사장이 아니야. 아침에 일어나서 세수하고 머리 빗기도 전에 내 남자가 날 보고 '사장님, 좋은 아침' 하고 말해준다면 얼마나 좋을까! 난 바로 이런 날을 기다리고 있는 거야."

딩샤오예는 고개를 숙이고 바닥에 굴러다니는 메마른 나뭇가지를 집어들었다가 부러뜨려버렸다.

유치하지만, 쉽게 그려지는 꿈이었다.

"딩샤오예, 너희 식당은 예전에 어느 지방 음식을 했어?" 펑란이 물었다.

딩샤오예는 자신의 생각에 빠져 반사적으로 대답했다. "신장新疆 음식."

"신장 음식이라…… 그것도 그렇겠네." 펑란은 아무거나 생각나는 대로 말했다. "우리 아버지도 위장이 나빠지기 전까진 신장 음식을 좋아하셨어. 예전에 샤광 로 2번지 근처에 '성 밖 강남'이라는 식당이 있었는데 아주 유명했어. 혹시 들어본 적 없어? 아빠는 그 집 낭바오러우*를 제일 좋아하셨고, 엄마는 비빔면을 좋아하셨어. 그땐 오빠도 집에 있을 때라서, 온 가족이 자주 갔었어……"

펑란은 갑자기 말을 멈췄다. '성 밖 강남'이라는 그 식당은 육칠 년쯤 전에 이름을 바꾸었고, 주인도 바뀌었다고 했다. 그래선지 음식 맛도 변해서 그후로는 거의 가지 않았다. 펑란은 장사가 잘되던 식당이 이런 식으로 쇠퇴한 걸 아쉬워했었다. 그런데 딩샤오예가 한 얘기에 따르면 그의 집에 큰일이 생긴 것도 그 무렵의 일이 아니었던가?

펑란은 손을 놓고 깜짝 놀란 얼굴로 딩샤오예를 쳐다보았다. "설마……"

"아니야!" 딩샤오예가 부정했다. 지금까지의 인내심도 순간 바닥나버렸다. 그는 거칠게 펑란을 일으켜세웠다. "가자. 꿈은 집에 가서 꿔."

---

* 빵에 고기볶음을 얹은 신장 음식.

딩샤오예가 이렇게까지 부정하니 펑란도 더 캐묻지 않기로 했다. 펑란은 딩샤오예가 손을 아플 정도로 꽉 잡고 있는 것도 아랑곳 않고 그를 따라 뛰다시피 걸어가며 말했다. "어떤 꿈들은 함께 꾸어야만 행복한 거야. 꿈꾸는 덴 돈도 안 들고 책임질 필요도 없잖아? 딩샤오예, 나중에 우리가 가게를 열면 신장식 닭볶음도 팔고 태국식 카레 게 볶음도 팔까봐. 어떻게 생각해?"

"별로야."

"별로라는 건 그럭저럭 괜찮다는 뜻이야? 우리, 분점은 몇 개 낼까? 차얼더니에도 하나 내는 건 어때? 그럼 양 치고 돌아가는 사람들도 얼큰한 똠양꿍 국물을 마실 수 있겠다. 별실은 호화로운 천막처럼 만들어서 장막을 걷으면 바로 숲이 보이게 만드는 거야. 그리고 내가 발견한 건데, 카레에 건포도를 넣으면 엄청 맛있다?"

"맛있긴 뭐가 맛있어!"

"너 카레 좋아하면 다음에 내가 만들어줄게. 나 음식 꽤 잘해."

"……"

"딩샤오예, 왜 이렇게 빨리 걸어? 집에 가봐야 무슨 짓을 할 것도 아니면서."

"너 그 입 좀 다물 수 없어?"

"혹시 무슨 생각중인데 내가 방해한 거야? 무슨 생각? 말해봐. 뭔데?"

"……"

"네가 말 안 한다고 나까지 말 못 하게 해? 차얼더니에서 떠나온 것도 얘기할 사람이 없어서 그런 거였다며?"

"후회돼 죽겠다."

"후회되면 내가 너랑 같이 돌아가면 되지."

"집까지 가는 십 킬로미터도 안 되는 길도 나보고 바래다달라면서 무슨!"

"바래다주는 게 뭐 어때서? 전엔 하루종일 말도 탔다면서. 말 타는 거 좋아해? 나중에 나도 좀 가르쳐줘."

"안 좋아해. 다리에 굳은살 다 박였어."

"어디? 좀 보자."

"……"

"보는 게 안 되면 만져보는 건 돼?"

"이 여자가 어딜 진짜 만지려고! 손 치워! 평란, 너야말로 변태잖아!"

"와, 우리 또 공통점이 생겼네."

사랑은 병과 같다

국경절 연휴를 바쁘게 보낸 후, 캉캉의 열성을 다한 꼬임에 넘어가 핑란은 가게를 하루 쉬고 직원들과 워크숍을 가기로 했다.

워크숍 장소는 교외의 한 저수지로 정했다. 사실상 다 같이 교외에서 고기도 구워 먹고 기분 전환을 하면서 노고를 치하한다는 의미였다.

다들 요리를 업으로 삼고 있는 사람들이라 고기 굽는 것쯤은 일도 아니었다. 먹을거리는 주방팀이 일찌감치 준비해두었다. 목적지에 도착하자마자 남자들은 챙겨 온 도구를 내려놓더니 눈 깜짝할 사이에 고기 구울 준비를 마쳤고, 여자들은 재빨리 숯불에 꼬치를 굽기 시작했다.

핑란은 물가에 접이식 의자를 놓고 앉아 교외의 넓은 들판에서 불어오는 가을바람을 즐겼다. 한 번씩 이렇게 교외로 나오는 것도 나쁘지 않았다. 눈앞에 출렁이는 푸른 수면을 보고 있자니 마음까지 맑고 고요해지는 것 같았다. 물론, 펑란은 가을에는 구름층이 얇아져 피부 노화를 가속화하는 자외선이 가장 따가운 시기라는 사실도 잊지 않았다. 펑란은 나른하게 책을 몇 장 넘겨보다가 밀짚 모자의 챙을 좀더 내렸다.

얼마 안 있어 등뒤쪽에서 고기 굽는 냄새가 풍겨왔다. 가정 교육이 엄한 펑란의 집에서 꼬치구이 같은 건 블랙리스트의 맨 위에 올라 있는 음식이었다. 어머니는 꼬치구이는 쳐다보지도 못 하게 하며 그런 걸 먹으면 몸에 안 좋다고 늘 타일렀다. 그런 말을 하도 듣다보니 펑란도 점점 꼬치구이를 먹지 않게 되었다. 이 냄새가 얼마나 매력적인지도 거의 잊고 있었다.

먹을 수 없는 음식은 금지된 매력을 풍기게 마련이다. 그게 해로운 줄 알면서도 펑란은 책장을 몇 장 넘기지도 않았는데 어쩐지 소녀 시절의 문학적 감성을 되찾은 듯한 기분이었다.

"네가 가……"

"그냥 네가 가."

"둘 다 안 돼. 샤오예 형한테 가져가라고 해."

참견쟁이 류캉캉이 또 나서서 직원들의 시시한 실랑이에 결론을 내려주었다. 잠시 후 맛있는 냄새를 따라 익숙한 발소리가 펑란 쪽으로 다가왔다. 펑란은 저도 모르게 심장 박동이 빨라졌지만, 짐짓 책을 펴서 얼굴을 덮고는 아무것도 모르는 척하려 애썼다.

딩샤오예 역시 펑란에게 아는 체하지 않고 잘 구워진 꼬치구이를 펑란이 앉아 있는 의자 옆 바닥에 내려놓고 가려 했다.

"잠깐!" 펑란이 딩샤오예를 불러 세웠다. 그녀는 얼굴을 덮었던 책을 치우고는 조금 화가 난 듯 웃으며 그에게 눈짓했다.

"날씨 정말 좋다. 잠깐만 있다가 가."

그 말에 딩샤오예는 거절하지 않고 땅바닥에 앉더니 작은 돌멩이를 하나 주워 물수제비를 떴다. 맑은 가을 하늘빛이 우울한 기분을 몰아내주었다. 따스한 햇볕과 산들바람 속에, 딩샤오예의 얼굴은 젊고 해맑았다.

"무슨 책 읽어?" 딩샤오예가 손을 뻗어 평란이 읽던 책을 뒤적여 보았다.

평란은 입을 오므리고 웃으며 말했다. "읽어줄까?"

"그러든가." 딩샤오예는 사양하는 기색도 없이 일회용 접시에 담긴 꼬치를 들어 입에 물었다.

평란이 책을 펼쳐 소리 내어 읽기 시작했다. "당신이 속되고 경박한 것을 알지만 나는 당신을 사랑합니다. 당신의 속셈과 뻔뻔스러움을 알지만 그래도 나는 당신을 사랑합니다. 당신이 거짓말쟁이에 변태인 걸 알지만 그래도 나는 당신을 사랑합니다…… 당신에 대한 내 사랑은 이렇게나 깊답니다. 당신의 이런 점들을 나는 신경쓰지 않습니다……" 평란은 책을 가슴에 껴안고는 생글거리는 얼굴로 딩샤오예를 쳐다보았다. "내가 한 말이 아니야. 책에 이렇게 쓰여 있다고."

"책에 진짜 그런 내용이 있어?" 딩샤오예가 관심을 보였다.

"당연하지. 못 믿겠으면 직접 봐." 평란은 기분이 꽤 좋아 보였다.

딩샤오예가 웃으며 대답했다. "서머싯 몸이 살아 있었으면 너 때문에 열 받아 죽었을 거다."

"어, 너 서머싯 몸도 알아? 큰일났네." 말은 이렇게 했지만, 평란은 그리 놀라지 않았다. 창고에 있는 침대에 누워 브람스의 왈츠를 들을 정도니, 딩샤오예가 서머싯 몸을 아는 것도 이상할 건 없었다.

딩샤오예는 평란의 손에서 책을 가져다 다리 위에 펼쳐놓고 몇 장 넘겼다. 어느 부분에 이르자 그의 미소가 더 짙어졌다.

딩샤오예가 소리 내 읽기 시작했다. "여기 이렇게 쓰여 있네. '여자들은 사랑을 아주 중요시한다. 그리고 우리를 설득하려 한다…… 사실 사랑이란 생활 속의 사소한 일부분이고, 우리는 정욕만을 이해할 뿐이다. 이것은 정상적이고 건강한 반응이다. 사랑이란 병과 같다.'"

"넌 건강해?" 평란은 딩샤오예를 향해 눈을 흘겼다.

딩샤오예가 책을 평란의 무릎 위에 되돌려놓으며 말했다. "너만큼 병들진 않았지."

그때 장난감 공 하나가 두 사람 옆으로 데굴데굴 굴러왔고 멀리서 누군가의 목소리가 들렸다. "얼른 이리 와. 이모랑 삼촌 귀찮게 하지 말고."

주방장 부인의 목소리였다.

워크숍에는 여러 직원들이 가족을 데리고 왔다. 주방장은 부인과 아들까지 온 가족이 참석했고, 점장도 아들을 데리고 왔다. 라오리도 입에 달고 살던 '마누라'를 처음으로 데려왔다. 샤오자오는 새 남자친구와 함께 왔다. 팡팡까지도 아칭의 고백을 받아들여 수줍은 듯 붙어 앉아 있었다.

흐뭇한 풍경이었다.

평란은 웃으며 장난감 공을 집어들어 아이 쪽으로 굴려주었다.

평란은 예전엔 아이들을 좋아하지 않았다. 마트에서 어쩌다가 분유 진열대 앞에 서 있기라도 하면 판촉 사원이 "아이가 몇 개월이에요?" 하고 물어오는데, 매번 어색해서 어쩔 줄 몰라했다. 평란 생각에 아이를 낳는 건 몸과 마음을 완전히 망치는 일이었다. 몸매도, 남은 인생도 망가져버릴 거라고 생각했다. 그랬던 평란이 지금은 아이를 가지면 어떨지 상상하고 있었다. 자신과 딩샤오예의 아이는 누구를 닮게 될까? 그의 눈과 코를 닮을까? 그래도 입은 평란 자신을 닮으면 좋을 것 같았다. 아빠처럼 키가 크고, 엄마처럼 피부가 깨끗하면 좋겠다. 딩샤오예의 외모는 말할 것도 없지만, 평란도 예쁘다는 소리를 자주 듣는 편이니까 좋은 요소들이 잘 결합되지 않으면 아까울 것 같았다. 어쩌면 이삼십 년 후에 그 아이도 자기 아빠처럼 어떤 여자 앞에서 "우리 어머니는 미인이야" 하고 자랑스럽게 말하게 될지도 모른다……

평란은 자기가 너무 멀리 나갔다는 걸 깨달았다. 여자가 먼저 이런 생각을 하는 건 일이 망할 징조다. 위험하고 어리석었다. 이런 상상을 말로 옮길 엄두도 나지 않았다. 딩샤오예는 미래에 대한 평란의 상상을 모조리 거부하고 있었다. "평란, 그렇게 푹 빠져버리면 게임이 재미없어지잖아"라는 딩샤오예의 말을 또 듣고 싶지 않았다. 그런 말을 들으면 기분만 답답해질 뿐이다. 지금같이 좋은 분위기에 괜히 그런 말을 해서 서로 불편해질 필요는 없었다.

하지만 누군가를 사랑한다면 그 사람과 함께하는 미래를 상상하는 건 당연한 일 아닌가? 딩샤오예는 늙어서도 멋진 할아버지가 될 것이다. 평란은 칠십 살이 되어도 매니큐어를 바를 것이고, 틀니를 빼고 입을 맞출 때면 여전히 그의 온 얼굴에 립스틱 자국을 남길 것이다. 딩샤오예는 돋보기를 끼고 평란의 손톱을 깎아줄 것이다. 그리고 지금처럼 평란 옆에 아무렇게나 앉아, 서로 놀리고 얼굴을 붉히며 말다툼을 하다가 아무 일도 없었던 듯 화해하곤 할 것이다.

평란은 의자에서 내려와 딩샤오예 옆에 책상다리를 하고 앉았다. 그리고 꼬치구이를 먹으면서 물가에 자란 갈대가 가볍게 흔들리는 광경을 바라보았다.

"나 오늘 뭐 달라진 거 모르겠어?" 평란은 팔꿈치로 딩샤오예를 쿡 찔렀다. 딩샤오예가 고개를 돌리고 평란을 쳐다보았다. 입에 물고 있던 갈대 이삭이 평란의 뺨을 스쳤다.

"모르겠는데." 지금의 이 아름다운 풍경에 비해 너무 무뚝뚝한 대답이었다.

평란은 그를 한 대 때려주고 싶어졌다. 한 손으로 딩샤오예의 얼굴을 자기 쪽으로 돌려 자세히 살펴보게 하고는 짐짓 화난 투로 말했다. "좀 자세히 봐봐…… 진짜 모르겠어? 눈을 달고 있긴 한 거야?"

딩샤오예가 알아보기 전에는 놓아주지 않을 기세였다. 딩샤오예는 평란이 바라는 대로 해주기로 했다. 평란을 아래위로 몇 번 훑어본 뒤 물었다. "그 옷은 도대체 어디서 찾아다 입은 거야?"

"어때? 예뻐?" 평란은 조금 긴장한 듯하면서도 기대하는 목소리로 물었다.

오늘 평란은 평소의 스타일과 달리 가벼운 티셔츠에 청바지 차림이었다. 평란 스스로에게는 커다란 변화일지도 모르지만, 딩샤오예 눈에는 무슨 옷을 입든 그리 다르게 보이지 않았다.

평란이 말했다. "왜, 난 이런 옷 있으면 안 돼? 나 평소에 자주 이렇게 입어."

"아."

"내 말 믿는 거야?"

"믿어."

"그게 다야? 재미없어."

딩샤오예는 결국 참지 못하고 웃어버렸다. 그러고는 잔뜩 실망한 평란에게 물었다. "도대체 무슨 뜻으로 묻는 건데? 그냥 선심 쓰는 셈치고 알려줘봐."

평란은 신발끈을 손가락에 감았다 풀었다 하며 만지작거렸다.

"사실 나 평소에 이런 옷 안 입어. 어젯밤에 옷장을 싹 다 뒤집어봤는데, 대학 다닐 때 입던 옷은 엄마가 진작 어디다 기부해서 없더라고. 그래서 문 닫기 전에 대학가 옷 가게에 달려가서 사 왔어."

"왜 그랬는데?"

"네가 나한테 맞춰서 옷을 단정하게 입어주진 않을 거 알아. 나도 강요하고 싶지 않고. 그렇지만 너랑 같이 있을 때 내가 너랑 좀더 어울려 보였으면 좋겠어. 그럼 좀더 가까워진 듯한 착각이라도 들 것 같아서."

딩샤오예는 고개를 숙여 자기가 입고 있는 낡은 라운드넥 티셔츠와 청바지를 말없이 내려다보았다.

평란은 자조하듯 말했다. "나 웃긴 짓 한 가지 더 했다? 새 옷 사서 입고 온 거 티 날까봐, 세탁기에 몇 시간 돌린 다음에 드라이어로 말려서 입고 왔어. 어때, 감쪽같지?"

말을 마친 평란은 딩샤오예가 자신을 쳐다보고 있는 걸 발견했다.

"나 놀리려는 거지? 좋아, 해도 되는데 너무 심한 말은 하지 마!"

딩샤오예가 말했다. "괜찮네."

"뭐가 괜찮아?" 평란은 순간 무슨 말인지 알아듣지 못했다.

딩샤오예는 돌멩이 하나를 주워 물위로 멀리 던졌다. 이번에는 돌멩이가 그대로 물속으로 가라앉아버렸다.

딩샤오예가 말했다. "옷도 그렇고, 사람도 그렇고."

"진짜?" 펑란이 웃었다. 펑란의 마음속에서 기쁨이 수면에 번진 파문처럼 퍼져나갔다.

딩샤오예도 웃으며 고개를 끄덕였다. "진짜."

준비해 온 고기를 반쯤 먹었을 때, 펑란은 전화를 한 통 받았다. 파출소에서 걸려온 전화였다. 펑란의 자동차를 찾았고 범인도 체포되었으니 와서 수속을 좀 밟아달라는 것이었다.

펑란은 전화로 들은 이야기를 딩샤오예에게 해주었다. 딩샤오예가 말했다. "가봐. 이런 일은 쩡페이가 잘 처리해줄 거야."

펑란은 당연히 딩샤오예가 함께 가주기를 바랐지만, 억지로 끌고 가고 싶지는 않아서 고개만 끄덕였다. 그러고는 사람들에게 인사를 하고 먼저 그곳을 떠났다.

아니나 다를까, 파출소로 가는 길에 쩡페이에게서 전화가 걸려왔다. 역시 일처리가 확실한 사람이었다. 이 일에 개입한 이상 마무리까지 제대로 지으려는 것이다.

쩡페이가 옆에서 도와준 덕에 남은 일은 순조롭게 진행되었다. 펑란은 자기 물건을 두 번이나 도둑질한 범인을 지목했다. 딩샤오예의 예측대로 마약을 장기 복용한 중독자로, 전과가 셀 수도 없이 많았다. 펑란 사건은 그의 패거리들이 벌인 제일 큰 건이었다. 그렇다고 무슨 대단한 수를 쓴 것도 아니었다. 펑란의 가게가 있는 빌딩 주차장에서 차를 몰고 나가 근처의 작은 골목으로 들어갔고, 그곳에서 패거리가 커다란 컨테이너를 세워놓고 기다리고 있었다.

평란의 미니 쿠퍼는 컨테이너에 실려 여기저기 전전하다가 암시장에 팔렸다. 애초에 복잡한 사건은 아니었지만, 운 나쁘게도 사건이 발생한 골목의 보안 카메라가 고장났었기 때문에 시간과 수고가 많이 들었다.

평란은 차량을 되찾는 데 필요한 증빙 서류를 받아들고 쩡페이와 함께 파출소를 나섰다. 처음에는 잃어버린 차를 당장 되찾고 그 도둑놈이 응분의 처벌을 받게 하고 싶었다. 그런데 범인도 체포되고 차도 되찾은 지금, 평란은 생각만큼 기쁘지 않았다. 차를 도둑맞았다는 핑계로 딩샤오예가 집까지 바래다주는 나날을 당당하게 즐겨왔는데, 이제는 그럴 수가 없게 되었으니 말이다.

평란은 그 차를 아주 좋아했다. 하지만 그 차가 역겨운 도둑들 손에 들어가 여기저기 전전하면서 멀쩡히 남은 건 겉모습뿐이라고 생각하니, 앞으로 아무 거리낌 없이 그 차를 몰고 다닐 수 있을지 확신이 서지 않았다.

파출소 사람들은 아무 말도 하지 않았지만, 평란은 이번에 차를 되찾을 수 있었던 데 쩡페이의 도움이 컸다는 사실을 잘 알고 있었다. 평란은 파출소 입구에 서서 진심을 담아 쩡페이에게 말했다. "고마워."

쩡페이는 별일 아니라는 듯, 평란에게 밥이나 한 끼 사라고 했다. 그러더니 잠깐 생각에 잠기는 듯하다가 물었다. "딩샤오예랑…… 사귀는 거야?"

"그건 왜?" 평란은 깜짝 놀랐다.

"안 그러는 게 좋을 거야." 쩡페이가 말했다. "그 사람이랑 가까이 지내지 마. 좀 수상해."

평란은 물론 쩡페이가 사심을 가지고 이런 말을 한다고는 생각하지 않았다. 쩡페이는 그런 사람이 아니었다.

평란이 작은 소리로 물었다. "그 사람이 왜?"

평란은 손에 식은땀이 나는 걸 느꼈다.

쩡페이는 고개를 저으며 말했다. "아직은 증거도 부족하고 확실히 파악한 것도 아니라서 자세히 말할 수는 없어. 그렇지만 조만간 상세한 내막을 알게 될 거야. 그 사람 진짜 모습이 어떻든 간에, 네가 선택할 만한 상대가 아니야. 평란, 그 사람 외모만 보고 속지 마."

평란은 아무 말도 하지 못했다. 딩샤오예에게 좀 이상한 구석이 있다는 건 평란도 모르는 바가 아니었다. 그럼에도 기꺼이 사랑에 눈이 멀고 싶었다. 딩샤오예의 아버지가 정말로 그런 사람이라면, 그런 아버지 밑에서 자란 딩샤오예의 과거가 깨끗하지 않다 해도 이상할 게 없었다. 사람의 내력은 자신이 선택할 수 있는 게 아니다. 그렇지만 선악은 타고나는 것이다.

딩샤오예 역시 겉으로 드러나는 말과 행동은 좋을 때도 있고 나쁠 때도 있었다. 입만 열면 매정한 말을 하기 일쑤였다. 하지만 딩샤오예의 마음은 그의 말보다는 훨씬 선량했다. 평란은 그의 마음을 가졌다고 말할 자신은 없었지만, 그 마음이 절대로 자기에게 악의를 가진 건 아니라고 고집스럽게 믿었다.

정말로 골치 아픈 일은 그다음에 일어났다. 어디서 들었는지 평란의 부모님도 딸이 차를 도둑맞았다가 경찰이 찾아줬다는 사실을 알게 되었다. 애가 탄 부모님은 평란에게 지금 당장 '알현'하러 오라고 명했다.

쩡페이는 절대로 자기가 얘기를 흘린 게 아니라고 맹세했다. 그렇지만 자기 어머니나 누나가 말했을 가능성을 배제할 수는 없다고 인정했다. 누나 쩡원은 여전히 경찰 쪽에서 일하고 있었다. 사무직 공무원이긴 했지만 그래도 소식이 빨랐다. 쩡페이의 어머니는 더더욱 말할 것도 없었다. 남편이 오랫동안 경찰 일을 했으니, 은퇴했거나 아직 현역에 있는 친구들이 꽤 많았다. 쩡페이가 어머니와 누나 앞에서 이 일에 대해 말하지 않았더라도, 그들이 다른 곳에서 소식을 듣고 펑란의 부모님을 '배려'했을지도 모르는 일이었다.

쩡페이는 펑란을 부모님 집 앞에까지만 데려다주었다. 예상대로 혹독한 심문이 펑란을 기다리고 있었다.

부모님의 과민반응도 다 딸을 걱정하는 마음에서 나온 것이기에, 펑란은 고분고분 야단을 맞고 훈계를 들었다.

펑란은 부모님 말대로 앞으로 다시는 이런 일이 없도록 안전에 주의하고, 다음에 또 작은 사고라도 생기면 두말없이 부모님 집으로 들어와 살겠다고 약속했다. 그렇게 그쯤에서 넘어갈 줄 알았는데, 뜻밖에도 어머니는 또다시 딩샤오예 얘기를 꺼냈다.

어머니는 중간중간 몇 번이나 물을 마시고 쉬어가면서 펑란을 야단쳤다. 대략 이런 얘기였다. 아직도 그 남자 종업원이랑 가까이 지내고 있는 걸 모르는 줄 아느냐, 내가 다 창피스럽다, 고생스럽게 애지중지 길러서 대학 교육까지 시킨 게 기껏 종업원이랑 연애하는 꼴을 보려고 그랬던 것 같으냐, 제일 기가 막히는 건 그쪽은 너한테 마음이 있기나 한 건지 아직도 확신이 없다는 거다, 이건 가문의 수치다, 등등.

어머니는 딸이 딩샤오예와 얽히기를 바라는 건 절대로 아니었다. 하지만 이 정도 조건을 갖춘 딸이 그 하찮은 종업원을 손안에서 가지고 놀아야 마땅한 마당에, 사실은 그 반대라는 걸 어머니는 납득할 수가 없었다.

펑란은 어머니가 물어보는 대로 대답했다. 전부 사실대로 대답하지는 않았지만, 딸을 잘 알고 있는 어머니는 몇 마디 물어볼 것도 없이 딸이 그 종업원에게 얼마나 빠져 있는지, 지금 얼마나 곤란한 상황인지 똑똑히 알아버렸다.

"너는 도대체 머리가 있는 애냐 없는 애냐? 그 딩샤오예라는 놈은 딱 요새 TV에서 말하는 '세 가지를 안 하는 남자'로구나. 주도적이지도 않고, 거절하지도 않고, 승낙하지도 않고. 아유, 너 때문에 속상해 죽겠다!" 어머니는 손으로 가슴께를 누르며 원망스럽다는 투로 말했다.

펑란도 억울하다는 듯 말했다. "그럼 어떡해요? 제가 제 마음을 통제할 수 있는 것도 아니고, 그 사람 마음을 통제할 수 있는 것도 아니잖아요."

어머니는 신문을 들어 펑란의 머리를 세게 때렸다. "너 진짜 내 딸 맞아? 고집불통인 게 제 아버지랑 똑같아서는. 그 사람이 널 거절하는 게 진짜로 널 안 좋아해서 그러는 것 같아? 꾀를 부리는 거라고. 더 큰 걸 낚으려고 네 흥미를 끌다가 나중엔 너를 부스러기도 안 남기고 다 먹어치워버릴 거란 말이다." 어머니는 길게 한숨을 쉬었다. "지금은 아주 눈이 멀었으니 아무리 얘기해도 내 입만 아프겠지. 그럼 이렇게 하자꾸나. 언제 한번 그 사람을 집에 데리고 와. 내가 다시 제대로 얘기를 해봐야겠다. 도대체 무슨 생각인지 직접 물어 봐야겠어. 네가 밖에서 멋대로 하고 다니는 꼴을 이제 더는 두고보지 못하겠어. 이번엔 너희 아버지도 같이 얘기할 거야. 네가 제대로 못 하니까 우리가 정신을 차리고 봐야지."

평란은 깜짝 놀랐다. 너무 갑작스러운 변화였다. 차라리 어머니가 지금까지처럼 딩샤오예를 다시는 안 보겠다며 결사반대하는 게 나을 것 같았다. 지금 딩샤오예를 부모님 앞에 데리고 올 엄두는 도저히 나지 않았다.

"갑자기 무슨 난리를 일으키려고 그러세요! 그러면서 제가 멋대로 구는 게 싫으시다고요? 안 돼요. 전 마음의 준비가 안 됐다고요!" 평란은 곧바로 반발했다.

어머니는 딸의 이런 반응을 예상한 듯 물었다. "네가 마음의 준비가 안 된 거냐, 아니면 그 사람이 애초에 우리한테 인사 올 생각이 전혀 없는 거냐? 내가 인터넷에서 봤는데 '로미오와 줄리엣 효과'라는 말이 있더구나. 집안에서 반대하면 할수록 둘이 죽고 못 사는 사이가 돼서, 어른들을 거역하는 거라면 무조건 진짜 사랑이라고 믿게 되는 거라며? 나랑 너희 아버지랑 벌써 얘기 다 했다. 우리도 그렇게 막무가내로 우기는 부모는 아니야. 너도 성인인데, 네가 굳이 어려운 길을 골라 가야겠다면 우리가 말릴 수는 없겠지만 길을 살펴주는 정도는 할 수 있지 않겠니? 네가 그 사람을 집에 데리고 올 능력도 없다고는 하지 마라. 네가 부모 입장이라면 넌 어떻게 생각하겠니?"

"엄마…… 제발 그만 하세요."

"평란, 너도 이제 애가 아니잖아. 아빠 엄마는 너를 생각해서 이러는 거야. 그것도 모르겠니?" 가정사에 관해서는 항상 말을 아끼고 가족들의 얘기를 듣기만 하던 아버지도 시기적절하게 입을 열었다. "우리도 너보고 무슨 큰 부자를 만나라는 게 아니다. 네가 좋아하는 사람이면 나는 존중할 생각이야. 직업에는 귀천이 없는 법이니, 우리도 색안경을 끼고 사람을 볼 수는 없지. 그 청년이 정말로 인품이 좋고 성실하고 노력하는 사람이라면, 네 엄마가 반대해도 아빠는 너를 지지하마……"

아버지는 옆에서 어머니가 끼어들려는 걸 한 손을 들어 막으며 말을 이었다. "그 전제는 나와 네 엄마가 그 청년을 한번 만나보는 거야. 체면 차리며 만날 필요는 없다. 그냥 밥이나 한 끼 같이 먹으면서 아빠가 한번 보마. 그 정도는 괜찮겠지? 설마 아빠가 사람 보는 눈을 못 믿는 건 아니지? 길게 끌 것 없이 내일 저녁으로 하자꾸나. 너한테 그 정도 부탁도 안 들어줄 남자라면 아예 생각해볼 것도 없다."

평란은 더는 아무 말도 하지 못했다. 평소의 아버지는 집안의 대소사를 모두 아내에게 맡겨두고 관여하지 않는 듯 보였다. 그렇지만 섣불리 말을 않는 것뿐이지, 일단 입장을 밝히면 한마디 말이 어머니의 열 마디 잔소리에 필적한다는 걸 가족 모두 잘 알고 있었다. 아버지는 방금 입장을 명확히 밝혔다. 사람을 집에 데리고 오든가, 아니면 이제부터 아예 말도 꺼내지 말라는 뜻이었다. 내일 평란이 딩샤오예를 집에 데려오지 못한다면 부모님은 그를 받아들이려는 모든 가능성을 버릴 테고, 그렇게 되면 딩샤오예는 가게에서도 더이상 일할 수 없게 될 것이다. 이 정도만 해도 부모님은 이미 평란에게 최대한 양보해준 셈이었다.

세상에서 가장 비참한 사기꾼

오전 내내 고기를 구워 먹고도 성에 안 찼던지, 직원들은 워크숍 뒷정리를 마치고 오후에 노래방에 가기로 했다. 그런데 시내로 돌아오는 길에 납품업체에서 점장에게 전화가 한 통 걸려왔다. 오후에 물건을 배송하겠다는 전화였다.

노래방에 갈 생각이 없었던 딩샤오예는 자기가 물건을 받아서 정리하겠다고 했다. 점장은 물건 양이 적지 않다며 딩샤오예가 혼자 정리하기 힘들 수도 있다고 걱정했다. 그러자 의리의 사나이 캉캉이 딩샤오예와 같이 가겠다고 자청했다.

캉캉이 도와주는 대가로, 딩샤오예는 캉캉이 온갖 수단 방법을 동원해 그와 펑란 사이가 어떻게 발전하고 있는지 알아보려는 시도를 견뎌야만 했다. 다행히 가게에 도착해보니 납품업체 차량이 이미 가게 문 앞에 서 있었다. 둘은 물건을 배송해 온 직원과 함께 꼬박 한 시간 가까이 물건을 전부 옮기고 정리했다. 일을 하는 동안에는 캉캉도 무슨 말을 할 정신이 없었기 때문에 딩샤오예는 견디기가 한결 나았다.

일이 끝나자 딩샤오예는 캉캉에게 먼저 가보라고 했다. 캉캉은 원래 떠들썩한 걸 좋아했다. 지금 노래방으로 가서 합류한다 해도 늦지는 않을 것이다.

캉캉이 돌아간 후 가게 문을 잠그려던 딩샤오예는 잠깐 손에 힘이 빠져 열쇠를 떨어뜨렸다. 허리를 굽혀 열쇠를 주우려고 손이 막 땅바닥에 닿는 순간, 닫혀 있는 유리문 너머에 누군가 서 있는 걸 발견했다.

허리를 굽힌 딩샤오예의 눈에 처음 들어온 건 하이힐 한 켤레였다. 정교하고 아름다우며, 먼지 한 톨 묻어 있지 않은.

평란이 그새를 못 참고 원래의 차림새로 돌아간 걸까? 딩샤오예는 평란이 오늘 이런 옷을 입고 있지 않았다는 걸 분명히 기억했다. 그새 옷을 갈아입은 걸까? 그렇지만 이런 생각은 곧바로 사라졌다. 유리문을 사이에 두고 채 일 미터도 떨어지지 않은 곳에 서 있는 사람은 평란이 아니었다. 평란이라면 웃으며 문을 두드리든가, 아니면 곧장 들어와서 농담을 건넬 것이다. 이 사람처럼 가만히 서서 말없이 자신을 내려다보고 있지는 않을 것이다.

몸을 일으킨 딩샤오예는 어느새 그의 특기인 경계심 가득한 태도로 돌아와 있었다. 문 밖에 서 있는 건 낯익은 얼굴이었다. 바로 한동안 가게에 발길이 뜸했던 탄사오칭이었다.

"죄송합니다. 오늘은 휴점입니다." 딩샤오예가 공손하게 말했다.

"알아요. 아침에도 와서 문전박대당했거든요." 탄사오칭은 생글생글 웃으며 말했다. "생각보다 빨리 왔네요."

마치 두 사람이 만나기로 약속이라도 했다는 투였다.

"저도 오늘 쉬는 날입니다." 딩샤오예는 탄사오청에게 웃어 보인 뒤 고개를 숙이고 문에 자물쇠를 채웠다.

"평란이 바로 당신의 이런 성격을 좋아하는 거겠죠? 공교롭게도 나도 그래요." 탄사오청이 이렇게 말하는데도 딩샤오예는 고개 한 번 들지 않았다. 여자들의 이런 말은 이미 오래전부터 흔히 들어와서 신선할 것도 없다는 듯한 태도였다. 탄사오청은 하는 수 없이 자기가 보통 여자들과 다른 점을 보여주어야만 했다. 탄사오청의 어조가 미묘하게 변했다. "당신을 뭐라고 불러야 할까요…… 당신 이름이 딩샤오예가 아니라면 말예요."

탄사오청의 예상대로, 딩샤오예는 이 말을 듣자마자 움직임을 멈추고 마침내 탄사오청을 마주보았다. 탄사오청이 기쁜 듯 미소 지으며 말을 이으려는데, 찰칵 하는 소리가 또렷하게 들려왔다.

딩샤오예가 거침없이 유리문을 잠그는 소리였다.

탄사오청의 얼굴에서 웃음기가 가셨다. 딩샤오예가 몸을 돌려 가버리려는 순간 탄사오청이 목소리를 높여 말했다. "내가 평란처럼 만만해 보여요?"

딩샤오예는 다시 고개를 돌려 탄사오청을 쳐다보았다. 그녀는 평란과 전혀 다른 여자였다. 만약 여자들을 전부 뱀에 비유한다면, 평란은 예쁜 무늬를 가진, 겨울잠에서 막 깨어난 꽃뱀이었다. 몹시 배가 고픈 나머지 사냥감을 칭칭 감아 붙잡으려 하지만, 사실은 저도 모르는 사이 정신을 못 차릴 정도로 자기 몸을 휘감아버린, 그러면서도 자신이 얼마나 예쁜지 살펴볼 정신은 있는 그런 뱀. 하지만 탄사오청은 그런 식으로 날뛰지는 않았다. 반쯤 얼어 있는 듯 말이 없고 온화한 뱀이었다. 그렇지만 이빨은 말할 것도 없고, 그 눈빛에까지 독이 있는 뱀이었다.

딩샤오예는 독사나 맹수를 두려워하지 않았다. 지금까지 그의 주위엔 줄곧 그런 것들이 적지 않았다. 아마 탄사오청이 뭘 좀 알아낸 모양이었다. 물러서려 하면 더욱 압박해올 것이다.

협박을 하려는 인간은 제가 붙잡은 약점을 쉬이 떠벌리려 하지 않는 법이다.

딩샤오예는 탄사오청이 가방에서 종이 한 장을 꺼내 가게의 유리문에 가볍게 갖다대는 걸 조용히 지켜보았다. 탄사오청이 꺼낸 건 흐릿한 사진 한 장이었다. 사진에는 둥글고 우직한 얼굴에 눈이 작은 한 남자가 있었다.

탄사오청이 낮은 소리로 말했다. "이 사람이 X성 지얼거랑에서 온 딩샤오예죠. 칠 년 반 전에 외지로 나와서 일을 하다가 행방불명이 된…… 당신은 누구죠?"

추이커젠이 아들에게 준비해준 새 신분은 진짜와 혼동할 만큼 감쪽같았다. 딩샤오예가 지얼거랑에 가서 '진짜 딩샤오예'의 친지들 앞에 나타나지 않는 한, 그 누구도 X성 출신의 이 스물일곱 살짜리 청년의 얼굴이 바뀌었다는 걸 알 수 없을 터였다. '진짜 딩샤오예'는 어쩌면 칠 년 전에 정말로 타지에서 객사했는지도 모른다. 찢어지게 가난한 그의 가족들은 상당한 사례금을 받은 후, 사람들에게 아들이 외지에서 일하느라 집에 거의 오지 않는다고 입을 모아 말해왔다. 딴 속셈을 품은 누군가가 굳이 먼길을 가서 고지식한 가족들을 속여 아들의 옛날 사진을 가져온 게 아니라면, 그들이 먼저 발설했을 리는 없었다.

보아하니 탄사오청은 이 일에 꽤나 신경을 쓴 것 같았다. 딩샤오예가 물었다. "뭘 원하는 겁니까?"

"그건 내가 묻고 싶은 말이에요." 탄사오청의 눈엔 호기심이 가득했다. 평란과 딩샤오예의 관계가 막 시작될 무렵, 탄사오청은 그때 이미 사람을 시켜 이 '딩샤오예'라는 자의 내막을 알아보았다. 처음엔 탄사오청도 무슨 큰 비밀을 알게 되리라고는 생각지 못했다. 그저 오랫동안 외롭게 살다보니 습관적으로 주위 사람들의 사생활을 캐내는 경향이 생겼을 뿐이다. 게다가, 죽은 남편은 막대한 재산뿐만 아니라 비밀을 캐내는 기술까지 알려주지 않았던가.

"평란에게서 뭘 얻어내려는 거예요?" 탄사오청이 다시 물었다. 정신없이 빠져 있는 이 남자의 이름조차 진짜가 아니라는 걸, 평란은 분명 아직 모르고 있을 것이다. 특히 이 점이 탄사오청에게 뭐라 말할 수 없는 만족감을 주었다.

"호기심이 너무 많은 건 좋은 일이 아닙니다." 유리문을 사이에 두고 딩샤오예의 손가락이 그 낡은 사진을 따라 무심하게 미끄러졌다. 그의 눈빛이 탄사오청에게 잠시 머물렀다. 위험하면서도 유혹적인 눈빛이었다. 탄사오청은 어느새 평란의 마음이 점점 이해가 갔다. 자신은 딩샤오예를 사랑하지 않았지만, 마음이 흔들리는 건 어쩔 수 없었다.

"나한테 와요." 탄사오청이 말했다. "평란이 줄 수 있는 걸, 난 두 배로 줄게요."

딩샤오예가 말했다. "평란은 그쪽한테 전혀 악의가 없는데 평란한테 왜 이러는 겁니까?"

탄사오청이 웃으며 말했다. "누군가 악역을 맡아야만 좋은 이야기가 되는 거예요. 난 이미 이런 역할에 익숙해졌고요. 안 그러면 여자들은 다들 자기 사랑이 황금보다도 단단하다고 믿을걸요. 내가 펑란을 질투한다고 생각하든, 미워한다고 생각하든…… 난 상관없어요."

"그쪽은 펑란을 미워하는 게 아니죠." 딩샤오예가 주저 없이 말했다. 그는 '미움'이 뭔지 잘 알고 있었다. 탄사오청의 눈 속에는 호기심이 있었고, 질투도, 망설임도 있었다. 하지만 누군가를 미워하는 눈빛은 아니었다.

탄사오청은 잠시 침묵에 빠졌다.

"당신이 왜 '딩샤오예'라는 신분으로 펑란 앞에 나타난 건지 아직은 잘 모르겠지만, 분명히 좋은 일은 아니겠죠. 펑란은 나랑은 달라요. 펑란의 생활 속엔 그늘이 없어요. 펑란이 가게 종업원을 사랑하는 건 아마 낭만적인 모험이겠죠. 그렇지만 그 남자가 종업원이라는 신분보다 더한 사람이라면요? 펑란이 그걸 받아들일 수 있을 것 같아요?"

드리워진 딩샤오예의 속눈썹이 의심할 바 없이 탄사오청의 추측이 맞다는 걸 증명하고 있었다. 탄사오청의 호기심이 더 크게 불어났다.

"저런, 펑란을 꽤 신경쓰고 있군요." 탄사오청은 질투도 나고 부럽기도 했다. "세상은 참 불공평하기도 하지. 좋은 건 다 펑란이 가졌네요. 당신의 진짜 신분을 알게 되면 펑란이 어떤 얼굴을 할지, 생각해본 적 있어요?"

바로 그 점이 딩샤오예의 마음에 가장 걸렸다. 추이옌의 요구를 거절한 이상, 펑란 옆에 남아 있어야 할 이유는 더이상 없었다. 미련은 사람의 경계심을 늦추고 욕심을 키운다. 딩샤오예는 떠나야 할 날이 왔다는 걸 알고 있었다. 하지만 어떤 목소리가 자꾸만 속삭여왔다. 기다리라고, 좀더 기다리라고, 하루쯤 더 있어도 상관없다고. 딩샤오예는 뻔뻔하게도 그걸 평란이 매달리는 탓으로 돌리기까지 했던 것이다.

이젠 탄사오청까지 그가 '딩샤오예'가 아니라는 걸 알게 되었는데, 쩡페이라고 아무것도 모르고 있을까? 골목에서 우연히 마주쳤던 그때부터 쩡페이는 이미 딩샤오예를 의심하기 시작했다. 그저 아직은 '딩샤오예'와 '추이팅' 사이에 등호를 그리지 못한 것뿐, 그것도 이제 시간문제였다.

딩샤오예는 이 세상에 자신이 두려워할 일은 더이상 없다고 생각해왔다. 죽음도 무섭지 않았고, 자유를 잃는 것쯤은 이미 예상한 바였다. 다만 누구도 끌어들이고 싶지 않았고, 누구에게도 연루되고 싶지 않았다. 자신의 몸뚱이 하나야 어떻게 되든 아무 상관 없었다. 하지만 지금은 아니었다. 평란이 보는 앞에서 수갑을 차고 지나가는 것…… 이제 이것이야말로 딩샤오예를 가장 두렵게 하는 장면이었다.

"난 떠날 겁니다." 딩샤오예가 탄사오청에게 말했다.

"어떻게 떠나려고요? 멀쩡히 산 사람이 그냥 사라질 수 있을 것 같아요?" 탄사오청은 그렇게 생각하지 않는 듯했다. "난 평란을 잘 알아요. 당신이 그렇게 떠나면 평란은 당신을 더 그리워하게 될 거예요. 하루하루 지날수록 당신의 결점은 잊어버리고 좋았던 부분만 기억하겠죠. 가질 수 없기 때문에 평란 마음속에서 당신은 점점 더 완벽해질 거예요. 그렇게 아무도 당신을 대신할 수 없게 될 거고요. 그런 게 당신이 바라는 결과인가요?"

딩샤오예는 탄사오청이 찾아온 진짜 의도를 깨달았다.

"도대체 무슨 말을 하려는 겁니까?"

탄사오청은 만족스럽게 웃었다. "펑란은 체면을 중시하는 사람이에요. 펑란이 당신을 놓아주게 만들려면, 당신을 혐오하게 만드는 수밖에 없어요. 저우타오란처럼 말예요. 봐요. 펑란의 혐오감을 불러일으키는 사람이, 지금 바로 당신 눈앞에 서 있잖아요?"

속수무책으로 부모님 집 거실 소파에 앉아 있던 펑란은 캉캉에게서 걸려온 전화를 받았다.

캉캉이 말하길, 노래방에 간 사람들과 합류하려고 버스 정류장까지 갔는데, 아무래도 딩샤오예도 데리고 가는 게 좋을 듯해 다시 가게로 돌아갔다는 것이다. 그런데 마침 탄사오청이 딩샤오예를 찾아온 걸 보았다. 너무 가까이 가기는 좀 그래서 둘이 무슨 얘기를 하는지는 듣지 못했지만, 일단 펑란에게 이 일을 알려야겠다는 생각이 들었다는 것이다. 펑란과 딩샤오예 사이에 다른 여자가 끼어들지 못하도록.

펑란은 가게로 돌아갔다. 근처 KFC 안에서 기다리던 캉캉이 펑란을 발견하고는 바로 뛰어나왔다. 행동이 은밀한 것이 꼭 상부와 접선하는 스파이 같았다. 손에는 웬 과일을 한 봉지 들고 있었다. 탄사오청과 딩샤오예를 지켜볼 때, 남들 눈에 자기가 훔쳐보는 것처럼 보일까봐 대각선 건너 길가의 과일 가게에서 과일을 사는 척했다는 것이다. 한참을 고르다가 아무것도 안 사고 나오기도 그래서 몇 개를 사서 나올 수밖에 없었다고.

평란은 속으로 좀 우습다고 생각했다. 탄사오청이 딩샤오예를 찾아온 게 좀 이상하긴 했지만, 두 사람 사이에 무슨 관계가 있을 거라는 의심은 들지 않았다. 여자로서 그 정도의 자신감은 있었다. 도대체 탄사오청의 태도가 어땠기에 캉캉이 이런 참견까지 하는가 싶어 기분이 별로였다.

가게 앞, 탄사오청의 모습은 이미 보이지 않았다. 평란과 캉캉이 들어가자, 침대에 누워 자고 있던 딩샤오예가 두 사람의 기척에 일어나 앉았다.

캉캉은 더듬거리며 설명했다. "밖에서 과일을 사고 있는데 사장님이 오시잖아. 밖에 볕이 너무 따가워서 좀 피하려고 들어왔어…… 내가 과일 씻어줄게."

평란은 딩샤오예에게 다가갔다. 주변에서 종이 탄 냄새가 났다.

"일은 잘 처리했어?" 딩샤오예가 물었다.

평란은 잠시 멍하니 생각한 후에야 자신의 자동차에 관한 일을 묻는다는 걸 알아차렸다. 그래서 고개를 끄덕이며 대답했다. "한참 전에 끝났어. 일 마치고 나서 부모님 댁에 갔다 왔어."

평란은 딩샤오예 옆에 앉았다. 가만히 생각하니 또 우스워졌다. "재미있는 얘기 하나 해줄까? 아까 캉캉이 나한테 전화해서 뭐랬는지 알아? 탄사오청이 널 찾아온 걸 봤다는 거야. 캉캉 녀석, 나보다 더 긴장했더라고. 탄사오청이랑 무슨 얘기 한 거야?"

딩샤오예는 웃는 듯 마는 듯한 얼굴로 평란을 쳐다보며 되물었다. "넌 긴장 안 해?"

"내가 왜?" 평란은 웃으며 말했다. "탄사오청이 나만큼 멍청할까봐?"

"그건 그렇지."

평란은 무안을 느끼면서도 그에게 경고하는 걸 잊지 않았다. "탄사오칭은 가끔 아주 음흉할 때가 있으니까 조심해야 돼."

딩샤오예는 말이 없었다. 평란은 고개를 숙이고 손톱을 만지작거리다가 불쑥 엉뚱한 소리를 내뱉었다. "샤오예, 우리 같이 여행 가자. 어디 가고 싶어? 국내든 해외든 다 상관없어. 너 여권 있어? 아니면 나랑 같이 차얼더니에 가자. 구경 좀 시켜줘."

"넌 뭐 그렇게 생각나는 대로 막 던지고 봐?"

"너무 답답해서 좀 나가서 돌아다니고 싶어서 그래." 평란은 그에게 팔짱을 꼈다. "네가 같이 가줬으면 좋겠어."

"혼자 가. 난 일해야 돼." 딩샤오예는 웃으며 붙잡힌 팔을 천천히 빼냈다.

"나랑 같이 가는 게 네가 할 일이라고!" 말을 하고 보니 뭔가 이상한 것 같아, 평란은 마른기침을 두어 번 하고 말을 고치려 했다. "아니, 네가 그…… 뭐 그런 거라는 뜻이 아니라……"

"됐어. 그만해도 돼. 그렇게 생각 안 했어." 딩샤오예가 평란의 난감한 기분을 해소해주었다.

평란은 이렇게 미적거리는 자신의 태도가 마음에 들지 않아, 마음을 굳게 먹고 말했다. "샤오예, 나랑 같이 우리 부모님 만나러 가자. 내가 널 정말 좋아하는 걸 알고 부모님이 양보해주셨어. 내일 저녁에 우리 부모님이랑 식사나 하자. 우리 같이…… 아빠는 널 좋아하실 거야. 엄마가 듣기 안 좋은 말을 하시면 그냥 좀 참으면 돼. 엄마도 곧 너를 달리 보게 되실 거야."

딩샤오예의 침묵에 평란은 용기가 점점 사그라졌다. 당황스러운 마음에 딩샤오예의 손을 잡으려고 손을 뻗었지만, 허공만 움켜쥐었을 뿐이었다.

"안 가." 딩샤오예의 목소리는 반론의 여지를 주지 않으려는 듯 차가웠다.

펑란은 화를 내며 말했다. "그냥 밥 한 끼 먹는 거야. 별일이라도 있을까봐?"

딩샤오예는 자리에서 일어나 펑란을 등지고 섰다.

"그다음엔? 그다음은 어떻게 되는 건데?"

펑란도 가만히 앉아 있을 수가 없어 벌떡 일어나서 딩샤오예의 등에다 대고 소리를 질렀다. "될 대로 되겠지! 딩샤오예, 지금 내가 너랑 사귈 자격이 없다는 거야?"

"내가 자격이 없는 거야. 됐어?"

이런 말은 딩샤오예답지 않았다. 펑란이 아는 딩샤오예는 초라하기 짝이 없는 옷을 입고서도 남의 눈 같은 건 두려워 않고 펑란 옆에서 거리낌없이 웃을 사람이었다.

펑란은 마음을 좀 가라앉히고, 딩샤오예의 어깨를 붙잡아 돌려 얼굴을 마주보며 잘 얘기해보려 했다.

펑란은 농담조로 말했다. "그렇게 잘될 거라고 생각하진 마. 우리 부모님이 허락 안 해주실지도 몰라. 아빠가 도대체 네 어디가 좋은 거냐고 자꾸 물으시더라. 그래서 넌 아무것도 가진 게 없지만 착하고, 머리도 좋고, 노력하는 사람이라고 말씀드렸어…… 전부 지어낸 얘기지만 엄마 아빠 믿으시더라고. 난 사실 네가 가진 게 없어도 장점이 많아서 반한 게 아니야. 그냥 널 사랑하게 돼버렸으니까, 네가 가진 게 없어도 아무 상관 없는 거야. 모자랄 것 하나 없는 왕자님이 백설공주를 사랑하게 된 이유가, 백설공주가 편부 슬하에서 계모에게 괴롭힘을 당하며 자랐기 때문이 아닌 거랑 마찬가지야. 사랑은 사랑일 뿐이잖아. 서로 좋아하는데 자격이 있고 없고가 무슨 상관이야? 선택을 했으면 결과를 감당해야 한다고 했던 건 너잖아."

딩샤오예가 여전히 돌아서지 않자, 펑란은 반 바퀴를 돌아가 딩샤오예의 앞에 섰다.

"네가 나보다 세 살 어리잖아. 우리 엄마는 여자가 남자보다 더 빨리 늙는 걸 걱정하니까 그렇게 많이 반대하진 않으실 거야. 내 외모가 아직 봐줄 만할 때 날 빨리 붙잡는 게 좋을걸. 그리고 십 년 이십 년 지나서 내가 늙으면 현모양처가 될지 누가 알아? 너한텐 남는 장사잖아."

"바로 내일 일에 대해선 그렇게 걱정하고 이리저리 재면서 십 년 이십 년 후의 일은 참 쉽게도 말하네. 펑란, 눈앞의 문제를 해결하기 힘들어서 불안한 마음에 먼 훗날 얘기로 너 자신을 속이고 있다는 거, 너 스스로도 잘 알고 있잖아."

펑란은 미래에 대한 얘기만 꺼내면 물러서는 딩샤오예의 태도를 더는 참아주기 힘들었다. 펑란이 이해할 수 없다는 듯 물었다. "왜 그렇게 미래 이야기만 나오면 두려워해? 그렇게 나쁠 거 없잖아? 만약 우리 부모님이 얼떨결에 허락해주시기라도 하면······"

딩샤오예는 펑란의 말을 잘랐다. "내 말을 못 알아듣네. 너희 부모님이 반대하실까봐 두려워서 안 가려는 게 아니야. 우리 사이가 그 단계까지 가려면 아직 한참 먼 거지."

펑란은 그대로 굳어버렸다. 가게에 오기 전에 이미 마음의 준비를 했고, 딩샤오예가 거절할 경우에 대한 대책도 세웠다. 아무래도 너무 갑작스러운 얘기인 만큼 펑란도 딩샤오예에게 크게 부담을 줄 생각은 없었다. 그래봐야 부모님 말씀을 한번 더 어기는 일일 뿐이다. 부모님은 결국 용서해주실 것이다. 그렇지만 딩샤오예가 딱 잘라 말하는 걸 듣고, 불현듯 어머니의 비유가 정확하다는 생각이 들었다. 딩샤오예가 바로 '세 가지를 안 하는 남자'가 아니면 뭐란 말인가? 펑란을 낚아서 가지고 놀면서, 잘해줬다가 냉담했다가, 더 큰 걸 얻기 위해 일부러 느슨하게 놓아주는 게 틀림없었다.

펑란은 넋이 나간 듯 웃더니 따져 물었다. "그럼 말해봐. 우리 사이는 도대체 어느 단계까지 간 건데?"

"말했듯이, 난 널 속이고 있는 거니까, 전부 다 거짓말이야. 너 혼자 게임에 너무 몰입했다고!"

"전부 진심이 아니었을 리가 없어!"

펑란도 매번 그렇게 혼자서만 매달렸던 건 아니었다. 원맨쇼도 오래하면 질리게 마련이다. 펑란이 낙심해서 물러나려 할 때마다 딩샤오예는 무의식중에 펑란을 한 번씩 끌어당겨주었다. 버스 정류장에서의 첫 입맞춤, 집에 가는 길에 먼저 잡아준 손, 그리고 감기에 걸렸을 때 침대에서의 행동들까지…… 펑란은 그럴 때마다 자기가 이미 딩샤오예의 마음에 가까이 다가갔다고 느꼈다. 그의 심장도 그 순간 분명히 뛰고 있었다. 펑란 혼자만의 마음은 결코 아니었다.

"네 말이 전부 거짓이라면, 지금 이렇게 날 상처 주는 말도 전부 거짓말이야!"

딩샤오예는 한숨을 쉬며 말했다. "지금까지 여자도 많이 만나봤고 낚아본 적도 많지만, 자기 자신을 이렇게까지 속이는 여자는 네가 처음이야."

펑란은 딩샤오예가 뭐라고 더 말을 잇기 전에 그를 위한 변명을, 그리고 자신을 위한 탈출구를 찾았다.

"샤오예, 혹시 말 못할 사정이 있어서 나한테 이러는 거야?"

"…… 그런 거 없어. 네가 생각이 너무 많은 거지."

"오늘 탄사오청이 도대체 무슨 소릴 했어? 탄사오청이랑 관련있는 거야?"

"무슨 자격으로 저한테 이런 질문을 하시는 거죠, 사장님?"

펑란은 숨을 깊이 들이쉬었지만, 그래도 화가 풀리지 않아서 숨을 한번 더 들이쉬었다. 심호흡을 네 번이나 하고서야 꼴사나운 눈물을 참아낼 수 있었다.

"분명히 그 여자야! 네가 말 안 하면 내가 직접 물어볼거야." 펑란은 입술을 부들부들 떨면서 중얼거렸다.

딩샤오예가 말했다. "너는 돈도 있고 얼굴도 예쁜데 남자들이 왜 너랑 결혼하기 싫어하는지 알아? 너는 사람한테 너무 매달려. 숨도 못 쉴 정도로 매달리는데, 그걸 참아줄 남자가 어디 있어!"

지금까지 딩샤오예가 아무리 말을 심하게 했어도 이번처럼 펑란을 상심하게 한 적은 없었다. 펑란은 끝내 흘러내리는 눈물은 신경도 쓰지 않고 침대 위의 베개를 들어 딩샤오예를 때렸다. 그리고 베개 아래에 있던 토끼 모양 열쇠고리도 딩샤오예를 향해 집어던졌다.

"탄사오청이 아니면 추이옌이겠지! 안 그러면 잘 지내다가 갑자기 왜 이러겠어? 넌 도대체 어떤 사람이야? 내가 모르는 떳떳지 못한 사정이 얼마나 더 있는 거야?"

평란은 딩샤오예의 태도가 이렇게 변한 데 다른 사람이나 다른 일의 개입이 없으리라고는 절대 생각하고 싶지 않았다. 사람이 절망하면 속죄양을 필요로 하게 되는 것이다.

딩샤오예는 가슴팍에 아프게 던져진 열쇠를 한 손으로 붙잡고는 차갑게 웃으며 말했다. "네가 이런 걸 일찍 배웠으면 저우타오란인가 하는 그 겁쟁이가 다른 여자랑 결혼하진 않았을걸."

"딩샤오예, 이 나쁜 놈!" 평란은 손에 잡히는 대로 아무거나 집어 딩샤오예를 향해 던졌다. 그의 입을 막아버리고 싶었다.

딩샤오예는 소금 봉지인지 설탕 봉지인지가 날아오는 걸 피하고는 평란을 억지로 침대 가장자리에 눌러앉혔다.

"평란, 거울 좀 봐. 네 꼴이 지금 어떤지 보라고!"

평란은 양손으로 얼굴을 가리고 큰 소리로 울기 시작했다. 결국 자신이 지금까지 경멸하던 무지막지한 여자들이나 하는 짓을 해버린 것이다. 평란이라고 울고 소리지르고 목매달겠다고 협박할 줄 몰랐던 게 아니었다. 다만 지금까지는 평란을 그렇게까지 몰아간 사람이 없었을 뿐이었다.

캉캉이 다 씻은 과일을 들고 문가에 우두커니 서 있었다.

누군가 잠겨 있지 않은 가게 문을 열고 들어왔다. 캉캉은 들어온 사람은 알아보자마자 다급하게 외쳤다. "둘 다 가게에 없어요!"

탄사오청이 보아하니 말 그대로 눈 가리고 아웅이었다.

탄사오청은 캉캉이 서 있는 쪽으로 걸어왔다. 아니나 다를까, 눈앞에 흥미로운 장면이 펼쳐져 있었다. 작은 창고 안은 온통 어질러져 있었다. 딩샤오예는 무심한 얼굴로 말이 없었고, 평란은 온 얼굴에 눈물 자국이었다.

"내가 때를 잘못 맞췄나?" 탄사오청이 말했다.

평란은 방금 전에 캉캉이 소리치는 걸 듣자마자 정신없이 뺨 위에 흐른 눈물을 닦았다. 오늘 입은 옷에 화장을 맞추느라 눈썹만 좀 그리고 옅은 색 립스틱을 발랐을 뿐이어서 다행이었다. 지금 너무 보기 흉한 모습이 아니기를 진심으로 바랐다. 특히나 이렇게 껄끄러운 사람 앞에서는.

"무슨 일이야?" 평란은 저도 모르게 턱을 치켜들었다. 그리고 목소리를 가다듬고 말했다. "오늘 휴점이라고 써놓은 거 못 봤어?"

탄사오청은 어깨를 으쓱거려 보였다. "상관없어. 밥 먹으러 온 거 아니니까."

"그럼 그만 가봐. 캉캉, 손님 나가시고 나면 문 잠가!"

평란은 보는 눈이 있는 앞에서 탄사오청에게 딩샤오예를 찾아온 이유가 뭔지 묻고 싶지 않았다. 그저 탄사오청이 한시라도 빨리 눈앞에서 사라지기를, 그리고 자신과 딩샤오예 사이의 불화에서 멀어지기를 바랐다.

탄사오청이 말했다. "난 저 사람 기다리는 거야."

평란은 탄사오청의 시선을 따라 딩샤오예 쪽을 보았다.

딩샤오예는 아무 말도 하지 않았다. 이미 탄사오청의 '호의'를 거절한 딩샤오예는 탄사오청이 이렇게까지 집착할 줄은 몰랐다. 하지만 생각해보면 이렇게 된 것도 나쁠 건 없었다. 조금 전의 일들은 딩샤오예가 각오했던 것보다도 훨씬 힘들었다. 발악하고 눈물을 흘리는 평란을 보는 건 괴로운 일이었다. 딩샤오예는 평란이 애원하는 게 두려웠다. 평란이 한 번만 더 울며 애원한다면 마음이

혼들릴 테고. 그러면 지금까지의 노력이 수포로 돌아가버릴 것이다. 두 사람은 다시 아무 희망도 없는 상황 속에서 서로 뒤엉키게 될 것이다. 언젠가는 그런 날이 분명히 올 것이다.

"재촉하러 온 거 아냐. 차에서 기다리다가 발이 저릴 지경이라 와본 거야." 탄사오청이 빨갛게 부은 펑란의 눈을 스치고 지나갔다. 그리고 딩샤오예에게 말했다. "심하게 싸웠어? 당신도 참. 할 말만 하면 되지, 상처를 줄 필요까진 없잖아?"

"무슨 소리야? 내 앞에서 허세 부리지 마." 펑란은 탄사오청의 말을 믿지 않았다. 자신이 딩샤오예와 아무리 심하게 싸운다 한들 어디까지나 두 사람 사이의 문제다. 펑란은 탄사오청을 이 감정의 경쟁상대로 여긴 적이 한 번도 없었다. 진정한 적수는 하나뿐이다. 그건 바로 딩샤오예의 알 수 없는 '마음'이었다.

탄사오청이 깜짝 놀란 얼굴로 딩샤오예에게 물었다. "펑란한테 아직 얘기 안 했어?"

"응." 딩샤오예가 대답했다.

"그럼 내가……"

"짜고 치는 거야 뭐야? 너는 끼어들지 마!" 펑란은 탄사오청에게 경고하고 고개를 돌려 차가운 눈으로 딩샤오예를 쳐다보았다. "도대체 뭘 어쩌려는 거야? 무슨 말을 하든 네 입으로 직접 해."

"이 사람은 나랑 같이 갈 거야." 탄사오청이 딩샤오예의 말을 가로채며 끼어들었다. 그녀는 얼굴에 동정의 빛을 띠고는 펑란에게 말했다. "이 사람이 네가 너무 힘들어하지 않았으면 좋겠다고 해서, 내가 듣기 싫은 소리 하러 온 거야. 그러니까 이 사람한테 화내지 마."

평란은 웃어버렸다. 도대체 자신이 뭘 어쨌기에 갑자기 다들 평란더러 사람을 너무 못살게 굴었다고 하는 걸까? 두 사람이 시커먼 수작을 꾸민 것까지 전부 평란 잘못이란 말인가?

"이 사람이 너랑 같이 갈 거라고?" 평란은 우스갯소리를 따라하는 것처럼 말했다. "딩샤오예, 날 차버리려는 거면 그렇다고 솔직하게 말해. 정말 다른 이유는 없어?"

"이 사람이 나랑 사귀면 왜 안 되는데? 왜, 나한테 지면 네 체면이……"

"끼어들지 마! 너한테 물어본 거 아냐!" 평란은 딩샤오예의 옷자락을 꽉 붙잡고 모질게 말했다. "겁쟁이는 너야! 이 비겁한 놈! 왜 네 입으로 말 못하고 여자가 대신하게 놔둬?"

딩샤오예는 손을 들어 평란의 손등을 감싸더니 천천히, 그렇지만 저항하지 못하도록 힘 있게 자기 몸에서 떼어 놓았다.

"그게 뭐? 여자도 세상의 절반을 감당할 수 있다며. 왜 못 해? 내가 보기엔 아무렇지도 않은데. 또, 너랑 사귀는 건 되는데, 목표를 다른 여자로 못 바꿀 건 또 뭐 있어?"

평란이 말했다. "만약에 네가 사기꾼이라면 넌 세상에서 가장 비참한 사기꾼이야! 나한테 사기쳐서 얻은 게 뭐 있어? 사람? 아니면 돈? 돈도 안 되는 내 마음 빼고는 얻은 게 하나도 없잖아! 어리석은 여자의 감정이 반 푼어치나 될 것 같아?"

"네가 혼자 북 치고 장구 치고 하는 게 귀찮아 죽겠어서. 돈을 아무리 많이 줘도 못 참겠더라고." 딩샤오예는 비꼬듯 말했다. "게다가 그렇게 돈이 많은 것도 아니잖아. 최소한 이 사람만큼 많지는 않지. 이 사람은 너보다 훨씬 상황 파악을 잘해. 너처럼 게임 속에서 한도 끝도 없이 미래를 상상하진 않거든."

평란의 숨이 거칠어졌다. 눈 속에서 활활 타는 불꽃도 잿빛으로 질린 얼굴을 밝혀주지는 못했다. 하지만 평란은 울지도, 딩샤오예에게 다시 애원하지도 않았다.

탄사오청의 말이 옳았다. 평란의 자존심은 이런 순간에 약한 모습을 보이는 걸 허락하지 않았다. 하물며 다른 여자 앞에서 남자에게 가지 말라며 애원하는 건 더더욱 할 수 없었다. 설령 이를 악물다가 다 부서져버릴지라도.

"얼굴 팔아먹고 사는 기생오라비 주제에 뭐가 그렇게 자랑스러워?" 평란은 딩샤오예를 째려보며 훑어보았다.

딩샤오예는 허리를 숙이고 살짝 흐트러진 평란의 머리카락을 다듬어주었다. "그래도 어쨌든 자기 힘으로 먹고사는 거잖아? 그것도 나름의 기술이라고. 너도 모를 리 없을 텐데."

딩샤오예는 마침내 평란의 눈 속에서 '혐오감' 비슷한 빛을 보았다. 평란은 역겹다는 듯이 한걸음 물러서며 딩샤오예의 손을 피했다. 그리고 문 쪽을 가리키며 있는 힘껏 소리를 질렀다. "꺼져! 당장 나가!"

지금까지 계속 구석에서 숨죽이고 있던 캉캉이 이 소리에 깜짝 놀랐다. 캉캉은 평란이 화를 못 이겨 일을 돌이킬 수 없게 만들까봐 걱정되어 전전긍긍하며 다가와 화해를 시키려 했다. "란 누나, 화 풀어요. 싸우지 말고 다들 과일 좀 드세요."

화가 머리끝까지 오른 평란은 한 손으로 캉캉이 들고 있던 과일 바구니를 엎어버렸다. 사과와 귤이 온 바닥에 데굴데굴 굴렀다.

"먹긴 뭘 먹어? 이 사람들은 갈 거야!"

사과 한 알이 딩샤오예의 발치까지 굴러왔다. 딩샤오예는 조용히 사과를 집어들었다. "캉캉, 고맙다."

"고맙긴 뭐가 고마워요? 할말이 있으면 란 누나한테 해요. 싸우지 말고요." 캉캉은 발을 동동 구르며 말했다.

딩샤오예는 평란에게 말했다. "우리가 그래도 사장과 부하 직원 사이였으니까. 옛정을 봐서 내가 너한테 해줄 말이 있어. 내 선물이라고 생각해. 여자가 바보 같은 모습이 순진해 보이는 건 이십대 초반에나 가능한 거야. 네 나이 되어서까지 그렇게 바보 같으면, 솔직히 말해서 그건 그냥 어리석은 거야. 누가 됐든 널 일깨워줘야 할 텐데. 만약에 네가 내 덕분에 다시는 소위 사랑이란 걸 가볍게 믿지 않고 그렇게 쉽게 마음을 주지 않게 된다면, 그래서 나중에 너랑 잘 어울리고 널 아껴주는 남자를 만나서 행복하게 살게 된다면, 나도 좋은 일을 한 가지 한 셈이겠지."

평란은 딩샤오예 손안의 사과를 노려보며 악다문 이 사이로 쥐어짜내듯 말했다. "네가 나한테 유일하게 가르쳐준 건 뻔뻔스러움이야. 우리 아빠 말씀이 맞았어. 넌 나랑 같이 있을 자격도 없고, 나한테서 얻은 걸 누릴 자격도 없어. 네가 여기서 나가면 다시는 널 진심으로 대해줄 여자를 만나지 못하도록 널 저주하겠어. 평생 사과를 볼 때마다 오늘의 선택을 후회하게 될 거야!"

딩샤오예는 일찌감치 챙겨둔 옷가지 몇 벌을 가지고 탄사오청과 함께 가게를 떠났다. 캉캉은 바닥에 흩어져 있는 과일과 물건을 하나하나 주워모았다. 그러고는 평란 옆에 앉아서 위로의 말을 건네려 했지만 무슨 말을 해야 할지 알 수 없었다.

침대 가장자리에 걸터앉아 있던 평란이 작은 목소리로 물었다. "캉캉, 나 지금 진짜 엉망이지?"

"아니요, 그럴 리가요!" 캉캉은 고개를 내밀어 평란의 얼굴을 자세히 살펴보더니 말했다. "누나, 그렇게 울었는데도 아이라인 하나도 안 번졌어요. 그 아이라이너 어디 거예요? 그 탄 뭐라는 여자보다 누나가 훨씬 예뻐요."

"고마워."

평란과 딩샤오예는 둘 다 마음은 약하지만 입은 험했다. 두 사람은 평소에 캉캉을 여러 가지로 돌봐주면서도 그만큼 많이 놀리기도 했다. 오늘 이렇게 두 사람이 앞서거니 뒤서거니 하며 진심으로 '고맙다'고 말하는 걸 들으니, 캉캉은 오히려 어색하고 소름이 돋았다. 특히나 지금 평란은 표정이 꽤 차분해진데다가, 고맙다고 말할 땐 애써 웃어 보이기까지 했다.

"과일 좀 드실래요?" 캉캉은 고개를 숙인 채 말했다. 할말이 없어서 아무 말이나 내뱉고 봤지만, 이 상황에서 누가 뭘 먹을 생각이 들겠는가?

평란은 캉캉이 들고 있는 과일 바구니에서 제일 크고 새빨간 사과를 골라 과도로 껍질을 깎기 시작했다. 신경써서 깎는데도 칼이 잘 들지 않아 껍질은 자꾸 끊어졌다.

평란은 어릴 때, 사과 껍질을 끝까지 끊어지지 않게 깎으면 바라는 일이 이루어진다는 얘기를 들은 적이 있었다. 그렇게나 열심히 뭔가를 했는데, 결국 실패해버렸다. 이 사과 껍질을 보아하니 모든 게 수포로 돌아간 것도 당연해 보였다.

평란은 껍질을 다 깎은 사과를 캉캉에게 건넸다. 캉캉은 받을 엄두를 내지 못했다.

평란은 방금 전의 일을 떠올리고 입꼬리를 끌어올리며 말했다. "먹어. 이 사과엔 저주 안 걸었어. 마녀랑 일곱 난쟁이도 아무나 능욕하는 건 아냐."

평란이 이렇게 말하는 걸 들으니 캉캉은 오히려 안심이 되었다. 캉캉이 사과를 받아들자마자 평란은 일어서서 밖으로 나가려 했다.

"어디 가시게요?" 캉캉이 다급하게 물었다.

"나가서 바람 좀 쐬려고."

"같이 가요." 캉캉은 만에 하나 무슨 일이 생길까봐 평란 혼자 바깥을 배회하게 두기 겁났다. 외삼촌에게 전화해서 도움을 청할까도 생각해보았지만, 평란 성격에 이런 모습을 볼 사람이 하나 더 늘어나는 걸 원치 않겠다 싶어 그만뒀다.

평란은 고개를 돌려 캉캉을 쳐다보았다. "왜 그래, 내가 이상한 생각이라도 할까봐? 내가 그런 인간 때문에 죽을 생각을 했다면 벌써 한참 전에 죽었을걸."

평란은 가게를 나섰다. 오후 네시가 지났지만 햇볕은 여전히 뜨거웠다. 아스팔트 길은 불에 단 프라이팬처럼 지글거리며 열기를 뿜어냈다. 이런 타이밍엔 비라도 좀 쏟아져줘야 하는 것 아닌가? 하지만 고개를 든 평란의 눈엔 반짝이는 태양밖에 보이지 않았다.

평란은 일부러 딩샤오예와 탄샤오청이 멀리까지 가버리도록 기다렸다가 밖으로 나온 것이었다. 쫓아가고 싶어도 그럴 수 없을 테니까 평란은 정처 없이 걸었다. 버스 정류장을 지나고, 교차로에 있는 쇼핑몰을 지나고, 육교를 건너고…… 걸으면 걸을수록 주위엔 사람들이 점점 더 많아졌지만, 딩샤오예를 닮은 사람은 하나도 없었다.

누군가 평란 앞으로 광고지 한 장을 들이밀었다. 받아서 보니 웨딩 촬영 스튜디오의 개업 전단지였다. 사진 속 모델은 순백의 웨딩드레스를 입고 자로 잰 듯 행복해 보이는 미소를 짓고 있었다. 그 아래에는 눈에 띄는 멋들어진 글씨로 광고 문구가 적혀 있었다. "사랑보다 아름다운 약속—타오란 웨딩 촬영 스튜디오"

평란은 고개를 들었다. 놀랍게도, 한쪽에 서서 지나가는 사람들에게 광고지를 나눠주고 있는 사람은 정말로 저우타오란이었다.

저우타오란도 누군가 자기를 쳐다보고 있는 걸 느끼고는 고개를 돌려 보고 깜짝 놀라 외쳤다. "평란!"

오늘 평란의 옷차림은…… 저우타오란에게 이런 평란은 완전히 낯선 모습이었다. 그러니 조금 전에 광고지를 건네면서도 평란을 전혀 알아보지 못했던 것이다.

평란을 자세히 살펴보고 나자 저우타오란은 더욱 놀랐다.

"왜 그러고 있어?"

"응?" 평란은 무슨 말인가 싶어 그가 가리키는 방향을 따라 자기 얼굴을 만져보았다가 그제야 온 얼굴이 눈물범벅이라는 걸 알아차렸다.

"이건……" 평란은 손에 든 광고지를 흔들어 보였다.

저우타오란은 여전히 평란의 얼굴이 신경쓰였지만, 그는 평란의 성격을 누구보다도 잘 알지 않던가. 평란이 말하지 않으려 한다면 물어봤자 소용없는 일이었다.

"가족들 먹여 살려야지." 저우타오란은 고개를 돌려 먼 곳을 바라보았다. "몇 달 후면 펑잉이 아이를 낳을 거야. 처자식 밥 굶게 만들 수는 없잖아."

평란도 그쪽을 바라보았다. 멀리 보이는 금은방 입구에 서 있는 건 바로 펑잉이었다. 배가 조금 불러 보이는 몸으로 뜨거운 태양 아래 땀을 비 오듯 흘리며 남편이 새로 개업한 스튜디오의 광고지를 사람들에게 나누어주고 있었다.

"저 사람이 저렇게 고생하는 걸 보고 싶지는 않은데…… 그렇지만 스튜디오를 연 지 얼마 안 돼서 일손은 부족하고, 펑잉은 또 극구 나오겠다고 해서." 저우타오란의 얼굴에 창피한 기색이 떠올랐다.

평란과 사귀던 때, 저우타오란은 웨딩 촬영을 하는 건 사진작가가 타락한 증거라고 입버릇처럼 말하곤 했었다.

그의 뒤통수에 났던 상처는 벌써 오래전에 아물었을 것이다. 하지만 평란은 아직 그에게 사과의 말을 하지 못했다.

"미안해, 타오란."

저우타오란은 평란의 갑작스러운 말에 잠시 적응하지 못한 듯, 햇볕에 검게 그을린 얼굴에 홍조가 떠올랐다. 저우타오란은 연신 고개를 저었다. "아냐, 아냐…… 평란, 내 잘못이야. 내가 미안하지."

한때 사랑했던 두 사람이 서로 사과하고 진심으로 용서한 순간, 두 사람의 관계는 완전히 과거의 일이 되어버렸다.

평란은 볼을 타고 흘러내린 마지막 눈물 한 방울을 닦아내고, 웃으며 말했다. "네 선택이 옳았어. 네가 정말 부러워."

날 사랑하거나, 아니면 멀리 떠나줘

추이옌은 문 한쪽을 밀어 열었다. 문 뒤에는 추이옌이 지난 며칠 동안 걱정해온 사람이 서 있었다.

추이옌은 안으로 들어가서 재빨리 문을 닫았다.

대낮이었지만 집안은 저녁때처럼 어두웠다. 공기에선 케케묵은 곰팡이 냄새가 났다. 아주 오랫동안 아무도 발을 들인 적이 없었을 테지만, 추이옌은 지금도 기억 속 이 집의 옛날 모습을 그릴 수 있었다.

추이옌은 예전에 여기 오는 것을 아주 좋아했다. 이곳에 오기엔 자신의 위치가 좀 미묘하긴 했지만, 어린아이 때는 그런 걸 신경쓰지 않는 척할 수 있었다. 좋아하는 건 좋아하는 거니까. 이곳엔 어린 추이옌에게 신기한 물건들과 따뜻한 기억이 잔뜩 있었다. 거실 벽 전체를 덮도록 걸려 있던 벽걸이 융단과 짠맛이 나는 따뜻한 우유차가 있었다. 어린 추이옌이 우유 사탕을 빼앗아 먹으면 인상을 쓰면서도 어머니에게 이르지는 않던 오빠가 있었고, 창가에 놓인 긴 의자에 앉아 구슬을 엮어 토끼 모양 장식을 만들던 예쁜 이모가 있었다.

이 집에서는 시간이 아주 천천히 흐르는 것 같았다. 깨어 있는 동안에는 극단적인 슬픔에 빠져 지내다가 결국 극단적인 기쁨을 찾아 약에 취해 살던 어머니의 생활과는 전혀 달랐다.

기억 속의 이 모든 것들이 이미 사라진 지 오래라는 걸, 추이옌도 물론 알고 있었다. 이 기억과 관련있는 단 한 사람조차 이곳에 나타나서는 안 되는 것이다.

"누가 오빠 신원을 알아냈어? 펑란 언니 가게 그만뒀으면서 왜 안 떠나고 여기 있는 거야? 오빠, 도대체 무슨 생각이야? 여기라고 안전할 것 같아?" 추이옌은 딩샤오예를 뒤따라 안으로 걸어들어가며 초조하게 물었다.

"안전하냐고? 누가 알겠어?" 딩샤오예는 무심한 투로 반문했다. "넌 안전해?"

추이옌은 다급히 말했다. "쩡페이는 회사에 있어. 난 학교에서 바로 온 거야. 오기 전에 휴대전화도 껐어."

"대접할 게 아무것도 없네. 물도 한 병 없어." 딩샤오예는 소파에 앉았다. 먼지가 일어 추이옌은 재채기가 나려고 했다.

"펑란 언니랑 끝낼 결심까지 했으면서, 떠나려면 빨리 떠났어야지. 시간 끌다가 문제가 생길지도 모르잖아." 추이옌은 딩샤오예 옆에 쪼그리고 앉았다. 소파 가장자리에 책 한 권과 사과 한 알이 놓여 있는 게 보였다. 책 표지는 깨끗했고, 잘 익은 사과는 신선해 보였다. 주위의 낡은 풍경과는 전혀 어울리지 않았다.

"어디로 가라고?"

"차얼더니로…… 아니, 그리로는 안 돌아가는 게 낫겠어. 어디든 아무도 오빠를 모르는 곳으로……"

평란의 가게를 나올 때, 딩샤오예도 이제 어디로 가야 좋을지 자문했었다. 세상엔 천 갈래 만 갈래 길이 있지만 딩샤오예 자신에게 속한 길은 하나도 없었다.

탄사오청에게서 벗어나기로 결정한 후, 딩샤오예는 이곳으로 돌아왔다. 칠 년이나 지났으니 녹슨 열쇠 따위로는 문을 열 수 없을 거라 생각했는데, 뜻밖에도 문이 순순히 열렸다. 딩샤오예는 놀라다못해 얼떨떨한 기분마저 들었다.

이 집은 딩샤오예가 어머니와 함께 생활한 곳이었으며, 그 일이 생긴 후 딩샤오예에게 남겨진 유일한 것이었다.

딩샤오예는 도망 다니는 데 능했다. 이곳이 몸을 의탁하기에 알맞은 곳이 아니라는 건 누구보다도 잘 알았다. 하지만 이곳에 있으면 잠시나마 자신이 누구인지 알 수 있을 것 같았다. 결과는 실망스러웠다. '딩샤오예'의 옛날 사진을 태우고, 불꽃이 그 낯선 얼굴을 삼키는 걸 보면서, 그는 이 도시에 돌아온 후 처음으로 자신이 '딩샤오예'가 아니라는 걸 분명히 깨달았다. 그렇지만 '추이팅'이라는 이름 역시 그에게서 너무나 멀었다.

딩샤오예는 딜레마에 빠져 있었다. 평란이 그의 신원을 알아내는 걸 원치 않기 때문에 평란을 떠나 계속 도망쳐야만 했다. 하지만 평란을 떠나고 나면 도망 다니는 게 무슨 의미가 있단 말인가?

"캉캉이 그러더라. 평란 언니 많이 슬퍼하는 것 같다고." 추이옌은 그 책과 사과가 어디서 난 건지 알 것 같았다.

물론 딩샤오예도 펑란이 슬퍼하는 걸 알고 있었다. 누가 알려줄 필요도 없는 일이었다. 그날 그 수많은 사람들 속에서, 펑란이 눈물투성이인 얼굴로 육교를 건너는 모습을 딩샤오예도 보았다. 펑란은 딩샤오예를 찾고 있었던 것이다. 본인은 절대로 인정하려 들지 않겠지만.

"오빠도 힘들잖아. 왜 펑란 언니한테 사실대로 얘기 안 했어?" 추이옌이 물었다.

"자기가 사랑하는 사람이 도망자 신분이라는 걸 알려주라고?" 딩샤오예는 고개를 숙인 채 반문했다. "여자들한테는 그게 남자한테 속은 것보다 차라리 나은 거야?"

그 말에 추이옌도 망연해졌다. 한참 멍하니 생각한 끝에 추이옌이 말했다. "난 모르지. 그 말에 대답할 수 있는 사람은 펑란 언니밖에 없어."

"난 펑란한테 괴로움과 더 큰 괴로움 중에서 한쪽을 선택하라고 강요하고 싶진 않아."

"그래서 오빠가 펑란 언니를 대신해서 그나마 나아 보이는 쪽으로 선택해준 거야?" 흐릿한 빛 속에서, 추이옌의 눈이 반짝거렸다. "난 이기적인 사람이라, 사랑을 위해서 고결한 선택을 하는 건 의미 없다고 생각해. 오빠는 모든 걸 다 마음속에만 담아두잖아. 그렇지만 오빠가 슬프다고 펑란 언니가 행복해지기나 해? 오빠도 우리 엄마를 봤잖아. 쩡페이를 그렇게 사랑하고 보호하려 했던 우리 엄마. 추이 삼촌이 의심했을 때 엄만 죽을 각오를 하고 쩡페이를 보호했는데, 그래서 결국 어떻게 됐어? 쩡페이는 우리 엄마 마음을 몰랐다고 하잖아! 그럼 쩡페이가 거짓말을 한 걸까? 그것도 아니야. 엄마가 한 번도 직접 말한 적이 없었기 때문에 쩡페이는 당당하게 아무것도 모르는 채로 있을 수 있었던 거라고."

"그럼 쩡페이는 너희 어머니한테 도대체……" 딩샤오예는 얘기를 들으면 들을수록 알 수 없어졌다. 그는 감정이라는 수수께끼에 약한 편이었다.

"쩡페이가 우리 엄마를 사랑했던 거라고 말할 자신은 없지만, 그래도 전혀 아니었다고도 생각하지 않아. 안 그러면 쩡페이가 지난 몇 년 동안 자기 자신을 그런 식으로 대했을 리가 없어. 만약에 우리 엄마가 애초부터 자기 마음을 확실히 표현했다면 모든 게 달라졌을지도 모르지. 두 사람이 이루어질 순 없었더라도, 최소한 쩡페이가 우리 엄마의 감정을 이용해서 목적을 달성하려고 하진 않았을 거야. 어떤 일은 말로 하면 희망이 있을 수도 있고, 없을 수도 있어. 그런데 말을 안 하면 말야, 아무것도 없어."

"희망?" 딩샤오예는 그 단어가 자신과 연관이 있을지도 모른다는 생각조차 감히 할 수 없었다.

추이옌이 말했다. "괴로워할지, 아니면 더 괴로워할지, 오빠가 평란 언니 대신 결정해줄 순 없어. 평란 언니를 놓아줄 수 있다면 망설이지 말고 빨리 떠나. 놓아줄 수 없다면, 언니한테 직접 사실대로 얘기해. 평란 언니가 받아들이지 못하면 그때 체념해도 돼. 그러면 적어도 속은 시원할 거 아니야. 오빠가 옳다고 생각하는 게 다른 사람한테도 그러리라는 법은 없어. 평란 언니에게도 깨끗이 단념할 권리가 있어."

그 집을 나서기 전에 추이옌은 딩샤오예에게 현금을 건넸다. 많지 않은 액수였지만 지금까지 저축한 돈의 대부분이었다.

추이옌은 오후에 학교로 돌아오자마자 쩡페이에게서 전화를 받았다. 그는 아주 완곡한 어조로 갑자기 적지 않은 돈을 쓴 이유가 뭔지 물어왔다.

학생인 추이옌은 그동안 양부모에게서 용돈을 받아 썼다. 그 밖의 돈은 거의 쩡페이에게서 받은 것이었다. 은행 계좌도 쩡페이가 만들어줬기 때문에, 계좌에 변동이 있으면 쩡페이도 바로 알림을 받을 수 있었다. 추이옌이 돈을 쓰는 건 상관없었지만, 그동안 아주 검소하게 지내며 이렇게 큰 지출을 한 적이 없던 아이였다. 추이옌의 생활에 필요한 것들은 거의 모두 쩡페이가 챙겨주었기 때문이다.

추이옌이 말했다. "친구가 집에 급한 일이 생겼다고 해서 좀 빌려줬어요."

"그랬구나."

쩡페이는 다른 말은 하지 않았다. 그렇지만 추이옌은 쩡페이가 자기 말을 믿지 않는다는 걸 알 수 있었다. 그저 대놓고 캐묻지 않으려 대강 대답하는 것뿐이다.

지금까지 추이옌이 남자친구를 사귈 때마다 쩡페이는 의식적이건 무의식적이건 상대방이 어떤 사람인지 묻곤 했다. 그런데, 추이옌과 딩샤오예가 같이 있는 걸 보고도 딩샤오예 얘기는 한마디도 꺼내지 않았다. 추이옌은 쩡페이의 이런 행동 때문에 그가 의심하고 있다는 걸 알아차렸다. 다만 쩡페이가 어디까지 알아냈는지는 알 수 없었다. 그래서 추이옌은 더욱 딩샤오예가 빨리 떠나기를 바랐다.

"밥 먹었니?" 쩡페이가 침묵을 깨고 말했다.

추이옌도 홀연히 대답했다. "아직요. 같이 밥 먹으러 가요."

쩡페이는 잠시 미적거리더니 좀 난처한 듯 말했다. "저녁 약속 있어."

"여자랑 데이트하는 거예요?" 추이옌은 일부러 물었다.

쩡페이가 웃음기 어린 목소리로 말했다. "무슨 소리야. 친구들이랑 모임이 있어. 좀 일찍 얘기하지 그랬어."

"지금도 늦진 않았는데요 뭘. 저 데려가시면 되잖아요?" 추이옌은 흥미가 생긴 모양이었다.

"아저씨들이 모여서 술 마시는 자린데 뭐하러 그런 델 따라가려고? 자리 파하고 나서 바로 전화할게."

"왜요, 제가 창피해요? 됐어요, 안 가요. 저도 아쉬울 거 없어요." 추이옌은 토라진 목소리로 말했다.

"그게 무슨…… 어휴, 그럼 택시 타고 와. 난 벌써 도착했다." 쩡페이는 하는 수 없이 추이옌에게 음식점 주소를 알려주었다.

두 사람은 한동안 '냉전'을 계속해왔다. 추이옌이 이사를 나간 후로 지금까지 밥 한번 제대로 같이 먹은 적이 없었다. 갑자기 꽤 나 소원해진 기분이었다. 쩡페이는 어린 추이옌과 똑같이 굴고 싶지도 않았다. 모처럼 호전될 기회가 생겼는데 모질게 거절할 수도 없는 노릇이었다.

쩡페이의 그런 마음은 추이옌도 다 알고 있었다. 추이옌은 집으로 돌아가 옷을 갈아입고 좀 꾸며볼까 하다가 생각을 바꿨다. 젊음은 추이옌과 쩡페이 사이의 가장 큰 차이점이었고, 동시에 추이옌의 제일 큰 밑천이기도 했다.

추이옌은 종업원의 안내를 받아 별실로 들어갔다. 둥근 테이블엔 일고여덟 사람이 앉아 있었고 사람들 앞엔 술잔이 하나씩 놓여있었다. 분위기가 아주 떠들썩했다. 쩡페이가 말한 대로 다들 쩡페이와 비슷한 나이대의 남자들이었다.

갑자기 젊은 여자아이가 들어오니 자연히 좌중의 시선이 추이옌에게로 쏠렸다. 추이옌은 자신의 출현이 얼마나 갑작스러운지 전혀 깨닫지 못한 채 쩡페이를 향해 원망스러운 투로 말했다. "이렇게 찾기 어렵단 얘긴 왜 안 하셨어요? 길 잘못 들 뻔했잖아요."

"내가 택시 타고 오라고 했잖아?" 쩡페이가 미간을 찌푸렸다.

"친구가 바로 앞까지 오는 버스가 있다고 그래서요. 음식점이 골목 안에 있다고 얘길 해주셨어야죠. 진작 알았으면……"

"됐다. 그렇게 예의 없게 굴지 말고 이리 와. 소개해줄게." 쩡페이는 추이옌에게 손짓을 했다.

"쩡페이 취향이 바뀌었나보네!" 누군가 농담조로 말했다.

"헛소리하지 마. 얘는 내 조카 추이옌이야. 추이옌, 이분들은 다내 오랜 친구야. 이쪽은 장 삼촌……"

자리에 앉은 사람들이 와자지껄 웃어댔다. '장 삼촌'이라고 불린사람이 크게 웃으며 옆에 앉은 사람에게 말했다. "우장, 쩡페이 이녀석 무슨 속셈인지 좀 보라고. 내가 졸지에 '삼촌'이 돼버렸잖아."

쩡페이는 그런 '장 삼촌'은 신경쓰지 않고 그 옆에 앉은 사람을가리키며 말했다. "이쪽은 평란 사촌오빠야. '우 삼촌'이라고 불러도 되고 '우 선생님'이라고 불러도 돼."

우장은 조용히 웃기만 했다. 추이옌은 눈치 빠르게 그를 '우 선생님'이라고 부르기로 했다. 쩡페이는 소개를 계속했다. '린 삼촌'

'왕 삼촌' '첸 삼촌' '한 삼촌'……

'장 삼촌'이 일부러 놀리려는 듯 물었다. "쩡페이, 네 조카인데 왜 쩡 씨가 아니야?"

'린 삼촌'이 말했다. "어허, 그러는 거 아니야. 다 말해버리면 무슨 재미야?"

"일단 이 말은 해야겠는데, 난 아무리 많이 봐줘도 '오빠' 정도라고." '한 삼촌'의 말이었다. 그가 웃으며 말을 이었다. "지난번에 왕형이 여자애 데리고 왔을 때도 처조카딸이라고 했었잖아? 이 사람들 참……"

다들 알 만하다는 듯 다시 웃어젖혔다.

쩡페이는 좀 어색한 기분이었지만 어쩔 수 없었다. 추이옌이 오겠다며 고집을 부리는 걸 허락했을 때 이미 분위기가 이런 식으로 흘러갈 거라고 어느 정도는 예상했다. 쩡페이는 추이옌이 이랬다저랬다 하며 압박해오는 걸 견디기 힘들었다. 그렇다고 추이옌과의 사이가 계속 악화되는 것도 바라지 않았다. 그러니 그저 눈 딱 감고 친구들의 농담을 전부 못 들은 척하는 수밖에 없었다.

추이옌은 의외로 "삼촌, 삼촌" 하고 해맑게 부르며 분위기에 꽤 빨리 적응했다. 추이옌은 쩡페이와 '왕 삼촌' 사이의 빈자리에 앉았다. '왕 삼촌'은 정성스럽게 국을 한 그릇 떠주며 쩡페이에게 물었다. "진짜 조카 맞아?"

쩡페이는 정색을 하고 말했다. "그렇다면 그런 줄 알아! 다들 애 앞에서 쓸데없는 소리 하지 마. 특히 장이랑 왕, 아직 결혼 안 한 너희 둘은 더 조심해!"

"난 점잖게 있었거든. 그리고 결혼 안 한 몸이 더 낫지 않아?" 장이 물었다. "추이옌 아가씨는 몇 살인가?"

추이옌은 사실대로 대답했다. "이제 곧 스물한 살이 돼요."

"그럼 어른이네. 그 정도면 우리랑 같은 세대지 뭐. 너희 '삼촌'이 평소에 집에선 어떤지 얘기 좀 해봐."

추이옌의 시선이 쩡페이를 스치고 지나갔다. "쩡……"

쩡페이의 눈빛엔 경고가 담겨 있었다. 추이옌은 생긋 웃으며 말했다. "삼촌은 아주 자상하세요."

사람들은 더 신나게 웃어댔다. 우장마저 더는 참지 못하고 쩡페이에게 말했다. "그런 '자상한' 면을 우리한테도 좀 보여줬어야지."

쩡페이는 자기가 무슨 말을 보태면 보탤수록 더 웃음거리가 될 뿐이라는 걸 알았다. 그래서 추이옌에게 음식을 잔뜩 밀어주고는 추이옌이 바삐 먹느라 말을 줄이게 만들었다.

추이옌은 착실하게 음식을 먹었다. 사람들의 화제도 계속 추이옌에게 머무르지는 않았다. 진짜 조카든 아니든 간에, 쩡페이의 태도로 보아 결코 마음대로 놀려도 되는 대상이 아니었다. 자리에 모인 사람들은 대부분 오랜 친구인데다 현명한 사람들이었다. 이런 일은 한 번 웃고 지나가면 끝이었다. …… 추이옌 옆에 앉은 왕을 제외하면.

쩡페이는 우장과 잠시 결혼 준비에 대한 얘기를 했다. 고개를 돌려보니 추이옌은 어느새 옆에 앉은 왕과 즐겁게 얘기를 나누고 있었다.

쩡페이는 가슴이 철렁했다. 추이옌, 이 꼬마 여우는 항상 사람들 사이에서 제일 손대기 쉬운 부분을 재빨리 찾아내곤 했다. 그의 친구들 중에 아직 결혼하지 않은 사람은 곧 재혼할 우장을 빼면 장과 왕뿐이었다.

장은 말하는 게 좀 능글거리긴 했지만 사실 사람의 기분을 파악하는 데 아주 능했다. 하지만 왕은…… 왕과 오랫동안 알고 지낸 쩡페이는 왕이 성실하고 의리 있는 사람이라는 걸 알고 있었다. 그렇지만 유독 여자 문제에 있어서는 깔끔하지가 못했다. 왕이 재작년에 아내와 이혼한 것도 그런 이유 때문이었다. 나이 어리고 간드러진 추이옌은 왕의 마음에 쏙 들 터였다. 게다가 추이옌이 애초부터 속셈을 품고서 부드러운 말과 웃음으로 왕의 마음을 살랑대게 만드는데, 왕이 안 넘어갈 리가 있겠는가?

쩡페이는 우장과 얘기하면서도 옆에서 왕이 추이옌의 신세에 대해 묻는 걸 들었다. 추이옌은 사실과 거짓말을 반반씩 섞어서, 자기는 쩡페이의 먼 친척의 딸인데 어머니는 죽고 아버지는 종적을 감춰 쩡 씨 집안에서 자기를 거두어주었다고 말했다.

왕은 이렇게 예쁘고 귀여운 아가씨가 고아라는 사실에 깜짝 놀라며 가엾게 여겼다. 그리고 쩡페이와 추이옌이 진짜로 친척 관계라는 게 다시 확인되자, 더욱 거침없이 음식을 갖다주고 차를 따라주며 추이옌을 정성껏 챙겨주었다.

쩡페이는 조금 전까지 술을 꽤 많이 마신 터라 뭘 좀 먹어야겠다는 생각이 들었다. 마침 그때 가까이 앉아 있던 왕이 추이옌의 불행했던 어린 시절을 안타까워하며 추이옌의 생부가 나쁜 사람이라고 욕하는 소리가 들렸다.

추이옌이 말했다. "왕 삼촌, 진융金庸 소설 읽어보셨어요? 기효부가 자기 딸 이름을 '양불회'라고 지었잖아요. 모든 사람이 그런 식으로 이름을 짓는다면, 제 이름은 아마 '호후회'가 되었을걸요.*"

"딱하기도 하지……"

두 자리 건너 앉아 있던 우장이 이 말을 듣더니 웃으며 말참견을 했다. "왕, 『의천도룡기』 안 읽어봤어? 양불회는 나중에 은리정한테 시집갔잖아.**"

왕은 우장의 말 속에 숨은 뜻을 이해하지 못한 채 허허 웃으며 말했다. "너무 오래전에 읽어서 거의 다 잊어버렸어. 집에 가면 그 책 찾아서 다시 읽어봐야겠네. 추이옌, 그 책 가지고 있으면 이 삼촌한테 좀 빌려주련……"

쩡페이는 자기 잔에 술을 따르더니 무표정한 얼굴로 말했다. "괜히 고생할 것 없어. 내가 말해줄게. 은리정이 양불회를 아내로 맞은 건 은리정이 불구가 돼서 그랬던 거야."

추이옌은 쩡페이에게 눈을 흘겼다. "삼촌 말씀하시는 게 점점 더 평란 언닐 닮아가네요. 이러니 주위에서 두 분을 이어주려고 하죠."

추이옌은 다시 고개를 돌리고 '왕 삼촌'과 책 얘기를 하기 시작했다. 쩡페이는 추이옌이 이런 식으로 평란을 언급한 게 고의인 걸 알면서도 기분이 좀 이상했다. 지금까지 남들이 쩡페이와 평란을 한데 묶어 얘기하는 걸 제일 꺼렸던 사람은 바로 추이옌 아니던가?

쩡페이는 우장과 술이나 한잔하려 했는데, 우장의 입가에 미소가 걸린 게 보였다.

---

* 불회(不悔)는 후회하지 않는다는 의미이고, 호후회(好后悔)는 매우 후회한다는 의미이다. 진융의 소설 『의천도룡기』에서 기효부는 양소를 사랑한 것을 후회하지 않는다는 뜻으로 딸의 이름을 '양불회'라 지었다.

** 은리정은 기효부와 정혼한 사이였으나, 기효부가 양소를 사랑하게 되어 은리정을 떠나고, 은리정은 훗날 옛 정혼자인 기효부의 딸 양불회와 혼인한다.

쩡페이는 혼자 잔을 비웠다.

옆에 앉은 왕과 추이옌은 점점 의기투합했다. 왕은 자기 휴대전화를 꺼내 추이옌에게 전화번호를 물어보았다. 추이옌은 쩡페이 쪽을 쳐다보았지만 쩡페이는 고개를 돌린 채 우장과 얘기중이었다.

맞은편에 앉은 장이 갑자기 웃음을 터뜨리며 사람들에게 말했다. "왕 좀 봐. 쩡페이 조카사위라도 될 생각인가봐!"

추이옌은 얼굴이 새빨개졌다. "장 삼촌, 그게 무슨 말씀이세요!"

그러나 왕은 그 말을 피하는 기색도 없이 쩡페이를 보며 농담조로 말했다. "안 될 건 뭐 있어! 원래 좋은 건 남한테 안 주는 법이라잖아? 쩡페이, 이제부터는 나한테도 좀 '자상'하게 대해주라."

왕은 말을 마치고 자기도 웃기 시작했다. 그런데 쩡페이가 뜻밖에도 자리에서 갑자기 벌떡 일어났다. 그 기세에 테이블까지 흔들릴 정도였다.

"왕, 술이 너무 과했어!" 쩡페이가 사나운 목소리로 말했다.

우장은 자칫 쏟아지려는 술잔을 때맞춰 붙잡았다. 그러고는 재빨리 일어나 쩡페이의 팔을 잡아당기며 온화하게 말했다. "왕이 술을 많이 하긴 했어. 너도 취했고. 다들 좀 천천히 마셔. 어린 아가씨 놀라게 만들지 말고."

쩡페이는 젊었을 땐 성격이 불같고 사나웠지만 요 몇 년 동안은 많이 자제하고 있었다. 쩡페이가 이렇게 화를 낼 거라곤 생각지 못했던 왕도 난처한 듯 고개를 젓더니 쩡페이를 향해 잔을 들고 말했다. "그래, 그래. 내가 취했나봐. 내가 술이 약한 건 너도 알잖아. 내가 취해서 농담이 심했어. 마음에 담아두지 말라고. 대신 벌로 술 석 잔 마실게."

쩡페이는 표정이 좀 누그러져서는 왕과 술을 한잔했다. 다 같이 나서서 둘을 화해시키려 애쓴 덕분에 그냥 웃어넘길 수 있었다.

왕에게 받은 잔을 비운 쩡페이는 좀 취한 것 같다면서 나가서 세수라도 하고 오겠다고 했다. 쩡페이가 별실을 나가자마자 추이옌이 뒤쫓아나갔다.

"쩡페이 괜찮은 거겠지?" 왕은 아직도 사태 파악을 제대로 하지 못해 어리둥절했다. "진짜 취했나? 내가 나가서 다시 사과할까?"

우장은 자리에서 일어나려는 왕을 다시 눌러앉히고 웃으며 말했다. "내가 너한테 무슨 말을 하겠냐? 그냥 앉아서 술이나 마셔!"

화장실에서 나오던 쩡페이는 문 앞에서 기다리고 있던 추이옌에게 부딪힐 뻔했다. 쩡페이가 추이옌을 꾸짖었다. "무슨 여자애가 남자 화장실 앞에서 기웃거리고 있어!"

추이옌은 생글거리며 말했다. "삼촌이 너무 취해서 무슨 일이라도 생길까봐 부축하려고 기다렸죠."

"내 등에 칼이나 안 꽂으면 다행이지." 쩡페이가 차가운 얼굴로 지나치려는데, 추이옌이 뒤에서 옷자락을 잡아당기며 말했다. "뭐가 그렇게 급해요! 은리정이 어디가 불구가 됐는데요? 좀 가르쳐주세요."

쩡페이는 성가시다는 듯 말했다. "쓸데없는 소리 하지 마. 네 속셈을 내가 모를까봐?"

쩡페이는 한 손으로 얼굴에 남은 물기를 닦아냈다.

"진짜 세수하신 거예요?" 추이옌이 쩡페이의 얼굴을 들여다보자 쩡페이는 불편한 듯 한 발 물러섰다. 추이옌은 엄지손가락으로 쩡페이 턱에 맺혀 있던 물방울을 닦아냈다. 쩡페이는 황급히 주위를 둘러보았다. 다행히 아무도 없었다. 쩡페이가 추이옌의 버릇없는 행동을 한번 더 훈계하려는데, 추이옌이 그의 말을 앞질러 물었다. "왜 그렇게 화가 나셨어요? 저랑 왕 삼촌 때문이에요?"

추이옌 입에서 나온 '왕 삼촌'은 어쩐지 비꼬는 투로 들렸다.

"그 사람이 삼촌뻘인 걸 알긴 아는구나? 경고하는데, 너무 버릇없이 굴지 마!"

"제가 뭘 잘못했는데요? 그분이 제 관심을 끌려는 것까지 제 잘못이에요?"

"네가 그럴 여지를 안 줬으면 그 친구가 그런 생각을 하겠어? 여자애가 자중할 줄을 알아야지!"

"제가 뭘 그렇게 자중하지 못했는데요?" 추이옌도 화를 내기 시작했다. "그분, 지금 부인도 없다면서요? 서로 좋아한다면 법률도 간섭할 수 없는 일인데, 당신이 관여할 일은 더더욱 아니잖아요! 당신이 날 좋아하지 않는다고 다른 사람이 날 좋아하는 것도 안 된다는 거예요? 내가 젊은 사람이랑 사귀려고 하면 그런 사람은 못 믿겠다고 하고, 나이든 사람을 찾으면 그건 또 못 참는 거죠!"

"왕은 나보다도 한 살이 더 많아!" 쩡페이가 차갑게 웃으며 말했다.

"그럼 뭐 어때서요? 난 어릴 때부터 아버지가 없었는데, 엘렉트라콤플렉스 같은 게 좀 있다 한들 뭐 그렇게 이상해요? 안 그러면 내가 당신한테 그렇게 매달렸겠어요? 당신을 좋아했는데, 그분이라고 좋아하지 못할 것 같아요?" 추이옌은 청소부 아주머니가 대걸레를 들고 화장실에서 나오는 걸 보더니 아주머니를 붙잡고 물었다. "아주머니, 여자가 자기보다 열다섯 살 많은 남자한테 시집 가는 게 정상이에요, 비정상이에요?"

청소부 아주머니는 추이옌을 쳐다보고, 쩡페이도 한번 쳐다보더니 멍한 얼굴로 말했다. "남자가 돈이 많으면 이상할 일도 아니지."

"들었죠?" 추이옌은 도전적인 미소를 지어 보였다. "왕 삼촌 돈 많아요? 그분 건설업 하시는 거 맞죠? 당신 친구인데 설마 돈이 없겠어요? 그분이랑 만나는 게 당신 옆에 남아 있는 것보다 못할 리는 없잖아요?"

쩡페이는 청소부 아주머니가 멀리 가버린 뒤에야 냉랭하게 말했다. "웃기고 있네! 왕이 그렇게 돈을 함부로 쓸 것 같아? 남들이 너처럼 멍청해 보여? 왕이 이런 자리에 분위기 띄우려고 데려왔던 어린 여자애들, 내가 본 것만 해도 열 명까진 아니라도 대여섯 명은 돼. 왕이 너랑 결혼이라도 해줄 것 같아? 꿈도 야무지지! 그냥 네가 젊고 예쁘니까 가지고 놀려는 것뿐이야. 단물 다 빨아먹고 나면 아무 책임도 안 질 거라고."

추이옌은 눈이 빨개져서는 말했다. "당신도 마찬가지잖아요?"

쩡페이는 아연실색했다. "내가 어떻게 마찬가지야? 난 너한테……"

"당신이 날 옆에 둔 것도 날 이용해서 죄책감을 덜어보려는 거잖아요? 날 보면서 우리 엄마 생각을 안 했다곤 못하죠? 난 엄마보다 젊고, 깨끗하고, 말도 더 잘 듣고. 사람들이 다들 당신이 내 친척이라고 여기니까 당신은 그런 신분을 방패 삼고 있는 거예요. 아무도 이상하게 생각하지 않고 당신을 좋은 사람이라고 칭찬하지만, 당신 머릿속에 무슨 생각이 들었는진 아무도 모르죠."

"입 닥쳐. 지금 네가 무슨 말을 하는 건지 알기나 해?" 쩡페이의 얼굴이 파랗게 질렸다. 자기가 환히 알고 있다고 생각했던 추이옌이 이런 말을 한다는 걸 믿을 수가 없었다.

추이옌은 쩡페이가 뺨을 한 대 칠 거라고 생각했다. 엄마의 뺨을 때렸던 그때처럼. 추이옌은 눈물을 글썽거리며 말했다. "내가 당신을 너무 나쁜 사람으로 몰고 있는 것 같아요? 그뿐만이 아니에요. 쩡페이, 당신은 말끝마다 나를 당신 친척일 뿐이라고 하고, 날 밀어내는 척하면서 나한테 어울리는 남자친구를 찾으라고 하지만, 내가 뭘 하기도 전에 참견할 생각부터 하잖아요. 결국 나랑 어울리는 사람은 아무도 없고, 나한테 제일 잘해주는 사람은 당신밖에 없다는 거 아녜요? 나랑 부딪치지 않으면 책임을 질 필요는 없겠죠. 그렇지만 진심으로 날 위해서 생각해본 적이 있긴 해요? 내가 어떤 사람을 원하고, 어떤 생활을 하고 싶어하는지? 그런 소유욕이 왕 삼촌보다 고상할 게 뭐예요!"

쩡페이는 추이옌의 눈에 비친 자신의 모습을 보고 싶지 않았다. 지금 자신은 무척 꼴불견일 테다. 쩡페이는 추이옌을 너무 얕보고 있었다. 추이옌의 말은 허공에 가득 떠 있는 바늘처럼, 피할 곳도 없이 하나하나 쩡페이의 가장 약한 부분을 정확히 찔러왔다. 추이옌의 말이 사실이 아니라는 걸 쩡페이는 분명히 알고 있었다. 적어도 전부 다 사실은 아니었다. 하지만 고집스럽게 궤변을 늘어놓는 추이옌을 당해낼 수 없었다.

"내가 어떻게 했으면 좋겠어?" 쩡페이는 또 얼굴을 손으로 문질렀다.

추이옌은 고개를 들고 쩡페이를 쳐다보며 입을 열어 말했다. "날 사랑해주든가, 아니면 멀리 떠나줘요."

추이옌은 자기 자신마저도 극한까지 몰아갔다. 그래서 결정을 내렸고, 쩡페이의 선택만을 기다렸다. 딩샤오예에게 말했던 것처럼, 추이옌에게도 깨끗이 단념할 권리는 있었다.

"멀리 떠나달라는 건, 나한테 이사 가라고 해놓고 사흘이 멀다 하고 뭘 사다주고 밥은 먹었느냐고 물어보는 그런 게 아니에요. 꼭 필요한 일이 아니면 연락하지도 말고 만나지도 말아요. 이제 이 년만 있으면 졸업해요. 학비랑 생활비는 내가 알아서 해결할 거예요. 지금까지 돌봐줘서 고마웠어요. 우리 엄마 일은 이제 서로 비긴 셈이니까 괴로워하지 않아도 돼요. 우린 다시 친척 관계로 돌아가는 거예요. 먼 친척 말예요."

쩡페이는 아무런 대답이 없었다. 추이옌은 기다리고 또 기다렸다. 마침내 대답을 기다리는 동안의 그 불안감을 견디지 못하고, 추이옌이 버럭 외쳤다. "빨리 선택해요!"

쩡페이는 그제야 입을 열었다. "내가 생각할 시간도 좀 줘야지."

"안 돼요. 지금 바로 대답해줘요. 이렇게 이도 저도 아닌 상태로는 너무 괴롭단 말예요!" 추이옌이 양손으로 쩡페이를 꽉 붙잡았다.

쩡페이는 추이옌을 상대하기가 피곤해져서 초조하고 심란하게 말했다. "그렇게 항상 극단적으로 굴지 좀 마. 좋은 여자는 남자를 궁지로 몰지 않는 법이야!"

쩡페이는 지금까지 언제나 추이옌을 '여자애'라고 지칭하며 동등한 성인으로 대해주지 않았었다. 추이옌은 드디어 칠흑 같은 어둠 속에서 빛을 보았다. 비록 그것이 단 한줄기 빛일지라도. 쩡페이의 성격은 딩샤오예와 꽤 비슷했다. 둘 다 마음이 아주 강직한 사람이었다. 추이옌이 이렇게까지 몰아붙였음에도 쩡페이는 추이옌에게 가장 불행한 선택은 하지 않았다. 두 가지 선택 모두 쩡페이가 받아들이기 힘든 것이라는 사실을 알 수 있었다. 추이옌은 자신이 굳게 믿고 있던 것이 사실임을 다시금 확인했다. 기쁜 마음에 추이옌의 태도가 금세 많이 누그러졌다.

추이옌이 더는 그 문제로 매달리지 않자 쩡페이도 한숨 돌리며 말했다. "사람들한테 얘기하고 먼저 데려다주마."

"왕 삼촌이 화내지 않을까요?" 추이옌이 물었다.

"남들이 다 너같이 치사할까봐? 들어가서 얌전히 인사하고, 쓸데없는 말만 안 하면 돼." 쩡페이는 언짢은 듯 말했다.

추이옌이 웃으며 말했다. "그분, 진짜 당신보다 한 살밖에 안 많아요? 최소한 다섯 살은 더 많아 보이던데."

"이 녀석, 쓸데없이 아부하지 마." 쩡페이는 추이옌의 사탕발림을 간파했지만 참지 못하고 웃음을 터뜨렸다.

"야, 돌아왔네. 우리 버리고 간 줄 알았어." 두 사람이 들어오는 걸 본 장이 농담을 했다.

쩡페이가 외투를 집어들며 말했다. "천천히들 마시고 있어. 난 애 먼저 좀 데려다주고 다시 올게." 그러고는 왕의 어깨를 두드리며 말했다. "갈게. 다음에 다시 한잔하자."

추이옌도 여러 '삼촌'들에게 작별 인사를 했다. 두 사람이 나가자마자 장이 웃으며 우장에게 물었다. "쩡페이가 진짜 다시 올까?"

우장은 말없이 웃기만 했다.

"조카라고?" 장이 소곤거렸다. "혈연관계도 아닌데 친척이라고 우기는 건, 알고 보면 백이면 백 그렇고 그런 사이던데 뭘. 설마 쩡페이가 네 사촌동생이랑 파투나서 저 여자애를 찾은 건 아니겠지?"

우장이 말했다. "순서를 반대로 알고 있네. 진작 눈치챘으면 내가 쩡페이랑 평란 사이에 다리를 안 놓았지."

"그럼 나랑 평란 사이에 다리 좀 놓아줘. 난 그런 타입이 좋더라." 장이 활짝 웃으며 말했다.

우장은 웃으며 술을 한 잔 마시더니 말했다. "평란이 너 같은 타입을 안 좋아할걸."

"내가 어디가 어때서?" 장이 황당해하며 물었다.

우장은 그의 얼굴을 가리키는 걸로 대답을 대신했다.

소금과 불꽃

추이옌은 쩡페이의 집에 가서 옷을 몇 벌 더 챙겨야겠다고 말했다. 추이옌이 방에서 옷을 챙기고 있는 사이 방문 밖을 지나가던 쩡페이가 말했다. "두꺼운 옷 좀 많이 챙겨. 날이 춥잖아. 오늘은 왜 그렇게 입었어?"

추이옌은 의아해하며 입고 있던 옷을 살펴보았다. 겉에 입었던 니트 카디건은 저녁을 먹고 돌아온 뒤 약간 더운 감이 있어서 벗어두었다. 지금은 원피스 차림이었다. 민소매이긴 했지만 단정한 옷이었다.

"왜요? 별로예요?" 추이옌은 평소에 치마를 자주 입지 않았다. 그런데 오늘 쩡페이가 자신의 옷차림을 지적하니, 처음으로 그의 친구들을 만나는 자리에 나가면서 너무 편하게 입었던 건지 뒤늦게 걱정스러웠다.

쩡페이가 말했다. "겨우 천 쪼가리 몇 장 걸치고 있으니 보기만 해도 심란하다. 왕이 나쁜 마음을 품는 것도 무리가 아니지."

추이옌은 그 말을 듣자마자 웃음을 터뜨렸다. 예체능을 전공하는 만큼, 친구들 중에는 추이옌 못지않게 눈에 띄는 옷차림도 많았다. 추이옌은 양손을 허리에 얹고 일부러 쩡페이 앞에서 왔다갔다 하며 눈을 가늘게 뜨고 물었다. "내 몸매 어때요? 펑란 언니보다 못하진 않죠?"

쩡페이는 뜻밖이라는 듯 물었다. "왜 펑란이랑 비교를 해?"

"펑란 언니가 내 경쟁 상대잖아요. 언니랑 비교하면 안 돼요?" 추이옌은 질투가 나는 양 말했다. "다들 펑란 언니 보고 예쁘고 몸매도 좋다고 하잖아요. 언니만큼은 아니어도 나도 꽤 괜찮죠?"

"딩샤오예가 그래?" 쩡페이가 물었다.

추이옌은 순간 멍해졌다. 자신은 쩡페이를 염두에 두고 '경쟁 상대'라고 말했는데. 딩샤오예가 중간에 끼어들지만 않았다면 펑란은 정말로 쩡페이와 결혼했을지도 모르니까 말이다. 그런데 쩡페이가 그 말을 듣고 자신과 펑란이 딩샤오예를 두고 암투를 벌인다고 생각할 줄이야.

추이옌이 쩡페이 앞에서 자신과 펑란이 공정하게 경쟁한다고 말했던 건 딩샤오예를 보호하기 위해서이기도 했고, 홧김에 한 소리이기도 했다. 추이옌의 머릿속이 빠르게 회전했다. 기왕 이렇게 된 거 이 기회를 틈타 묻기로 했다. "샤오예가 어디가 어때서요? 확실히 말해봐요."

쩡페이는 잔에 남은 술을 마저 마셔버리더니 대답 없이 추이옌의 방문 앞을 떠났다.

추이옌은 옷을 내려놓고 뒤따라나갔다. 쩡페이가 들고 있는 잔이 빈 걸 보고는 술을 더 따라주기 위해 재빨리 다가갔다.

쩡페이는 술이 상당히 셌다. 그리고 좋은 술을 소장하는 취미도 있었다. 기분이 좋을 때나 나쁠 때, 그는 가끔 집에서 혼자 한두 모금씩 마시곤 했다. 추이옌은 오늘 쩡페이의 기분이 어느 쪽인지 판단할 수 없었다. 식사 자리에서 마시고도 아직 부족한 걸까?

식당에서 마신 술은 마오타이주였는데, 지금 마시는 술은 색깔로 보아 양주인 것 같았다. 두 가지를 섞어 마시면 더 쉽게 취하지 않나?

추이옌은 바 테이블에서 삼분의 일밖에 남지 않은 테킬라 병을 발견했다. 그러다가 술을 따르던 손이 '실수로' 앞으로 쏠리는 바람에, 쩡페이가 들고 있던 잔에 술이 가득 차다못해 조금 넘쳤다.

쩡페이는 평소에 술을 마실 때 정도를 지켰다. 추이옌은 자신의 마음이 너무 급한 나머지 쩡페이의 의심을 살 짓을 했음을 깨달았다. 아니나 다를까, 쩡페이는 가득차서 찰랑거리는 술잔을 보며 침묵했다.

추이옌은 얼른 티슈를 뽑아 그의 손을 닦아주었다. 그러다가 자신의 손에도 술이 조금 묻었다. 그녀는 손가락을 입속에 넣었다. 술은 생각만큼 그렇게 독하지 않았다. 그래서 자기 몫으로도 술잔을 하나 가지고 와서는 웃으며 말했다. "아, 손이 떨려서 너무 많이 따라버렸네요. 제가 조금만 도와드릴까요? 버리면 아깝잖아요."

그렇게 말하면서 추이옌은 쩡페이의 잔을 가져와 자기 잔에 조금 나누어 부었다. 쩡페이는 예상 외로 추이옌을 말리지 않고 하는 양을 보고만 있었다.

추이옌은 영리하게 쩡페이를 정말로 '조금만' 도왔다. 쩡페이에게 술잔을 돌려주었을 때, 추이옌의 잔은 사분의 일 정도만 채워져 있었다.

"같이 술 마시는 건 처음이네요. 첫잔인데, 비워야죠?"

추이옌이 쩡페이를 떠보는 듯이 말했다. 만약 쩡페이가 마시지 않으려 하면 다른 방법을 찾아내 그를 자극할 생각이었다. 예상 외로, 쩡페이는 흔쾌히 추이옌과 잔을 부딪더니 두말 않고 고개를 뒤로 젖혀 술잔을 한번에 비웠다.

추이옌은 놀라 눈이 휘둥그레진 채 쩡페이가 걱정되어 저도 모르게 말했다. "좀 천천히 마셔요."

쩡페이는 잔을 거꾸로 뒤집었다. 마지막 남은 한 방울이 잔을 타고 흘러내렸다. 그의 눈빛에 웃음기가 어려 있었다.

화살은 이미 활시위에 올랐다. 추이옌도 별수없이 쩡페이가 한 대로 자기 잔에 담긴 술을 한입에 털어넣었다. 추이옌은 술을 입에 머금지도 않고 훅 넘겼다. 목구멍이 타는 듯 뜨거웠다.

그냥 고춧물이라고 생각하자. 이를테면 심문 도구였다. 어쨌든 쩡페이는 추이옌보다 술을 훨씬 많이 마실 것이다. 취중 진담이랬다. 그가 아무리 입이 무겁다 한들, 취하고 나면 정신이 말짱할 때보다는 상대하기 쉬울 것이다.

'고춧물'을 네 잔째 마시고 보니 어느새 추이옌의 눈에 쩡페이의 얼굴이 흐리게 보였다.

"더 마실 수 있긴 한 거야?" 옆에서 쩡페이가 묻는 소리가 들렸다.

"먼저 마셔요. 그럼 나도 마실게요!" 추이옌은 이 상황에도 목적을 잊지 않았다.

쩡페이가 우습다는 듯 말했다. "취한 건 아니겠지? 난 벌써 마셨거든?"

"그래요!" 추이옌이 고개를 들고 웃었다. "나 안 취했어요. 당신이 마셨으니까 이젠 내 차례네요."

추이옌은 여전히 한입에 털어넣었다. 몇 번 마시고 나니 이젠 목이 타는 듯한 느낌도 별로 없었다. 추이옌은 자기 잔에 술을 조금 따랐다. …… 몇 잔째더라? 기억나지 않았다.

쩡페이가 추이옌의 손을 붙잡았다. "됐어, 이제 그만 마셔."

"아니요." 추이옌은 그의 잔에도 술을 따랐다. 쩡페이는 얼른 자기 앞의 잔을 멀리 밀어놓고 빈 잔으로 바꿔치기했다. 추이옌은 조금도 눈치채지 못한 채 술을 따라주면서 여전히 자기는 취하지 않았다고 우겼다.

쩡페이도 술을 족히 세 잔은 마셨다. 이런 식으로 마시다보니 처음에 마시던 테킬라는 진작 동이 나, 중간에 추이옌이 주류 선반에서 쩡페이가 아껴두었던 꽤 괜찮은 등급의 코냑을 꺼내온 터였다. 그 역시 아까워할 겨를도 없었다.

"이 술 진짜 별로네요. 맛 되게 이상해요." 추이옌은 금방이라도 쓰러질 것 같은 자세로 품평했다.

쩡페이는 추이옌이 혹시라도 쓰러질까봐 거실 소파로 데려가 앉히고 더이상 마시지 못하게 했다.

"왜 날 취하게 만들려고 했어? 뭘 하려고?" 쩡페이가 물었다.

쩡페이는 추이옌의 새빨개진 얼굴을 보자 걱정이 되었다. 얼굴을 살짝만 눌러도 피부를 뚫고 알코올 섞인 피가 솟구쳐나올 것만 같았다. 추이옌이 소파 등받이에 비스듬히 기대어 물었다. "취했어요?"

"조금." 쩡페이는 아주 약간 취했을 뿐이다. 추이옌보다는 훨씬 나은 상태였다. 추이옌은 지금 쩡페이의 말이 사실인지 거짓인지 도 분별할 수 없는 정도였다.

"왜 그렇게 딩샤오예를 싫어해요? 그 사람이 뭘 어쨌는데요?" 추이옌이 쩡페이의 어깨에 쓰러지듯 기댄 채 소곤거렸다.

과연 쩡페이의 예상대로였다.

쩡페이가 물었다. "딩샤오예가 누구야?"

추이옌은 웃으며 쩡페이를 때렸다. "알면서 뭘 물어요? 취한 거 맞네."

"추이팅이랑은 오래전부터 알고 지냈던 거야?" 쩡페이도 나름 대로 심문을 시작했다.

추이옌은 이미 쩡페이가 슬쩍 화제를 바꾼 걸 알아채지 못했다. 그러고는 여전히 쩡페이의 어깨에 기댄 채 조금 움직이더니 대답 했다. "당신을 만난 것보다 더 일찍 알았죠."

"네 돈은 그 사람한테 준 거야?"

"그럼 뭐 어때서요? 당신이 그랬잖아요. 그 돈은 내 돈이니까 내 마음대로 쓸 권리가 있다고. 추이팅이 어디 있는지, 난 안 가르쳐 줄 거예요."

"아직 시내에 있는 거지? 네가 집을 얻어줬어?"

추이옌은 말이 없었다. 쩡페이는 잠깐 기다렸다가 다시 물었다. "원래 살던 집으로 돌아간 거야?"

추이옌이 느릿느릿 고개를 들었다. "당신이랑 이런 얘기 하고 싶 지 않아요."

쩡페이는 고개를 끄덕였다. 마음속에 이미 해답을 얻었다. "그렇게 그 사람을 감싸고 싶어?"

"당신이 뭘 알아요? 추이팅은 좋은 사람이에요."

"그 사람 좋아한다고 했던 거, 정말이야?"

"네." 추이엔의 말은 진심이었다. 그저 그다음 말을 하지 않았을 뿐이다. 추이엔은 딩샤오예만 좋아하는 게 아니라, 그의 어머니도 좋아했다. 어린 추이엔이 가장 부러워했던 건 바로 딩샤오예가 어머니와 함께 있을 때의 그 분위기였다. 추이엔이 한 번도 느껴보지 못한 따스함이었다.

쩡페이는 추이엔의 다섯번째 잔까지 마셔버리고는 자조적인 투로 말했다. "난 또 내가 네 첫사랑인 줄 알았지."

"당신 맞아요." 추이엔은 안타까움이 담긴 목소리로 말했다. "그런데 펑란 언니 말이, 첫 키스를 한 사람이라야 첫사랑으로 치는 거라잖아요. 그래서 언니가 당신 첫사랑인 거고, 내 첫사랑은 아팅…… 어, 왜 뭐가 반대로 된 것 같지?"

추이엔은 재미있는 사실이라도 찾아낸 듯, 양손으로 손짓을 하며 말했다. "우리 진짜 복잡하네요!"

"너랑…… 아팅은, 언제 있었던 일이야?" 쩡페이는 재미있는 점을 찾아내지 못한 모양이었다.

추이엔은 눈을 감고 잠깐 생각에 잠긴 듯하더니, 갑자기 입을 틀어막고 화장실로 달려갔다.

한참 후에야 물 내리는 소리가 들렸다. 그러고는 찬물로 세수를 한 듯 젖은 얼굴로 들어왔다. 그렇지만 세수도 소용없는지 추이엔은 제대로 서 있지도 못했다.

"물 한 잔 갖다줄게." 쩡페이는 일단 추이엔을 부축해 앉히려 했다. 하지만 추이옌이 끝까지 자기는 괜찮다고 우기며 직접 주방으로 가서 물을 따랐다. 냉장고 안에는 캉캉이 아침에 만들어놓은 레몬 물이 있었다. 추이옌은 반은 따르고 반은 흘렸다.

쩡페이는 추이옌이 컵이라도 깨뜨려 다칠까 걱정이 되어, 따라가서 물병을 받아들었다.

"언제 있었던 일이야?" 쩡페이가 다시 물었다.

추이옌은 식탁을 짚고서야 간신히 균형을 잡고 섰다. 그러고는 멍하니 쩡페이를 쳐다보았다. 쩡페이가 무슨 말을 하는지 전혀 모르겠다는 얼굴이었다.

쩡페이는 좀더 가벼운 어조로 물었다. "너랑…… 아팅이랑 진짜로……"

"아……" 추이옌은 모이를 쪼아 먹는 병아리처럼 고개를 끄덕였다. "진짜예요."

"말도 안 돼." 이렇게 말하면서도 쩡페이는 속으로는 그 말을 믿지 않았다.

추이옌이 말했다. "당신이 우리 엄마 앞에 막 나타났던 그 무렵이었어요. 엄마는 날마다 내가 집에 없길 바랐어요. 그래서 어쩔 수 없이 얼굴에 철판 깔고 하루종일 아팅 집에서 놀았죠. 어느 날 내가 아팅한테 여자애랑 뽀뽀해본 적 있냐고 물었더니, 해본 적 없다고 그러잖아요. 그래서 나한테 한번 해보라고 했죠."

"아팅이 싫다고 안 했어?"

추이옌이 거짓말을 하는 게 아니라면, 그 당시 추이팅은 이미 열일고여덟 살쯤 되었을 때였다. 어린 여자아이는 뭘 모른다 해도 추이팅이 그 의미를 몰랐을 리 없다. 만약 그 말을 빌미로 추이옌을 이용했다면, 그건 딩샤오예의 본성이 애초부터 좋지 않음을 증명하는 것과 다름없었다. 이번에 평란을 속여서 그렇게 휘둘러놓고 훌쩍 떠나버린 것도 무리가 아니었다. 쩡페이는 마음속에 울컥 혐오감이 일었다.

추이옌이 히죽히죽 웃으며 말했다. "싫다고 할 틈도 없었어요. 아팅이 뭐라고 대답하기도 전에 내가 이렇게……"

추이옌은 발뒤꿈치를 들고 잽싸게 쩡페이의 입술에 살짝 입을 맞췄다. 그러다가 몸이 뒤로 젖혀져 하마터면 넘어질 뻔했다. 쩡페이는 급히 추이옌을 끌어당겼다. 너무 세게 당겨 추이옌의 몸이 쩡페이의 가슴팍에 부딪혔다.

쩡페이는 추이옌이 또 이리저리 비틀거릴까봐 한 손으로 추이옌의 등허리를 감싸 지탱하고, 다른 한 손으로는 식탁 가장자리를 짚었다.

"그게 다야?" 쩡페이가 낮은 소리로 물었다.

추이옌은 다시 얼굴을 들이밀고 쩡페이의 양 뺨에 한 번씩 입을 맞췄다. "또 이렇게…… 이렇게……"

"그게 뭐야? 그냥 애들 장난이잖아." 쩡페이가 말했다.

"그럼 당신이랑 평란 언니는 어떻게 했는데요?" 이렇게 묻는 추이옌은 괴로운 듯했지만, 두 눈만은 여전히 반짝거렸다. 쩡페이는 그제야 자신도 술에 취했다는 걸 깨달았다. 입술이 바싹 말랐다.

쩡페이는 추이옌의 등을 감싼 손에 좀더 힘을 주었다. 더 단단히 지탱해주려는 것 같기도 했고, 더 꽉 안으려는 것 같기도 했다. 추이옌은 꼼짝달싹할 수가 없어, 둘 데 없는 손을 쭉 뻗었다. 식탁 한쪽에 놓아둔 조미료 통이 손에 닿았다. 그리고 손을 뻗은 그 순간,

피할 수 없이 추이옌의 가슴이 바로 앞에 붙어 서 있는 쩡페이의 몸을 스쳤다. 추이옌은 재빨리 식탁에 놓여 있던 세 개의 조미료 통에서 소금 통을 찾아냈다. 그러더니 엄지와 검지 사이의 움푹 팬 부분에 소금을 뿌리고는 혼잣말하듯 말했다. "책에서 봤는데, 테 킬라를 마실 땐 여기다 소금을 뿌려서 같이 마셔야 맛있는 거래요. 그런데 이게 소금인지 설탕인지…… 뭔지 맛 좀 볼래요?"

쩡페이는 꼼짝도 하지 않았다. 그의 침묵도, 딱딱하게 굳은 몸도 기이하기만 했다. 추이옌이 단 한 가지 또렷하게 느낄 수 있는 것은 바로 등에 닿아 있는 그의 손이었다. 쩡페이의 손바닥이 닿은 부분이 땀에 젖어 축축해져 있었다. 그 열기가 추이옌의 살과 뼈를 뚫고 들어가 심장에까지 닿을 듯했다.

"됐어요. 내가 직접 맛보죠 뭐." 추이옌은 손을 입가로 가져가 서, 분홍색 혓바닥으로 탐색하듯 핥아보았다. "짜네요."

그러고는 이리저리 몸을 비틀면서 술병을 찾으려 했다. 쩡페이 는 텅 빈 술병을 들어올려 추이옌의 눈앞에 흔들어 보이며 말했다. "테킬라는 벌써 한참 전에 다 마셨어."

추이옌은 실망스럽다는 투로 말했다. "아, 맞다. 깜빡했네…… 에이, 재미없어. 왜 한 모금도 안 남겨줬어요!"

"그렇게 마시고 싶어?" 쩡페이는 병 바닥에 아주 약간 남아 있 는 액체를 발견했다. "아직 몇 방울 남은 것 같은데."

추이옌이 신이 나서 말했다. "몇 방울이라도 괜찮아요. 다 줘요."

"그래."

그렇게 대답해놓고, 쩡페이는 말을 마치자마자 병 입구에 입을 대고 조금 남은 술을 다 마셔버렸다.

"뭐예요…… 왜……"

추이옌이 미처 하지 못한 말은 쩡페이의 입속으로 삼켜졌다. 추이옌은 마지막으로 몇 방울 남은 테킬라의 독한 맛을 느꼈다. 반대로, 쩡페이는 추이옌의 혀끝에 남아 있던 옅은 짠맛을 느꼈다. 소금 알갱이와 알코올이 입술과 혀 사이에서 녹아 뒤섞였다. 그 맛은 거센 불꽃처럼, 사람을 불태워 요괴로 만들 것만 같았다.

추이옌의 손이 힘없이 늘어졌다. 주방 전체가 추이옌의 머리 위와 발아래에서 빙글빙글 돌았다. 도저히 서 있을 수가 없어 등뒤를 받친 손에 단단히 의지했다.

"내가 아팅한테 뽀뽀한 게 애들 장난이라더니, 어른들은 다 이렇게 하는 거예요?" 추이옌은 가쁜 숨을 몰아쉬며 물었다.

"이러고 싶었던 거 아냐?" 쩡페이가 되물었다.

"본인은 안 그러고 싶었던 것처럼 말하지 마요!" 추이옌은 당돌하게 쩡페이에게 입을 맞추며, 미친듯이 그의 입속에 남아 있는 술을 핥으려 했다. 마치 그 속에 쩡페이의 영혼이 들어 있기라도 한 것처럼.

두 사람은 꼭 껴안은 채 비틀거리며 앞으로 걸어갔다. 추이옌의 등이 주방 한쪽에 걸려 있는 거울에 닿았다. 쩡페이는 추이옌의 뺨 옆으로 거울에 비친 자기 모습을 보았다. 엉망으로 취해버린 낯선 모습에 순간 깜짝 놀라 쩡페이는 정신을 차렸다. 쩡페이의 표정이 갑자기 변하자 추이옌은 그를 꼭 끌어안아 그가 물러서지 못하게 했다.

"뭘 봤어요?" 추이옌이 물었다.

쩡페이는 고개를 숙인 채 말이 없었다. 추이옌은 차가운 거울에 머리를 기대고 웃었다. "지금 내가 보는 당신 모습이 어떨 것 같아요?"

"말해봐!"

"당신이 생각하는 모습이랑 똑같아요."

쩡페이가 거울에서 본 것, 그리고 지금 그의 마음속을 사로잡고 있는 건, 그저 끝없는 욕망이었다.

다음날, 쩡페이가 방문을 열자마자 눈에 들어온 건 바로 문 앞에 서서 샌드위치를 먹고 있는 캉캉의 모습이었다. 쩡페이는 그 순간 이미 지금까지 지켜온 자기의 생활이 곧 철저히 부서지리라는 걸 분명히 의식했다.

쩡페이는 몇 초 동안 가만히 서 있었다. 캉캉도 멍하니 쩡페이를 쳐다보고 있었다.

쩡페이의 얼굴이 하얗게 질렸다가 붉게 달아올랐고, 이어 새파랗게 질렸다. 쩡페이는 부끄러운 나머지 화를 내며 캉캉에게 물었다. "방문 앞을 막고 서서 뭐 하는 거야?"

캉캉은 갑작스러운 큰 소리에 깜짝 놀라 우물쭈물하며 대답했다. "아무것도 아니에요…… 그런데, 여…… 여긴 우리 누나 방인데요."

쩡페이는 경찰관 시절에 몇몇 사건의 현행범을 체포했던 일을 떠올렸다. 그때 자신의 마음속은 악인을 근절하고 처벌하는 쾌감으로 가득했다. 그런데 지금 이 순간, 쩡페이는 그 사람들을 조금이나마 동정하게 되었다.

불안감, 수치심, 후회…… 모두 아무것도 되돌릴 수 없을 때에야 비로소 찾아오는 감정들이었다.

등뒤로 방문을 닫으며 쩡페이가 캉캉에게 물었다. "넌 언제 왔어?"

캉캉은 마치 삼키기가 힘든 듯, 입안에 든 샌드위치를 아주 천천히 씹고 있었다.

"오늘은 수업이 없어서 가게 일을 도우러 가기로 했어요. 못 믿겠으면 펑란 누나한테 물어보세요!" 그리고는 쩡페이가 화를 내기 전에 마음을 굳게 먹고 가장 중요한 얘기를 했다. "전 어젯밤에 왔어요…… 방에서 음악 듣고 있었어요. 이어폰 끼고요."

쩡페이는 눈을 질끈 감았다. 뒷말은 안 했어도 될 뻔했다. 어젯밤에 자신의 몸을 지배했던 그 남자는 완전히 낯선 사람이었다. 쩡페이는 캉캉이 펑란의 가게에 나가기 전날엔 대개 이곳에서 잔다는 사실을 완전히 잊어버리고, 단 한 순간도 떠올리지 못했다. 바로 이것이 가장 두려운 점이었다.

그렇지만 쩡페이는 곧이어 더욱 놀랍고 두려운 점을 발견했다. 캉캉이 손에 든 샌드위치에 들어간 빵은 잘 구워져 있었고, 빵 사이에는 부친 달걀 두 쪽과 베이컨 여러 장이 끼워져 있었다. 샌드위치를 이렇게 만드는 사람은, 바로 자신의 누나 쩡원이었다.

캉캉은 곧바로 쩡페이의 생각을 눈치채고 다급히 말했다. "제가 엄마한테 두유 사다달라고 했어요."

이게 바로 캉캉이 방문 앞에서 이러지도 저러지도 못한 채 왔다 갔다하고 있던 이유였다.

쩡페이는 거의 나는 듯이 자기 방으로 달려가 옷을 갈아입고 거울을 보며 이상한 구석이 없는지 살폈다. 그러고는 한참을 뒤진 끝에야 휴대전화를 찾아내 추이옌에게 전화를 걸어서는 딱 한마디만 했다. "일어나!"

캉캉이 문밖에서 변명했다. "엄마가 바로 밑에 와서야 전화를 하셨단 말예요. 이쪽에서 며칠 동안 연수를 받으셨대요. 누나랑 외삼촌이 아직 자는 줄 알고 안 깨웠어요."

쩡페이는 방금 전에 자기 방문이 닫혀 있었던 걸 깨달았다. 이것도 분명 캉캉의 작품이리라. 과거의 자신이라면 분명 지금의 자신을 경멸할 것이다. 어젯밤에 저지른 짓이든, 아니면 오늘 아침의 황망함이든, 전부 쩡페이 자신이 멸시할 만한 행실이었다. 그렇지만 앞으로 추이옌과의 관계가 어떻게 되든 간에, 지금은 가족들 앞에서 두 사람 사이를 털어놓을 적기가 아니라는 걸 그는 누구보다도 잘 알고 있었다.

십 분쯤 후, 쩡원은 아들이 특별히 지목한 가게에서 두유를 사들고 동생의 집으로 돌아왔다. 쩡페이와 추이옌, 캉캉은 모두 식탁에 가만히 앉아 기다리고 있었다.

쩡원은 너무 조용한 분위기가 낯설었다. 그러면서도 준비해 온 아침식사를 하나하나 펼쳐놓으며 쩡페이를 나무라는 걸 잊지 않았다. "집에서 무슨 술을 마셔? 밖에서 그렇게 마시고도 모자라?"

쩡페이는 아무 말 없이 얌전히 꾸지람을 들었다.

캉캉이 평소에 누누이 말했던 대로, 캉캉의 어머니와 외할머니는 전쟁 드라마를 즐겨 보며 '적군을 찢어발기는' 전쟁 영웅을 흠모하는 대담한 여성들이었다. '쓸데없는 생각'을 거의 하지 않는 쩡원은 다행히도 다들 너무 조용한 것을 보고 좀 놀랐을 뿐, 뭔가 이상하다는 생각은 하지 않았다. 어쨌든 쩡페이는 원래 누나 앞에서 말수가 적은 편이었다. 들어줄 사람들이 생긴 참에 쩡원은 요 며칠 동안 받은 연수와 집안의 소소한 일에 대해 거침없이 얘기하기 시작했다. 덕분에 세 사람은 가슴을 쓸어내렸다.

쪙원은 세 사람에게 줄 샌드위치를 만들어 왔다. 추이옌은 쪙원이 먹고 있는 샌드위치가 자기 것보다 훨씬 간소하다는 걸 눈치챘다. 쪙원의 샌드위치 속에 들어간 재료는 오이와 토마토밖에 없었다. 추이옌이 물었다. "이모, 요새 다이어트 하세요?"

쪙원이 말했다. "내가 너 같은 젊은 애도 아니고, 다이어트는 무슨 다이어트? 오늘 초하루라 채식하는 거야."

"오늘은 채식하고, 내일은 돼지고기 조림 한 사발로 보충하실 거잖아요." 캉캉이 어머니의 비밀을 폭로했다.

쪙원은 아들의 머리를 가볍게 한 대 때리며 말했다. "네가 뭘 아니? 가끔씩 채식을 해서 업보를 지워야지……"

추이옌은 쪙페이가 입으로 가져갔던 샌드위치를 조용히 다시 내려놓는 걸 보았다.

아침을 먹은 후, 쪙페이와 추이옌은 차례로 집을 나섰다. 쪙원은 그릇을 정리하고 나서 이상하다는 듯 아들에게 물었다. "네 외삼촌이랑 누나, 둘 다 표정이 안 좋던데, 둘이 또 싸웠니?"

"제가 어떻게 알아요?" 캉캉도 물건을 챙기며 집을 나설 준비를 했다. 등뒤에서 어머니가 말하는 소리가 들렸다. "네 누나는 그렇다 치고, 외삼촌도 성질 한번 고약해. 분명히 추이옌이 또 남자친구를 사귄 거겠지. 외삼촌은 아마 아버지가 딸 시집보내는 마음인가봐."

캉캉은 아무 말도 하지 않았다. 어떤 일들은, 전쟁 영웅을 흠모하는 여자들은 알 수 없는 것이다.

행복을 선사하는 패키지

펑란은 딩샤오예를 부모님에게 소개하겠다던 약속을 지킬 수 없었다. 펑란은 아무 말도 하지 않았지만, 딸을 제일 잘 아는 사람은 어머니인지라 펑란의 어머니는 딸이 우울해하는 걸 보고 이미 둘 사이에 문제가 생겼다는 걸 눈치챘다.

딩샤오예가 가게를 떠났다는 소식은 얼마 지나지 않아 펑란 부모님의 귀에까지 들어갔다. 딸을 아끼는 부모는 한시름 놓았다. 솔직히 말하면, 딸이 종업원과 사귀는 게 무척 못마땅했지만, 아무리 말려도 말을 안 듣고 고집을 피우니 못 이기는 척했을 뿐이었다. 인사 오라는 비장의 무기를 썼던 게 다행이었다. 진짜 딸을 사랑한다면 시련을 두려워하지 않을 텐데, 그 남자는 순식간에 흔적도 없이 사라져버렸다.

펑란의 어머니는 4박 5일 푸켓 여행을 예약하고는 펑란에게 꼭 같이 가야 한다며 고집을 피웠다. 여행은 핑계일 뿐이라는 걸 펑란이 모를 리가 없었다. 어머니는 딸이 이곳에서 보는 것마다 마음 아파할까봐 억지로 다른 곳으로 데려가 기분 전환을 시켜주려는 것이었다. 평란은 여행을 가고 싶은 마음은 전혀 없었지만 가족들이 자기를 더 걱정할까봐 어머니의 말에 따르는 수밖에 없었다.

해변에서 며칠을 보내면서 기분이 나아질지는 모를 일이지만, 평란 입장에선 이미 퇴로를 끊어버린 이상 딩샤오예의 흔적으로 가득차 있는 곳에 남아 그가 돌아오기를 기다릴 필요가 없었다. 그런 기다림을, 혹은 기다려보자는 생각조차도 평란은 스스로에게 허락하지 않았다.

여행에서 돌아와보니 가게는 예전과 똑같았다. 다만 우연히, 종업원들이 한데 모여 가게의 가장 큰 '비화'에 관해 수다떠는 걸 듣게 되었다.

샤오자오가 묻는 소리가 들렸다. "딩샤오예가 왜 갑자기 없어졌는지 아는 사람 없어요?"

라오리가 말했다. "그걸 꼭 말로 해야 알아? 사장님이랑 깨져서 그런 거 아냐."

"그날 아침까지만 해도 사이가 좋았잖아요. 그런데 그렇게 금방 헤어져요? 점장님, 점장님은 우리보단 아는 게 많을 거 아녜요."

"그렇게 함부로 추측하지 마. 조용히들 해, 사장님 들을라." 점장은 추궁을 피할 수가 없었던지 결국 애매하게 한마디 덧붙였다. "나도 들은 얘긴데, 딩샤오예가 손버릇이 나쁘대……"

평란은 그들이 모여 얘기를 나누고 있는 방의 문을 벌컥 열고 들어가서는 웃으며 말했다. "왜 밖에 아무도 없나 했네. 다들 무슨 얘길 그렇게 재미있게 해요?"

안에 있던 사람들은 감히 아무 말도 하지 못했다. 다들 갑자기 할 일이 생각났다는 듯 급하게 나갔다. 펑란은 마지막으로 나가려는 점장을 붙잡았다. 둘만 남게 된 후 펑란이 물었다. "딩샤오예가 손버릇이 나쁘단 얘긴 누구한테 들은 거예요?"

점장은 난처한 듯 말했다. "어제 오후에 사장님 어머님께서 오셔서 저랑 잠깐 얘기 나누셨어요…… 어머님도 종업원들이 혹시나 좋지 않은 말이라도 퍼뜨릴까봐 걱정돼서 그러셨을 거예요……"

평소에는 그렇게 '공명정대'를 주장하는 어머니지만, 딸을 보호할 땐 이처럼 터무니없어지기도 했다.

"좋은 뜻으로 그랬다는 거 알아요. 점장님을 탓할 생각은 없어요." 펑란은 점장과 함께 방을 나가다가 문 앞에서 말했다. "딩샤오예는 손버릇이 나빴던 적이 없다고 사람들한테 얘기해주세요. 딩샤오예가 나간 건 나랑 그 사람 사이의 사적인 일 때문이에요. 가게나 다른 종업원들이랑은 아무 상관 없어요."

딩샤오예가 펑란을 차버렸다. 그는 인간쓰레기다. 펑란 자신이 뿌린 씨앗이니, 거둔 열매 또한 자신이 삼켜야 할 몫이다. 하지만 펑란은 딩샤오예가 실제로 하지도 않은 짓 때문에 오명을 쓰게 만들 수는 없었다. 그러면 자신도 똑같이 더러워질 것 같았다.

그날 이후로 '딩샤오예'라는 이름은 가게의 금기가 되었다. 아무도 그의 행방을 묻지 않았고, 그의 행적에 대해 얘기하지 않았다. 그가 남긴 이름표와 유니폼, 그리고 급여 명부에 적혀 있던 이름까지 전부 사라져버렸다.

펑란도 계속 좌절에 빠져 있지만은 않았다. 오히려 꽤 빨리 정신을 차린 듯 보였다. 가게 안팎의 일들에 전보다도 더 마음을 썼으며, 바로 옆의 점포를 임대해 리모델링을 하고 가게를 확장하느라 눈코 뜰 새 없이 바빴다.

남는 시간엔 부지런히 친구들을 만났다. 틈만 나면 수영을 하고, 요가를 하고, 스파를 찾았다. 피부와 머릿결, 손톱까지, 무엇 하나 소홀히 하지 않았다. 새 가구들도 사들였다. 옷장과 신발장은 빈틈 없이 가득찼다. 매일 외출 전엔 한층 더 정성들여 자기를 꾸몄다. 원래부터 외모가 출중한데다 이렇게 꾸미기까지 하자 더욱 빛이 났다. 최근에 친구들과 모임을 몇 번 갖는 사이, 꽤 괜찮은 남자가 은근히 호감을 표시해오기도 했다. 우장을 통해서도 친구 하나가 평란을 소개해달라며 매달린다는 얘기가 들려왔다. 어머니가 제안 하는 맞선도, 상대방이 그럭저럭 괜찮기만 하면 평란은 더이상 막 무가내로 거절하지 않았다.

실연 한 번 당한 것 때문에 자포자기하는 건 여자에게 가장 비참 한 결말이다. 평란은 언젠가 딩샤오예 앞에서 다짐했듯이, 한 번의 실패 때문에 미래를 저당잡힐 생각은 결코 없었고, 나쁜 남자 하나 때문에 사랑에 대한 상상을 망쳐버릴 생각은 더더욱 없었다. 그는 가버렸고 다시 돌아오지 않을 것이다. 그럴수록 평란은 더욱 생활 에 충실할 것이다. 다시 시작해서 행복을 쟁취할 것이다. 이야말로 평란을 버린 사람을 호되게 때려주는 것보다 훨씬 더 통쾌한 복수 였다.

그날 육교 위에서 우연히 만난 후, 저우타오란은 평란에게 VIP 카드를 보내왔다. 평란이 결혼하게 되면 웨딩 촬영은 자신에게 맡 겨달라는 거였다. 다른 어떤 사진작가보다도 평란의 아름다움을 더 잘 포착해낼 거라고 자신했다.

한 달 후, 펑란은 그 카드를 들고 저우타오란의 스튜디오를 찾아갔다.

스튜디오라고는 해도 그냥 교외의 낡은 집을 개조한 공간이었다. 펑란이 들어갔을 때, 저우타오란은 컴퓨터로 카드놀이를 하고 있었고 펑잉은 낮잠중이었다. 부부 말고는 아무도 없었다.

"왜 혼자야? 남자는 어디 있어?" 정말로 웨딩 촬영을 하러 온 펑란을 막상 맞닥뜨리니 저우타오란은 턱이 빠져라 입을 떡 벌렸다.

펑란은 아무렇지도 않은 투로 말했다. "웨딩 촬영에서 신랑은 그냥 장식일 뿐이라며? 주인공만 찍어주면 되잖아."

저우타오란은 펑란 성격을 알고 있었다. 펑란이 촬영을 하기로 결정했으면 그저 말로 끝날 일이 아니었다. 말소리를 들은 펑잉도 옆방에서 나왔다. 펑란이 인사를 했지만 펑잉은 대꾸하지 않았다.

펑란은 신경쓰지 않았다. 젊은 임신부의 눈 속에 경계심이 담겨 있었기 때문이다. 펑잉이 펑란을 반갑게 맞으며 악수해온다면 그게 오히려 더 이상할 것이다. 두 달 반 전까지만 해도, 펑잉과 저우타오란이 등뒤에서 몰래 '작당'한 걸 생각하면 펑란은 맛있게 먹던 사과 속에서 반만 남은 벌레를 발견한 기분이었다. 물론 지금은 이미 마음을 정리한 뒤였다. 저우타오란과 결혼까지 가기 전에 펑잉이 비집고 들어와 자신의 손실을 최소화해준 걸 감사하고 싶을 지경이었다.

"손님이 너무 많아서 내 예약도 못 받아주는 건 아니겠죠?" 펑란은 펑잉을 향해 웃으며 말했다. 그러면서 한산한 스튜디오 안을 한 번 쓱 둘러보았다. "아무리 바빠도 새치기라도 시켜줘요. 얼마 전에 실연당한 여자를 동정하는 셈 치고요."

저우타오란과 펑잉이 의외라는 시선을 보내오자, 펑란은 눈썹을 한 번 치켜올렸다.

"그래요. 당신 남편은 벌써 내 전 전 남친이 됐어요. 옛날 애인을 다시 찾으려 해도 그중 신선한 사람을 찾을 테니 염려 마요."

삼 일 후, 펑란은 '타오란 웨딩 촬영 스튜디오'에서 걸려온 전화를 받았다. 스튜디오의 여사장 펑잉이었다. 다음날 야외 촬영을 하러 오라고 했다.

펑잉은 계속 꽉 막혀 있지 않았다. 펑란과 저우타오란의 감정이 깊었던 때에 빈손으로도 이 남자를 빼앗아 온데다, 지금은 뱃속에 승리를 보장하는 보물도 품고 있지 않은가.

펑란은 대번에 드레스 일곱 벌을 골랐다. 펑란이 선택한 웨딩 촬영은 슈퍼 럭셔리 익스트림 패키지였다. 덕분에 저우타오란이 외부에서 초빙해 온 메이크업 아티스트 겸 패션 디자이너가 온갖 고생을 하며 기진맥진했다. 이렇게 웨딩 촬영까지 남들보다 야단스럽게 하는 펑란을 보고 저우타오란은 탄식하지 않을 수 없었다. 그럼에도 펑란은 도리어 자기라도 오지 않았으면 이 스튜디오에 있는 별로 좋지도 않은 웨딩드레스들은 먼지만 쌓여 드레스룸에서 잠자고 있었을 거라며 큰소리를 쳤다.

촬영은 꼬박 이틀 동안 계속되었다. 둘째 날 오후, 저우타오란은 단순하고 캐주얼한 옷으로 갈아입어보라고 제안했다. 얼마 전 우연히 펑란과 마주쳤을 때 평소와 다른 옷차림이 아주 인상 깊었다는 거였다.

펑란은 저우타오란이 어떤 사진을 구상하고 있는지 눈치챘다. 펑란도 그런 웨딩 사진을 본 적이 있었다. 부부가 편안해 보이는 커플 티셔츠를 입고 장난을 치고 있는 그런 사진들은 확실히 색다른 분위기가 있었다. 하지만 혼자서 그런 옷을 입고 있으면 우습기만 할 게 아닌가? 저우타오란의 제안을 거절하고 돌아서는데 눈앞에 입꼬리를 올리고 웃고 있는, 한쪽 보조개만 깊이 파인 얼굴이 스쳐지나갔다. 그 얼굴은 웃는 듯 마는 듯 펑란을 조롱했다. '펑란, 바보같이 굴지 마. 애초에 혼자 웨딩 촬영을 하는 것부터가 우습지 않아?'

야외 촬영의 마지막 장소는 시내에서 멀리 떨어진 포도주 양조장으로, 성곽을 닮은 외관을 하고 있었다. 날씨는 꽤 맑고 좋았지만 타이밍이 좋지 않아, 여행객 몇 팀이 연이어 찾아왔다. 사진 찍기에 좋은 각도를 찾는 한편 왁자지껄한 여행객들을 피하기가 쉽지 않았다.

저우타오란은 초조한 나머지 온 얼굴이 땀투성이였다. 중간에 잠깐 쉬는 시간에 펑잉은 바쁘게 남편의 땀을 닦아주고 물을 가져다주었다. 펑란은 카메라에 찍힌 사진들을 살펴보았다. 펑란은 지금 웨딩드레스를 입고 있다. 그리고 얼마 전까지만 해도 자신과 일생을 함께하게 될 거라고 생각했던 남자가 바로 그녀의 옆에 있다. 그렇지만 그 남자는 카메라를 들고 있고, 멀지 않은 곳에 임신한 그의 아내가 서 있다. 그런데도 펑란은 금슬 좋은 그들의 모습에 전혀 신경이 쓰이지 않았다. 정말이지 볼만한 장면이었다.

저우타오란과 펑란의 과거사는 둘째지고, 그의 촬영 실력은 나쁘지 않았다. 몇몇 사진들은 꽤 잘 찍혔는데, 배경이 온통 사람들로 가득한 게 약간 아쉬웠다.

"나중에 이 배경 좀 처리해줄 수 있어?" 펑란이 저우타오란에게 물었다. 그러면서 건성으로 다음 사진을 넘겨보다가, 갑자기 정신이 번쩍 든 것처럼 다시 사진을 앞으로 넘겼다.

"할 수 있긴 한데, 좀 자연스럽지 않을까봐 걱정이지……" 저우타오란은 사진을 수정할 때 우려되는 점과 기술적인 어려움에 대해 진지하게 얘기했다. 펑란은 조용히 듣고 있었다. 펑잉은 근처의 나무 그늘에서 바람을 쐬고 있었다.

저우타오란은 설명을 하면서 옆에 있는 여인을 가까이서 살펴보았다. 카메라 렌즈를 통해서가 아니라, 자신의 두 눈으로 직접.

펑란은 손가락으로 머리카락을 배배 꼬고 있었다. 옆얼굴의 윤곽이 차분하고 수려했다. 어깨가 드러나는 스타일의 드레스를 입으니 고운 목선과 어깨가 돋보였다.

저우타오란도 펑란이 웨딩드레스를 입고 자신의 옆에 서는 날을 마음속으로 상상해보지 않았던 건 아니다. 하지만 펑란이 가진 조건 때문에 항상 망설였고, 위축되었다. 만약 펑란이 고고하게 그를 내려다보며 "좀 진정한 다음에 다시 얘기하자"라고 하는 대신 간절히 애원했다면, 아니면 지금 사진을 살펴보고 있는 이 모습처럼 아무 말도 하지 않고 그저 조용히 집중해서 그를 바라봐줬다면, 어쩌면 펑란과 타협했을지도 모르는 일이다. 펑란이 울고 소리지르고 목매달겠다고 협박하지 않더라도 그녀의 말을 전부 들어주었을 것이다. 저우타오란이 펑잉을 선택했을 때 친구들은 모두 그를 비웃었다. 그렇지만 저우타오란은 후회하지 않았다. 펑란은 그를 위해서 변하지 않을 것이다. 저우타오란은 아무리 예쁘고 조건이 좋다 해도 살얼음판을 걷는 기분이 들게 만드는 여자와 결혼하지는 않았을 것이다. 펑잉이야말로 자신과 더 잘 어울리는 여자였다. 저우타오란은 마음 편하게 펑잉과 같이 고생을 할 것이다. 평범하고, 형편은 넉넉지 않을 테지만 행복한 생활을 함께 나눌 것이다.

"펑란······" 저우타오란은 펑란이 자신과 헤어진 후 짧은 시간 동안 사랑했던 남자가 도대체 무슨 짓을 했기에 펑란이 그렇게 넋을 잃고 눈물을 흘려야 했는지 물어보려 했다. 그런데 이제 보니 펑란은 그의 말을 듣고 있지도 않았다.

"이 사진들 지금 바로 나한테 줄 수 있어?" 펑란이 갑자기 물었다.

"당연히 줄 수 있지." 저우타오란은 이렇게 말하면서도 당황한 눈치였다. "근데 뭐가 그렇게 급해? 그 사진들이 마음에 들면 내가 스튜디오에서 잘 수정한 다음에 보내줄게."

펑란은 단호히 말했다. "그럴 필요 없어. 지금 당장 줘."

펑란은 저우타오란이 전송해준 사진을 받고는 남은 촬영을 계속하지 않고 끝내버렸다.

스튜디오로 돌아온 펑란은 계산을 하려 했다. 저우타오란은 옆에서 성난 눈으로 노려보는 펑잉을 못 본 척하면서, 펑란에게 연신 손을 내저으며 받지 않겠다고 했다. 억지로 체면을 차리려는 건 아니었다. 그저 마음 깊은 곳에 펑란에게 갚지 못한 빚이 남아 있는데, 저우타오란 자신이 펑란을 위해 해줄 수 있는 일에는 한계가 있기 때문이었다. 그렇지만 저우타오란은 결국 언제나 그래왔듯 펑란의 고집에 지고 말았다. 펑란은 할인도 전혀 받지 않고 전액을 지불했다. 사업을 시작하는 시기에는 힘들게 마련이고, 저우타오란의 고객 풀에는 한계가 있었다. 게다가 몇 달만 지나면 펑잉이 출산을 할 테니 돈 들 일이 많을 터였다.

시내로 돌아온 펑란은 캉캉을 불러내 같이 식사를 하기로 했다.

평란은 자기집 근처의 작은 식당에 예약을 했다. 캉캉의 학교에서
도 그리 멀지 않은 곳이었다.

평란이 식당 입구에 도착할 즈음 맞은편에서 어떤 여자가 빠른
걸음으로 걸어오고 있었다. 이런저런 생각에 잠겨 있던 평란은 그
사람 몸에 팔을 부딪히고 나서야 정신을 차렸다. 상대편이 너무 급
하게 걸어온 것이라 애초에 평란 잘못도 아니었다. 평란은 중심을
잡고 서자마자 살짝 불러 있는 상대의 배를 보고 여자가 임신부임
을 눈치챘다. 평란은 다급히 물었다. "괜찮으세요?"

평란이 뭐라 더 말을 하기도 전에 누군가 등뒤에서 평란의 어깨
를 가볍게 두드렸다.

"누나!"

돌아보니 캉캉이 서 있었다.

"누나 친구예요?" 캉캉은 평란 옆에 서 있는 여자에게 호기심을
느끼며 물었다. 낯선 얼굴이었다. 평란이 자기만 식사 자리에 부른
줄 알았는데 아니었나 생각했다.

"아냐." 평란은 다시 그 여자 쪽을 보며 물었다. "괜찮으신 거죠?"

여자는 여전히 대답이 없었다. 키가 작은 여자는 고개를 들어 평
란을 쳐다보았다. 그 눈과 마주치자 평란은 등뒤에 한기가 느껴졌다.

캉캉도 여자의 태도가 우호적이지 않은 걸 알아채고 곤란한 상
황에서 벗어나려는 듯 말했다. "나 배고파 죽겠어요. 별일 아니면
우리 얼른 들어가요."

평란은 머뭇거리며 캉캉과 함께 식당 안으로 들어갔다. 입구에
있던 그 여자의 모습도 어느새 사라지고 없었다.

"누나, 저 사람 알아요? 좀 이상한 여자네요." 캉캉이 목을 빼고

다시 입구 쪽을 쳐다보더니 작은 소리로 말했다.

"모르는 사람이야. 아까 내가 실수로 좀 부딪혔거든. 누구 잘못이었는진 모르겠지만. 별 탈 없어서 다행이야……" 여기까지 말한 평란은 잠시 말을 멈췄다. 평란이 조금 전 식당 앞에서 머뭇거린 건 상대방의 눈빛이 이상해서만은 아니었다. 어딘가 눈에 익은 얼굴 같았는데 어디서 봤는지 바로 기억나지 않았던 것이다. 그런데 이제 생각이 났다. 그 여자는 그제 오후에 평란의 가게에 왔다. 종업원이 예약을 했느냐고 묻자, 여자는 가게 안을 휙 둘러보고 그냥 나가버렸다. 평란은 그때 다른 테이블에 앉은 단골손님에게 인사를 하던 중이라 무심결에 그 여자를 한 번 쳐다보았을 뿐이다. 좀 이상하다고 생각했지만, 평소에 그런 손님이 아예 없는 것도 아니었다. 가게가 별로 마음에 안 들었거나 누구를 찾는 중이겠거니 싶어 평란도 깊이 생각하지 않았다. 그런데 오늘 또 마주칠 거라고는 생각지 못했다.

예전 같았으면 그냥 우연이라고 생각하고 넘겼을 것이다. 하지만 요 근래에 두 번이나 강도를 당한데다가 그중 한 번은 목숨까지 잃을 뻔했다. 평란은 딩샤오예의 얘기를 듣고서야 어떤 도둑들은 일을 저지르기 전에 사전 답사를 하기도 한다는 걸 알게 되었다.

설마 또 나쁜 인간이 따라붙은 건 아니겠지? 그렇다고 해도 임신까지 한 여자가 음산하게 평란을 따라다닐 만한 이유가 뭐란 말인가? 돈 때문일까? 아니면 다른 것 때문일까? 여자의 눈에 담긴 증오가 평란을 가시방석에 앉은 양 불안하게 만들었지만, 평란은 아무런 실마리도 잡아낼 수 없었다.

다행히 지금은 그보다 더 중요한 일이 있어 더는 터무니없는 생각을 할 여유가 없었다. 평란은 휴대전화를 꺼내 캉캉이 들여다보고 있던 메뉴판 위에 올려놓고 말했다. "먹을 생각만 하지 말고 이 사진들 좀 봐줘."

딩샤오예가 가버린 후로 평란은 캉캉과 더 친해져서 하루가 멀다 하고 둘이서 '수다'를 떨곤 했다. 캉캉은 처음엔 평란이 자기가 어떤 소문이라도 흘릴까봐 입을 막으려고 그러는 줄로만 알았다. 그런데 평란은 딩샤오예 얘기는 일절 꺼내지도 않았다. 그 바람에 캉캉은 사장님이 딩샤오예를 잃더니 이번엔 자기한테 마음을 둔 게 아닌가 하는 자아도취적인 의심까지 하기에 이르렀다. 어쨌든 자신은 딩샤오예보다 젊고 얼굴도 괜찮게 생겼으니까. 한동안 그런 생각에 빠져 있던 캉캉은 잔혹한 현실을 마주하면서 그 생각을 점점 접게 되었다.

캉캉은 딩샤오예나 자기 외삼촌처럼 속 모를 남자들보다는 평란이나 추이옌이 더 이해하기 편했다. 캉캉은 결국 평란이 단지 너무 쓸쓸해서 그런가보다고 결론을 내렸다. 딩샤오예에 관한 일은 꼭꼭 숨기고 말하지 않는 가게 직원들의 태도를 보노라면, 딩샤오예가 진짜로 존재하긴 했던 건지 평란이 의심하게 될지도 모를 일이었다. 캉캉은 당사자들 외에 유일하게 딩샤오예가 떠나는 걸 목격했던 사람이다. 캉캉이 진짜라면, 딩샤오예도 평란의 환상 속에만 나타났던 사람은 아니게 되는 것이다.

캉캉은 평란의 웨딩드레스 사진을 보고 깜짝 놀라 황급히 물었다. "누나 누구랑 결혼하는 거예요?"

사진들 속엔 평란 한 사람의 모습밖에 없었다. 평란이 캉캉에게 그 점을 봐달라고 한 것은 아닐 터였다. 평란은 배경의 한 귀퉁이를 가리키며 말했다. "다시 좀 자세히 봐봐. 못 알아보겠어?"

캉캉은 눈을 퉁방울만하게 뜨고 봤지만 아무것도 발견하지 못했다. 캉캉이 물었다. "이거 입체 사진이에요?"

"무슨 헛소리야!" 펑란은 돌려 말하기를 그만두고, 손가락 끝으로 사진 귀퉁이를 가리키며 비밀스럽게 말했다. "나, 딩샤오예 봤어."

캉캉이 깜짝 놀라 다시 사진을 들여다보았다. 휴대전화 화면을 몇 번이나 가까이 봤다가 멀리 봤다가, 사진 크기를 몇 배로 키워보기까지 했다. 하지만 배경 속 사람들은 흐릿하기만 했고, 얼굴들은 그냥 하얀 점처럼 보일 뿐이었다. 딩샤오예인지 아닌지는 차치하고 남자인지 여자인지도 구별하기 힘들었다.

"어떤 것 같아? 내가 잘못 봤을 리가 없어. 난 그 인간이 재로 변해도 알아볼 수 있을걸!" 펑란은 절실하게 캉캉에게 동의를 구했다.

캉캉은 차마 펑란을 실망시킬 수 없어 머리를 긁적이며 본의 아닌 거짓말을 했다. "제가 눈이 좀 나빠서…… 좀 비슷한 것도 같네요!"

펑란의 눈이 순간 빛났다. 그렇지만 펑란은 곧바로 정신을 차리고, 담담한 어조로 캉캉에게 말했다. "네가 보기에 닮아 보이는 사람을 가리켜봐."

캉캉은 고개를 숙였다. 가리킬 수 있을 리가 없었다.

펑란은 말없이 휴대전화를 가져갔다. 캉캉이 구차하게 거짓말한 걸 탓할 수는 없었다. 사실 펑란 자신도 믿기 힘들었다. 딩샤오예가 멀리 떠나지 않고 어딘가에서 조용히 펑란을 지켜보고 있다는 착각이 들었던 건 이번이 처음이 아니었다. 하지만 그건 불가능한 일이었다. 아마 자신이 병이 들어, 마지막으로 몸부림을 치며 지푸라기라도 잡고 싶어하는 것인지도 모른다는 생각이 들었다.

"캉캉, 비밀 얘기 하나 해줄게……"

캉캉은 왠지 모르게 몸이 부르르 떨렸다. 캉캉은 원래 남의 얘기를 듣는 걸 제일 좋아했다. 그렇지만 요즘에는 너무 많은 비밀을 알게 되었다. 영화를 보면 이런 사람들은 꼭 일찍 죽게 마련이었다. 캉캉의 마음속에서 어떤 목소리가 소리쳤다. '나한테 또 비밀 얘길 밀어넣지 마. 난 아직 자라나는 새싹이란 말이야. 나한테 이런 얘길 알려주는 게 옳다고 생각해? 정말 옳다고 생각하냐고……'

펑란이 캉캉 마음속의 그런 고뇌를 알 리가 만무했다. 펑란은 한 손에 머리를 기댄 채 조금 두려운 듯 말했다. "이번엔 낫지 않을지도 몰라."

펑란은 사랑을 굳게 믿었다. 그리고 용기도 부족하지 않았다. 펑란은 자신의 의지력과 자가 치유 능력에 자신이 있었다. 넘어졌으면 넘어진 자리에서 다시 일어나야 하는 법이다. 세상에 남아도는 게 남자인데, 다시 사랑할 사람을 찾지 못할까봐 두려워할 게 뭐 있는가? 하지만 요즘 펑란은 그런 확신을 점점 잃어갔다. 시간이 여자에게 준 혜택은 너무나 인색해서, 펑란이 제멋대로 구는 걸 언제까지고 허락하지는 않았다. 펑란은 언젠가 자신이 사랑하는, 그리고 자신에게 확신을 주는 사람을 만나야만 결혼하리라고 자기 자신에게 맹세했다. 그러나 부모님이 펑란을 재촉했고, 화장을 지운 자기의 맨얼굴이 펑란을 재촉했다. 그리고 마음이 움직인다는 느낌을 점점 잊어가는 심장도 펑란을 재촉하고 있었다.

다른 이의 잘못 때문에 자기를 벌할 필요는 없다고, 펑란은 분명히 그렇게 생각했다. 그렇지만 아쉽게도 그게 말처럼 쉽지는 않았다. 중병에 걸린 사람이 만 년은 더 살겠다고 큰소리치는 것처럼, 생각은 굴뚝같지만 몸이 따라주지 않는 것이다. 펑란은 실패에서 재기할 때마다 갈수록 더 많은 기력을 소모했고, 상처 하나하나가 아물 때마다 딱지가 남았다. 그리고 매번 마음을 추스를 때마다 이번이 마지막이기를 바랐다. 저우타오란과 사 년 동안이나 실랑이를 하면서는 이미 너무나 지쳐버렸다. 그렇지 않았다면 잠시나마 쩡페이에게 시집가버리려는 생각을 했을 리가 없었다. 딩샤오예에게 완전히 빠져버렸을 때 펑란은 사실 누구보다도 초조했다. 펑란의 마음을 건 필사적인 싸움이나 다름없었다. 마치 사람이 죽기 전에 잠시 맑은 정신이 드는 것만큼이나 격렬했다. 딩샤오예가 변변치 못하다는 걸 잘 알면서도 그냥 그대로 자기 자신에게 강심제를 놓았던 건, 누군가로 인해 심장이 두근거리며 뛰는 그 느낌이 너무나도 아름다웠기 때문이다. 하지만 미친듯한 감정이 지나가버린 후, 딩샤오예는 이성을 되찾고 떠나버렸다. 펑란은 그 어느 때보다 마음을 잘 추슬렀고, 마치 아무 일도 없었던 양 살아가고 있었다. 그렇지만 사실은 뱃속에 벌겋게 단 숯불을 한 바구니 품은 것처럼 온몸이 타버릴 듯 뜨거웠다. 만질 수도, 말을 할 수도 없었다. 까딱 잘못하면 전부 타버리고 재만 남을 것 같았다.

혼자서 웨딩 촬영을 하면서는 정말 바보 같은 기분이 들었다. 하지만 펑란은 언제쯤에나 그런 촬영을 하는 날이 올지 알 수 없었다. 아니, 그런 날이 과연 오긴 할지 의심하기 시작했다. 그러자 두려워진 마음에, 자기가 아직 미모를 간직한 동안에 뭔가를 남겨두고 싶어졌던 것이다. 사람들은 웨딩드레스를 입은 신부는 모두 아름답다고 말하곤 한다. 패션 디자이너와 저우타오란의 눈빛에서,

평란은 웨딩드레스를 입은 자신의 모습이 다른 여자들 못지않다는 걸 확인할 수 있었다. 그렇지만 오랫동안 거울을 응시하며 평란이 그 속에서 본 것은 그저 옷차림만 바꾼 자신이었다.

아름다운 것은 사실 웨딩드레스가 아니라 그 웨딩드레스를 입은 여인의 눈 속에 담긴 행복이다. 평란의 슈퍼 럭셔리 익스트림 패키지엔 일곱 벌의 드레스와 두 번의 스튜디오 촬영, 네 번의 야외 촬영, 그리고 수많은 크리스털 액자와 초대형 앨범이 포함되어 있었다. 하지만 단 한 가지, 이 패키지엔 평란에게 행복을 선사하는 것이 없었다.

천 년에 한 번을 기다려

　우장의 결혼식이 평란의 서른 살 생일 전날에 있었다. 신랑 신부의 요청에 따라, 신부를 맞이하는 것부터 시작해 결혼식의 모든 과정에 평란이 신부를 돕기로 했다. 쓰투줴의 웨딩드레스를 정리해주면서, 평란은 '웨딩드레스를 입은 여자'와 '신부'의 차이는 세계에서 제일 큰 골짜기보다도 훨씬 깊다는 걸 다시금 절감했다.
　"둘이 결혼한다니 정말 기뻐요." 평란이 웃으며 말했다. "정말 궁금한데, 오빠가 언니한테 어떻게 청혼했어요?"
　그 순간을 상기하는 쓰투줴의 목소리가 경쾌해졌다. "우장 집에 밥 먹으러 갔던 그날 우장이 나한테 mp3 플레이어를 줬는데, 헤드셋이 아주 좋은 거였어. 난 소파에 앉아서 음악을 듣고, 우장은 설거지를 하고 나서 내 옆에 앉아 뉴스를 보고 있었지. 그런데 갑자기 그 사람이 '쓰투, 우리 결혼하자' 하고 말하는 소리가 들리는 거야. 그게 두번째였어. 첫번째는…… 아주 오래전이었는데, 그때는 받아들이지 않았지. 그렇게 결혼했다가 내가 가장 아끼는 친구까지 잃어버리게 되는 건 아닐까 걱정했거든."

"그럼 이번엔 뭔가 달라졌어요?" 바로 이게 평란이 제일 이해하기 힘든 부분이었다. 쓰투줴와 우장은 삼십 년 넘게 친구로 지냈는데, 결국 부부로서 평생을 함께하게 되지 않았는가.

쓰투줴가 그때를 회상하며 말했다. "우장이 그렇게 말하고 나서, 음악 소리가 너무 커서 내가 못 들었는 줄 알았는지 다시 한번 말하더라. 난 헤드셋을 벗고 우장한테 '좋아'라고 했지."

쓰투줴는 아주 간결하게 이야기했지만, 평란은 전혀 의심하지 않았다. 물이 흐르면 도랑이 생기듯, 진정으로 순리에 따라 함께하게 되는 건 이렇게 자연스럽고 순조로운 일이다. 거기에 쓸데없는 수식은 필요치 않다. 평란은 우장과 쓰투줴가 결코 아쉬운 대로 서로를 선택해 결혼하는 게 아님을 알 수 있었다. 두 사람이 서로를 마주보는 눈빛 속에서 조화와 기쁨을 보았기 때문이다.

결혼식이 진행되는 동안 평란의 이모와 이모부는 더없이 편안한 미소를 짓고 있었다. 그리고 쓰투줴의 어머니는 몇 년 전부터 중풍을 앓고 있는 남편을 부축하며 기쁘고 안심한 듯 눈물을 흘리고 있었다. 그리 멀지 않은 곳에 평란의 부모님이 앉아 있었다. 평란은 언제쯤 두 분이 불안한 마음을 내려놓게 해드릴 수 있을까?

신부가 부케를 던질 때 작은 해프닝이 있었다. 부케를 던지는 쓰투줴의 손이 한쪽으로 치우치면서, 서로 받으려고 다투는 여자 하객들의 머리 위를 넘어가 맨 앞 테이블에 앉아 있던 쩡페이에게 부케가 떨어졌다. 그리고 쩡페이가 손으로 부케를 막는 바람에 그 옆에 앉아 있던 평란이 재난을 당했다. 부케가 평란의 국그릇으로 떨어지면서 펑란의 온 얼굴에 국물이 튀었다.

찡페이는 펑란에게 연신 사과를 했다. 펑란은 물론 그런 일 때문에 화를 내지는 않았다. 찡페이는 원래대로라면 우장의 들러리가 되어야 했겠지만, 술을 마실 수 없다는 이유로 사양했다. 펑란은 좀 이상하다는 생각이 들었다. 펑란은 찡페이와 여러 번 식사를 했고 술을 마신 적도 있었다. 그가 술이 아주 세다는 걸 펑란은 잘 알고 있었다.

사람들은 입을 모아 찡페이와 펑란이 천생연분이라고 놀려대면서, 다음에 결혼하는 건 바로 이들 두 사람이 아니겠느냐고 말했다. 찡페이를 대신해 우장의 들러리를 맡은 장텐란만 유독 그리로 튀어간 부케는 오히려 두 사람 사이에 가능성이 없다는 뜻이라고 우겼다.

펑란도 장텐란을 알고 있었지만, 찡페이만큼 잘 아는 사이는 아니었다. 얼마 전 우장이 밥을 사주겠다는 핑계로 장텐란을 펑란에게 정식으로 소개해주었다. 나중에 펑란은 이 일로 우장을 책망했다. 우장은 자기도 들볶이다못해 그랬다고 해명했다. 자기 주위에 조건이 괜찮은 싱글 친구는 찡페이와 장텐란밖에 안 남았는데, 장의 태도가 꽤 진지한데다 펑란도 어쨌든 싱글이니 한번쯤 생각해봐도 나쁠 건 없지 않느냐는 거였다.

그날 만난 후로 장텐란은 펑란에게 줄곧 분명한 호감을 표시했다. 펑란을 하도 쫓아다녀서 펑란의 어머니까지 장텐란의 존재를 알게 될 정도였다. 어머니는 장텐란의 인물됨과 배경을 알아보더니 낙관적인 태도를 취했다. 냉정하게 말하면 장은 펑란이 좋아하는 타입이 아니었다. 펑란은 사실 우장이 이렇게 두 사람을 억지로 연결해주려고 하는 건 자기와 쩡페이를 이어주려던 것보다도 더 말이 안 된다고 생각했다. 그렇지만 예쁜 여자에게 남자들이 따르는 건 어쩔 수 없는 일이다. 평란이 제아무리 목석같아도 장톈란의 계속되는 공세를 당해낼 수는 없었다. 두 사람은 식사를 두 번 같이했고, 장톈란은 매일 몇 번씩 평란에게 전화를 걸었다. 평란은 처음엔 그를 단호히 거절하려 했다. 그런데 두어 번 만나다보니 겉으로는 능글맞아 보여도 사실은 아주 세심하고 남을 배려할 줄 아는 사람이었다. 유머 감각도 뛰어나서 곧잘 사람들을 즐겁게 해주곤 했다. 더 중요한 건, 그가 평란을 진심으로 좋아하는 것 같다는 점이었다. 그 정도 나이대의 남자가 여자에게 마음을 둘 때는 대체로 결혼을 생각하기 마련이다.

평란은 이전의 자신이 막다른 골목에 다다른 격이었다는 걸 새삼 의식했다. 한쪽엔 평란이 미치도록 사랑하지만 믿을 수 없는 딩샤오예가 있었고, 다른 한쪽엔 평란에게 애정은 전혀 없고 순수한 우정만을 가진 쩡페이가 있었다. 사실 평란이 '잘못 A'와 '잘못 B'라는 두 가지 극단적인 상황 중 하나를 선택해야 할 필요는 전혀 없었던 것이다. 평란에겐 이 두 남자 외에도 많은 가능성이 기다리고 있었다. 그것이 장톈란일 수도 있고, 또다른 사람일 수도 있었다. 죽도록 사랑하지 않는다 해도 서로 마음이 통하고 서로에게서 따스함을 느낄 수 있다. 즐겁고 편안히 서로 의지하고 이해하고 존중하며 인생을 함께 보낼 수도 있을 것이다.

우장이 말했듯이, 너무나 깊이 사무치는 사랑은 쉽게 소모되어버리게 마련이지만, 조화로운 결혼은 서로를 받아들이게 한다.

이런 생각에서, 평란은 바로 수락하지는 않았지만 그래도 가능성을 완전히 차단하지는 않았다. 평란은 장텐란에게 자기는 바로 얼마 전에 연애에 실패해서 차분히 생각할 시간이 좀 필요하다고 솔직하게 말했다. 장텐란은 평란을 난처하게 하지 않고 기꺼이 기다리겠다고 대답해주었다. 평란은 시간이 나면 장텐란이 전화로 이런저런 얘기를 하며 웃는 걸 듣기도 했고, 너무 민감하지 않은 자리라면 그를 만나 같이 앉아 있기도 했다. 평란은 이렇게 모든 것을 순리에 맡기기로 했다.

결혼식이 끝나고 피로연이 시작되었다. 평란은 냅킨으로 얼굴을 닦으며 쩡페이와 얘기를 나눴다.

쩡페이는 사람들이 술을 권하는 대로 전부 받아 마시는 우장을 보고 웃으며 말했다. "저 친구 오늘 정말 기뻐 보이네."

"그야 당연하지."

"참, 평란. 요즘 좀…… 이상한 사람이랑 마주친 적 없어?" 쩡페이가 갑자기 물었다.

평란은 무슨 영문인지 알 수 없어 되물었다. "무슨 소리야?"

쩡페이는 잠시 생각하다가 사실대로 말하기로 결심했다. "요즘 외출할 일 있으면 좀 조심하는 게 좋겠어. 내 옛날 동료인 첸이 알려줬는데, 지난번에 네 차를 훔쳐서 체포된 그 강도한테 오랫동안 동거하던 여자가 있었대. 둘 다 마약중독자고. 그 여자가 아마 좀…… 납득을 못 했는지, 구치소에까지 와서 난동을 피웠나보더라고. 게다가 그 남자가 감옥에 가게 되면 자기도 못 산다고, 이판사판으로 무슨 짓이든 하겠다고 큰소리를 치고 다닌다네. 그 여자가 너한테 보복이라도 할까봐 걱정이야."

쩡페이의 말에 평란은 바로 그 음험하고 원한 서린 눈빛을 떠올렸다. 펑란이 확인하듯 물었다. "오빠가 말한 그 여자, 혹시 임신하지 않았어?"

"뭐라고? 그 여자가 진짜 널 찾아왔었어?" 쩡페이의 반응은 펑란의 추측을 입증해주는 것이었다. "두 사람 사이에 애가 둘인데, 큰애는 세 살이고 작은애가 아직 뱃속에 있다나봐."

"그럼 확실하네. 나 그 여자 두 번 봤어. 한동안 날 따라다니는 것 같더니 나중엔 안 보이더라고." 펑란은 최근에 분명히 그 여자의 모습이 보이지 않았다는 사실을 기억해냈다. 펑란은 여자가 자신에게 적의를 품고 있다는 사실은 의심하지 않았지만, 그 여자가 펑란에게 실질적인 상해를 입힌 적은 없었다.

쩡페이는 눈살을 찌푸리며 물었다. "언제 있었던 일이야? 왜 나한테 얘기 안 했어?"

펑란이 말했다. "그땐 그냥 좀 이상하다고만 생각했지, 그렇게 심각한 일이라고는 생각 못했어. 어쨌든 아무 일도 없었는데, 사소한 일을 가지고 오빠를 귀찮게 할 순 없잖아?"

"이건 사소한 일이 아냐." 쩡페이가 고개를 저으며 말했다. "사실은 너한테 심적으로 부담을 주게 될까봐 너한테 직접 얘기할 생각은 없었어. 그런데 지난주에 첸의 부하 하나랑 같이 그 여자가 오랫동안 세 들어 살던 집을 찾아가봤는데 이사했더라고. 집주인 말로는 친정이 있는 도시로 돌아간다고 했대."

"그럼 복수니 뭐니 하는 건 그냥 우리를 겁주려고 그랬던 거겠지." 펑란은 스스로를 위로하듯 말했다.

"말로만 그런 거였다면 몰래 너를 따라다녔을 리가 없지. 일단 아무 일도 없어서 다행이야. 넌 드러나 있고 그 여자는 몸을 숨기고 있으니까, 너한테 손을 쓰려면 기회는 앞으로도 있을 거야. 왜 아직 아무 짓도 안 하고 갑자기 이사를 간 건지는 이해가 안 가지만. 어쨌든 조심하고, 평소에 가능하면 사람들이랑 같이 다녀. 절대로 방심하지 말고."

평란은 딩샤오예를 떠올리지 않을 수 없었다. 딩샤오예가 있었을 때, 평란은 무슨 이유든 찾아내어 그에게 의지할 수 있었다. 아무리 그의 마음을 알 수 없어도, 그의 곁에 있을 때면 평란은 외부의 어떠한 위험에 대해서도 걱정하지 않았다. 딩샤오예가 자신을 지켜주고 있다고 믿었다. 아무 근거 없는 믿음이었지만 그 점을 의심해본 적이 없었다.

"무슨 일 있으면 꼭 나한테 전화해. 내가 바쁘면 캉캉이라도 있으니까…… 장도 기꺼이 나서서 도와주려고 할걸." 쩡페이도 평란과 장텐란의 일에 대해 들었는지, 평란을 놀려주는 걸 잊지 않았다.

평란이 웃으며 말했다. "걱정 마. 내가 어딜 봐서 괴롭히기 만만한 외톨이로 보여?"

쩡페이도 더는 이에 대해 말하지 않았다. 평란은 머릿속에 떠오른 밉살스런 얼굴을 떨쳐내기 위해 신랑 신부 쪽으로 시선을 돌렸다. 그런데 뜻밖에도 눈에 익은 사람의 모습이 스쳐지나갔다…… 바로 탄사오청이었다.

우장과 쓰투줴의 하객 명단에 탄사오청이 있을 리가 없었다. 그렇다고 탄사오청이 일부러 축하하러 왔을 리도 없었다. 설마 또 무슨 음흉한 수단이라도 쓰려는 건 아니겠지?

평란은 탄사오청이 결혼식을 훼방 놓고 분위기를 망칠까봐 걱정이 되었다. 그래서 옷에 얼룩이 진 걸 살펴보러 화장실에 다녀오겠다고 핑계를 대고는 자리에서 일어나 탄사오청 쪽으로 걸어갔다.

탄사오청은 제일 뒤쪽 자리에 앉아 있었다. 우장과 쓰투줴의 집 안은 그 지역에 친척과 친구들이 무척 많았다. 하객이 워낙 많으니 불청객 한두 명이 섞여 들어와도 알아차리기 힘들었다. 탄사오청 은 피로연이 끝나자마자 자리에서 일어나 밖으로 나갔다. 평란도 그 뒤를 따라 연회장을 나갔다. 탄사오청은 호텔의 복도를 이리저 리 돌더니 연회장에서 멀리 떨어진 화장실 안으로 들어갔다.

탄사오청의 행동이 수상한데다 무슨 꿍꿍이가 있을까싶어서 평 란은 무턱대고 안으로 들어가지 못하고 밖에서 조용히 기다렸다. 한참이 지나도록 탄사오청이 나오지 않았다. 평란은 탄사오청이 아무런 목적 없이 결혼식장까지 왔을 거라고는 생각지 않았다. 들 어가볼까 말까 망설이면서 평란이 화장실 문 바로 앞까지 다가갔 을 때, 화장실 안에서 이상한 소리가 들려왔다.

호텔의 한적한 구석에 있는 화장실이어서 사람들이 별로 없었 다. 평란은 화장실 안에서 유일하게 닫혀 있는 칸의 문을 대담하게 밀어 열었다. 그리고 놀랍게도 바닥에 주저앉아 변기에 기댄 채 목 이 메도록 통곡하고 있는 탄사오청을 발견했다.

탄사오청의 이런 모습은 탄사오청이 평란의 뒤에서 흉계를 꾸민 걸 알게 되었을 때보다도 더 뜻밖이었다.

좁은 화장실 칸 안이 술냄새로 가득했다. 술에 취해 얼굴이 붉어 진 탄사오청은 몸을 웅크리고 가슴이 찢어져라 울고 있었다. 마치 가장 좋아하는 장난감을 잃어버린 어린아이처럼. 그러다가 앞에 누군가 서 있는 걸 눈치챘는지 천천히 고개를 들었다. 몽롱한 시선 이 평란의 얼굴 앞에서 흔들리더니, 탄사오청은 다시 눈을 감았다.

눈물 한줄기가 탄사오청의 뺨 위로 흘러내렸다.

평란은 냉랭하게 탄사오청을 뜯어보았다. 딩샤오예가 떠나던 그날, 탄사오청이 평란의 괴로움을 차가운 눈으로 방관했던 것처럼. 탄사오청이 우장을 귀찮게 하려는 것만 아니라면 그 외의 일은 평란과 아무 상관 없었다. 울 테면 울라지. 울다 죽어버리든가. 연기이든 진심이든 다 자업자득이지 뭐. 평란은 그렇게 생각하며 약간의 쾌감을 느꼈다.

평란은 문을 도로 닫고 화장실을 나왔다. 연회장으로 돌아가는 평란의 발걸음이 느려졌다. 탄사오청이 들어가 있던 화장실 문이 다시 열렸다. 평란은 한숨을 쉬고는 허리를 굽혀 탄사오청을 끌어당겼다.

"일어나. 괜히 여기서 망신스럽게 굴지 말고."

탄사오청은 울면서 웃었다. "내가 이러는 걸 보니까 기분좋아? 속이 시원해?"

평란은 탄사오청의 온몸에서 풍기는 술냄새를 참으며, 말없이 있는 힘껏 탄사오청을 일으켜 화장실 밖으로 나가려 했다.

"우리 진짜 인연이 있나봐. 이렇게 항상 상대방의 제일 비참한 모습을 보잖아." 탄사오청의 손이 평란의 팔 옆에 나른하게 늘어졌다. "날 어디로 데려가려는 거야?"

"어디 가고 싶은데? 벨보이한테 택시 불러달라고 할게. 멀리 가면 멀리 갈수록 좋겠어. 오늘은 너 보고 싶어하는 사람 아무도 없으니까." 평란은 불쾌한 듯 말했다.

탄사오청은 몸을 굽히더니 토하려 했다. 평란이 황급히 몸을 피하자, 탄사오청은 바닥에 쓰러졌다. 이렇게까지 취했는데도 그 눈빛은 여전히 사람을 불편하게 만들었다.

"오늘 이 경사가 너랑 무슨 상관이라도 있는 것 같아? 하하, 펑란, 사실은 너도 누가 네 마음을 손톱으로 할퀴는 것 같지? 내가 보니까 너 거기 앉아서 계속 안절부절못하더라. 아직도 딩샤오예가 널 차버릴 때가 생각나서 차마 울지도 못하는 거지?"

펑란은 이를 악물고, 아무 말도 못 들은 셈 치기로 했다. 펑란은 바닥에 쓰러진 탄사오청을 다시 부축해 화장실 밖으로 나갔다. 술 취한 사람의 몸은 심하게 무거웠다. 탄사오청을 부축하고 얼마 걷지 않았는데도 너무 힘이 들었다. 그러는 한편 이러다가 복도에서 아는 사람과 마주쳐 이 일이 우장과 쓰투줴의 귀에까지 들어가 두 사람을 심란하게 만들까 걱정스러웠다. 그래서 아무도 없는 방의 문을 열고 들어가 탄사오청을 의자에 앉혔다. 그리고 쩡페이에게 전화해 도와할라고 할까 생각했다.

탄사오청은 테이블에 엎어져서도 펑란을 비꼬려고 애썼다. "좋은 사람인 체하는 게 그렇게 기분좋아? 분명히 날 죽도록 미워하면서…… 혹시 네 애인이 어디로 갔는지 나한테서 알아내기라도 하려는 거야?"

펑란은 화도 내지 않고 아무렇게나 말했다. "오늘 같은 날 누가 널 보고 기분 나빠할까봐 걱정돼서 그래. 아니면 네가 어디 가서 죽든 말든 내가 신경이나 쓸까봐? 좋은 사람인 체하는 게 그래도 나쁜 사람인 체하는 것보단 훨씬 낫지. 네가 뭘 하든, 무슨 말을 하든 네가 불쌍한 인간인 건 변하지 않아!"

탄사오청은 손으로 자기 가슴께를 찌르며 큰 소리로 물었다. "펑란, 내가 어떻게 지내는 것 같아?"

평란이 말했다. "돈 있고 시간 있고 나쁜 마음 품은 인간이니까, 대다수의 평범한 사람들보다 훨씬 잘 지내겠지."

"그럼 우장이랑 쓰투줴는 어떻게 지내는 것 같아?"

"그 두 사람이 어떻게 지내든 너랑 무슨 상관이야? 오빠랑 언니는 오늘 같은 날을 누릴 자격이 있어!"

"그 둘도 잘 지내고, 네가 보기엔 나도 잘 지내는 거구나. 십 년을 넘게 고생하면서 남들이 무시하는 일을 하고, 사랑하지도 않는 사람이랑 결혼하고, 결국 남편이 죽고서야 얻어낸 것도 그 두 사람…… 아니, '너희'가 태어난 순간부터 가진 모든 것에 비할 수가 없다니!"

"제발 좀, 이제 그런 옛날 얘긴 그만해. 넌 안 질렸어도 난 듣기만 해도 토할 지경이라고." 평란이 진저리를 치며 말했다. 어째서 이렇게 자신의 불행 때문에 남의 행복에 화풀이를 하고, 모든 사람들을 자신의 심연에 끌고 들어가지 못해 안달인 사람이 항상 있는 걸까?

"내가 말 못할 건 또 뭔데? 우장이 우리 옛날 얘기 한 적 있어? 내가 해줄게. 같은 얘기지만 늑대와 어린 양의 역할이 다르다고." 탄사오칭이 웅얼거렸다.

평란은 화가 난 나머지 웃음이 나왔다. "설마 네가 어린 양이라고 생각하는 건 아니겠지?"

"자기가 죄 없는 어린 양이라고 생각하지 않는 사람도 있어? 우장이랑 쓰투줴는 뭐, 양심의 가책을 느낄 만한 일을 한 적이 없을 것 같아?" 탄사오칭이 손을 뻗어 평란의 팔을 붙잡더니 뜬금없이 물었다. "평란, 너 '약속의 날'이 뭔지 알아?"

평란은 탄사오청의 손을 뿌리쳤다. "난 너만큼 유식하지 못해서, '약속의 땅'밖엔 몰라!"

"유대인들의 신이 그들에게 약속한 가나안 땅…… '젖과 꿀이 흐르는 땅', 그게 바로 '약속의 땅'이지." 여기까지 말한 탄사오청의 얼굴은 드물게도 슬픈 빛을 띠었다. "'약속의 날'은 내가 상상하는 날이야. 온 마음을 다해 기다리는 사람이라면 누구나 그날을 맞이할 자격이 있다고 생각해. 그런데 내가 맞이한 날은 결국 그 사람의 또 한번의 결혼식이고, 게다가 신부가 쓰투줴라니."

"네가? 뭘 기다려?" 평란은 탄사오청의 옆에 놓인 의자에 앉아 비웃으며 말했다.

탄사오청은 붉어진 두 눈으로 평란을 주시하며 말했다. "난 우장을 처음 본 순간부터 그 사람을 사랑했어. 내가 무슨 짓을 했든, 이점에 한해선 난 누구보다도 결백해."

그 점은 평란도 부인할 수 없었다. 지금까지 탄사오청은 우장이 사랑했던 사람들을 하나하나 해코지해왔다. 사랑이라는 이름으로 천하고 불결한 그 모든 일들을 저질렀다. 하지만 당사자인 탄사오청의 마음속에서, 탄사오청 자신은 그저 진실되게 우장을 사랑하고 있는 것이었다.

"혼자 여기서 '온 마음을 다해' 기도나 해. 난 간다." 마침 쩡페이에게서 전화가 걸려왔다. 화장실에 간다고 나가서 한참 동안 돌아오지 않아 걱정이 된 모양이었다. 평란은 쩡페이에게 밖에서 우연히 친구를 만나 얘기를 하다가 좀 길어졌다고 둘러댔다. 그리고 탄사오청에게 한마디 덧붙였다. "자기 자신을 더 비참하게 만들지마. 사랑한다면 오빠를 그만 놓아줘. 오빠는 널 안 보게 돼야 오히려 너한테 감사할 거야."

탄사오청은 잠시 말이 없더니, 작은 소리로 말했다. "딩샤오예가 그러는데, 널 미워하지 않는대."

갑자기 튀어나온 그 이름에, 펑란은 저도 모르게 걸음을 멈췄다. 아무 대답도 하고 싶지 않았다. 탄사오청 앞에서 연약한 모습을 보이는 게 두려웠다.

"나랑 딩샤오예 사이에 대해서 왜 안 물어봐?" 탄사오청은 문 앞까지 걸어간 펑란을 불러 세웠다. "사실대로 말해줄게. 딩샤오예는 네 가게에서 나온 후로 나랑 같이 있던 적이 없어."

펑란은 울컥한 마음에 탄사오청을 돌아보며 말했다. "알고 있어."

펑란은 애초부터 딩샤오예가 탄사오청에게 몸을 의탁하기 위해 떠난다는 말을 믿지 않았다. 그렇지만 그게 중요한가? 펑란에게 중요한 건 그저 사랑하는 사람이 자신을 저버렸다는 사실이다. 무슨 고충이 있어서 그랬는지는 상관없었다. 그건 단지 그 남자에게 있어 펑란이 그리 중요한 사람이 아니었다는 사실만 증명할 뿐이었다. 적어도 그의 고충을 듣고 그와 함께 모든 시련을 겪을 만큼 중요한 사람은 아니라는 것이다.

그가 떠났다. 그것이 전부였다.

쓰투줴가 펑란에게 그런 얘기를 한 적이 있었다. 예전에 어떤 남자를 너무나 사랑해서, 거의 자기 자신보다도 더 사랑하게 되었다고. 그렇지만 남자는 스스로가 너무 부족하다고 생각해, 쓰투줴에게 무슨 흠이라도 생기기를 바랐다. 그래야만 쓰투줴가 자기 곁에 오랫동안 같이 있어줄 거라고 생각했던 것이다.

사랑이라는 관계 속에서는, 누구든 언제나 자신이 상대방에게 어울리지 않는다고, 자신에게는 자격이 없다고 생각하기 마련이다.

평란 역시 그랬다.

평란은 딩샤오예를 잊을 수 없었다. 하지만 그날 그가 그렇게 자신을 거절한 것도 용서할 수 없었다.

탄사오청은 술에 취한 눈으로 멀지 않은 곳에 서 있는 평란을 자세히 살펴보았다. 평란은 누군가를 너무나 닮아 있었다. 오만하고, 강하고, 완고했다. 탄사오청은 이런 사람을 싫어했다. 그러면서도 평란을 부러워하고, 평란과 친해지고 싶어했다. 마치 태어났을 때부터 자신이 얻지 못했던 모든 것들과 친해지려는 듯이. 언제부터인지는 모르지만 평란은 이미 탄사오청이 진심을 털어놓을 수 있는 유일한 사람이 되어 있었다. 탄사오청이 일부러 신경을 써서 딩샤오예를 평란에게서 빼낸 건, 단지 난장판을 보겠다는 마음만은 아니었다. 어쩌면 평란이 정체불명의 남자 때문에 큰 상처를 입게될까봐 걱정하는 마음도 없지 않았을 것이다. 탄사오청 스스로는 이 점을 결코 인정하려 들지 않겠지만.

평란은 호텔 종업원을 불러서 탄사오청을 택시에 태워 보내게 했다. 뜻밖에 탄사오청은 이튿날이 평란의 생일이라는 걸 알고 있었다. 탄사오청은 택시에 타기 전에 히죽거리며 평란에게 삼십대에 진입하는 기분이 어떠냐고 물었다. 평란은 자기 생일 얘기를 제일 먼저 꺼내는 사람이 탄사오청이 될 거라고는 생각지도 못했다. 굳이 듣기 싫은 얘기를 꺼내다니, 사람들의 미움을 사는 것도 당연했다.

피로연이 끝난 후, 우장과 신랑 들러리인 장톈란은 둘 다 술에 꽤 취했다. 친구들은 이대로 신랑 신부를 놓아줄 수는 없다며 자리를 옮겨 좀더 놀자고 부추겼다. 양가 어른들을 배웅한 후, 한 무리의 친구들은 기세 좋게 쩡페이의 인솔에 따라 클럽으로 가 술을 마시며 놀기로 했다.

커다란 룸에 자리를 잡고 나서, 장텐란을 비롯한 여러 친구들이 신랑 신부에게 갖가지 방법으로 입을 맞추라고 요구하며 놀려댔다. 한쪽에서 술을 마시던 평란은 쩡페이를 향해 웃으며 말했다. "저것 좀 봐. 우장 오빠는 아직도 수줍음을 타나봐."

쩡페이도 따라 웃었다. 평란의 잔이 또 비어버린 걸 발견하고는 평란이 다시 술을 따르기 전에 손으로 잔 입구를 덮으며 말렸다. "좀 천천히 마셔. 술이 뭐 그렇게 좋은 거라고. 너무 많이 마시면 실수할지도 몰라."

평란은 희한하다는 듯 물었다. "오빠 요즘 왜 그래? 채식하고 불교 믿고 요가 하는 걸로도 모자라서 이젠 술까지 끊었어? 지난번에 내가 갖고 있던 고급 테킬라 가져갈 땐 왜 술 마시면 실수한다느니 하는 소리 안 했어?"

그 테킬라 얘기만 꺼내지 않았어도 괜찮았을 텐데, 그때의 일을 떠올리자 쩡페이의 안색이 변했다. 테이블 위에 올려놓은 쩡페이의 휴대전화가 진동하기 시작했다. 쩡페이는 손으로 휴대전화를 덮어버렸다. 평란은 날카로운 눈으로 누구 전화인지 벌써 알아보고는 놀리듯 말했다. "왜 안 받아? 오늘 저녁에 몇번째로 오는 거야? 사랑싸움이라도 했어?"

쩡페이는 '사랑싸움'이라는 부적절한 어휘를 무시하며 말했다. "어린애랑 싸우긴 뭘 싸워?"

평란은 그 말에 넘어가지 않고, 술을 한 병 따서 쩡페이에게 건넸다. 쩡페이는 여전히 마시려 하지 않았다.

"오빠 예전엔 이렇게 답답하게 굴지 않았잖아. 술 취하면 성질 나올까봐?" 펑란이 농담조로 말했다.

쩡페이의 반응은 격렬했다. "쓸데없는 소리 마!"

"걱정 마, 술에 취하면 생각이 더 뚜렷해진다고들 하잖아. 술을 안 마셔본 것도 아니니까 오빠도 알 거 아냐. 술을 마신다고 좋던 게 나빠지지도 않고, 없던 게 생기지도 않는다는 거. 술은 그냥 촉매제일 뿐이야. 일 저지르고 나서 알코올에 책임을 전가하는 그런 인간들은 다 개자식들이라고!"

펑란의 말에 쩡페이는 얼굴이 하얗게 질렸다가 다시 빨갛게 달아올랐다. 다행히도 룸 안의 조명이 어두워서 아무도 눈치채지 못했다.

대형 모니터에 드라마 〈신백낭자전기*〉의 삽입곡 제목이 떠올랐다. 한쪽에 앉아 있던 장톈란이 조롱하듯 말했다. "이 재미없는 노래는 누가 예약한 거야?"

"내가 했어요. 왜요?" 펑란은 보란 듯이 마이크를 들었다. "재미없다고요?"

장톈란은 급히 말을 바꿨다. "네가 잘못 들은 거야. '재미있다'고 한 거라고. 현명한 선곡이십니다! 가장 속된 건 가장 고상한 것과 통하게 마련이지."

펑란이 다른 마이크를 쩡페이에게 내밀었다. "같이 부를래?"

---

* 천 년을 수행한 흰 뱀이 남자와 사랑에 빠진다는 내용의 중국 전설인 백사전(白蛇傳)을 바탕으로 1992년에 중국과 대만의 공동 투자로 제작된 드라마.

쩡페이는 죽어도 안 부를 기세였다. 평란은 술기운을 빌려 건들 거리며 반주에 따라 노래를 불렀다. "삼월의 서호는 아름답기도 하 여라, 봄비는 술 같고 버들가지는 연기 같네. 인연이 있으면 천 리 길을 건너 만나고, 인연이 없으면 마주봐도 손잡기 힘들지. 십 년 수행하면 그대와 한배 타고 물을 건너고, 백 년 수행하면 그대와 한베개를 베고 누우리. 천 년 조화 있으면 이 머리 희게 세어도 마 음 맞는 사람 내 앞에 있기를……"

장텐란은 체면은 아랑곳없이 열심히 박자에 맞춰 손뼉을 쳤다. 쩡페이와 우장은 폭소를 터뜨렸다. 쓰투줴는 평란의 노래를 따라 가볍게 콧노래를 불렀다.

"소녀의 노래가 듣기 어떠셨사옵니까?" 노래가 끝나자 평란이 다시 쩡페이 옆에 앉으며 물었다.

쩡페이는 사정을 안 봐주고 말했다. "귀신에 홀린 것 같네."

"그럼, 홀렸지!" 평란은 또 술을 반 잔쯤 마셨다. "내가 재미있 는 얘기 해줄게. 누가 그러는데, 누군가를 사랑하는 마음의 표현은 그 사람이랑 자는 거래. 그럼 오래 사랑하는 건 오랫동안 같이 자 는 거겠지. 내가 만약 전생에 요괴뱀이었다면 아마 게을러 죽었던 걸 거야. 왜 좀더 오래 수행하지 못했을까? 천 년 조화까진 못 바 라더라도, 백 년만이라도 수행을 했다면 이렇게 실속 없진 않았을 텐데."

"그 농담은 너무 야해서 못 알아듣겠는데." 쩡페이가 고개를 저 으며 웃었다.

장텐란은 이야기를 중간에서부터 듣고는 끼어들며 말했다. "난 알아들었어. 난 전생에 부지런한 요괴뱀이었다고. 평란, 걱정 마.

난 분명히 천 년, 아니, 만 년은 수행했을 테니까."

평란은 그에게 핀잔을 주며 말했다. "십 년 수행하면 한배 타고 물을 건너고, 백 년 수행하면 한베개를 베고 눕고, 천 년 수행하면 성욕이 사라지고, 만 년 수행하면 둘이 그냥 친구가 되는 거예요. 그렇게 오래 수행해서 뭐하게요?"

쩡페이는 평란의 얘기에 입속에 든 차를 뿜을 뻔했다. 그러고는 고소하다는 듯 장텐란을 보고 파안대소하며 말했다. "이 얘긴 좀 웃기네!"

그때, 종업원이 문을 열고 들어와 물었다. "평란 고객님이 어느 분이십니까? 밖에 배달이 왔는데, 서명 좀 부탁드립니다."

평란은 무슨 영문인지 알 수 없었다. 도대체 누가 여기로 물건을 보냈단 말인가? 평란이 여기 있다는 걸 아는 사람들은 거의 대부분 이 자리에 같이 있을 터였다. 평란은 술잔을 내려놓고 자리에서 일어났다.

"누구야? 내가 같이 가줄게." 장텐란이 자진해서 나섰다.

평란이 웃으며 말했다. "그럴 거 없어요. 여기서 계속 수련이나 하세요."

카운터 앞으로 간 평란은 그 위에 놓여 있는 장미 한 다발을 발견했다. 실망감이 물밀듯이 밀려왔다. 평란은 스스로가 못나게 굴고 있다는 걸 알고 있었다. 장텐란이 같이 가주겠다는 걸 거절하면서는 밖에 와 있는 사람이 혹시 딩샤오예가 아닐까 하는 희망을 잠시나마 품었다. 하지만 장미꽃을 보는 순간 그 딱한 희망마저 완전히 날아가버렸다. 딩샤오예가 평란에게 장미꽃을 보낸다면, 평란은 자기 목을 베어 그에게 의자라도 만들어줄 수 있을 것 같았다.

때맞춰 휴대전화가 울렸다. 뜻밖에도 오후까지만 해도 엉망으로 취해 있던 탄사오청이었다.

"펑란, 내가 생일 선물 하나 보냈어. 오늘 일에 대해 감사 인사도 할 겸해서. 난 남한테 빚을 지긴 싫거든." 탄사오청의 목소리는 그새 꽤 또렷해져 있었다.

펑란은 기분이 이상했다.

"네가 나한테 장미꽃을 보냈다고? 정신 나간 거 아냐?"

전화 저편의 탄사오청이 수상쩍게 웃었다. "뭐든 어때. 맘에 들면 그냥 기분좋게 받으면 되지. 나한테 예의 차릴 거 없어."

"이 변태!" 펑란은 끊어진 전화를 향해 중얼거렸다. 예쁘게 포장된 장미 꽃다발을 보면 볼수록 머리털이 곤두섰다. 설마 안에 폭탄이나 맹독이라도 들어 있는 건 아니겠지? 이 꽃다발을 룸에 가지고 들어갔다가, 그 안에 있는 우장과 쓰투줴가…… 설마 탄사오청이 그런 짓까지 할 거라고는 생각지 않지만, 그래도 펑란은 그런 상상에 소름이 돋았다. 만일에 대비해서, 펑란은 쓰레기통 곁을 지나갈 때 조심스럽게 꽃다발을 그 안에 집어넣었다.

펑란이 꽃을 버리느라 굽혔던 몸을 일으키는 순간, 옆을 지나가던 사람이 펑란에게 부딪쳤다. 꽤 세게 부딪힌 탓에, 안 그래도 술에 반쯤 취해 있던 펑란은 휘청거리며 넘어질 뻔하다가 재빨리 벽을 붙잡고 간신히 몸을 지탱했다. 도대체 요새 누구한테 무슨 잘못을 했기에 어딜 가든 이렇게 눈도 제대로 안 달린 사람만 맞닥뜨리는 걸까?

상대방도 자기가 펑란에게 부딪쳤다는 걸 알았는지 걸음을 멈추고 펑란을 부축했다.

"죄송합니다. 괜찮으세요?" 젊은 남자의 목소리였다.

평란은 고개를 들었다. 평범한 젊은 남자가 아니라, 눈이 번쩍 뜨일 만큼 잘생긴 남자였다. 딩샤오예보다는 키가 아주 조금 작아 보였고, 피부는 좀더 하앴다.

"이 나이든 뼈다귀가 부서질 뻔했잖아요. 내가 드러누워서 사기 안 친 걸 다행으로 생각해요." 평란은 그렇게 농담을 하고는, 한마디 덧붙였다. "괜찮아요. 좀 조심해서 다녀요."

그렇게 말하며 룸으로 돌아가려는 평란의 뒤에서 누군가 말하는 소리가 들렸다. "나이든 뼈다귀가 다 그쪽처럼 생겼다면 언제든지 나한테 사기쳐도 되는데요."

평란은 뒤를 돌아보았다. 그 젊은 남자가 입가에 웃음을 띠고 있었다. "이 많은 사람들 중에 하필 그쪽이랑 부딪쳤는데, 술 한 잔 하면서 기념하지 않을래요?"

평란은 아무것도 모르는 어린 소녀가 아니었고, 이런 수법도 익히 보아 잘 알고 있었다. 평란은 웃으며 말했다. "관둬요. 난 양갓집 규수라고요."

"난 양갓집 규수를 제일 좋아하는데요. 왜요, 겁나요?" 남자가 시끌벅적한 바 쪽을 턱짓으로 가리켜 보였다. "한 잔만 해요. 사람이 저렇게 많은데, 내가 설마 잡아먹기라도 하겠어요?"

평란은 말이 없었다. 단호하게 거절하지 못하는 이유를 평란은 알고 있었다. 남자의 눈매와 말할 때의 경박한 모습이 딩샤오예와 닮아 있었다.

하루만 더 시간을 줘

젊은 남자는 자신을 '폭스'라고 소개했다. 평란은 그와 술을 한 잔만 마신 게 아니었다. 그는 사람의 환심을 사는 데 능했다. 어떤 화제가 나오든 아주 즐겁게 얘기할 수 있었다. 딩샤오예가 제일 능한 일이 평란의 약한 구석에 비수를 꽂는 거라면, 이 폭스라는 남자는 반대로 사람 마음속의 제일 가려운 부분을 긁어주는 재주가 있었다.

이런 남자는 양갓집 규수의 천적인 법이다.

평란도 예전까지는 명실상부한 양갓집 규수였다. 그러니까, 딩샤오예를 만나기 전까지는. 폭스는 분명히 평란이 한결같이 좋아해온 타입이었다. 하지만 너무나 완벽한 듯한 느낌이 드는 만남이었다. 평란의 취향에 딱 들어맞는 싱글 남자가, 평란이 가장 무방비한 순간에 나타나, 평란이 마실 수 있는 술 중에서 제일 독한 술을 사주면서, 평란이 제일 좋아할 말만 골라 하고 있는 것이다. 만약 평란이 원하기만 한다면 이다음엔 가장 낭만적인 밤이 그녀를 기다리고 있을 터였다. 너무 이상한 일이었다. 동화처럼 신기한…… 혹은, 속임수 같은 일이었다.

예전엔 이렇게 의심이 많지 않았다. 평란은 버릇대로 이런 의심병을 딩샤오예라는 변태 자식의 세례를 받은 탓으로 돌렸다.

"술이 세시네요." 폭스는 그렇게 칭찬하며 평란의 술을 한 잔 더 주문해주었다.

평란이 웃으며 말했다. "그쪽한텐 못 당하겠는데요."

그가 다시 농담을 몇 마디 건넸지만, 평란은 점점 건성으로 웃기 시작했다.

"왜 그래요? 무슨 생각 해요?" 폭스의 엄지손가락이 평란의 손등을 살짝 쓰다듬었다. 평란은 손을 거둬들여 턱을 괴었다.

"계산은 어떻게 해야 되나 생각중이었어요. 너무 즐겁게 해주면 내가 돈이 모자랄까봐 걱정돼서요." 평란은 결국 까놓고 말해버렸다.

폭스는 평란의 말을 이해하지 못한 듯 멍한 표정을 지었다.

"탄사오청 씨가 보냈어요?" 처음엔 그 강도의 동거녀가 보낸 게 아닐까 의심했다. 하지만 눈앞의 남자는 궁핍한 마약중독자가 고용할 수 있을 만한 사람은 분명 아니었다. 평란은 술을 몇 잔 마신 후에야 이해했다. 지금 앞에 앉아 있는 이 사람이야말로 탄사오청이 보내온 '생일 선물'인 것이다. 장미꽃은 평란을 룸에서 불러내기 위한 구실일 뿐이었다.

그는 여전히 웃기만 할 뿐 말이 없었다.

"입이 진짜 무겁네요." 평란은 조금쯤 화내는 투로 말했다. "이러면 내가 다음에 또 그쪽을 찾겠어요?"

얘기가 여기까지 왔으니, 더이상 아닌 척 해봐야 의미가 없었다. 폭스는 술을 한 모금 마시고는 평란을 향해 웃어 보였다. "탄사오청 씨가 누구예요? 난 손님 이름은 기억 못해요."

역시나 그랬다. 평란은 자신의 추측이 사실임을 확인하고 나니 오히려 그냥 취해버리고 싶은 충동이 들었다. 탄사오청은 정말이지 '마음을 알아주는' 친구였다. 평란이 외로워할까봐 일부러 이런 사람을 찾아 보내주다니. 이건 확실히 '큰 선물'이라 할 만했다. 남들 눈에 평란은 이미 호스트가 상대해줘야 할 정도로까지 전락해버린 걸까? 그도 그럴 법했다. 일개 종업원 손에 정신을 못 차리도록 놀아났는데, 호스트라고 못 찾을 건 또 뭐란 말인가?

평란은 고개를 숙이고 앞에 놓은 술잔을 손안에서 빙빙 돌렸다.

"안 좋은 일 있어요?" 폭스가 가까이서 평란의 얼굴을 들여다보며 물었다.

평란의 두 눈은 잔에 담긴 술에 반사된 빛 때문에 더 매력적으로 보였다. 평란이 되물었다. "손님들 중에 남자를 원망하는 여자들이 많아요?"

"그럴걸요. 친구분이 내일이 바로 그쪽 생일이라고, 너무 외롭지 않게 해주랬어요. 곧 서른이 될 사람으로는 전혀 안 보이네요. 나이가 들수록 더 멋있어지는 여자들이 있죠. 예쁜 여자들의 특권이랄까요." 과연 여자의 마음을 잘 아는 남자였다. 하는 말마다 듣기 좋았다. 그러다보니 그게 진심인지 거짓인지는 중요하지 않은 듯 느껴졌다.

"그 친구가 계산했어요?" 평란이 물었다.

"손님들이 다 그쪽 같으면 그냥 돈 안 받아도 될 거 같아요."

"그럼 계산했다는 거네요."

이제 펑란은 그냥 가버려도 그만이었다. 그런데 불현듯 될 대로 되라는 생각이 들었다. 딩샤오예도 사랑할 수 있었는데, 그보다 못할 것 없는 남자를 거절할 이유가 뭔가? 이렇게 생각하니 펑란은 아주 통쾌해졌다. 딩샤오예에 대한 그리움이라는 것도 좀 천박하게 느껴지기 시작했다. 사랑은 개뿔! 그런 건 어차피 욕망일 뿐이지 않은가. 좀더 말 잘 듣는 남자를 만나면 더 낫지 않을까? 똑같은 사기꾼이라도 이 폭스라는 남자는 최소한 정해진 가격이라도 있고 말이다.

이 모든 생각에 필요한 전제는, 펑란 자신을 좀더 취하게 만들어야 한다는 것이었다.

펑란은 알코올에 관한 한 가지 견해가 있었다. 취하고 싶다는 생각이 든다면 대체로 아직 이성이 남아 있다는 뜻이고, 술을 아무리 더 마셔도 말짱할 것 같다고 느껴진다면, 그땐 이미 취한 것이다.

펑란은 점점 술맛이 물맛처럼 싱겁다고 느껴지기 시작했다.

"그만 마실래. 재미없어." 펑란은 계산하는 걸 잊지 않고 돈을 바 위에 올려놓았다. 폭스가 펑란을 부축해 의자에서 일으켰다.

"우리 이제 어디 갈까요?" 폭스는 세심하게 펑란의 어깨에 외투도 걸쳐주었다.

펑란은 추위가 전혀 느껴지지 않았다. 뺨이 불에 덴 듯 뜨거웠다. 빈 술잔과 번쩍거리는 조명. 그리고 옆에 있는 사람까지, 모든 것이 펑란의 호기심을 자극하고 흥분하게 만들었다.

"어디든 좋아요." 둘은 시끄러운 홀을 나섰다. 펑란은 오늘 차를 몰고 왔다는 걸 기억해내고는 힘겹게 가방 속에서 자동차 열쇠를 찾아내 폭스에게 던져주며 물었다. "면허 있죠? 운전할 수 있겠어요?"

그가 열쇠를 받아들었다. "네. 차 어디 세워놨어요?"

평란은 이마를 쥐어박으며 열심히 생각해내려 했지만, 결국 쑥스러운 듯 웃으며 말했다. "기억 안 나네요. 가면서 리모컨 계속 눌러봐요. 그러다보면 찾겠지."

"그러면 되겠네요." 폭스도 따라 웃었다. 그러고는 평란이 넘어지지 않게 한 팔로 평란의 어깨를 감싸안았다. 평란은 몸을 비틀어 벗어나더니 직접 폭스의 팔을 붙잡았다.

찬바람이 불어와 몸이 떨렸다. 실외 주차장으로 나왔다는 게 어렴풋이 느껴졌다. 폭스는 평란이 말한 대로 걸어가면서 계속 열쇠고리에 달린 리모컨을 눌렀다. 그러면서 옆에서 비틀비틀 걷는 평란에게 시시때때로 발밑을 조심하라고 주의를 주었다.

이미 밤이 깊었다. 주차장 네 귀퉁이에 서 있는 조명은 몸을 숨길 구석도 없을 만큼 빈틈없이 은백색 빛을 내리비추고 있었다. 평란은 급할 것 없이 폭스를 따라 천천히 걸었다. 평란 옆쪽으로는 주차장과 도로를 분리하기 위해 심어둔 관목 덤불이 있었다. 뻗어나온 잔가지가 자꾸 평란의 종아리를 스쳤다. 평란은 자기 그림자를 밟으며 걸었고, 귓가엔 함께 걷는 이의 발소리가 들려왔다. 가끔씩 옆으로 자동차가 지나갔다. 이 정경은 몇 번이나 지나갔던 귓갓길과 너무나 닮아 있었다. 그 길 위에는 번갈아 들려오는 하이힐 소리와 슬리퍼 소리가 있었고, 불평을 하면서도 평란에게서 멀어진 적은 없던 그의 목소리가 있었고, 평란의 마음속에 조용히 부풀어오른, 경박하면서도 아름다운 새빨간 거품이 있었다.

"우리 이렇게 걸으니까 꼭 게 같지 않아?" 평란이 유쾌하게 웃었다.

옆에 있는 사람이 대답하기도 전에, 앞에 서 있던 차 한 대가 리모컨에 반응했다. 환한 전조등이 휙 비쳐와 눈을 뜨기가 힘들었다. 평란은 옆에 선 사람의 팔을 흔들며 한껏 들떠 말했다. "그것 봐, 샤오예. 내가 말한 대로 하니까 금방 찾지."

평란은 그를 끌고 차 옆으로 가볍게 뛰어갔다. 폭스가 시험 삼아 차문 손잡이를 잡아당겨보니, 문이 열렸다.

"여성분 먼저 타시죠." 폭스가 돌아서서 평란을 부축해주었다. 그러면서 웃으며 물었다. "그런데 방금 날 뭐라고 불렀어요?"

"내가 뭘?" 평란은 영문을 모르겠다는 듯 멍하니 그를 쳐다보았다. 그러고는 한걸음 물러섰고, 그 순간 발을 헛디뎠다. 평란이 차를 세운 곳 아래쪽엔 하수도가 있었다. 뒤로 물러서던 평란은 하수도의 격자 모양 덮개 위를 밟아버렸다. 가느다란 하이힐 굽이 격자 틈새에 빠져, 구두 한 짝이 아예 벗겨져버렸다.

평란은 한 발로 서느라 중심을 잃었다. 폭스가 때맞춰 평란을 안아 부축한 뒤, 쪼그리고 앉아 덮개에 낀 구두도 빼내주었다. 고개를 숙인 평란의 눈에 새까맣고 결이 약간 거친 머리카락이 들어왔다. 손을 뻗어 그 머리칼을 만져보고 싶었다.

평란이 밟고 선 건 '사랑'이었다. 이 '사랑'은 누차 평란에게 실패를 안겨주었다. 그였다면 자업자득이라고 말했겠지?

평란이 예상한 조롱의 말은 들려오지 않았다. 폭스는 세심하고 부드러운 손길로 평란에게 구두를 신겨주었다. 이어 들려온 칭찬도 진심에서 우러나온 말 같았다. "다리가 참 예쁘네요."

평란은 대답하지 않았다. 가만히 남자의 신발을 내려다보았다. 신발 주인과 마찬가지로 적당하게 보기 좋았다. 평란은 뻗으려던 손을 움츠려 등뒤의 차를 짚었다. 무심코였는지 일부러였는지, 폭스가 일어설 때 그의 손가락이 평란의 종아리를 스치고 그대로 쭉 위로 올라왔다. 똑바로 서서 평란을 마주보고서야 폭스는 평란의 감은 두 눈가가 촉촉이 젖어 있는 걸 발견했다.

"누구 생각해요?" 폭스는 이상하게 생각지 않고, 엄지손가락으로 부드럽게 평란의 눈가를 닦아주었다.

눈앞의 이 남자는 딩샤오예 같은 개자식보다 몇 배나 나은지 헤아릴 수도 없었다. 한마디 한마디 말이 전부 듣기 좋았다. 딩샤오예의 입은 정말이지 너무 천박했다…… 평란은 그 입이 어떤 식으로 자신에게 상처를 줬는지 결코 회상하고 싶지 않았고, 입가를 가볍게 끌어올리며 웃던 그 모습도 떠올리고 싶지 않았다. 그리고 자신의 입술에 다가올 듯 멀어질 듯하던 그 입술도 기억하고 싶지 않았다.

폭스는 평란이 고개를 젓는 걸 보고 만족감을 느꼈다. 자기 이마를 평란의 이마에 맞대고, 작은 소리로 위로했다. "누가 됐든, 당신에게 상처 준 사람 생각은 하지 마요. 적어도 지금은 생각하지 마요…… 열두시예요. 생일을 맞은 사람은 행복해야죠."

평란은 그의 입맞춤에 응하며 양팔로 그의 목을 감싸안았다. 몸의 뒤쪽엔 얼음처럼 차갑고 단단한 차체가 있었지만, 입술 위에선 부드럽게 탐색하는 폭스의 입술이 느껴졌다. 이 남자의 입맞춤은 그가 하는 얘기만큼이나 달콤했다.

그러나 아쉽게도 입맞춤에 몰입하면 할수록 평란의 마음은 눈앞의 남자로부터 점점 더 멀어졌다. 마음속 불꽃이 흔들리며 사그라지는 게 눈앞에 보이는 듯했다. 평란은 온 힘을 다해 행복한 일만 생각하고, 이런 친밀함에서 오는 즐거움을 느껴보려 했다. 잠깐이라도 더 그 불빛을 남겨두려 했다…… 그렇지만 전부 헛수고였다. 아무리 붙잡으려 해도 그 불꽃은 끝내 제멋대로 꺼져버렸다. 끝없는 실망감이 어둠처럼 덮쳐와, 모든 것이 무미건조하게 변해버렸다.

평란은 자신을 즐겁게 해주려고 노력하는 남자를 밀어내고는 손등으로 입술을 닦았다. 딩샤오예의 말이 맞았다. 평란은 결국 '여자일 뿐이었다'! 여자의 영혼과 육체는 항상 밀접하게 연결되어 있다. 그렇다고 어느 누군가가 아니면 안 되는 건 아니었다. 그가 없다면 다른 사람이 대신할 수도 있었다. 하지만 그가 돌아왔다. 평란의 마음속에, 그는 여전히 존재하는 것이다.

"마음이 바뀌었어요. 가봐요. 미안해요."

폭스는 의외라 생각하는 듯했지만 매달리지는 않았다. 그가 물었다. "정말 괜찮겠어요? 많이 늦었는데 바래다줄게요."

평란은 차에 타면서 폭스에게 말했다. "고마워요. 난 여기서 친구 기다릴게요."

폭스가 다시 한번 물었지만 평란의 대답은 같았다. 그는 평란이 친구에게 전화를 거는 걸 보고는 자리를 떠났다.

평란의 휴대전화엔 부재중 전화가 몇 통이나 걸려와 있었다. 우장과 장톈란에게서 한 통씩, 그리고 나머지는 전부 쩡페이에게서 걸려온 전화였다.

평란은 마지막으로 걸려온 번호로 전화를 걸었다.

"여보세요. 도대체 뭐하는 거야? 갑자기 나가더니 안 들어오고 전화도 안 받고." 쩡페이의 목소리였다.

평란은 안심이 되기도 하고 미안한 마음도 들었다. 평란은 정신을 차리려 애쓰며 말했다. "나 좀 취한 것 같아."

쩡페이가 물었다. "지금 어디야? 내가 바로 갈게……"

평란은 흐린 눈으로 사방을 둘러보고는 말했다. "나 지금 차 안에 있어."

전화가 끊긴 건지, 쩡페이의 목소리는 다시 들려오지 않았다. 피곤이 모든 것을 이겼다. 눈꺼풀이 납덩이처럼 무거웠다. 평란은 잠깐 동안 잠이 들었던 것 같았다. 가슴께를 괴고 있던 핸들 때문에 위 속이 부글거렸다. 차 안에 토하고 싶지는 않아서 평란은 조금 남아 있는 의식을 끌어모아 차문을 열었다. 그러고는 그대로 엎어져 하수도 덮개 위에 엉망으로 토해버렸다.

누군가 평란을 끌어 일으켰다. 주차장 관리원인 것도 같았다. 평란은 일어나서 그 사람에게 인사를 하려 했다. 술에 취해 흐릿한 눈으로 보니 아무래도 폭스가 다시 돌아온 것 같았다.

방금 전과는 다른 옷차림이었다. 다음 손님을 상대하려고 옷을 갈아입은 걸까? 자기 직업에는 애정이 있어야 한다고들 하는데, 정말 직업 정신이 투철하기도 하지!

"갔을 줄 알았는데." 평란이 차문을 붙잡고 서서 웃으며 말했다.

그는 말이 없었다.

알코올이란 정말 신기한 물건이다. 그를 조금 닮은 사람일 뿐인데, 평란의 눈에는 완전히 똑같은 얼굴로 보였다.

평란은 떨리는 손으로 그의 얼굴을 만져보았다. 너무나 진짜 같아서, 견딜 수가 없었다. 눈을 감았다가 다시 떴다. 그리고 자기가 해야 할 일을 기억해냈다. 몸을 숙이고 조수석에 놓인 가방을 끌어당겨 그 안에 있는 현금을 전부 꺼냈다.

"참, 그렇지, 내가 팁 주는 걸 깜빡했네요."

폭스는 받지 않았다.

평란은 돈을 그의 티셔츠 옷깃 안으로 쑤셔넣었다.

돈 때문이 아니라면 누가 이런 일을 하겠는가? 다들 먹고살기 힘든데.

"가요. 난 신경쓰지 말고." 평란이 말했다.

평란의 전화를 받았을 때, 쩡페이는 집에 들어서던 참이었다. 친구들은 거의 다 취하고 맨정신인 사람은 쩡페이밖에 없었다. 하나하나 챙겨 보내고 집에 돌아오니 벌써 한밤중이었다.

거실에는 불이 켜져 있었다. 쩡페이는 안쪽까지 들어가서야 무릎을 껴안은 채 소파에 웅크리고 앉아 있는 추이옌을 발견했다. 추이옌이 물었다. "이렇게 날 피해 다니는 게 피곤하지도 않아요?"

쩡페이도 부정하지 않았다. 그날 이후로, 쩡페이는 추이옌을 애써 피해 다녔다. 그날 밤의 일에 대해 추이옌과 얘기하고 싶지 않았다. 밖에 나가 살고 있는 추이옌에게 먼저 전화를 걸지 않았고, 추이옌이 집으로 찾아오는 날에는 일 때문에 회사에서 자야 한다고 핑계를 댔다. 이런 식으로 거의 한 달을 보냈다.

쩡페이는 자신의 태도가 책임감 없고 뻔뻔하다는 걸 알고 있었다. 하지만 그 일 이후로 쩡페이에게 고상함이라는 건 남아 있지 않았다. 찡페이가 추이옌을 냉대하는 건 추이옌에게 화가 나서라 기보다 자기 자신이 원망스러웠기 때문이고, 그보다도 추이옌 곁 에 있는, 똑같이 '찡페이'라는 이름을 가지고 있지만 자신이 행동 을 제어할 수 없는 그 남자가 무서웠기 때문이다.

술에 취해도 생각은 많았다. 더군다나 그밤 찡페이는 조금밖에 취하지 않은 상태였으므로 더더욱 어떤 핑계도 찾을 수 없었다.

찡페이는 심지어 그날 밤 있었던 일들을 세세한 부분까지도 전부 기억해낼 수 있었다. 기쁨과 고통이 뒤섞인 추이옌의 눈물, 젊고 요염한 몸, 그리고 추이옌이 그의 귓가에 속삭였던 말까지도……
"안아줘, 나 추워, 찡페이."

찡페이를 절망하게 하는 것은, 추이옌이 그런 말을 했음에도 그 는 단 한 순간도 추이옌을 다른 누군가로 본 적이 없다는 점이었 다. 찡페이는 처음부터 끝까지 자기가 품에 안은 여자가 누구인지 정확히 알고 있었다.

평란이 말했었다. 술을 마신다고 나쁘던 게 좋아지지도 않고, 없 던 게 생기지도 않는다고. 술은 단지 촉매제일 뿐이라고. 그날 밤, 찡페이의 촉매제는 그의 선량한 면을 흔적도 없이 사라지게 했고, 욕망과 탐욕을 무한히 증폭시켰던 것이다.

추이옌의 말에 뭐라고 대답해야 할지 고민하는 와중에 평란에게 서 걸려온 전화가 찡페이를 잠시 구해주었다.

평란이 룸을 나간 후 찡페이는 따라나가서 평란을 찾아보다가, 그들이 있는 룸을 담당하는 종업원에게도 평란의 행방을 물어보 았다. 그러다가 마침내 바 앞에 앉아 있는 평란의 뒷모습을 발견했 다. 평란의 옆에는 낯선 남자가 있었다.

정페이는 그들을 방해하지 않았다. 평란도 성인이니 자기가 뭘 하는지는 잘 알고 있을 터였다. 평란 정도의 조건이라면 작업을 거는 남자가 나타나는 것도 이상한 일이 아니었다. 그런데 뜻밖에도 자리를 파할 때까지 평란이 돌아오지 않았다. 다시 바 쪽으로 가보았을 때 평란의 모습은 이미 보이지 않았다.

바의 종업원은 평란이 그 남자와 함께 나갔다고 말해주었다. 정페이는 흥을 깨고 싶지 않았지만, 친구 된 도리로 평란의 안전을 확인하기 위해 전화를 몇 번 걸었다. 평란은 한 번도 받지 않았다.

정페이는 평란에게서 걸려온 전화를 받고 한숨 돌렸다. 목소리를 들어보니 평란은 취한 것 같았다. 하지만 술이 세고 술버릇도 나쁘지 않은 평란인지라, 원하지 않는다면 평란을 억지로 쓰러뜨릴 수 있는 남자는 거의 없을 터였다. 추이옌은 집에 와서 자기를 보자마자 다시 나가려는 정페이를 보더니 아랫입술을 깨문 채 눈물을 글썽거렸다.

"누구예요? 평란 언니예요?" 추이옌이 물었다.

정페이가 말했다. "좀 취했나봐. 내가 가봐야겠어."

"딩샤오예가 가자마자 이렇게 빨리 당신을 찾는 거예요? 술에 취했으니, 딱 당신 취향이네요?" 추이옌의 목소리에는 원망이 담겨 있었다.

정페이는 더 말하고 싶지 않아서 그냥 문을 열고 나가려 했다. 그런데 뜻밖에도 추이옌이 쫓아나오더니 단호한 목소리로 말했다. "같이 갈래요."

"너무 늦었는데……"

"평란 언니를 친구로만 생각한다면, 언니가 술에 취했을 때 옆에 여자가 하나 같이 있어야 더 보살펴주기 쉽지 않겠어요?"

추이옌을 떼어놓는 건 쉬운 일이 아니었다. 게다가 그 말에도 일리가 있어 보였다. 쩡페이는 불편함을 감수하고 결국 입을 다무는 수밖에 없었다. 추이옌은 쩡페이의 옆자리에 올라탔다. 평란이 있는 주차장까지 가는 동안 두 사람은 거의 말이 없었다.

평란은 차 안에 있다는 말만 하고 다른 말은 하지 않았다. 쩡페이는 다시 전화를 걸어보았지만 평란의 휴대전화가 꺼져 있었다. 클럽은 쩡페이가 예약한 곳으로 그의 집에서 그리 멀지 않았다. 주차장으로 들어가 차를 제대로 세우기도 전에, 쩡페이는 누군가가 평란을 안아 조수석으로 옮기는 걸 보았다. 쩡페이가 조금 전에 바에서 보았던 얼굴이 아니었다. 그 사람은……

쩡페이는 순간 눈빛이 어두워지더니 나는 듯 차문을 열고 밖으로 뛰어나갔다. 추이옌이 쩡페이보다 빨랐다. 추이옌의 날카로운 목소리가 한밤중의 주차장을 가득 채운 정적을 갈랐다.

"샤오예, 빨리 가!"

딩샤오예는 불현듯 고개를 돌렸지만, 그 자리에 가만히 서서 자기 쪽으로 달려오는 쩡페이를 쳐다보았다. 딩샤오예는 의식을 잃은 평란을 조수석에 던지듯 내려놓고는 발을 들어 쩡페이의 복부 쪽을 걷어찼다. 쩡페이는 몸을 피했지만 딩샤오예의 발이 허리를 스치고 지나가는 바람에 약간 비틀거렸다. 다음 순간, 쩡페이가 딩샤오예의 얼굴을 향해 주먹을 내질렀다. 두 사람은 곧장 맞붙어 싸우기 시작했다.

추이옌은 울기만 할 뿐 감히 가까이 갈 생각은 하지 못했다. 추이옌은 몇 걸음 떨어진 곳에서 하릴없이 외쳤다. "싸우지 마요. 평란 언니, 빨리 좀 말려봐요!"

추이엔과 함께한 그 밤, 술에 취한 추이엔의 얘기를 듣고 추이팅이 옛날에 살던 곳으로 되돌아갔을 가능성이 있다는 것을 짐작한 후, 쩡페이는 바로 다음날 옛 동료들에게 이 단서를 알렸다. 추이팅은 자기 아버지의 사건에는 발을 깊이 들이지 않았지만, 일이 벌어진 후에 그가 아버지를 비호해준 것은 틀림없는 사실이었다. 추이커젠을 포위했던 그날 밤, 경찰관 한 명이 희생되었다. 그 당시 추이커젠과 함께 있었던 추이팅도 그 책임에서 벗어날 수는 없었다. 쩡페이는 희생된 경찰관을 잘 알지는 못했지만 어쨌든 그 역시 쩡페이의 예전 부하인 셈이었다. 경찰에 남아 있는 동료들은 추이팅의 행방을 조사하는 일을 절대 포기하지 않았다. 그런데 놀랍게도, 칠 년 동안 종적이 묘연하던 인간이 바로 그들 눈앞으로 돌아온 것이었다.

아쉽게도, 쩡페이의 옛 동료들이 추이팅의 은신처를 덮쳤을 때, 집안에는 누군가 머문 흔적은 있었지만 사람은 이미 떠나고 없었다. 그곳에서 며칠이나 잠복했지만 결국 허탕을 치고 말았다.

추이팅의 교활함은 그 아버지 못지않았다. 추이팅은 추적을 피하는 데 아주 능했다. 그런 인간이 도대체 무슨 목적으로 위험을 무릅쓰고 원래 살던 곳으로 돌아온 것일까? 옛 동료들의 이런 의구심에 쩡페이도 해답을 제시할 수 없었다. 쩡페이는 추이팅이 자기 때문에 돌아온 건 아닐까 하는 생각도 해보았다. 쩡페이 자신이 직접 인원을 이끌고 추이커젠의 근거지를 소탕해버린 까닭에 그자가 길 위에서 비명횡사했으니, 추이팅에게는 쩡페이를 원망할 이유가 있었다. 그런데 추이팅은 돌아와서 아무것도 하지 않았다. 신분을 속이고 펑란의 가게에서 일을 한 건 쩡페이를 노려서였을까? 추이팅 같은 사람이 복수를 생각했다면 훨씬 더 직접적이고 효율적인 방법이 있었으리란 걸 쩡페이는 본능적으로 알 수 있었다.

쩡페이는 이에 대해 추이옌에게 묻지 않았다. 술에 취했을 때도 그렇게 입이 무거웠는데, 맨정신일 때라면 당연히 추이팅에 대한 어떤 일도 알려줄 리가 없었다. 펑란에게는 더욱더 물어볼 수가 없었다. 펑란은 이런 상황을 전혀 모르는 채 아직도 '딩샤오예'가 떠난 것 때문에 슬퍼하고 있었다. 쩡페이 옆에 있는 두 여자 모두 이 도주범에게 미련을 버리지 못하고 있었다. 그 때문에 쩡페이는 더 골치가 아팠다.

어떤 이유에서든, 쩡페이는 추이팅이 하루빨리 법의 심판을 받기를 바라고 있었다. 그런데 바로 이런 순간에 그를 만나게 될 거라고는 상상도 하지 못했다. 그러니 어찌 그가 달아나게 둘 수 있겠는가?

경찰 일을 그만둔 지 몇 년이 지났지만 쩡페이는 아직까지 실력이 녹슬지 않았다. 추이팅, 지금은 딩샤오예라고 불리는 이 남자도 역시 만만한 상대는 아니었다. 서로 뒤엉켜 격렬하게 싸우다보니, 두 사람 다 금세 상처를 입어 피를 흘렸다.

"아직도 펑란을 안 놓아줄 셈이야? 도대체 뭘 원하는 거야? 난 겉과 속이 다른 인간을 제일 싫어해. 여자를 이용하는 게 무슨 큰 능력인 것 같아?" 쩡페이가 딩샤오예의 손목을 꽉 붙잡고 차 위에다 내리눌러 그를 제압하려 했다. 딩샤오예는 뒤통수로 쩡페이의 얼굴을 힘껏 들이받고, 쩡페이가 어지러워하는 틈을 타 재빨리 빠져나와 쩡페이를 한 대 더 쳤다. 그러고는 피가 섞인 침을 탁 뱉더니 차갑게 웃으며 말했다. "여자를 이용해서 목적을 이루는 건 네 놈을 따라갈 사람이 없을 텐데!"

쩡페이의 눈에 불꽃이 일더니 그도 딩샤오예를 향해 달려들었다. 두 사람 다 상대방을 사지로 몰아넣지 못해 안달이었다.

주차장 관리원이 어딘가로 전화를 거는 모습이 추이옌의 눈에 들어왔다. 경찰에 신고를 하는 모양이었다. 한쪽이 어느 한쪽을 때려죽이기 전에 경찰이 온다면, 불리한 쪽은 분명 딩샤오예일 터였다. 추이옌은 울고불고 소리를 지르며 애원했다. "추이팅, 경찰이 오기 전에 제발 빨리 가! 쩡페이가 다 알아버렸어."

"저놈이 추이팅이라는 걸 인정하는 거야? 저놈이 무슨 짓을 했는지 네가 알기나 해?" 쩡페이는 상대를 다시 붙잡아 넘어뜨려 우세를 점했다. 딩샤오예는 사납게 쩡페이의 멱살을 틀어쥐고는 목을 붙잡아 졸랐다.

"그 사람 해치지 마, 빨리 가!" 추이옌은 딩샤오예에게 그렇게 애원하고는 이어 쩡페이에게 애걸했다. "쩡페이, 추이팅은 당신 생각만큼 나쁜 사람이 아니에요. 당신한테 복수하러 돌아온 게 아니라고요. 그 사람은 자기 아버지가 한 일이랑 아무 상관 없는데, 그냥 놓아주면 안 돼요?"

쩡페이가 가쁜 숨을 몰아쉬며 말했다. "놓아주라고? 멀쩡하던 내 동료가 차에 치여 죽은 게 누구 때문인데? 그 친구는 집안의 독자였단 말이야. 겨우 스물일곱 살이었다고!"

갑자기 딩샤오예의 손에 힘이 빠지더니, 쩡페이에게 밀려 한쪽으로 쓰러졌다. 쩡페이는 기회를 놓치지 않고 딩샤오예의 양손을 등뒤로 붙잡은 뒤 오금을 걷어차 무릎을 꿇게 만들었다.

딩샤오예는 움직이지 않았다. 피가 흐르는 얼굴엔 슬픈 빛만 가득했다. 딩샤오예가 뒤를 돌아보며 물었다. "내가 그 사람을 치어 죽였다는 증거 있어?"

"증거가 궁금하면 법정에서 보라고!"

딩샤오예의 얼굴에 절망이 차올랐다. 그리고 처음으로 그 눈에 애원하는 빛이 떠올랐다. 딩샤오예가 쩡페이에게 말했다. "곧 자수할 거야. 그렇지만 지금은 아냐. 하루만 더 시간을 줘!"

쩡페이는 딩샤오예의 얼굴을 차문에다 대고 눌렀다. "자수가 무슨 뜻인지 내가 설명해줘야 알겠어? 체포당한 사람은 자수라는 말을 할 자격이 없는 거야!"

말을 마친 순간, 누군가 뒤에서 쩡페이를 잡아끌었다. 쩡페이의 몸이 뒤로 젖혀지는 순간 딩샤오예가 날쌔게 쩡페이에게 반격을 가했다. 추이옌이 쩡페이를 꼭 끌어안아 움직이지 못하게 하고 있었다. 쩡페이는 추이옌을 뿌리치려 했지만 추이옌이 다칠까봐 한껏 뿌리칠 수 없었다. 딩샤오예는 눈물이 글썽글썽한 추이옌의 눈빛을 보고 높이 들어올렸던 손을 내려뜨리더니 같은 말을 다시 한번 반복했다. "더이상 도망가지 않을 테니까, 하루만 시간을 줘. 딱 하루면 돼…… 그럼 평생 감사할 거야."

"누가 네놈한테 감사 받고 싶대!" 쩡페이가 불같이 화를 내며 추이옌을 밀쳐냈다. 추이옌은 땅바닥으로 넘어지면서 시멘트로 된 관목 화단 가장자리에 뒤통수를 부딪혔다. 쩡페이는 깜짝 놀라 급히 달려가 추이옌을 살폈다. 추이옌은 엉엉 울며 딩샤오예를 향해 외쳤다. "뭘 보고 있어! 가! 빨리 가라고!"

딩샤오예는 과감하게 펑란의 차에 올라 시동을 걸었다. 이미 막기에는 늦었다는 생각에 쩡페이는 한 손으로 추이옌을 끌어당기면서 한 손으로는 휴대전화를 찾았다. 추이옌은 전화번호를 누르려는 쩡페이의 손을 움켜쥐며 사납게 말했다. "쩡페이! 당신은 이제 경찰이 아니잖아요!"

"그거랑 저놈이 달아나게 놔두는 건 별개의 문제야! 난 저놈 말 못 믿어. 자수할 생각이 있었으면 칠 년 동안이나 도망을 다녔겠어?"

"그 사람도 도망갈 생각이었으면 벌써 도망갔을 거예요. 정말 모르겠어요?" 추이옌은 슬프고 고통스러운 마음에 눈물이 비 오듯 쏟아졌다.

쩡페이는 추이옌의 머리카락을 걷어내고 뒤통수의 상처를 살펴보더니 화를 내며 말했다. "저 인간이 네 보호를 받을 가치가 있어?"

"추이팅도 예전에 날 이렇게 보호해줬다고요!" 추이옌은 쩡페이가 더 화를 내기 전에 그를 붙잡으며 말했다. "추이팅은 나한테 오빠 같은 사람이지만, 나보다 더 불쌍한 처지예요. 쩡페이, 날 믿어 줘요. 당신이 생각하는 그런 사람이 아니에요. 추이팅은 절대 악랄한 수를 쓰진 않을 거예요. 하루만, 그 사람한테 딱 하루만 시간을 줘요! 만약에 추이팅이 약속을 어긴다면, 다시는 당신을 말리지 않을게요."

네가 흔들렸으면 좋겠어

    핑란은 〈난초꽃〉이라는 노래의 선율 속에서 눈을 떴다. 습관적으로 베개를 찾아 귀를 막으려 했지만, 두 손은 허공에서 헤맬 뿐이었다. 폭신한 깃털 베개도 없었고, 유리창을 통해 비쳐 들어오는 햇살도 없었다. 숨을 쉴 때마다 가죽 특유의 냄새가 느껴졌다. 아직도 차 안이었다. 핑란은 거의 삼십 초쯤 지나서야 이 사실을 인지했다.

    좌석 등받이를 최대한 뒤로 젖혀놓기는 했지만, 긴 시간 동안 불편한 자세로 잠을 잔 탓에 온몸이 쑤시고 아팠다. 핑란은 목을 주무르며 앉은 자세를 고쳤다. 지난밤의 마지막 기억을 더듬기도 전에, 핑란은 옆에 앉아 있는 딩샤오예인 듯 아닌 듯한 사람을 발견했다.

    얼굴에는 상처가 나 있고 한쪽 콧구멍은 휴지로 막은 채 눈을 감고 있었다. 자고 있는 건지, 의식을 잃은 건지 알 수가 없었다. 제

정신인 이상 펑란이 딩샤오예와 다른 사람을 혼동할 리 없었다. 잔뜩 얻어맞아 울긋불긋해진 얼굴이라 해도. 그리고 지난밤에 탄샤오청이 보낸 '초대형 생일 선물 패키지'인 사람과 함께 있었다 해도.

딩샤오예도 눈을 떴다. 그러고는 의자 등받이에 기댄 채 말없이 고개를 돌려 펑란을 바라보았다. 차는 펑란이 사는 아파트 근처의 어느 길가에 서 있었다. 날이 막 밝은 참이라 가로등은 꺼진 뒤였다. 살수차가 나는 듯이 달려가며 〈난초꽃〉의 여음을 길게 남겼다. 자동차 앞 유리 위에는 밤새 떨어진 낙엽이 가득 쌓여 있었고 환경미화원이 빗자루로 거리를 쓰는 소리가 들려왔다. 공기중엔 조금 습한 기운이 느껴졌다.

또 한번의 평범한 아침이었다. 이런 아침에 눈을 뜨게 된다는 건 언제나 행운이었다.

펑란은 딩샤오예가 다시 눈앞에 나타났을 때 자신이 이렇게 차분할 수 있으리라고는 생각지 못했다. 마치 무척 복잡하고 어지러운 꿈속에서 아주 많은 말을 쌓아뒀는데 꿈을 깨자 아무것도 기억나지 않는 듯한 기분이었다.

차 안엔 피 묻은 휴지가 꽤 여러 장 한데 뭉쳐진 채 발치에 굴러다니고 있었다.

"코피가 많이 났나보네. 왜, 날 오랜만에 봤더니 피가 끓기라도 했어?" 펑란이 작은 소리로 물었다.

그 말에 웃음을 짓다가 딩샤오예 입가에 난 상처가 벌어졌다. 딩샤오예는 상처를 살짝 핥더니 펑란 앞에 있는 선바이저를 내려주었다. 펑란은 거울에 비친 자기 모습을 볼 수 있었다.

평란은 거울을 보며 머리카락을 정돈했다. 머리가 좀 헝클어졌고, 아이라인이 번졌고, 립스틱이 반쯤 지워졌고, 눈가에 아직 휴지 조각이 조금 붙어 있는 것 외에는 그런대로 괜찮았다.

"나한테 무슨 짓 한 건 아니지?" 평란의 몸 위에 덮여 있는 건 자신의 외투였다.

딩샤오예가 말했다. "그럴까 생각도 해봤는데, 실행을 못 하겠더라고."

평란이 코웃음을 치며 신랄하게 말했다. "딴 데 가서 또 사기치다가 이렇게 얻어맞은 거야?"

딩샤오예는 대답 없이 고개를 숙이고 코를 막았던 휴지를 빼냈다. 코피는 이미 멎어 있었다.

평란은 차창 밖을 내다보았다. 평란은 요즘 우장의 차를 쓰고 있었다. 평란이 강도에게 도둑맞았던 그 차를 꺼림칙하게 여긴다는 걸 알고 우장이 자진해서 서로 차를 바꿔 사용하자고 했다.

"사실대로 말해봐. 너 운전면허 있긴 한 거야?" 평란이 딩샤오예에게 물었다.

딩샤오예는 솔직하게 대답했다. "없어."

추이팅의 운전면허는 그 자신과 마찬가지로 다시 돌아올 수 없는 것이었다. 지금의 그는 딩샤오예였다.

"여기 차 세워도 되는 거야? 카메라에 찍히면 우장 오빠한테 뭐라고 그래?" 평란이 걱정스럽게 말하며 차에서 내려 살펴보려 했다. "뭐, 오빠는 지금 신혼 때니까 이런 걸 신경쓸 겨를도 없으려나……"

딩샤오예는 평란을 끌어당겨 도로 좌석에 앉히더니 평란의 몸 앞쪽으로 팔을 쭉 뻗어 차문을 닫았다.

"됐어, 평란. 다른 얘기 하자."

"무슨 얘기?" 평란은 조금 굳은 몸짓으로 딩샤오예에게서 거리를 두려 하며 천천히 말했다. "네가 왜 떠나려고 했었는지? 왜 또 비굴하게 돌아왔는지?"

"그래, 네가 듣고 싶다면 말해줄게." 딩샤오예는 손을 뻗어 평란의 얼굴을 만졌다.

이런 알 듯 말 듯 애매한 행동에 평란의 마음속에 파도가 친 적도 있었다. 하지만 이번에는 오히려 분노에 불이 붙었다. 자신의 마음에 흉터가 얼마나 많이 졌는데, 어째서 다시 만나자마자 그 흉터들을 열어젖히지 못해 안달하는 걸까? 평란은 화를 내며 말했다. "말하려면 하고, 하기 싫으면 꺼져! 내가 너랑 똑같이 싸구려인 줄 알아? 네가 오고 싶으면 오고, 가고 싶으면 가게?"

평란이 그렇게 화를 내자 딩샤오예는 오히려 더 안정이 되는 듯했다. 평란의 떨리는 어깨를 감싸며 딩샤오예가 물었다. "정말 내가 갔으면 좋겠어?"

"말끝마다 '네가 듣고 싶으면' '네가 그러고 싶으면' 소리 좀 그만해. 꼭 내 마음을 꽤나 신경쓰는 것처럼 구네." 평란은 딩샤오예의 손을 뿌리쳤다. "내가 그랬잖아. 네가 떠나면 난 널 잊고 다시 시작할 거라고. 지금 나한테 넌 예전의 저우타오란이랑 다를 게 없어. 다만 최고로 화가 났던 시기가 지나서 널 때릴 생각도 안 드는 것뿐이라고. 가고 싶으면 가버려!"

평란의 말이 끝난 뒤, 딩샤오예는 한동안 말이 없더니 차문을 열고 나갔다.

쾅 하고 문이 닫히는 소리를 듣자 평란은 아주 통쾌했다. 그렇지만 산산조각 나버린 사랑은 마치 손이 베일 듯이 날카로운 유리잔 같았다. 쿨하게 굴고 싶었지만 그렇게 되지 않았다. 그가 너무나 미웠다. 설령 미워하는 마음 또한 그를 잊지 못해 생기는 것이라 하더라도, 다시는 이 남자에게 휘둘리고 싶지 않았다.

딩샤오예가 도로를 건너 저편 인도를 향해 가는 걸 보면서, 펑란은 이를 악문 채 꼼짝도 않고 앉아 있었다. 가, 가버려…… 그가 멀어지는 만큼 자신의 마음은 더 안전해질 것이다. 그의 모습이 도로 끝에서 완전히 사라져버린 후에야 펑란은 이런 주문 같은 생각을 떨쳐버릴 수 있었다. 하지만 그런 위안도 토끼가 거북이와의 달리기 경주 도중 그랬듯 잠들어 사그라져버렸다. 실망감이 거센 바람처럼 불어닥쳐 모든 것을 뒤덮었다. 두 눈에 뜨거운 눈물이 솟구쳐 올랐다. 펑란은 좌석 앞 글러브 박스에 엎드린 채 움직이지 않았다.

차문이 다시 열리고 누군가 올라탔다. 펑란은 되돌아온 딩샤오예를 표독스러운 눈으로 노려보며 소리를 질렀다. "내가 무슨 공중화장실인 줄 알아?"

딩샤오예는 알코올과 약솜, 그리고 반창고 몇 개를 대시보드 아래쪽 공간에 내려놓았다. 그리고 펑란의 말이 끝나기를 기다려 물병 하나를 건넸다.

"뭐야?" 펑란은 한 손으로 눈물을 닦았다.

딩샤오예가 말했다. "세수도 하고, 입가심도 좀 하고. 하고 싶으면 변기 물도 내려도 되고!"

펑란은 물병을 받으며 원망스러운 목소리로 말했다. "딩샤오예, 내가 널 좋아하긴 했지만 너한테 빚은 안 질 거야."

"울었어?" 딩샤오예는 고개를 기울이고 펑란의 붉어진 눈가와 코끝을 살펴보더니, 집게손가락 마디로 펑란의 입술을 쓸었다. 펑란이 매섭게 떨쳐냈지만 딩샤오예도 쉽게 물러나지 않았다. 펑란은 얼굴에 혐오감을 드러내며 고개를 돌려 그의 손을 피하려 했다. 그렇지만 딩샤오예는 한 손으로 펑란의 턱을 단단히 붙잡고 다른 한 손으로는 아까의 동작을 반복했다. 거친 손마디에 쓸려 펑란은 입술이 아파왔다.

"뭐하는 거야? 변태!" 펑란이 화를 내며 말했다.

딩샤오예는 펑란의 입술에 남아 있던 립스틱이 바라던 대로 자기 손등에 묻은 것을 보았다. 한동안 손등을 뚫어져라 쳐다보더니, 웃으며 말했다. "아직도 이 색깔 쓰네."

펑란은 딩샤오예에게 처음으로 입을 맞췄을 때 바로 이 립스틱을 바르고 있었다는 걸 기억해냈다. 그때 딩샤오예는 자기 입술을 문질러 닦고는, 지금과 비슷한 그 흔적을 한참 쳐다보았다. 펑란의 기억 속에서 딩샤오예가 가장 어쩔 줄 몰라한 순간이었다. 펑란은 알지 못했지만, 그날 펑란이 딩샤오예에게 남긴 것은 그가 칠년 동안 지나왔던 회색 발자국 위에 유일하게 나타난 선명한 색깔이었다. 아름답고, 눈에 확 띄는 색. 서로 어울리지 않는 두 사람 뒤엔 진한 그리움이 있었다.

"이렇게 자꾸 찾아와서 날 건드리지 마." 펑란은 힘없이 말했다.

딩샤오예가 진지하게 말했다. "내가 꼭 그래야겠다면?"

어째서 이렇게 제일 밉살스러운 말을 하고 제일 역겨운 짓을 하면서도 이렇게나 무고한 얼굴인 걸까?

펑란은 양손으로 얼굴을 가렸다. "그럼 난 흔들리게 되겠지……너 때문에 큰 상처를 입은 사람한테 그렇게 잔인하게 굴지 마. 상처에 소금을 뿌리는 건 한 번으로 족해."

천신만고 끝에 마음속에 딩샤오예를 막는 벽을 세운 펑란이었다. 철옹성처럼 견고한 벽이라고 생각했건만, 딩샤오예가 실제로 그 앞까지 쳐들어왔을 때에야 그 벽이 완전히 부실 공사로 세워졌다는 걸 깨달았다. 미움과 원망이 벽 속을 가득채워 서로 얽히고설켰지만 전혀 견고하지는 않았다. 게다가 그 속에 그리움까지 섞여 있으니 오죽하겠는가. 딩샤오예가 제일 미웠을 때, 펑란은 꿈속에서 마음을 바꿔 돌아온 그를 깔보고, 거절하고, 못살게 굴고, 때리고, '나쁜 놈'이라고 수천 번 욕했다. …… 하지만 그럼에도 불구하고 그 꿈이 조금이라도 더 길어지기를 바라는 마음에 고집스럽게 눈을 뜨지 않으려 했다. 그를 사랑하기에 약해지는 것이다. 딩샤오예는 얼굴을 가리고 있는 펑란의 손을 떼어내며 말했다. "그럼 흔들리면 돼. 난 네가 흔들렸으면 좋겠어."

펑란은 멍하니 딩샤오예의 눈을 마주보았다. 도대체 무슨 뜻일까? 딩샤오예의 철통같이 단단한 입을 통해 처음으로 들어본 '밀어' 비슷한 말이었다.

"그날 내가 한 말 때문에…… 내가 많이 미워?"

펑란은 얼굴을 가리고 있던 손이 치워지자 눈을 꼭 감고 뜨지 않으려 했다. 펑란은 고개를 저었다. "내가 널 미워하는 게 그날 했던 몇 마디 말 때문에만 그러는 것 같아? 네가 떠나고 나서 한동안은 매 순간마다 도대체 네가 왜 그랬을지 고민했어. 나중엔 잘못한 사람은 사실 나였던 게 아닐까 의심하게 되더라. 한 번의 실패는 우연이지만, 모든 남자들이 마지막 순간에 날 선택하지 않는 걸 보면 나한테도 분명히 문제가 있는 거겠지. 넌 내가 사랑에 대해 가지고 있던 마지막 믿음을 망쳐버렸어. 바로 그것 때문에 네가 제일 미운 거야."

평란은 자신이 이렇게 외로운 까닭은 행복을 붙잡고 싶어하는 마음이 너무 크기 때문 아닐까싶어 두려웠다. 내뻗는 손이 너무나 절박해서, 오히려 무심결에 행복을 더 멀리 밀어버리는 게 아닐까 하고.

"아무리 미워도 더 참아줘." 딩샤오예가 평란의 손을 잡아 상처 투성이인 자기 얼굴에 갖다 대더니 평란을 향해 웃어 보였다. 사람을 매혹시키는 순간은 아니었다. 두 사람은 이보다 더욱 친밀하게 서로를 만진 적도 있었으니. 하지만 평란은 이번에야말로 딩샤오예가 생생하고도 분명하게 자기 옆에 있다는 걸 느낄 수 있었다.

"도대체 언제 나타난 거야?" 평란이 물었다.

"엉망진창으로 토하고 있을 때." 딩샤오예는 평란의 손을 입으로 가져가 손바닥 한쪽을 살짝 깨물었다. "원래는 네 '좋은 시간'을 망칠 생각은 아니었는데."

"날 계속 따라다녔던 거야? 혹시 내가 사진 찍던 날도 근처에 있었어?"

"그렇게 빨리 웨딩드레스를 입고 싶었어?"

이 말은 평란의 질문을 간접적으로 인정한 것과 다름없었다. 평란은 그제야 좀 속이 시원해졌다. 자신이 잘못 본 것도, 환상이 나타났던 것도 아니었다. 평란은 고개를 숙이고 생각에 잠겼다. 수많은 수수께끼에 대한 단서를 알게 된 듯한 기분이었다.

평란이 다시 물었다. "그 강도의 동거녀도 네가……"

"말했잖아, 너 같은 사람은 최소한의 위기의식도 없다고. 위험한 일을 당하고도 조심할 줄 모르고. 네 얼굴이 너희 어머니도 못 알아볼 정도로 망가질까봐 무섭지도 않…… 뭘 그렇게 놀라? 너도 진짜, 입만 살았지. 이 세상엔 너보다 독한 사람이 널렸다고."

평란은 그의 얼굴에 닿아 있는 손을 빼내려 했지만, 이 익숙한 말투를 듣자 그의 얼굴에 난 상처가 걱정되어 차마 빼낼 수가 없었다.

"그건 맞는 말이지. 너도 바로 그런 사람들 중 하나잖아?" 평란이 비꼬듯 말했다.

딩샤오예는 웃기만 하고 말이 없었다.

평란은 다시 그 여자 생각이 나서 다급히 물었다. "그 여자 어떻게 했어?"

"돈 좀 주고 가버리라고 했어." 딩샤오예는 아무렇지도 않다는 듯 말했다. "물론 살짝 경고도 했지. 다시는 귀찮게 굴지 않을 거야. 안심해."

"돈은 어디서 났는데?" 평란은 자기 자신을 걱정하는 게 아니었다. 물론 그 여자를 걱정하는 건 더더욱 아니었다.

"누가 여비로 쓰라고 준 거야." 딩샤오예는 돈에 대해서는 더 자세히 설명할 마음이 없는 듯 다른 이야기로 넘어갔다. "그 여자도 딱한 사람이야. 할 줄 아는 건 아무것도 없고, 그전까진 남자가 도둑질해오는 돈으로 애를 키웠대. 이제는 남자가 잡혀 들어갔으니 여자랑 아이는 밥도 제대로 못 먹고 있지, 뱃속엔 하나가 더 있지…… 지렁이도 밟으면 꿈틀한다지만, 애초에 그리 착한 여자도 아니었으니 말 다했지."

"네가 그러면 뭐, 내가 너한테 고맙다고 할 줄 알았어?" 딩샤오예가 뒤에서 자기를 지켜줬다는 사실에 평란은 내심 뭉클했지만,

그가 예전에 했던 모진 말들을 떠올리며 여전히 비꼬듯 말했다.

"이제 그만 영웅이 공주를 구해주는 꿈은 깨지그래……"

평란은 이번엔 손을 제대로 잡아빼버리고는 원망스러운 투로 말했다. "네가 무슨 영웅이야? 꺼져, 너랑 더 할말 없어."

아픈 곳을 찔려 펄쩍 뛰는 평란을 보며 딩샤오예는 우습다고 생각했다. 차 바깥쪽을 가리키고 있는 평란의 손을 끌어내려 꼭 잡은 채 평란의 무릎 위에 내려놓으며 딩샤오예가 말했다. "난 당연히 영웅이 아니지. 그리고 고맙다는 인사 들으려고 그런 것도 아니고. 사실상 내가 널 위해 할 수 있는 일이란 게 너무 한정돼 있어. 그래서 네가 원하는 걸 계속 줄 수도 없고."

"내가 원하는 게 뭔지 네가 알기는 해?" 평란은…… 딩샤오예를 똑바로 쳐다보며 일부러 이렇게 물었다.

"여자가 원하는 건 영웅이 아니라, 평생을 함께할 수 있는 남자겠지. 그 남자가 아무리 평범한 사람이라 해도 말이야. 우리 어머니 눈에 아버진 영웅이나 다름없었어. 두 분은 위험한 순간에 만났고, 어머니는 아버지를 흠모하고 숭배했어. 그런데 아버지가 어머니에게 준 게 뭐였을까? 끝도 없는 기다림뿐이었어. 아버진 천수를 누리지도 못했고, 두 분은 돌아가시기 전에 서로의 마지막 모습을 보지도 못했어." 딩샤오예는 고개를 숙이고, 평란과 깍지를 끼고 있던 손가락을 내려다보았다. "평란, 내가 널 기다리게 할까봐 두려워."

"어디 가는데?" 평란이 당황한 목소리로 물었지만, 딩샤오예는 대답이 없었다. 평란이 다시 말했다. "딱 하나만 물어볼게. 너희 어머니가 아버지를 평생 동안 기다리셨다고 했지. 어머니가 후회한다고 하신 적 있어?"

딩샤오예가 눈을 들었다. 깜짝 놀란 얼굴이었다.

"그러신 적 없었을 거야!" 펑란이 단정하듯 말했다. "여자도 아니면서 여자 마음을 아는 것처럼 굴지 마. 자기 마음은 자기가 제일 잘 아는 거야. 기다릴 수 있다는 건 좋은 거야."

'아팅, 기다릴 수 있는 게 기다리지 못하는 것보단 결국 나은 거란다……'

딩샤오예의 기억 속에, 어스름이 내린 창가에 오래도록 서 있던 그 실루엣과 눈앞의 사람이 다시금 겹쳐졌다. 설마 어머니가 지금 이 순간 그의 마음속에서 그의 결정이 옳았다고 말해주고 있는 걸까?

펑란은 딩샤오예가 굳게 입을 다물고 있는 걸 보더니 토라진 듯 말했다. "김칫국 그만 마셔. 누가 너 기다려준대?"

둘은 굳은 얼굴로 한동안 서로를 노려보았다. 아직도 손을 마주 잡고 있다는 걸 두 사람 다 눈치채지 못한 듯이. 딩샤오예가 먼저 피식 웃었다. 펑란도 표정을 누그러뜨렸다.

"날 기다리게 할까봐 무섭다면서 왜 쫓아다닌 건데? 솔직히 말해봐. 내가 폭스랑 같이 있는 걸 보고 질투나서 죽을 뻔했지?" 인정하지 않으면 내쫓아버리겠다는 기세로 펑란이 물었다.

딩샤오예의 눈에 웃음기가 어렸다. "응, 네가 날 그 사람으로 착각하고 옷에다 돈을 쑤셔넣을 땐 좀 질투가 나더라. 몇 시간 같이 있었던 팁이 내 한 달 월급보다 많더라고."

딩샤오예는 펑란이 휘두르는 물병을 피하고는 웃으며 말했다. "두 블록이나 걸어가서 사 온 거야. 낭비하지 마."

평란은 그제야 목이 무척 마르다는 걸 깨달았다. 전형적인 숙취 현상이었다. 병뚜껑을 열어 한 모금 마시고는 말했다. "운 좋은 줄 알아. 이 물, 내가 좋아하는 상표니까 봐준다."

"그런 줄 알고 사 온 거야." 딩샤오예가 말했다.

평란은 좀 이상하다는 생각이 들었다. 자신은 페트병에 든 물을 사는 경우가 거의 없을 뿐더러, 그에게 이런 자질구레한 얘기를 한 기억도 없었다. 평란의 눈빛이 의미심장해지며, 입가엔 참지 못하고 가벼운 웃음이 떠올랐다. 설마 지금까지 자신의 일거수일투족을 유심히 살펴보고 있었던 걸까?

딩샤오예가 평란의 생각을 간파하고 웃으며 말했다. "너무 깊이 생각하지 마. 네 마음 읽는 거 어렵지 않아. 좋아하는 걸 쳐다볼 때면 굶주려 못 견디겠다는 그 눈빛을 내가 못 알아볼 것 같아?"

평란은 바로 그런 눈빛으로 딩샤오예를 바라본 적도 있지 않았던가? 평란이 코웃음을 치며 말했다. "내가 물 한 병에 뭘 그렇게 굶주렸다고?"

"물이나 마셔." 그는 이 화제를 더 파고들 마음이 없는 듯했다.

평란은 몇 초 동안 말이 없더니 불현듯 물었다. "나를 보고 있으니 목말라?"

딩샤오예는 대답하지 않았다. 그의 시선에 평란은 몸 둘 바를 몰랐다. 아직 관계가 혼란스러운 이 상황은, 쓸데없는 농담을 할 때가 아니었다.

평란은 다시 머리카락을 정리했다. 그러자 얼굴의 홍조도 조금 전보다는 덜 거슬렸다. 평란이 중얼거렸다. "널 안 지 꽤 됐는데, 처음으로 물 한 병 얻어 마시네."

딩샤오예는 펑란에게로 몸을 돌리더니 웃으며 말했다. "겨우 물한 병 갖고 뭘. 난 어젯밤에 너한테 팁을 그렇게 많이 받고도 고맙단 인사도 못 했는데."

펑란은 못 들은 척했다.

딩샤오예는 다시 에둘러 비꼬듯 말했다. "원나잇 서비스에 꽤 개방적인 편인가 봐?"

"네 서비스 태도가 그 사람이랑 비교나 될 것 같아?" 딩샤오예가 물고 늘어지자, 펑란은 부끄러운 마음에 오히려 딩샤오예를 비난했다. "다른 사람은 팁을 잔뜩 받는데 넌 엉망으로 얻어맞고, 바로 그게 차이점인 거야!"

말은 그렇게 했지만 펑란은 마음이 약해졌다. 사실 딩샤오예의 얼굴에 가득한 상처와 멍이 자꾸 신경쓰였다. 펑란은 계속 마음에 담아두고 있던 질문을 끝내 해버렸다. "누가 그런 거야?"

딩샤오예는 조금 주저하긴 했지만 대답을 회피하지는 않았다.

"네 친구."

펑란은 깜짝 놀랐다. 한 사람밖에는 떠오르지 않았다.

"쩡페이?"

"그놈 얼굴도 나보다 나을 거 하나 없어." 딩샤오예는 아무렇지 않은 듯했다.

"왜 그런 거야?" 펑란이 아는 한 쩡페이는 내키는 대로 치고받는 것을 졸업한 지 오래였다. 펑란은 뭔가 수상하다는 걸 알면서도 깊이 생각하기가 두려웠다. 특히 작은 즐거움을 맛본 이런 순간엔 더더욱.

"네가 추이옌을 꼬셨어?"

딩샤오예는 쿡쿡 웃더니 아까 사 온 알코올과 약솜을 펑란의 손에 쥐여주며 말했다. "좀 도와줘. 너도 여자다운 일 한두 가지쯤은 할 줄 알겠지?"

"내가 그렇게 우스워 보여? 내가 미쳤다고 너한테 약을 발라줘? 오히려 나도 한 대 때려주고 싶은 심정인데!"

"됐어, 내가 직접 하고 말지." 딩샤오예는 룸미러에 비친 얼굴의 상처를 눌러보더니 미간을 살짝 찌푸렸다.

보다 못한 펑란이 딩샤오예의 손에서 약솜을 빼앗으며 말했다. "날 만난 게 행운인 줄 알아. 내 두번째 꿈이 바로 나이팅게일이 되는 거였거든."

펑란은 알코올을 적신 솜을 딩샤오예의 얼굴 가까이로 가져가며 달래듯 말했다. "울지 말고, 꾹 참아."

딩샤오예는 눈을 감은 채, 못 참아주겠다는 듯한 표정으로 말했다. "빨리 해, 쓸데없는 소리 말고."

한참을 기다리도록 알코올이 상처에 닿는 따가운 감각은 느껴지지 않았다. 그 대신 딩샤오예의 입술에 따뜻한 감촉이 와 닿았다. 처음엔 탐색하듯 딩샤오예의 입술을 스치고 지나가더니, 그가 미처 반응하기도 전에 재빨리 뱀처럼 휘감아왔다. 펑란이 사냥을 하는 방식은 한결같았지만, 그렇다고 매번 허탕은 아니었다. 아무리 강한 사냥감이라도 이렇게 빈틈없이 휘감기면 굴복하는 수밖에 없다. 딩샤오예는 궁지에 몰린 맹수가 되었다. 심장은 펑란의 가슴과 맞닿아 거세게 뛰었고, 폐 속의 공기는 텅 빈 것 같았으며, 머리는 한순간 하얗게 비어버렸다. 다만 펑란의 숨결이 모든 감각을 점령했다.

평란이 물러난 후, 딩샤오예는 갈라진 입가의 상처가 아프다고 호소했다. "나이팅게일이 뭐 이래? 젠장, 제일 아픈 데를 골라서 건드리고!"

잘해줘도 난리다. 방금 전에 자기가 평란을 으스러지게 껴안았던 건 잊어버린 모양이었다. 평란은 불시에 약솜을 그의 상처에 갖다 대고 눌렀다. 딩샤오예가 비명을 질렀다.

"이 얼굴에 키스할 생각을 한 내가 신기할 지경이네. 넌 아파 죽어도 싸!"

딩샤오예는 아픔에 뒤섞여 찾아온 행복을 느꼈다. 딩샤오예의 턱에 평란의 정수리가 가볍게 스쳤다. 평란의 목소리가 명치 쪽에서 울려왔다.

"딩샤오예, 널 잊었다고 했던 건 다 거짓말이야."

"알고 있었어."

"그런데 왜 내색 안 했어?"

"안 그래도 네가 곧 인정할 테니까."

평란이 몸을 약간 움직이더니 들릴 듯 말 듯한 목소리로 말했다. "그럼 넌? 언제까지 기다려야 인정해줄 건데?"

딩샤오예는 주먹을 꽉 쥐고 길게 한숨을 쉬었다. "평란, 너한테 할 얘기가 있어."

"날 사랑한다고?" 평란이 말했다. "그게 아니라면, 오늘이 지나고 나서 해줘."

지난밤, 추이옌은 평란과 딩샤오예 같은 평온함을 얻을 수 없었다. 집에 도착하자마자 구급약 상자를 꺼냈다. 그렇지만 쩡페이는 추이옌의 호의를 거절하고 혼자 화장실에 들어가 상처를 수습했다. 쩡페이는 추이옌에게 이제까지보다도 더 냉담하게 굴었다.

그러는 사이 쩡페이에게 누군가 전화를 걸어왔다. 옛 동료 첸이었다. 추이옌은 화장실 문 밖에 기대서서 쩡페이가 통화하는 소리를 들었다. 딩샤오예를 언급하는 것 같았지만, 다행히도 방금 전에 있었던 난투에 대한 얘기는 하지 않았다.

딩샤오예가 요구한 '하루'에 대해 쩡페이가 암묵적으로 동의했다는 뜻이었다.

추이옌은 쩡페이가 나오기를 기다려 진심을 담아 말했다. "고마워요⋯⋯"

쩡페이는 무심하게 대답했다. "너한테 들을 인사는 아니야. 널 위해서 그놈을 놓아준 게 아니니까."

"그럼, 평란 언니를 위해서예요? 그 둘이 서로 사랑한다는 걸, 보면 모르겠어요?" 추이옌의 날카로운 말은 말벌의 독침처럼, 사람을 찌르면서 자신에게 더 깊은 상처를 입혔다. "평란 언니가 나보다 사람 보는 눈이 있네요. 언니가 고른 남자는 최소한 당신보단 책임감이 있잖아요."

쩡페이는 추이옌의 비꼬는 말을 알아듣지 못한 척, 아무 대답도 하지 않았다. 그 남자의 이름이 '추이팅'이든 '딩샤오예'든, 쩡페이는 그 사람에게 털끝만큼의 호감도 가지고 있지 않았다. 그렇지만 단 한 가지만은 쩡페이도 인정할 수밖에 없었다. 그가 평란을 해치는 일은 없을 것이다. 내일은 평란의 생일이었다. 아마도 딩샤오예가 하루라는 시간을 요구한 이유일지도 모른다.

칠 년이 지났어도, 이 하루가 빠져서는 안 되는 것이다.

"가서 자라." 쩡페이는 자기 방으로 돌아갔다.

추이옌은 실의에 빠져 소파에 털썩 주저앉았다. 혹이 난 뒤통수가 욱신거리며 아파왔다.

쩡페이는 차마 모른 척할 수가 없어 다시 추이옌을 살펴보러 나왔다. 혹시 어지럽거나 구토가 나지는 않는지 묻고는, 많이 힘들면 병원에 가보자고 말했다.

"당신이 날 밀어내지만 않으면 힘들지 않을 거예요." 추이옌은 기회를 틈타 쩡페이를 껴안고는 용기를 끌어모아 입을 맞췄다. 쩡페이는 추이옌을 밀어내지 않았지만 그렇다고 입맞춤에 응해주지도 않았다. 추이옌이 천천히 그를 놓아줄 때까지 그저 가만히 있었을 뿐이다.

쩡페이의 눈에 다시금 안타까움과 동정의 빛이 떠올랐다. 추이옌은 울고 싶었지만 애써 참았다.

"꽤 오랫동안 준비한 게 있는데, 역시 너한테 줘야 할 것 같다." 쩡페이가 방에 들어가 종이봉투를 하나 들고 나오더니 추이옌의 무릎 위에 올려놓았다.

"이게 뭐예요?" 추이옌은 약간의 기대감을 안고 봉투를 열었지만, 안에 든 내용물을 확인하는 순간 완전히 절망에 빠져버렸다.

봉투 안에는 추이옌의 여권과 항공권, 그리고 외국 어느 학교에 대한 자료가 들어 있었다.

"무슨 뜻이에요?" 추이옌이 떨리는 목소리로 물었다.

쩡페이는 애써 웃으며 말했다. "전부터 더 좋은 예술 계열 학교에 가서 공부 계속하고 싶다고 했었잖아? 내가 다 준비해놨다. 그쪽에서 지낼 곳과 생활비는 내가 다 알아서 할 테니까, 넌……"

"무슨 뜻이냐고 묻잖아요? 날 이렇게 내쫓겠다는 거예요?" 추이옌은 무너졌다. 눈물을 줄줄 흘리며 모진 말을 내뱉었다. "그러고도 당신이 사람이에요? 단물만 빨아먹고 날 내쫓으려고요? 잘 들어요, 그렇게 쉽게는 안 될걸요! 내가 조용히 사라져버리게 만들려는 모양인데, 내가 죽기 전엔 안 될 거라고요. 우리 엄마처럼 말이에요. 내가 죽어버리면 아무도 당신한테 귀찮게 굴지 않겠죠."

"걸핏하면 그 사람 들먹이지 마. 그건 나와 징린 사이의 문제야! 너도 이제 성인이니까, 난 내 책임을 다한 거야!" 쩡페이도 거친 숨을 몰아쉬며 말했다.

"나랑 잔 것도 책임을 다한 거예요?" 추이옌은 봉투의 내용물을 전부 발밑에 던져버리고 있는 힘껏 발로 짓이겼다. 예쁜 얼굴이 눈물과 원망으로 가득찼다. "못 가요! 억지로 보내려고 하면 당신이 한 짓을 전부 까발릴 거예요. 당신이 얼마나 겉으로만 점잖은 체하는 위선자인지, 사람들한테 다 알릴 거라고요. 무서워요? 당신도 고통스러운 심정을 좀 느껴보라고요!"

쩡페이는 잠시 험악한 표정을 지었지만, 결국 무너져내리고 말았다.

"그래, 가서 다 말해. 어머니? 누나? 캉캉? 아니면 다른 친척들이랑 친구들한테 말할래? 아예 내가 다 불러모아줄까?" 추이옌을 거울 앞으로 밀어붙였던 그 순간부터, 오늘 같은 날이 올 것을 쩡페이는 알고 있었다. 통해버린 두 사람의 눈빛을, 속절없이 기우는 마음을, 멈출 수 없었다. 끝없는 죄업을 갚아야 할 운명이었다.

추이옌은 순식간에 한참 늙어버린 듯한 쩡페이를 보면서 천천히 바닥에 주저앉아 훌쩍거리기 시작했다. 도무지 쩡페이를 이해할 수 없었다. "신세를 망치는 한이 있더라도 날 사랑하긴 싫다는 거예요?"

마음을 가라앉힌 쩡페이는 쪼그리고 앉아 추이옌을 끌어안았다. 그러고는 추이옌의 머리카락을 쓰다듬으며 말했다. "네가 말할 리 없다는 거 알아. 그동안 나도 우리가 앞으로 어떻게 해야 할지 계속 생각했어. 너를 책임질 생각도 해봤어. 그렇지만 문제는 내가 아직까지도 내 감정을 정확히 모른다는 거야. 그날 밤의 내 행동은 어쩌면 나이든 남자의 비천한 욕망이었을 수도 있고, 어쩌면 네 엄마에 대한 죄책감이 너에게로 향했던 걸 수도 있어. 어느 쪽이든, 그건 진짜 사랑이 아냐."

"난 상관없어요. 그냥 당신이랑 함께할 수만 있으면 돼요!"

"우리가 어떻게 함께할 수 있겠어? 사람은 사회 속에서 사는 동물이야. 법적인 규범 말고도 도덕과 인륜이라는 게 있어서 하고 싶은 대로만 하며 살 순 없는 거야. 우리 어머니는 이제 일흔이 다 되셨어. 네가 그분을 칠 년 동안이나 외할머니라고 불렀는데, 외손녀처럼 대했던 네가 갑자기 며느리가 된다면 어머니가 그걸 받아들이실 수 있을 것 같아? 남들은 또 우리 사이를 어떻게 보겠어? 사정을 아는 사람들은 이제부터 우릴 보면 '쩡페이'와 '추이옌'이라는 이름을 떠올리는 게 아니라, 우리 일을 조롱거리로만 생각하게 될 거야. 아무리 행복한 척을 해도, 이 꼬리표는 너와 나를 평생 동안 따라다니게 될 거라고."

"무서워요? 지금의 생활이랑 평판이 아까워서 날 버리려는 거예요?"

"그래, 무서워. 내가 지금의 삶을 망쳐버리고 너와 함께한다 해도, 우리가 몇 년이나 더 행복하게 지낼 수 있겠어? 넌 이제 갓 스무 살이 넘었잖아. 네가 중년이 되면 난 이미 한참 늙어 있을 거고, 마지막엔 결국 우리 둘 다 무척 괴로울 거야. 그런 때가 왔을 때 모든 문제를 너에게 떠넘길 수도 없어."

추이옌은 엉엉 울었다. "난 안 갈 거예요."

쩡페이는 예전처럼 추이옌이 떼쓰는 걸 받아주면서 천천히 말했다. "안 가도 돼. 내가 떠날게. 내가 널 놓아줄 테니까 너도 날 보내줘. 내가 그날 밤에 저지른 어리석은 짓을 부디 용서해줘. 어떻게 해서든 갚을 테니까……"

"나랑 함께하는 것만 빼고요?" 추이옌은 바닥에 꿇어앉은 채 오랫동안 침묵했다. 마침내 눈물이 멎었을 땐 목소리도 차분해져 있었다. "마지막으로 한 번만 더 물을게요. 쩡페이, 눈을 감고 생각해봐요. 내가 완전히 당신을 떠난다면, 당신은 조금도 슬퍼하지 않을 거예요? 내가 다른 남자와 결혼해서 행복하게 산다면, 정말로 마음 아파하지 않을 것 같아요?"

쩡페이는 추이옌의 말을 들으며 눈을 감고, 두 주먹을 꽉 쥐었다가 폈다. 그러고는 고개를 저었다. "네가 잘 지낸다면, 난 기쁠 거야."

추이옌의 목 안쪽에서 울음인지 웃음인지 모를 소리가 울렸다. 추이옌이 고개를 들고 쩡페이에게 말했다. "만약에 나중에 당신 아이가 다른 사람을 아빠라고 부르더라도, 그래도 기뻐할 거예요?"

상유이말 相濡以沫 *

평란은 서른 살 생일날 하고 싶은 일을 잔뜩 생각해두었다. 하지만 정작 중요한 때가 되자 아무것도 생각나지 않아, 애초에 목록을 적어두지 않은 걸 후회했다. 뭐든 다 하고 싶었지만, 뭘 해도 부족할 것만 같았다. 영화를 보자니 시간이 너무 많이 걸리고, 여행을 가기엔 이미 늦었고, 유원지에 가자니 사람이 너무 많고…… 평란과 딩샤오예 사이엔 채워야 할 공백이 너무도 많았다. 평생을 압축해 눈앞에 불러오고 싶었다.

결국 둘은 평란의 집으로 왔다. 둘 중 누구도 먼저 제안하지는 않았지만, 약속이나 한 듯 말없이 그렇게 했다.

평란의 몸에서는 숙취에 찌든 온갖 냄새가 풍겼다. 단 일 초도

---

* 샘물이 마르자 물고기들이 서로 모여 거품으로 서로를 적셔준다는 뜻으로, 곤경 속에서 서로 의지하고 돕는 것을 비유하는 성어. 『장자·대종사』에 나오는 말.

그런 냄새들을 몸에 남겨두고 싶지 않았다. 그녀는 집에 도착하자마자 손님용 화장실을 딩샤오예에게 내주고 자기 방의 화장실로 들어갔다.

따뜻한 물에 몸을 씻자 다시 태어나는 기분이었다. 펑란이 머리카락의 물기를 닦으며 나와보니 딩샤오예는 발코니 앞에 놓인 안락의자에 앉아 사과를 베어 물고 있었다. 정말이지 한가로워 보이는 모습이었다.

"진짜 먹을 생각밖에 안 하네!" 펑란은 불만스럽게 말했다. "전생에 굶어죽었어?"

딩샤오예가 웃으며 말했다. "뭘 그렇게 치사하게 굴어? 나중에 기회가 되면 가을에 차얼더니에 가봐. 내가 심어놓은 나무들에도 사과가 열렸을 테니까, 한 바구니로 갚아줄게."

"네가 같이 가줘야지!" 펑란이 강조했다.

"그래." 딩샤오예는 뜻밖에 시원시원하게 대답했다. "기회가 되면…… 그렇지만 내가 심은 사과는 밖에서 파는 것보단 못해. 좀 시거든. 너한텐 딱 맞겠지."

"맞는지 안 맞는지는 먹어봐야 알지." 펑란이 딩샤오예에게 물었다. "넌 안 씻었어?"

딩샤오예가 반문했다. "왜 씻어야 되는데?"

마치 펑란의 뻔한 속셈을 간파했다는 듯한 말투였다. 펑란은 목욕 가운의 앞섶을 꼭 여미고는 당당하게 말했다. "너 어젯밤에 씻었어? 얼굴이랑 온몸에 피 나고 먼지 묻고 난리 났었잖아. 머리는 또 얼마나 오랫동안 안 잘랐어? 청결을 유지하는 건 예의라고. 알아?"

"그렇게 서로 '예의'를 갖추고는 뭐 할 건데?" 딩샤오예가 짐짓 겸손한 체하며 물었다.

펑란은 끝내 이유를 찾아내, 고개를 한쪽으로 기울인 채 말했다. "오늘은 내 생일이니까 생일상을 차려서 잔치를 해야지. 나 요리 잘한다고 했잖아. 넌 그냥 씻고 기다리면 돼." 그러고는 정색한 눈빛으로 그를 훑어보며 덧붙였다. "내가 앞으로 서른 살 생일을 추억할 때 '이 모양 이 꼴'인 남자랑 같이 보냈다고 기억하게 만들려는 건 아니겠지?"

딩샤오예는 그 말에 설득당한 듯, 잠깐 생각해보더니 손님용 화장실 쪽으로 갔다. 펑란이 그 뒤를 따라가며 말했다. "이 화장실은 자주 안 써. 배수구에 좀 문제가 있어서 배수가 잘 안 되거든. 내 방 화장실 써도 돼, 난 괜찮으니까."

딩샤오예가 말했다. "괜찮아. 온 김에 무슨 문제인지 내가 살펴보면 되지…… 그럼 넌 요리해." 그러고는 펑란 옆을 지나가면서 펑란을 흘끗 쳐다보더니 궁금하다는 듯 물었다. "왜 실망한 표정이야?"

"뭘 그렇게 몸을 사려? 내가 무슨 성희롱이라도 할까봐? 내가 그런 사람으로 보여?" 펑란이 불만스럽게 말했다.

딩샤오예가 웃으며 물었다. "그럼 아냐?"

펑란은 그를 한 번 걷어찼다.

딩샤오예는 고장난 배수구를 금세 고쳤다. 욕실 안에서 물소리가 막 들리기 시작했을 때 펑란은 욕실 문을 두드렸다. 물소리 때문에 못 들었는지, 딩샤오예는 대답이 없었다. 펑란은 잠시 망설이다가 문을 열고 들어갔다.

"어…… 내가 수건 갖다주는 걸 깜빡해서!" 펑란은 화장실이 아니라 서재에 들어서기라도 한 것처럼 침착하고 자연스러운 목소리를 내려 애썼다.

평란을 등지고 서 있던 딩샤오예는 평란의 목소리를 듣더니 씻던 동작을 멈추고 당황한 기색도 없이 말했다. "거기 두고 가."

평란은 그 말에 바로 반응하지 않았다.

"얼마나 더 보고 있으려고?" 딩샤오예의 목소리엔 여전히 감정이 드러나지 않았다.

평란은 거들떠보지도 않고 말했다. "누가 너 본대? 수건 어디다 둘지 생각중이었다고. 나도 남자 벗은 몸 보는 거 처음이 아니거든?"

고개를 돌린 딩샤오예의 옆얼굴엔 웃음기가 어려 있는 것 같았다.

"줘."

"뭘?"

"수건!"

딩샤오예는 그렇게 말하며 수건을 받기 위해 평란 쪽으로 돌아서려 했다. 평란은 민망해져서 수건을 세면대 위에 올려놓고 나와버렸다.

평란은 결코 딩샤오예가 생각하는 그런 사람이 아니었다. 하지만 '절대로 그런 사람이 아닌' 평란은 조금 후에 다시 와서 배려심 깊게도 물 온도가 어떠냐고 묻더니, 잠시 후에는 또 갈아입을 옷까지 가져다주었다.

딩샤오예가 벗어둔 더러운 옷들은 평란이 세탁기에 던져넣어버렸다. 딩샤오예가 화장실에서 나와 상의를 찾자 평란은 그에게 셔츠 한 장을 던져주었다. 딩샤오예는 옷을 입으면서 아무렇지도 않게 물었다. "그래서, 그렇게 몇 번이나 관찰한 결론이 뭐야?"

대놓고 물어오니 펑란은 그냥 얼버무리고 싶어도 그럴 수가 없어졌다. 펑란은 옷 속에 감춰진 딩샤오예 모습을 궁금해했다는 걸 인정했다. 도중에 끝나버린 지난번의 그 격정 때 펑란의 노출이 오히려 많고 딩샤오예는 끝까지 옷차림이 흐트러지지 않았었다. 그 점이 계속 마음에 걸렸던 것이다.

펑란은 턱을 만지작거리며 감상을 말했다. "괜찮던데. 다만……"

"다만 뭐?" 옷을 반쯤 입다 만 딩샤오예가 고개를 돌리며 물었다.

"아무것도 아냐. 머리 닦을 수건 갖다줄게."

하지만 한 발 내딛자마자 딩샤오예에게 잡아끌려 제자리로 돌아왔다.

"방금 하던 말 다 안 끝났잖아." 딩샤오예가 말했다.

항상 아무것도 마음 쓰지 않는 것처럼 보이던 그가 이 문제에 이렇게 신경을 쓸 줄은 몰랐다. 펑란은 몰래 한 번 웃고는 딩샤오예를 돌아보며 놀란 듯 말했다. "꼭 내가 네 몸매 좋다고 칭찬을 해줘야 속이 풀리겠어?"

"난 그냥 그다음 말이 뭐냐고 물은 것뿐이야." 딩샤오예는 펑란이 자신을 놀리려고 하는 걸 눈치채고서도 굳이 그다음 말을 들으려 했다. 그러니 펑란도 소원대로 해주는 수밖에.

"다른 여자들은 뭐라고 했는데?"

"웬 동문서답이야."

딩샤오예는 펑란의 손을 놓아주더니 재미없다는 듯 셔츠의 단추를 잠갔다.

"화났어?" 펑란은 딩샤오예의 눈앞으로 손을 뻗어 흔들었다. 고개를 숙이고 맨 아래 단추를 끼우고 있던 딩샤오예의 반쯤 마른 머리카락을 타고 물방울이 흘러내려 펑란의 손등에 떨어졌다. 펑란은 웃으며 손등을 그의 어깨에 닦았다. 딩샤오예는 고개를 들어 웃는 듯 마는 듯한 얼굴로 펑란을 보았다. 그 눈빛엔 불만스러움과 호기심, 인내, 그리고 어린아이 같은 억지스러움이 섞여 있었다.

"말할 거야, 말 거야!"

펑란 마음속의 직감이 더욱 강해졌다. '여러 여자들한테 사기치고, 낚아본 적도 많다'더니, 말도 안 되는 소리! 그 여자들이 실제로 존재하긴 하는 건지 점점 더 의심스러워졌다.

"알았어. 다 좋은데, 상처가 있는 게 좀 보기 불편하더라." 펑란은 그를 더 애태우지 않고 말했다. 펑란은 방금 전에 봤던 그의 몸에 난 상처들을, 특히 옆구리 쪽의 보기만 해도 아파 보이는 멍자국을 떠올렸다. 쩡페이가 너무 험악하게 상대한 모양이었다.

"'다만' 뒷말이 그거야?" 딩샤오예가 눈을 흘겼다.

"방심하지 마, 제대로 치료 안 하고 그냥 두면 큰일나." 펑란은 좀 안쓰러운 듯이 그의 상처가 가장 심한 곳을 살짝 눌러보았다. "내가 약 발라줄까? 엄마가 지난번에 약술을 주고 가셨는데……"

딩샤오예는 펑란의 갑작스런 접촉에 신경이 쓰였는지, 불편한 듯 펑란의 손을 막았다. "네가 함부로 손대지만 않으면 괜찮아!"

펑란은 짐짓 화난 척했다. "무슨 정절을 그렇게 지켜?"

딩샤오예는 펑란의 손을 가만히 놓아주며 진지하게 말했다. "나 지금 온몸이 아파 죽겠어. 배도 고프고. 몸과 마음을 다해 네 생일상을 기다리고 있다고."

펑란은 별수없이 주방으로 들어갔다. 그러고는 냉장고 안에서 재료를 찾으면서 한편으로는 딩샤오예를 신경써서 살펴보았다. 그는 셔츠 소매를 걷어올리는 중이었다.

"내 집에 왜 남자 옷이 있는지 안 물어봐?" 펑란이 말했다.

딩샤오예는 펑란의 말을 듣고서야 물어봐주었다. "아…… 왜 있는 건데?"

"전에 저우타오란 주려고 샀다가 못 줬어. 걱정 마, 옷은 새 거니까." 펑란은 계란을 풀면서 딩샤오예와 드문드문 얘기를 나눴다. "항상 나보고 옷 고르는 안목이 좋다기에 내맘대로 골라서 샀는데, 나중엔 오히려 내가 선물한 옷이 너무 비싸서 싫다는 거야."

"많이 비싸?"

"지금의 너한텐 좀 비쌀걸."

딩샤오예는 자기가 입은 옷의 매무새를 잘 다듬더니 웃으며 말했다. "그럼 나 돈 번 거네?"

펑란도 따라 웃었다. 바로 이런 게 펑란이 좋아하는 딩샤오예의 모습이었다. 옷 얘기를 하다보니 불현듯 생각이 난 듯 펑란이 말을 이었다. "선물은 작지만 성의는 깊은 법이란 말이 있잖아. 그럼 선물이 크면 성의가 가벼워지기라도 한다는 거야? 저우타오란은 평범한 부부가 되어서 안정된 생활을 하고 싶은 마음에 펑잉을 선택한 거라고 하더라. 그런데 내가 원하는 것도 그런 거란 말야! 내가 저우타오란보다 돈이 많은 건 사실이지만, 그것 때문에 내 마음이 다른 사람만 못해지는 거야?"

"직접 그렇게 말해주지 그랬어?" 딩샤오예가 무심한 듯 말했다.

펑란은 한숨을 쉬었다. "나도 헤어졌어도 할말은 해야겠다 생각했었지. 그런데 다시 만나고 보니 이미 그럴 필요가 없겠더라고. 뭐하러 일부러 그런 얘길 해? 과거는 과거일 뿐이잖아. 진심이었든 거짓이었든, 이제 그 사람이랑은 상관없어."

평란은 주방에서 바쁘게 요리를 했다. 평란이 요리 세 가지에 국까지 하나 끓여 상을 차려내는 사이, 딩샤오예도 물이 새는 수도꼭지를 고치고, 하는 김에 발코니의 티 테이블이 흔들거리던 것도 고쳐놓았다.

"밥 다 됐어!" 평란이 주방에서 딩샤오예를 불렀다.

딩샤오예가 손을 닦으며 걸어왔다. 식탁 위에는 토마토 달걀 볶음, 파 달걀 부침, 달걀찜, 그리고 달걀국이 차려져 있었다. 평란은 그가 질문하기 전에 자기가 나서서 멋쩍은 듯 설명했다. "집에서 요리를 자주 안 하다보니까, 냉장고에 달걀 한 판 말곤 다른 재료가 없지 뭐야. 그렇다고 장 보러 나가기도 그래서. 아무리 솜씨 좋은 주부라도 쌀이 없으면 밥 못 짓는다잖아. 그냥 아쉬운 대로 먹어."

"정상적인 사람이 하루에 달걀을 이렇게 많이 먹어도 되나?" 딩샤오예는 고개를 숙이고 음식 냄새를 맡아보았다. 냄새는 제법 괜찮았다.

평란이 국을 떠주면서 말했다. "다쳤으니까 많이 먹고 원기 보충 좀 해……"

말을 하고 보니 뭔가 이상했다. 평란의 손이 잠시 멎었다. 아니나 다를까, 딩샤오예의 표정이 미묘해져 있었다. 그가 말했다. "평란, 너 진짜 사람 무안하게 한다."

평란의 얼굴이 붉어졌다. 그런 뜻으로 한 말이 아니었다. 그런데 어째서 딩샤오예를 마주하기만 하면 그의 취향에 말려들까?

둘은 마주보고 앉았다. 딩샤오예가 막 국을 한 숟가락 떠 입에 넣으려는데, 평란이 갑자기 일어서며 말했다. "이게 아니지, 촛불이 있어야 되잖아!"

"지금 대낮이거든?" 딩샤오예가 말했다.

펑란은 못 들은 척, 이리저리 뛰어다니며 집안의 모든 창문에 커튼을 쳤다. 커튼의 차광 효과가 꽤 좋아서 집안이 갑자기 어두워졌다. 이어 펑란은 향초를 몇 개 가져와 하나하나 불을 붙였다. 딩샤오예는 펑란이 동분서주하는 양을 보고만 있다가 펑란이 식탁으로 돌아와 앉은 후에야 물었다. "이제 먹어도 돼?"

연인들이 분위기를 잡기 위해 촛불을 켜는 게 이해가 갔다. 총각은 등불 아래서 보지 말라더니, 촛불도 만만치 않았다. 딩샤오예의 긴 머리는 아직 다 마르지 않은 채, 아무렇게나 뒤로 쓸어넘긴 모습 그대로였다. 턱에는 짧은 수염이 새로 자라 있었고, 희미한 불빛에 얼굴의 상처가 흐리게 보였다. 평소에는 딩샤오예의 외모가 압도적으로 시선을 붙잡아 다른 것이 잘 보이지 않았다. 펑란은 이제야 딩샤오예의 옷차림을 주의깊게 관찰했다. 지금까지 딩샤오예가 정장을 입은 모습은 본 적이 없었다. 하지만 펑란이 저우타오란에게 4주년 기념일에 주려고 사두었던 이 아르마니 셔츠는 딩샤오예의 몸에 전혀 위화감 없이 잘 어울렸다.

펑란은 뭔가 말하려 하다가 그만두고, 그저 웃었다. 온 세상의 셔츠를 전부 그에게 입혀줘야겠다고, 평생 그와 같이 밥을 먹어야겠다고, 갑자기 그런 생각이 들었다.

펑란이 다시 일어섰다. "잠깐만 기다려!"

"나 진짜 배고프다고!" 딩샤오예가 외쳤다.

"먼저 먹어, 나 기다리지 말고. 금방 올게." 펑란은 방으로 달려가 번개같이 옷장을 열고 옷을 골랐다. 그러고는 치마로 갈아입고 머리를 정리한 뒤 초고속으로 옅게 화장까지 마쳤다.

앞으로 이 순간을 몇 번이고 추억하게 될 텐데, 펑란은 이 아름다운 순간에 목욕 가운 차림으로 머리는 헝클어진 채 눈 아래에 다크서클을 매달고 있는 자신의 모습을 절대로 용납할 수 없었다.

딩샤오예는 허탈하게 펑란의 방문 가에 기대어 바쁘게 분투하는 펑란을 지켜보았다. 펑란이 마침내 천천히 방에서 나왔을 때, 딩샤오예는 감탄스러운 마음이 들었다. 여자란 정말 이해할 수 없는 동물이었다. 방금 전까지만 해도 청순한 맨얼굴이었던 펑란이 눈 깜짝할 사이에 옷을 갈아입고 화사하게 화장까지 끝내는 모습은 그에게 마술쇼 못지않은 놀라움을 선사했다.

"평소에도 이렇게 '변신'하는 거야?" 딩샤오예는 다시 식탁 앞에 앉아 펑란을 한번 더 살펴보았다.

옷을 갈아입자 펑란은 곧 활기를 되찾았다. 딩샤오예의 앞에 단정하게 앉아서는 턱을 치켜들며 물었다. "왜, 안 예뻐?"

딩샤오예는 그런 펑란을 몇 마디 놀리려면 놀릴 수도 있었다. 그렇지만 배가 고파 혼미할 지경인 그의 눈에도 펑란은 확실히 나쁘지 않았다.

"그럭저럭 괜찮네." 딩샤오예가 무심한 듯 말했다.

"내가 너한테 뭘 바라." 펑란은 딩샤오예의 스타일에 맞추기 위해 일부러 샀던 옷들을 쓰레기통에 던져버렸다. 펑란은 깨달았다. 그 옷은 펑란에게 어울리지 않는다. 펑란은 원래부터 이런 사람이다. 딩샤오예가 펑란에게 마음이 있다면 이러한 본래의 모습을 받아들여야 할 것이다. 딩샤오예가 빈털터리라는 것을 펑란이 한 번도 신경쓰지 않았던 것처럼.

스무 살 때까지 꽤 입맛 까다롭게 살아왔던 딩샤오예도 펑란의 음식이 조리 방법은 단순하지만 맛이 꽤 괜찮다는 걸 인정할 수밖에 없었다. 적어도 펑란의 겉모습만 보고는 이 정도로 요리 솜씨가 좋으리라고 추측하기 힘들었다. 딩샤오예는 펑란의 어떤 면들은 우습다고 생각했지만, 또다른 면들을 보면서는 의외라고 느꼈다. 그렇지만 그 모든 것들을 합쳐놓아야 결국 가장 자연스럽다는 느낌이 들었다. 펑란은 펑란인 것이다.

초가 다 타기도 전에 식사가 끝났다. 펑란은 아쉬움이 남았다. 걸신들린 듯 먹어대는 딩샤오예를 따라 와인 한 병 곁들일 생각도 못 한 채 밥을 다 먹어치워버린 것이다.

펑란이 선수를 쳤다. "난 밥은 하지만 설거지는 안 해."

그 말의 의도는 뻔했다. 펑란은 여자가 집안일을 전혀 하지 않는 게 자랑할 일이라고는 결코 생각지 않았다. 그리고 그건 남자도 마찬가지였다.

딩샤오예는 별말 없이 옷소매를 걷어올리더니 그릇과 수저를 정리했다. 펑란은 웃는 얼굴로 지켜보면서, 그 식기 세트는 영국인 올케 언니가 보내준 것이라 깨뜨리면 큰일이니 조심해서 다루라고 주의 주는 걸 잊지 않았다.

딩샤오예는 펑란의 잔소리가 귀찮았다. 마침 펑란은 걸려온 전화를 받으러 발코니로 나갔다.

전화를 건 사람은 장톈란이었다. 어젯밤에 술을 많이 마셔서 펑란을 집에 바래다주지 못한 걸 사과하며, 오늘이 펑란의 생일이라는 얘기를 누구에게 들었는지, 밖에서 만나자고 했다.

펑란은 호의는 고맙지만 괜찮다고 거절했다. 생일이 지나면 또

한 살 더 먹을 뿐이라 여자들은 생일날을 별로 좋아하지 않는다고 핑계를 댔다. 그런데 장톈란은 벌써 아파트 현관 앞에 와 있다면서, 펑란이 밖으로 나가고 싶지 않으면 선물이라도 직접 전해주고 싶다고 했다. 집 밖으로 나오는 것도 귀찮으면, 자기가 올라가 전해줘도 상관없다는 거였다.

그가 이렇게까지 나오니 펑란은 빠져나갈 핑계를 찾기가 힘들어졌다. 어쨌든 장톈란에게 올라오라고 할 수는 없었다. 게다가 펑란이 내려가지 않는 것도 너무 예의 없는 행동이었다. 펑란은 도둑이 제 발 저린듯이 주방 쪽을 쳐다보았다. 딩샤오예는 펑란에게 등을 보인 채 별로 관심을 기울이지 않는 듯했다.

펑란은 이제 장톈란에게 확실히 얘기해줄 때도 됐다고 생각했다. 자신과 딩샤오예가 앞으로 어떻게 될지는 전혀 알 수 없었지만, 그가 옆에 있는 한 다른 사람을 만날 수는 없었다. 도덕적인 결벽증이 아니었다. 그저, 머릿속이 이 사람으로만 가득차 있는 상태로는 다른 일에 신경을 쓰고 싶어도 그럴 여력이 없었을 뿐이다.

펑란은 장톈란에게 바로 내려갈 테니 잠깐만 기다려달라고 말했다. 전화를 채 끊기도 전에 누군가 펑란의 귓가에서 전화기를 떼내었다. 뒤를 돌아본 펑란의 코앞에 딩샤오예가 서 있었다. 딩샤오예는 물에 젖은 두 손가락으로 휴대전화를 집어든 채 웃으며 물었다. "누구야?"

"친구가 생일 선물 가지고 왔대. 금방 나갔다 올게."

딩샤오예는 휴대전화에 표시된 이름을 소리 내 읽었다. "장톈란…… 무슨 친군데? 너한테 작업 거는 친구? 여분으로 준비해둔 친구? 보아하니 내가 없는 동안 너도 바쁘게 지냈나보네."

듣기 거북한 말에 펑란의 얼굴에 부끄러운 빛이 떠올랐다. 그래서 약간 화를 내며 말했다. "나를 차버릴 땐 언제고, 다른 남자도 만나면 안 된다는 거야? 나 좋다는 사람이어서 나도 생각해보는 중이었어. 그게 뭐!"

　"아냐, 괜찮아. 내가 같이 내려가서 좀 봐줄까? 남자는 남자 눈으로 봐야 정확하게 알지." 딩샤오예가 마치 '호의'라도 베푼다는 듯 말했다.

　훼방을 놓으려는 그 속셈을 펑란도 물론 알아챘다. 그가 지금까지 해온 짓을 떠올린 펑란은 화가 났다. "여기 서 있는 네가 바로 나쁜 놈의 표본이잖아. 너 같은 놈만 안 찾으면 나머지는 다 좋은 남자일걸."

　"네가 좋은 남자를 찾아서 뭐하게?" 딩샤오예는 유쾌하게 웃었다. "관둬, 좋은 남자 망치지 말고. 그 뭐냐, '온화하고 선량하고 공경하고 절약하고 겸손한' 그런 남자들은 너랑 하나도 안 어울려. 넌 좀더 '자극적인' 남자를 좋아하잖아."

　그는 손에 든 휴대전화를 빙글빙글 돌리며 펑란의 귓가에 경박하게 바람을 불어댔다. 펑란은 얼굴이 새빨개져서는 손으로 딩샤오예의 얼굴을 멀리 밀어내려 했다. "꺼져! 난 타고나길 맨날 이렇게 너한테 수모를 당하고, 이러지도 저러지도 못하게 놀아나도록 타고났다 이거지!"

　"내가 언제 널 이러지도 저러지도 못하게 가지고 놀았는데?"

　딩샤오예가 말꼬리를 잡고 늘어지자 펑란은 화가 났다. 펑란이 도전적인 투로 말했다. "너 상대하기도 귀찮다. 나 내려갔다 올게. 계속 헛소리하면 네가 질투하는 거라고 생각할 거야. 설마 그렇게까지 치사하진 않겠지?"

"난 집에서 설거지하는데, 넌 세컨드를 만나러 간다고? 그건 말이 돼? 치사하게 못 굴 것도 없지." 딩샤오예는 싱글거리며 팔을 뻗어 평란 앞을 막았다.

"누가 '세컨드'라는 거야?" 평란은 정말로 화가 났다. "딩샤오예, 나 오늘로 서른 살이 됐다고. 아마 너는 나랑 결혼해주진 않을 테니까, 나 정말로 그 사람한테 시집갈지도 몰라. 난 가장 평범한 가정생활을 하고 싶다고 말했잖아. 좋은 남자 만나서, '상유이말'이라는 사자성어처럼 어려울 때 서로 도우면서 검은 머리 파뿌리 될 때까지 살고 싶다고…… 네가 해줄 수 있어?"

딩샤오예는 잠시 말이 없다가 이렇게 대답했다. "검은 머리 파뿌리 될 때까지는 너무 멀지만, '상유이말'이라면 나도 해줄 수 있는데."

딩샤오예가 갑작스럽게 입을 맞춰왔다. 평란은 립스틱이 번진 채 그제야 그가 '상유이말'을 무슨 뜻으로 했는지 알아차렸다.

"내가 죽으면 십중팔구는 납중독 때문일 거야." 딩샤오예가 자기 입가에 묻은 립스틱 자국을 닦으면서 웃으며 말했다. 말은 그렇게 하면서도, 그의 얼굴엔 걱정 대신 묘한 표정이 걸려 있었다. 립스틱 닦는 놀이에 재미라도 들렸나!

"그리고 또다른 가능성은 나한테 맞아 죽는 거고!" 평란이 말했다.

"'상유이말'이란 게 서로 침으로 핥아주는 거 아냐?" 딩샤오예는 순진한 얼굴로 물었다. "내가 말뜻을 잘못 이해하고 있나?"

딩샤오예가 작정하고 이렇게 놀리자 순간 평란도 머리가 멍해졌다. 도대체 어떤 태도로 장톈란을 만나러 가야 할지도 알 수가 없었다.

"나랑 만나줄 것도 아니면서 내가 잘되는 꼴은 못 본다 이거야?" 펑란이 화를 내며 말했다. "어쨌든 사람을 밖에서 계속 기다리게 둘 순 없어!"

펑란은 휴대전화를 빼앗으려 했지만, 딩샤오예는 전화기를 머리 위로 높이 들어올렸다. 팔을 뻗어도 닿지 않자 펑란은 화가 나기도 하고 우습기도 해, 어쩔 수 없이 일단 그의 비위를 맞춰주려 했다. "일단 그 사람한테 전화해서 좀 해결하고. 알았지?"

그러자 딩샤오예는 얼굴에서 웃음기를 지우더니, 휴대전화를 소파 위로 던지고는 말했다. "우선 나부터 해결해줘."

그리고 펑란은 갑자기 허리를 소파 팔걸이에 세게 부딪혔다. 둥글고 매끄럽긴 했지만 목재로 된 팔걸이라 아주 단단했다. 딩샤오예가 온몸으로 덮쳐오는 바람에 펑란은 순간 눈앞이 아찔해지도록 허리가 아팠다. 펑란은 정신을 차리자마자 큰 소리로 욕을 퍼부었다. "이 나쁜 놈! 사람 몸은 살로 되어 있다고, 몰라?"

딩샤오예가 말했다. "어디가 살로 되어 있는데? 내가 좀 만져보자……"

딩샤오예의 손바닥엔 굳은살이 박여 있어서 감촉이 아주 거칠었다. 그는 펑란이 피하거나 저항할 여지도 주지 않았다. 마치 가죽을 벗겨 뼈를 발라내는 듯한 손길이었다.

"야, 이거 지퍼 달린 치마야!" 펑란은 힘겹게 숨을 내쉬며 저항했다. 지퍼를 찾는 딩샤오예의 손길에 펑란은 결국 소파에 엎드려 눕게 되었다. 마침내 몸 아래 푹신한 매트가 와 닿아 펑란이 다행이라고 생각하는 찰나, 천이 찢어지는 소리가 작게 울렸다. 평란이 광분해서 외쳤다.

"죽고 싶어? 이거 내가 요즘 제일 좋아하는 치마라고!"

딩샤오예는 평란의 고개를 잡아 등 쪽으로 돌려 입술을 찾았다. 평란의 몸은 더이상 견디지 못할 만큼 비틀렸다. 평란은 힘이 든 나머지 부들부들 떨며 간청했다. "이 손 봐, 일단 좀 놓으라고! 나 좀 돌아눕게…… 내가 무슨 꽈배기도 아니고!"

"평란, 입 좀 다물 수 없어?"

평란도 물론 이런 순간에 쓸데없는 말을 하고 싶지는 않았다. 그래서 자세를 바로잡고, 딩샤오예의 손길에 따르며 순응하려 했다. 딩샤오예는 온 얼굴이 땀범벅이었다. 하지만 그의 격동과 절박함 속엔 고민이 섞여 있었다.

지난번에는 시작 단계에서 멈춰버렸다. 그런데 이번에는 중요한 단계로 들어가려는 찰나, 평란이 무언가를 알아차리고 말았다. 딩샤오예의 손길이 왠지 서툴렀다. 문제가 뭔지 눈치챈 평란이 딩샤오예의 귓가에 속삭였다. "너 도대체 할 줄 아는 거야, 모르는 거야?"

딩샤오예는 평란에게서 몸을 반쯤 일으켰다. 얼굴이 새빨갰다.

"나한테 좀 맞춰줄 수 없어?"

그의 눈속엔 욕망이 가득했지만, 약간의 무력감과 부끄러움도 섞여 있었다.

평란은 두 눈을 가늘게 뜬 채, 손가락으로는 그의 뒤통수를 어루만졌다. 그러나 붉은 입술이 가볍게 열리며 흘러나온 말은 속마음과 달랐다. "싫어!"

항상 평란을 얕보고 말로 매번 이겨온 딩샤오예는 오늘 같은 날

이 올 거라고는 상상도 하지 못했다.

아쉽게도 평란의 이런 의기양양한 기색은 그리 오래가지 못했다. 남자의 본능이란 어떻게든 길을 찾게 만드니까. 다만 마지막 순간의 돌파는 그의 평소 성격만큼이나 강경했다.

평란은 눈살을 찌푸리며 말했다. "살살 좀 해!"

딩샤오예는 조금 전의 수모를 잊지 않은 채 눈에는 눈, 이에는 이라는 듯 숨을 몰아쉬며 말했다. "싫어."

평란은 더이상 아무 말도 할 수 없었다. 평란이 직접 골라 천장에 달아놓은 샹들리에의 크리스털들이 바다 위에 비친 별빛처럼 흔들거렸다. 평란은 딩샤오예의 손 아래서 구겨지고, 빚어지고, 부서졌다…… 벌겋게 달아오른 모래가 되어, 그의 손가락 사이로 흘러내렸다. 그러나 땅에 닿을 때는 한 방울의 물이 뜨거운 황무지로 스며들듯 한줄기 연기밖에 남지 않았다.

"아까 분명히 온몸이 아프다고 하지 않았어?" 평란이 딩샤오예에게 따져 물었다.

"응!" 그의 몸 한쪽은 여전히 평란의 몸을 누르고 있었다. "이젠 더 아파서 손끝 하나 까딱 못 하겠어. 나 물 한 잔만 갖다줘."

생일상을 미리 차렸던 건 현명한 일이었다. 어차피 저녁은 먹지도 않게 될 테니까.

당연히 생일 케이크도 계획에 없었다. 밤이 되자, 평란은 냉장고 안에서 냉동 피자 한 판을 찾아내 전자레인지에 데워서는 그 위에 촛불을 꽂고 소원을 빌었다.

"무슨 소원을 그렇게 정성스럽게 빌어?" 딩샤오예는 평란의 진지한 모습을 흥미롭게 바라보았다.

"안 가르쳐줘. 말하면 효과가 없거든."

펑란은 자신의 '약속의 날'을 기다리는 것이었다. 온 마음을 다
해 기다리는 사람이라면 누구든 그날을 맞을 자격이 있다고 했으
니까.

배를 대충 채운 뒤, 딩샤오예는 펑란에게 눈을 가리는 앞머리를
다듬어달라고 했다. 펑란도 가끔 직접 앞머리를 자르기 때문에 그
리 어려운 요구는 아니었다. 펑란은 내친 김에 면도도 해주었다.
얇은 칼날이 팽팽하게 당겨진 피부 위를 움직일 때면, 어떤 남자라
도 꽤나 진실해질 수 있을 것 같다는 생각이 들었다.

"딩샤오예, 나한테 진실 하나만 말해줘. 반드시 마음속에서 우러
난 말이어야 해. 딱 한마디면 돼." 펑란의 손이 딩샤오예의 턱을 살
짝 눌렀다. 칼날은 울대뼈 근처에 머물러 있었다.

딩샤오예는 감고 있던 눈을 뜨고는 가까운 거리에서 펑란의 얼
굴을 바라보았다. 풀어내린 펑란의 머리가 그의 귓가에 드리워져
있었다. 그녀의 손가락은 따뜻했고, 칼날은 차가웠다. 딩샤오예의
울대뼈가 살짝 움직였다.

"사실, 나……"

"빨리 말해!" 펑란은 다급한 마음을 억누르기가 힘들었다.

"사실, 너 술 취하면 정말 못 봐주겠더라. 다음부턴 그렇게 많이
마시지 마. 망신당할 일은 피하는 게 좋지."

말을 마친 딩샤오예는 마구 웃어댔다. 근육과 피부가 움직여 칼
날이 흔들렸다. 펑란은 걱정이 되어 면도칼을 던져버리고는, 가볍
지도 세지도 않게 그의 뺨을 찰싹 때렸다. "죽어도 안 굽히겠다 이

거지? 좀더 강경한 방법을 써야겠군!"

딩샤오예가 말꼬리를 잡고 반격했다. "그건 내 특기고. 믿음이 강인한 용사 앞에서, 너는 몸을 허락하는 부드러움으로 강함을 이겨야지."

좋은 여자에게 보답하는 것부터 시작해

두 사람이 생각한 것보다 빨리 자정이 이르렀다. 평란은 딩샤오
예의 다리를 베고 누워 쓸쓸한 목소리로 말했다. "오늘은 그냥 이
렇게 지나가는 거야?"

딩샤오예는 말없이 앉아, 손가락으로 평란의 머리카락을 감아쥐
었다. 평란의 짙은 갈색 머리칼이 부드러우면서도 힘 있게 손가락
에 감겼다. 그 모습이 마치 손가락 끝을 휘감은 뱀처럼 보였다.

"나한테 하려던 건 무슨 얘기야? 쩡페이랑은 왜 싸운 거야?" 조
만간 마주해야만 할 문제가 있다는 걸, 평란도 잘 알고 있었다.

딩샤오예는 평란을 속이려는 생각은 해본 적이 없었다. 다만 무
슨 수를 써서든 회피하고 싶었을 뿐이다. 그가 알려줄 수 있는 진
상이 결코 평란이 기대하는 류의 이야기가 아니라는 걸 알고 있었
기 때문이다.

딩샤오예가 말했다. "칠 년 전에 내가 잘못한 일이 하나 있어."

"어느 정도로 잘못한 건데?" 펑란이 물었다. 딩샤오예 주위를 짙은 회색 안개가 감싸고 있다는 걸 펑란도 한참 전부터 눈치채고 있었다. 바로 그 안개 장벽 때문에 딩샤오예가 펑란에게 다가오려 할 때마다 걸음을 멈췄다는 것도.

펑란도 마음속으로 갖가지 가능성을 생각해보긴 했다. 펑란이 상상한 가장 극단적인 경우는 동성애와 불치병이었다. 하지만 쩡페이가 이 일에 말려든 후, 그녀의 예감은 마음 한쪽에 밀어두고 생각하지 않으려 했던 답안을 가리키고 있었다.

"너, 설마 강도에 강간에 온갖 나쁜 짓은 다 한 악당은 아니겠지?" 펑란이 물었다.

"맞아. 법을 어겨서 차얼더니에 칠 년 동안 숨어 살았어." 딩샤오예는 펑란이 천천히 일어나 않는 걸 느꼈다. 펑란의 머리카락은 아직 그의 손에 감겨 있는 채였다. 저도 모르게 잡아당겼던 모양인지 펑란이 작게 비명을 질렀다. 딩샤오예는 급히 손을 놓았다. 그리고 손가락에 감겨 있던 머리칼이 마치 놀란 뱀처럼 구불거리며 빠져나가는 걸 물끄러미 쳐다보았다.

마음속으로 의심하는 것과 딩샤오예가 직접 자기 입으로 인정하는 말을 듣는 건 별개의 일이었다. 펑란은 소파의 반대쪽 끝으로 가서 앉았다. 그렇게 해야만 그가 이어서 해줄 얘기를 진정하고 들을 수 있을 것 같았다.

딩샤오예는 텅 비어버린 자신의 손바닥을 하릴없이 내려다보았다. 의외인가? 아니었다. 안정적인 생활을 하고 싶어하는 정상적인 사람이라면 당연히 그와 거리를 두려 하지 않겠는가?

"이제야 좀 겁이 나?" 딩샤오예는 빈주먹을 쥐며 고개를 숙이고 웃었다.

평란은 손을 뻗어 그의 말을 막았다. "도대체 무슨 죄야?"

이건 겁이 나고 말고의 문제가 아니었다. 구체적인 상황을 자세히 따져봐야 했다. 가장 중요한 건 범죄의 성질과 동기였다. 평란은 입술을 깨물고는 속마음을 털어놓았다. "난 강간범이나 인신매매범, 마약상, 아동 성범죄는 용납 못해…… 강도도 싫어!"

말을 하면 할수록 마음이 점점 서늘해졌다. 평란은 평범한 여자였다. 용납할 수 없는 죄악은 너무나 많았다.

"어떤 사람의 죽음이 나랑 관련돼 있어. 죽은 사람은 경찰이었어." 딩샤오예는 곧바로 답을 알려주었다. 이 일을 털어놓는 과정을 길게 끌고 싶지 않았다. 딩샤오예 자신에게도 너무나 괴로운 일이니까.

평란은 한참이 지나서야 어눌하게 '아' 하고 한마디를 내뱉었다. 조금 전까지만 해도 어쩌면 단순한 경제 관련 사건일지 모른다고 내심 바라고 있었다. 하지만 무슨 경제 사건이 그렇게 인적 드문 곳에서 칠 년 동안이나 숨어 있어야 할 정도로 심각하겠는가?

평란이 마음 아픈 건 딩샤오예의 짧은 한마디에 담긴 뜻을 이해했기 때문만이 아니었다. 놀랐지만 의외는 아니라는 것, 이 모든 걸 오래전부터 예감하고 있었다는 사실에 평란은 더욱 마음이 아팠다. 마치 자기 전에 알람을 맞춰두고 숙면을 청하는 것처럼, 아무리 달게 잠을 자고 아름다운 꿈을 꾸더라도 곧 알람시계가 잠을 깨우리라는 것을 알고 있는 것과도 같았다. 아쉬움에 뒤척이더라도 결국 눈을 떠야만 한다.

지금이 바로 알람이 울리기 시작하는 순간이었다.

"이름은 진짜야?" 평란은 자기 어깨를 감싸안고 딩샤오예를 새삼스럽게 살펴보았다. 전과 다름없이 마음을 흔드는 눈매에, 턱에는 평란이 면도를 해주다가 생긴 작은 상처가 있었다. 입술에는 어쩌면 아직도 평란의 향기가 남아 있을지도 모른다. 그러나 이런 것들 외에, 그의 어느 부분들이 진실인 것일까?

딩샤오예가 말했다. "내 원래 이름은 추이팅이야. 네 추측이 맞았어. 네가 전에 가봤다던 '성 밖 강남'이라는 식당은 우리 어머니가 하던 곳이야. 칠 년 전에 쩡페이가 큰 사건을 해결했는데, 그 사건의 주범인 추이커젠이 바로 내 아버지야. 내가 우리집에 대해서 너한테 얘기했던 일들은 대부분이 사실이야. 그리고…… 추이엔의 생모 두안징린이 우리 아버지의 또다른 여자였어. 이렇게 말하면 알겠지?"

딩샤오예는 이어서 지금까지 평란에게 숨겨왔던 일들을 이야기하기 시작했다. 칠 년 전, 추이커젠은 죄상이 드러난 후로도 한동안 도주에 성공해 시골의 한 사택에 숨어 있었다. 인생의 절반을 큰 권력을 누리며 살았지만, 사건이 터지자 주변에 있던 모든 사람들이 추이커젠을 떠나버렸다. 그가 믿을 수 있는 사람은 몇몇 육친들밖에는 없었다. 추이커젠이 다른 지방으로 도망가기 직전에, 딩샤오예는 마지막으로 아버지를 만나러 갔다.

아주 오랜만에 낯선 시골집에서 마주한 부자는 작별의 말은 할 생각도 않고, 팽팽히 대치했다. 그때, 딩샤오예의 어머니는 병이 깊을 대로 깊어 있었다. 의사는 시간이 얼마나 남았을지 예측할 수 없다고 말했다.

추이커젠은 자신의 말로에 대해 뜻밖이라고 생각하지 않았다.

일찍부터 자기 자신과 가족들을 위해 퇴로를 준비해둔 그였다. 추이커젠은 단 한 번도 아들을 자기의 '사업'에 끌어들인 적이 없었다. 그가 지금까지 해온 일 중 가장 현명한 결정이었다. 딩샤오예역시 그런 일에는 관심이 없었다. 아버지가 겉으로는 번듯하지만안으로는 더러운 사업을 하는 데 반해, 딩샤오예는 어머니처럼 성실하게 식당을 꾸리며 생활하고 싶어했다. 딩샤오예의 본바탕은깨끗했다. 그의 유일한 오점은 바로 그가 추이커젠의 아들이라는것이었다. 스스로 선택할 수도, 바꿀 수도 없는 혈연의 문제였다.딩샤오예가 아버지를 따라 이리저리 숨어다닐 필요는 없었다. 딩샤오예가 할 일은 그저 아버지가 떠난 후 이 사건의 여파를 피해,어머니와 함께 다른 지방으로 가서 평온한 생활을 이어가는 것이었다.

그런데 어머니의 병세가 바로 그즈음에 급속히 악화되리라고는누구도 예상치 못했다. 주치의가 새로 바꾼 수입산 주사약의 효과가 좋아서 암세포가 더 퍼지는 걸 막을 희망이 보인다고 말한 지얼마 되지도 않아, 어머니의 몸은 갑자기 무너져내렸다. 간호사는어머니가 의식을 잃기 직전에 조간신문을 읽고 있었다고 말해주었다.

매스컴에서 그 지역 최대의 범죄 소탕 작전이 바야흐로 승리의순간을 맞았다고 대대적으로 보도하던 때였다.

이 사건이 병마와 싸우려는 어머니의 의지를 꺾어버렸다는 걸,딩샤오예도 아버지도 알고 있었다. 어머니가 이런 고통을 끝내버리지 않고 버티고 있던 건, 그저 사랑하는 남자를 마지막으로 한번만 더 만나고 싶다는 열망 때문이었다.

추이커젠은 병원으로 가서 아내의 임종을 지키겠다고 고집을 부렸다. 아내의 마지막 소망이자, 그 자신의 소망이기도 했다. 이 여인은 추이커젠이 일생 동안 진 가장 큰 빚이었다. 그는 아내에게 너무도 큰 빈자리와 기다림을 주었고, 충실하게 대해주지 못했다. 그에게는 아내보다 더 넓은 세상이 있었고, 언제나 그녀보다 더 중요한 수많은 일들이 있었다. 심지어 한동안은 두안징린에게 빠져들어, 자신과 아내 사이를 이어주는 건 끈끈한 정밖에 없다고 여긴 적도 있었다. 하지만 갑자기 이런 지경에 처하게 되자, 추이커젠은 아내와 함께 차얼더니로 가 여생을 보내겠다는 그 약속을 끝까지 포기할 수 없었다.

딩샤오예는 아버지가 그런 모험을 하는 데 동의하지 않았다. 아버지가 어머니 곁에 나타나 어머니의 남은 소망을 이뤄주기를 누구보다도 바랐지만 말이다. 나이는 어렸지만 딩샤오예의 일처리는 아주 신중했다. 또한 자기 아버지의 인물됨을 알고 있었다. 세간에서는 아버지를 추악하게 묘사하고 있지만, 추이커젠은 사실 그렇게 흉악무도한 사람이 아니었다. 적어도 겉보기에는 그렇지 않았다. 키가 크고 마른 몸집의 추이커젠은 오히려 좀 투박하고 순박하다는 인상을 주었다. 그는 사람들에게 아주 친절할 수도 있었고, 아주 모질고 악랄할 수도 있었다. 딩샤오예가 보기에, 아버지는 다른 사람들이 생각하는 것처럼 그렇게 계산이 치밀한 사람도 아닌 것 같았다. 추이커젠이 일생 동안 내린 수많은 중요한 결정들은 모두 감정에 치우쳐 이뤄진 것들이었다. 성공한 것이든, 실패한 것이든 간에.

추이커젠은 아들에게, 자신은 이미 재기하겠다는 분에 넘치는 희망 따위 가지고 있지 않다고 말했다. 도망치는 것도 그저 목숨을 부지하기 위해서일 뿐이라고. 만약 아내의 마지막 모습조차 보지 못한다면, 살아 있더라도 마음 편히 남은 생을 보낼 수 없으리라는 게 추이커젠의 생각이었다.

그렇지만 딩샤오예는 이런 때에 아버지가 병원에 나타나는 것이 얼마나 위험한 일인지 너무나도 잘 알고 있었다. 어머니의 목숨은 이미 바람 앞의 등불이었다. 곧 어머니를 잃게 될 텐데, 이렇게 빨리 아버지까지 잃고 싶지는 않았다. 바깥 상황은 아주 긴박했다. 쩡페이가 이끄는 전담반이 언제고 병원을 덮쳐 아버지를 체포할 가능성이 있었다. 다른 지역으로 떠날 날이 얼마 남지 않았는데, 그사이 다른 실수를 해서는 안 됐다. 지역 경계만 벗어나면 도와줄 사람이 있을 것이었다. 딩샤오예는 만약 어머니가 아직 의식이 남아 있었다면 어머니 역시 사랑하는 사람이 위험을 무릅쓰기를 바라지 않을 거라고 굳게 믿었다.

추이커젠은 아들에게 설득당한 듯 말이 없었다.

딩샤오예는 그곳에 오래 머물 수 없었다. 가져온 생필품 몇 가지를 아버지에게 전해주고 바로 어머니가 입원해 있는 병원으로 돌아가야 했다.

그곳을 나서려는 순간, 아버지의 휴대전화가 울렸다. 그 소리에 딩샤오예는 깜짝 놀랐다. 이 전화번호는 추이커젠과 가장 가까운 몇 사람만 아는 번호였다. 딩샤오예 모자를 제외하고 이 번호를 알고 있을 만한 사람은 두안징린뿐이었다.

딩샤오예는 아버지가 두안징린에게도 이 번호를 알려줬다는 걸 믿을 수가 없었다. 그 여자만 아니었다면 그들 가족이 오늘 같은 날을 맞았겠는가? 사실 추이커젠은 이번 사건이 일어나기 한참 전부터 쩡페이와 두안징린이 '우연히 다시 만난' 것이 심상치 않음을 의식하고 있었다. 그 경찰관을 처리해버릴까도 생각했지만, 두안징린이 애걸복걸하며 자기 목숨을 걸고 맹세한다고까지 말하는 바람에 어쩔 수가 없었다. 두안징린은 입만 열면 쩡페이가 경찰관이된 건 순전히 아버지의 그늘을 빌린 것일 뿐이라고 말했다. 자신과는 어릴 때부터 친구인데다 친남매처럼 가까운 사이여서, 그저 자기가 잘 지내고 있는지 가끔 보러 오는 것뿐이라 했다. 두안징린은 그렇게 말하면서 구슬피 울었다. 오래전에 가족과 헤어진 두안징린에게 쩡페이는 친정집 식구 같은 셈이었다. 추이커젠은 이런 이유로 망설여야 했다. 그후의 일들은 말할 필요도 없었다.

딩샤오예의 예상대로, 전화를 건 사람은 두안징린이었다. 추이커젠은 끊임없이 울리는 전화기를 한참 동안 가만히 쳐다보았다. 전화를 받지는 않았지만, 그렇다고 내려놓지도 않았다. 두안징린도 꽤나 고집스러웠다. 전화는 한 번, 또 한 번 계속해서 울렸다.

딩샤오예는 아버지 대신 과감하게 전화를 끊어버렸다.

돌아가는 길은 아주 멀었다. 큰길까지 차를 몰고 나가기도 전에, 딩샤오예는 맞은편에서 작은 승용차 몇 대가 다가오는 것을 보았다. 날은 이미 어두워져 있었다. 그 시간에 그렇게 외진 곳을 지나다니는 차량은 매우 드물 터였다. 게다가 그 차들은 평범한 번호판을 달고 있기는 했지만 외관이 비슷비슷했고, 어두운 밤을 틈타 어딘가를 덮치려는 듯 꼬리에 꼬리를 물고 달려오고 있었다.

딩샤오예는 이상한 낌새를 채고 곧장 아버지에게 전화해 경고를 하려 했다. 그런데 뜻밖에도 아버지의 전화는 통화중이었다. 딩샤오예는 절망적인 예감이 들었다.

어렸을 때 아버지를 따라 이곳에 자주 와봤기에 딩샤오예는 이 일대의 도로 사정에 꽤 익숙했다. 그래서 곧바로 작은 골목을 통해 되돌아가 검거 차량이 도착하기 전에 아버지의 도주를 도우려 했다.

추이커젠의 은신처에서 이 킬로미터 이내에는 국도가 하나, 간선 도로가 두 개 있었다. 그리고 이 큰길들로 통하는 작은 골목들이 꽤 많았다. 추이커젠이 이곳을 은신처로 선택한 이유였다. 딩샤오예가 도착했을 때, 추이커젠의 휴대전화는 통화가 끝난 지 얼마 되지 않아 열기가 채 식지도 않은 상태였다. 딩샤오예는 휴대전화를 빼앗아 즉시 배터리를 빼내고 메모리 칩도 부숴버리고는, 전화기를 담 모퉁이에 힘껏 내던져 역시 부숴버렸다. 추이커젠도 뭔가를 알아차린 듯 안색이 변하더니, 이를 악물 뿐 아무 말도 하지 않았다.

두안징린은 추이커젠이 아내 외에 유일하게 마음을 쓰던 여자였다. 애초에 두안징린을 가엾게 여겼던 건 두안징린이 아내의 젊었을 적 모습과 닮았기 때문이었다. 아내가 오래도록 병석에 누워 있는 동안, 추이커젠은 무의식중에 두안징린에게서 위안을 얻었다. 젊은 커플들처럼 애정이 깊지는 않았지만, 추이커젠은 두안징린을 만난 그 순간부터 잘 대해주었고, 심지어 추이옌도 살뜰히 보살펴주었다. 일이 터진 후, 추이커젠은 두안징린을 의심하고 화를 내기도 했다. 두안징린은 수도 없이 메시지를 보내고 전화를 걸어 그의 안전을 확인하려 했지만, 추이커젠은 일절 응답하지 않았다. 그럼에도 마음속 깊은 곳으로는 사실 이 여인이 자신을 사지로 몰아넣으려 했다는 걸 믿은 적이 없었다. 그동안 둘 사이에 쌓인 깊은 정에 진심이 전혀 없었다고도 믿지 않았다.

추이커젠이 전화를 받았던 것은 두안징린과의 사이에 마침표를 찍기 위해서였다. 두안징린은 가슴이 찢어지게 울었다. 추이커젠은 자기가 있는 곳은 말하지 않고 그저 자기는 무사하니 두안징린도 앞으로 잘 지내라고 말해주었다.

길게 생각하고 있을 상황이 아니었다. 더이상 그곳에 머무를 수 없었다. 추이커젠은 딩샤오예의 차에 올라타, 원래부터 계획해두었던 경로를 통해 경찰 차량들이 오기 전에 포위망을 피해 도망치려 했다.

딩샤오예는 주의깊게 차를 몰았다. 밤이 깊어 눈앞은 캄캄한 어둠이었고, 상대는 만반의 준비를 하고 온지라 도망치기가 결코 쉽지 않았다. 뒤에서 따라붙는 미행 차량을 따돌리고 시골길을 벗어나 국도로 들어서기 직전에, 추이커젠은 남은 길을 자신이 직접 운전하겠다며 딩샤오예에게 차에서 내리라고 했다. 만에 하나 포위망에 걸려들더라도 아들이 연루되는 일은 피하기 위해서였다.

딩샤오예는 아버지의 말을 거역하지 않았다. 그런데 대시보드 앞에 올려놓았던 휴대전화가 하필이면 그 순간에 갑자기 울리기 시작했다. 다급히 살펴보니 병원 전화번호였다. 이런 때에 전화가 걸려올 가능성은 하나밖에 없었다.

딩샤오예는 손바닥에 식은땀이 나고, 등뒤에 한기가 들었다. 애써 외면하려 할수록 전화벨 소리는 더더욱 그를 놓아주지 않고, 점점 더 다급하게 울려대는 것만 같았다.

추이커젠이 아들 대신 전화를 받았다. 조용히 상대방이 하는 말을 끝까지 듣더니 전화기를 내려놓고 딩샤오예에게 말했다. "병원으로 가자!"

병원은 시내 방향에 있었다. 하지만 그들이 가야 할 길은 국도를 따라 계속 남쪽으로 내려가 곧장 지역 경계로 가는 것이었다.

딩샤오예는 아버지의 말을 못 들은 척했다.

"차 돌려서 병원으로 가자니까!"

추이커젠이 다시 한번 말했다. 그 순간 추이커젠의 목소리는 오히려 이상할 정도로 침착했다.

딩샤오예는 믿을 수 없다는 듯 아버지를 한번 쳐다보았다. 그 상황에 차를 돌린다는 게 무슨 뜻인지, 두 사람 모두 잘 알고 있었다.

딩샤오예는 차를 세우지 않았다. 조수석에 앉아 있던 추이커젠은 두말 않고 아들이 붙잡고 있던 핸들을 세게 돌려버렸다. 딩샤오예는 소스라치게 놀랐다. 차가 한쪽으로 쏠려버려서 어쩔 수 없이 브레이크를 밟아야 했다. 차가 미처 서기도 전에, 추이커젠은 아들이 타고 있는 운전석 문을 열고 다짜고짜 딩샤오예를 차 밖으로 밀어냈다.

"네가 여기 있는 걸 누가 보기 전에 얼른 가거라." 추이커젠이 말했다. 몸을 숙이고 양손을 차창에 짚은 채 초조한 얼굴로 바라보는 딩샤오예를 보며, 한마디 덧붙였다. "걱정 마라, 방법이 있어. 좀 돌아서 시내로 들어가는 작은길이 있는데, 아마도 놈들은 모를 거다. 나는 신경쓰지 말고 얼른 가거라."

딩샤오예는 아버지가 차를 돌리는 걸 멍하니 바라보았다. 후미등 불빛이 밤의 어둠보다도 더 새까만 나무 그림자 속으로 점점 사라져갔다. 딩샤오예는 잠시 동안 가만히 서 있었다. 국도까지 걸어가서 어떻게든 빨리 병원으로 돌아가야겠다고 마음을 정한 찰나, 귓가에 이상한 소리가 울려퍼졌다.

소리는 몇 백 미터 밖에서 들려온 것 같았다. 조용한 한밤중의 시골길에서 그 소리는 유난히 뚜렷이 들렸다. 딩샤오예는 소리가 난 방향으로 미친듯이 달려갔다. 사고가 일어난 갈림길에 도착해 보니, 아버지가 그에게 스무 살 생일선물로 사준 지프차가 길 위에 조용히 서 있었다. 그 옆에 어두운 색의 지프차도 한 대 서 있었다.

딩샤오예는 꿈을 꾸는 것 같은 기분으로 앞으로 걸어갔다. 발밑에서 낙엽이 바스러지는 소리는 심장 뛰는 소리에 묻혀버렸다.

딩샤오예의 차는 보닛이 약간 찌그러져 있었다. 하지만 옆의 지프차는 상태가 엉망이었다. 딩샤오예의 차와 가로수 사이에 끼여 차체가 심하게 뒤틀리고 유리창이 다 깨져 있었다.

상황을 보니, 추이커젠이 갈림길을 돌아가려 할 때 앞에서 그 차가 빠른 속도로 달려와 추이커젠을 포위하려 한 모양이었다. 한쪽은 가로막으려 하고, 한쪽은 필사적으로 뚫고 나가려 했던 듯, 양쪽 다 브레이크를 밟은 흔적이 없었다.

추이커젠은 앞으로 엎어져 있었다. 에어백이 부풀어 있는 게 보였다. 딩샤오예가 길가에 있던 돌을 주워 차 유리창을 깨는 소리에 추이커젠이 미동을 보이며 낮은 신음 소리를 냈다. 다행히 정신은 차린 모양이었다.

"아버지, 어떻게 된 거예요?" 딩샤오예는 차문을 여는 데 성공했다. 하지만 정확히 어디를 다쳤을지 몰라, 섣불리 움직이지 못하고 그저 다급한 목소리로 묻기만 했다.

추이커젠은 고개를 저었다. 이런 작은 움직임만으로도 남은 힘이 다 소진되는 것 같았다.

딩샤오예는 뒤이어 다른 지프차의 상황을 살펴보러 갔다. 뒤틀린 차문과 운전대 사이에 끼어 있는 남자는 미동도 없었다. 몸 반쪽은 이미 피투성이였다.

딩샤오예는 두려움을 억누르며 깨진 유리창 너머로 손을 뻗어 남자의 맥박을 짚어보았다. 다급히 손을 거두다가 깨진 유리창에 팔뚝을 베었지만, 전혀 의식하지 못했다. 딩샤오예의 가슴은 남자의 피가 묻은 손가락보다도 더 서늘하게 식어 내려앉았다.

남자의 몸에는 이미 생명의 흔적이 없었다.

딩샤오예는 조금 더 가까이서 남자를 살펴보았다. 사복 차림의 남자는 딩샤오예보다 나이가 몇 살 많아 보이지도 않았다. 머리는 기괴한 각도로 가슴 위로 늘어져 있었다. 그의 턱 아래쪽 가슴께에 달린 주머니에서 뭔가가 비죽 나와 있었다. 딩샤오예는 숨을 죽인 채 그것을 꺼내 보았다. 피에 흠뻑 젖어 있는 경찰 신분증이었다.

"죽었냐?" 추이커젠이 힘겹게 물었다. 한마디 한마디 할 때마다 극심한 고통을 견뎌야만 했다. "여기 있으면 안 돼…… 놈들은 따로따로 행동하니까. 다른 사람들이 곧 올 거다. 넌 여기 있으면 안 돼…… 나 대신 네 엄마에게 전해다오. 너무 서둘러 떠나지 말고, 한 번만 더 날 기다려달라고. 마지막으로 한 번만 더!"

"아버지가 가서 직접 얘기해요!" 딩샤오예는 이미 결단을 내렸다. 조심스럽게 아버지를 뒷좌석으로 옮기고 차에 시동을 걸어보았다. 아버지의 마음이 헛되지 않게, 차는 그렇게 심하게 망가졌는데도 시동이 걸렸다. 딩샤오예는 차를 뒤로 조금 뺐다가 병원으로 달려가기 시작했다.

"바보같이 굴지 마라. 이러면 네 어머니가 날 원망할 거야!" 추이커젠은 아들을 말려보려 했다.

딩샤오예는 룸미러를 통해 아버지를 보며 말했다. "아니에요. 엄마는 아직 우리를 기다리고 있을 거예요."

아들의 성격을 잘 아는 추이커젠은 더는 말리지 않고, 숨을 몇 번 헐떡이다가 가느다란 소리로 물었다.

"아팅, 내가 너와 엄마 곁에 자주 같이 있어주지 못해서 원망스럽냐?"

"조금요!"

어머니와 항상 서로 의지하며 지내온 것에 비하면, 딩샤오예가 아버지와 함께 보낸 시간은 길지 않았다. 특히 성인이 된 후로 아버지에 대한 딩샤오예의 태도는 아주 냉담했다. 아버지가 집에 돌아오기를 바란 것도 단지 어머니가 기뻐했으면 하는 마음에서였다.

추이커젠의 마음속에는 아들을 사랑하는 마음과 함께 미안한 마음도 있었다. 부자가 말다툼이라도 하게 될라치면 추이커젠은 대체로 아들에게 양보하고 아들의 요구를 뭐든 들어주려 했다. 그렇지만 딩샤오예는 어머니와 좀더 같이 있어달라는 것 말고는 아버지에게 바라는 게 거의 없었다.

"네 엄마와 막 결혼했을 때, 네 엄마에게 안정적인 생활을 할 수 있게 해주겠다고 약속했지. 식당을 열어서 네 엄마는 요리를 하고, 나는 손님을 맞겠다고 말이야. 나이가 들면 같이 차얼더니로 돌아가서, 죽어서도 눈 쌓인 산 아래에 같이 묻히자고…… 아팅, 네가 엄마를 닮아서 기쁘구나."

"외모로 치면 엄마가 아까워요."

추이커젠은 그 말에 웃음을 터뜨렸다가, 그 대가로 한참 동안 기침을 해야 했다. 부자는 마치 오래전으로 되돌아간 것만 같았다. 딩샤오예가 아직 어렸을 때 아버지와 함께 시골에 가서 밤낚시를 하던 그때처럼, 두 사람은 이런저런 얘기를 나눴다.

"네 엄마가 그러는데, 내가 네 엄마를 처음 봤을 때 바보처럼 입을 헤 벌리고 있었다더구나…… 아팅, 내 부탁을 들어다오. 네 엄마를 보내고 나면 얼른 떠나거라. 될 수 있는 한 멀리 떠나고, 내 일은 신경쓰지 마라. 내가 전에 너한테 준 그 신분증 기억하지? 이런 일들은 다 잊어버리고, 다른 인생을 살거라. 사랑하는 사람을 찾아서 평생 옆에 같이 있어주렴. 나처럼 이렇게 살지 마라."

그믐달이 검은 구름 속으로 숨었다. 차의 전조등 불빛이 닿지 않는 곳은 칠흑 같은 어둠이었다. 추이커젠은 말이 없었다. 물방울이 똑똑 떨어지는 듯한 작은 소리가 간간이 들려왔다. 마치 꽉 잠그지 않은 수도꼭지에서 떨어지는 물방울 소리가 잠이 들락 말락 하는 사람을 깨우는 것만 같았다. 하지만 딩샤오예는 그 소리가 물방울 소리가 아니라, 아버지의 상처에서 비어져나온 피가 좌석의 가죽 시트 가장자리를 타고 천천히 한 방울씩 떨어지는 소리라는 걸 알고 있었다.

추이커젠을 뒷좌석으로 옮길 때에야, 딩샤오예는 아버지의 왼쪽 어깨 아래쪽에서 심한 총상을 발견했다. 차가 충돌할 때 입은 상처는 문제도 아니었다. 어두운 색의 옷에 묻혀 총상이 잘 보이지 않았던 것뿐이다. 어쩌면 추이커젠은 그 상처 때문에 더더욱 죽을 각오로 경찰이 탄 차를 들이받았는지도 모른다.

도시의 불빛이 점점 시야에 들어왔지만, 그 불빛도 딩샤오예의 마음속을 밝혀주지는 못했다. 딩샤오예는 어머니가 입원해 있는 병원 뒷문에 차를 세웠다.

"아버지, 도착했어요."

대답은 들려오지 않았다.

딩샤오예는 혼자서 어머니의 병실로 들어갔다. 침대는 이미 깨끗이 정리되어 있었다.

간호사의 말에 의하면, 어머니는 끝까지 의식을 회복하지 못한 채 그대로 세상을 떠났다고 했다. 불행중의 큰 행운인 셈이었다. 어쩌면 어머니는 마지막 순간에 자신의 일생에서 가장 중요한 두 남자가 곁에 없었다는 것을 모르는 채로 떠나셨을 테니까.

생명을 잃은 어머니의 얼굴은 병마에 시달리던 때보다 편안해 보였다. 그 편안한 얼굴에 딩샤오예는 어머니가 숙제를 하고 있는 자신의 옆에 앉아 조용히 지켜봐주던 어느 오후를 떠올렸다. 그때 딩샤오예가 고개를 들어 어머니를 쳐다보면, 어머니는 그에게 웃어주었다.

딩샤오예는 아버지가 그런 신세가 된 데에 억울한 마음은 없다고 평란에게 말했다. 어쨌든 그를 낳아주고 길러준 사람이었다. 아무리 극악무도한 사람이라도 딩샤오예에게는 그저 아버지일 뿐이었다. 딩샤오예는 아버지가 궁지로 몰리는 걸 보고만 있을 수는 없었고, 마음 한편으로는 더없이 어리석고 과분한 희망마저 숨겨두고 있었던 것이다. 언젠가 다시 온 가족이 모일 날이 올지도 모른다는.

이렇게 아버지와 어머니가 다른 의미에서 다시 만나게 되고, 딩샤오예 혼자 이 세상에 남게 될 줄은 상상도 하지 못했다.

숙직 간호사는 딩샤오예에게도 낯익은 얼굴이었다. 간호사는 온몸에 핏자국이 묻은 딩샤오예를 보고 깜짝 놀랐다. 딩샤오예는 차를 너무 급히 몰다가 중간에 작은 사고가 났다고 둘러댔다. 간호사들은 오랫동안 어머니의 병상을 지켜온 딩샤오예를 꽤 좋게 보아왔다. 그런 딩샤오예가 어머니를 잃자 간호사들은 마음 아파하며, 유리에 벤 팔뚝의 상처를 치료해주었다.

딩샤오예는 밤중까지 영안실에서 어머니의 시신을 지켰다. 날이 밝고 경찰들이 병원에 들이닥쳤을 때, 딩샤오예는 이미 자취를 감춘 뒤였고, '사고 차량' 안에서는 추이커젠의 시신만 발견되었다.

딩샤오예도 처음부터 도망치려던 생각은 아니었다. 그저 알 수 없는 힘에 내몰려 앞으로만 내달렸던 것뿐이다. 아버지와 함께 사고 현장에서 빠져나온 것도 단지 어머니를 만나고 싶어서였다. 하지만 어머니도 떠났고, 아버지도 떠났다. 이제는 어디로 가야 하나?

사고 다음날 밤, 거리를 헤매던 딩샤오예는 석간신문을 한 부 샀다. 신문에는 그 경찰관이 순직했다는 기사가 실려 있었고, 딩샤오예 자신은 경찰 수배 대상이 되어 있었다. 딩샤오예는 아버지가 했던 말들의 의미를 마침내 이해했다. 시위를 떠난 화살은 돌아올 수 없는 법이다. 일단 한 발을 내디딘 이상, 다시 돌아간다 해도 이미 예전의 자기 자신은 아닌 것이다.

그 젊은 경찰관의 처참했던 마지막 모습은 밤마다 딩샤오예의 꿈에 나타났다. 경찰은 딩샤오예가 그 경찰관을 치어 죽인 범인이라고 생각하고 있었다. 딩샤오예는 누명을 벗으려는 생각을 해본 적이 없었다. 아버지의 죄는 곧 그의 죄였다. 마침내 막다른 골목까지 몰렸을 때, 딩샤오예는 아버지의 마지막 말을 상기했고, 어머니가 그토록 잊지 못하던 차얼더니를 떠올렸다.

그것이 딩샤오예가 알아볼 수 있었던 유일한 방향이었다.

그는 작은 여관에 사흘 동안 숨어 있다가, 아버지가 마지막으로 남겨준 돈을 죽은 경찰관의 가족에게 익명으로 보낸 뒤, 차얼더니를 향한 긴 여정을 시작했다. 그는 이제 더이상 추이팅이 아니라, 변방에서 살아가는 한족 청년이었다. 그의 이름은 '딩샤오예'였다.

이야기를 끝까지 들은 평란은 침묵을 지켰다. 이런 정적은 딩샤오예에게 익숙한 시련이었다.

"내가 평소에 지어내던 거짓말보다 더 괴상한 얘기지? 안 믿어도 괜찮아. 쩡페이가 사실대로 얘기해줄 거야. 아마 날 더 나쁜 사람으로 묘사하겠지만, 그래도 상관없어. 그놈도 나한텐 그리 좋은 인간이 아니니까." 딩샤오예가 이 말을 마칠 때까지도 평란은 여전히 넋이 나간 표정이었다. 딩샤오예는 영문을 알 수 없는 침묵에 초조해졌다. 평란이 당장 몸을 일으켜 딩샤오예에게 경멸의 말을 한다 해도 지금보다는 나을 것 같았다. 딩샤오예는 쿠션 하나를 집어들어 평란 쪽으로 던졌다. "너무 놀라서 정신 나갔어? 그러게 나한테 매달리지 말라고 해도 그렇게 무모하게 굴더니…… 그런 말도 있잖아? '허리끈이 점점 느슨해지면 결국엔 후회하게 되리'*…… 평란, 뭐라고 말 좀 해봐. 가라면 바로 갈게……"

평란은 긴 한숨을 내쉬더니 쿠션을 딩샤오예가 앉은 쪽으로 도로 던졌다. "너 언제부터 쓸데없는 말이 그렇게 늘었어? 조용히 좀

---

* 송나라 시인 유영이 쓴 시 「접련화」의 한 구절로 원래 문장은 '허리끈이 점차 느슨해져도 끝내 후회하지 않으리'이다.

해. 나 지금 아주 중요한 문제를 생각하는 중이라고……"

"무슨 문제?" 딩샤오예는 평란 옆으로 다가가 쪼그리고 앉아서는 평란의 드러난 맨무릎 위에 손을 얹었다. 평란의 피부에 살짝 소름이 돋는 게 느껴졌다. 하지만 평란은 몸을 피하지 않았다.

평란은 조금 머뭇거리며 딩샤오예의 금방 자른 머리카락을 쓰다듬었다. "네가 지금 가서 자수하고, 경찰에 사건의 진상을 설명하면 어떻게 될지 생각하고 있었어. 만약에 감옥에 간다면, 몇 년 형을 받게 될까?"

"내가 자수하면 좋겠어?" 딩샤오예는 이마를 평란의 무릎에 맞댔다.

평란은 목이 바싹 말라 아파왔다. "그럼 넌 그런 죄를 그대로 짊어지고 평생 햇빛도 못 보면서 살고 싶어? 네가 그러고 싶대도 내가 싫어. 안 되겠다. 나 변호사한테 상담 좀 하러 가야겠어. 이런 상황엔 도대체 어떤 판결이 나오는지."

"만약에 경찰에서 내가 그 경찰관을 치어 죽였다고 확신해서, 평생 못 나오게 되면?"

"평생이라…… 난 최대한 이십사 년까진 기다릴 수 있어."

진상을 알게 된 후 평란의 입에서 처음으로 '기다림'에 대한 말이 나왔다. 딩샤오예는 이 '기다림'이라는 말이 두려웠지만, 그럼에도 자기가 이기적인 마음으로 그 말을 기다리고 있었음을 부정할 수는 없었다. 다만 '이십사 년'이라는 말은 마치 아무 생각 없이 한 잠꼬대처럼, 엉뚱하게 들렸다.

평란이 말을 이었다. "우리 엄마는 쉰네 살에 폐경이 왔거든. 여자의 생리 주기는 보통 자기 엄마랑 비슷할 테니까, 나도 그때까지만 널 기다려줄게. 만약에 그때까지도 네가 나오지 않으면, 어차피 그쯤 되면 좋은 시절도 거의 다 지났을 때니까 남자가 있든 없든 별 상관 없어. 그냥 계속 혼자 살면 되지 뭐."

딩샤오예는 펑란의 무릎에 얼굴을 묻은 채로 웃음을 터뜨렸다. 그의 어깨가 흔들렸다. 펑란은 종종 엉뚱한 말로 사람을 놀라게 하곤 했지만, 방금 한 말이야말로 지금까지 들어본 중 제일 황당하고도 마음 아픈 우스갯소리였다.

펑란은 딩샤오예의 어깨를 잡아 세워 얼굴을 마주보며 말했다. "하나만 더 물어볼게. 네 이름은 가짜라고 했지. 그럼 나이는? 사실 나보다 더 많지?"

딩샤오예의 입가가 들썩였다. "지금 신분증 나이보다 한 달 반 더 어려."

펑란은 실망한 얼굴로 손을 놓았다. 이러나 저러나 자신보다 어린 건 마찬가지였다.

"너한테 이런 일들을 말해줄 결심을 한 건, 너도 네가 사랑하는 사람이 어떤 사람인지 알 권리가 있기 때문이야. 넌 사람 보는 눈은 별로지만, 너 자신은 꽤 괜찮은 사람이거든. 그걸 의심할 필요는 없어." 딩샤오예는 펑란의 마음을 꿰뚫어본 듯, 차분하게 말했다. "네가 어떤 선택을 하든, 난 다 이해할 수 있어……"

딩샤오예가 말을 마치기도 전에, 펑란은 진심 반 장난 반으로 또 그의 뺨을 찰싹 때렸다.

"나쁜 놈, 자꾸 그렇게 듣기 좋은 말만 하지 마. 내가 멍청하다는 걸 너도 잘 알잖아?"

그를 사랑하게 된 그 순간부터, 펑란이 어떻게 다른 선택을 할 수 있었을까?

딩샤오예는 얼굴을 감싸쥐었다. 평란의 손이 매섭지는 않았지만 상처를 건드리는 바람에 얼굴 한쪽이 살짝 저렸다. 딩샤오예는 수많은 개미들이 마음속을 기어다니며 굴을 파는 것처럼 간지러웠다. 그는 무턱대고 평란에게 달려들어 끌어안고, 입맞추고, 매달렸다.

그는 이기적이었다. 너무나 이기적이었다. 단 한 번, 가게에서 평란에게 모진 말을 하며 도도하게 굴었던 그때, 딩샤오예는 가게 문을 나서기도 전부터 후회했다. 아마도 자신은 평생 좋은 사람이 될 수 없는 운명인 것 같았다. 도대체 어떻게 해야 지금과 같은 이런 순간에 "난 널 사랑하지 않으니까, 날 기다리지 마"라고 말할 수 있는 걸까? 그래야만 한다는 걸 알면서도, 딩샤오예는 그렇게 말할 수가 없었다. 그저 끝까지 이렇게 못난 채로 있을 수밖에.

딩샤오예는 평란이 자신을 기다려주기를 바랐다. 하루가 되든 일 년이 되든 상관없었다. 평란이 도중에 후회하거나 마음이 변하거나 혹은 다른 사람과 결혼한다 해도, 어쨌든 그에게 한 가지 희망을 준 셈이었다. 지난 칠 년 동안, 딩샤오예는 자신이 세상을 떠도는 외로운 넋처럼 느껴졌다. 남아 있을 수도, 떠나버릴 수도 없고, 뭘 위해서 존재하는지조차 알 수 없었다. 그건 전부 희망을 잃어버렸기 때문이 아니었던가? 이제는 정신을 똑바로 차려야 했다. 자수를 하고, 빚을 갚아야 했다. 그래야만 앞으로 살아가는 동안 그 한마디 말을 정정당당하게 할 자격을 얻을 것이었다. 멍청한 여자 하나가 그를 기다리고 있으니, 반드시 살아 있는 동안에 대답을 해줘야만 했다.

평란은 딩샤오예의 얼굴을 품에 안았다. "난 널 추이팅이라고 부르고 싶지 않아."

평란이 사랑하는 사람은 나쁜 남자 딩샤오예였다. 늑대처럼 민첩하고, 참새처럼 변덕스럽고, 쇠심줄처럼 고집이 센. 그는 누구보다도 막돼먹었고, 누구보다도 평란의 약점을 잘 알고 있으며, 어떤 것에도 마음을 두지 않았다. 그래도 평란의 마음속에 깊이 새겨진 사람이었다. 하지만, 추이팅은 누구인가? 평란은 그 사람이 낯설었다.

딩샤오예는 고개를 끄덕였다. 어머니와 서로 의지하며 살아온 사람은 추이팅이었지만, 사랑하는 여인의 품에 안겨 있는 사람은 딩샤오예니까. 그는 삶의 큰 변화를 겪었다. 돈이나 지위, 미모, 청춘은 결국 모두 사라져버릴 것이다. 그 무엇을 평범한 점심식사와 따뜻한 포옹, 그리고 피곤할 때 서로 마주보고 웃을 수 있는 얼굴과 베갯머리에서 듣는 아침 인사에 비할 수 있겠는가?

"네가 한 얘기, 잘 생각해봤어. 넌 지금까지 많은 잘못을 했어. 아주 많은 잘못을 했지. 그러니까 앞으로 좋은 일을 아주 많이 해야 그 잘못을 보상할 수 있을 거야." 평란은 딩샤오예의 머리카락을 가볍게 어루만졌다. "그러니까 성심성의껏 좋은 여자한테 보답하는 것부터 시작해봐."

감미로운 죄악

침대에서 뒤척이던 펑란은 전화벨 소리에 깜짝 놀라 일어났다. 추이옌이었다. 한밤중에 추이옌이 펑란을 찾다니, 분명히 예사로운 일은 아닐 터였다. 펑란은 잠시 망설였다. 옆에 누워 있던 딩샤오예가 펑란의 한쪽 손을 잡고는 말했다. "받아봐."

추이옌의 첫마디는 딩샤오예가 괜찮은지 묻는 말이었다.

펑란은 대답하지 않았다. 그 침묵이 추이옌에게는 대답이 되어주었다. 추이옌은 쩡페이도 사실 딩샤오예가 어디 있는지 알고 있지만 잠시 동안은 움직이지 않을 것이라고 말해주었다. 딩샤오예에게 자수할 기회를 준 셈이라고, 쩡페이는 그 약속을 지킬 거라고 했다. 하지만 추이옌이 전화를 건 목적은 이런 소식을 전해주는 것만이 아니었다. 추이옌은 펑란에게 이해하기 힘든 부탁을 했다.

펑란은 침대에 누운 채로 추이옌이 설명하는 걸 조용히 들었다.

"내가 그 부탁을 들어줄 것 같아?" 이것이 펑란이 생각해낼 수 있는 유일한 말이었다.

추이엔은 한참 동안 말이 없었다. 마침내 다시 입을 열었을 때, 추이엔의 목소리에는 주저하는 기색이라곤 없었다. "정말로 막다른 골목에 몰린 게 아니라면, 내가 언니한테 이런 부탁을 하겠어요?"

펑란은 전화를 끊었다. 귓가에는 여전히 딩샤오예의 호흡이 들려왔고, 그의 손도 여전히 펑란의 손을 쥔 채였다. 단단히 맞잡은 두 손바닥에 땀이 찼다. 펑란은 몸을 돌려 딩샤오예를 마주보았다. "들었어? 세상에, 얘가 나보고 우장 오빠한테 부탁해서 자기 임신 진단서를 가짜로 떼달래."

딩샤오예는 조금도 놀라지 않았다. 추이엔이라면 그런 짓을 꾸밀 법도 했다. 궁지에 몰렸으니 무슨 수라도 쓰려고 할 것이다.

"쩡페이 오빠가 진짜로…… 난 못 믿겠어." 펑란은 두 사람 사이가 심상치 않다는 건 눈치채고 있었지만, 정말로 이렇게까지 될 거라고는 예상치 못했다.

딩샤오예의 생각은 다른 듯했다. "뭐가 이상해? 그놈은 뭐 남자 아냐?"

펑란은 딱 잘라 거절하긴 했지만, 막상 전화를 끊고 나자 마음이 가라앉지 않았다. 펑란이 딩샤오예에게 물었다. "너라면 어떻게 할 것 같아?"

딩샤오예가 대답했다. "넌 내가 아니잖아."

딩샤오예가 그렇게 도망친 후, 부모님의 뒷일을 처리해준 사람은 두안징린이었다. 두안징린이 죽기 전에 마지막으로 한 일이 바로 딩샤오예의 부모님을 함께 묻어준 것이었다. 그렇기 때문에 딩샤오예는 망설임 없이 추이엔을 도와줄 것이었다. 하지만 그가 펑란의 결정까지 좌우할 수는 없었다.

평란은 말이 없었다. 그녀의 호흡도 점점 평온해져갔다. 이제 잠들려나보다고 생각한 순간, 딩샤오예는 평란이 작게 한숨 쉬는 소리를 들었다.

추이옌이 평란에게 한 말은 사실이었다. 정말로 막다른 골목에 몰린 게 아니라면, 평란에게 그런 부탁을 하지 않았을 것이다. 평란이 부탁을 들어줄 가능성이 희박하다는 걸 추이옌도 잘 알고 있었다.

그러나 달리 무슨 방법이 있겠는가?

쩡페이가 유학 얘기를 꺼내기 며칠 전부터, 추이옌은 생리 날짜가 늦어지고 있다는 걸 알아차렸다. 원래 추이옌의 '손님'은 항상 날짜를 정확하게 맞춰 찾아오던 터였다. 게다가 상황이 상황이고 보니 작은 일이라도 그냥 넘길 수 없었다.

추이옌은 쩡페이 몰래 임신 테스트기를 샀다. 테스트기에 나타난 두 가닥의 붉은 줄을 본 순간, 추이옌은 쩡페이가 처음으로 입을 맞췄을 때보다도 더 기뻤다. 마침내 하늘이 자기를 불쌍히 여겨준 거라고 믿었다. 이 세상에 추이옌이 쩡페이를 붙잡아둘 수 있는 방법이 아직 남아 있다면, 이게 바로 유일한 방법이었다.

그렇지만 추이옌의 은밀한 행복은 그리 오래 지속되지 않았다. 쩡페이가 우장의 결혼식에 참석한 날 오후, 추이옌은 화장실에 갔다가 속옷에 피가 비친 걸 발견했다. 조퇴를 하고 집에 돌아와 다시 임신 테스트를 해보았다. 이번에는 그 희미한 두 가닥 붉은 줄이 나타나지 않았다. 청천벽력과도 같은 결과가 한순간에 추이옌을 구름 위에서 진창으로 떨어뜨려버렸다. 추이엔은 도저히 믿기지 않아 한꺼번에 테스트기 네 개로 시험해보았다. 결과는 전부 똑같았다.

행운의 신이 마음을 바꾸기도 한단 말인가? 추이엔은 그리 쉽게 포기하는 사람이 아니었다. 곧바로 집에서 가장 가까운 병원으로 갔다. 임신 초기에는 테스트 결과가 정확하게 나오지 않는 경우도 있다고 하니, 산부인과 의사가 정확한 대답을 들려줄 것이다.

추이엔은 의사에게 증상을 정확히 설명하고, 진단에 필요한 검사를 받았다. 그러고는 검사 결과지 한 뭉치를 들고 안절부절못하며 진찰실 안에 앉아서 기다렸다. 그런데 의사는 검사 결과로 보아 임신을 한 흔적이 발견되지 않는다며, 아마도 '생화학임신'이었을 가능성이 크다고 말했다.

아직 어린 추이엔에게는 완전히 생소한 단어였다. 의사는 '생화학임신'이란 임신 오 주 이내에 발생하는 자연유산을 일컫는 말로, 수정란이 착상에 실패했다는 의미라고 설명해주었다.

추이엔은 의사의 말을 듣자마자 바로 울음을 터뜨렸다. 의학 용어는 잘 알아들을 수 없었지만, 적어도 '실패'라는 말이 무슨 뜻인지는 알고 있었다. 하지만 어째서? 임신 사실을 알게 된 후로 추이엔은 무척 조심해왔다. 배가 아프거나 한 적도 전혀 없었다. 그리고 추이엔과 쩡페이는 둘 다 아주 건강했다. 그런데 이 작은 생명은 어째서 갑자기 왔다가 아무 조짐도 없이 이렇게 가버렸단 말인가?

의사는 이런 눈물을 자주 보아온 듯, 추이엔에게 이어서 설명했다. '생화학임신'은 자연이 선택한 결과일 뿐 건강에 큰 영향은 없으며, 이런 식으로 임신했던 적이 있다는 사실을 알지 못하고 지나가는 여성들도 많다는 것이었다. 원인은 여러 가지로, 배자의 질이 좋지 않았던 것이 문제일 수도 있고 극심한 스트레스가 원인일 수도 있다고 했다. 그렇지만 다음에 임신하는 데 영향을 주지는 않으니 걱정 말라면서, 추이옌은 아직 젊으니 기회가 앞으로도 많을 거라고 말해주었다.

그러나 추이옌은 자신에게 기회가 다시 오지 않으리라는 걸 알고 있었다. 쩡페이의 성격상 한 번 저지른 잘못을 다시 반복할 리는 없었다. 쩡페이가 그 일이 잘못이라고 생각하는 이상은.

추이옌은 실망감에 몸이 차갑게 식는 것을 애써 참으며 의사에게 부탁해보았다. 이 아이는 지금 자신에게 정말 중요하니 사정을 봐줄 수 없겠느냐고. 임신했다는 진단서를 떼어준다면 그에 상응하는 사례를 하겠다고.

그 순간 여의사가 보인 눈빛은 추이옌의 뇌리에 아주 깊게 남았다.

진료실을 어떻게 나왔는지 기억도 나지 않았다. 집으로 돌아가는 버스 안에서 추이옌은 목놓아 울었다. 이런 수단을 써서 남자를 붙잡는 게 과연 의미가 있을까? 게다가 이런 거짓말은 얼마 못 가 들통날 게 뻔한데. 그 의사 눈에는 추이옌이 우습고도 비열해 보였을 것이다.

추이옌은 아직 어린 탓에 정욕이 뭔지 제대로 이해하지 못했다. 추이옌이 쩡페이와 친밀하게 접촉하기를 갈망하는 것은 다만 그러한 접촉이 쩡페이를 붙잡는 방법 중 하나이기 때문이었다. 추이옌은 그가 행복해하는 모습을 보며 행복해했다. 또래의 다른 여자아이들이 자유를 갈망하고 가슴 뛰는 사랑을 꿈꿀 때, 추이옌은 그저 찡페이의 곁에 있고 싶다는 생각밖에는 없었다. 그와 함께 있어야만 추이엔의 심장이 가슴속에서 오래도록 평온하게 뛸 수 있었다. 하지만 안타깝게도 추이엔과는 반대로, 찡페이는 추이엔과 떨어져 있어야 안정을 얻을 수 있는 것 같았다.

추이엔은 찡페이의 집 거실 소파에 앉아서 꼬박 여덟 시간이나 기다린 후에야 우장의 결혼식 피로연이 끝나고 돌아온 찡페이를 만났다. 사실대로 말해야 할지 아직 제대로 판단하기도 전에 재난은 잇달아 닥쳐왔다. 그렇게 기다린 끝에 추이엔이 얻은 건 "널 놓아줄게"라는 한마디였다. 찡페이는 추이엔을 떠나보내려고 하는 것이다! 추이엔은 절망한 나머지 물불 가리지 않고 그의 눈앞에 일격을 날렸다.

추이엔은 첫번째 테스트 때 '약한 양성'으로 판명된 테스트기와 항공권, 그리고 여권을 한데 모아 찡페이의 손에 쥐여주었다.

"당신이 내가 가기를 바란다면, 갈게요. 난 그저 당신이 후회하지 않았으면 좋겠어요." 추이엔이 말했다.

추이엔은 찡페이가 뭔가를 이렇게 주의깊게 보는 모습을 거의 본 적이 없었다. 찡페이는 단순한 구조로 되어 있는 그 테스트기를 뚫어져라 쳐다보았다. 추이엔의 옆에서 눈을 떴던 그 순간조차 찡페이는 이렇지 않았다. 지금 그는 마치 우리에 갇힌 맹수처럼, 말없이 좁은 공간 안을 배회했다.

찡페이는 마침내 테스트기를 탁자 위에 내려놓더니 외투를 집어들고 다시 밖으로 나가버렸다. 찡페이는 이 결과와 멀리 떨어진 곳으로 가야만 숨을 쉴 수 있을 것 같은 기분이었다. 나가기 전에, 찡페이는 추이엔에게 아무 데도 가지 말고 집에 얌전히 있으라고 당부했다.

추이엔은 테스트기를 손에 꼭 쥔 채 깊은 잠에 빠져들었다. 부드 럽고 커다란 이불이 추이엔을 포근하게 감싸주었다. 따스하고도 공허한 거짓말 속에서 잠드는 기분이었다.

다음날, 추이엔은 평소대로 학교에 가서 수업을 두 시간 들었다. 한때는 말도 안 되는 미친 생각도 했었다. 임신을 하려면 다른 방 법도 있다는 생각. 그저 상대가 찡페이가 아니라는 것만 다를 뿐이 라고. 그렇지만 그 방법이 성공한다 하더라도, 자신이 사랑하는 남 자에게 이렇게 추악한 진상을 짊어지게 해야만 할까? 그럴 수는 없 었다. 추이엔의 사랑은 이미 극도로 추악해져 있었다.

점심시간에 추이엔은 다시 찡페이의 집으로 돌아갔다. 어머니가 맛있는 것을 가지고 왔으니 집에 와서 점심을 먹으라고 캉캉이 연 락해왔던 것이다.

식탁에는 요리가 잔뜩 차려져 있었다. 전부 캉캉과 추이엔이 좋 아하는 음식들이었다. 찡페이는 아직 집에 돌아오지 않은 듯했다. 찡원과 캉캉은 식탁에 앉아 있었다. 추이엔을 기다리고 있었던 모 양이다.

"이모 오셨어요?" 추이엔은 짐짓 활기차게 웃어 보였다.

그런데 찡원이 급히 추이엔 앞으로 다가오더니 뭔가를 추이엔의 얼굴에다 내던지며 속사포처럼 캐물었다. "이게 뭐야? 응? 대답해 봐. 이게 뭐냐고. 이런 게 왜 네 침대 위에 있어?"

추이엔은 고개를 숙여 자기 얼굴에 맞고 튕겨나간 물건을 내려 다보았다. 추이엔을 기쁘게도, 슬프게도 만들었던 바로 그 테스트 기였다. 요 근래에 너무 많은 일을 겪은 추이엔인지라 찡원의 힐난은 그리 놀랍지도 않았다.

쩡원은 성격이 불같아서 무슨 일이든 마음속에 담아두지 못했다. 일이 이렇게 된 경과도 단순했다. 캉캉이 갑자기 어머니가 해준 갈치조림이 먹고 싶어져서 아침 일찍 집에 전화를 걸어 응석을 부렸다. 아들을 목숨처럼 아끼는 쩡원은 두말 않고 직장에 휴가를 낸 뒤 차로 두 시간 반을 달려와 아들에게 점심밥을 해주었다. 손이 빠른 쩡원은 금세 음식 준비를 마치고는, 캉캉을 시켜 쩡페이와 추이엔에게도 전화해 집으로 밥을 먹으러 오라고 일렀다. 그리고 기다리는 동안 동생의 집을 좀 청소해주기로 했다. 캉캉은 살갑게 어머니의 조수 노릇을 했다. 그런데 쓰레기통을 비우다가 실수로 쓰레기봉지가 찢어졌다. 쩡원은 도와준다더니 일을 더 만든다고 핀잔을 주며 흩어진 쓰레기를 정리했다. 그런데 그 속에서 뜻밖에도 비어 있는 임신 테스트기 포장 상자를 발견했던 것이다.

쩡원은 캉캉에게 외삼촌이 요즘 집에 여자를 데려온 적이 있었느냐고 물었다. 캉캉은 한 번도 없었다고 대답했다. 평소에 이 집에 자주 출입하는 여자라고는 단 한 사람뿐이었다…… 쩡원은 재빨리 추이엔의 방을 샅샅이 뒤졌고, 예상대로 베개 밑에서 이 테스트기를 발견했던 것이다.

쩡원도 경험자로서 붉은 선이 두 가닥 그어져 있는 임신 테스트기가 뭘 의미하는지 모를 리가 없었다. 조숙하고 사리 분별을 잘하는 아이인 줄로만 알았는데, 추이엔이 이런 일을 저지르리라고는 생각도 못했다.

"넌 아직 학생이잖니. 올해 몇 살이나 됐다고? 세상에, 내가 화나서 죽는 꼴을 보고 싶은 거야?" 쩡원은 가슴께를 쥐어뜯으며 평소에 추이엔을 제대로 가르치지 못한 것을 후회했다. 추이엔이 아무리 어른들을 걱정시키지 않는 아이라고 해도 어쨌든 아직 어린 나이였다. 더군다나 쩡원은 추이엔을 자신의 호적에 올려 기르고 있었으니, 추이엔은 쩡원의 딸이나 다름없었다. 집안 어른으로서 이런 물건을 보고 진정할 수 있는 사람은 아마 없을 것이다.

"바른대로 대! 누구 애야? 말 좀 해보라고!" 쩡원이 아무리 캐물어도 추이엔은 멍하니 소파에 걸터앉은 채 한마디도 하지 않았다.

쩡원은 거듭 타일렀다. "추이엔, 말 좀 해봐. 이모가 다 알아서 해줄게. 혹시 어떤 남자한테 속은 거니? 아니면 사귀는 남자가 있는데 피임을 소홀히 한 거야? 일이 이렇게 된 이상 이모도 널 어쩌려는 게 아니야. 그렇지만 너는 여자애니까 이런 일은 농담으로 넘길 수 없어. 네가 사실대로 얘기해줘야 이모가 널 도와줄 수 있지."

추이엔은 양손을 깍지 낀 채 두 눈에 눈물을 글썽이며 힘겹게 대답했다. "이모, 묻지 마세요. 그냥 저한테 신경쓰지 마세요."

"무슨 헛소리냐, 내가 어떻게 너한테 신경을 안 써?" 쩡원은 발까지 동동 굴렀다. 때려도, 혼을 내도 이미 소용없는 일이었다. "너 도대체 무슨 생각을 하는 거니? 아직 대학 졸업도 안 했는데, 애를 그대로 둘 순 없어. 그리고 일단 중요한 건 애아빠가 누구냐는 거고!"

그러면서 쩡원은 아들에게도 화를 냈다. "너 외삼촌한테 전화 했어 안 했어? 왜 아직도 안 오는 거야? 집에 이렇게 큰일이 났는데!"

"아까 전에 오시는 길이라고 했어요……" 캉캉은 폭풍의 중심에서 멀리 떨어진 구석에서 간신히 한마디 내뱉었다.

추이엔은 쩡페이 얘기가 나오는 순간 잠시 당황했다. 그리 세심하지 못한 쩡원마저도 추이엔의 눈 속에 나타난 두려움을 읽었다.

쩡원이 꾸짖었다. "네 외삼촌은 아직 모르는 거지? 너를 그렇게 아끼는데, 이 일을 알았다간 속상해 죽을 거다!"

바로 그때 쩡페이가 현관으로 들어서며 누나에게 물었다. "웬일로 갑자기 왔어? 누가 속상해 죽는다고?"

쩡원은 동생이 돌아온 걸 본 순간 청심환이라도 한 알 먹은 양 금세 침착해졌다. 쩡원은 추이옌을 쳐다보면서 잠시 동안 아무 말도 하지 못했다. 여자아이들은 부끄러움을 잘 타서, 이런 일을 자꾸 들먹이는 걸 바라지 않을 터였다. 하지만 쩡페이는 남도 아니고, 이 집안에서 결정권을 가진 남자였다. 마주할 일은 어쨌든 마주해야만 한다.

쩡페이는 등을 웅크린 채 소파에 앉아 있는 추이옌을 멀리서 쳐다보았다. 이미 마음속으로 최악의 상황을 예상했다. 뭔가를 두려워하면 그 일이 곧 찾아오는 것이 바로 쩡페이의 삶이었다. 쩡페이는 차 열쇠를 현관 앞 바구니에 넣어두고 천천히 안으로 걸어들어갔다.

"왜들 그래?" 쩡페이는 집안에 서 있는 사람들을 향해 물었다. 핏기 하나 없는 추이옌의 얼굴을 보자 눈이 시큰거렸다. 쩡페이가 말했다. "옷 좀 따뜻하게 챙겨 입어. 얼른 들어가, 거기 앉아서 뭐해?"

추이옌은 순순히 자리에서 일어나 자기 방으로 향했다. 쩡원은 쩡페이의 팔을 붙잡으며 작은 소리로 말했다. "추이옌이 임신했어. 알고 있었어?"

쩡페이는 말없이 누나를 한 번 쳐다보았다. 이어 감정을 드러내지 않는 눈길이 추이옌의 뒷모습을 따랐다. 쩡원은 이 눈빛을 보고 쩡페이가 자기 말에 놀란 거라고 멋대로 판단했다. 그러고는 조급한 마음에 다시 화를 냈다. "세상에 도대체 이게 무슨 일이야! 요 새 여자애들은 참, 내가 도대체 어째야겠니? 그런데다 애는 죽어도 애 아빠가 누군지 말을 안 하는구나!"

쩡원은 동생이 잡힌 팔을 빼는 것을 느꼈다. 쩡페이는 거실 한 쪽으로 걸어갔다. 쩡원은 추이엔이 방으로 들어가는 걸 보더니 다 시 쩡페이를 따라가 소리를 낮춰 말했다. "내가 듣기 안 좋은 소리 한다고 섭섭해하지는 마라. 콩 심은 데 콩 나고 팥 심은 데 팥 나는 거야! 쟤도 징린 그 여자랑……"

"무슨 일이 생겼으면 그 일에 관해서만 얘기해. 다른 소린 뭐하 러 해?" 쩡페이는 표정이 좋지 않았다.

두안징린과 관련된 화제만 나오면 쩡페이는 늘 이런 식이었다. 그렇지만 추이엔에 대해 얘기하자면 그냥 지나갈 수 없는 부분이 기도 했다. 쩡원은 징린에 대해 연민과 경멸을 동시에 품고 있었 다. 쩡원이 다시 원망하는 투로 말했다. "그러니까 네가 애초에 이 런 골칫거리를 집에 들이지 말았어야 해. 이젠 어떡하니? 네가 저 애랑 좀 얘기를 해봐. 추이엔이 너랑은 가까우니까 너한테는 사실 대로 말하겠지. 어쨌든 그 망할 놈을 찾아야 돼. 우리 가족이 이렇 게 남한테 당하는 걸 그냥 두고 볼 수는 없잖니!"

"나야." 쩡페이는 소파에 앉아 이마를 손에 괴었다.

"당연히 네가 저애랑 얘기해야지. 내가 벌써 한참 물어봤는데 말 을 안 한다니까." 쩡원은 쩡페이의 말을 전혀 이해하지 못하고 자 기 생각대로 말을 이었다. "상대가 누군지 꼭 알아내야 해. 요즘 남 자들은 너무 책임감이 없다니까……"

"내가 그랬다고!" 쩡페이는 더이상은 못 참겠다는 듯 목소리를 높였다. 옷을 걸치고 나온 추이옌이 걸음을 멈췄다. 캉캉도 숨을 죽였다. 쩡원은 마치 꼼짝도 할 수 없는 주술에 걸리기라도 한 양, 입은 반쯤 벌린 채, 눈동자마저 움직이지 않았다.

"뭐라고?" 쩡원은 자기 귀를 의심하듯, 그리고 쩡페이의 정신 상태를 의심하듯 물었다.

쩡페이는 등에 온통 땀이 나서 아예 겉옷을 벗어 소파에 내던져 버리고는 소리를 질렀다. "내가 그랬다고. 내가 그 망할 놈이라고! 더 정확하게 얘기해줘?"

쩡원의 손이 부들부들 떨렸다. 쩡원은 한걸음 앞으로 다가가 동생을 뒤로 밀쳤다. 쩡페이는 움직이지 않았다. 쩡원은 다시 한 대 매섭게 쩡페이를 치더니, 엄한 목소리로 말했다. "쩡페이, 네가 지금 무슨 헛소릴 하는 건지 알기나 해!"

"내 정신은 아주 말짱해." 쩡페이는 전에 없이 통쾌한 기분을 느꼈다. 속시원히 놓아버리는 데서 오는 쾌감이었다! 남들 앞에서 자기가 '망할 놈'이라는 사실을 인정하는 건 생각보다 그리 어려운 일이 아니었다. 어젯밤부터 지금까지, 그가 느낀 것이라고는 아무 것도 먹지 않아 배가 고프다는 감각뿐이었다.

쩡페이는 앞장서서 식탁으로 가 앉았다. 그러고는 회색 그림자 처럼 방문 앞에 굳어 있는 추이옌을 돌아보며 미간을 살짝 찌푸리 고 말했다. "이리 와서 밥 먹어. 너 지금 굶으면 안 돼."

캉캉은 서둘러 밥을 퍼주고는 재빨리 한 사람 한 사람의 낯빛을 살폈다. 추이옌은 쩡페이 옆에 앉더니 그가 건네준 젓가락을 받아 들고 고개를 숙인 채 밥만 먹었다. 쩡원은 꿈이라도 꾸는 양 식탁 의 반대편에 앉아, 마치 낯선 사람들을 보는 것처럼 추이옌과 쩡페이를 쳐다보았다.

　"오늘이 초하루야, 아니면 보름이야?" 쩡페이는 뜬금없이 그렇게 묻더니, 누가 대답하기도 전에 커다란 생선 조각을 한 점 집어 입에 넣었다. 죄악의 맛은 뜻밖에도 더없이 감미로웠다. 쩡페이는 꼭꼭 씹어 먹으며 추이옌에게도 한 점 집어주었다.

날 후회하게 만들지 마

"딩샤오예, 좋은 아침." 눈을 뜨자마자, 펑란이 작은 소리로 중얼거렸다.

아무도 대답하지 않았다. 펑란은 딩샤오예가 더이상 이 집안에 없다는 걸 알아차렸다. 옆자리는 이미 차갑게 식어 있었다.

딩샤오예는 날이 밝자 조용히 일어나 집을 나갔다. 혼자 이 일을 마무리하고 싶었다. 펑란은 여전히 깊이 잠들어 있을 때였다.

펑란은 점심 무렵 쩡페이의 전화를 받고서야 딩샤오예가 자수하러 갔다는 확실한 소식을 전해 들었다. 그런데 뜻밖에도, 자수를 하러 가기 전에 쩡페이에게 연락해와 잠깐 만나자고 했다는 것이었다.

"나도 가도 돼?" 펑란이 물었다.

쩡페이는 약간 난처해했다. 규정대로라면 용의자는 판결을 받기 전까지는 면회가 불가능했다. 쩡페이가 딩샤오예를 만나는 것부터

가 이미 규정 위반이었다. 평란은 무리하게 요구하지는 않고, 그저 이렇게 말했다. "알았어. 그럼 난 입구에서 기다릴게."

두 사람이 만났을 때, 평란은 쩡페이가 상상했던 것보다 훨씬 차분한 모습이었다. 마지막에야 평란은 한 가지 부탁을 했다. "나를 봐서, 그 사람을 좀 도와줘. 날 도와주는 거라 생각하고."

쩡페이는 아무 말도 하지 않았다. 평란이 아니었다면 딩샤오예를 따로 만날 필요도 없었을 것이다.

이 사건을 담당하는 지서장 첸은 쩡페이의 친구이자 옛 동료였다. 그가 쩡페이에게 딩샤오예와 단독으로 대화할 기회를 주었다.

딩샤오예는 손목에 수갑을 차고 취조실 안에 앉아 있었다. 얼굴에는 아직 상처가 그대로였다. 쩡페이도 자리에 앉을 때, 갈비뼈 한 군데가 욱신거리며 아팠다.

"그 사람은 내가 치어 죽인 게 아냐." 딩샤오예는 쓸데없는 인사말 같은 건 하지 않았다.

쩡페이로서는 익숙한 항변이었다. 취조실에 들어오기 전에 딩샤오예의 진술서 또한 읽어 보았다.

"이 경찰서 안에 거짓말은 차고도 넘쳐." 쩡페이는 딩샤오예의 말에 꿈쩍도 하지 않았다. "수갑 차고 이 안에 앉아 있는 놈들은 전부 다 무슨 수를 써서라도 벗어날 생각을 하거든. 현장에 남아 있던 혈액이 너와 일치했어. 사고를 낸 레인지로버 차량은 네 앞으로 등록된 거였고, 운전대에서도 네 지문이 검출됐고. 나와 저 밖에 있는 경찰들을 설득하고 싶다면 원고를 좀더 다듬어서 다시 말해야 할걸."

딩샤오예는 자유를 잃은 두 손을 모아 깍지를 꼈다. 그 사고가 낯던 때, 그는 갓 스무 살이었다. 아버지의 '사업'은 그에게는 먼 얘기처럼 느껴졌다. 자신에게 그런 재난이 일어날 거라고는 상상도 해본 적이 없었기 때문에 그 당시 그는 그저 멍한 상태였다. 그 경찰관이 사망했다는 소식은 더더욱 그를 절망으로 몰아넣었었다. 그는 후회했고, 양심의 가책을 느꼈다. 그리고 무의식적으로 그 사건에 대한 자세한 생각을 피해왔다.

딩샤오예는 사실 감옥에 갇히는 게 전혀 두렵지 않았다. 어차피 이 세상에 근심거리 하나 없는 혈혈단신이니까. 그도 예전엔 호사스러운 생활을 하던 사람이라, 막 차얼더니에 갔을 당시의 생활은 고된 형벌이나 다름없었다. 하루종일 소와 양과 엉켜 작열하는 태양 아래 땀을 비 오듯 흘리며 일을 했고, 추운 밤에는 마유주조차 그의 몸을 덥혀주지 못했다. 피부는 점점 그 지방 사람들처럼 검게 변했고, 양손은 온통 까져서 피가 나다못해 점차 두터운 굳은살이 박여갔다. 그는 과거도, 미래도, 신분도, 그리고 이름조차 없는 사람이 되었다. 그가 자수를 포기하고 해명할 생각도 하지 않았던 것은, 그에게 있어서는 진상이라는 것이 전혀 중요하지 않았기 때문이었다. 도망쳐서 그럭저럭 살아가는 삶은 그저 하루하루 해가 떴다가 지는 것만을 의미했다. 부모님이 이곳에서 여생을 함께하려 했다는 그 소망만이 그에게 잠시나마 평온함을 가져다주었다.

그렇지만 지금은 달랐다. 바깥에는 자신을 기다리는 사람과 자신이 갈망하는 생활이 있었다. 반드시 모든 노력을 다해 아득하게만 보이는 그 미래를 쟁취해야 했다. 다시 태어나고 싶다는 욕망이 전에 없이 강렬하고 뚜렷해졌다.

쩡페이는 경찰 옷을 벗기는 했지만 여전히 당시 사건의 세부 사항을 가장 잘 알고 있는 사람중 하나였다. 게다가 경찰 내부의 인맥도 남달랐다. 그가 전환점을 마련해주지 못한다면 앞으로는 희망이 없을 터였다. 바로 그 때문에 딩샤오예가 굳이 쩡페이를 먼저 만나려 했던 것이다.

"그 친구 이름 알아? 펑밍이야." 쩡페이는 마치 별 뜻 없다는 듯이 얘기하기 시작했다. "그 친구가 경찰이 되고 나서 처음으로 맡았던 큰 임무였어. 그런데 다시는 돌아오지 못했지. 그 친구는 집안의 독자였어. 여자친구도 없었고. 펑밍의 연로하신 부모님은 젊은 아들을 먼저 보내고 아직까지도 차마 아들 시신을 화장하지 못하고 있어. 칠 년 동안 오늘이 오기만을 기다린 거야. 그분들을 한번 뵈어야 할 거다."

그 낯선 이름이 딩샤오예를 아프게 찔러왔다. 딩샤오예의 손가락 마디마디가 마치 얇은 피부를 뚫고 나오려는 듯 새하얘졌다.

"그 사람한테 미안하게 생각하고 있어…… 그 사람 가족한테도. 그날 아버지한테 다시 돌아가지 않았다면 그 사람은 안 죽었을지도 모르지. 아니면 내가 그대로 아버지를 먼 곳으로 도주시켰다면, 두 사람이 그렇게 충돌하지 않았을지도 모르고."

"걱정 마, 도주중인 범인을 은닉한 죄도 벗어나지 못할 테니까. 네 아버지가 떳떳하지 못한 짓을 얼마나 많이 하고, 또 얼마나 많은 사람들의 삶을 망쳤는지 알아? 한참 전에 그 대가를 치렀어야 한 사람이라고. 너는 옳고 그름을 판단하는 최소한의 능력조차 없는 놈이야!"

"그럼 나보고 어쩌라고? 그 사람은 내 아버지잖아!"

"그야 그렇겠지. 아버지와 같이 싸워줄 사람은 아들밖에 없다잖

아. 네가 운전하지 않았다고 교활하게 변명해봤자 네놈이 그 일과 무관하다는 걸 증명할 순 없어. 오랫동안 경찰 일을 하면서 이런 경우를 많이 봐왔지. 어떤 놈들은 천성이 아주 악랄해. 그리고 그런 악한 본성은 피를 타고 흐르는 거라고."

쩡페이는 딩샤오예가 추이커젠의 아들이라는 데서 느끼는 본능적인 혐오감을 감추려 하지 않았다.

딩샤오예는 희미하게 웃으며 말했다. "그 말대로라면 당신 아버지도 경찰이고 당신도 경찰인데, 당신이 공을 세워 승진하기 위해서 수단 방법을 가리지 않는 것도 유전된 거란 말인가?"

쩡페이는 차가운 눈으로 딩샤오예를 한참 노려보다가 자리에서 일어났다. 그 말에 반박할 생각도 없었고, 그곳에 계속 남아 있을 필요도 없었다.

딩샤오예는 고개를 숙이고 양손을 더 세게 맞잡았다. 마치 마음속에서 선하고 악한 두 자아가 싸우고 있기라도 한 듯했다.

"내가 만약에 당신이 생각하는 그런 사람이었다면, 당신이 지금 이렇게 무사히 여기 있을 수 있었겠어?" 딩샤오예가 갑자기 물었다.

그건 쩡페이도 부정할 수 없는 사실이었다. 경찰계를 떠난 지 오래되다보니 예전의 날카로운 감각은 안일한 생활 속에 차츰 무디어져갔고, 그 탓에 딩샤오예의 진짜 신원을 진작 알아채지 못했다. 쩡페이는 그 점이 계속 마음에 걸렸다. 만약 딩샤오예가 그나 그의 주위 사람들에게 나쁜 마음을 먹었더라면 기회는 이미 많았을 터였다.

"우리 아버지가 아무리 벌을 받아 싼 나쁜 인간이라도 아버지는 이미 죽었어. 난 당신을 원망한 적도 있었지만, 당신 입장에선 옳은 일을 한 거라는 것도 알아. 나보고 옳고 그름을 못 가린다고 하지만 나도 선악에 대한 내 나름의 기준이 있어. 내가 지은 죄라면 내가 갚을 거야. 그렇지만 다시 한번 말하는데, 사고가 일어났을 때 난 차 안에 없었어. 내가 갔을 때는 이미 늦어 있었고. 제발 부탁이야…… 내가 뭣 때문에 이러는지 알잖아."

딩샤오예는 이 말을 마치자 한숨 돌렸다는 듯 눈을 내리깔았다. 그 모습이 마치 오래된 석상 같아 보였다. 딩샤오예는 자신이 할 수 있는 일을 했다. 노력을 다했으니 이제 천명에 순응하는 일만 남은 것이다.

쩡페이는 취조실을 나서기 전에 물었다. "혹시 전해줄 말이라도…… 밖에서 기다리고 있어."

딩샤오예의 손목에 걸린 수갑이 흔들리는 소리가 작게 들렸다. 하지만 그는 고개를 저을 뿐이었다.

펑란에게 할말은 지난밤에 이미 다 했다. 딩샤오예는 펑란을 다시 만날 생각이 없었다. 진상이 드러나기 전에는 서로 만나봐야 둘이 같이 속만 타들어갈 게 뻔했다.

펑란은 쩡페이를 보자마자 저도 모르게 벌떡 일어섰다. "그 사람은 좀 어때? 많이 고생한 건 아니지? 판결이 도대체 어떻게 날 거 같아? 혹시 내 얘긴 안 해?"

쩡페이는 펑란의 어깨를 눌러 다시 자리에 앉히며 말했다. "펑란, 좀 진정해."

그렇지만 펑란은 집요하게 굴었다. "그 사람이 뭐라고 했는지 전부 말해줘."

둘은 지서 부근의 카페에 들어갔다. 쩡페이는 종업원을 불러 펑
란에게 물을 한 잔 가져다달라고 부탁하고는 방금 전의 대화를 간
단히 들려주었다.

펑란은 딩샤오예가 자신을 만나고 싶어하지 않는 것도 예상한
듯했다. 펑란은 한참 동안 멍하니 앉아 있다가 쩡페이에게 물었다.
"내가 뭘 할 수 있을까?"

쩡페이는 들릴락 말락 하게 한숨을 쉬었다. "이건 그쪽 주장일
뿐이야!"

"오빠도 아예 안 믿는 건 아니잖아!" 펑란의 표정은 차분했지만,
두 눈은 무수한 불꽃이 타오르는 듯 반짝거렸다. "그래도 희망이
있는 거지?"

쩡페이가 말했다. "내가 돕고 싶다 해도 뒷일은 네 생각보다 훨
씬 어려워…… 펑밍을 치어 죽인 사람이 딩샤오예가 아니라는 걸
증명하려면 법정에서 받아들일 만한 증거가 필요해. 게다가 딩샤
오예가 추이커젠을 은닉해준 것만 해도 공무집행방해죄가 성립되
고. 이 죄목만 해도 가볍지 않을 거야."

펑란은 여전히 같은 말을 되뇌었다. "내가 할 수 있는 일이 뭐가
있을까?"

쩡페이는 이마 한쪽을 문지르며 한참 동안 말이 없었다. 요 근래
에 너무 많은 일들이 일어나서 피로에 짓눌려 숨도 제대로 쉴 수가
없었다. 이제 서른넷밖에 안 됐는데 마치 예순네 살쯤 된 듯한 기
분이었다.

"펑란, 잘 생각해야 돼." 쩡페이는 마지막으로 다시 한번 펑란을
말렸다. "네가 그 사람을 좋아하는 건 알지만, 이건 '감정'만으로

해결할 수 있는 일이 아니야. 네 인생을 걸고 도박을 할 필요는 없어. 지금 후회해도 늦지 않아."

그런데 평란은 전혀 상관없는 말을 했다. "오빠, 에덴동산에서 처음으로 사과를 먹은 사람도 여자였다는 걸 잊었어?" 그러고는 웃으며 말했다. "오빠, 말해봐. '감정' 말고 내가 뭘 더 써야 할지."

찡페이와 헤어질 때까지도 평란은 아주 침착했다. 마음을 굳게 먹는 것이 중요했다. 예전에 대입 시험을 봤을 때, 시험이 끝난 날 밤에 고열에 시달렸다. 의사는 평란이 벌써 일주일쯤 전부터 감기를 앓고 있었을 거라고 말했다. 하마터면 폐렴으로 발전할 뻔했다며, 이 정도면 온몸이 힘들고 견디기 괴로웠을 거라고 했다. 그러나 평란은 시험을 보는 동안 아무것도 느끼지 못했다. 밤낮으로 불을 밝히고 열심히 공부해온 게 다 그 며칠간을 위한 것 아니었던가? 평란은 중요한 순간에 헛되이 실수하는 것을 용납하는 사람이 아니었다. 그해 입시에서 평란은 시 전체에서 9등을 했다.

마음속에 굳은 의지가 있다면 무너지지 않을 수 있다.

물론, 아무렇지도 않다고 한다면 새빨간 거짓말이었다. 평란의 마음속엔 두려움이 가득했다. 그날 밤, 평란은 거실에서 수도 없이 뱅글뱅글 돌았다. 한 바퀴 돌 때마다 마음속의 망설임, 주저함, 계산속, 자기 보호 본능이 따라 돌았다.

평란, 지금 후회해도 늦지 않아.

그 말은 이미 찡페이의 권고가 아니라 평란 자신의 목소리로 바뀌어 있었다. 한걸음 내디딜 때마다 한 가지 생각이 떠올랐다가 소리 없이 부서져버렸다.

펑란은 정말 딩샤오예를 사랑한다.

얼마나 사랑하는 걸까?

사랑이란 무엇을 견뎌낼 수 있는 걸까?

펑란은 최악의 계획들을 하나하나 앞으로 내세워 다시 한번 정리했다. 마침내 자리에 앉아, 가지고 있는 신용카드와 부동산 소유 증서, 주주 증서, 영업 허가증과 펑란 개인에게 속한 모든 자산을 정리하며 확인했을 때는 벌써 날이 조금씩 밝아오고 있었다. 자리에 앉기 전에 의식도 못하고 이미 대여섯 시간이나 걷고 있었던 것이다. 거실 바닥에 깔아둔 카펫에는 어지럽게 밟힌 자국이 나 있었고, 펑란의 종아리는 언제 어느 가구 모서리에 긁혔는지 빨갛게 생채기가 나 있었다.

펑란은 세수하고 양치를 했다. 거울을 보려던 펑란은 자기가 하룻밤 새 백발이라도 되어버렸을까봐 두려운 마음에 조금 망설였다. 물론 그런 일은 일어나지 않았다. 화장을 지운 얼굴은 조금 피곤해 보였다. 이십대 초반의 희고 탄력 있는 얼굴에 비할 수는 없었지만, 여전히 피부가 깨끗하고 예뻤으며 검은 머리도 풍성해 보였다. 펑란은 자기 얼굴을 만져보았다. 아직은 늙지 않았다! 하지만 만약 딩샤오예를 끝까지 기다린다면, 그때의 얼굴은 어떤 모습일까?

캉캉은 펑란이 가게를 내놓는다는 소식을 맨처음으로 알게 된 사람들중 하나였다. 그리고 가게에서 펑란과 딩샤오예 두 사람의 속사정과 현재 상황을 잘 아는 유일한 사람이기도 했다. 요즘 자기 자신을 '큐피드 캉'이라고 부르던 캉캉은 펑란의 결정을 알게 되자

혀를 내두르며 감탄했다.

"맹강녀 슬피 울어 만리장성을 무너뜨리네. 바람은 소슬하고 역수는 차갑구나, 사나이 한번 가면 다시 돌아오지 못하리. 두십낭은 보석함을 강물에 던지고……" 캉캉은 자기가 알고 있는 용기에 대한 고사를 죄다 주워섬겼지만, 그래도 마음속 감동을 표현하기엔 부족한 것 같았다. "누나가 고대에 살았다면 열녀가 됐을 거고, 혁명 시대에 살았다면 분명히 영웅이 됐을 거예요."

"자즈둥*에 갇힌 간첩이 아니고?" 평란은 딩샤오예와 캉캉이 자신에 대해 몰래 뭐라고 수군거렸는지 알고 있었다. 캉캉은 쓸데없는 소리를 늘어놓긴 하지만, 그래도 이제 평란이 얘기를 나눌 사람은 캉캉 정도밖에 없었다. 적어도 캉캉은 평란이 미쳤다고 생각하진 않았다.

평란은 발 벗고 나서서 딩샤오예에게 제일 좋은 변호사를 구해주었다. 쩡페이가 추천해준 사람으로, 형사사건에 익숙하고 검사 쪽 인맥도 두텁다고 했다. 이는 사건의 최종 판결 방향에 아주 중요했다.

변호사 덕분에 평란은 그의 조수 신분으로 딩샤오예를 함께 면회할 수 있었다. 지난번에 그렇게 헤어지고 보름 뒤의 일이었다. 딩샤오예는 머리가 더 짧아져 있었다. 뺨은 좀 야위었지만 안색은 아직 괜찮아 보였다. 상처가 옅어져서 이목구비가 더 뚜렷하게 보였다.

---

* 중일전쟁 시기에 국민당의 군사통계국이 관리하던 감옥으로, 정치범들을 비밀리에 가두어놓고 심문하던 장소.

"여기 이발사 실력이 나만 못하네." 펑란은 먼저 딩샤오예의 머리를 평가한 뒤 말을 이었다. "구치소 안엔 변태가 많다니까, 비누 주울 때 조심해야 해."

딩샤오예는 그 말에 웃기만 했다. 펑란도 빙그레 웃었다.

환자 앞에선 병에 대해 말하지 않고, 헤어질 땐 이별의 말을 하지 않는다는 게 펑란의 주의였다. 펑란 자신이 버티고 있어야만 딩샤오예도 희망을 볼 수 있을 것이었다.

딩샤오예의 경우, 자수한 후로 지금까지 오히려 전보다 더 편안히 잘 수 있었다. 꿈에 펑란이 나와 방해하지만 않는다면. 원래는 펑란을 만나고 싶지 않았지만, 이렇게 마주보고 웃고 있노라니 충분히 가치 있다는 생각이 들었다. 괴로움마저도 강렬한 쾌감으로 느껴졌다.

"이 사건은 그래도 상당히 희망적이래. 한 변호사님, 그렇다고 하셨죠?" 펑란은 딩샤오예를 위로하고는 변호사 쪽을 쳐다보며 확인하듯 물었다.

딩샤오예에게 필요한 진술과 설명을 해준 후로 있는 듯 없는 듯 앉아만 있던 변호사는 펑란의 말에 고개를 끄덕였다. "판결이 나기 전까지는 희망이 있습니다. 판결이 난 뒤에도 상소할 기회가 있고요. 지금 가장 중요한 건 그 당시 운전을 한 사람이 의뢰인이 아니라는 사실을 입증할 증거를 찾는 겁니다. 그런 후에 최대한 형량을 줄일 수 있도록 해야죠. 우리도 방법을 찾고 있는 중입니다."

딩샤오예는 변호사가 '우리'라고 말한 것을 눈치채고는 펑란에게 물었다. "너 또 뭐했어?"

펑란은 딩샤오예를 속여넘길 수 없다는 걸 알고 있었고, 속일 생각도 없었다. 혼자서 바람을 안고 나아가는 건 안 그래도 힘든 일인데, 무리하게 버틸 필요는 없었다. 펑란은 그 바람에 함께 맞서줄 한 사람이 필요했다.

"가게를 넘길 생각이야. 벌써 몇 사람한테서 연락을 받았는데, 제시한 가격이 나쁘지 않아." 펑란이 설명했다. "내가 지금까지 돈을 너무 헤프게 쓴 게 잘못이지 뭐. 벌긴 많이 벌었지만 쓰기도 많이 썼거든. 돈 걱정 모르고 자라서 돈을 모으는 습관이 없다보니까 융통할 수 있는 현금이 많지 않더라고. 한 변호사님이랑 쩡페이오빠랑도 다 같이 상의해봤는데, 피해자 가족한테 어떻게든 배상을 하고 싶어. 그 경찰관 부모님도 힘드실 테니까. 만약에 가족 분들이 용서한다는 편지라도 써주신다면, 형량을 줄이는 데 도움이될 거야. 내 집은 팔 수가 없어. 부모님 댁으로는…… 돌아가기가힘들고, 길거리에서 노숙할 준비는 아직 안 됐거든. 차라리 가게를넘기는 게 편해. 이참에 나도 잠깐 쉬지 뭐. 참, 너 나한테 회계사자격증도 있다는 거 몰랐지? 어때, 나 생각보다 꽤 유능하지 않아?나 같은 사람은 굶어죽진 않을 거야. 걱정하지 마!"

딩샤오예는 한 손 엄지손가락으로 다른 손 손목에 채워진 수갑을 만지작거렸다. 이 보름 동안 자기 몸에 한 가지 물건이 더해진데는 이미 적응해 있었다. 그렇지만 앞으로 적응해야만 할 것들이아직도 많이 남아 있을 것이다.

"후회해? 펑란." 딩샤오예는 펑란을 똑바로 마주보았다. 시선을피하지도 않고, 그렇다고 일부러 과장하지도 않았다. 감격한 빛도,양심의 가책도 찾아볼 수 없는, 그저 꾸밈없고 진솔한 눈빛이었다.

지금까지 충분히 많은 사람들이 펑란에게 '후회'라는 말을 꺼냈다. 평란은 자신이 그 말에 무감각해졌다고 생각했다. 그런데 그렇게 여러 차례 들어온 그 말을 딩샤오예가 꺼내는 순간, 평란은 마음이 떨렸다. 꼴사납게도 눈시울이 뜨거워졌다.

"아직은 아니지만, 앞으로는 어떻게 될지 모르지. 그리고 어차피 그때가 되면 이미 늦었을 테니까, 그런 말은 안 꺼내도 돼." 평란은 고개를 돌리고는 눈앞으로 내려온 앞머리를 옆으로 쓸어넘기는 척했다. 그러고 나서 다시 딩샤오예를 바라볼 때는 많이 차분해져 있었다. 평란은 웃으며 말했다. "사람들이 나보고 뭐라는 줄 알아? 미친년, 바보, 사랑에 눈먼 여자, 남자한테 돈 대주는 여자래. 너한테 막말 듣는 데 익숙해져서 이젠 얼굴도 두꺼워졌어. 사실 난 미친 것도 아니고, 바보도 아냐. 사랑에 눈먼 건 더더욱 아니고. 나도 내 나름대로 계산을 하고 있다고. 네가 예전부터 그랬잖아. 이득을 보는 사람은 나라고. 선택을 했으면 결과를 감당할 줄 알아야 한다고 했지? 정말 나한테 딱 맞는 얘기야. 겨울 신상품 코트가 됐든, 한정판 구두가 됐든…… 이 세상에 돈 안 들이고 살 수 있는 게 뭐가 있어? 난 내 미래의 행복을 사는 건데, 이 정도쯤은 써야 하지 않겠어?"

아무리 그래도 평란은 자기 생각만큼 그렇게 강인하지는 못했다. 말을 마치고 나자 평란의 입가가 견디지 못하고 가볍게 떨렸다. 두 사람은 너무도 멀리 떨어져 있었다. 그의 손을 잡고, 그의 얼굴을 만지는 것조차 분에 넘치는 희망이 되어버렸다. 평란은 목이 멘 소리로 말했다. "날 후회하게 만들지 마, 샤오예."

"난 그냥 예의상 한 말인데, 그렇게 안 들렸어?" 딩샤오예가 고개를 들더니 말했다. 수갑을 만지작거리는 바람에 거의 나아가고 있던 손목의 상처가 다시 덧난 듯, 작은 핏방울이 배어나왔다.

"보상을 할 수 있다면 물론 좋지. 그분들이 용서하시진 않더라도." 딩샤오예는 칠 년 전에 그 경찰관의 집에 보냈다가 다시 돌려받았던 돈을 떠올리며 평란에게 말했다. "네가 가게를 팔 것까진 없어. 돈은 나한테도 아직 좀 있어. 아마 부족하겠지만…… 나한테 집도 한 채 있고, 좀 오래되긴 했지만 위치는 괜찮으니까, 네가 나 대신 맡아서 처리해줘."

그 집을 지금까지 팔지 않았던 것은 수많은 지난날의 추억을 지탱하고 있는 곳이기 때문이었다. 그렇지만 이제는 추이팅이 죽었다고 생각하기로 했다. 살아 있는 딩샤오예는 그 자신과 사랑하는 사람을 위해 계획을 세워야 했다.

"네 가게는 남겨두고, 날 기다려줘. 내가 여기서 나가는 날까지. 너한테 진 빚은 갚을 수 없을지도 모르지만, 내 생명은 네 거야. 만약, 만약에 네가 계속 기다리지 못한다고 해도, 난 너한테 고마워할 거야……"

"고맙다는 말 말고, 사랑한다고 해줘." 평란의 목소리가 바뀌었다. "지금 내 모습을 잘 기억해둬. 몇 년 지나면 늙어버릴지도 모르잖아."

딩샤오예가 말했다. "지금도 그렇게 젊은 건 아닌데 뭘."

평란은 웃는 듯 우는 듯한 얼굴로 말했다. "나쁜 놈, 이 상황에 듣기 좋은 말로 달래줄 줄도 몰라? 조심하는 게 좋을걸. 내가 너보다 젊고 잘생기고 달콤한 말도 잘하는 남자를 만나서 그제야 후회라는 걸 하게 되면, 네가 나왔을 땐 난 애엄마가 돼 있을지도 모른다고!"

딩샤오예의 입가에 보조개가 패었다. 마치 늑대가 송곳니를 드러내는 것 같았다. "뭐가 걱정이야? 네가 애를 몇을 낳든 간에 결국은 내 옆으로 돌아오게 될 텐데."

평란은 양손으로 얼굴을 가리고 울어버렸다. 끝까지 미소 짓고 있겠다고 오기 전에 맹세했는데도.

평란은 무엇보다도 딩샤오예가 자신을 만류할까봐 두려웠다. 남들이 뭐라 하건 그런 건 하나도 신경쓰이지 않았다. 모든 걸 버리고 딩샤오예와 함께 떠날 수도 있었다. 그렇지만 떠나기로 약속한 마지막 순간에 그가 약속을 어기는 것만은 견딜 수 없을 듯했다. 마치 자신의 전 재산을 털어 꽃다발을 산 빈털터리가 바라는 것은 그 꽃을 받아줄 사람의 안타까움과 동정의 눈빛이 아니라, 두 팔을 벌려 받아주며 "정말 예쁘다!"라고 기뻐해주는 모습인 것처럼.

딩샤오예는 세상에서 제일 천박한 그 입으로, 평란이 지금까지 들었던 말 중 가장 듣기 좋은 말을 해준 것이다.

평란은 지금까지 몇 번이나 자문해보았다. 딩샤오예가 도대체 뭐가 그렇게 잘났기에 자신이 그를 위해 모든 것을 걸고 온갖 어리석은 짓을 하게 만드는 걸까? 평란의 어머니가 말했던 것처럼, 딩샤오예는 그저 젊고 잘생겼을 뿐이다. 그렇지만 평란이 사랑했던 남자들 중 딩샤오예보다 못한 남자들이 있었던가? 어째서 다른 사람을 위해서는 이렇게까지 할 수 없었던 걸까? 이제는 그 답을 알 수 있었다. 똑같이 사치스러운 선물을 해줘도 저우타오란은 부담스러워하고 스트레스를 받을 뿐이지만, 딩샤오예는 당당하게 받으며 감정을 전혀 꾸며내지 않기 때문이다. 딩샤오예가 그렇게 '뻔뻔한' 것은 가격표에 삼천 위안이 적힌 셔츠가 되었건 평란의 가게가 되었건, 그 모든 것을 다만 한 여자의 가장 평범한 사랑이라고 생각하기 때문이다. 그는 평란 방식의 사랑을 이해하고 받아들여주었고, 그래서 평란은 딩샤오예를 위해 이럴 가치가 있다고 느끼는 것이다. 딩샤오예는 평란의 마음이 바라는 그 모습 그대로 완벽하게 자라난 요괴였다.

"딩샤오예, 날 만난 것도 다 네 복인 줄 알아. 네가 만약에 전생에 요괴였다면 분명히 일억 년은 수행했을 거야. 날 사랑한다고 말해주지 않을 거면 행동으로 보답해. 나도 너한테 예의 같은 거 차리지 않을 테니까. 평생 한눈팔지 말고 내 생각만 하고 날 지켜줘야 해. 내가 늙고 못생겨진 뒤에도 하이힐을 신고, 외출 전엔 삼십 분씩 화장을 하고, 옷 사고 매니큐어 바르고 향수 뿌리고, 너한테 키스할 땐 온 얼굴에 립스틱을 묻혀도 다 참아야 해."

"여자들이란 진짜 귀찮다니까. 뭐, 그러는 수밖에 없겠네." 딩샤오예는 쓴웃음을 지었다. 그러나 조용히 앉아 있던 변호사까지도 고개를 숙이는 딩샤오예의 눈가에 맺혀 있는 눈물을 보았다.

"시간이 거의 다 됐습니다. 더 할 얘기가 있다면 빨리 하시죠." 변호사가 손목시계를 보며 말했다.

평란은 의자에서 일어서더니 딩샤오예를 굽어보는 듯한 태도로 말했다. "날 사랑한다고 말할 기회를 한번 더 줄게. 다음번은 언제가 될지 몰라."

딩샤오예는 어색한 얼굴로 우물쭈물하며 말했다. "꼭 그렇게 자꾸 물어야 돼?"

"이 나쁜 놈아, 말할 거야 말 거야!" 평란이 버럭 화를 냈다.

변호사는 경찰들에게 담배라도 한 대 얻어 피우고 싶은 충동이 들어 먼저 출구 쪽으로 걸어갔다.

딩샤오예가 입을 열었다. "난……" 궁지에 몰린 듯 딩샤오예의 얼굴이 새빨개졌다. "너한테 줄 게 있어. 네 화장대 맨 위 서랍 안에 넣어뒀어."

펑란은 딩샤오예에게 그 말 한마디를 듣기가 왜 이렇게 어려운지 이해할 수가 없었다. 그가 말하려 하지 않을수록 펑란은 더욱 절실하게 그 말을 듣고 싶었다. 마치 둘이서 힘겨루기라도 하는 듯했다. 아니면 설마 딩샤오예는 편지로 사랑을 전하는 성격인데 펑란이 모르고 있었던 걸까?

펑란은 집에 도착하자마자 딩샤오예가 말한 물건을 찾아보았다. 서랍 속엔 못 보던 통장 몇 개와 부동산 소유 증서, 그리고 오래된 토끼 모양 구슬 장식이 달린 열쇠가 들어 있었다. 펑란을 가장 놀라게 한 건 원래 펑란의 것이었던『서머싯 몸 단편선』이었다.

펑란은 책을 처음부터 끝까지 넘겨보았지만 새로 쓰인 글씨라고는 자기가 예전에 속표지에 적었던 자신의 이름 두 자밖에 없었다. 펑란은 화가 나서 책을 한쪽으로 집어던지고 침대에 엎어졌다. 홑이불이 뺨에 닿아 간지러웠다. 마치 딩샤오예가 입에 물고 있던 갈대 이삭이 뺨을 스쳤던 그때처럼. 불현듯 저수지에서 고기를 구워먹었던 그날 딩샤오예가 서머싯 몸의 말을 인용했던 게 떠올랐다. 펑란은 다시 일어나 앉아 황급히 그 부분을 펼쳐보았지만, 흰 종이에 인쇄된 검은 글씨 말고는 아무것도 없었다.

"여자들은 사랑을 무척 중요시한다. 그리고 우리를 설득해 사랑이야말로 삶의 모든 것이라고 믿게 만들려 한다. 사실 사랑이란 생활 속의 사소한 일부분이고, 우리는 정욕만을 이해할 뿐이다. 이건 정상적이고 건강한 반응이다. 사랑이란 병과 같다."

　더이상 치료할 수 없을 정도로 병든 건 정말 평란뿐이란 말인가? 평란은 손으로 글자를 짚어가며 읽었지만, 아무리 생각해봐도 이해할 수가 없었다. 마침내 그 페이지 안쪽에 끼워져 있던 짙은 갈색의 긴 머리칼 한 올을 발견할 때까지는.

자업자득이지만 불법은 아닌

밖에서 도는 소문들에 대해서 평란은 회피하지 않았지만 그렇다고 일일이 대응하지도 않았다. 바깥의 폭풍은 잠깐 지나가는 것일 뿐이지만, 가족 내부에서 불어닥치는 한파야말로 진정으로 대면해야 할 문제였다.

집은 평란이 가장 따뜻하게 의지할 수 있는 곳이었고, 부모님은 평란의 등뒤에 결코 흔들리지 않고 서 있는 버팀돌이었다. 그렇지만 이제 그 따뜻함은 속박으로, 버팀돌은 장벽으로 변하게 될지도 몰랐다. 설령 그렇게 된들 그녀는 그것을 원망할 수도, 가족들과 다툴 수도 없었다. 가족들도 다 평란을 생각해서 그런다는 걸 너무나도 잘 알고 있었기 때문이다.

평란의 부모님은 '끔찍한 소식'을 듣자마자 딸을 뜯어말리는 대신, 최대한 인내하고 자제하는 태도를 취했다. 그들은 누구보다도 딸을 잘 알고 있었다. 평란은 주장이 강한 아이라 일단 뭔가를 확신하면 쉽게 흔들리지 않았다. 딸의 고집에 대처하는 가장 좋은 방법은 사과가 속에서부터 썩어가기를 기다리는 것이었다.

평란은 초등학교 때 발레리나를 꿈꿨다. 부모님은 예술을 전공하면 나중에 먹고살기 힘들지도 모르는데다가, 딸이 연습에 정신이 팔려 학업을 소홀히 할까봐 걱정했다. 하지만 아무리 입이 닳도록 말려도 평란은 고집을 꺾지 않았다. 집에서 교습 비용을 대주지 않자 세뱃돈으로 교습비를 충당했으며, 어른들이 발레 교실에 데려다주지도, 데리러 오지도 않자 혼자서 버스를 세 번씩 갈아타면서 왕복 몇 시간이 걸리는 거리를 꿋꿋이 다녔다.

나중에 평란은 시에서 주최하는 대회에 나갈 무용수로 선발되지 못했다. 교습반의 선생님은 평란에게 실력은 괜찮지만 발레리나가 되기에는 키가 너무 크고 신체 조건이 별로 좋지 않아서, 뛰어난 댄서가 되기 힘들다고 말해주었다. 그 일 이후로, 가족들이 뭐라고 조언할 필요도 없이 평란은 스스로 인생의 목표를 바꾸었다. 발레리나가 될 수 없으니 음식점 사장이 되겠다는 것이었다. 가족들이 보기에는 그 목표도 썩 좋아 보이지는 않았지만 그저 지켜보기만 했다. 그런데 끝내 그 꿈을 이룬데다가 제법 성공적으로 꾸려나가기까지 해서 몇 년 동안은 부모님을 안심시켜온 평란이었다. 그랬는데 이제 와서 그런 남자 하나를 위해 가게까지 기꺼이 내놓게 될 줄이야, 누가 상상이나 했겠는가?

평란의 부모는 그들의 심장을 고양이가 할퀴는 것 같고, 늑대가 물어뜯는 것 같고, 얼음물 속에 담갔다가 또 불속에서 태우는 것만 같았다. 옛날 같았으면 햇빛도 안 드는 곳에다 딸을 가둬두고 딸이 저지른 일들을 수습하고, 다시는 밖에서 어리석은 짓을 하지 못하도록 당조짐했을 것이다. 그렇지만 현실에서는 안타깝게도 부모가 할 수 있는 일은 아무것도 없었다.

펑란은 이미 독립한 성인이었다. 누구보다도 설득력 있게 말할 줄 알았고, 언제나 누구보다도 나은 방법을 생각해낼 줄 알았다. 이번에 저지른 어리석기 짝이 없는 일만 빼면, 펑란은 아주 빈틈없고 철저한 사람이었다. 하지만 법으로도 그 범죄자를 향한 펑란의 사랑을 막을 수 없었다. 설령 정말로 가게를 팔아버린다 해도, 가게에 투자한 돈도 펑란의 돈이었고, 가게를 운영하는 사람도 펑란 본인이었고, 집도 펑란이 산 것이었다. 펑란 앞으로 되어 있는 모든 재산의 합법적이고 독립적인 소유자는 바로 펑란 자신이었다. 펑란이 그러려고만 한다면 그 결정에 간섭할 수 있는 사람은 아무도 없었다.

펑란의 부모는 큰일일수록 더 침착하게 대처해야 한다고 생각했다. 펑란 스스로 마음이 식은 것을 의식해야만 태도를 바꿀 터였다. 두 사람은 딸에게 시간을 주고 딸이 머리를 식히기를 기다렸다. 그리고 그 남자를 위해 불속으로 뛰어들 가치가 없다는 걸 펑란 스스로 깨닫는 데 모든 희망을 걸었다. 그러나 두 사람의 귀에 들려오는 소식은 아직도 펑란이 그 남자를 위해 이리저리 바쁘게 뛰어다니고 있다는 것뿐이었다.

펑란은 부모님으로부터 집에 오라는 연락을 받았다. 오랫동안 같이 식사를 하지 못했으니 한번 오라는 것이었다. 펑란은 흔쾌히 그러겠다고 했다. 평범한 저녁식사가 아니라 자신을 모해하기 위한 자리라 해도 어차피 조만간 마주해야 할 일이었다. 펑란이 반드시 넘어야만 하는 난관이었다.

부모님 집에 도착해보니 오빠 펑타오도 와 있었다. 아내가 작은 딸을 낳은 지 아직 두 달도 채 되지 않은 상황에서도 먼 타국에서 불려왔다니, 오늘 저녁식사는 참으로 '평범'할 모양이었다.

펑란은 원래부터 오빠와 사이가 좋았다. 이 년 동안이나 못 만났다보니 끌어안고 반갑게 인사하고 나자 자연스레 이야기꽃이 피었다. 아버지는 옆에서 차를 따라주었고, 어머니는 바쁘게 음식 준비를 했다. 이런 화목한 분위기는 다들 식탁에 둘러앉아 펑타오가 가져온 와인을 한 잔씩 하고 어머니가 본격적으로 입을 열기 전까지 이어졌다. 어머니가 말했다. "이번에 메리가 우리 집안에 또 새로운 가족을 더해주었잖니. 큰손녀도 오랫동안 못 보고 했으니, 이번에 우리 가족 모두 펑타오랑 같이 가서 한동안 지내다 오자꾸나. 비행기 표도 내가 예약하고, 필요한 비용은 전부 내가 대마!"

"우리 엄만 정말 통이 크시다니까." 펑타오가 장난스러운 투로 말했다. "저희 이사한 지 얼마 안 돼서, 엄마가 새집에 이것저것 좀 많이 보태주셔야 할걸요."

펑란이 말했다. "그래요, 다들 즐겁게 지내다 오세요. 새로 태어난 아기도 제 몫까지 많이 안아주시고, 고모가 사랑한다고 전해주세요."

웃으며 이렇게 말하고 음식을 집어먹던 펑란은 갑자기 사방이 고요해진 것을 깨달았다. 어머니가 젓가락을 내려놓더니 말했다. "내가 '우리 가족 모두'라고 했지. 펑란, 너 아직 시집 안 갔잖니. 아니, 시집을 갔다고 해도 변함없이 우리 펑 씨 가족이지!"

마침내 본론으로 들어간 셈이었다. 펑란은 허리를 곧게 펴고 앉아 말했다. "죄송해요, 엄마. 이번에 전 못 가겠네요. 이렇게 하면 어떨까요? 비행기 표는 전부 제가 살게요. 엄마 손목시계 사시려는 것도 제가 알아서 할게요. 참, 그리고 오빠. 새언니가 지난번에 갖고 싶어했던 그 제초기 말인데, 내가 이사 선물로 사줄게."

"우리집 여성분들은 하나같이 통이 크시다니까!" 펑타오는 웃음으로 분위기를 무마해보려 했다.

어머니는 차갑게 웃었다. "그러게 말이다. 우리 딸은 돈도 벌고 출세해서, 그 재산을 전부 갖다가 범죄자한테 바칠 뻔했지 뭐냐."

펑란은 손을 무릎 위에 올려놓고 천천히 말했다. "죄송해요." 온전히 진심에서 우러난 사과였다. 부모님을 실망시키고 집안에 괴로운 일을 보탠 데 대한, 그리고 자신의 고집스러운 이기심에 대한.

"가게를 내놓겠다던 건 그냥 여러 계획 중 하나일 뿐이었어요. 이제 그럴 필요는 없어졌으니까 걱정하지 마세요."

"넌 우리가 돈 문제만 가지고 걱정하는 줄 아니? 미안하단 말 마라, 펑란. 엄마 아빠는 늙었으니, 우리가 아무리 속이 상해봐야 기껏 몇 년 덜 살고 말겠지, 그게 뭐 그리 대수겠니? 네가 제일 미안해해야 할 사람은 너 자신이야." 어머니는 더이상 참지 못하고 한 손으로 주먹을 쥐고 자기 가슴께를 때리며 슬픈 목소리로 말했다. "네가 부모가 되어보면 우리 마음을 알 게다. 내가 나쁜 사람이 되고 싶어서 좋은 인연을 떼어놓으려고 하는 것 같니? 하늘 아래 어느 부모가 자기 자식이 불구덩이로 뛰어드는 걸 두 눈 뜨고 보고만 있다던? 차라리 칼로 우리 가슴을 찌르지 그러냐. 네가 지금 이 길을 그대로 걸으면 나중에 나처럼 자식 때문에 애를 태울 자격조차 없을지도 몰라. 네가 나중에 늙고 처량한 신세가 돼서 외톨이로 죽을까봐 걱정이구나."

아버지는 급히 작은 목소리로 아내를 달랬다. 펑타오도 가족들을 화해시키려 했다. "펑란, 무슨 일인지 잘 좀 설명해봐. 엄마 아빠랑 얘기가 안 통하면 오빠도 있잖아. 누군가를 사랑하는 건 물론 잘못이 아니지만, 사랑한다고 그렇게 완전히 맹목적이 되면 안 돼. 내 생각에 이번엔 네가 좀 너무한 것 같다. 법을 어긴 사람이라면, 어떤 이유에서든 그 사람의 행동에 잘못이 있었다는 얘기잖아. 다시 신중하게 생각해볼 필요가 있어."

"벌써 잘 생각해봤어." 펑란이 대답했다. 바로 그렇기 때문에 더욱 미안한 마음이 드는 것이었다.

아버지가 끝내 입을 열고 무겁게 말했다. "쓸데없는 말은 않으마. 네가 꼭 그래야겠다면 적어도 우리를 설득할 만한 이유는 있어야 하지 않겠니. 도대체 왜 그러는 거냐?"

펑란이 말했다. "저, 그 사람 사랑해요."

어머니가 더이상은 못 참겠다는 듯 버럭 성을 냈다. "사랑 말고 또 뭐가 있는데? 실질적인 이유를 하나라도 들어서, 이미 발 한 짝씩을 관 안에 들여놓은 이 어미 아비를 좀 달래보려무나!"

"없어요." 펑란은 가족들을 속일 수 없었다. '사랑'이라는 이유는 저속했다. 입에 올리면 너무나도 가볍게 들려서, 마치 막장 드라마 속 대사 같았다. 그렇지만 그것만이 유일한 이유였다. 대신할 만한 다른 이유는 찾을 수 없었다. 딩샤오예를 사랑하기 때문에 남들 눈에 어리석어 보이는 일도 기꺼이 하게 되는 것이다. 언젠가 후회하게 된다고 해도 바뀌지 않을 사실이었다.

"우리가 도대체 너한테 뭘 잘못했니? 우린 네가 종업원을 좋아하는 것도 참았는데, 넌 그 남자를 집에 데려올 능력도 없었잖니.

그런데 이제는 그놈이 그냥 종업원도 아니고 살인범이라며!" 어머니는 눈물을 흘리며 하소연했다. 그 말을 듣는 두 남자의 얼굴도 어두워졌다.

평란이 설명했다. "그 사람은 살인범이 아니에요. 그 사람이 경찰을 치어 죽인 게 아니라고요. 그 사람도 잘못이 있지만 정상참작을 할 만한 점이 있어요. 엄마, 만약에 엄마 아빠가 위험해진다면 저였어도 법을 어길 각오를 하고 엄마 아빠를 보호⋯⋯"

"그런 소린 하지도 마라, 귀 더럽힐까 무섭다!" 어머니가 엄한 목소리로 말했다. "우리집이 명문가는 아니라도 몇 대 동안 청렴결백하게 살아왔어. 우리가 너를 너무 가만히 내버려두고 뭐든 너 알아서 하게 됐더니, 결국 네 스스로 파멸을 선택하는구나! 이렇게 될 줄 알았다면 차라리 공부도 덜 시키고, 돈도 좀 덜 벌게 해서 얌전히 분수에 맞게 시집이나 보낼 걸 그랬다. 그렇게 그럭저럭 한평생 보내는 게 지금보단 나았을 거야!"

부모님의 가치관엔 모순이 있었지만, 평란은 반박하지 않았다. 부모님은 어릴 때부터 남자에게 뒤지지 않도록 독립적이고 강한 여성이 되라고 가르쳐왔다. 그런데 이제 와서는 안정적인 결혼 생활이야말로 여자의 인생에 제일 중요한 것이라고 설득하려 하고 있었다.

"남들이 너처럼 바보 같은 줄 아니? 그놈이 신분이 발각되기 전엔 어디 너한테 눈독을 들이기라도 했다던? 궁지에 몰리니까 이제야 널 방패막이로 삼으려는 것 아니냐. 네가 가난한 집 딸이었거나 평범한 회사원이었으면 그놈이 널 마음에 두기나 했겠니?"

"그러니까 엄마 말씀마따나, 여자도 노력해서 돈을 벌어야죠."

평란의 얼굴은 아주 차분했다. "엄마, 전부터 저는 무슨 일을 하든 남들보다 몰두하는 성격이라고 하셨죠? 게다가 그게 장점이라고 칭찬까지 하셨잖아요. 제가 지금까지 열심히 공부해서 시험 잘 보고 힘들게 사업을 해온 게 전부 뭘 위해서였겠어요? 사랑하는 사람이 생겼을 때, 그 사람이 부자든 빈털터리든 상관없이 당당하게 받아들일 수 있기 위해서 아니었겠어요?"

어머니는 딸의 '궤변'에 연신 고개를 젓더니 완전히 절망한 듯 말했다. "구제불능이구나, 구제불능이야." 그러고는 고개를 돌려 남편과 아들을 보며 물었다. "얘가 도대체 무슨 헛소리를 하는 거래요?"

아버지는 눈을 감은 채 미간을 찌푸리고 있었고, 평타오는 생각에 잠긴 듯했다.

평란은 어머니 옆으로 다가가 티슈를 뽑아 눈물을 닦아주려 했지만, 어머니는 평란의 손을 모질게 내쳤다. 그래도 평란은 신경쓰지 않고 어머니 옆에 무릎을 꿇고 앉았다. "저도 안정적인 생활을 하고 싶어요. 저라고 굳이 그런 특이한 남자를 만나고 싶었던 게 아니라고요. 정말이에요. 저도 그 사람이 좋은 집안 출신에 성공한 사업가였으면 좋겠어요. 그럼 엄마 아빠도 마음 편하실 거고 저도 낯이 설 테니까요. 하지만 그 사람은 그런 사람이 아니에요. 그래도 전 그 사람을 사랑해요. 제가 선택한 거니까 전 모든 사실을 받아들여야 해요. 본성이 나쁜 사람은 아니에요. 저도 온갖 죄를 저지른 악인을 사랑할 정도로 바보는 아니라고요. 그 정도 판단력은 있어요."

어머니는 거미줄처럼 가느다란 소리로 말했다. "지금이야 그렇게 거침없이 말하지. 세월이 지나서 그놈한테 사기당하고 다 늙어서 되돌릴 수도 없게 되면, 그때는 너도 후회할 거다!"

평란도 그런 결과를 상상해보지 않은 건 아니었다. 평란은 어릴 때처럼 어머니의 무릎에 기대어 작은 소리로 말했다. "지금부터 후회하는 것보단 차라리 나중으로 미뤄두는 게 더 나아요. 엄마, 저 잘 가르치셨으니까 믿어주세요. 엄마 딸이 십 년, 이십 년 후에 어떤 남자한테 어떻게 사기를 당하더라도, 그때도 똑같이 다시 일어나서 열심히 살아갈 능력이 있다는 걸 믿어주세요."

어머니는 더이상 말리지 않았다. 평란이 집을 나서서 복도로 나왔을 때, 집안에서 그릇 깨지는 소리가 들려왔다.

보름 후, 평타오가 집으로 돌아갈 때 부모님도 함께 출국했다. 딸이 곁에서 자신들을 보살펴주었으면 하고 바랐었지만, 바로 그 딸이 자신들을 너무나도 상심하게 했기 때문에, 평란의 부모는 아들과 며느리 곁에 가능한 한 오래 머물며 아이들을 돌봐주기로 결정했다. 골치 아픈 일도, 사람도 차라리 안 보는 것이 마음 편했다.

평란은 가족들을 공항까지 배웅했다. 평란의 어머니는 딸의 결정에 간섭할 수는 없지만 절대로 그 선택에 찬성하지도 않는다고 말했다. 그리고 평란이 이대로 계속 나아간다면 이 길의 끝에 어떤 일들이 기다리고 있을지 마지막으로 한번 더 일깨워주었다. 이제부터 평란은 동창회나 친구 모임에 나가기 부끄러워질 것이며, 남들이 애인에 대해 물어오면 분위기가 어색해질 것이다. 딩샤오예가 살아서 감옥을 나와 둘이 함께하게 된다 해도, 평란은 언젠가 두 사람 사이의 격차를 느껴 그를 탓하고 미워하게 될 것이다. 딩샤오예가 평란에게 느꼈던 신선함과 고마움도 이런 사소한 불화

속에 전부 소진되어, 종국에는 서로 원망하는 사이가 되어버릴 것이다. 그때가 되면 평란은 부모를 거역하고 가진 돈을 다 쓰고 청춘까지 허비한 끝에 얻은 것이 결국 무엇인지 깨닫게 될 것이다.

평란은 어머니를 오랫동안 꼭 껴안고, 아버지와 함께 건강히 지내시라고 당부했다. 두 분이 오래오래 장수해야 이 예언이 어떻게 될지 보실 수 있을 거라고 말이다. 자식에게 어머니는 영원히 의지가 되는 존재니까, 평란이 일흔 살, 여든 살이 되어서 남들에게 괴롭힘을 당하면 그때도 여전히 두 팔 벌려 딸을 기다려주고, 보호해줘야 한다고.

어머니는 더이상 평란에게 화를 내지 않았다. 어머니의 표정은 시종일관 담담했다. 딸에게서 등을 돌리고 보안 검사대를 통과한 후에야, 어머니는 눈물을 떨어뜨렸다.

딩샤오예 앞으로 등록되어 있던 집을 순조롭게 매각하고 대금도 지불받은 후, 그 뒷일은 원래 계획대로 진행되었다. 쩡페이의 적극적인 조정 아래, 그의 예전 동료인 첸은 다시 한번 증거를 수집하는 데 동의했다. 변호사는 법리상의 세부적인 사항과 딩샤오예 측에 유리한 증인에게 연락하는 일을 맡았다. 평란이 할 일은 다시 한번 유족을 방문해 사죄하는 것이었다. 딩샤오예의 집을 판 돈과 평란 자신이 모아온 모든 현금을 합해 평밍 경관의 부모에게 보상금으로 건넸다. 아무리 문전박대를 당하고 모욕을 당해도 그들의 용서를 구해야만 했다.

그러는 동안, 평란의 귓가에는 수군거리며 묻는 소리가 끊이지 않았다. 누군가는 선의로, 누군가는 타인의 사생활에 대한 호기심으로 어디에 가든 모든 사람들이 평란을 말렸다.

다들 말했다. 펑란이 미쳤다, 미쳤다, 미쳤다고……

펑란은 마음을 굳게 먹었다. 남들은 참견할 수 없다, 참견할 수 없다, 참견할 수 없다고……

남들에게 설명할 필요도 없었고, 남들이 이해해주기를 바라지도 않았다.

딩샤오예는 법을 어겼으니 감옥에 갇히는 것도 자업자득이었다. 하지만 펑란이 딩샤오예를 사랑하는 건, 자업자득이긴 하지만 불법은 아니었다.

거짓말 속에서 사는 사람

쩡페이네 집안도 전에 없이 난감한 일에 부딪혀 혼란스러운 상황이었다. 펑란네와는 또다른 종류의 혼란이었다.

쩡페이가 추이옌을 데리고 집에 돌아오기 전에, 쩡원은 어머니에게 미리 '예방약'을 처방해두었다. 쩡원의 성격은 어머니가 젊을 때의 성격과 꼭 닮아서 마음속에 말 한마디를 그냥 담아두지 못했다. 동생 집에 다녀온 쩡원은 혼이 반쯤 나가 있었다. 어머니가 "무슨 일이냐"고 한마디 물은 것뿐인데, 쩡원은 귀신이라도 본 양 낯빛이 변했다.

어머니는 이 나이까지 살았으니 이제 무슨 일에든 놀랄 게 없다고 생각하고 있었다. 그런데 쩡원이 울상을 하고는 추이옌이 임신했다고 하더니, 이어 쩡페이가 큰 사고를 쳤다고 말하자, 가슴이 덜컥 내려앉았다. 어머니는 나쁜 일은 왜 한꺼번에 오는 건가 하는 생각을 했다. 아들이 무슨 사고를 쳤느냐고 묻기도 전에, 쩡원은 이 '두 가지 나쁜 일'이 사실은 한 가지라고 털어놓았다. 추이옌이 가진 아이가 쩡페이의 아이라고.

어머니는 눈앞이 캄캄해졌다.

연로하지만 불같은 성미는 여전한 여인이었다. 쩡페이가 추이옌을 데려와 앞에 꿇어앉자, 어머니는 도리를 들먹이며 두 사람을 꾸짖는 데 쓸데없이 힘을 낭비하지 않았다. '도리'라는 말을 마음에 새기고 있었다면 애초에 이런 어리석은 일을 저지르지도 않았을 테니 말이다. 하물며 그녀가 하고 싶은 말은 차마 입 밖으로 낼 수 없는 말뿐이었다.

어머니가 평소에 등을 긁는 데 쓰던 대나무 등긁개가 추이옌의 팔을 한 번 스친 뒤, 나머지는 전부 쩡페이의 등과 어깨에 내리꽂혔다.

쩡페이는 어렸을 때 대단한 말썽꾸러기라, 이 집 아이를 때려 울리는가 하면 금세 또 저 집 유리창을 깨곤 했다. 그래서 부모님에게 야단도 숱하게 맞았다. 혼내느라 부러진 회초리도 셀 수 없을 정도였다. 그런데 쩡페이는 성인이 되자 사람이 아예 변한 것처럼 성격이 아주 진중해졌다. 어머니는 아들의 이런 변화에 안심하고 기뻐했다. 남편이 세상을 뜬 뒤, 아들은 드디어 출세를 해서 집안의 기둥이 되어주었다. 아들의 혼사 말고는 이제 걱정할 일이 없었다. 어머니는 아들이 하루빨리 결혼할 여자를 데려와 손자를 안겨주기를 꿈에서까지 바랐다. 하지만 결코 이런 식은 아니었다.

애초에 쩡페이가 추이옌을 쩡원의 호적에 올려 키우려 했을 때 가장 거세게 반대했던 사람은 바로 어머니였다. 그렇지만 그후로 추이옌을 가장 아꼈던 사람도 역시 어머니였다. 어머니는 추이옌이 비록 고아지만 총명하고 사리에 밝으며 사람들에게 사랑받을 만한 아이라고 여겼다. 외모도 예쁘게 컸으니 밖에서 남자를 못 만날까봐 걱정할 일도 없었다. 쩡페이의 어머니는 추이옌의 결혼에 대해서는 전혀 걱정하지 않았다. 심지어 추이옌의 그런 복을 쩡페이에게 좀 나눠줄 수 있으면 좋겠다고 딸과 사위에게 농담을 하기도 했다. 그런데 그 망할 복을 두 사람이 이렇게 나눠 가질 줄 누가 상상이나 했겠는가.

쩡페이 가족은 북쪽 지방에서 이사를 오긴 했지만 이 지역에도 전혀 기반이 없는 건 아니었다. 쩡페이의 아버지가 이 지역에서 그만한 자리에 올랐을 정도니 이런저런 관계로 얽힌 사람이 적지 않았다. 추이옌 또한 이 집에서 칠 년 동안이나 살았으니, 좀 가까운 지인이라면 추이옌의 존재를 모르는 사람이 없었다. 그런데 이제 와서 이게 뭐란 말인가. 처음에는 추이옌의 어머니와 잘 아는 사이였던 쩡페이가 이제는 그 딸인 추이옌과 그렇고 그런 사이라니, 위아래 관계가 완전히 엉망 아닌가. 심지어 아이까지 생겼다니, 도대체 지금까지 둘이서 무슨 파렴치한 짓을 해왔을지는 안 봐도 뻔했다. 자기가 낳은 아들이지만 이런 생각을 하니 창피해서 얼굴이 달아올랐다. 어머니는 화가 난 나머지 더욱 인정사정없이 아들을 내리쳤다. 손가락 두 개 굵기는 되는 등긁개가 쩡페이의 등 위에서 부러졌다.

"하나 더 가져와라!" 어머니는 여전히 노기등등한 목소리로 옆에 서 있던 딸과 사위에게 말했다.

쩡페이의 자형은 공부를 많이 한 점잖은 사람으로 시립 도서관에서 과장직을 맡고 있었다. 평소에 말수가 적고 수더분하게 아내와 장모의 말에 따르는 사람인지라, 이 상황에 놀라 멍하니 서 있다가 장모의 말에 분주히 등긁개를 하나 더 찾으러 갔다. 그러다가 쩡원에게 뒤통수를 한 대 세게 얻어맞고는 혹시나 이웃집에 들릴까봐 급히 창문을 닫으러 뛰어갔다.

말은 험해도 마음은 여린 쩡원은 아무래도 동생이 걱정되었다. 그래서 어머니를 억지로 끌어 자리에 앉히며 진정시켰다. "둘 다 젊은 애들이니까 한순간 실수할 수 있는 거잖아요. 일어나선 안 되는 일이지만 어쨌든 벌어진 일이니까, 엄마, 이제 매는 그만 드시고, 어떻게 하면 좋을지 좀 말씀해주세요."

어머니는 손에 들고 있던 반쪽 난 등긁개를 힘껏 내던졌다. 등긁개가 추이옌에게 맞을 뻔하자 쩡페이가 재빨리 손을 들어 막았다. 등긁개는 추이옌의 발치에 떨어졌다. 추이옌은 외할머니가 새 '흉기'를 못 찾으면 다시 그걸 주워서 때릴까봐, 살그머니 집어서 등 뒤에 감췄다.

이런 꿍꿍이짓을 본 쩡페이의 어머니는 더욱 불같이 화를 내며 꾸짖었다. "너희들 눈엔 내가 보이지도 않는 게냐? 쩡페이, 이애가 도리를 모른다고 너까지 똑같이 구는 게야? 진작에 이럴 줄 알았다면 애초에 죽어도 이애를 못 데려오게 했을 거다! 두안징린 일 이후로는 분별력이 생겨서 제대로 처신하고 사는 줄 알았다. 이애한테 잘해주는 것도 양심의 가책 때문인 줄만 알았더니, 그런 더러운 마음을 품고 있을 줄 누가 알았겠나!"

"쩡페이, 네가 정말로 그렇게 어리석은 짓을 했다는 걸 못 믿겠어. 말 좀 해봐. 혹시 다른 사정이라도 있는 거니? 아니면 술에 취하기라도 했던 거야?" 쩡원이 큰 소리로 물었다.

쩡페이는 고개를 숙이고 이를 악물더니 대답했다. "술 취해서 그런 거 아냐. 내가 추이옌을 좋아해서 그랬어. 얘는 싫다고 했는데 내가 그랬다고!"

추이옌은 멍하니 쩡페이를 쳐다보았다. 추이옌의 입술이 떨렸다. 쩡페이는 추이옌의 손목을 아프도록 꽉 잡으며 말했다. "더이상 속일 게 뭐 있어? 넌 아무 말 마."

어머니는 그들보다 오래 산 만큼 세상사 경험도 많았다. 과연 이 광경을 지켜보던 어머니가 추이옌을 향해 매섭게 물었다. "너 정말 아이를 밴 게냐? 진짜 쩡페이 애야?"

추이옌은 눈을 꼭 감았다. 눈물 한줄기가 흘러내렸다. 이어 크지는 않지만 모든 사람들이 들을 수 있을 만큼 또렷한 목소리로 대답했다. "네!"

"배가 불러오면 감출 수도 없을 텐데, 애는 그럼 어떡해?" 쩡원은 안절부절못하며 말했다. "낳아야 해, 말아야 해?"

쩡페이가 무거운 표정으로 말했다. "누나가 하라는 대로 집에 와서 상황 설명 다 했어. 날 때리든 혼을 내든 그건 상관없는데, 사고는 내가 친 거고 애도 내 애야. 이 일은 애 아빠 엄마 말고는 누구도 관여할 수 없어!"

쩡페이의 어머니도 아직 아이를 지우자고 결정을 내린 건 아니었다. 하지만 쩡페이가 이렇게 당당하게 나오자 다시금 화가 치밀어, 거친 숨을 몇 번이나 몰아쉬고 나서야 현관문 쪽을 가리키며 버럭 소리를 내질렀다. "그럼 여기서 남들한테 망신당할 짓 그만하고 썩 나가! 난 너 같은 아들 둔 적 없다!"

쩡페이는 추이옌을 일으켜 문 쪽으로 향했다. 쩡원이 뒤쫓아 나오며 다급히 타일렀다. "넌 어째 나이가 들수록 더 애 같아지니? 일이 이 지경이 됐는데 고집 피워서 어쩌려고?"

쩡페이는 누나를 안쪽으로 밀었다. "엄마 너무 화내시지 않게 보살펴드려. 나는 걱정 말고. 엄마 화 좀 가라앉으시면 다시 올게."

쩡원은 이쪽저쪽 일을 다 신경쓰기엔 마음이 너무 복잡했다. 듣고 보니 쩡페이의 말도 일리가 있는지라, 연로한 어머니가 화를 못 이겨 건강이라도 해칠까봐 급히 어머니를 살펴보러 돌아갔다. 쩡페이의 자형이 나와서 두 사람을 아래층까지 배웅했다. 집안에서 존재감이 약한 사람이긴 했지만 그래도 집안 어른이다보니, 추이옌은 '이모부'를 볼 낯이 없어 고개를 들지 못했다. 추이옌이 먼저 차에 탄 뒤 한동안 기다린 후에야 쩡페이가 차에 올라타 시동을 걸고 출발했다.

이 난리를 겪은 터라 두 사람은 한동안 말이 없었다. 삼십 분쯤 후에야 추이옌이 물었다. "방금 전에 이모부랑 무슨 얘기 했어요?"

"응? 아." 쩡페이는 아무렇지도 않게 대답했다. "위로해주시더라고. 자기도 남자니까 이해할 수 있다고."

추이옌은 아연해졌다. 성실하고 고지식한 이모부가 그런 말을 하는 모습은 상상이 되지 않았다. 쩡페이의 집안은 가풍이 엄했고, 쩡원도 집안을 엄격하게 관리했다. 쩡원의 문약한 남편은 이런 '압제 정치'에 익숙해져서 물질적이든 정신적이든 아내에게 절대 복종했다. 종종 남들 앞에서 자기 입으로 '착실한 남자라면 하루에 오십 위안 이상 가지고 다녀서는 안 된다'라든가 '엄한 아내가 남편을 큰 인물로 만든다'라는 말들을 하곤 했다. 지금까지 아내 말고 다른 여자는 곁눈질조차 한 적 없이 살아온 사람이었다. 그래서 오래전부터 처남 쩡페이를 부러워하며 닮고 싶어해서 곧잘 친근하게 굴었다. 반면 쩡페이는 비록 아버지가 생전에 그랬던 것처럼 자형을 무시하지는 않았지만, 젊었을 때나 나이가 좀 든 지금이나 그다지 가깝게 지내지는 않았다.

"난 또, 우리집에 제대로 된 남자랑 여자는 나랑 너밖에 없는 줄 알았지." 쩡페이가 말했다.

추이옌은 쩡페이의 얼굴을 몰래 흘끔거렸다. 운전에 집중하면서도 남들을 비꼴 정신도 있는 모양이었다. 게다가 일부러 마음 편한 척하려는 것 같지도 않았다. 추이옌은 쩡원과 그 어머니에게서 쩡페이가 예전엔 성질이 대단했다는 얘기를 자주 들었다. 그렇지만 추이옌의 세계 속에서 쩡페이는 줄곧 성숙하고 믿음직스러운 사람이었다. 추이옌은 옆에 앉아 있는 이 남자를 잘 알고 있는 걸까?

방금 전의 그 소란은 추이옌 마음속에 드리운 안개를 잠시 동안 걷어주었을 뿐이다. 추이옌은 마지못해 웃어 보이고는 멍하니 차창 밖을 내다보았다.

추이옌이 넋을 놓고 있다는 걸 쩡페이가 모를 리 없었다. 집에 가서 자세히 얘기를 나누자고 한 순간부터, 추이옌은 집에 가까워질수록 점점 더 넋이 나가는 듯한 모습이었다. 쩡페이가 잘못 이해한 것이 아니라면, 추이옌은 지금 두려워하고 있었다. 목적을 달성하기 위해서는 물불을 가리지 않던 그 추이옌이 아니었다.

"날 협박하던 그 기세는 다 어디 갔어?" 쩡페이가 놀리듯 말했다.

추이옌은 고개도 돌리지 않은 채 되물었다. "어른들 앞에서 왜 당신이 먼저 그런 거라고 말했어요?"

쩡페이가 말했다. "당연한 거 아냐? 그렇게 말하지 않으면, 네가 앞으로 이 집에서 고개나 들고 지내겠어?"

"앞으로 제가 이 집에 남아 있을 수 있기나 해요?"

쩡페이는 그 말에 대답하지 않았다. 추이엔은 차의 속도가 점점 느려지다가 마침내 멈춰 서는 것을 느꼈다.

"이게 바로 네가 원해왔던 일 아니야?" 쩡페이는 조금 성가시다는 듯이 손을 뻗어 추이엔의 얼굴을 자기 쪽으로 돌렸다. 그제야 자기 손바닥이 닿은 뺨이 온통 눈물투성이인 걸 알고 놀랐다. "네가 바라던 대로 됐는데 뭘 무서워해? 네가 원한다면 너랑 결혼할게."

추이엔은 기뻐하고 싶었다. 꿈에서라도 듣고 싶었던 말이다. 하지만 이 순간 쩡페이의 입을 통해 나온 이 말은 오히려 추이엔의 마음에 불안만 더해주었다. 추이엔은 입술을 꼭 깨물더니 물었다. "아이 때문에요?"

쩡페이는 대답하지 않았다. 쩡페이는 차를 고속도로 갓길에 세웠다. 가드레일 너머는 온통 감나무 밭이었다. 잎이 다 떨어진 앙상한 가지에 빛깔 고운 과실이 주렁주렁 달려 있었다. 극도의 황량함과 극도의 화려함이 뒤섞인 모습이었다.

누나가 살고 있는 이웃 도시로 어머니가 옮겨가신 후로 쩡페이는 이 고속도로를 수도 없이 오갔지만, 길가의 풍경을 눈여겨본 적은 한 번도 없었다. 늘 출발지와 도착지, 그리고 처음과 끝만을 신경썼다. 추이엔도 그렇지 않았던가? 하지만 자신이 자세히 살펴보지 않았다 해서 그 과정이 공백으로 채워져 있었던 것은 아니었다. 지금 눈앞에 펼쳐진 이 감나무 밭처럼, 멈춰 서야만 비로소 보이는 것들도 있다.

쩡페이는 계속 벼랑 끝에 매달려 이러지도 저러지도 못하는 상태였다. 그러다가 결국 아래로 떨어져보니, 다치기는 해도 죽을 정도는 아니었다. 절뚝거리며 앞으로 나아가니 심지어 또다른 별천지가 보였다. 절벽보다도 더 두려운 것은 걱정과 공포 그 자체였다. 가장 두려운 관문도 지났는데, 그보다 더 어려울 일이 뭐가 있겠는가? 매를 맞고 꾸중을 들은 뒤 누나의 집을 나선 후로 쩡페이는 오히려 전에 없이 마음이 편했다. 불효자가 되는 기분은 낯설지도 않았다. 어쩌면 자신은 날 때부터 불효자였는지도 모른다.

쩡페이는 그렇게 생각하고 마음을 비웠다. 그는 티슈를 잔뜩 뽑아 추이옌의 얼굴을 닦아주었다. 추이옌이 우는 걸 더는 보고 싶지 않았다.

"내가 거짓말을 한 것도 아니잖아. 이런 일을 남자가 주도하지 않으면 여자가 어떻게 목적을 달성하겠어?" 쩡페이의 손길이 거칠었던 탓에 눈물은 제대로 닦아주지도 못하고, 오히려 추이옌의 얼굴에 빨갛게 문지른 자국만 남았다. 아직도 아이 같은 추이옌이 쩡페이 아이의 엄마가 되려 하고 있었다. 선택할 수 없는 '선물'이라 해도 막상 풀어보면 기쁠 수도 있다.

"낳으면 되지 뭐. 괜찮……"

쩡페이의 말 뒷부분은 추이옌의 입속으로 삼켜졌다. 추이옌은 막무가내로 안겨왔다. 쩡페이는 잠시 멍하니 있다가, 처음으로 맨정신인 상태로 추이옌의 몸짓에 답했다. 하지만 결국 쩡페이는 추이옌보다는 이성적이었다. 마지막 순간에 추이옌을 진정시키고, 쩡페이 자신도 진정했다.

"왜 이번엔 목적 달성 안 시켜줘요?" 추이옌은 실망감을 감추려 했지만, 눈에는 눈물이 글썽거렸다.

쩡페이가 추이옌을 껴안고 말했다. "조심해야지. 넌 지금 홀몸이 아니잖아."

추이옌은 그래도 포기하지 않고, 쩡페이의 품을 파고들며 매달렸다. "난 겁 안 나요."

"내가 겁나!" 쩡페이는 추이옌의 등을 토닥이며 말했다. "진정해. 일단 같이 병원 가서 진찰 받아보고 다시 얘기하자."

추이옌은 말이 없었다. 움직임을 점점 멈추더니, 쩡페이의 품에 가만히 기대어 있을 뿐이었다. 차 안엔 히터가 충분히 켜져 있었지만, 추이옌의 몸은 오들오들 떨렸다.

점심시간의 병원 안은 한산한 편이었다. 추이옌은 고개를 숙인 채 병원 복도 한쪽에 놓인 의자에 앉아 있었다. 옷을 입고 있는데도, 스테인리스로 된 의자의 단단하고도 차가운 감촉이 그대로 느껴지는 것만 같았다.

추이옌 앞에 서 있는 사람은 흰 가운을 입은 우장이었다. 펑란이 그의 전화번호를 추이옌에게 알려주었다. 펑란이 미리 얘기를 해둔 모양인지, 우장은 추이옌이 얘기를 끝마칠 때까지 인내심을 가지고 들어주었다. 그리고 그 터무니없는 부탁에도 그다지 놀라는 표정이 아니었다.

"난 산부인과 의사가 아닌데." 두 달 전에 추이옌에게 '우 삼촌'이라고 불렸던 이 사람은 비교적 완곡한 방식으로 추이옌의 부탁을 거절했다.

그런 대답은 추이옌도 예상한 바였다. 추이옌에게 우장의 전화번호를 가르쳐주며 펑란이 이미 이런 결과를 얻게 될 거라고 알려주었다. 하지만 추이엔에게는 이제 물러날 곳이 없었다. 쩡페이와 함께 정원의 집에 다녀온 그날 밤, 추이엔은 쩡원으로부터 걸려온 전화를 받았다. 추이엔이 "이모"라고 부르자마자 쩡원은 말을 막으며, 듣기만 해도 미쳐버릴 것 같으니 다시는 그렇게 부르지 말라고 했다.

쩡원의 의도는 명확했다. 자기들 집안은 지금껏 떳떳하게 살아오며 남에게 손가락질 받을 만한 일을 한 적이 없으니, 여자를 농락하고 버리는 배은망덕한 짓은 당연히 용납할 수 없다는 것이었다. 쩡페이가 잘못한 일은 스스로 책임을 져야 하는데, 다만 한 가지, 어머니가 불교 신자라 아이를 지우는 큰 죄를 저지르게 할 수는 없다고 했다. 추이엔에 관해서는 지난 칠 년 동안 가족들이 선행을 베푼 셈치고 앞으로는 말도 꺼내지 않을 테니, 배가 불러오기 전에 휴학하고, 결혼 증명서를 받으려면 받고, 아이를 낳으려면 낳되, 너무 요란 떨지 말고 친척이나 친구들도 될 수 있는 한 만나지 말라고, 망신당할 일을 줄이라고 했다. 호적 문제는 가족들이 알아서 처리하겠다고 했다.

쩡원의 당부라기보다는 쩡페이 어머니의 뜻이라는 건 다들 아는 바였다. 캉캉이 몰래 해준 이야기에 따르면, 주말에 집에 돌아갔을 때 어머니와 외할머니가 그 '망신스러운 일'에 대해 얘기하는 걸 들었는데, 쩡원은 어머니가 매를 너무 세게 때려서 추이엔이 다치지 않았을까 걱정하며 만에 하나 잘못되면 어떡하느냐고 외할머니를 원망하더라는 것이었다. 그러거나 말거나 외할머니는 두 사람 때문에 망신스러워 죽겠다며 이젠 고개도 못 들고 다니겠다고 한탄하더라고 했다. 그러나 쩡원이 '고개를 못 들' 바에야 차라리 '고개를 숙이고 손자를 안아보면' 되지 않겠느냐고 말하자, 외할머니는 뜻밖에도 그 말에 반박하지 않더라는 것이었다.

캉캉은 추이엔에게 마음 편히 먹고 기다려보라고 했다. 외할머니가 한동안은 웃는 낯으로 대해주지 않겠지만, 그렇다고 두 사람을 강제로 갈라놓으려고 들지도 않을 것이라고 말이다.

일은 추이엔이 생각했던 것보다 훨씬 더 순조롭게 흘러가고 있었다. 자신이 운이 좋아서가 아니라, 모두 뱃속의 아이 덕분임을 추이엔은 알고 있었다. 이미 존재하지 않는 그 아이야말로 이 일을 좌우하는 결정적인 열쇠였다. 아이가 아니었다면 쩡페이 가족들이 이런 어색한 관계를 받아들일 리 만무했다. 그렇다면, 쩡페이는? 그의 단호한 신념 역시 추이엔의 임신으로 어쩔 수 없는 지경에 몰려, 눈 딱 감고 앞으로 나아가고 있을 뿐이지 않은가?

전날, 쩡페이는 퇴근길에 추이엔에게 줄 반지를 사 왔다. 쩡페이가 말하길 자기는 낭만이란 걸 모르는 사람이지만 추이엔은 아직 젊으니까, 연애의 단계별로 누릴 것은 누려야 한다는 것이었다. 요즘 회사 일이 바쁜데다 딩샤오예와 펑란 일로 분주하게 뛰어다니고 있으니, 나중에 시간이 나면 직접 추이엔을 데리고 병원에 가서 출산 전에 필요한 검사도 제대로 받고, 필요한 수속들도 하자고 말했다. 아무도 축하하러 오지 않는다 하더라도 간단한 예식이라도 올리자고도 했다.

쩡페이는 여자에게 반지를 선물해본 경험이 없어서 사이즈를 제대로 맞추지 못했다. 추이엔의 약지에 끼워진 반지는 조금만 힘을 줘도 빠질 정도로 헐렁했다. 쩡페이는 반지를 다시 가져가 사이즈를 줄여 오려 했지만 추이엔은 그럴 필요 없다며 고집을 부렸다.

추이옌은 반지를 손가락에 낀 그 순간부터 한순간도 자기 몸에서 떼어놓으려 하지 않았다. 잠시라도 떼어놓았다가는 다시 돌아올 수 없기라도 한 듯이.

쩡페이는 그런 추이옌이 좀 바보 같다고 생각했다. 하지만 추이옌을 설득할 수 없었기 때문에 원하는 대로 하게 놔두었다.

추이옌은 밤새 반지를 낀 채 잠을 잤다. 주먹을 꼭 쥐어야만 반지가 손 안에 있다는 걸 확신할 수 있었다. 우장이 산부인과 의사인지 아닌지는 중요하지 않았다. 중요한 것은 그가 유명 병원의 의사라는 신분으로 대책을 마련해, 추이옌의 몸속에 아이가 있다고 쩡페이가 믿도록 만들어주는 것이었다. 잠시라도 좋았다. 그렇게만 된다면 당장 급한 불은 끌 수 있을 터였다.

추이옌은 쩡페이와 결혼하고 싶은 마음에 제정신이 아니었다. 쩡페이가 나중에 자신을 원망한대도 상관없었다. 나중 일은 그때 닥쳐서 생각하면 분명히 뭔가 수가 나올 것이다. 추이옌은 모든 노력을 다하고 싶었다. 어쩌면 자신의 것이 될 운명이 아닐지도 모르는 그 반지를 손안에 꼭 쥐고 있는 것처럼.

우장은 추이옌이 정말 신기해 보였다. 어찌나 애처로운 모습으로 애원하는지, 궁지에 몰리면 눈물부터 먼저 흘릴 것처럼 보였는데, 우장이 점점 직접적인 이유를 들어 아무리 거절을 해도, 절대 고집을 꺾지 않았다. 절망하면서도 결코 물러나지 않았다.

점심시간이 끝난 우장은 다시 진료를 보러 돌아갔다. 오후에는 외래 진료가 있었다. 세 시간 반이 지나 마지막 환자가 돌아간 후까지도, 추이옌은 원래 있던 자리에 미동도 없이 앉아 있었다.

"여기서 이렇게 시간 낭비할 필요 없어. 친구로서 쩡페이를 속일 수 없고, 의사로서도 최소한의 도덕을 지켜야 해. 이건 원칙상의 문제야. 그만 가봐. 여기 왔다는 건 비밀로 해줄 테니까."

우장은 마지막으로 그렇게 말하고는 돌아서서 가버렸다.

복도 양쪽에 늘어선 진료실의 불빛이 하나하나 꺼졌다. 많은 사람들이 추이옌의 옆을 지나쳐 갔다. 간호사가 다가와 환자인지 환자의 가족인지 확인하며, 도움이 필요한지 물었다. 추이옌은 고개를 저었다. 그리고 허리를 숙여 자기의 양팔을 꼭 끌어안았다.

다음날 다시 와볼까 하는 생각이 들었다. 쩡페이가 진상을 알기 전까지는 아무리 실낱같은 가능성이라도 버릴 수 없었다. 한 발만 더 나아가면 그토록 꿈에 그리던 생활이 있었다. 실패한다 해도 처음의 불쌍한 신세로 되돌아가는 것뿐이니, 추이옌이 이 일에 걸지 못할 것은 아무것도 없었다. 하지만 복도의 불까지 꺼져가자, 추이옌은 몸이 점점 더 차가워지는 느낌이 들었다. 스스로가 빗속에 처량하게 앉아 있는, 잔뜩 굶주린 떠돌이 개처럼 느껴졌다.

귓가에 다시 발소리가 들려와서 추이옌은 고개를 들었다. 우장이 다시 돌아오는 모습이 보였다. 경멸의 말을 하러 오는 것일까? 추이옌은 뭐라 말하려 했지만, 입을 채 열기도 전에 할말을 잊고 말았다. 우장의 뒤에 서 있는 사람은 바로 쩡페이가 아닌가?

비밀을 지켜주겠다고 약속했으면서!

추이옌은 하릴없이 두 눈을 감았다. 자신이 너무나 어수룩하게 여겨졌다. 길 가던 행인과 오랜 친구중에 누가 더 중요한지, 우장이 분별하지 못할 리가 없었다.

쩡페이가 다가오더니 추이옌을 나무라듯 말했다. "내가 검사받으러 같이 와주겠다고 했잖아. 뭐하러 우장을 귀찮게 했어?"

추이옌은 웅얼거리며 미안하다고 사과했다. 아무래도 추이옌이 생각한 그런 상황이 아닌 모양이었다.

우장이 온화하게 웃었다. "우리 병원 산부인과엔 사람이 너무 많으니까, 줄 서서 기다리기 힘든 마음도 이해가 가. 가끔 이런 작은 편의 정도는 봐줄 수 있어." 그러고는 쩡페이를 돌아보며 말했다. "추이옌이 아직 어려서 아무래도 감정 기복이 좀 심할 테니까, 가능한 한 옆에 같이 있어줘."

추이옌은 쩡페이의 뒤를 따라 걸었다. 쩡페이가 우장에게 작별 인사를 하는 소리가 들렸다. 추이옌은 그대로 쩡페이를 따라 병원 밖으로 나왔다. 현실감 없는 느낌이 여전히 머릿속에서 맴돌았다.

"퇴근 시간이라 이 근처가 너무 막혀서, 차는 좀 먼 데 세워뒀어." 쩡페이는 뒤를 돌아보며 추이옌의 손을 잡더니 미간을 찌푸렸다. "우장 말로는 저혈당이라던데, 그래서 손이 이렇게 찬 거야?"

"선생님이 또 뭐라고 그랬어요?" 추이옌은 조심스럽게 물었다.

"뭐라고 했냐고? 네가 아주 불쌍한 얼굴로 새치기 좀 시켜달라고 그랬다더라. 무슨 그런 시시한 부탁을 해?" 쩡페이는 웃음기 어린 눈으로 추이옌을 내려다보았다. "검사 결과가 전부 좋게 나와서 다행이야. 우장한테 설명 다 들었어. 다음엔 꼭 같이 와줄게…… 왜 울어? 진짜 알다가도 모르겠다니까."

급하게 추이옌을 데리러 오면서 쩡페이는 차를 병원 근처 주택가에 세워두었다. 차들이 끊임없이 오가는 도로를 지나, 길가에 부겐빌레아 나무가 줄지어 서 있는 골목으로 접어들었다. 량피*를 파는 노점에서 손님을 끌며 외치는 소리가 들렸다. 얼마 안 걸어 계단이 나타났다.

"발밑 조심해." 쩡페이가 말했다.

추이엔은 아이처럼 졸랐다. "업어주면 안 돼요?"

쩡페이는 그 말에 잠깐 멍해졌다. 그러나 주위에 지나가는 사람이 별로 없는 걸 확인하더니 뜻밖에도 허락해주었다. 쩡페이가 웃으며 말했다. "게으름 피울 줄만 알고 말이야. 내 등에다 눈물 콧물묻히면 안 된다."

쩡페이는 허리를 숙여 추이엔을 등에 업은 뒤 천천히 앞으로 걸어갔다. 언젠가의 한 장면이 마치 오래된 필름처럼 쩡페이의 눈앞에 흘러갔다.

징린을 보내던 그날도, 장례식장에서 나온 쩡페이는 이렇게 추이엔을 업어주었다. 그때 추이엔은 간신히 울음을 그치고 쩡페이의 등에 엎드려 물었다. "엄마가 진짜 죽었어요…… 죽으면 괴롭지 않겠죠?"

쩡페이가 약속했다. "내가 널 돌봐줄게."

추이엔의 얼굴이 쩡페이의 목에 닿아 있었다. 걸음을 옮길 때마다 소녀의 부드러운 귀밑머리가 한 번, 또 한 번 쩡페이의 피부를 스쳤다. 추이엔은 아직 앳된 목소리로, 다짐을 받듯 고집스럽게 물었다.

"진짜로, 평생 날 돌봐줄 거죠?"

쩡페이가 대답했다. "당연하지."

---

* 중국 시안 지방의 음식으로 차게 먹는 녹말 국수.

방금 전, 우장의 전화를 받았을 때 쩡페이의 마음속에 분노가 일지 않았던 것은 아니었다. 자신의 생활을 뒤엎어 얻은 것이 졸렬한 거짓말일 뿐이었다니. 하지만 이 분노는 뒤이어 찾아온 안타까움 앞에 사그라져버렸다. 추이옌은 자기만의 꿈속에서 살고 있는 것이었다. 그리고 그 꿈을 빚어낸 사람은 바로 쩡페이 자신이었다.

　　"잘못된 생각이긴 했지만, 그 마음은 용서 못할 것도 아니지."
우장은 이런 말로 쩡페이를 달랬다.

　　쩡페이는 어쩐지 딩샤오예가 막 자수했을 당시 펑란과 나누었던 대화가 떠올랐다.

　　쩡페이는 펑란에게 어째서 그렇게 깊이 빠져들었느냐고 물었다. 딩샤오예가 이상하다는 생각을 한 번도 해본 적이 없느냐고.

　　그때 펑란은 이렇게 대답했다. "누군가의 거짓말을 파헤치지 않는 건, 대부분 아직 그 사람을 잃고 싶지 않아서잖아."

　　추이옌이 아무리 날씬하고 가볍다고 해도, 칠 년 전의 어린아이와는 다를 수밖에 없었다. 쩡페이가 웃으며 말했다. "네가 살이 찐건지 내가 늙은 건지 모르겠다."

　　막 그 말에 대답하려던 추이옌은 갑자기 놀라 비명을 질렀다. 잠시 신경쓰지 못한 사이에 반지가 또 빠져 경사진 바닥에 떨어졌다. 그러더니 데굴데굴 굴러 길가의 화단 속으로 들어가버렸다.

　　추이옌은 소스라치게 놀라, 쩡페이의 등에서 내려오려 버둥거렸다. 반지를 찾아야 했다. 그러나 쩡페이는 추이옌을 더욱 단단히 업은 채 걸음을 멈추지 않았다.

　　"이왕 떨어진 거 그냥 놔둬. 어차피 잘 맞지도 않았잖아. 애초에 내 마음대로 사는 게 아니었어. 나중에 네가 직접 골라."

몇 걸음쯤 걷던 쩡페이는 추이옌이 훌쩍거리는 듯한 소리를 듣고 놀리는 투로 말했다. "또 울어? 나이든 남자한테 시집가면 제일 큰 장점이 뭐겠어. 돈을 아낄 필요가 없다는 거잖아."

추이옌은 젖은 얼굴을 쩡페이의 등에 묻었다. "누가 운다고 그래요? 나 지금 웃고 있거든요…… 어젯밤에 꿈을 꿨어요. 꿈속에서 또 꿈을 꿨어요……"

쩡페이는 재미있다는 생각이 들었다. 이 아이는 꿈속에서까지 뭐가 그렇게 곡절이 많은 걸까.

"꿈속에서, 사실은 나한테 아이가 없다는 꿈을 꿨어요. 내가 당신을 속였다고." 추이옌은 쩡페이의 목을 감싸고 있던 손을 저도 모르게 더 꼭 쥐었다.

주택단지 주차장 옆의 잔디밭에서 아이들 여럿이 비눗방울을 불고 있었다. 비눗방울 몇 개가 바람에 날려 두 사람 앞에까지 오더니, 추이옌의 팔에 부딪쳐 사라져버렸다. 비눗방울은 마치 거짓말 같아서, 보기엔 아름답지만 살짝만 찔러도 바로 터져버린다. 하지만 어떤 사람들은 기꺼이 그 속에 숨어 있으려 한다. 자기 자신이 만들어낸 무지갯빛 보호막 안에서, 그들은 만족스럽게 살아가며, 간절히 바라는 일을 이루어간다…… 그리고 마지막엔, 마음의 평화를 얻는다.

쩡페이는 잠시 멈춰 서서 자세를 바로잡으며, 추이옌을 위로 한번 추스르고는 말했다. "그래도 괜찮아. 또 생기겠지 뭐."

그저, 그들이 그 꿈을 조금만 더 길게 꿀 수만 있다면.

사장님, 좋은 아침

평란은 쩡페이와 추이옌의 결혼식에 몇 안 되는 하객 중 한 사람으로 참석했다. 그로부터 일주일 후, 딩샤오예 사건에 대한 판결이 내려졌다.

칠 년 전의 각종 수사 결과와 새로이 수집된 증거들 모두 추이커젠의 몸에 난 총상과 운전석 앞 유리에 난 총알 흔적이 일치한다는 사실을 증명했다. 그 당시 차의 운전대에서도 분명히 추이커젠의 지문이 채취되었다. 이런 증거들로 미루어 보아, 추이커젠을 추적하고 체포하는 과정에서 펑밍과 추이커젠이 각자 운전하던 차량이 사건 발생 지점인 갈림길에서 맞닥뜨렸고, 펑밍이 추이커젠의 차를 막아 세우려고 시도하면서 세 번 발포한 것으로 추정되었다. 한 발은 경고용이었고, 한 발은 빗나갔으며, 나머지 한 발은 추이커젠의 왼쪽 어깨 아래에 맞았다. 추이커젠이 그대로 가속페달을 밟아 펑밍이 운전하던 차량을 들이받으면서 펑밍은 그 자리에서 사망했고, 한 시간 후 추이커젠도 과다 출혈로 사망했다.

추이팅이 사건 발생 당시 현장에 있었는지, 아니면 발생 후에 현장에 도착했는지는 증명할 수 없었다. 현장 증거와 범죄 동기, 그리고 시간적인 추정을 종합한 결과, 딩샤오예가 고의적으로 살인을 했다고 고발하는 검찰 측의 증거가 부족하다고 판단되어 법정에서는 그 의견을 받아들이지 않았다. 딩샤오예는 징역 사 년에 처해졌다.

사 년이라는 시간은 예상보다는 짧았지만, 상상한 것보다는 길었다. 평생보다는 짧았지만 여자의…… 남은 청춘보다는 길었다.

평란은 자신과 딩샤오예의 일생을 사 년으로 나누면 얼마가 나올지 알 수 없었다. 그렇지만 기다림이라는 건 평란이 배워야만 하는, 익숙해져야만 하는 일이었다. 변호사와 쩡페이는 모두 사건의 죄질을 감안했을 때 상당히 합리적인 형량이라고 생각했고, 능력이 닿는 범위 내에서 가장 좋은 결과를 얻어낸 것이라고 말했다. 딩샤오예는 상소를 포기했다.

판결문의 효력이 발생하고 딩샤오예가 정식으로 교도소로 이송되기 전에, 평란은 한번 더 그를 만나러 갔다. 이제는 일이 일단락되어 불안하고 걱정되던 마음도 많이 줄어들었고, 다른 걱정들은 미리 해봐야 소용도 없었다. 공중에 붕 떠서 흔들리던 마음이 돌덩이에 묶여 원래 자리로 돌아온 양, 평란은 마음이 안정되는 한편 조금은 무거웠다.

예전에는 같이 있기만 하면 쉬지 않고 말다툼을 했던 두 사람인데, 지금은 이렇게 마주앉아 그저 말없이 서로를 바라보기만 했다. 이윽고 평란이 웃었다. 딩샤오예의 입가에도 보조개가 떠올랐다.

평란은 서른 살이 되었다. 몇 년만 더 일찍 딩샤오예를 만났더라면 얼마나 좋았을까 생각해보았다. 그랬다면 평란도 지금보다 더 열정적이었을 테고, 아무 두려움 없이 세월을 향해 '난 기다릴 수 있어!'라고 말할 수 있었을지도 모른다.

하지만 몇 년 전이었다면 과연 이런 무거운 짐을 질 수 있었을까? 눈앞의 압박감과 다가올 위험에 대처할 수 있었을까? 그러리라고 장담할 수 없었다. 선택할 수만 있다면, 평란의 인생에 맨처음으로 나타난 남자가 딩샤오예였으면 좋았을 것이다. 그렇지만 그런 게 가능할까? 그 당시에 만났다면, 어쩌면 스쳐지나가는 인연으로 끝나버렸을지도 모르는 일이다.

외로운 넋처럼 떠돌던 딩샤오예는 그가 줄곧 찾고 있던 사람을 만났다. 그에게는 행운이었고, 평란에게는 재난이었다. 세상 모든 일은 애초부터 정해져 있었던 것이다. 평란은 조금 빨리 걸었고, 딩샤오예는 조금 늦게 도착했다. 두 사람이 돌고 돌았던 그 모든 길은 결코 헛된 것이 아니었다. 둘 중 누군가가 단 한 걸음이라도 꼬였더라면 오늘을 맞이할 수 없었을 것이다.

면회가 끝나기 전에 평란은 경찰관에게 딩샤오예를 한 번만 안아봐도 되겠느냐고 물었다. 평란과 함께 와 있던 변호사가 경찰관을 데리고 입구 쪽으로 담배를 피우러 갔다.

평란은 딩샤오예에게 다가가 그 앞에 섰다. 팔을 벌릴 수가 없는 딩샤오예는 그저 양손을 같이 들어올려 평란의 얼굴을 어루만지며 물었다. "오늘 화장 했어 안 했어?"

평란이 경고했다. "괜히 화 돋우는 소리 해서 분위기 망치지 마. 죽고 싶지 않으면 좀 얌전히 있어!"

"그렇게 애쓰지 않아도 차얼더니에서 제일 잘나가는 여자가 될 텐데 뭘." 딩샤오예의 손이 평란의 뺨 위에 머물렀다. 그러고는 잠시 뭔가 생각하는 듯하더니 이내 웃으며 말했다. "뭐, 네가 그렇게 공연히 애쓰는 것도 이제 익숙해졌어."

평란은 힘주어 딩샤오예를 끌어안으며 말했다. "딩샤오예, 너 정말 교활해. 예전 같았으면 내가 널 아무리 좋아했어도 그냥 제풀에 지쳐버렸을 텐데. 이젠 이렇게 너한테 사 년 동안이나 묶여 있게 생겼으니, 그때가 되면 난 늙어서 다른 선택을 할 수도 없을 거 아냐? 네가 나올 때가 되면 난 어쩌면 더 보기 싫은 모습이 돼 있을지도 몰라…… 그러니까 넌 건강히 잘 지내야 돼. 널 위해서가 아니라, 날 위해서!"

딩샤오예는 고개를 끄덕이며 말했다. "알았어!"

자유롭게 움직일 수 없는 몸이었지만, 전에 없이 편안한 마음으로 평란의 포옹을 받았다. 과거에 저질렀던 죄를 깨끗이 갚고 나면 남은 일생 동안은 성실히 살아가면서, 평란 곁에서 평란에게 진 빚을 갚아나갈 것이다.

딩샤오예가 교도소에 들어간 후로, 평란의 시간은 그를 면회하기 전과 후로 나뉘었다. 그렇지만 평란은 잘 지내야만 했다. 허리를 곧게 펴고 사람답게 잘 지내야만, 온갖 유언비어들을 견뎌온 날들과 지금까지 해온 고생이 헛되지 않을 것이다.

첫 해에는 면회를 가보면 딩샤오예의 얼굴에 간혹 상처가 나 있곤 했다. 잘생긴데다 성격도 보통이 아니다보니 평란은 자연히 걱정이 되었다. 쩡페이는 뇌물을 줘야 할 곳엔 이미 자기가 평란 대신 다 전해주었고, 여기저기 부탁도 해뒀으니 괜찮은 대우를 받고 있을 거라고 평란을 안심시켰다. 다만 신입이다보니 처음에 좀 고생하는 건 어쩔 수 없을 거라면서 너무 깊게 생각하지 말라고도 덧붙였다.

혹시 누가 괴롭히는 거 아니냐고 평란이 딩샤오예에게 물을 때마다 딩샤오예는 웃으며 되물었다. "내가 그렇게 괴롭히기 쉬운 사람으로 보여? 너는 어때? 널 괴롭히는 사람은 없어?"

평란은 언짢은 듯 말했다. "날 괴롭히는 사람이 너 말고 또 있을까봐?" 물론, 평란을 보고 제정신이 아니라고 하는 사람은 많았다. 평란은 그런 사람들을 상대하는 비법을 터득했다. 그들이 뭔가 물어오기 전에 평란이 먼저 나서서 미쳤다고 인정해버리면, 그들은 오히려 아무 말도 하지 못했다.

두 사람은 쓸데없이 티격태격하며 면회 시간을 허비하지 않게 조심했다. 평란은 딩샤오예에게 한 가지 소식을 전해주었다. 평란의 부모님이 설날을 오빠가 있는 외국에서 보냈기 때문에, 평란 자신은 펑밍 경관의 부모와 함께 설날을 보냈다는 것이었다. 펑밍의 시신도 이미 땅속에 묻혀 평안을 얻었다.

펑밍 경관의 부모는 평란의 계속되는 방문을 처음에는 거절했지만, 판결이 나오기도 전에 점점 평란의 방문에 익숙해져갔다. 그들이 딩샤오예를 용서한 것은 거액의 보상금 때문이 아니라, 평란 같은 여자가 가진 것 전부를 바쳐가며 보호하려는 사람이라면 분명 그렇게까지 악한 사람은 아닐 거라고 스스로를 설득했기 때문이었다. 오랫동안 외로이 지내온 부부에게 평란은 어느 정도쯤은 아들이 남긴 공백을 메워주는 존재였다.

평란은 자신이 이런 일들을 하는 건, 딩샤오예가 이 세상에 빚진 사람은 평란 한 사람밖에 없다는 걸 알게 해주기 위해서라고 말했다.

평란은 면회를 오면서 반지 두 개도 같이 가지고 왔다. 면회 신청서를 제출할 때마다 두 사람의 관계에 대해 명분이 서지 않는 게 지겨워졌다고 말했다. 반지는 교도관의 검사를 거쳐 딩샤오예의 손으로 넘겨졌다. 딩샤오예는 의아해하며 어째서 두 개를 주는 거냐고 물었다. 하나는 평란이 그에게 주는 것이고, 다른 하나는 딩샤오예가 평란에게 줄 수 있도록 '호의'로 준비해준 것이라고 당당하게 말했다.

딩샤오예는 어쩔 수 없다는 듯 말했다. "평란, 내가 여자다운 일 좀 하라고 그랬더니, 또 이렇게 새로운 세상을 알게 해주는구나."

딩샤오예는 남자 반지는 교도관에게 주며 보관해달라고 하고, 여자 반지는 평란에게 돌려주었다. 딩샤오예가 말하길 평란이 준 반지를 사양 않고 받는 것은 일단 평란의 청혼을 수락했다는 뜻이지만, 평란 몫의 반지를 되돌려주는 건 자기 마음이니 평란은 관여할 수 없다고 했다.

평란은 대학가 부근에 분점을 냈다고 알려주었다. 평란 혼자 투자한 가게는 아니지만 꽤 잘된다고 했다. 평란은 딩샤오예에게 나중에 출소했을 때 부자 아내의 호화로운 모습에 기죽지 않게 마음의 준비를 하라고 일렀다.

딩샤오예는 냉큼 자신은 부자 아내가 좋다고 하면서도, 평란의 식당이 전국에 체인점을 낸다 해도 남자가 반지를 주는 것까지 평란 마음대로 할 수는 없다고 못을 박았다. 뭘 주든 자기가 주고 싶어야 주는 거라면서.

"설마 나한테 소나 양을 한 무리 주려는 건 아니지?" 펑란은 고민스러운 듯 말했다. 그러다가 딩샤오예의 눈에 어린 웃음기를 보더니 표독스럽게 덧붙였다. "그럼 나도 사양 않고 받아버리지 뭐!"

그다음해는 펑란이 상상한 것보다 훨씬 더디게 시간이 흘러갔다. 백사전의 전설 속 백낭자는 축지법을 쓸 줄 알았다는데, 펑란은 일 년을 일 초로 줄여버리고만 싶었다. 딩샤오예가 곁에 없이 지낸 지 너무 오래되었다. 혼자 조용히 기다리고 있노라면 펑란은 마치 시간이 달팽이처럼 소리 없이 자신의 몸 위를 기어다니며 축축한 흔적을 남기는 듯한 느낌이 들었다.

펑란에게 왜 결혼하지 않느냐고, 펑란의 반쪽은 어디 있느냐고 묻던 사람들도 이제는 입을 다물었다. 사정을 아는 사람들은 오히려 펑란 자신보다도 더 말을 아꼈다. 사람들은 펑란의 고독에 익숙해진 듯했고, 펑란도 자신도 그렇게 생각했다. 한때 딩샤오예가 곁에 누웠던 그 침대에 누울 때면, 펑란은 자기가 외톨이가 아니라는 걸 분명히 깨달을 수 있었다. 펑란의 기다림엔 끝이 있는 것이다.

이 한 해 동안, 펑란은 일에만 전념하는 걸로는 더이상 만족할 수 없었다. 그래서 여기저기 돌아다니며 많은 것들을 구경했다. 그래야만 천천히 돌아가는 마음속 시곗바늘을 잠시라도 잊을 수 있을 것 같았다. 멋진 풍경이나 맛있는 음식을 발견하면, 펑란은 나중에 딩샤오예와 다시 올 것을 기약하며 잘 기억해두었다.

펑란은 딩샤오예에게 수많은 편지와 엽서를 보냈다. 속된 취향으로 시작한 두 사람이 이렇게 플라토닉한 연애를 하게 될 줄은 정말 상상도 하지 못했다.

펑란은 나름대로의 논리를 펼치며 딩샤오예에게 말했다. "생각만으로도 절정에 달하는 게 바로 남녀 관계의 제일 높은 경지라고." 그렇게 말하면서, 펑란은 유리벽을 통해 딩샤오예에게 새 헤어스타일을 보여주었다. 조금 더 어려 보일 거라는 미용사의 권유에 따라, 펑란은 머리를 짧게 잘랐다.

"별로야." 딩샤오예가 말했다. 딩샤오예 눈에는 긴 머리를 한 펑란이 더 예뻐 보였다.

그런데 잠시 생각하던 딩샤오예가 웃으며 말했다. "지난번에 너 쫓아다니던 그 남자도 분명히 그렇게 생각할걸."

딩샤오예의 그 말에 펑란은 기분이 좋아졌다. 무슨 말이 되었든 침묵 뒤에 숨겨진 '네가 원한다면 널 놓아줄 거야'라는 말보다는 나았다.

"아니, 다른 남자들은 내가 머리 자르니까 더 여성스러워 보인다고 하던데." 펑란은 산뜻한 단발머리를 매만지면서, 고개를 살짝 기울이고 생긋 웃으며 딩샤오예를 쳐다보았다. "그렇지만 그 남자들은 너만큼 강하지 못해서 내 괴롭힘을 못 견딜 테니까, 괜히 피해 주지 말아야지 뭐. 내가 다시 머리를 기르기 전까진 네가 몰래 숨겨둔 그 긴 머리카락도 절판된 셈인 거야."

삼 년째가 되자 펑란은 주변 사람들 얘기를 늘어놓기 시작했다. 탄사오칭은 재혼을 했다. 상대는 늙은이로, 죽은 전 남편보다도 더 돈이 많았다. 새 남편은 탄사오칭을 끔찍이 아낀다고 했다. 사랑받는 느낌이 뭔지 모른다고 입버릇처럼 말하던 탄사오칭이었으니, 어쨌거나 소원을 성취한 셈이었다.

저우타오란의 웨딩 촬영 스튜디오는 문을 닫았다. 지금은 인터넷 쇼핑몰의 모델 사진을 맡아서 찍어주고 있는데, 나름대로 먹고 살 만하다고 했다. 펑란은 얼마 전에 친구들 모임에서 우연히 저우 타오란을 만났다. 그는 빈정대듯 물었다. "언제쯤 그 남자를 네 웨 딩 사진 안에다 합성하게 해줄거야?" 펑란은 그 말에 대답하지 않 았다. 저우타오란은 섭섭하기도 하고 안타깝기도 한 마음에 물었 다. "도대체 왜 그러는 거야?" 펑란이 대답했다. "내가 그 사람을 좋아하니까. 그 사람이 너보다 훨씬 나아." 저우타오란은 인정하지 않았다. 자기가 아무리 못났더라도 범죄자보다는 낫다고 생각했 다. 저우타오란이 캐물었다. "그 남자가 나보다 뭐가 나은데?" 펑 란은 그를 아래위로 훑어보고는 말했다. "모든 게 다!"

캉캉에게도 여자친구가 생겼다. 상대는 처음에 자신이 레즈비언 이라고 밝히며 캉캉에게 접근했다. 캉캉은 그 여학생을 절친한 친 구로 여기며 항상 붙어다녔다. 그렇지만 펑란은 그 여학생을 보자 마자 캉캉이 그 아이에게 걸려들었다는 걸 알았다. 바보 같은 남자 아이를 사랑하는 레즈비언이라고는 듣도 보도 못했으니까. 아니나 다를까, 보름도 채 되지 않아 그 '레즈비언'은 '큐피드 캉'을 자기 수중에 넣게 되었다.

우장과 쓰투줴는 '딩크족'으로 살겠다는 생각을 고수했다. 펑란 의 이모는 걱정이 이만저만이 아니었지만, 우장은 그런 것은 신경 도 쓰지 않고 즐겁게 지냈다. 쓰투줴가 펑란이 낸 분점에 투자하면 서, 펑란과 우장 부부는 더욱 자주 왕래하게 됐다. 우장이 결혼 후 몇 년 사이에 콧노래를 흥얼거린 횟수는 태어나서 결혼 전까지 흥 얼거린 콧노래를 전부 합한 것보다도 많았다.

제일 이해할 수 없는 사람은 쩡페이였다. 펑란은 딩샤오예에게 불만스러운 듯 말했다. "쩡페이 같은 남자가 인터넷에다 아기 트림

시키는 비결을 공유하는 게 상상이나 돼?"

쩡페이와 추이옌 부부는 아직까지도 사람들의 입방아에 오르내리는 걸 피하지 못하고 있었다. 속사정을 좀 아는 사람들은 겉으로는 둘이 잘 어울린다고 칭찬하면서도, 뒤로는 항상 의뭉스러운 웃음을 지었다.

추이옌은 쩡페이만 바라보고 살아온 사람이라 그런 구설 따위는 별로 신경쓰지 않았다. 아이가 태어난 후로 쩡페이 집안은 추이옌의 존재를 완전히 받아들였다. 펑란은 가끔 추이옌이 행복해하는 모습에 심통이 나 일부러 찬물을 끼얹으려는 듯 물었다. "널 진짜로 사랑하는 건지 아닌지, 쩡페이한테 안 물어봐?"

추이옌이 말했다. "내가 기쁜지 슬픈지 항상 신경쓰고, 거짓말을 용서해주고, 결점을 감싸주고, 자기 생활을 희생해서까지 내 행복을 완성시켜주려고 하는 남자가 만약 날 사랑하지 않는다고 말한다면, 그걸 어떻게 믿겠어요."

펑란도 그 생각엔 동의했다. 펑란은 그저 쩡페이를 놀리는 수밖에 없었다. 그렇게 젊은 아내와 어린 자식이 있으면 중년의 위기가 더 빨리 찾아올 거라며.

펑란이 그렇게 말할 때마다 쩡페이는 아주 '자상'하게 웃었다.

펑타오 부부는 최근에 넷째를 낳았다. 펑란의 부모님은 앞으로 한동안은 아이들과 함께하는 생활을 끝낼 수 없을 듯했다. 어머니는 이미 펑란을 말리는 걸 포기했다. 요즘 어머니의 가장 큰 걱정은 펑란이 임신하기 가장 좋은 시기를 놓쳐 아이를 낳지 못하게 되면 어쩌나 하는 것이었다. 펑타오를 시켜 딩샤오예가 혹시 감형을 받을 가능성은 없는지 쩡페이에게 물어보는 수고까지 아끼지 않을 정도였다.

딩샤오예는 얘기를 듣더니 핑란을 아래위로 한번 훑어보고는 말했다. "낳을 수 있을지 없을지는 계속 시험해보면 알겠지."

핑란은 자기가 요즘 제일 짜증나는 건 행복한 모습을 과시하는 친구들을 보는 거라고 진저리를 치며 말했다. 빈털터리가 우연히 부자를 만나 그에게 "당신한테 돈은 있겠지만 그렇다고 행복합니까?"라고 물었는데, 그 부자가 "죽도록 행복하지!"라고 대답했을 때 느끼는 것과 비슷한 그런 마음이었다. 하지만 핑란은 남들이 일부러 그런 사소한 일들을 늘어놓으며 자신들의 행복을 과시하는 게 아니라는 걸 알고 있었다. 그것은 숨쉬는 것과도 같이 정상적인 그들의 평소 생활일 뿐이다. 다만 핑란은 아직 그런 생활을 누리지 못했기 때문에 특별하게 느끼는 것뿐이었다.

핑란은 사실 더는 버티지 못할 것 같다는 생각을 몇 번이고 했다. 기다림은 당장이라도 핑란을 미치게 만들어버릴 것만 같았다. 그럴 때마다 자신은 마라톤에 참가한 거라 생각하고 있다고 핑란은 딩샤오예에게 말했다. 결승점까지 얼마나 남았는지는 생각하지 않고, 그저 가장 가까운 곳에 있는 표지를 보면서 그것을 지나쳐 다음 표지를 향해 달려가고 있다고. 핑란의 '표지'는 매일 찾아오는 '오늘'이었다. 적어도 오늘까지는 그와 함께 있었으니까, 다음에 찾아올 오늘도 같이 있겠다고…… 하루하루 지나면서 '오늘'에 '오늘'이 더해져 그를 기다리며 보낸 수많은 '어제'가 쌓이는 것을 보면, 불현듯 시간이 그렇게 길지는 않다고 느껴져 자기도 모르는 사이에 벌써 몇 년을 기다려온 거라고.

딩샤오예는 안타까운 마음을 애써 참고 웃으면서, 항상 그렇게 궤변만 늘어놓는다고 핀잔을 주었다. 사실 펑란은 딩샤오예를 원망하는 말을 할 때가 더 많았다. 그럴 때면 딩샤오예는 펑란이 마음껏 불만을 털어놓도록 말없이 듣고만 있었다. 그러다 지치면 펑란은 다시 정신을 차리고 머리를 쓸어넘기며 말했다. "이제 와서 포기하라니, 내가 바보인 줄 알아?"

그러면 딩샤오예는 맞장구를 쳐주었다. "맞아, 넌 정말 똑똑해!"

그 모든 말들은 전부 핑계에 지나지 않았다. 다 허무맹랑한 소리라는 걸, 딩샤오예도 펑란도 잘 알고 있었다. 기다림을 포기하지 않는 것도, 그리고 펑란을 놓아주지 않는 것도, 전부 헤어짐을 아쉬워하기 때문이었다.

사 년째 접어들기 전에 펑란은 혼자서 차얼더니에 갔다. 비행기를 두 번 갈아타고, 기차를 타고, 임시로 운행하는 소형 시내버스를 타고, 마을로 들어가는 승합차를 탄 끝에, 펑란은 마침내 아무써가 남편과 함께 픽업트럭을 몰고 산아래까지 마중나와 있는 것을 볼 수 있었다.

아무써는 정말로 딩샤오예가 말한 것처럼 건강하고 튼튼한 몸에, 갈색 피부와 크고 깊은 눈망울의 여인이었다. 확실히 펑란과는 분위기가 전혀 달랐다. 남편은 키가 크고 콧수염을 기른 카자흐 족 청년이었다. 미리 연락을 받은 두 사람은 딩샤오예의 '애인'에게 호의를 가지고 아주 따뜻하게 대해주었다.

바쯔컨 아저씨 부부는 산아래의 집에서 펑란을 기다리고 있었다. 구리 주전자 안에선 우유차가 끓고 있었고, 온돌 위에는 손님을 접대하기 위해 준비한 치즈와 각설탕, 건포도와 살구가 가득 차려져 있었다. 아이들 둘이 아주머니와 함께 바깥에서 말젖을 짜다가 때때로 휘장을 젖히고 들어와 수줍은 듯 평란을 쳐다보곤 했다.

바쯔컨 아저씨와 그의 사위는 평란 옆에 앉아 이야기를 나눴다. 평란은 아저씨가 하는 말은 거의 알아들을 수 없었고, 아무써의 남편이 하는 말은 반쯤 알아들었다. 그들의 풍습에서는 집에 손님이 왔을 때 여자는 온돌에 같이 앉아 얘기하지 않고 차와 음식을 대접하는 것에만 신경을 쓴다고 했다. 이 점은 딩샤오예의 말이 사실이었다.

기본적인 예절은 평란이 차얼더니로 오기 전에 딩샤오예가 가르쳐주었다. 평란은 벽에 걸려 있는 양탄자는 '쓰얼마커'라고 부른다는 것, 말젖은 반드시 세 잔까지는 마셔야 한다는 것을 배워 왔다. 평란은 말젖의 맛에 쉽게 적응이 되지 않아, 세 잔째를 마시고 나서는 잔 입구를 손으로 가리며 더 마시지 않겠다는 뜻을 전했다.

이들 가족은 정말로 딩샤오예를 아주 잘 알고 있는 것 같았다. 그들은 평란까지도 한가족처럼 대해주었다. 기분이 좋아진 바쯔컨 아저씨가 말이 빨라지고 많아지는 바람에, 사위의 '통역'을 듣던 평란은 점점 무슨 얘기인지 종잡을 수가 없어졌다. 평란이 억지로 웃다가 얼굴이 굳어갈 때쯤, 아무써가 안으로 들여보낸 다섯 살짜리 남자아이가 큰 역할을 해주었다. 아이는 가족들 중에서 표준어를 가장 유창하게 했다. 가족들이 샤오예 삼촌의 옛날 일들에 대해 얘기하고 있는 거라고 아이가 평란에게 알려주었다.

평란은 딩샤오예가 예전에 어떤 생활을 했는지 물어보았다. 대체로 그가 직접 들려준 얘기와 다르지 않았다. 아저씨 가족은 딩샤오예가 성실하고 똑똑한데다 착하기까지 한 '좋은 아이'라고 말했다. 그 얘기만은 평란이 가지고 있던 인상과 조금 차이가 있었다.

평란은 나중에 아저씨의 권유에 못 이겨 말젖으로 만든 술을 두 잔이나 마셨다. 말젖으로 만든 차에 비하면 술은 그래도 입맛에 맞는 편이었다. 그러고 나서 평란은 아저씨에게 '무리한 부탁'을 하나 했다.

예전에 딩샤오예에게 가르쳐주었던 그 카자흐 족 민요를 불러달라는 부탁이었다. 딩샤오예는 인색하게도 딱 한 번 불러주고는 다시는 입을 열려 하지 않았다.

아저씨는 전혀 사양하지 않고 시원스럽게 노래를 부르기 시작했다. 어차피 평란은 가사를 알아들을 수 없었다. 딩샤오예가 부른 노래는 음정이 엉망이긴 했지만, 그래도 이 노래가 맞는 것 같았다. 평란은 아저씨에게 젊었을 때 이 노래로 아주머니를 유혹한 거 아니냐고 농담을 했다. 아무써의 남편은 이 말을 알아듣고 웃음을 터뜨리더니, 아저씨와 둘이서 한참을 숙덕거렸다.

아무써의 큰아들 멍샤가 설명해주었다. "이 노래는 차얼더니의 아름다운 풍경을 그리는 노래예요."

평란은 잠시 멍해졌다가, 혹시 딩샤오예한테 다른 사랑 노래를 가르쳐준 적은 없느냐고 아저씨에게 물었다. 아저씨는 자기가 평생 제일 좋아하는 노래는 이 한 곡밖에 없다고 대답했다.

평란은 말이 없었다. 술기운에 열기가 뱃속에서 꿈틀거렸다.

식사 후, 아무써 부부는 평란을 차에 태우고 산에 올라가 구경시켜주었다. 평란에게 지대한 관심을 보였던 큰아들 멍샤도 평란과 함께 뒷좌석에 올라탔다. 평란은 딩샤오예가 말했던 초원과 맞닿은 숲을 보았고, 구름이 흘러내리듯 산을 내려오는 양떼를 보았고, 이름 모를 들꽃들을 보았고, 탁 트인 산꼭대기를 오래도록 지키고

서 있었을 초원과 암석들을 보았다. 어디를 보든 딩샤오예가 평란에게 얘기해주던 목소리를 떠올리며 하나하나 대조해보았다. 그리고 지금 이 순간에도 그가 평란 곁에서 귓가에 작은 소리로 설명해주고 있다고, 평란과 시선을 마주할 때엔 입가에 보일 듯 말 듯한 미소를 띠고 있다고 상상했다.

멍샤의 앳된 목소리가 평란을 다시 현실로 돌아오게 했다. 아이는 놀라울 정도로 속눈썹이 긴 커다란 눈을 깜박이며 말했다. "이모는 샤오예 삼촌이 말한 거랑 진짜 똑같이 생겼어요. 머리 모양만 빼고요."

평란은 웃어버렸다. 딩샤오예는 차얼더니를 떠나기 전엔 평란을 알지도 못했는데, 어린아이에게 평란 얘기를 했을 리가 없지 않은가. 그렇지만 멍샤는 평란이 자기 말을 믿지 않는 듯하자 고집스럽게 말했다. "샤오예 삼촌이 그랬단 말예요. 내가 삼촌한테 왜 우리 엄마랑 결혼 안 했냐고 물었더니, 삼촌이 좋아하는 여자는 이모처럼 생겼다고 그랬다고요."

앞자리에 앉은 아무써 부부는 깔깔거리며 웃었다. 두 사람은 이 얘기를 별로 마음에 두지 않는 듯했다. 멍샤가 통역을 하며 재차 강조한 끝에, 평란은 딩샤오예가 정말로 피부가 희고 입술이 붉고 웨이브가 진 긴 머리에 키가 크고 날씬하며 몸에서 좋은 향기가 나는 여자가 좋다고 말한 적이 있다는 걸 알게 되었다. 그건 바로 평란을 빼닮은 모습이 아닌가?

평란은 기쁘기도 하고 딩샤오예가 밉기도 했다. 어쩌면 딩샤오예는 평란을 처음 보았을 때부터 흑심을 품었는지도 모른다. 그러면서 죽어도 인정하지 않고, 온갖 못된 말로 평란을 조롱했던 것이다. 여우는 언젠가 꼬리를 드러내게 되어 있고, 굶주린 늑대는 얼마 안 가 양의 탈을 벗어던지게 되어 있는 법이다. 이제 이 자식을 어떻게 혼내준다?

그런데 그후로 '폭로'된 딩샤오예의 거짓말은 이 정도에 그치지 않았다.

평란은 하룻밤 묵고 가라는 아무씨 가족의 권유를 사양하고, 굳이 딩샤오예가 차얼더니에서 살았던 '집'으로 갔다.

똑같이 산기슭에 있기는 했지만, 바쯔컨 아저씨 가족이 살고 있는 천막과는 달리 딩샤오예의 '집'은 붉은 벽돌로 지은 작은 단층집이었다. 흰색의 벽으로 둘러싸여 있는 집에는 엄청나게 넓은 정원도 있었다. 주인이 떠난 집은 외로워 보였지만 단정하고 깨끗했다.

해질 무렵, 평란은 딩샤오예가 준 열쇠로 대문을 열고 들어갔다. 먼저 눈에 들어온 것은 넓은 뜰에 심겨 있는 시들어가는 해바라기와 평란에게는 생소한 또다른 식물이었다. 평란은 아마 그게 바로 딩샤오예가 말했던 '패모'일 거라고 추측했다. 뒷마당엔 도축장이 있었지만 지금은 텅 비어 있었다.

딩샤오예가 자랑했던 정원 가득한 사과나무 밭은 존재하지 않았다. 아무씨가 말했던 것처럼, 딩샤오예는 연애를 헤프게 하는 사람이 아니었다. 일찍이 마음을 허락해주었다면 멍샤의 아버지가 되어 있었을지도 모르는 일이었다.

그런데 정원 구석에 정말로 사과나무가 한 그루 있었다. 딩샤오예의 말마따나 제대로 자라지 못해서, 가을이 다 되었는데도 열매라곤 나무 꼭대기에 몇 개 듬성듬성 달린 게 전부였다. 평란은 자기와 이름이 같은 그 나무 아래에 오랫동안 서 있었다. 나무에 달린 사과를 따 먹기가 아까웠다. 그래서 그 사과가 정말로 딩샤오예의 말처럼 시큼한지, 지금 평란의 눈이 시큰거리는 것처럼 그렇게 신맛이 나는지 알 수 없었다.

딩샤오예는 이 세상에서 제일 교활한 사기꾼이었다! 그에게 속은 사람들이 거짓말의 주술을 떨쳐버리지 못하는 것도 무리가 아니었다.

평란은 아직도 딩샤오예를 만나러 갈 때마다 그에게서 그 한마디 말을 듣는 걸 포기하지 않았다. 딩샤오예는 여전히 입을 꾹 다물고 그 말을 해주려 하지 않았다. 평란은 앞으로도 계속 그에게 물어볼 것이다. 비록 그 대답은 이제 더이상 중요한 것이 아니라 해도. 입을 꼭 다문 조개 속에는 부드러운 내면과 진주 같은 마음이 있는 것이다.

평란은 날이 어두워지고 나서야 집안으로 들어갔다. 다행히도 이웃에 사는 아무씨 부부가 집을 잘 관리해준 듯했다. 평란은 집안에 있는 몇 안 되는 물건들을 하나하나 어루만졌다. 딩샤오예가 앉았던 의자와 식탁, 그가 사용했던 컵, 그가 입었던 옷, 그리고 그가 잠을 잤던 침대까지…… 그러자 딩샤오예가 차얼더니에서 보냈던 칠 년이 평란의 마음속에서도 흘러가는 듯했다.

초원의 기후는 일교차가 무척 컸다. 낮에는 얇은 외투 하나만 입고 있었지만, 밤이 되자 크고 두터운 이불도 추위를 막아주지 못했다. 평란은 밤새도록 오들오들 떨다가, 날이 밝아올 무렵에야 조금씩 온기를 되찾았다. 아마도 꿈속에 딩샤오예가 나타나 평란을 으스러지도록 끌어안아주었기 때문일 것이다.

"어디, 차얼더니에서 제일 잘나가는 여자 좀 보자."

평란은 그 말에 따라 딩샤오예에게 자신을 열어 보여주었다. 동시에, 평란은 딩샤오예라는 조개가 품고 있던 아름다운 진주를 얻었다.

평란의 '약속의 날'은 올 것이다. 그날을 위해 너무나 많은 고통을 견뎠기에, 마지막에 맛보게 될 꿀은 더없이 달콤할 것이다.

스무 살이 되어서야 좋아하는 인형을 가지게 되고, 마흔이 되어서야 예쁜 치마를 살 돈을 벌고, 예순이 되어서 첫사랑을 다시 만나고…… 그런 게 무슨 의미가 있겠는가? 이 세상에 죄 없는 연인은 없고, 헛되이 흘러간 세월 또한 없다. 평란이 지금까지 한 일 중 가장 옳았던 일은 바로 사랑할 수 있을 때 마음껏 사랑한 것이었다.

다음날, 평란은 아침 일찍 깨어나, 어지러이 흐트러진 이불 속에서 빠져나와 눈을 비비며 문을 열었다.

평란을 향해 사과 한 알이 날아왔다. 하마터면 못 받고 그대로 떨어뜨릴 뻔했다. 그 순간 평란은 자신의 오른손 약지에 뭔가가 엉켜 있는 것을 보았다. 바로 짙은 갈색의 긴 머리칼이었다. 머리카락은 평란의 손가락에 풀리지 않도록 몇 번이나 휘감겨 있었다.

평란은 손을 들어올려 새벽빛 속에서 자신의 '반지'를 살펴보았다. 가늘고 질긴 머리카락은 살을 파고들 듯 꽉 감겨서, 핏줄을 따라 점점 뻗어나가 심장 속까지 파고들어버릴 것만 같았다.

그제야 평란은 펼쳐진 손가락 사이로, 사과나무 아래 서 있는 사람을 멍하니 바라보았다.

"그 굶주린 눈빛 좀 거둬줄 수 없어?" 평란이 선물한 반지가 딩샤오예의 손에서 반짝거리며 빛났다. 지금 이 순간 그의 미소처럼.

딩샤오예가 말했다. "사장님, 좋은 아침!"

지금 여기, 우리의 청춘

1990년대에 들어 중국에 인터넷이 본격적으로 보급되기 시작하면서, 1997년에 설립된 룽수샤榕樹下라는 인터넷 소설 연재 사이트를 기점으로 중국에서 인터넷 소설 창작이 성행하기 시작했다. 2002년에는 치뎬중원왕起點中文網, 2003년에는 진장위안촹왕晋江原創網이라는 인터넷 소설 연재 사이트들이 생겨나 지금까지도 큰 인기를 끌며 수많은 작가와 독자를 보유하고 있는데, 이 당시부터 인터넷 소설이 큰 인기를 얻게 되었다. 인터넷 소설의 장르는 무협이나 역사물, 차원 이동물, 판타지에 이르기까지 다양한데, 국내에도 소개된 퉁화桐華의 『보보경심步步驚心』이나 최근에 엄청난 인기를 끌었던 하이옌海晏의 『랑야방琅琊榜』 등의 작품들은 드라마로 제작되어 더욱 많은 사랑을 받았다.

신이우 역시 독자들의 많은 사랑을 받고 있는 인터넷 작가중 한 명이다. 2006년부터 인터넷 소설 창작을 시작한 그녀는 발표하는 작품마다 엄청난 조회수를 기록해 인기 작가의 반열에 올라, 앞서 언급한 치뎬중원왕과 계약을 맺고 전속 작가로 활동하게 되었다. 신이우가 인터넷 소설 창작을 시작하게 된 계기는 '무료함을 달래기 위해서'였다. 원래 전력 기업에서 근무하던 신이우는 2006년의 어느 토요일 오후에 인터넷 소설을 읽다가 '나도 한번 써볼까' 하는 생각이 들어 충동적으로 소설을 쓰기 시작했다고 한다. 그렇게 시작된 소설이 바로 그녀의 첫 작품인 『넌 아직도 여기에 있었구나』이다. 이 소설을 시작으로 신이우는 십여 편의 소설을 온라인 사이트에 연재했고 또한 종이책으로도 출판했는데, 그중 『우리가 잃어버릴 청춘』은 300만 부라는 경이로운 판매고를 올렸으며, 몇몇 작품은 영화나 드라마로 제작되었다. 『약속의 날』역시 현재 한중 양국의 합작으로 영화화될 예정이다.

신이우의 작품들은 현대의 도시에서 살아가는 사람들의 사랑과 인생을 그리고 있다. 신이우를 수식할 때 종종 '80년대 이후에 출생한 여성 작가(80后女作家)'라는 표현을 쓰곤 하는데, 이 범주에 속하는 여러 여성 작가들 가운데 신이우는 단연 최고의 인기 작가중 한 명이다. 80년대에 출생한 이들은 현재 청춘의 한가운데에 있거나 청춘의 끄트머리에 서 있다. 이런 청춘의 아름답고도 순수한 사랑이 작가 신이우의 모든 작품에서 생생하게 펼쳐진다. 이처럼 신이우는 이 세대가 가장 갈망하는 것, 바로 순수한 사랑을 작품 속에 아름답게 그려내어 독자들의 폭넓은 사랑을 받고 있다.

『약속의 날』역시 신이우의 이러한 스타일이 여실히 드러나는 작품이다. 여주인공 평란은 서른 살 생일을 앞두고 하루빨리 결혼해 안정적인 가정을 이루어야 한다는 압박을 받고 있다. 그런 그녀가 '안정'이라는 말과는 거리가 먼, 어딘가 위험한 남자 딩샤오예를 우연히 만나 그와 사랑에 빠지고 만다. 펑란은 딩샤오예에게로 향하는 마음을 억누르려 하지만 그럴수록 그 마음은 더 커져만 갈 뿐이다. 그를 사랑하게 된 탓에 가족들과 멀어지고, 친구들의 비웃음을 사고, 어쩌면 지금 가진 모든 것을 잃게 된다 할지라도, 펑란은 딩샤오예를 사랑하는 것을 후회하지 않는다. 두 사람이 서로를 만나게 된 이상, 그것이 유일한 선택이었기 때문이다. 이렇게『약속의 날』또한 순수한 사랑에 모든 것을 바치는 아름다운 사랑 이야기로 수많은 중국의 독자들의 사랑을 받았다.

이 작품을 번역하면서 작품 속에 등장하는 개성 강한 인물들의 매력에 푹 빠져 지냈다. 인물들의 대사 속에는 요즘 많이 사용되는 유행어나 신조어들이 종종 등장하는데, 그런 개성 있는 대사들과 등장인물들의 통통 튀는 매력 덕분에 그들이 정말로 지금 현재를 살아가는, 바로 내 주위에 존재하는 사람들인 듯한 착각마저 들어 더욱 생생한 느낌이 들었다. 번역하는 과정에서 그런 생동감을 살리기 위해 인물들의 대사에 특히 더욱 신경써서 번역했다. 독자들에게도 그런 분위기가 잘 전달되기를 바란다.

신이우는 자신에게 창작이란 언제나 큰 즐거움이라고 말한다. "나는 내가 창조해낸 인물들과 그들의 이야기를 사랑한다. 나는 그들의 감정을 통해 또다른 인생을 경험한다. 나의 소설이 더욱더 많은 사람들 마음속의 연약한 부분을 건드려, 그들이 '이 책은 분명 읽을 가치가 있다'고 생각하게 되기를 바란다"라는 작가의 바람처럼, 국내에 처음으로 소개되는『약속의 날』이 국내 독자들의 마음도 움직일 수 있기를, 그래서 이 책을 읽는 이들의 마음속에 순수한 사랑의 씨앗을 하나씩 심어줄 수 있기를 기원한다.

마지막으로, 좋은 책을 소개해주시고 번역을 믿고 맡겨주신 SCS 엔터테인먼트의 이주익 대표님, 그리고 책의 편집과 출간에 큰 노력을 기울여주신 문학동네에 진심으로 감사드린다.

박희선